同治

母后羽翼下的中兴之主

立礼 / 编著

江西美术出版社
全国百佳出版单位

图书在版编目（CIP）数据

同治：母后羽翼下的中兴之主 / 立礼编著．－－南昌：江西美术出版社，2020.1（2022.3 重印）

ISBN 978-7-5480-6857-0

Ⅰ.①同… Ⅱ.①立… Ⅲ.①传记文学－中国－当代

Ⅳ.① I25

中国版本图书馆 CIP 数据核字（2019）第 022750 号

出 品 人：周建森

企　　划：北京江美长风文化传播有限公司

责任编辑：楚天顺　朱鲁巍　　策划编辑：朱鲁巍

责任印制：谭　勋　　　　　　封面设计：韩立强

同治：母后羽翼下的中兴之主

TONGZHI: MUHOU YUYI XIA DE ZHONGXING ZHI ZHU

编　　著：立　礼

出　　版：江西美术出版社
地　　址：江西省南昌市子安路 66 号
网　　址：www.jxfinearts.com
电子信箱：jxms163@163.com
电　　话：010-82093785　　0791-86566274
发　　行：010-58815874
邮　　编：330025
经　　销：全国新华书店
印　　刷：北京市松源印刷有限公司
版　　次：2020 年 1 月第 1 版
印　　次：2022 年 3 月第 2 次印刷
开　　本：889mm×1194mm　1/32
印　　张：23.75
ISBN 978-7-5480-6857-0
定　　价：48.00 元

前言

文宗身后太萧条，
一线孤悬风雨嚣。
帘内两宫听政日，
便知龙脉已飘摇。
　　　——富察·鹤年先生作《清帝十二咏之十·穆宗同治皇帝》

　　爱新觉罗·载淳，是清文宗咸丰皇帝的长子，生于清咸丰六年（1856 年）。他的生母叶赫那拉氏，就是那位赫赫有名的老佛爷慈禧太后！载淳一出生，就被笼罩在他那热衷于朝政的母亲的阴影之下，这片冲不破、拨不开的浓重阴影，伴随了载淳短暂的一生。作为咸丰最宠爱的女人所生的皇长子和独生子，出生在储秀宫的载淳，顺理成章地在咸丰驾崩之后承继了大统，成了"同治皇帝"。如果继位时他的年龄能够再大一些，或者如果不是有那样一位手段强硬、心肠狠毒的母亲的话，同治皇帝也许可以成为一个有所作为的皇帝。可惜的是，他当时太幼小了，虚岁也只有六岁；更可惜的是，他的母亲是那样的铁腕，根本就是把大清天下当成了自己掌中的玩物。

　　同治皇朝在有清十二代中相对短命，只有十三年，而即使是这短短的十三年中，可怜的同治皇帝也不过只有那么一年的时间在行使他的职权，所谓的"同治"，只不过是慈禧以两宫皇太后共同垂帘听政为幌子，大行其独裁而已。

正是由于这种奇特的历史事实，使得本书不同于其他清帝的传记，它的主人公实际上不完全是同治皇帝本人，作者不得不把更多的笔墨用在当时真正的统治者——慈禧太后身上。平心而论，慈禧执政期间特别是在同治时代，还是做了一些有利于巩固地主阶级政权的事情的，而并非像有些文艺作品中描述的那样，只知滥施母后淫威，一味祸国殃民。史学家把这个时期称为"同治中兴"，并非全无道理。但是，我们更应该看到，已经处于封建王朝晚期的大清，不从根本上来一个翻天覆地的革命性的转变，无论什么人执政，也无论他怎样执政，同样都是不可救药的。

1875年，在短暂地当了一回大清天子之后，年仅十九岁的同治皇帝告别了人世。这个实际上的儿皇帝被谥为"继天开运受中居正保大定功圣智诚孝信敏恭宽毅皇帝"，庙号穆宗，葬于惠陵。他就像一颗划过夜空的流星，无声无息地消失在历史的长河中了……

目录

第三十六章　肆暴焉顾皇家骨血　灭口岂问天地良心

太皇太妃不忍看下去，扑通跪了下来，哀求说："不能打了，再打就打死了，她死不足惜，但她身上有皇上的骨血啊！"慈禧背过脸，只当没有看见。随着红艳的一声惨叫，太皇太妃也一头撞在殿堂的柱子上，顿时脑浆迸裂。

第三十七章　插亲信荣禄督直隶　作威福安监下苏杭

荣禄含情脉脉地看着慈禧说道："太后保重，如果有事需臣效劳，臣随叫随到！"荣禄告退了，慈禧望着他的背影也是一阵怅然若失。安德海跑了过来，说道："太后割舍不下吧？两情若是久长时，又岂在朝朝暮暮？"

第三十八章　丁巡抚密报夹单奏　同治帝闲上销魂楼

"自从那年发生一次头痛后，朕就懒得读书，后来虽然被御医给治愈了，这么多年来也没再犯过病，但自那以后就再也不喜欢读书了，一拿起书本就头痛，也因此一天天厌学。朕觉得读书就是这样，越读越有趣也越能读进去，越是读不下去也就越厌读。"

第三十九章　巧抗旨怒斩清宫宦　空遗恨同赴鬼门关

"德顺哥，你听那边又吹奏起来，是为咱夫妻俩送行吧？""对，是为咱两口子送行。从哪里上路呢？"娇娇指指身旁的一口深井："就从这里吧，这不是井，这是从地狱通往天堂的出口。德顺哥，咱下去吧！"

第四十章　初亲政笑朝令夕改　重沉沦终梦死醉生

第一章

那拉氏临葬惊异兆
张乐行谋事起雄心

众人刚把棺木放进大坑，只见一道火光掠起，紧接着一声巨响，从山上滚下的雪块把坑中的棺木埋得不知去向，本就破旧的凤凰寺也轰然倒塌。众人正在惊恐，只见空云大师扫了一眼身旁的兰姑娘，打断惠征夫人的话，说道："女施主，恭喜你了！"

寒冬腊月。

苍茫的天底下是一个银白的世界，厚厚的积雪覆盖着大地上的一切，呼呼的北风带着哨音狂舞着。偶尔有几只饥饿的寒鸦嘎的一声从码头旁边飞过，更给这凄冷的镇江府添上几分肃杀之气。

古老的运河码头也被冰雪覆盖着，只有一条狭窄的水道向北方延伸着，河水也是懒洋洋的，在冰缝的空隙中呜咽地流淌着。

好大一个码头只有一条破旧的船，整个码头显得更加空旷寂寞。船头挂着白幡，船尾停放着一口漆黑的棺材。

一个浑身孝服的俏丽姑娘背风站立着，出神地望着码头上那窄窄的人行道，鼻子和眼都是红红的。

这时，从船舱里走出一位满身孝服的中年妇人，她带着几分哭腔，冲着船头的姑娘喊道："兰儿，咱开船吧，不会有人来送行的，如今不同往年，你爹这一死，咱家——"

中年妇人哽咽了，她没有说下去，用衣袖拭了一下眼角的泪水，然后对刚刚走上来的船工说："有劳这位大哥了，我们上路吧。"

"兰姑娘请进舱吧，我们开船啦。"

船工边说边划动船桨，客船缓缓地向远处驶去。

兰姑娘并没有进舱，她只稍稍向后退几步，仍然呆呆地站着，失望地看着码头上那条人行道。

突然，兰姑娘红肿的双眼一亮，她看见一个熟悉的身影从雪地上跑来。是他，就是他，兰姑娘抬起双手放在胸前，想捂住怦怦的心跳。她一遍又一遍地在心里默念着："荣禄，如果有缘有分，我们还会相见的。"

　　码头上，那位多情的少年公子呆呆地站立着，望着远去的客船出神。

　　船儿越走越远，码头上的一切都消失了，兰姑娘微微叹了口气，挥袖擦去满脸的泪水，一声不响地走进了船舱。

　　不知何时，天上飘起了雪花。

　　雪越下越大。不多久，船工身上就全变白了，他把船桨放下，拍拍身上的雪对舱里的中年妇人喊道："夫人，我们找个地方避一避再走吧！这雪太大了。"

　　那中年妇人从舱里探出头，望了望满天乱飞的雪花，叹了口气说："也好，只是这旷野之中到何处栖身呀？"

　　船工指着远处的一个小山坡说道："夫人，那边山脊上有几股浓烟升起，也许有人家，我们不妨去避一避这漫天的大雪，待雪停之后再走也不迟。"

　　"唉，我们这孤儿寡母的，又处在荒山野岭之中，万一遇上歹人——"

　　"夫人放心好了，这一带水路我常走，安全着呢！"

　　船工边说边寻找能够停船的地方，由于岸边已经结了冰，船工费了好大劲才把船停靠岸并抛了锚。

　　一行人下了船向那有烟火的地方走去。

　　这里有几间庙宇，墙壁有些剥落，虽然破旧，却十分整洁。

　　船工走上前轻轻叩打着紧闭的庙门，并向里面高喊着："里面有人吗？请开门，请开门！"

　　许久，门才吱的一声打开，从里面走出一个小和尚，他双掌合十，垂首念道："阿弥陀佛，请问施主有何指教？"

"有劳大师，我们路过此地被大雪所阻，特来投宿的，请大师给予方便。"中年妇人上前说道。

"这——"

小和尚扫了一眼他们几人，略一迟疑地说道："施主，你们还是另找投宿的地方吧，我们这小寺院，地方太狭小，刚才又有人先来投宿，实在——"

小和尚正要说下去，兰儿抢上前说道："他们能来投宿，我们怎么不能？你们还吃斋念佛行善呢！一点儿同情心也没有！"

"兰儿，不得无礼！"中年妇人打断她的话说道，"大师行行方便吧，一旦雪停我们就走，这荒山野岭我们实在无处落脚。"

小和尚十分为难地说："不是我们不想行方便，寺里实在没有空闲地方，而你们又多是女眷。"

"我们只求有个地方坐一坐就行了。"中年妇人恳求说。

小和尚看着这位妇人和身旁的几个孩子都戴着孝，略一思忖说道："待我回报一下师父。"

不多久，小和尚跑了过来说道："施主，请吧！"

小和尚把他们带到一间破旧的大殿里，一位慈眉善目的老和尚正和一位一身官服的人讲话。老和尚站了起来，躬身施礼说道："阿弥陀佛，几位施主，敝寺十分破旧，地方狭小，如不嫌弃就暂住一夜吧，只是没有什么铺盖，大家只能围在火堆旁打坐，委屈几位施主了。"

"仅此，我们母子几人都感恩不尽，我们只是避一避这眼前的大雪，一旦雪停即刻赶路，多谢大师行方便。"中年妇人急忙上前施礼说道。

"不必多礼。"老和尚转身对小和尚说道，"净文，你把西厢房收拾一下，就让几位施主在那里将就一夜吧。只是那后墙有个大洞，又是西北风，难为几位施主了。"

小和尚刚要走，那位一身官服的人站了起来说道："空云大师，就让这几位女眷住东厢房吧，我们几人在这大殿里烤烤火、谈

4

谈话，一夜很快就会过去的，我马上命令我的几位随从把行李搬过来。"

"这——"空云大师看看瑞麟，又看看几位女眷，十分抱歉地说，"瑞大人，这太委屈你了。"

瑞麟哈哈一笑说道："为官一任，造福一方。关心民众疾苦也是我们地方官的责任，否则，岂不有负朝廷的恩典。"

"国家能有瑞大人这样的官员，也是百姓的福气呀，只是如今的世道，像瑞大人这样的官员太少了。"

"大师不必恭维本官了，就让她们几位女眷住东厢房吧。"

中年妇人忙上前施礼说道："多谢这位大人了。"

瑞麟打量了一下这浑身孝服的中年妇人，虽然面容憔悴，却举止得体，说话文雅，似大家族的妇人。站在她旁边的两个穿孝服的少年男子有点呆痴，而旁边的两个女孩却活泼可爱，楚楚动人，特别是年龄稍稍偏大一些的姑娘更是花容月貌，天生丽质。瑞麟禁不住多看了她一眼，然后十分关切地问道："请问这位夫人，你们是母子几人吧？从哪里来，又去哪里？"

"回大人，"中年妇人有礼貌地说道，"我们母子几人从镇江来，准备去北京，如今是扶先夫灵柩回京安葬路过此地，因大雪所阻来躲避一下。"

瑞麟点点头："从言谈举止看，你们也不似一般平民百姓人家，不知令先夫官居何方？"

中年妇人眼泪汪汪地答道："先夫惠征，叶赫那拉氏，满洲镶蓝旗人，曾任安徽宁池大广道员，因病死于江苏镇江，因为给先夫看病欠人许多债务，把所有家产变卖后才还清债务。如今是带着儿女回京安葬先夫。"

中年妇人说着，早已泪流满面。

瑞麟劝慰道："如此说来真是大水冲了龙王庙，一家人不认一家人了。我叫瑞麟，也是叶赫那拉氏，满洲正蓝旗人，如今正是去镇江赴任，也是被大雪所阻留居此地。你们母子就不必客气了，请到东厢房休息一下，我派下人给你们送一些吃的，既然是同族，相互关照也是应该的。"

惠征夫人及儿女谢过瑞麟和空云大师，便随小和尚净文去了东厢房。

大雪接连下了几天。

雪停后，惠征夫人立即派船工回去打探情况，船工回来说道，天寒地冻，河水结冰，船早已冻在冰中了。

惠征夫人十分着急，本来所带路费就寥寥无几，如此一耽搁，不知何年何月才能回到京城。更何况携带着丈夫的棺椁，行动也十分不便，真是人遇到倒霉的事喝凉水也塞牙。惠征夫人和几个儿女一筹莫展。

瑞麟见状，劝慰说："古语道：'埋骨何须桑梓地，人生无处不青山。'既然令先夫已经去世，把灵柩运往京城又有多大作用呢？不如暂且随处选择一地安葬，将来有机会再做打算也不迟。"

惠征夫人一想，这也有道理，从这里到京城路途遥远，寡母孤儿携带着一口棺椁实在不便。何况自家早已囊中所剩不多，就是运回京中又如何给丈夫安葬呢？自己的娘家与丈夫的家族都是官宦人家，如今虽然遭到大难落得一贫如洗的地步，但家族的名望和声誉尚在，丈夫生前的交往也颇多，这丧事再简单也要有些排场。但自己如今的家境，就是倾尽所有也不可能体面地把丈夫安葬下去。唉，与其到京中草草安葬，还不如把丈夫安葬在此地呢。人到穷困潦倒之际，何必讲究那么多呢？

惠征夫人同意了瑞麟的说法，便请求空云大师给他们在这荒山野岭之中寻找一个方便的地方安葬丈夫。

空云大师想了想说道："我们这座山叫凤凰山，山形如同凤凰展翅。"

空云大师边说边用手指点着，让人们看哪儿是凤头，哪儿是凤身，哪儿是凤尾。众人随着空云大师指点的方向环视，这座山果然如同一只正在展翅欲飞的巨大凤凰。

空云大师又说道："我们这个寺院就叫凤凰寺，坐落在凤凰的脖颈上，提起这凤凰寺，据当地老百姓所说，还有一段神奇的故事呢！"

"什么故事？大师不妨说说，也让我等见识一下。"瑞麟笑着问道。

空云大师点点头，说道："据说很久以前，这凤凰山的凤凰嘴上经常喷火，每次喷火对当地百姓危害都很大，不是庄稼颗粒无收，就是灾疫连年发生，老百姓叫苦连天。有一年，一个云游四方的道士路过此地，在凤凰山周围转悠了几天，最后告诉村民，这凤凰山里有一只火凤凰，每隔三年必定要喷火一次，只要凤凰一喷火，这周围地区必定要遭难。当地村民请求道士给想个办法治住这山中的火凤凰，道士点头答应了。他又在山中探寻了七天七夜，最后来到这里发现了镇住那只喷火凤凰的方法，就是建议当地村民在这里建一座寺庙，并把庙门的方向对住凤凰嘴，这庙也就叫作凤凰寺。"

众人从庙门向东南方向望去，果然发现庙门正对着那凤凰的嘴，都一致觉得惊奇，便问道："这凤凰寺建成后，凤凰山还喷火吗？"

空云大师摇摇头："说来也奇怪，自从这凤凰寺建成后，那只火凤凰就再也没有喷过火，直到今天。"

过了一会儿，空云大师又说道："那位云游道士临行前还告诉当地村民，古语道：凤凰不落无宝之地。既然这座山叫凤凰山，又有一只喷火的凤凰，这山中一定有一块风水宝地，这宝地的位置当然也就在那镇住火凤凰的地方。"

瑞麟听后微微一怔，忙说道："按照大师的说法，这风水宝地理所当然在大师的凤凰寺里了。"

空云大师摇摇头："起初，当地老百姓也是这么认为的，曾请许多风水先生前来印证，但都认为风水不在敝寺。老衲在寺中参禅也已经几十年了，对寺中的任何地方都认真参悟过，风水决不

7

在这凤凰寺中。"

"依大师之见，这风水宝地应在什么地方？"瑞麟好奇地问道。

空云大师抚须摇摇头，说道："老衲住在此山近六十年了，也未发现这风水的玄机所在，也许老衲不是有缘人吧！如果不是有缘人，就是风水宝地就在脚下也不可能知道。前不久，这里就发生了一件因找风水而出了人命的事。"

空云大师所说的事是这样的：

这附近的村民都流传着这样一个说法：要想找到凤凰山的风水所在，必须在一个月朗星稀的夜晚，鸡叫第一遍时从山脚下向山上爬，路上不能遇见任何人，否则就不灵验。这样，当你爬到山上的凤凰颈附近时，你就会发现山开始起雾，只要你找到雾升起的地方，那里就是凤凰山的风水所在。不知有多少人这样做过，也许这些人不是无德就是无缘，总之，一到这凤凰颈附近，就发现到处都是雾，根本找不到那第一柱雾升起的地方。

就在前不久，一个地方的乡绅又这样做了，据说他在这凤凰颈上发现了第一柱雾升起的地方。天亮后，他带人来到那里挖宝，挖了很深的一个大坑，结果什么也没挖到，反而挖塌了几块山石，砸死一个人，砸伤两个人呢。那大坑就在这寺院后面，至今仍没有填平呢。

空云大师讲到这里，瑞麟接上去说道："说不定那大坑下面就是风水宝地呢！只不过那位乡绅不是有缘人罢了。"

空云大师捻须说道："世上万物都有定数，也都有个'缘'字，有人是有缘没分，有人是有分无缘。"

惠征夫人对空云大师和瑞麟大人所谈论的什么风水宝地一点儿也不感兴趣，她甚至有点不耐烦了，但又不得不压抑着心急如火的情绪。此时此刻，她所考虑的是自己孤儿寡母被大雪所阻，困在这荒山破庙里，盘缠所剩无几，距离京城又是那样遥远，这丈夫的灵柩如何处置呢？带走吧，河已结冰，无法行船；存放这里吧，又存到何年何月自己有经费来此搬运呢？就近掩埋，这大雪封山，到处冰冻多厚，又怎样破土呢？

惠征夫人正在思虑重重之际，只听瑞麟说道："空云大师，雪已停了，明天我们要上路了，她们几人也要赶路了，但运河结冰，无法行船，既然那灵柩无法搬运，准备就近安葬，就请大师给他们寻找一片吉地吧，趁我等尚未上路，也可帮助他们母子几人。否则，我们这一走，人手更少，他们母子几人想挪动那棺木就更困难了。"

惠征夫人也急忙施礼说道："大师，有劳你给随便选择一块地方吧，大师的恩德我们母子几人终生不会忘记的，将来有机会一定报答。"

空云大师急忙还礼，沉吟片刻说道："施主不必多礼，与人为善是我佛门的真性所在，依老衲所见，这天寒地冻之际，掘土凿洞穴实在困难，施主如果不嫌弃，就让令先夫的灵柩葬在寺后的那个尚未填平的大坑里吧。"

惠征夫人想想，别无他法，只好点头应允。

空云大师见惠征夫人同意了，喃喃自语道："这也许正是天数，或许就是缘吧。如果不是大雪所困，那灵柩怎会来此？如果那乡绅不因贪宝掘地，又怎会在我的寺院后留有一个大坑呢？如果不是因掘坑伤了人，怎会匆忙之中不把那坑填平呢？唉，天意不可违，这是天意啊！"

在空云大师、瑞麟等人的帮助下，惠征夫人把丈夫的灵柩运到凤凰寺后，当他们把棺木放进大坑时，只见一道火光从那凤凰嘴中掠起，在山坳中一闪消失了。紧接着听到一声巨响，发生了地震，从山上滚下的雪块把坑中的棺木埋得不知去向。就在刚才那声巨响中，本来就破旧的凤凰寺也轰然而倒，幸亏刚才众人都来帮助抬运棺木，寺中空无一人，否则，定会有人丧身在倒塌的寺院中。

众人你看看我，我看看你，脸色都吓得变了几变。众人正处在惊恐中，只见空云大师向众人躬身施礼说："阿弥陀佛，善哉！

善哉！真是天意不可违，老衲在此整整守候了一甲子年，师傅当年的推算终于应验了，老衲的责任尽到，可以云游天下了。"

惠征夫人听不懂空云大师话中的含义，她以为大师在责备她，急忙惊恐地施礼说："大师，我——"

不待她说下去，空云大师扫了一眼站在身旁的兰姑娘，打断她的话说："女施主，恭喜你了！"

"恭喜我？"惠征夫人吃惊而又不解地问。

空云大师也不解释，一施礼，长啸一声飘然向山下走去。

"师父，你去哪里？我呢？"净文追过去喊道。

"随我云游天下吧。"

空云大师头也不回地走了，不多久，师徒二人消失在茫茫雪海中。

惠征夫人泪流满面地叹息一声，正要开口，瑞麟走过来，由侍从那里拿过一百两银子递给惠征夫人说："古人道，同渡一船也是八百年前的缘分。而我们同为大雪所困，避难寺庙，这也许正是一种上天安排的缘分吧？如今夫人偶然落魄，从此地距京都尚有千里之遥，又因冰封水道无法行船，你们也要雇车从陆路行走，我们也要南行了，今日相别无所馈送，这一百两银子就送给夫人及公子和小姐做路费吧。请夫人不必推辞。"

说真的，惠征夫人此时囊中真是空空如洗，如今有人送上这一百两银子，真可谓雪中送炭。但她仍装出不能接收的样子说道："萍水相逢，让官人破费，我们孤儿寡母实在感激不尽，将来一定加倍奉还，请官人留下姓名地址。"

惠征夫人说完，又上前施了一礼。

瑞麟哈哈一笑，说道："区区小事，何足挂齿，我和令先夫又是同族，危难之中互相帮助也是应该的，请夫人不必多礼！"

"照儿、桂儿、兰儿、蓉儿，还不快来向恩公行礼！"惠征夫人仍然含着泪水说。

四个身穿孝服的少男少女一同过来，手拉着手跪下向瑞麟施礼说道："多谢恩公相助！"

瑞麟急忙把他们拉了起来，对惠征夫人说道："如今寺院已被山崩震倒，空云大师都下山而去，说不定山中还可能发生地震，此地不可久留，我们也就此分手吧。"

瑞麟说完，也和两名侍从一同下山而去。

惠征夫人看看白茫茫的山，不知丈夫的棺木在刚才的雪崩中埋到何处，她又看看自己四个尚未成年的儿女，说不出的悲伤与凄凉，鼻子一酸，泪水又流了出来。

"娘，咱们去雇一辆车上路吧。"兰儿边给娘擦眼泪边说道。

惠征夫人抚摸着兰儿的头说："你们兄弟姊妹几人中就数你最机灵，娘将来就靠你了。"

兰儿点点头："娘，女儿不会让你失望的。"

白雪皑皑的大地上，一条羊肠小道向北方蜿蜒着，一辆破旧的大车"吱咯吱咯"地消失在茫茫雪海中……

暮秋的后半夜，一轮弯弯的月牙儿沉入茫茫的夜雾中，天上只有几颗昏暗的小星星闪着疲倦的光。

夜，昏沉沉，静悄悄。

突然，一阵"汪汪"的狗吠声打破了夜的静谧，两个黑影在快速地向集镇的中间疾行着，后边紧跟着一条狂叫不停的大狗。

"陈大哥，毙了这畜生，不能让它坏了咱们的大事。"

"我来，德顺弟！"

陈大喜话音未落，转身挥出一镖，那跟在他们身后狂叫的大狗"汪"的一声扑倒在地上，再也叫不出声来，周围又恢复了寂静。

"嘀，陈大哥真是好身手，让小弟开了眼界，小弟真服了。"

张德顺边走边夸赞着，陈大喜也不搭理，只顾埋头向前走，过了一会儿，陈大喜才回过头问道："还有多远？"

"不远了，就在前面。"张德顺指点着说。

他们来到一所半新不旧的院子前，向四下里望望，见无人跟踪，张德顺才悄悄把脸贴近大门，尖声地学了几遍猫头鹰的叫声。

不一会儿，从院子里传来脚步声，有人从门缝里向外轻声问道："这么晚了，谁呀？"

"大哥，我是德顺，快开门！"

门"吱"的一声打开了，从里面探出一个人头来，催促道："是德顺和大喜吧！快进来吧！"

三人进到院中，张乐行重新把门拴好，又把他们两人带进屋里，这才问道："情况怎么样？"

陈大喜稍稍喘口气说："大哥，事情很顺利，我们已经和太平军联络上了，他们也四处派人和我们联络呢！由于缺少内线一直没有联络上，正巧我们找上门，他们一听我们捻子主动和他们联系很高兴，立即答应合作，共创大业！"

张乐行点点头，又问道："是哪一路大军？"

"英王的大军，我们还见到了英王陈玉成本人呢！"陈大喜忙说道，"英王告诉我，如果我们和他们合作，他可以把我们拉起队伍的事上奏洪天王，洪天王也会给我们封王封爵。"

"大哥，把咱们的捻子拉起来吧，洪天王也会给大哥你封一个像英王陈玉成那样的王。"张德顺急忙补充说道，话语里显然有几分欣喜。

张乐行没有立即回答他们两人的话，静静地思索了一会儿，然后把桌上的小油灯拨亮一些。过了片刻，他站起来在室内来回踱步。

陈大喜和张德顺见张乐行沉默不语，都十分困惑地注视着他，张德顺有点不解地问道："大哥，你派我和陈大哥同太平军联络，如今联络上了，人家也答应和我们合作，你怎么又犹豫了呢？难道不想干了？"

张乐行仍没有回答他的话，他又来回踱了几趟才停下来说道："干是一定要干的，只是我们的力量太薄弱，仅我们这一支捻子拉起了队伍不成气候，即使和太平军联合，也只能听他们的指挥，时间一久还不是被他们吞并！"

陈大喜若有所悟地说："大哥的意思是要干咱自己干，也像太平军那样打下一个城市做都城，大哥做天王当皇帝，我等都做一个王爷。"

陈大喜话音未落，张德顺就乐了，一拍大腿说道："对呀，那样太棒了，大哥你当天王，也给我封一个什么王爷！"

张乐行急忙摆手制止他说："小声点，以防隔墙有耳，这可是杀头的大罪呀！"

"怕什么，反正我们快要拉起了队伍，同他们大张旗鼓地干，杀头？可不是他们杀咱，是咱杀他们。"

张乐行摇摇头："有许多事你不明白，不像你说得那么简单，必须周密考虑，各方面准备成熟后才能干。"

陈大喜赞同地说："张大哥说得对，这事不能急，让张大哥仔细考虑考虑再行动。"

"大哥，你说咋干？"张德顺又问道。

"自从你们走后我一直在思考如何拉起队伍的事，仅靠我们这一支捻子是不行的，要想成大事必须团结各路英雄好汉共同举事。当年明太祖朱元璋是这样，李自成李闯王也是这样，还有，洪秀全洪天王也是，我们要成大事也必须效仿他们。"

陈大喜点点头："仅这淮河以北的捻子就有十八坛三十六支，如果把这些弟兄们团结起来一定会干一番大事的。"

"我的意思就是这样，在没有同太平军联合之前必须把这十八坛三十六支捻子联络起来，推举出一位盟主指挥十八坛三十六支捻子，我们有了自己声势浩大的队伍，再和太平军合作时就可以同他们平起平坐不至于称臣了。"

"还是大哥考虑周到。"张德顺钦佩地说。

"那么，谁来当这十八坛三十六支的盟主呢？"陈大喜疑惑地问。

"嗬！这还用问吗？当然是我大哥了。"

张乐行见陈大喜并没有说话，急忙训斥说："德顺，你乱嚼什么舌头，人还没联络就说盟主的事，让人听了还不笑话，以后不要胡乱说话，至于推举盟主的事必须等到十八坛三十六支捻子的头领会集后，共同集会研究，推举出德高望重有领导才能的人担任，你大哥我如此年轻怎能担当如此大任呢？"

陈大喜一听，急忙说道："张大哥也不必谦虚，曾经有一个云游的和尚不是给大哥相过面吗？说大哥是帅才，具有封王封侯的面相，这盟主之位必是大哥的，只是现在如何联络各路捻子，又在什么地方集会最安全可靠呢？"

张乐行不假思索地说："这个事我已经考虑过了，咱雉河集就是最好的地点，这里地处安徽西北部，是安徽、河南、山东三省的交界处，地偏人稀，又没有清兵的重兵把守，更何况这里是咱们捻子活动最多的地方，有雄厚的群众基础，万一有什么变动也容易隐蔽转移。"

"对，雉河集是咱的地盘，集会时咱说了算，也有利于大哥当盟主。大哥，你说什么时候干？"

张德顺还要说下去，张乐行狠狠地瞪了他一眼，批评说："又提盟主的事，你的耳朵呢？以后再听你乱嚷嚷，我封上你的嘴！"

陈大喜见张乐行真的生气了，便劝阻说："张大哥不必动气，德顺说的也在理，这联络一事是咱发起的，大哥理所当然要当盟主，况且大哥又有这个才能。大哥，你看我们什么时间发出英雄帖，邀请各路坛主来咱这里集会，共商大事呢？"

张乐行这才略一思索地说："宜早不宜迟，夜长梦多，如果你们不觉得辛苦，明天就召集几位头领商讨这事，然后派人分头行动联络各路坛主，你认为呢？"

陈大喜点点头："明天就干，仍由我和德顺去联络吧，不会让大哥失望的。"

张乐行看看陈大喜，又回头看看张德顺，这才坐了下来，拍拍他们的肩膀说："你我都是兄弟，同生死共患难。"

这时，东方的天空已露出了鱼白肚。

第二章

雉河集捻军树义帜
八公山大师论因缘

张乐行说着，抑制不住地洒下泪来，他"唰"的一声从腰中拔出刀来割破自己的手指，大滴大滴的鲜血流了出来。早有人抱出一坛酒，他又把血滴在酒坛中，其他人也一一效仿。

雉河集虽然并不是什么重镇，也不富庶，但它地处皖西北地区，又是四省交界之地，因此，也算得上一座大集镇了。每到逢集赶场之日，四乡八邻的庄稼人和生意人都来此做点买卖或购置一些日常用品。而这种逢集赶场之日并不是天天都有，按照当地风俗，以十日为算，每逢四六九赶场。

秋忙之后，农民大多都闲了下来，赶场的人自然多了起来，当家的上街添买一些过冬用品，大姑娘小媳妇上街溜达溜达，舒散一下秋忙时的一身倦意。

这天，来雉河集赶场的人似乎比往常多，不仅有附近十里八乡前来赶场的人，更有百八十里前来集会的捻子头领。原来，十八坛三十六支捻子的头领在张乐行的倡导和联络下，今天在此会盟。

天刚近午，从四方赶来的各路捻子头领都悄悄按照约定暗号被带到一个深宅大院，在一一验明身份后，张乐行知道十八坛三十六支捻子的头领全部到齐了，心中十分高兴，便吩咐下去准备开会议事。

张乐行在十几位兄弟的簇拥下走进议事堂，他边走边拱手向众人施礼说道："承蒙各位头领不辞辛劳赶来，幸会，幸会。"

张乐行一边热情地邀请众人坐下，一边坐到东道主的座位上，他扫视了一下众人，待众人平静下来后，朗声说道："各位头领，各位兄弟，今天邀请大家来此集会是有大事相商，这一点各位当家的早已明白，现在我们就共同商讨一下拉起队伍的事。"

张乐行顿了一下，清了清嗓子接着说道："南方的太平军早已扯起了杆子，拉起了大旗，大张旗鼓地干了起来，并且打下了南京，洪天王在那里坐上了龙椅，分封了各路爵王。如今又派几路大军西征和北伐，据我派出的探子回报，北伐大军的首领是英王陈玉成和忠王李秀成，我已派人同陈将军联络上了，陈将军北伐的路线就从我们捻子活动的地盘上经过，他希望我们能够和他们相配合，共图大业，不知各位当家的有何打算？"

张乐行说完，目光就从在座的每一位头领脸上扫过，希望能看出他想得到的回应来。

大家沉思了一会儿，龚得树站起来说道："他太平军能干出这番轰轰烈烈的大事业，咱捻子也能干，咱捻子暗中活动几十年了，也曾默默地干出几件大快人心的事来，比如杀死恶霸陈老三，抢亳州大户王进财的粮食救济当地百姓。如今世道大乱，各路豪杰纷纷举旗反清，咱捻子也应该由暗到明大干一场，不然，江山被别人抢去了，哪还有咱捻子的份。张大哥，你说怎么大干一场？既然你邀请大家来此集会，心中一定有了自己的打算，不妨说出来让大家考虑考虑。"

"对，张贤弟，你先把自己的打算说一说，让咱弟兄们心中也有个数。"郭松林也站起来说道。

"张大哥，你就说吧。"陈大喜从旁边催促道。

张乐行重新站起来说道："承蒙众兄弟的信任，恭敬不如从命，我就把自己的想法说出来，请众头领定夺。对于把咱捻子拉成杆子的事，我早就有此想法，却没有合适的机会，自从太平军在南方轰轰烈烈地发展起来后，我更坚定了这个信心，他们太平军能做的咱捻子也同样能做，洪秀全能称帝封王咱们也可以称帝封王。因此，我派出几个弟兄四处打探太平军的动向，得到英王陈玉成和忠王李秀成北伐的消息，就立即派陈大喜和陈将军取得联系，他听说我们要配合太平军很是高兴，要求我们捻子尽快拉起队伍，陈将军决定上奏我们捻子的事，并要求洪天王给我们封王封爵。"

"嗬，这样太好了，我也可以封个王了。"

张乐行的话被打断了，众人回头一看，是西路一坛的头领任化邦，他见众人的目光都投向自己，有点不好意思地低下头。这时，张乐行接着说道："正如任化邦老弟所说，我们都可以封王，好是好，但我们十八坛三十六支捻子太分散，力量不够集中，如果接受了太平军的封爵，就可能被他们吞并，我们捻子自己辛辛苦苦组织起来的人马就前功尽弃了。"

张乐行说到这里，扫视了一下各路坛主，然后问道："你们认为怎么样？"

众人都一致点头说道："不错，如果我们接受了他们的封号就有可能被太平军吞并。"

"如果不和太平军联合起来，仅靠咱淮北十八坛三十六支捻子能成大事吗？"任化邦又提出疑问说。

"不错，我召集各位当家的到此就是讨论这件大事的。"张乐行趁机说道。

"加入太平军也不好，不加入又难成大事，这——依张大哥的意见呢？"龚得树有点困惑地说。

张乐行待众人讨论了一阵子，稍稍平息后接着说道："在下认为，我们皖北十八坛三十六支的捻子必须联合起来，成为一个整体才有强大的力量，推举出一位盟主进行统一领导统一指挥，以整个淮北各坛的集体力量同太平军合作，并且保持我们捻子的独立，这样才能在合作中不被太平军所吞没，只接受他们的封号而不接受他们的领导。各位坛主你们认为怎样？"

众人听了张乐行的讲话后都悄悄议论起来，纷纷打起自己的小算盘，联合起来可以，但让自己交出坛主的大权却不行，何况这盟主谁不想当呢？一声令下可以号令皖北各路的捻子，也够威风的。想归想，谁有此资格当盟主呢？

张乐行见众人仍在议论不休，他示意让众人静下来说道："我们推举盟主统一指挥捻子，并不是让各位头领交出自己的领导权，各位头领仍然负责自己坛中的工作，加盟联合后，我们十八坛三十六支兄弟拧成一股绳，有福同享，有难同当，统一行动，共同对敌。"

张乐行刚讲到这里，龚得树就站起来说道："如果是这样，我第一个加盟。"

接着，任化邦、郭松林、邱远才等人也纷纷表示加盟。不多久，十八坛三十六支捻子的头领大都举手表示同意加盟，最后有个别观望的人见众人都同意了，也只好表示同意。

张乐行见众人都同意结成联盟了，很是高兴，主动站起来说道："联合行动，这是大势所趋，也是人心所向。既然各位坛主、头领都同意加盟，现在我们就共同商讨一下推举盟主的事吧。有了盟主就便于统一领导了，我们淮北的捻子从今天就可以由暗而明正式扯出自己的旗号了。下面就请大家讨论推举盟主的人选。"

张乐行话音刚落，任化邦就率先站起来说道："我是个心直口快的人，有话憋在心里难受，我先说。今天大家能够在这雉河集会盟全是张大哥的功劳，既然会盟一事是张大哥想出来的，也是张大哥组织起来的，可见张大哥很有组织才能和领导才能，我赞成张大哥做盟主。"

"我也赞成张大哥做盟主。"任化邦还没有坐下，龚得树又站出来说道，"张大哥为咱淮北的捻子拉起队伍出了力不算，他已经和太平军的将领取得联系，这联盟后与太平军合作的事也只有靠张大哥了，盟主一位非张大哥莫属。"

经任化邦和龚得树这两人一提议，众人纷纷议论起来，有同意的，也有反对，更多的人是沉默。

张乐行担心这种局面僵持下去对自己不利，于是站起来，以退为进地说道："各位兄弟，我张乐行提出联盟行动并不是想当什么盟主，只是想为咱淮北的捻子想一条出路，整日这样暗中行动何时才是尽头，只有联合起来配合太平军北伐行动，才能打出我们捻子的声望，将来才可能干出轰轰烈烈的大事，也才有出头之日。我张乐行这样做只是抛砖引玉，请大家推举德高望重、有贤才的人当盟主。"

张乐行刚说到这里，郭松林就站起来说道："张大哥，你不必推辞了，如果你没资格做盟主，别人就更没有这个资格了。"

张乐行见时机成熟，向身旁的张宗禹使了一个眼色，张宗禹会意，急忙站起来说道："张大哥为了今天能够集会于此不知动了多少脑子，反复筹划，既要确保各位头领安全，又不至于引起官府怀疑，张大哥才费尽心机选在今天逢庙会的日子，并且选在这个既热闹而又不会引人注意的地方。为了取得和太平军的联系，张大哥更是制订了周密的计划。古人说，谋事在人，成事在天。我们这次集会的初步成功正是张大哥谋划得好。张大哥，既然众头领都一致推举你为盟主，你就不必推辞了，多担一些责任，也为咱淮北的捻子早日出头做点事吧！张大哥，小弟代表众位首领求你了。"

张宗禹说完，当着众人的面"扑通"一声跪下，说道："张大哥，如果你不接受小弟的请求，我就跪下永不起来。"

张乐行见状，一时不知如何是好，急忙上前拉住张宗禹的手说："张小弟快快起来，你这样做太为难我了，只为不才，难当大任，即使答应你又怎能服得了其他各位头领呢？"

众人见状，都十分感动，一为张宗禹的率直坦诚所感动，二为张乐行的虔诚恭让所感动，谁还能说什么呢？大家都高声说道："张大哥，你就接受张小弟的请求吧，我们对张大哥心服口服，一致推举你为盟主，甘愿接受你的领导。"

张乐行知道时机真正成熟了，上前拉起张宗禹，十分动情地说道："贤弟快快请起。各位头领，我张乐行不才，但愿意接受大家的请求暂且坐这盟主的位子，一旦将来有合适的人选，张某一定让出来。在没有找到合适的人选之前，张某一定加倍尽心，不负众望，和大家一起，为咱淮北的捻子找出一条干大事的路来。"

张乐行说着，抑制不住地洒下泪来，他"唰"的一声从腰中拔出刀来割破自己的手指，大滴大滴的鲜血流了出来。早有人抱出一坛酒，他又把血滴在酒坛中，其他人也一一效仿。

几个兄弟把血酒倒在碗中，每一位头领各捧一碗血酒，在张乐行的带领下，大家面对神坛焚香、下跪、盟誓："天下捻子皆兄弟，有福同享，有难同当。今日结盟，永不反悔。统一行动，统一指挥。"

盟誓完毕，大家把碗中的血酒一饮而尽。

张乐行正式坐上盟主之位，他立即召开了一个扯旗拉杆子会议。在他的建议下，十八坛三十六支捻子由暗而明，并且建立起军制，组建成黄、白、红、黑、蓝五旗，以雉河集为中心定为红旗，其他东南西北四方各设一位旗主。东方为白旗，龚得树为旗主，下设三坛六支捻军；南方为蓝旗，郭松林为旗主，下设三坛六支捻军；西方为黄旗，任化邦为旗主，下设三坛六支捻军；北方为黑旗，邱远才为旗主，下设三坛六支捻军。张乐行自己本人既是盟主又是红旗旗主，领导六坛十二支捻军。

从雉河集会盟以后，捻军正式扯起了反清的大旗，他们和太平军遥相呼应，震撼着中原大地。

新年刚过，按节气已是春天，但淮北地区仍没有丝毫春的踪迹，到处是冰封大地，积雪累累。

这天，张乐行正闲着无事到练兵场看士兵操练，陈大喜匆匆忙忙跑来报告说："张大哥，太平军有信使来报，说有要事面见大哥。"

"什么事？"张乐行十分镇定地问道。

"来人只说有要事，其余一字未提，并说只同大哥一人直说。"

张乐行随陈大喜来到议事厅，那位信使早已等待多时了。信使拜见了张乐行，并呈上密信。张乐行见信封加盖"十万火急"，并有"张乐行将军亲启"等字样，也不敢怠慢，立即郑重地拆启信封认真地阅读起来，只见上面写道：

张兄乐行将军台驾：

　　小弟已将仁兄扯旗举义之事上奏天王，天王甚悦，愿意接受仁兄"听封而不听调"的条件，今封仁兄为征北大将军，其他将领封号见后，希望仁兄以反清大局为重，配合我军北伐。你我兄弟执手并肩，挥师北上，直捣京津，痛饮庆功酒指日可待也。不日，我大军将过征你辖地段，为顺利北伐，请将军挥师南下，与小弟联手攻克寿州、霍邱、六安。你我两支大军一北一南、一左一右，何城不克也！

　　请将军速速行动。

小弟玉成顿首顿首

　　张乐行看完信，心中思量：陈玉成身为太平天国的英王，对我如此客气，称兄道弟，洪天王也很讲义气，我没有为他们出力就封我为征北大将军，并且接受我"听封不听调"的要求。陈玉成与李秀成此次北伐势不可当，清兵望风而逃，即使我不合作太平军同样可以攻克这些城市，何不与他们联手行动呢？将来攻克京津也有我的一番功劳。如果我捻军形势发展缓慢，凭着北伐的功劳可以封王封爵，泽被子孙。万一捻军有迅猛之势发展，打下京津之后再与太平天国平分江山也不迟。

　　想到这里，张乐行微微一笑，对站在身边的陈大喜说道："大喜，洪天王接受了我们的要求，'听封不听调'，对你我兄弟都有所加封。不过，陈将军要求我们配合他们北伐，希望咱捻军南下攻克寿州、霍邱等地。"

　　"张大哥，你的意思呢？"

　　"这是第一次同太平军的兄弟合作，怎能拒绝陈将军的要求呢？何况，我们拉起队伍后虽然同地方小股清兵交过手胜了几仗，但大规模的仗还没有打过，也该让弟兄们锻炼一下，将来才可能成大事。"

"张大哥，那我们什么时候行动呢？"

张乐行沉思片刻说道："宜早不宜迟，让弟兄们稍稍准备一下，后天出发，力争正月十五前打下寿州。"

张乐行好好款待了陈玉成的信使，又写了一封回信着来人带回。接下来便升帐集合，召集属下各路将领集会商讨军务。

掌灯时分，各路旗主及属下将领聚齐，张乐行开始升帐讨论这次南下与太平军会师的事。他先把英王陈玉成送来的信向众人宣读一遍，接下来宣布洪天王给几路旗主的封号：东白旗旗主龚得树为征北左翼大将军，西黄旗旗主任化邦为征北右翼大将军，南蓝旗旗主郭松林为征北震天大将军，北黑旗旗主邱远才为征北威地大将军。其余各将待立功之后再做进一步封赏，各路征北大将军如果在今后的征战合作中立下功劳，将进一步加封王爵封号。

宣读封号完毕，张乐行直接说道："各位将军对陈玉成将军要求我们南下会师铲除征北障碍一事有什么想法？是去还是不去？"

"去！"众人齐声说道。

张乐行点点头："看样子我们是想到一块儿了，这叫英雄所见略同。既然大家都同意去，我就不再多说，下面就商讨一下如何南下会师陈将军的事吧。"

待众人商讨一阵子之后，张乐行接着说道："据探马报知，陈玉成将军已经攻克安庆，准备从安庆北上攻打桐城、庐江、舒城等地和我们会师六安。太平军的另一位将领李秀成将军将从芜湖北上，攻打巢湖等地，最后我们三路大军会合一处攻取庐州，再继续北上。目前，我们捻军的任务是渡过淮河，南下攻打寿州、霍邱等地，到六安与陈玉成将军会师，大家就行军方案商讨一下。"

震天将军郭松林站出来说道："寿州一带都是我属下兄弟们的活动范围，地熟人熟，由我率领蓝旗的兄弟们做开路先锋，抢渡淮河，直捣寿州，保证大获全胜。"

张乐行一听，沉思片刻，认为郭松林讲得有理，便点头说道："好，就由你率领旗下兄弟前面开路，我带领红旗人马随后与你配合。"

"还有我们西黄旗的兄弟们呢！"

张乐行话音未落，任化邦就抢先说道。张乐行抬头看看他十分急躁的样子，哈哈一笑，说道："你作为大军的后续部队断后，同时负责前线大军的军需供给工作，你能保证完成任务吗？"

"保证不让张大哥失望！"任化邦十分自信地说。

"好吧，这事就交给你了。"张乐行边说边扫视了一下其他几位旗主，"你们还有什么意见也一同说出来，三个臭皮匠抵上一个诸葛亮，自己兄弟不必客气。"

邱远才向众人一拱手，十分谦虚地说："小弟有句话不知当讲不当讲？"

"邱大哥，张大哥刚才不是讲了，都是自家弟兄不必客气，有话就讲，别文绉绉的憋死人！"

龚得树的几句粗话惹得大家哈哈直笑，邱远才只好微红着脸说道："这次南下与太平军会师，也有上千里行程，攻克好几座城镇，虽然没有大规模清军防守，但地方团练却不少。我大军向来缺少作战经验，初次与敌人大规模交锋，胜负一时难料，万一初战不利退而留守老家，也必须为自己留个后路，这淮河以北的地盘是万万不可失的，况且——"

不等邱远才说下去，龚得树就打断了他的话："邱大哥，你怎么这样婆婆妈妈的，咱兄们还没有出兵呢，你就泼冷水，你能不能讲几句吉利话？"

"龚兄弟，你不能这样训斥邱大哥。"张乐行立即批评说，"邱大哥的话有道理，我们这次南下和太平军会合，也不可能一帆风顺，万一遇到重大挫折怎么办？这一点必须考虑到，留一条后路是应该的。"

张乐行说到这里，看看邱远才和龚得树，然后说道："为了我们在前方能够安心征战，也为咱捻军留一条后路，就派你们黑、白两位旗主留守后方大本营，闲暇时再扩充实力，招收弟兄，不知两位有何想法？"

"这——"龚得树看看张乐行，"小弟也想随大哥上南方凑凑热闹。"

张乐行哈哈一笑："想打仗？将来有你打的，积攒着劲吧，这次就和邱大哥一同留下吧。如果顺利，我们不久就会回来，那时再由你打头阵北上攻打徐州等地。"

龚得树挠挠头："小弟听从大哥的吩咐。"

张乐行看看天色已晚，南征的事已讨论得差不多，又着重吩咐了几句，详细安排了几件事，这才下令散会，准备明天出发南征。

白雪覆盖的原野上，走来一支农民武装的队伍，行军的队列不很整齐却十分精神。大队人马的前面有一匹枣红战马，上面端坐着一位红脸大汉，这就是征北大将军捻军五旗盟主张乐行将军，他正率领红旗捻军兄弟渡淮南征准备同太平军会师。

队伍正在行进着。

忽然，从前面跑来一匹探马，张德顺从马上跳下来，迅速行了一个见面礼说："报告大哥，郭大哥的队伍已渡过淮河驻扎在寿州城西门，正在等待大哥的大部队赶到就开始攻城了。"

张乐行点点头问道："我们大军距寿州城还有多远？"

"回大哥，还有一百来里。"张德顺答道。

张乐行想了想，又问道："这是什么地方？"

陈大喜上前说道："前面就是八公山了。"

"八公山？"张乐行又念叨一遍，"听说这山上有一位通阴阳知天数的和尚能够未卜先知？"

陈大喜笑了："我也听说过，至于他能否未卜先知我看只是传闻罢了，世上哪有未卜先知的事？我从来不相信那些旁门左道，不过是一些术士骗几个钱为生罢了。"

张乐行摇摇头："文王八卦古已有之，诸葛亮的奇门遁甲，刘伯温的推背图，这些道理不是一般人轻易能够理解的，偶尔有几位大师潜心钻研，参透易理，知阴阳懂天命也属正常，不能不信有这样的世外高人，我们不妨前去拜访一下。"

张乐行说着，抬头看看天已近午，便对陈大喜说："下令就地休息，埋灶做饭，我们悄悄去山上寻找一下，打听打听有没有这样一位世外高人，不妨请他给我们卜上一卦。"

"难道大哥——"

张乐行摆手阻止了陈大喜说下去："你去传令吧，速去速回，我们还要上山呢！"

"遵命！"

陈大喜行了一个礼，骑马跑了出去。

巍巍大山中，积雪斑斑。一座古老的庙宇隐在大雪覆盖的松林中。

张乐行在陈大喜和张德顺的陪同下来到古庙旁边。这时，刚好有一位小和尚外出挑水走来，张乐行急忙上前施礼说道："请问这位师父，空云大师在吗？我们有要事拜见大师。"

"这——"小和尚欲言又止，稍稍迟疑一下又说道，"家师年事已高，早已闭门参禅，一心向佛门，对俗事不再过问，你们还是请回吧，阿弥陀佛，施主，多有得罪了。"

张乐行十分失望，他看看幽深而古旧的寺庙，又看看灰沉沉的天空，微微叹息一声说："敢问大师，这话是空云大师他老人家让你说的，还是你自己说的？"

小和尚微微一怔，忙说道："这是家师让弟子说的，他老人家已有三年没有见客了，谢绝一切来访客人。"

张乐行点点头，十分平和地说："空云大师果然守信言，他也的确应该闭门参禅，他终于做到了这一点，成为一位得道的高僧，这是佛门大幸啊！"

张乐行的这几句话让小和尚、陈大喜与张德顺都是一愣，张德顺禁不住问道："大哥，你和空云大师认识？"

张乐行微微叹了口气："岂止认识，可以说渊源颇深，说来话长——"张乐行说到这里，故意停顿了一下，他侧眼瞟瞟小和尚又意味深长地说，"说实在的，今天来访空云大师，还是他老人家主动邀请我来的呢！"

陈大喜和张德顺十分惊奇，小和尚也莫名其妙，他见张乐行这么说，一时不知说什么好，稍稍迟疑片刻才说道："既然是家师相约，待我回报家师询问一下，问他见不见你们，请问施主尊姓大名？"

张乐行点点头："这样也好，你就告诉大师，说淮北张乐行来访就可以了，空云大师一定会记起在下的。"

小和尚走向寺内，张德顺忙问道："大哥，你真的和这位空云大师有约吗？"

张乐行微微一笑："不这样说，那位师父会去给我们通报吗？我们岂不是白跑一趟？"

陈大喜忙问道："张大哥能诈住那位小和尚却诈不住那位空云大师，我们还是白跑一趟呀！"

"只好碰碰运气了。"

张乐行话音刚落，那位小和尚就跑了出来，十分有礼貌地说："三位施主，请吧！"

三人大喜，随小和尚走进寺庙。

三人走进室内，佛像前盘坐着一位须眉皆白、面色红润的大师。不用问，这就是空云大师了。

尽管三人走进室内，空云大师依然垂眉闭眼，嘴唇轻轻翕动着，似乎身外无物。张乐行见状，急忙上前施礼说："俗家弟子张乐行拜见大师。"

说完，躬身一拜。

空云大师这才停住诵经，道一声"阿弥陀佛"，然后说道："施主缘何打诳语，有何指教请讲吧！"

张乐行重新上前施礼说道:"在下张乐行因有事路过贵寺,想恳求大师指点迷津,但那位小师父不给通报,在下故意撒谎,多有冒犯大师,请大师海涵!"

　　"施主,老衲确实早已闭门参禅,心向佛法,如此打坐已经三年没有见客了。今日有幸见到施主这是施主的造化,也是天数吧,施主刚才说与老衲有缘,如果从天数而论,施主的话没有错,你我确实有缘,也正是这个'缘'字,老衲今天才破例接见了你们。"

　　张乐行本来估计空云大师会责备他,没想到空云大师却说出这番令他丈二和尚摸不着头脑的话,急忙躬身说道:"大师,在下愚钝,请指教。"

　　空云大师这才微叹一声,睁开微闭的双眼,慢慢说道:"三年前,老衲闭门打坐心向佛法之时,曾留下谶语,老衲闭门参禅满一个大周天的天数那一日,若有客人前来讨问,不论讨问什么老衲都悉心相告,如果早来或迟来老衲坚决拒绝一切来访施主。施主刚才到时,恰恰赶上老衲所预算的天数,所以老衲称施主是有缘人。"

　　说到这里,空云大师又叹口气说:"也许是老衲的尘心一直没有尽去,六根未净吧。今天施主到此,老衲又将泄露天机了,罪过,罪过,但愿这是最后一次,施主请问吧。"

　　张乐行一听,真是又惊又喜,慌忙上前叩拜施礼说道:"真人面前不说假话,在下叫张乐行,雉河集人氏,现在为淮北五旗捻军的盟主,今接受南方太平军的邀请,挥师南下与太平军会合,为太平军北伐扫清障碍。待两军汇为一处,几路大军并驱北上,直捣京津,救民水火。在下想问张某的宏图大业能否成功?请大师不吝指教。"

　　张乐行说完,只见空云大师仍然微闭着双眼,稍稍嘀咕几句谁也听不懂的话,然后缓缓说道:"成又如何,败又如何;成亦败,败亦败;成亦成,败亦成;一切听命于天,心向如此,心则安焉。时数不到,打打杀杀下下策也,天数当尽,神人无助也,望施主知天命顺天意。"

空云大师说完又诵起经文来。陈大喜和张德顺你看看我，我望望你，谁也没有听懂一句，就是张乐行也似懂非懂地傻愣着不知如何是好。过了一会儿，张乐行再次施礼说道："弟子实在不明，请大师说个明白。"

空云大师又睁开眼，叹息一声说道："施主这是强老衲所难，天机本不可泄露，老衲这一开口，三年的闭门又要从头开始，罪过，罪过。既然老衲留有谶语，今天就如施主所愿吧。实不相瞒，施主所从事的经天纬地大业是成功的也是失败的。"

"请问大师，这话从何而讲呢？怎么说既是成功的又是失败的呢？"张乐行问道。

"施主，成与败存乎一念。你认为成功则成功，你觉得失败，成功也是失败。"

"依大师所见，在下必败无疑了？"

"阿弥陀佛，施主虽近天命之年却不能知天命，甚憾，甚憾！"空云大师说到这里，又缓缓语气说，"说成功，施主可封王封爵，名震一方；说失败，施主大业未成身先去，留得遗憾后人评。"

张乐行微微一怔，忙问道："根据大师所说，在下所从事的事业不可能如愿了？难道大清朝的气数还没尽吗？"

空云大师摇摇头："太平不太平也，天王不知天是何物也，不知天何以称王，王则亡也！"

张乐行隐约知道空云大师暗示洪秀全和他的太平军一定要失败，他有点不服气地说："洪天王是开国明君，分王治天下，以六朝古都南京为都，男女同耕同织，人人平等，开科取士，男女同考，深得民心，如今又西征北伐，扫荡贼寇如风卷残云，挥师所到之地无可抵挡，势如破竹，不久即可捣毁清廷，一统天下，大师怎说洪天王必败呢？莫非将有新的真龙天子出现来收拾残局不成？"

张乐行所说的真龙天子其实是希望自己正是那冥冥之中的真龙天子，想不到，他话音刚落就看见空云大师摇摇头说道："老衲夜观天象，紫微星在北方闪耀，虽然不是十分光亮，但仍能光照五十余年，以此推断，大清的气数虽然衰弱但仍可延续几十年，气数未尽之时任你如何兴兵讨伐也无济于事，因为天命不可违。南方的洪天王本是一不听规劝的火龙，因不堪天庭修炼之苦而匆匆降落人间，行事固然猛烈，但终究不可成就大事，其败象在开始就已露出端倪。更有一点，就是那一帮村野之徒不识天象也不懂地理，当然就更加必败无疑了。洪天王本是一火龙投胎转世而生，他却选择金陵为都，金陵乃一水城，火水相克也。张将军，不是老衲给你泼冷水，洪天王仅是暗夜中一颗流火，转瞬即逝，多则十年少则八年，必败无疑，将军现在欲托身于他的篱下又怎能长久呢？"

张乐行听到这里，内心一凉，将信将疑地说："大清气数虽然未尽，但外敌入侵它却无力抵御，割地赔款，签订丧权辱国的条约；对内却横征暴敛，黎民百姓处于水深火热之中。我想拼自己身家性命救民于水火，请问大师，在下将如何替天行道、解百姓的安危呢？"

空云大师沉吟片刻说道："纵览大清的国运，兴国在白山黑水的辽沈，易卦云：从何处来将到何处去。以此卦理推知，大清必将退归辽沈一隅，最终以半壁江山亡于东北。仅靠自然规律等待下去，估计要等上七八十年方可。"

"凭人力能否尽快促使清王朝的覆灭呢？"张乐行插话问道。

"这——"

空云大师微闭着眼睛沉默不语，既不说行也不说不行。张乐行见状，估计他一定有什么办法能够促使大清快速亡国，急忙小心谨慎地试探说："大师如有什么妙法可行，在下宁可以全家性命搭上来换取广大百姓的安宁，请大师为天下百姓着想吧！"

张乐行见空云大师欲言又止，急忙跪下说道："大师以慈悲为怀，救天下百姓是最大的慈，看天下百姓流离失所客死他乡是最大的悲，难道大师真忍心见死不救吗？请大师为天下百姓着想，把救民的灵妙方法告知在下，在下一定用生命去完成大师的托付。"

张乐行说完，一揖到地。

陈大喜和张德顺见张乐行如此虔诚地向空云大师下跪请求，也一齐跪了下来。

空云大师忙说道："几位施主请起，不是老衲不想告知你们，这办法有没有效实在不可预知。"

"大师不妨说说看，如果可行，我等一定尽力去做，拼出性命也在所不惜。"张乐行恳求说。

"那好吧！"空云大师点点头，"老衲的这个想法也是从多年前的一个奇遇中想到的。说来话长，那还是老衲在凤凰寺为僧时，一年冬天，连续几天的大雪把几位过往客人阻滞在寺中，其中有一位妇人带着丈夫的棺材和四个儿女也被困在寺中。后来，虽然雪停天晴，但冰封河道无法行船，那位妇人便将棺木葬在寺后的山坡上。谁也没有料到，这妇人无意中为她丈夫寻到一处风水宝地，棺木刚一放进穴中，却地动山摇，发生了雪崩，埋葬棺木的洞穴自然填平而无处可寻。"空云大师讲到这里，叹了口气接着说道，"正是那场雪崩，我们的凤凰寺也被毁了，老衲便和弟子一同出走他方，几经周转才流落到这座古寺中。在我们走的时候，由于老衲感应到那风水的威力，唯恐遇到不测行走得匆忙一些，结果和我那弟子失去联系，从此，我们师徒再也没有相见。"

空云大师说到这里，脸上露出十分悲伤的神情。

张乐行怕空云大师把话扯远，急忙插话问道："请问大师，那风水宝地的威力与加速清王朝灭亡的方法有关系吗？"

空云大师点点头："不但有，而且关系很大呢！就老衲多年来的参悟，凤凰寺后面的那处风水暗合了凤凰山上的火凤凰，那处风水穴地也就是凤凰穴。天子为龙，皇后为凤，那位埋葬在凤凰穴的家人必有一女为皇后。由于这位皇后是因至刚至阳的火凤凰阴穴的天德所致而成就的极尊高位，这样的女性具备阳刚的男性性情，无论做什么事都以男性为比照，不愿比任何男子差，甚至九五之尊的皇上，她也试图一比高低。这样的女性取得皇后之位不但不能与皇上达到阴阳调和、龙凤呈祥的佳境，反而处处和皇上争锋斗势，暗藏心机，有取而代之的心机。"

空云大师讲到这里，稍稍缓了口气说道："以火凤凰的天地精灵铸就的穴脉实在是千年都不得而遇，想不到竟在我朝遇上了，这真是国家厄运、皇室的劫数。老衲查阅了许多书，对此穴记载的仅有一处，就是大唐贞观年间山西文水县有一武氏家族的坟墓得了火凤凰的风水，后来武氏家族生出一奇女，就是将大唐李氏皇室取而代之的武则天。"

空云大师讲到这里，张乐行、陈大喜、张德顺三人大吃一惊，张德顺急忙问道："大师，我朝得了火凤凰阴穴的那家女人也会把大清王朝的天下取而代之吗？"

空云大师摇摇头："这一点老衲确实无法猜测，但有一点可以肯定，那家的女娃一定可以成为皇后，而这位皇后也一定会和皇上争夺朝中大权，能否取而代之则看是否得天时了。"

张乐行又插话问道："请问大师，你所说的加速清王朝灭亡的办法是否就是从这位皇后身上着手呢？"

空云大师点点头："不错，老衲正是这个意思。你们只要派遣一人接近这位皇后从中挑唆，让皇后与皇上之间互相争斗就可促使大清天下早一天灭亡了。"

"这——"张乐行有点不相信地问道，"大师推断准确吗？"

"凭老衲对天象的参悟应该没有问题。"

陈大喜又提出疑问说："就是大师推断万无一失，这皇后与皇上相争斗，失败的必然是皇后，又怎会使大清朝早一天灭亡呢？"

空云大师摇摇头："内里玄机你们不懂，将来你们会相信老衲的言论，我无法向你们解释太多，你们如果不信就请回吧，我今天已破例说得太多。"

张乐行将信将疑，过了片刻，又说道："在下对大师的话深信不疑，请问大师，我们如何能够接近那位皇后呢？"

空云大师叹了口气:"要想接近那位皇后当然很难,但办法也是有的,不过要做出许多牺牲。"

"大师,你说吧,只要能够推翻清王朝让我大哥登上皇位,无论做什么我都愿意,就是死也行。"张德顺慌忙抢上前说道。

"死,那倒不必,但要有所牺牲,比如当宫女或当太监都可以进宫,只有这样才能接近皇上与皇后。"

"当太监?"

张德顺一愣,也只有这个办法才能接近皇上与皇后。张德顺不假思索地说:"大哥,如果大师的话能够实现,就让我去宫中当太监吧!"

张乐行摇摇头:"你别胡思乱想了,就是当太监也不能让你去,你去恐怕人家宫中还不接收呢。这事以后再说吧!"

空云大师抬头看看他们三人,缓缓说道:"如果你们三人真的想以太监的身份接近那位皇后的话,唯有这位小施主最合适,从相貌上看,他有出家人的心缘。"

张德顺笑了:"大哥,就让我入宫当太监吧,大师都说我是当太监的命,你就依了小弟吧,小弟能进入宫中和皇上见面,和大哥里应外合把皇上宰了,这大清的天下不就是咱姓张的吗?即使杀不了皇上也可以打听一些皇宫中的情报通知大哥,让大哥在外更好地行军打仗。"

张乐行示意不让张德顺讲下去,他等张德顺停下后又问道:"请问大师,那位皇后如今是否已登上皇后的位子?"

空云大师稍稍思考片刻说道:"如今尚没有登上皇后的高位,但她已成为宠妃了,离皇后之位只有一步之遥。"

"大哥,你答应让我去吧!也许这个办法真的奏效?"张德顺又央求说。

张德顺见张乐行只是拧眉思索没有听他讲话,又转向空云大师问道:"大师,你所说的那位能当上皇后的人叫什么?我就是能够进宫,如果不知道那位能当上皇后的人叫什么也无法从中行动。"

"小施主，如果你真有诚心就不必多问，该见到时自然会见到，该明白时自然能明白，何必多说呢？"

张德顺一听，空云大师说得在理，只要能够进去宫中，自然而然就会了解到那位能当上皇后的人。

张乐行沉思了一会儿又向空云大师施礼问道："请问大师，在下今后的征战过程中是否有什么大难？"

"戎马生涯刀枪之灾是难免的，但将军真正的劫数是在天命之年，请将军在天命之年处处小心为上。"

张乐行听空云大师这么说，心中一动，又问道："天命之年又是哪一年？在下将会遇到什么灾难？"

空云大师摇摇头："将军不必多问，该知道的时候自然就明白了，吉人自有天相，一切听命于上天吧。"

空云大师说着，抬头望望外面便闭上眼睛，过了片刻催促说："三位施主请回吧，我所算定的时辰已过，你们无论再问什么我也不会说了，老衲也无从知晓了。"

说完，空云大师继续打坐诵经，对张乐行他们三人的话不再搭理。张乐行知道再停留下去也无益，便道一声谢告辞了。

第三章

逐玄狐张德顺坠马
阻御杖那拉氏孕龙

皇后一声大喝打破了坤宁宫大厅的沉静："打！给我狠狠地打，也让这个贱人尝尝棍棒的厉害。"两名执事太监同时举起了杀威大棒，就在大棒快要接触到兰贵人的屁股时，猛听一声惊慌而又威严的喊叫："住手，打不得！"

离开古寺，三人骑马沿山路缓缓而下。

张乐行一边慢慢地走着，一边想着空云大师刚才所讲的话，虽然不十分相信他所说的话，但也认为他讲得有道理，宁可信其有不可信其无。只是这能够进宫接近那位未来皇后之人派谁去最合适呢？既要有胆有识，还要能察言观色见机行事，这人还必须是自己的亲信。此时，张乐行想到的最合适人选就是身边的这位得力干将陈大喜，他哪一点都符合要求，但张乐行也十分清楚，陈大喜是决计不会主动提出打入宫中的，而他又无法开口让陈大喜进宫为他做这件事。德顺呢？他是自己的堂弟，对他张乐行没有说的，让德顺为自己去死他都不会皱一下眉头，并且德顺自己主动要求当太监进宫。可他总觉得德顺不是最合适的人选，他觉得德顺诚实率直有余，在宫中做事所需要的奉迎拍马他却做不来，即使进入宫中也未必能够博得宫中显要人物的赏识，那样，所起的作用必然微乎其微，与做这件事所做出的牺牲不相称。更何况德顺是三叔唯一的根苗，三叔临终前再三叮嘱自己一定要把德顺养大成人。说真的，在张乐行心中，德顺虽是自己的堂弟，但比自己的儿子还亲，他是自己一手拉扯大的。

张乐行正在左思右想，猛然听到走在前面的张德顺惊叫一声："你们快看，那边雪地上有一只浑身乌黑的狐狸！"

张乐行抬头一看，果然发现前边不远的雪地上一只黑狐狸在小跑着。

"大哥，我去捉住它给你做件皮袄。"

德顺说着，纵马追了过去。

"山路太滑，要当心！"陈大喜向张德顺叫喊着。

张乐行看着德顺远去的身影，摇摇头，对陈大喜说道："这么大了，这孩子的脾气一点儿也没改，真拿他没办法！"

陈大喜看看远处正在追赶黑狐狸的张德顺，又回头望望张乐行，突然问道："张大哥，德顺兄弟提出要求进宫的事，你是怎样打算的？"

张乐行摇摇头："他做事太莽撞，不合适。"

"莫非张大哥已经有了合适的人选？"

张乐行叹了口气，意味深长地说："我认为合适的人选，人家却未必愿意去呀！去那儿生死难卜不说，还要在肉体和精神上付出很大代价。"

陈大喜也隐隐约约揣摩出张乐行话中的意思，那是希望自己去。但他心中有数，他是万万不能去那个鬼地方的，他要干一番轰轰烈烈的大事，他要为自己寻找一个最合适的地方，能够展现自己才华的地方。

两人都沉默了，停下来全神贯注地观看张德顺追赶黑狐狸。由于山路太滑，又有小树林，马跑不快，反而不如狐狸灵活。那只黑狐狸也似乎明白自己的优势，并不在一条直路上奔跑，却在几株小树旁边和张德顺兜圈子。小狐狸仿佛在气张德顺，他跑它也跑，他停它也停，始终和追赶它的人保持几米的距离。

张乐行见张德顺好久追不上那只黑狐狸，便冲着他喊道："追不上就算了，回来吧，我们还要赶路！"

张德顺似乎没有听见他大哥的呼喊，又纵马追了过去。

陈大喜沉默了一会儿，突然转过脸对张乐行说道："张大哥，我认为德顺是打进宫中最好的人选。"

张乐行一怔:"何以见得?"他直直地望着陈大喜问道。

陈大喜刚要回答,猛然听见前面一声惊恐的吆喝,只见张德顺连人带马滑下悬崖。他们两人急忙策马跑过去一看,悬崖很陡,张德顺和马一同倒在悬崖下。他们费了很大力气才到了悬崖下,只见那匹马早已摔死,张德顺骑在马身上稍稍好一点儿,但也遍体鳞伤,不省人事。

张乐行和陈大喜把张德顺背回军营,找大夫几经抢救才慢慢苏醒过来,但伤势仍然很重。

翻过八公山就到了寿州,真正的战斗就要开始了。张乐行仔细看了看张德顺的伤口,又询问了大夫,十分果断地下命令派人把张德顺送回雉河集养伤。

张德顺听说要把自己送回老家养伤,他拉着张乐行的手哭着说道:"大哥,我不回去,小弟死也要随你上前线作战。大哥你把我拉扯大,这么多年我一点儿力气也没有为你出过,如今正是为你拼命的好时候,我决不回去!我这是轻伤,仅伤着一点儿皮毛,过几天就会好的,大哥,让我去吧!"

张乐行握住张德顺的手:"好兄弟,你先回去养伤,养好伤再到南方找我也不迟。你不是想打仗吗?今后有你打仗的机会,现在最要紧的是把伤养好。大哥养你并不是为了让你报答,大哥这样做是要对得起自己的良心,也是为了报答三叔的恩德,让三叔在九泉之下能够瞑目……"

张乐行说不下去了,他拍拍张德顺的肩膀站了起来。张德顺停住了哭泣,他忽然想起了什么,仿佛猛地明白了什么似的,擦了擦眼泪对张乐行说:"大哥,你有军务在身就走吧,小弟答应你一定回老家养伤。不过,我养好伤可能去一个很远的地方,去为大哥做一件事,也算报答大哥的养育之恩了。"

张乐行一愣,知道他要做什么,沉默了片刻,说道:"你先好好养伤,等我回来后再商议吧!"

说完,策马去赶远行的队伍去了。

在雉河集一间低矮的草房子里，张德顺面对他心爱的姑娘欲言又止，他无言地把灯花挑亮一些，想看清娇娇的表情，但娇娇一直低着头，沉默不语。过了一会儿，娇娇忽然抬起头，眼泪汪汪地说："德顺哥，你真的要去干那事吗？"

张德顺点点头，两眼直直地注视着那忽闪忽闪的灯花，他不敢正视娇娇的眼睛，唯恐在她激情的点燃下没有去做那事的勇气。

"德顺哥，你能告诉俺为啥去做那件事吗？咱们庄稼人虽然穷一些，但也不缺吃不缺穿的，你去干那事是遭人笑遭人骂的，死后连祖坟也不能进，何苦呢？我真想不通。"

张德顺仍是沉默不语，他能说什么呢？他有一肚子的话却无法向亲人诉说。

娇娇又哭了，她一把鼻涕一把泪地说："德顺哥，你干什么事俺都支持你，唯独这事俺不能答应。前一段日子，你随陈大喜外出寻找太平军，俺每天夜里都为你祷告，保佑你平安归来。你随张大哥出征后，俺更是彻夜难眠，连续几天都做噩梦，大梦醒来都怕得要死，天亮后就去观音庙里烧香拜佛，求观音娘娘保佑你平安。瞧，俺头上的这个疙瘩就是给观音娘娘磕头磕出来的。"

娇娇说着，理出盖在刘海儿下的一块发青的疙瘩。

张德顺这才明白娇娇额头上青一块紫一块的原因，这许多天以来，都是娇娇每天服侍他，他的伤才很快地好起来。他也曾问起娇娇头上的青包是怎么弄的，娇娇总是笑而不答或支吾过去，原来这一切都是为了自己。

张德顺渐渐冷静下来，他强忍着内心的伤痛，克制住自己的情感，他怕自己几次努力坚定起来的信念被感情所动摇，自己再也没有勇气去做那事，去报答大哥的养育之恩，去为了一个"义"字献身。

张德顺又拿出冷酷的面孔，铁着心肠说："娇娇，你走吧，我意已决，一定要去做那事的，希望你不要告诉他人，权当我已经死了。"

娇娇本来认为他已经改变了自己的主张，没想到张德顺又说出这番让她失望又伤心的话来，她抬眼看看表情冷酷的德顺哥，但从他那无奈的眼神中似乎明白了什么。

　　娇娇擦去眼角的泪痕，平静地问道："你去干那事乐行大哥知道吗？他同意让你去吗？如果他同意我也不拦你，如果他不同意，你就放弃这个念头，随张大哥好好打天下，为咱穷苦百姓寻个出头之日。"

　　张德顺没有立即回答她的话，稍停片刻说道："大哥虽然没有答应我，但他也不会反对的，人各有志，拉杆扯旗子是大哥的做法，我也应有我的做法。"

　　娇娇想了想，忽然说道："德顺哥，要走咱一起走，你不是常对我说'有福同享，有难同当'吗？"

　　张德顺见娇娇说得一本正经，急了，忙说道："你去干啥？我是当太监，太监！你懂吗？"

　　娇娇执拗地说："我怎不能去？不是听人说宫中要许多宫女吗？我可以去当宫女服侍皇上、皇后，也可以劝劝皇上多为咱穷苦人着想呀。"

　　张德顺想了想说道："去皇宫中当太监只是我一厢情愿，人家是否收我还很难说，万一我当不上太监还要回到咱雉河集的，你先别急着去当宫女，待我去京城之后再决定，那时我会给你捎来书信的，到那时你再决定也不迟。"

　　此时，东方已露出鱼肚白。

　　娇娇站了起来，向窗外看了看，吹熄了台上的油灯，在张德顺的脸上吻了一下，带着一种复杂的感情离开了。

　　紫禁城坤宁宫大厅里一片沉静。

　　皇后钮祜禄氏铁青着脸坐在凤榻上，两边跪着十多个宫女和太监，一个个都低着头大气也不敢喘。

　　大厅中间跪着懿嫔，她虽然尽量让自己冷静下来，心里不断地提示着自己：别怕，别怕，有皇上给我撑腰呢。但整个身子仍禁不住发抖，她不知道今天的命运如何。

懿嫔悄悄侧目看看身后，两个执事太监正一左一右站在身后，看着那粗大的棍子就让她心惊肉跳，别说一百大棍，就是一棍也会让她哭爹叫娘，自己这白嫩的皮肤怎能撑得住那样的大棍，不用三十棍准让她去见九泉之下的阿爸。她清楚地知道这棍子的厉害，因为她曾经用这棍打死了十八个和她一样不禁打的女人，她们都撑不住五十棍，更何况自己呢！

懿嫔有点儿后悔自己平日里太心狠手辣作恶多端了，唉，这是自己咎由自取，一切只好听天由命了。

懿嫔等了一会儿，见皇后仍没有发话，便偷偷翻眼看看皇后，见皇后的脸色越来越难看，一反往常的温和宽厚，她知道自己在劫难逃。

就在这时，皇后一声大喝打破了坤宁宫大厅的沉静："打！给我狠狠地打，也让这个贱人尝尝棍棒的厉害。"

两名执事太监早就觉得有点儿手痒痒了，一听到皇后发话，同时举起了杀威大棒准备打下去。就在大棒快要接触到懿嫔的屁股时，猛听身后一声惊慌而又威严的喊叫声："住手，打不得！"

众人循声望去，只见皇上边惊慌地叫喊着边走进大厅。

那两名执事太监急忙收住落下的棍棒就地跪了下来。皇后也慌忙站起来，急走两步来到皇上面前施礼说道："臣妾不知皇上来此，有失远迎，请皇上恕罪！"

咸丰皇帝摆摆手："不知者无罪，皇后请起吧。"

"谢皇上！"

咸丰皇帝看看这大厅里的形势又看看皇后便问道："这是怎么回事？为何要打懿嫔？"

还没等皇后开口，懿嫔就小嘴一撇，娇滴滴地哭喊道："皇上，救救嫔妾！"

"爱妃快起来吧，有话慢慢说。"皇上说着把懿嫔拉了起来。

"皇上且慢！"皇后急忙阻止皇上拉起懿嫔，"皇上，臣妾一向以和为贵，主张宽厚仁慈，用德治理后宫，从不随便动用祖宗家法，只是这懿嫔太不像话，倚仗着皇上的恩宠太过放肆，竟敢不守宫规私设刑堂打死臣妾的一名贴身宫女，你说这样狠毒的贱人该打不该打？"

皇上转脸问懿嫔："真有这事吗？"

懿嫔哭着说道："嫔妾遵守皇上叮嘱，每天在那园子里吟诗练字将养着身子，不想今天上午去了一名宫女对嫔妾出口不逊，无端辱骂嫔妾，嫔妾一时火起命两个太监惩治她一下，不想几棍竟把那宫女打死了。后来嫔妾才知道那是皇后派去监视嫔妾的，嫔妾如果知道她是皇后派去的，嫔妾纵有天大的胆子也不敢动她一个指头。"

皇后一听，心中骂道：这个贱人太狡诈了，照她这么说倒是我的错了，不该去查看她们这些狐媚子如何迷住皇上的。

皇后见皇上将信将疑地望着自己，淡淡地说道："有这么回事，但也不是她说的这样。臣妾听说南方洪秀全作乱日益猖獗，已有两路大军向京津方向打来，可皇上仍然留住圆明园不愿回宫，臣妾特派人打探一下是何人如此惹得皇上迷恋。"

皇后这话也是事实。她派了一名叫秀春的宫女去圆明园查看情况，这秀春早就听说有个懿嫔正受皇上恩宠，但她不知道谁是懿嫔。她自觉是奉了皇后娘娘的懿旨，说话的胆子也大了起来，谁知却碰上了这心狠手辣的懿嫔，她是有眼不识泰山，竟对懿嫔说了许多讽刺的话。懿嫔明知她是皇后派来的，仗着自己是皇上的宠人，又身怀龙胎，想借着这宫女显示一下自己的威风，竟叫人把秀春活活打死了。

这一年多来，皇后失宠，本来就窝着一肚子火，一听说她派去巡查情况的宫女被活活打死，火就更大了。不问三七二十一，便派四名执事太监把懿嫔和她身边的宫女太监押到坤宁宫。

坤宁宫是皇后正殿，凡是审讯妃嫔用刑的事都在这里进行。懿嫔一听说要把她从圆明园押解到坤宁宫，当时就知道惹了大祸，她一边尽量拖延时间，一边派人去通报皇上。皇上也来得凑巧，再晚来几步这懿嫔就吃不消了。

皇上听皇后说完事端，心里暗想：懿嫔也太过心狠了，就是要教训那宫女打她几棍还不行，却一心将她打死。皇上心里这么想，嘴里却不能这么说，这毕竟是他的心肝儿，如今又怀了龙胎。于是咸丰皇帝微微点点头，对皇后说道："懿嫔虽然罪不可恕，但她已有三个月的身孕了，待她分娩之后再请皇后责罚吧。"

皇上此话一出，吓得皇后急忙跪下说道："请皇上恕罪，臣妾实在不知懿嫔已怀了龙胎，臣妾如果知道，纵有天大的胆子也不敢责罚懿嫔。皇上虽然正处盛年，但尚无一个龙子，臣妾日夜为此事发愁呢！前日还曾率宫女去太庙祈求，希望列祖列宗快快给皇上送来一个龙子呢！想不到懿嫔早已身怀有孕，说不定真要生下一个皇子！臣妾实在该打，倘若皇上迟来一步，臣妾杖责懿嫔而动了胎气，这岂不让臣妾愧疚于皇上，也负罪于列祖列宗吗？请皇上发落臣妾！"

咸丰上前拉起皇后："皇后不必自责，不知者不怪。说起来这也是朕的错，不曾提前告知皇后。朕本来准备待懿嫔分娩后再告知皇后，给皇后一个惊喜的，却想不到差点儿出了大错。如今皇后知道了，理当多关照一些懿嫔才是，希望皇子能顺利降临后宫。"

"臣妾遵从皇上的旨意！"

皇后说着，又顺手拉起懿嫔，赔礼说道："懿嫔请起吧，姐姐实在不知多有得罪，你为何不早说呢？如果姐姐知道妹妹身怀有孕，高兴还来不及呢！怎会再责怪你呢？"

懿嫔虽然没有挨打，但心里也窝了一肚子火，毕竟被皇后当众羞辱了一顿，她之所以没有挨打并不是自己的面子，而是自己怀了龙胎，是看在未曾生出的孩子分上。人在屋檐下不得不低头，谁叫自己仅是一名嫔呢？她也急忙施礼说道："多谢皇上和皇后不打之恩！"

咸丰也知自己一直迷恋圆明园的几位美女而很少到后宫来，

有愧于皇后，故意给她一个面子说："皇后是后宫主宰，理应管教宫中不听规劝之人，皇后处罚懿嫔是应该的，由于懿嫔身怀有孕，这次暂且放过，但懿嫔也应引以为戒，日后行为千万谨慎，这等随意施刑打死宫女之事不得再发生，否则，罪不可恕！"

"是，嫔妾一定悉心遵从皇上教诲！"懿嫔恭敬地说道。

"既然如此，皇后就允许懿嫔回去吧！"

皇后略一迟疑，说道："皇上，既然懿嫔身怀有孕，理应加派宫女悉心照料，臣妾早晚也可随时照应。而圆明园太过遥远，人手不够，恐怕不能照顾周到，皇上何不让懿嫔移居后宫。"

皇后见皇上仍在迟疑，又急忙补充说道："如今南方叛乱的贼子较为猖獗，皇上将悉心调兵平叛，国事繁重，未必能够分出太多心思去圆明园看望懿嫔。如果让懿嫔安顿在后宫，皇上看望也方便得多呀。"

皇上知道皇后是在委婉责备自己沉湎于女色而疏于朝政。不过，皇后说得也有理，洪秀全暴乱实在严重，不仅在南京称帝分疆而治，而且派兵北伐，大有直捣京津之势，虽然派出几路大军前去平叛，但传来消息均是败多胜少，自己不能不考虑新的策略。自己回宫，让兰儿留在圆明园实在割舍不下，让她回来也好。想到这里，便点头说道："还是皇后考虑周到。既然如此，就让懿嫔回宫中居住吧！"

皇后征得皇上同意，便吩咐宫女太监把懿嫔送回储秀宫。

储秀宫在紫禁城偏西北角，离御花园较近，多是皇帝偏妃居住的地方。

正值三月，桃红柳绿，万物争艳，蝶儿翻飞，刚修复一新的储秀宫确实给人美的享受。

懿嫔在宫女的搀扶下走进储秀宫，她此时心里有说不出的滋味。这里景色再美也不比圆明园好，但她并不关心这些。说实在的，自己因为选秀女进入宫廷，又由于心机和美貌从秀女升为嫔，这已经令许多同时被选进宫中的姐妹们羡慕得要死，但她从不感到满足，自己有着更远大的理想。为什么自己这么要强、这么心高气傲呢，她自己也说不清楚。

就像今天，皇后派那秀春宫女去监视自己，察看皇上在圆明园中的一举一动，其他几位贵人都慑于皇后的威严而忍气吞声，唯有自己不理皇后那一套，反而将她派去的人活活打死。皇后要惩罚自己，皇上不是亲自为自己求情吗？

哼！我决不能只当一个嫔受皇后的气，她能当上皇后我为何不能，我一定要和皇后争个高低，鹿死谁手，要等到最后。懿嫔吸了口新鲜空气，暗暗下定了决心。

懿嫔刚刚坐定，大内总管崔长礼就带着一群宫女太监进来了，他上前施礼说道："奴才崔长礼奉皇后娘娘之命带来一些侍从人员请娘娘挑选。"

懿嫔扫了一眼站在面前的一群宫女太监，心里道：说不准是来监视我的呢！谁好谁孬我也不能进入他们心中看看，先挑选几个顺眼的再说，他们这些当奴才的对谁好还不是看势头行事，对自己忠不忠主要在自己调教。

懿嫔仔细地从每一个人脸上扫过，然后从中挑出几个人说道："就留下这几个人吧。"

崔总管把其余人带走后，懿嫔指着他们几人说："你们都把名字报给我听听，我认为合适的就叫着，不合适的就给你改名，我叫着顺口才行，然后再给你们分派活计。"

几人一一把名字报上来。

懿嫔转念一想，这宫中的人都是原先有主子的，难免不心怀鬼胎，如果能从宫外重新找一名新太监来岂不更好，只要自己悉心调教，一定会成为我的心腹之人的。

如何才能得到一名宫外的新太监呢？懿嫔寻思道，这事一定是大内总管太监崔长礼所管，我何不私下同他商议呢？

这天，懿嫔挺着渐渐隆起的大肚子在宫里漫步，恰好迎面碰着崔长礼走来，懿嫔十分热情地迎上去说道："崔总管好忙呀！"

崔长礼一见是懿嫔，忙还礼说道："不忙，不忙！不知娘娘有何吩咐？"

懿嫔莞尔一笑："吩咐不敢，不过我有一小事相求。"

"娘娘请讲。"

懿嫔这才说道："我想请崔总管帮我从宫外重新寻找一名新的太监，不知崔总管能否办到？"

"这——"崔长礼稍稍迟疑一下，添置宫女太监都是内务府所管，他虽是大内太监总管，只是管教宫内太监行动，对于添置新人从不过问。但由于皇宫太大，侍从人员太多，太监总管负责添置几人而不通过内务府也是常有的。

懿嫔见崔长礼仍在迟疑不决，便装作毫不在意地说："我只是说说，如果崔总管有困难就算了，权当我没有说。"

懿嫔说着指了指隆起的肚子："我只是担心分娩之后生下阿哥或格格可能宫中人手不够照顾不周，这才提前同你说起这事，既然你做不到也就算了。"

崔长礼在宫中多年，何尝不知懿嫔的心思，但他不点破，只是寻思道：懿嫔如今怀了龙胎，说不定能生下一位皇子呢！皇上已是盛年尚无皇子，只要懿嫔生出皇子，将来很可能就是皇位继承人，母以子为贵，说不定懿嫔很快就会位置显赫，到那时我还得靠她照顾呢！今日有这样好的机会，何不卖个人情讨好她呢？

想到这里，崔长礼急忙说道："奴才就按娘娘所说的去做，不过也请娘娘不必着急，这事奴才留心就是了，一旦遇到合适人选一定给娘娘送去。"

"那我就先谢过崔总管了，人找到后一定重谢！"

崔长礼目送懿嫔走过去，心中有一种说不出的感觉。他曾听其他人讲过这位懿嫔如何有城府，又会做事，今日相会果然如此，今后还得小心应付才是。

张德顺揉揉睡意惺忪的眼睛向窗外一看，已是天光大亮。呀，今天又睡过头了，他心里嘀咕着：这一段时间他老是夜间睡不着，直到很晚才能入睡，因此早上也就经常起得很晚。不过这也有好处，就是可以省下早饭的钱，他每天只吃两顿饭已经习以为常了。就这样，从老家带来的一点儿盘缠也所剩无几了。怎么不让他心急如焚呢？来京城一晃两个月，别说是进宫当太监，就是皇宫大内的门他也没有见过。

前不久，他曾悄悄到紫禁城附近去过，离宫禁之地尚相差老远就被戒备森严的御林军喝住了，如果不是自己事先有准备，应变及时，说不定现在早就被关进大牢或被处死了。事情虽过多天了，如今想来仍有点害怕。

他也曾打听过如何才能当上太监，有人告诉他必须找内务府总管惠亲王绵愉，要么找大内太监总管崔长礼也行。可这两人都不是一般平民百姓，身居宫禁之地，深居简出，自己一个流落京城的下等百姓如何能结交上他们呢？特别是那惠亲王，听说他是当今圣上咸丰皇帝的叔叔，自己就更难见上他一面了。虽然有人给他出主意：太监每天都出宫购置宫中所需各类菜蔬及用品，你每天只要到西皇城大街繁华地面等待就可以了，如果碰上出宫采购的太监，可以央求他们带你去见崔总管，如果崔总管一高兴，你的太监也就当上了。

也不知这是人家愚弄他，还是真的给他出了个好主意，总之他每天起来都去西皇城大街繁华地面逛上半天碰碰运气，但这半个多月来却一名太监的影儿也没见到。

张德顺一骨碌爬起来，洗把脸准备再去西皇城大街碰碰运气，刚到门口，迎面碰上店小二从外面进来，一见他又要出去，便开玩笑地说："张老弟，祝你今天碰上好运早日当上太监，我好给你贺喜！嘻嘻。"

张德顺白了他一眼，头一低走出客栈。他越想越气，自己随大哥东奔西走哪曾受到过这样的窝囊气，而如今——唉，真是虎落平阳遭犬欺，如果今天再碰不上什么太监自己就打道回老家，跟着大哥真刀真枪地干，也不愁杀不进这北京城宰了皇帝老儿。他现在有点儿后悔自己太莽撞，没有和大哥商量一下就跑进京城。还有那娇娇，自己的心上人，她对自己这么好，自己临行前都没有和她打个招呼就悄悄来了。不是不想同她打个招呼，实在不忍心看她哭成泪人儿送自己，也担心自己见了她又狠不下心来京城。同时，更担心娇娇跟着自己来这鬼地方，娇娇的脾气他是知道的，犟起来比自己还犟呢！

张德顺边走边想，猛然听到一声吆喝："瞎眼了！"

他还没回过神来，重重的一脚已经踢在他的屁股上。张德顺这才看清自己差点儿撞在一辆停放在路边的货车上，上边装满了货，旁边站着几名身穿青衣的官宦之家的佣人，他用手拍了拍屁股上的土刚想发作，还是忍住了，狠狠地瞪了那人一眼，心里说道：若是在雉河集老子早把你们这帮作威作福的家伙给宰了。

那人见张德顺瞪他一眼，更火了，骂道："你小子不服气？别说大爷踢你一脚，就是大爷把你给宰了你也白死。看样子你也是外地来的生瓜头，不晓得大爷是在哪个府上当差，说出来吓死你！"

张德顺哪里受到过这窝囊气，白了那人一眼，讥讽说："你给哪个府上当差？你在皇宫大内侍奉皇帝老子又怎样？你主子再厉害你也只是个当差的，说白了是个下等佣人。"

张德顺这几句话可把那人气坏了，他上去就打，边打边说："大爷揍死你这不知天高地厚的，告诉你吧，大爷当差的地方不是皇宫大内离皇宫大内也差不了多少，当今皇上的弟弟七王爷的府上，京城有名的醇郡王府。小子，你明白了吗？老子揍你，你敢还手吗？"

那人又打了几下，张德顺一直没有还手。当他听到那人说"老子揍你，你敢还手吗"时，张德顺真的耐不住心中的火，他飞起一脚把那家伙踢飞了。那家伙做梦也没想到张德顺会还手，否则也不会被他一脚踢个嘴啃地。

张德顺这一脚惹出了大祸。

其他几人见张德顺把他们同伴打倒，轰地一下把他围住了，叫喊着扑过来。张德顺虽然在家也曾随大哥张乐行学点武功，但毕竟人单力薄，哪能打得过这一伙王府的人。众人你一拳我一脚把张德顺打个半死。

　　"别打了，别打了，再打就出人命了。"一个领头模样的人从旁边走来，"王爷还等着我们快快回去呢！你们却在这里招惹是非，万一出了人命官司王爷又要骂我们给他惹事。上次不是王爷出面干涉，你们两人的命还有吗？怎么今天又大打出手。告诉你们，王爷这么多日来心情一直不好，如今王爷福晋又刚刚过世，为了丧事都顾及不暇，哪有闲心再给你们去说情，赶快停手。"

　　那几个当差的这才停手。领头的上前一看，小声说道："糟了！又被你们打死了。"

　　其他几人你看看我，我看看你，其中一人上前摸摸张德顺的胸口，对众人说道："嗯，还没有死呢！快把他放在车上带进王府，如果死了就悄悄扔了，不死再另作打算。"

　　那头领不高兴地说："王爷让我们来采购办丧事的用品，你们却带回去一具尸首，若让王爷知道了不剥我们的皮才怪呢！"

　　"干脆就扔在这路边算了。"有人说道。

　　"不行！"那头领望了一眼围观的人对几个同伴说，"众人都知道这人是我们醇郡王府的人打死的，官府来查又要找上门。就是不坐牢，王府也会把我们给赶走的。"

　　"那怎么办？"

　　"还能怎么办？就按李大卫说的做，先带走，告诉众人是送去医治，先掩住众人耳目再说。"

　　这几人急忙把不省人事的张德顺抬进另一辆车里，急急忙忙地拉走了。

第四章

栖王府且缓图大计
居嫔位岂宽容小节

蓉儿话音刚落，懿妃就抱着大阿哥"扑通"跪在皇上面前悲切切地说："请皇上给臣妾做主！"咸丰急忙起身拉起懿妃，心疼地说道："爱妃请起，朕又没有责备爱妃的娘家，何必这样呢！有话好说，朕一定严惩那传错话的太监！"

张德顺苏醒过来，他第一个感觉就是浑身疼痛难忍，连坐起来的劲儿都没有。他迷迷糊糊听到一阵悠扬的哀乐，心中一动，难道这是为我吹奏的吗？他已回想起自己被一伙人打得死去活来的情景，估计自己刚刚从死亡线上醒过来，也许是别人以为自己死了在为自己送葬呢！可转念一想又不可能。自己孤苦伶仃一人流落京城，就是真的被打死了也只会暴尸街头，谁会给自己送葬呢？

张德顺强忍着浑身的剧痛睁开双眼，并努力坐了起来。哦，自己没有暴尸街头，他打量自己所在的地方，这是一个陌生的地方，一个低矮的偏房，看陈设像是一个人的住所，设施也是那样简陋。不容张德顺多看多想，门"吱"的一声被推开了，走进来一位年过半百的老人，他看见张德顺坐了起来，十分高兴地说："你终于醒过来了，我还以为你醒不过来了呢！要知道你已经昏迷了三天三夜。"

张德顺知道是这位老人救了自己，十分感激地看着他，想说几句感激的话儿，嘴唇动了几下都没有说出，仅从牙缝里蹦出几个字："大叔，谢谢你！"

老人又重新扶张德顺躺下："你先躺着，我给你煎药。"

张德顺望着老人在灶前烧火的样子，心中充满了感激，自己和他素昧平生却这样关心爱护自己，这个世上还是好人多。

在老人的服侍下，张德顺服完一剂药，身上的疼痛也减轻了许多，他这才吃力地问道："请问恩公尊姓大名，在下将来一定以死相报。"

老人摇摇头："我叫陈怀坤，在家排行老七，人们都喊我陈老七。小兄弟，你也叫我陈老七吧。我救你可不是图你报恩，实在是看不惯李大卫他们几个做的事。"老人说着又叹息一声，"不是我再三哀求他们，他们就要把你扔水里了，真是作孽呀！"

这时，哀乐又起，张德顺急忙问道："陈大叔，这哀乐是怎么回事？"

"噢，这是我们醇郡王府在办丧事，王爷福晋刚刚过世，整个王府已闹腾了多日。唉，何止一个醇王府，几个王侯将相的府上都给牵动了。咱穷人家死一个人不如富贵人家死一只鸡！"

张德顺见老人家十分感慨，忙问道："这位醇郡王爷有多大年龄，他的夫人就去世了？"

"小兄弟，你想不到吧，醇郡王爷今年尚不到三十岁，他的福晋就更年轻了，今年才二十四岁。"

"哟，这么年轻怎么就死了？"张德顺十分吃惊地问道。

陈怀坤说道："人们常说'生死有命，富贵在天'，这话一点儿也不假，醇王爷的这位福晋本应有享不尽的荣华富贵，谁知嫁到王府才两年，尚没有生下一男半女就死了，真是命该如此。"

老人说到这里，又十分警惕地向外望了望，小声嘀咕道："这也是自作的，咎由自取！"

"怎么？醇王爷的夫人不是病死？"张德顺疑惑地问道。

"唉，这事咱当下人的怎会清楚？不过听王爷的几位贴身侍卫说是醇王爷逼死的，对外都说是病死的。"

"王爷逼死的？"张德顺更加吃惊，"王爷竟把自己的夫人逼死了，真是奇事。"

"奇事？有什么稀奇的？堂堂大清国的王爷怎能甘心受辱戴绿帽子呢？"

"莫非王爷的这位夫人瞒着丈夫在外偷情？如果是这样就死有余辜了。这种女人逼死她也不亏！"

"谁说不是呢！"陈怀坤急忙插话说，"如果是一般百姓的女儿，死就死了有什么大惊小怪的，可这位王爷福晋的娘家也大有来头，是京城数得着的大户——军机大臣内阁大学士柏葰的女儿。"

"嗬，这下可就有戏看了，他们两家是否打了起来？"

陈怀坤摇摇头："他们这样身份的人怎么为这样的事大打出手呢？况且这也是不光彩的事，又无法在公堂上决个高低，都是暗中较劲罢了。否则，醇王福晋死了十多天怎会拖到今天才下葬呢！"

"这醇王爷和那军机大臣柏葰相斗谁胜谁负呢？"

陈怀坤来精神了："这样的较量一时半刻怎会有个分晓！当然，从长远看，柏葰怎能斗得过醇王爷，他毕竟是皇上的亲弟弟。"

"不知那位敢和醇王爷福晋偷情的人是谁，真是色胆包天，竟敢把尿拉在王爷头上，醇王爷能放过他吗？"

"那人也不简单，是——"

陈怀坤刚要讲下去，猛然听到一声呼喊："陈老七在家吗？"

陈怀坤吓得哆嗦了一下，到嘴边的话咽了下去，急忙站起来应道："在家，谁呀？"

"是我。"

那人说着走进屋来，一见床上躺着一人，十分不满地问道："这人是谁？"

陈怀坤见是王府总管盛原，急忙上前施礼说道："是盛总管，哦，这位是我舅舅的儿子，我的表弟，刚从乡下来找我，和咱府上的几位将爷发生了口角被他们教训了一顿，我刚给他服了药。唉，年轻人气盛一些，刚从乡下来也不知道天高地厚，教训一下也好。"

陈怀坤边说边向盛原赔着笑脸。盛原斜眼扫视了一下躺在床上的张德顺问道："陈老七，你这表弟老实吗？这可是王府。"

"盛总管放心，乡下人哪有不老实的，来这里找我想混口饭吃，不知总管——"

盛原摆摆手打断了陈怀坤的话："只要老实能干，有我盛总管在还能没有他的饭吃，你这表弟叫什么名字？"

　　"干活是乡里人的本分，这点不用盛总管担心。盛总管问我这表弟叫什么——"陈怀坤同张德顺谈了半天还真的忘了问他叫什么，便急中生智地说："表弟，盛总管想给你找口饭吃，他问你叫什么呢！"

　　张德顺知道机会来了，他急忙强忍着身上的疼痛，向盛原拱手说道："小人叫张德顺，从山东老家来京中找表哥，请盛总管开恩，给小人找碗饭吃。小人刚才还听表哥提到盛总管呢！表哥讲盛总管是大仁大义之人，只要向他开口相求，只要是盛总管能做到的，盛总管总是乐于相助。表哥说，一旦等我的伤好一些就带我去拜见盛总管，没想到盛总管先来了。"

　　盛原是喜欢听好话戴高帽之人，一听陈怀坤刚才吹捧了自己，十分高兴地说道："没问题，既然是陈老七的表弟，那就是自己人，好说好说。"他又捋一下胡子继续说道："最近王府大办丧事，正是需要人手的时候，如果这位张小弟不嫌弃，明天就可以去做事。"

　　他说着，又转向陈怀坤："陈老七，你明天就带你表弟到后院做事，帮助料理花园，就是栽栽花，施点肥，浇浇水，也没有什么重活。"

　　"那太谢谢盛总管了。"陈怀坤施礼说道。

　　张德顺也急忙顺着陈怀坤的话说道："盛总管的大恩大德在下永远铭记，将来一定以死报答。"

　　"不必了，不必了！给他人解救困难是我辈的职责。"

　　盛原说完，眯缝着小眼睛就跨出门去。走出好远又急忙折回来，对陈怀坤说："我倒忘了，你快去厨房帮助烧火。"

　　"是，一切听盛总管安排。"

　　陈怀坤待盛原走后，急忙转身说道："小兄弟，我当家留下你在王府做事你不会介意吧？"

　　"陈大叔的心意我十分明白，说实在的，我所带的银两快要用完了，也真的想找个安身的地方，想不到遇见了陈大叔这样菩萨心肠的人，既然如此，我就留在这里给陈大叔当个下手，若有不当之处还要请陈大叔多多指教。"

陈怀坤哈哈一笑："有你这样的人给我做伴我还求之不得呢！今后我们就相互照应吧！"陈怀坤忽然想起了什么，忙说道，"你不必这么客气喊我陈大叔，你就叫我陈老七吧，我也该走了。"

张德顺目送陈怀坤走出低矮的小屋，心中一阵感慨：唉，我就暂住这儿吧，醇王爷是当今皇上的弟弟，他和宫中一定有来往，等机会来了，我再求他把我送进宫当太监，然后再寻找空云大师所说的那位皇后。

养心殿内御案上摆满了南方送来的加急公文。

咸丰站在御案前看着这一摞摞厚厚的卷宗一筹莫展。他在殿内来回踱着，嘴里不停地说着："这如何是好呢？这如何是好呢？"

他看见一个个大臣都低垂着脑袋一声不响，似乎在看自己的笑话，便没好气地吼道："你们平时都很会发表见解，怎么现在都成了哑巴？养兵千日用兵一时，你们也为朕想想办法呀！"

咸丰见大臣们仍没有一人站出来讲话，叹了口气，一屁股坐下来生闷气。

这时，大学士桂良站出来说道："皇上，洪秀全一帮乱民贼子在南京称帝封王，气势正盛，西征北伐，所到之地无不披靡，如今派大军北上直指京津，已近山东地带，距离京都不远了，如果匪贼突发奇兵逼近京都，京城就岌岌可危了。更何况胜保等骁勇善战的大臣又去陕西剿匪去了，京津地带再有贼人响应，那——"

桂良没有讲下去。咸丰本来就没有主张，又是一个胆小怕事的人，他之所以能当上皇上纯粹凭借着自己对父皇的一片孝心，如今遇上这等大事，实在毫无主见，一听桂良这么说更害怕了，惊问道："以桂学士所见呢？"

桂良十分谨慎地说："依愚臣所见，皇上应立即撤出京城到承德避暑山庄躲避一下，然后派兵剿匪，打败太平军北伐的贼众，皇上再回京师也不迟。万一前线战事不利，皇上及早撤出京师也不会受到惊吓，这是进退皆可的策略，皇上以为如何？"

咸丰点点头："爱卿言之有理。"

"不可！"咸丰话音未落就见恭亲王奕䜣站出来说道，"桂良，你身为大学士怎能为皇上出这等下策呢？洪秀全的叛军尚没有进入山东地界，离京城尚远。你劝皇上离京出逃，这个消息一旦传出，必然扰乱军心，京津地区再有二心之人乘机作乱如何是好？"

咸丰一想，自己六弟所言也有道理，便问道："六弟，依你所见如何退敌呢？"

"臣保举几位准能剿灭叛匪。"

咸丰点点头，示意奕䜣说下去。

"请皇上任用汉臣，接受曾国藩的建议办团练，从汉人中招募地方兵丁组织地方团练对付洪秀全，这叫利用汉人惩治汉人。"

桂良急忙奏道："皇上，万万不可！如果允许汉臣组织地方团练，他们有了自己的军队，天下岂不更乱？如果这些汉臣怀有二心和洪秀全纠合一起，我大清将亡矣。即使这些汉臣用团练打败叛匪，他们拥有了自己的部队也难驾驭他们，当年的三藩作乱不都是汉臣谋反吗？"

奕䜣摇头说道："大学士多虑了，此一时彼一时，我们利用汉臣办团练是为了消灭叛匪，一旦内乱平定后即刻收回兵权解散团练。至于大学士所说的这些汉臣和叛匪勾结就更加不可能了，他们身为朝廷命官吃朝廷俸禄，地位显赫，封妻荫子，他们怎会拿自己的前途当儿戏呢？"

咸丰沉吟片刻问道："就是依六弟所见接受曾国藩的主张，同意汉臣办团练对付洪秀全，但这需要一段时间的准备和操练，而这眼前的局势如何应付呢？洪秀全的北伐先头部队已进入山东地带，距京师越来越近，这如何是好？"

"皇上不必担忧，臣保举一人准能退敌。"奕䜣说道。

"六弟请讲——"

"皇上以为僧王怎样？他足智多谋又骁勇善战，皇上可派僧王去山东抗敌。同时，再火速将胜保调回协同僧王一起抗击北伐的叛军。只要这两人一同前往，叛军一定可以被阻止，京津之危必解，皇上何必再去承德避难呢！"

"万一叛兵凶猛，僧王不能阻挡该如何是好呢？"咸丰尚有疑虑。

"就是叛军逼近京城，我京津两地尚有几十万八旗军在，足可以与敌抗衡，那时皇上认为京都不安全，欲去承德避难再走也不迟。"奕䜣继续分析说。

这时，咸丰的心才稍稍放松一些，他对奕䜣说道："就依六弟所见，先派僧王前去御敌，再火速调遣胜保等人随后接应。至于曾国藩、彭玉麟等人提出组织团练一事交军机处再议，慎重处置，万万不可引火烧身，一波未平一波又起。"

咸丰刚到储秀宫，不一会儿就听见里面传来婴儿清脆而响亮的哭声。

咸丰来到内堂，接生的"姥姥"就抱着哇哇啼哭的婴儿走上前施礼说道："恭喜皇上，阿哥哭喊着要万岁爷抱呢！"

咸丰从"姥姥"手中接过正在啼哭的阿哥，看了看，真像自己，特别是那张嘴和那个鼻子，心里甭提有多高兴了。他亲了亲他，来到内室。

懿嫔见皇上抱着孩子走到床前，她想坐起来，咸丰急忙上前按住了她说："爱妃别动，你产后身体虚弱，需要歇息。"

"谢皇上关心嫔妾！嫔妾命不足惜，只要阿哥能顺利来到世上，嫔妾就是死也甘心。托皇上的福，我们母子平安。"

咸丰边把儿子交给懿嫔边说道："朕今年已近而立之年尚无子嗣，这大清的江山将来何人继承？朕整日坐卧不安，每想起此事总是心中有所忧虑。爱妃了却了朕的心头之事是大功一件，朕一定加封爱妃。"

懿嫔这些日子以来也一直心中不安，她担心自己不能生出一个阿哥来。如今如愿以偿自然心中高兴，估计皇上要加封自己，但没有想到皇上这么快就要给自己加封，更是心花怒放，急忙说道："嫔妾先谢过皇上，待皇上加封嫔妾时再郑重感谢皇上。"

咸丰也被懿嫔逗乐了，他心中一高兴，忙说道："爱妃，朕现在就加封，晋封你为懿妃。"

懿嫔一听皇上加封自己为懿妃，当然高兴。但心中仍有一丝不悦，虽然在名分上位居第二位，可还有一位和自己并列的丽妃，更有高高在上的皇后，自己怎么能与她相比呢？自己虽然有了儿子，可自己的儿子要送给皇后教养，这是宫中规矩。俗话说，出身不如养身重。自己的儿子交给别人养当然不高兴了，谁知这孩子将来是与自己亲还是与皇后亲呢！

咸丰见懿妃愣在那里不讲话，便问道："爱妃对朕的加封不乐意吗？"

"不，不！"懿妃急忙掩饰说，"臣妾感谢皇上的恩赐，臣妾怎会不乐意呢？"

咸丰哈哈一笑："爱妃刚才心神不宁，想到哪里去了？"

"臣妾刚才真是在胡思乱想。皇上能够看透臣妾的心事真是神人。"

"朕不是什么神人，但朕察言观色，从表情中猜测爱妃一定在胡思乱想，不知爱妃想的是什么，能否讲给朕听听？如果需要什么物品尽管讲来。"

懿妃撒谎说："臣妾刚才想：臣妾常听人们讲，女人只要一生孩子就会变丑，万一这话是真的，臣妾不久就会丑成一个猪八戒。到那时皇上怎会有时间陪陪臣妾呢？估计早把臣妾忘到九霄云外了。"

咸丰上前搂住懿妃，微笑着说："爱妃多疑了。有的女人生过孩子会变丑，但爱妃这么漂亮娇美怎会变丑呢？别说生一个，就是生十个也会依然楚楚动人牵动朕的心，让朕柔肠寸断的，对不对？"

懿妃笑了："皇上真是贫嘴，太会耍逗臣妾了，臣妾怎会生下十个孩子呢？臣妾岂不是一头——"

"猪——"不待她说下去，咸丰笑着说了出来。

懿妃见皇上今天特别高兴，一边哄孩子睡着，一边撒娇说："臣妾还没变丑呢，如果臣妾真的变丑了，皇上岂不是要把臣妾降回贵人！"

"爱妃是有功之人，为大清的大统扫除了后继之忧，朕嘴里不说，心中对爱妃感激不尽呢！一年后，待大阿哥周岁之日朕再加封爱妃为贵妃！"

懿妃心中一喜，娇嗔地问道："皇上这话当真吗？"

"朕身为一国之主，金口玉言，一言九鼎，岂能哄骗爱妃？如果爱妃不信，就让安德海做证吧！"

"奴才一定为皇上和娘娘做个见证。"安德海匆忙献媚说。

懿妃见皇上说话如此认真，心中十分欣喜，为了讨好皇上，她又央求说："皇上是文武全才、博古通今，请给阿哥起个名字吧！"

"这——"

咸丰稍一迟疑，按清朝规定，皇上生下龙子必须在"洗三"之后，由内务府负责给皇子起名，一般是取三到五个名字报给皇上，再由皇上选定。

懿妃见咸丰迟疑了一下，急忙说道："如果皇上认为这样坏了宫规就算了，待给阿哥'洗三'之后由内务府决定吧！其实内务府所起的名字也是由皇上一个人裁定，这与皇上本人亲自起名有何区别呢？这个规矩虽然是老祖宗定的，但也不是没有打破的。听说道光皇帝的名字就不是由内务府所起，是乾隆皇帝听到道光皇帝降世的消息后欣喜提笔命名，不知有这事没有？"

咸丰点点头："爱妃言之有理，祖宗的规矩是人定的，也不是一成不变的。道光皇帝的名字的确是乾隆皇帝所赐，根本没有通过内务府。好，今天朕也效法乾隆皇帝破一次宫规亲自给大阿哥起名。"

"皇上以为给大阿哥起一个怎样的名字才符合我们大清朝的国运呢？"

咸丰沉吟片刻，仰首高声诵道："庶慰在天六年望，更欣率土万斯人。朕觉得如今世道世风日下，刁民遍地，以下犯上，盗贼四起，再也没康熙皇帝与乾隆皇帝那时的淳厚民风了。因此，朕希望大阿哥将来能够承继大统淳化民风，就取这个'淳'字吧！按照我们爱新觉罗家族的辈分轮转则是'载'字辈，就叫爱新觉罗·载淳吧！"

"谢皇上给大阿哥起名，载淳长大后一定会明白皇上给他起这个名字的用意，他也一定会淳化民风的。"懿妃抱着大阿哥说道。

正说着，皇后带着丽妃、云嫔和婉贵人等来到储秀宫看望大阿哥。大家虽然各怀心思，但表面上都显得十分高兴，纷纷向皇上道喜，向懿妃祝贺。

咸丰一见自己的几位妃嫔都来了显得格外高兴，他拉着皇后的手说："皇后为人宽厚，有母仪天下之胸怀，把后宫事务处理得井然有序，和朕的几位爱妃相处得如此和谐，如同姐妹一般，朕实在感到欣慰。不过，从今以后皇后的担子又要重上加重，不仅要料理后宫诸事，更要抽出大量时间教导皇子，为朕教诲出一个有德有才的接班人来。"

"谢皇上对臣妾的谬夸。照料皇子，教他读书做人这是臣妾分内之事，臣妾一定不让皇上失望。"

咸丰和皇后的对话让其他几位妃嫔听了内心都酸溜溜的，特别是坐在床上的懿妃，她知道自己的亲生骨肉自己却没有资格抚养，必须交给皇后抚养，心中当然不高兴，但又有什么办法呢？谁叫自己没有人家的地位高！

懿妃见皇后抱起了大阿哥看了又看，便趁机讥讽说："大阿哥能够有今天还是皇后的功劳呢！如果不是皇后娘娘手下留情，大阿哥只怕——"

懿妃故意没有讲下去。皇后当然明白懿妃的意思，也装作心不在焉地回敬说："如果不是因为大阿哥，只怕懿妃不是躺在床上，早已躺在——"她本来想说：早已躺在棺材里了。话到嘴头又咽了回去。

咸丰唯恐这样斗嘴下去闹出许多不愉快来，急忙阻止说："今天是阿哥诞生的大喜之日，咱们只谈高兴快乐的事，对过去的事不许再提，那件事要错只能错在朕的身上，朕没有及时告知皇后才险些送了阿哥的命。"

正在大家觉得尴尬之际，荣安固伦公主跑了进来，一进房就直嚷嚷："我要抱一抱大阿哥，我要抱一抱大阿哥。"

丽妃拦住了她："你抱不动大阿哥，等你长大了再抱大阿哥吧！"

荣安固伦公主是丽妃所生，也是咸丰的第一个孩子。咸丰本来以为是位阿哥，谁知生出的却是格格，咸丰十分不高兴，竟迁怒到丽妃身上，庆贺孩子满月的赏钱也减少了一半。也许正是这个原因，丽妃和咸丰之间总有一丝不快。从那以后，咸丰很少到丽妃的宫中去，甚至对这位荣安固伦公主也很淡漠，从不关心她的成长。可是，荣安固伦公主仍是一个孩子，她怎会知道大人们的心思呢？她仍然任性地叫着："让我抱一抱大阿哥。"

皇后蹲了下来，把大阿哥放在荣安固伦公主跟前说："你看一看就可以了，你还小，抱不动大阿哥。"

"不，我能抱动大阿哥。"她说着，把大阿哥抱了起来，"看，我能抱起来吧！"

荣安固伦公主抱着大阿哥向前走了几步，身子晃了几晃。丽妃见状，急忙喝道："快放下大阿哥！"

可是已经晚了，就在丽妃准备抢上前接过大阿哥时，荣安固伦公主抱着大阿哥一同摔倒了。

大阿哥"哇"的一声大哭起来。幸亏大阿哥身上包着厚厚的丝被才没有摔伤。就这样，众人都吓得一身冷汗，丽妃更是花容顿失，急忙抢上前抱起了哇哇啼哭的大阿哥。

咸丰见状，大喝一声："都是你这贱人养出的好孩子，差点儿断送了大清的香火。"

丽妃窝了一肚子气没有地方发泄，她把大阿哥交给皇后，又一把抓住荣安固伦公主，照头上给她一巴掌："看你不知好歹！"

荣安固伦公主也"哇"的一声大哭起来，整个房间似乎乱了套。

咸丰一跺脚，指着丽妃喝道："你这贱人不能好好教诲公主，却把责任推到孩子头上，真是岂有此理！"

丽妃也不示弱，反唇相讥道："既然是我这贱人养出的，我怎能没有资格打？"

"你——"

咸丰气得说不出话来，狠狠地瞪了丽妃一眼，拂袖而去。

众人也不欢而散。

这一天是咸丰六年三月二十三日。

载淳的降生，给死气沉沉的皇宫大内带来一丝鲜活的气氛，也给表面上看似乎平静的后宫带来波澜，使许多潜在的矛盾暴露出来。

按照皇家的习俗，皇子的诞生要有一系列隆重的礼仪活动，这最初的一道习俗就是"洗三"。所谓洗三，就是皇子出生第三天，从十一点半到十二点四十五分，把皇子放在金盆里洗浴。皇室所有成员都要送上一份礼物，叫作添盆礼。

其次是升摇车，就是在皇子诞生的第九天，由一名侍从太监把皇子放到摇车里，太监们在旁边贴福字、念喜歌。此外，还有十二天的"小满月"和满月。接下来就是"百禄之喜"，在皇子出生满一百天时，祝贺皇子长命百岁。最后一道习俗就是"晬盘日"，在皇子周岁这天，在他面前放上许多物品，让他任意抓取，以此测试他将来的兴趣和志向，叫作抓晬。而这每一道礼仪都必须有赏钱的，赏钱的多少因人而异。上到帝后，下到皇亲国戚，人人都要出赏钱。

三月二十五日这天正是大阿哥载淳的"洗三"之日。

一清早，太监们就把储秀宫洒扫一新，披红挂绿，张灯结彩，专候皇亲国戚成员来为大阿哥"添盆"祝贺。

"洗三"的时间定在上午十一点半开始，在九点钟的时候，客人们就陆续来到。老一代的皇室成员有皇贵太妃、琳贵太妃，寿安固伦公主和寿恩固伦公主等女流之辈，她们一般是不轻易走动的，也极少参与宫中的各类活动，但今天她们也都破例来了，这让懿妃很觉得露脸。因为这些人都是道光皇帝的妃嫔或胞妹，辈分最高，她们能来当然意味着对大阿哥的重视，母以子荣，懿妃当然高兴。她今天也着意打扮一番，略施粉黛就掩去了产后脸上的虚弱之容。本来长得就是千里挑一，这一打扮就格外精神。俗话说，人逢喜事精神爽，懿妃抱着大阿哥在众客人面前走来走去，一会儿和这位尊长说上几句，一会儿又到那位尊长面前问候一下。大阿哥也特别争气，今天一反常态，一声也不哭，甚至满脸的笑意，惹得客人们一致赞颂。

所来客人除了宫中的皇室成员，还有住在宫外的皇室家族，恭亲王、惠亲王、醇郡王、钟郡王、孚郡王，以及他们的福晋也都来了。

当然，大阿哥的外婆家更是不能少。可是，已是十一点了，懿妃仍是不见自己的母亲和弟弟、妹妹到来，心中不免着急，几次派安德海出宫迎接也不见人影。

懿妃心中有点儿生气，暗暗责怪母亲不谙时务，这样为叶赫那拉氏家族贴金露脸的事怎么不早来呢？万一时辰到了，自己娘家的人未到而影响大阿哥"洗三"的吉祥时辰，皇上怪罪下来谁担当得起！

十一点半准时进行"洗三"，这是万万不可更改的。

眼看洗三的时刻就到了，仍不见自己娘家人的影子，懿妃有点儿沉不住气了，她心急如焚。大堂内的气氛也没有刚才那么融洽了，只见皇上和皇后都拉长了脸坐在那里一声不吭。懿妃知道皇上生气了，自己想说几句宽慰的话却无从开口，以免招致更大的怪罪。她只好忍气吞声地抱着大阿哥坐在旁边，委屈的眼泪只能向肚里流。

就在这时，安德海和徐二格急急忙忙地跑来报告说："大阿哥外婆家到，正在宫外等候。"

"快宣她们进来！"不等皇上开口，懿妃就率先说道。

众人都松了一口气，皇上和皇后的脸色稍稍缓和了一些。

惠征夫人带着儿子照祥、桂祥和女儿蓉儿刚走进殿内，就听执事太监一声吆喝："吉时到——请各位亲朋来宾按指定位置坐好，鸣炮奏乐——"

一阵鞭炮声之后，黄钟大吕般的宫廷乐章奏出，人们也都按秩序坐到自己的位置上。这时，又听执事太监高声喊道："金盆洗礼开始——"

四名宫女把脱得精光的大阿哥抱到一个金盆里，用温水给他洗浴。洗浴完毕，又听太监高喊一声："换新衣——"

又有四名宫女给大阿哥擦干身上的水，换上崭新的衣服。当然，进行这些礼仪的时候，两边有一定的取暖设备，此外，还有许多人焚香诵经为大阿哥祈祷。

最后一道礼仪是添盆，就是来客要为大阿哥送上一份礼物。

咸丰皇上带头走上前献出自己的礼物红雕漆盒一件，执事太监打开喊道："万岁爷的贺礼是红漆雕盒一件，内盛金洋钱四个、金元宝四个、银元宝四个。"

接着是皇后钮祜禄氏的礼物，有金、银元宝八个，金、银如意八个，金、银钱四个，棉被四件，棉褥四件，棉袄四件，夹袄四件，袜子四双，吗哪哈四个，枕头两个，此外还有许多大阿哥的日常用品。

皇上和皇后的礼物形成鲜明的对比，他们一个少而精，一个是多而杂。

皇上、皇后的贺礼送毕，接着是皇室老一辈成员的，其次就是大阿哥外婆家的，然后才是宫中的妃嫔与各位亲王及福晋的，最后是那些宫女、太监的礼物。

就在宫监执事准备喊贺礼赠送结束时，一个七八岁的小女孩从人群中跑了出来，走上前喊道："还有我的一份礼物呢！"

她从衣袋里掏出一挂精美的玉佩挂在大阿哥的脖子上说："这是我把平时阿玛给的零用钱节省下来，攒在一起到街上给大阿哥买的，虽然不太好，但这是我的一点心意。"

这话一出，让在座的所有宾客都感到惊奇，一起问道：这是谁家的女儿？

皇后上前把她揽在怀里问道："你真是一位懂事的孩子，告诉我你叫什么名字，你阿玛是谁？"

这孩子急忙跪下说道："回皇后娘娘，我叫荣荣，我阿玛是恭亲王。"

"哦，原来是恭王爷的女儿荣荣郡主，真是聪明伶俐，懂事又可爱。"皇后夸奖说，"有你这么一位知书达礼的小郡主也是皇室的幸事，我也送你一份礼物。"

荣荣郡主急忙说道："皇后娘娘的心意我领了，但今天是给大阿哥洗三的喜庆日子，我不应该接受贺礼，等到我的生日，皇后娘娘再送我一份礼物吧！"

"这样也好。"皇后拍拍荣荣郡主的小手让她下去了。

听着荣荣郡主那脆脆的童音，看着她那娇小可爱的身影，这无疑给大阿哥"洗三"的庆典增添了无穷的乐趣。

整个庆典咸丰帝都很少说话，他一直为大阿哥外婆家的客人姗姗来迟而耿耿于怀。待庆典结束后，大家分坐在一起互相问候谈话时，他十分冰冷地问道："桂祥，今天是大阿哥的洗三庆典之日，你难道不知道吗？"

"卑职时刻牢记在心，怎会不知道这等大事呢！况且，这也是我那拉氏家族的荣耀。"桂祥怯生生地答道。

"既然如此，为何来迟，差点儿误了仪式的良时？"咸丰帝厉声质问道。

"这——"

桂祥看看母亲又看看妹妹蓉儿，一时语塞讲不出话来。他本来就是一个不善言谈的人，与他的两个姐妹相比实在差太远了。虽然通过懿妃的说情谋得一个五品小官，但他哪见过这个架势？刚进大殿时就看见皇上脸有怒色，早已吓得惴惴不安，如今见皇上龙颜大怒，哪里还能讲出话来。

蓉儿一见哥哥吓得脸色惨白在那里直发抖，急忙上前说道："小女子蓉儿禀告皇上我们来迟的原因。"

咸丰抬头一看，原来是懿妃的妹妹蓉儿。

咸丰向她点点头："你说说为何姗姗来迟。"话语尽管很威严，但没有刚才对桂祥那么声嘶力竭。

蓉儿十分从容地说道："说起我们来晚的原因，如果要怪罪起来还要怪罪皇上呢！"

这话一出让众人都十分吃惊，连懿妃也没想到妹妹这么大胆。咸丰帝也觉得很惊奇，很不满地问道："你们来迟如何把责任推到朕的身上，这话从何说起？"

蓉儿也不示弱，厉声反问道："皇上做事向来说一不二，为何在大阿哥洗三这等小事上却出尔反尔？"

"这话怎讲？朕做事从来都是一言九鼎，岂有出尔反尔的道理？你把话讲明白，否则，朕将拿你问罪！"

咸丰显然有点发怒了。

"皇上，不知宫中惯例大阿哥的洗三之日应设在哪一天？"

"这还用问吗！当然是大阿哥出生的第三天了，宫中难道没有派人通知你们？"

"通知了。可昨天宫中派人通知大阿哥的洗三礼仪放在明天举行，这是怎么回事？"

这等大事，传事太监难道会如此粗心误传了？一定是他们的借口，故意把责任推给太监。咸丰心中暗想。于是，又问道："既然太监通知洗三的日期是明天，那么你们今天为何来了？"

"我们根本没有打算今天来，正当我们待在家里为大阿哥明天的洗三礼仪准备礼物时，安德海风风火火地骑快马赶到，说大阿哥的洗三礼仪就快开始了，让我们赶快赶到，我们这才随安德海匆匆忙忙赶来。如果不是安德海通知，我们恐怕要等到明日才来，大阿哥的洗三庆典就误期了。"

咸丰帝有点不相信地说道："传安德海，朕一定要把这事查个水落石出。"

安德海就伺候在懿妃的旁边，听见皇上传他，急忙上前说道："回皇上，蓉儿姑娘所说的话句句是实，确实是哪个该死的奴才传错了话。"

咸丰仍然是将信将疑，他看看蓉儿又问道："你是否知道那个传错话的太监叫什么？"

蓉儿摇摇头："那人只说大阿哥的洗三之日在三月二十六日上午十一点半举行，让我们早去，务必别误了礼仪的时辰，他说完就走了。当我们听到这个消息时，以为皇上请人推算了时辰才选定的明日，这样更改一日在我们一般百姓家是常有的，认为单日子不如双日子吉利。谁知竟是那该死的太监传错了话。"

蓉儿话音刚落，懿妃就抱着大阿哥扑通一声跪在皇上面前，悲切切地说："请皇上给臣妾做主！"

咸丰急忙起身拉起懿妃，心疼地说道："爱妃请起，朕又没有责备爱妃的娘家，何必这样呢！有话好说，朕一定严惩那传错话的太监。"

懿妃就势站了起来，显出十分委屈的样子说："皇上请想，太监做事一向认真，对于这等大事岂有传错话之理，一定是有人见臣妾给皇上生出一位阿哥，嫉妒臣妾，才出此下策陷害臣妾的娘家，让臣妾的家人误了大阿哥的洗三庆典，从而让皇上迁怒于臣妾，冷落臣妾。这人太狠毒了，请皇上为臣妾做主，一定严惩那幕后指使太监传错旨的人。如果皇上不严惩那人，那人今天能陷害臣妾，明日就有可能把毒手伸向大阿哥，皇上不为臣妾着想，也为大阿哥想一想。臣妾死不足惜，可是大阿哥是——"

懿妃没有说下去。

众人一听，懿妃说得也有道理，互相交头接耳议论起来。

"这人也真是狠毒，为陷害懿妃竟使用这等卑劣的伎俩。"

"智者千虑，必有一失，这人的诡计没有得逞。"

"我认为这人一定是宫中的哪位嫔妃，自己生不出阿哥来就起毒心。"

"不要胡乱猜疑，事情没弄个水落石出怎知谁好谁坏。"

"唉，真可惜！大阿哥的喜庆之日竟然闹出这种不愉快的事来，幸亏这是发生在庆典之后，否则岂不给洗三的礼仪带来晦气。"

连一向不爱讲话的皇贵太妃也发话了："皇上应当为大清朝的宗祧着想，一定要查出此人，以绝后患。"

咸丰听了人们的议论，见皇贵太妃如此发话，便站起来说道："今日是大阿哥的喜日，我们不能因此而让庆典之日出现不愉快的事而给大阿哥带来晦气，这事暂且放下，待大阿哥满月之后朕一定严惩那传错话的太监，是否有人陷害懿妃尚需进一步追查，如果真有这事，朕决不饶恕！"

懿妃刚要说什么，太监进来喊道："盛宴准备好了，请皇上、皇后、太妃、后妃娘娘和各位亲王、福晋及皇亲国戚入席。"

懿妃只好把话咽了下去，把大阿哥交给侍从宫女，自己也随着来客去了宴席。

第五章

咸丰帝风流诚本色
懿皇妃妒忌是天生

懿妃略带委屈地说："那人能有皇后娘娘这副心肠就好了，就怕那人妒心更浓，见一计不成又生出什么歹毒的计策来，坑害臣妾没有什么，只担心那些小人把毒手伸向大阿哥。万一大阿哥出现什么闪失，臣妾如何能担当得起呢？"

宴席结束后，咸丰让懿妃把她的母亲和妹妹留在宫中暂住几天。自己回到养心殿立即召见恭亲王和醇郡王。二人来到养心殿见过皇上，恭亲王奕䜣十分谨慎地问道："不知皇上让我们两人来此有何吩咐？"

"南方平叛的事宜布置得怎样了？"

"回皇上，僧格林沁已经带兵出京，估计明日就可抵达山东，与洪秀全北伐的先头部队相遇。胜保也已经从陕西起兵回京了，不久即可抵达京师。"

咸丰向奕䜣点点头，沉思片刻说道："力争将洪秀全的北伐部队消灭在山东河北的外围，万万不可让他们逼近京师，可速告胜保不必回京复命了，立即带兵直奔山东，配合僧王消灭洪秀全的乱军。"

"臣遵命！"奕䜣恭敬地答道。

过了一会儿，咸丰又问道："你对这次剿匪取胜的把握有多大？"

奕䜣想了想，"应该有七成的把握。"

咸丰摇摇头叹息说："一日不剿灭洪秀全，朕一日不得安宁，你身为军机大臣应为朕多思虑一些，事事不可轻心大意。"

"皇上教诲，臣一定时时牢记心上。"奕䜣仍然小心应付着。

大家沉默了一会儿，咸丰又说道："父皇有我们兄弟九人，而如今存活者仅我们兄弟四人，老五奕誴又不谙政事，你们两人应与朕齐心协力来支撑父皇留下的大清江山。唉，自从鸦片战争之后、《南京条约》签订以来，我大清国运不佳。外有洋人扰乱东南海疆，内有洪秀全在江宁自立为王与朕分疆而治。对于割地赔款是父皇最痛心之事，可那香港一地恰恰从父皇手中割去。记得《南京条约》签约那天，京城阴雨连绵，父皇痛哭流涕，彻夜不眠，第二日带着我们兄弟几人去太庙向列祖列宗叩首请罪，父皇的每一滴眼泪都刺痛了朕的心，从那时起，朕发誓为父皇雪耻，可是——"

咸丰无可奈何地摇摇头，继续说道："父皇弥留之际，拉着朕的手，叮嘱朕富国强兵收复割让的土地，撕毁屈辱的条约。想不到朕承继大统一晃五六年了，国运不但没有丝毫好转之势，反而一年不如一年，实在让朕觉得痛心、痛心！"

看着皇上如此黯然神伤的样子，奕䜣和奕譞也都很难过，一起安慰说："皇上不必太过自责，尽心尽力去做，大清中兴之日终究会到来的。"

奕䜣嘴里虽然这样说，心中实际对皇上很不以为然：你尽管说得这样沉痛感人，但你是如何做的？继承皇位以来不思进取，整日迷恋美人不理朝纲，醉生梦死于圆明园，害得文武大臣要走四十多里去向你陈述政事。如今有大难临头之事倒担惊受怕了，想笼络我们给你卖命。一旦皇位坐稳又不知怎么打击我们呢！

奕譞虽然比奕䜣小几岁，但他为人谨慎，老成持重，不像奕䜣那么恃才放旷，因此遭到皇上的打击小一些，在他心目中皇上颇讲手足之情。如今听了皇上这番肺腑之言，内心颇受震动，觉得自己平日没有很好地协助皇上处理国家大事而造成今日的半壁江山，自己也有不可推卸的责任。

咸丰见奕䜣和奕譞都被自己说动了，心中暗暗高兴。但他知道奕䜣足智多谋，在聪明才智上稍胜自己一筹，唯恐自己刚才的几句话不能笼住他的心，又动情地说："朕虽是九五之尊，偶尔也难免一时意气用事，做出许多有伤手足之情的事来，但过后想来总觉得内心惴惴不安。"

"皇上万万不必这么说，如若说有错则是我们做弟弟的错。"奕譞慌忙说道。

"皇上喜得阿哥，这是天下共庆的喜事，应该为之庆贺才对，何必说这些不快的事呢！皇上能有过即改这是明君之举，大清中兴之日将不会太久。南方逆贼尽管一时猖獗，也不过是秋天的蚂蚱，只要僧王带兵前往，一定能够克制匪寇。再利用曾国藩、左宗棠、彭玉麟、胡林翼等一班汉臣组织地方部队对抗洪秀全，洪秀全不久也必将被击溃，请皇上不必过虑。"

听了奕䜣的这一番话，咸丰心中轻松了许多，一反刚才的哀凄神情，微微一笑说道："六弟说得不错，大阿哥降生确实了却了朕的一块心病，我大清的后继之事不必多虑了。"

他话锋一转又说道："你们两位也应让皇室家族发扬光大，人才辈出，在这一点上恭亲王就做出了榜样。荣寿是个很有才的孩子，如果阿哥们都能像她一样就让朕欣慰了。据皇后说，恭亲王福晋不久也将分娩，此话可真？"

"回皇上，臣的福晋下月就要分娩，也不知是男还是女。"

"但愿是位阿哥，将来让他与大阿哥一同在毓庆宫读书习武。"咸丰饶有兴致地说。

咸丰又转向奕譞："七弟，你也不能落后。"

"我——"奕譞欲言又止。

奕䜣急忙说道："七弟新近逝去了福晋尚无婚配。"

"哦，有这事？朕怎么没有听说，为何不再续上一位呢？你看这宫中所选秀女是否有合适之人，如果看中了哪位，朕立即为你主婚。"

"臣不敢，臣怎敢夺皇上所爱，臣暂时还不想娶妻，待福晋逝去满一年之后再作打算吧！"

咸丰呵呵一笑："如此说来，七弟与福晋的感情颇深，但不知你的福晋是如何这么早就过世的？"

提起醇王福晋，奕譞有苦难诉。对别人讲是病死的，而实际上是自己逼死的。虽然是自己逼死的，但责任不在自己，是那贱人自作自受，为了那贱人，自己的名声受到了损害，还差一点儿名誉扫地呢！只要一提起自己的福晋，奕譞总觉得脸红，更是恼火，恨不得将那给自己戴绿帽子的人碎尸万段。

皇上见奕譞吞吞吐吐不想讲，也不再追问，只顺口说道："朕要遇到合适的姑娘一定为你做媒，你自己也留心寻找，不必陷在往日的情怀而自寻烦恼，大丈夫岂能为了一个女子而郁郁寡欢。"

"皇上指教的是，臣一定谨记心中。"奕譞唯恐皇上再追问下去于己不利，慌忙说道，"皇上可有事吩咐？若没有我们就告退了，不打扰皇上的休息。"

咸丰想了想问道："上午给大阿哥洗三之时，懿妃娘家人姗姗来迟，说是太监送错了口信误传了日期，是否有这种可能？"

奕䜣摇摇头："这种可能性极小。"

"莫非真有人故意让太监误传日期陷害懿妃不成？"咸丰又问道。

"这事实在难说，也不是没有这种可能，宫中争夺名位是常有的事，而懿妃新生出大阿哥，一日之内地位猛增，不能不让个别心胸狭窄之人猜忌。"奕譞分析说。

"那么陷害懿妃的人是谁呢？"咸丰疑惑地问道。

"臣不敢妄加猜测，请皇上认真追查为好，否则会造成宫中的波澜，甚至酿成大祸。"奕譞小心翼翼地说。

奕䜣则不然，他认为这事不必追究。若查寻这事也很简单，只要让懿妃的家人认出那误传日期的太监即可。如果认不出那人，此事只当作没有发生，让它不了了之。

皇上也认为奕䜣说的有道理，待奕䜣、奕譞退出后，咸丰便赶往储秀宫。

这时懿妃恰好不在，懿妃的胞妹蓉儿正在照看着入睡的大阿哥。咸丰心中一喜，跨进了内室。蓉儿一见是皇上，吃了一惊，急忙施礼说道："不知皇上到此，让民女失礼了，请皇上恕罪！"

咸丰趁机伸手拉住蓉儿的手，脉脉含情地说："蓉儿不必多礼，你与朕都是一家人何必这样客气呢？大阿哥刚刚出生，你姐姐身体虚弱需要人多多照料。朕唯恐宫中之人照顾不周，才征求你姐姐的同意后留下你们母女。"

蓉儿唯恐皇上做出一些非礼的事来，哀求说："皇上是九五之尊，小女子只是一般民女，何况小女子又是皇上爱妃的妹妹，请皇上放过小女子。"

"哈哈！"咸丰笑道，"普天之下莫非王土，率土之滨莫非王臣……"

咸丰说着，就把蓉儿揽在怀里。正在这时，懿妃闯了进来，她一见状心中明白了几分，只当作什么事也没有发生，面含笑容地说道："皇上如此疼爱大阿哥，在他睡着时仍来看望，真让臣妾感动。皇上操劳一天一定很劳累，就不劳皇上在此料理了，有臣妾在一定不会让大阿哥受委屈的，请皇上放心。"

咸丰也不挑破，站起来搭讪道："爱妃做事朕当然放心，朕来是想找蓉儿了解一下那位误传日期的太监是谁，以便尽快查出那幕后陷害爱妃之人。"

懿妃一听，知道皇上在撒谎，将计就计说："不知蓉儿是否说出那误传日期的太监是谁？"

"蓉姑娘只说能够认出那位误传日期的太监，却不知其姓名，不知爱妃是否知道那太监是谁？"

懿妃半真半假地说："臣妾这几日都待在这宫内，对外面之事闻所未闻，怎会知道那受人指使的太监是谁？"

咸丰便推脱说："这样一来，既然不知道那误传日期的太监是谁，查出那幕后指使之人就难了。也许真是那太监心慌记错了日期，又没有造成什么伤害，朕以为这事权当没有发生，让它过去算了。"

懿妃知道皇上是不会轻易上当追查那事的。别说不是真的，就是真的有这位幕后指使之人，皇上也不愿追查，追查的后果无论是谁，都是皇上脸上无光，倒霉的一定是他的后妃。但她一定要牵着皇上的鼻子，让他一步步听从自己，去打击她的敌手。

懿妃见皇上耍滑，冷冷一笑："皇上口口声声说没有受到伤害，臣妾娘家的人仅仅迟来一会儿，并没有误了礼仪的时辰，皇上的脸色就让臣妾难受得想哭。万一臣妾娘家人因为误传日期今日不来，皇上还不知怎么处置臣妾呢！这个责任由谁负？幸亏臣妾见蓉儿她们迟迟不来心中着急才派安德海快马去请，这才免去了一桩不愉快的事。如果皇上真的以为是那太监由于不小心传错了日期，臣妾先讲几句不好听的话，万一今后大阿哥出了什么差错，臣妾决不担任何责任，请皇上先答应臣妾的请求。"

咸丰帝一听这话当然不能答应，急忙说道："爱妃误会了朕的意思，朕不是说不追究了，朕只觉得这事一时查找不出来，需从长计议。"

懿妃仍然面无笑容地说："皇上又想用这话搪塞臣妾，臣妾也不计较，如果将来大阿哥出了什么意外，臣妾再与皇上计较此事。"

"爱妃以为这事如何处理呢？如果爱妃有什么良策能够查出那位误传日期的太监或那位幕后指使之人，不妨说出来，让朕想想是否可行。"

懿妃见皇上完全进入了自己所设的圈套，这才淡淡说道："其实查出那位误传日期的太监也不难。蓉儿不是能认出那太监吗？不妨把宫中的太监集中起来，让蓉儿当面一个一个辨认，一定能够找到那人。"

咸丰连连摇头："使不得，使不得。皇宫如此之大，里面的太监数以千计，如何把他们集合在一起，就是能够集合在一起，又如何辨认出那误传日期之人呢？人的脸型身材相似之人众多，他们的衣饰也基本相似，万一认错了人岂不冤屈一个好人放过一个坏人？"

懿妃见皇上不接受自己的建议，又说道："臣妾还有一法也可查出那太监。如果让蓉儿在宫中暂住几天，那太监听说此事一定畏缩起来不敢出来做事，唯恐被蓉儿认出来。可先让蓉儿回去，待那太监与他的指使之人认为皇上不追究了，放松了警惕，可让蓉儿突然回来，也许能够认出那太监来。"

咸丰不相信地问："爱妃何以这么自信？"

懿妃冷冷一笑："对于臣妾生了大阿哥，有谁高兴又有谁妒忌，即使臣妾不说皇上也能够猜到几分。只要在那几个宫里留心寻找一下，不难找到那误传日期的太监。"

咸丰心想：这事如果不给她一个满意的答复，她不会就此罢休。我不如把这责任推给她，让她自己查找那人，万一她也查找不出来就别怨我推脱责任了。

想至此，咸丰故作认真地说："爱妃言之有理，不过朕这一段时间由于洪秀全作乱的事无法顾及这事，又恐怕耽搁太久于爱妃不利，而且让那狠毒之人逃脱了。朕想把此事交给爱妃处理，由爱妃负责查找那太监，一旦查出此人即刻报与朕，朕一定严惩那人，爱妃以为如何？"

懿妃见皇上完全进入自己的圈套，心中十分高兴，仍然装作没有识破皇上的心计，故意很不情愿的样子说："既然皇上有国家要事处理，臣妾怎敢为了个人一点小事有劳皇上分心呢？臣妾就听命皇上吩咐自己负责查处。如果能够有幸查出那太监和那幕后指使之人再请皇上给臣妾做主，万一臣妾无能查不出那人，臣妾只能自甘倒霉，任那狠毒小人逍遥法外了。"

懿妃说完，噘起了小嘴，表现出要和皇上怄气的样子。咸丰帝一见她真的生气了，急忙把她搂在怀里，安慰起来，懿妃这才破涕为笑。

懿妃送走了母亲和妹妹，长长出了一口气，她很后悔自己命安德海去接妹妹时让她们都刻意打扮一番。本想让妹妹打扮得漂亮一些，凭妹妹的姿色一定打动不少人，如果有幸被哪位未婚的王爷相中，自己从中一撮合，妹妹的心事就了了，也了却母亲的一桩心事。万万没有想到，大阿哥"洗三"时妹妹这一打扮打动了其他人没有自己不知道，却打动了皇上，实在令她坐卧不安。昨天如果不是自己来得及时，恐怕蓉儿早就被那馋猫吃了。皇上是怎样的一个人她懿妃再清楚不过了。

　　记得去年夏天，自己随皇上去热河行宫围猎。一天，他们闲着没事便到集镇上溜达溜达，回来的路上在一个小溪边看见一位洗衣服的村姑长得有几分姿色。于是皇上动了邪念，以欣赏山水促发诗兴为由到溪边走走，借故和那村姑攀谈上。皇上还以为是在紫禁城呢！那眼神、那话语让村姑以为碰到了无赖，想逃脱皇上的纠缠，谁知皇上竟当着自己的面对那村姑动手动脚，结果被那村姑劈脸打了一个巴掌。气急败坏的皇上龙颜大怒，要对那村姑施暴。就在这时，赶来十几个村民围上去要打皇上，不是护驾人员及时赶到，皇上不被打死也要脱一层皮。

　　尽管吃了这样的亏，皇上仍然贼心不死。回到行宫后又暗中派人查清那姑娘的底细，终于把那位村姑搞到手。幸亏自己略施小计逼死了那村姑，迫使皇上犯了众怒在热河待不下去。

　　懿妃看着正在熟睡的大阿哥，长长出了口气，自己的位子终于可以坐安稳了。有自己一人在宫中就可以了，她不想让蓉儿也来到这尔虞我诈、钩心斗角的鬼地方。蓉儿虽然比一般女孩多一些心计，但与自己相比实在相差太远，尽管自己这样有心计，在宫中过日子都提心吊胆。上次为了那秀春宫女的事，如果不是皇上来得及时，自己早就命归黄泉了。如果妹妹能进宫，姐妹二人同侍皇上，如有可能，姐妹二人联起手来也许能够把持后宫。可转念一想，皇上是水性杨花之人，见一个爱一个，爱一个又扔一个，如今皇上的后妃已不下十人，即使皇上能够让妹妹进宫，最多也就封个常在，说不定哪天看不顺眼了又一脚踢开，那样岂不害了蓉儿？与其让蓉儿在宫中占据一个不起眼的位子，还不如嫁给一位王爷呢！姐妹两个里应外合互相照应，哪有办不成的事？

可是，把妹妹嫁给哪位王爷呢？

懿妃正在左思右想，安德海进来了。他向懿妃一鞠躬，面带笑容说道："主子，奴才回来了，老太太和蓉姑娘都送到府上了。不知娘娘还有什么吩咐？"

懿妃站了起来，指着事先封好的一包东西说："小安子，你很勤快，也很听话，对我也很忠心，做事也很利索，这是我赏你的，拿去吧。"

"这——"安德海看了看那包东西，把伸出的手又缩了回来，"奴才为娘娘办事是应该的，也是奴才的福分，说明娘娘能看得起奴才，这是给奴才的面子，奴才并不求什么赏赐。"

"让你拿着你就拿着。"懿妃顺手把那一包东西塞到安德海怀中，"这是八个金元宝，留你买点水酒喝。"懿妃看了安德海一眼，又说道："作为男人家吃吃喝喝也是应该的。一个男人怎能把自己封闭起来呢？总要有个三朋五友，朋友交往讲究交心，但也要有些吃喝，酒肉朋友也是要有的，有时还要讲讲排场，没有钱哪行？你们的那点月银哪够用？我这人做事就讲究个排场，讲究好看，你们跟我做事也应像我一样，没有钱可以随时到我这里来取，不要碍着情面不好意思。"

安德海忙把金元宝揣在怀里，连声说道："娘娘指教的是，奴才一定牢记娘娘的教诲，不过，奴才一般是不乱花费的，请娘娘放心。"

"该花的一定要花，做事不要因为钱的事给绊住，只要你听我的话，做得合我心意，我这里有的是钱。"

"当然，当然！娘娘为万岁爷生下大阿哥，万岁爷高兴都来不及呢！给娘娘又是封又是赏，后宫所有人对娘娘高看一眼，就是皇后也要对娘娘刮目相看。昨天，连皇贵太妃都给娘娘说话。"安德海不失时机地恭维说。

懿妃叹口气："只是皇上仍不相信我的话，不愿下决心查处那误传日期的太监。经过我再三软硬威逼，皇上让我自己去查找那误传日期的太监，你看这事如何是好？"

懿妃是一个非常有主见的人，但她又从来不肯轻易直接说出自己的主张，总是以征求侍从的口气慢慢托出自己的见解。如果对方提出的办法与她的心思一致，她就采纳，不一致时她便旁敲侧击，把你引向她想表达的内容。因此，在懿妃手下做事一定要头脑灵活，又要会见风使舵，看眼色行事。

安德海正是这样的人，他到储秀宫做事，很快就摸清了懿妃的脾性，说话做事很会迎合懿妃，因而深得懿妃的信任，被当作心腹之人。

安德海一看懿妃向自己征求意见，小眼珠一转悠便猜中了懿妃的心思，他微微一笑，说道："娘娘，既然万岁爷把这事交给你自己办，那太好了，这是上天保佑娘娘成功。"

"哈哈，小安子，不要高兴太早，先说说你的办法。"

安德海急忙跑到门外，四下里看看，见没有人，这才进屋附在懿妃耳旁小声嘀咕了几句。懿妃马上面带笑容，连连点头说道："正合我意，正合我意，知我者小安子也！"

安德海退回到旁边，挠了挠头，十分不解地问道："主子，小的十分不理解娘娘为何不借这个机会扳倒皇后呢？如果皇后倒了，娘娘不就可以取而代之主持后宫了吗？从现在来看，娘娘的位置已经比云嫔高，而娘娘又有大阿哥做后盾，将来一定比云嫔更加得宠，娘娘何必劳神惩治云嫔呢？依奴才之见不如把矛头指向皇后，即使扳不倒她也可给她一个下马威，让她今后不敢小瞧娘娘。"

"不可，不可！"懿妃连连摇头，"你以为这个办法能够动得了皇后的位子吗？"

安德海摇摇头。

"既然不能动皇后的位子就不要打草惊蛇，否则，那是以卵击石自取灭亡。你要知道，废掉皇后之位不是皇上一人说了算的，必须是皇后确实犯了什么天理不容的大错，皇上也认为她没有主持后宫母仪天下的德量，经内务府裁定，再报军机处同意才能废去皇后的名位。当年康熙皇帝与皇后闹到那种程度，几次欲废去皇后之位，都被孝庄太皇太后阻止了。凭你我现在的实力想动皇后根本不可能。"

"主子这么有才有貌，又为万岁爷生了一位大阿哥，理应成为皇后，而那皇后无才无德，只会处处和稀泥，却高居皇后之位，奴才实在为主子鸣不平。"

懿妃又长叹一声："也许我生不逢时，如果能早进宫几年，那皇后之位可能就是我的了，先入为主嘛！山中无老虎猴子称大王，此地无大树蓬蒿变为松，这是上天注定我只能做一个妃子吧！"

安德海见懿妃情绪很沮丧，又怂恿说："主子何必这么丧气呢！虽有天命也有人为，凭娘娘的聪明才智，那皇后之位一定会是娘娘的，不过是早晚之事罢了。"

懿妃苦笑一下："小安子，你真这么肯定吗？"

"奴才从来不说假话，只要娘娘想朝这方面努力，奴才愿为娘娘效犬马之力，就是赴汤蹈火也在所不惜。"

懿妃点点头："我心中有自己伟大的梦想，我不会向任何人服输的。不过，谋取皇后之位的事不可操之过急，需从长计议，欲速则不达。当务之急就是要惩治一下云嫔，只有让她失宠我才会坐稳位子。"

安德海皱皱眉，十分不解地问道："奴才愚笨，云嫔对娘娘有威胁吗？"

"云嫔的威胁是潜在的。从一定程度上讲，她对我的威胁比皇后还大。"

安德海睁大了眼睛，心里说道：这就奇了，云嫔怎么比皇后对你更有威胁呢？主子葫芦里到底卖的什么药？

懿妃微微一笑："小安子，这你就不懂了。以后还要多长一个心眼，遇事多分析一下，我来分析给你听吧。"

"娘娘请讲——"

"后宫所有妃嫔中人人都知道皇后的位子是不可动摇的，谁也不可能与她争夺高低，即使你再受皇上宠爱，也不过是一个妃子，就像我一样。而这些妃、嫔、贵人、常在、答应就不同了，她们的位子是不牢固的，谁得宠谁就有势力。因此，人人为了争得皇上的宠幸使尽浑身解数也卖尽了风骚。自古皇宫争夺激烈都是这个原因。可是，她们也是人在江湖身不由己呀，这也是为了生存，不这样就没名号，就会被人瞧不起，人人都来欺你、踩你。"

懿妃有点感慨地继续说道："我之所以这样做也是被逼的。就目前的形势看，万岁爷有名号的妃嫔中，云嫔天生一副美人胚子，从卖弄风情上是宫中人人皆知的，否则不会这么短的时间就被封为嫔。云嫔如此深得皇上宠幸，而我刚刚生下大阿哥身子虚弱，还要照看大阿哥，无法侍奉皇上。据宫女反映，这许多天以来皇上都是让云嫔侍寝的。皇上一高兴，说不定哪一天留下了龙种。如果云嫔再生一位阿哥，那么载淳的位子也会受到影响。大清的律例继统之人并非一定要长子。万一皇上不立载淳为继统之人，我的名位将会如何？现在的这个封号能够保住都勉强，你不欺人，别人却欺你，我始终觉得云嫔在处处和我较量。"

安德海连忙点头："主子分析得在理，一席话让奴才茅塞顿开，今后还要多听娘娘的教诲，小的也要学得聪明一些。"

"你以后多留心一下云嫔那边的动向，有个风吹草动的尽早报与我知道，也早早做个准备，事事有备无患嘛。"

"奴才明白！"

懿妃看了安德海一眼，又慢条斯理地说道："宫内宫外的事都应多留心一下，事事多长个心眼，多禀报禀报。我升你们也升，我损你们也都跟着倒霉，有我在还能没有你小安子的好处吗？"

"这点娘娘放心，小安子也不傻，今后多为娘娘长只眼就是了。"

"事事全靠你一人能忙得过来吗？要学会用人，可在宫内宫外多物色一些自己的贴心人，如果需要钱只管来我这里拿，这里有你用的。"

懿妃说着，用手拍拍床前一个大雕木漆柜："皇上的赏赐都在这里面呢！足够我们花费的。"

也许懿妃把那柜子拍得太响，惊醒了大阿哥，他哇哇哭起来，懿妃急忙起身去哄。几名宫女也闻声跑进内室，懿妃便把大阿哥交给她们。

安德海见人较多，不便再谈下去，轻声问道："主子还有何吩咐？"

懿妃想了想说道："就按你说的去做吧，有事再来禀报！"

"嗻！"

安德海恭恭敬敬退了出去。

懿妃和几名宫女刚刚把哇哇啼哭的大阿哥哄好，皇后就领着一群宫女来了，懿妃急忙起身迎接。皇后拉起懿妃，说道："妹妹何必这么多礼，你产后身体虚弱，又要照看大阿哥，实在太辛苦了，多注意些身子骨，事事不必亲自去做，让下人去做就可以了。"

"多谢皇后关心，为了大阿哥，臣妾就是再累一些也是值得的。"

皇后拉着懿妃的手，看看她略带惨白的面容，点点头说："妹妹说得也是，为了大阿哥，我们姐妹几人多累一些也是值得的。自从有了大阿哥，皇上不知有多高兴呢！这是今年宫中头等喜事，也是多年来所没有的喜事了。皇上后继有人，妹妹当属头功，我要好好谢谢妹妹，待大阿哥满周岁时，皇上准备再次加封妹妹呢！不过，在我看来这也是应该的。照我所说，我这皇后的位子让给妹妹也不过分。"

懿妃听了，心中一动，急忙说道："皇后万万不能再说这样的话，这话万一传了出去，臣妾纵然浑身是嘴也说不清楚。兰儿何德何能敢和皇后相比？这本来是皇后娘娘的一句笑话，如果让有心人听了岂不是捏造事实，置兰儿于死地的最好借口，诬蔑兰儿有觊觎皇后之位的野心。皇后娘娘本来是想关心臣妾，也许会因这句话害了兰儿。"

皇后笑着说："妹妹太多心了，我只是随便说说，哪有这样饶舌之人？"

"皇后不会不知吧，正因为臣妾有幸托皇上、皇后的福生了大阿哥，宫中才有人不服欲陷害臣妾。"

皇后马上明白懿妃指的是大阿哥"洗三"那天的事，便安慰她说："妹妹不必将那天的事放在心上，也许真的是哪位传事太监多喝了几杯水酒误传了日期，皇上也没有怪罪于你和你的娘家，何必为了一件小事耿耿于怀呢？即使真的有那么一位心胸狭窄之人出于嫉妒陷害妹妹，她不是也没有得逞吗？妹妹只当这事没有发生，该饶人时且饶人，你对她宽宏大量，想必那人也会受到良心的自责今后再也不会做那伤天害理的事。"

懿妃略带委屈地说："那人能有皇后娘娘这副心肠就好了，就怕那人妒心更浓，见一计不成又生出什么歹毒的计策来，坑害臣妾没有什么，只担心那些小人把毒手伸向大阿哥。万一大阿哥出现什么闪失，臣妾如何能担当得起呢？"

皇后一听懿妃这样说，也不知如何是好，忙安慰说："妹妹不必害怕，待我把这事报告给皇上，请皇上想个对付的法子。"

懿妃不说皇上不想追查这件事，只讲皇上因朝中事务太多无法过问这事，让她自己留心查找那误传日期的太监，然后再报与皇上处理。

为了讨好皇后，更是为了求得皇后的支持，懿妃又说道："宫中的事都是皇后娘娘做主，皇上虽然让臣妾留心这事，臣妾怎敢擅自做主处理这事呢？何况臣妾还有大阿哥缠身，这事就请娘娘拿个主意吧！"

皇后沉思片刻，看着懿妃有点伤心的表情便答应了。

懿妃见皇后答应了自己的要求，暗暗高兴，便把话题转开。

"皇后娘娘，臣妾有一件事想说又不好启齿，它关联着皇上的声誉，又怕张扬出去让皇上知道怪罪臣妾多舌。可是不说又觉得不好——"

皇后见懿妃欲言又止，不知她想说的是什么，便说道："你我姐妹之间还有什么遮遮掩掩的，有话尽管说，就是皇上有什么做得太过分的事你们不敢指责我也敢指责他几句的，说出来我们商讨商讨。"

懿妃这才把皇上对蓉儿的心思委婉讲出来。

对于皇上是怎样的人，皇后当然明白，但她不知懿妃讲这事的意图，是想让皇上纳蓉儿为妃，还是另有所图？于是问道："妹妹对这事是怎样想的呢？"

"皇上的性格娘娘是知道的，皇上想得到的就一定要得到。但皇上贵为天子，蓉儿只是一普通民女，传扬出去有损皇上名声，也扫了皇家的威信。娘娘是否知道朝中的哪位王爷或大臣尚无婚配，麻烦娘娘做主从中撮合一下，妹妹在此代替蓉儿和家人先谢过娘娘。"

懿妃说着，跪下就是一拜。

皇后连忙把懿妃拉起："妹妹太客气了，你的妹妹就是我的妹妹，这是自家人的事我怎会不乐意呢？朝中大臣姐姐不甚了解，但姐姐知道几位王爷都早已婚配——"

"臣妾把这事告知皇后娘娘，是想让娘娘留意一下，一时找不到合适的人选就暂且放一放，如果碰到合适的人家就有劳娘娘做个大媒。"

"姐姐一定留心。"皇后边说边沉思，忽然微笑着说道，"嘿，真是踏破铁鞋无觅处，得来全不费工夫。我只顾往别处想了，怎么自家的王爷倒忘了。"

"自家的王爷？"懿妃自语道，她被皇后搞糊涂了，"自家的几位王爷不是都已有福晋了吗？"

"妹妹，不知你是否听说醇王爷新近死了福晋这事？"

懿妃摇摇头，疑惑地问："醇王爷的福晋不是内阁大学士柏葰的长女吗？如此年纪轻轻怎会去世呢？"

"姐姐也不知道，只是最近才听说的，说是得了急病突然死亡，醇王为此事和翁亲家柏葰还闹了矛盾，后来是恭王爷等人出面调解才算罢休，为着福晋去世的事醇王伤心了好久，据说不愿再续呢！"

皇后感慨一番之后接着说道："蓉儿尚是女儿之身，让她嫁与醇王不知是否乐意？"

懿妃一听醇王爷死了福晋尚没续弦心中十分高兴，妹妹能嫁给奕譞是再合适不过的。奕譞是皇上的亲弟弟，又掌握重权，她们姐妹两人一外一内，彼此合作定会左右朝内朝外的局势，那么她们那拉氏家族就会显赫起来。让妹妹嫁给奕譞比姐妹两人同侍皇上还好呢！她一听皇后担心妹妹不同意，急忙答道："蓉儿哪有不同意的道理？她曾经对我讲过，像我们那样的破落家庭，将来能够嫁给一个五品小官就是前世修来的福了，哪还敢高攀呢？妹妹若能找到醇王爷这样的人品，那是她做梦都没有想到的，只怕醇王爷嫌弃我们的家庭呢！"

"妹妹万万不可说这样的话，你们家能长出妹妹和蓉儿两位天仙一般的美人儿，这是你们祖上有德，祖坟埋到风水宝地里了。皇上都视妹妹为掌上明珠，从来也没有嫌弃你的家庭，那醇王爷又怎敢嫌弃妹妹家庭的贫贱呢？奕譞不是说不想再婚配吗？只要姐姐向他提起蓉儿，恐怕他乐得合不拢嘴，巴不得明天就拜天地成婚呢！我估计蓉儿的相貌醇王爷也见识过了，在大阿哥'洗三'那天，蓉儿一出现就让多少男人流口水，连皇上都给迷住了，何况一般男人呢！说不定醇王爷正躺在府里害相思病呢！哈哈哈……"

皇后几句调笑的话说得懿妃又是欢喜又是害羞，连忙向皇后求饶说："皇后娘娘真会说笑，说得兰儿都不好意思了，如果让蓉儿听见了，不知怎么害羞呢！"

"好了，我不说了，蓉儿的婚事就包在姐姐身上了，你尽快通知你家人准备嫁妆吧！"

皇后起身走了，懿妃一直送到宫门外，目送皇后离去。

第六章

小皇子无端遭蛊惑
懿皇妃有意除仇仇

咸丰把这符咒看了又看,"啪"的一声把木牌拍在桌子上,咬牙切齿地骂道:"好你个贱人,朕对你如此好,想不到你却是如此狠毒之人,辜负了朕的一片苦心,来人,把……"

醇郡王奕譞实在觉得闷得慌,便信步走进花园散散闷气。

这多日来他一直提不起精神。为着福晋的死和翁亲家柏葰闹翻了脸,令他恼火的是柏葰那老顽固不说自己女儿品行不检点,反而责备自己无能,连自己的女人都管不住还算什么男人?不去找那勾引自己福晋的人算账反而把女人逼死了,这更是无能的表现。

自己没有拿到充分的证据去找那卑鄙小人理论,这是自找难堪,说不定还会被羞辱一顿呢!但他又咽不下这口气,自己身为郡王怎能丢得起这个面子,让皇上知道了也会骂自己无能,给皇室脸上抹黑。他想让皇上给自己撑腰出口气,可自己又无法开口,这不是一件光彩的事。更何况那家伙身居要职,又是心狠手辣之人,也深得皇上的信赖。若论心计,自己更不是他的对手。

奕譞边走边想,越想越气。他本来是要赏花观蝶排忧解闷的,谁知触景生情勾起了往日心绪,更加烦恼起来。

奕譞猛抬头看见一人正在那里侍弄花圃,一看那笨手笨脚的架势他就气不打一处来。恰在这时,那人又一不小心把一株刚刚吐蕊的千年白牡丹碰断了一枝。

奕譞更生气了,走上前照那人屁股就是一脚,骂道:"无用的东西,你是侍弄花还是毁坏花?这株千年白牡丹比你的命还值钱呢!"

张德顺自知理亏,用手摸摸踢疼的屁股,翻眼看看踢自己的人。见对方衣着十分讲究，举止间也有一股富贵气派，估计是王府一位有权势的。心里道：老子怎么这样倒霉，因为挨揍才到了这鬼地方，来这花园当差头一天又被踢了一脚。他心里窝着火，说话也就不中听，话一出口就让奕谟气得直跺脚："你们醇王府的人也太狗仗人势了，不就是一株花的枝子吗？有啥值得大惊小怪的，今日碰断了，明日还会长出来的，我的屁股让你踢伤了可不是三天两天能养好的。"

"你这个狗奴才真不知天高地厚，竟敢冲撞本王，真是吃了熊心豹子胆！"

奕谟说着，抡胳膊就要打。

张德顺的脾气还没有改多少，他站了起来，斜视奕谟一眼，冷冷地说："别说让我在此侍弄这些我不高兴，就是侍候你家王爷我也不满意，我是要进宫服侍万岁爷的，谁稀罕在这里干无聊的活。"

奕谟一愣："什么？你想进宫当太监？瞧你这德行，若要进宫服侍皇上早被皇上乱棍打死了。你连花都侍弄不好，如何去侍候人呢？你不是想进宫当太监吗？本王可以成全你，只是送你进宫前要管教管教你，杀杀你这小子的野性。"

说着，朝他的屁股又是一脚。

张德顺被奕谟踢得一趔趄，不等他站稳，又是一脚踢来。

奕谟边打边说："本王爷这是为你好，不杀杀你的野性入宫后一定会被打死。"

张德顺挨踢几脚后才明白过来，打自己的人正是王府的主人——醇郡王奕谟。经过这一段时间的磨炼和陈怀坤的说教，张德顺变得成熟多了，他不想同上次一样，因为还手打人差点被人打死。他只是躲，决不还手。

奕谟肚子里憋了许多天的火全都发泄在张德顺身上，他似乎有点失去了理智，噼啪不停地踢打着。

"请王爷高抬贵手饶过他吧！"

不知何时，陈怀坤跑进来，扑通一声跪在奕谖面前哀求说："请王爷高抬贵手，大人不计小人过，他是我表弟，刚从乡下来的，想托王爷的福混口饭吃，饶过他吧！"

不知是陈怀坤的哀求打动了奕谖，还是他打累了，终于停了下来。

正在这时，侍从来报，说皇后娘娘有事邀请王爷，并请王爷速去。

"皇后娘娘找我？"奕谖一怔，自语道，"皇上没宣，皇后找我去有什么事呢？"

奕谖急急忙忙直奔皇宫。

皇后正在品茶吃点心等待醇郡王的到来，她真要做一次大媒来促成这桩婚事。她当然不希望皇上看中蓉儿并把她也请进宫，一方面皇上的这些妃嫔，个个长得天仙一般，妖艳夺人，整日哄得皇上神魂颠倒。而她呢？虽然也可称得上漂亮，但和其他几人相比可就差多了。"岁月不饶人"，这话一点儿不假。皇上整天迷恋漂亮女子，早把她给冷落了，也许偶尔觉得过意不去，跑到她的宫中住上一夜。最苦莫过寂寞女人心，那漫漫长夜她都是孤影青灯抱着枕头入睡的。

唉，虽说这些女人再得皇上宠幸也够不着威胁她的皇后之位，但她内心总不免有一种危机感。多一个漂亮的女人就是多一个敌手，特别是这蓉儿就更不能让她进宫。懿妃生下大阿哥后地位大增，人人都高看她一眼，连皇上也让她三分。如果蓉儿也服侍皇上左右，她们姐妹俩一联手，皇上还不给她们独占了，这后宫的形势也不妙，懿妃本来就很有心计，再加上一个蓉儿那是如虎添翼，自己的皇后之位能否保住就难讲了。当年汉成帝时，赵飞燕、赵合德姊妹俩同侍成帝，她们姐妹俩不就由偏入正，一步步垄断了后宫吗？

既然懿妃也不想让妹妹入宫，怕妹妹今后夺了自己的位子，我何不将计就计真的把蓉儿拒之宫外，让蓉儿给醇王爷续弦呢？这样她们姐妹内外联合势力虽然很强，但毕竟没有姐妹同时在后宫对自己更有威胁。也只有把蓉儿许配给醇郡王才可能断了皇上的念头，他总不会和弟弟争女人吧！

奕譞进来了。他上前施礼说道："臣奕譞拜见娘娘千岁，不知娘娘懿旨召臣来有什么事？"

"醇王爷不必多礼，请坐下叙话吧！"

"谢娘娘！"

"听说醇王爷的福晋新近过世了？"

奕譞微微一蹙眉，答道："谢娘娘关心！臣的福晋突发疾病暴死，请了御医也没能救得了她的性命。生死有命，富贵在天，臣也很伤感。"

皇后也显出很悲伤的样子说："古语说'一日夫妻百日恩'，自己的结发福晋怎能不让你伤心呢？可是人死不能复生，应该看开一些。醇王是国家栋梁之材，如今国家有难正是用人的时候，醇王怎能为了一己私情而整日消沉下去影响国家大事呢！依本宫所见，王爷最好再续一位福晋，也许很快就会忘记过去的伤心事。"

"臣暂时尚无心婚配，待福晋去世满一年后再做打算吧！"

皇后笑道："醇王爷，话可千万别说得这么坚决，如果有人给王爷介绍一位十分出色的美人儿，王爷还要再等一年后考虑婚事吗？"

提起美人儿奕譞心里总是酸溜溜的，自己的福晋也可称得上一位大美人儿，虽然比不上皇上的几位嫔妃，但也是百里挑一，而自己却没有守住，让肃顺那小子给占了便宜。再送来一位美人儿又能怎样？也许只会给自己带来烦恼、增添羞辱。

皇后见奕譞沉默不语，笑着说道："如果王爷立志不再娶，或一定要等到一年后再说，这事也就算了，我立即转告那位姑娘，醇王爷用情专一，'曾经沧海难为水，除却巫山不是云'，让她不要自寻烦恼了。"

奕谟一听皇后这样说话，明知皇后是在激他，也只好说道："有皇后娘娘给奕谟做媒，这是奕谟的荣幸，岂有不愿之理？但不知皇后所提的女子是哪家姑娘？"

皇后一见奕谟答应了，十分高兴地说："也许王爷已经见过那仙女一般的姑娘了，甚至还对那美人儿动过一丝情呢！只是没有机缘当面表达罢了。"

"皇后娘娘越说我越糊涂了，究竟是哪家姑娘请娘娘明说。"

"一提美人儿醇王爷就心急了，告诉你吧，就是懿妃的胞妹蓉儿。在大阿哥'洗三'那天，蓉姑娘的谈吐和风采王爷不是也领略过了吗？"

是懿妃的胞妹蓉姑娘！奕谟心中一动。大阿哥"洗三"那天，蓉姑娘的一举一动都给他留有很深的印象，她的美貌虽然不能和姐姐懿妃相此，但也只是稍逊风骚。当时他对蓉儿也的确生有一丝动情之心，这是男人对漂亮女人的共同心理，过后也就忘了。如今皇后再次提起，自然触动了他的心。说实在的，蓉儿姑娘并不比自己的福晋逊色，只是出身稍稍贫贱一些，皇上尚且不嫌弃她们家的出身，更何况我呢？有聪明过人的懿妃在，那拉氏的家庭地位也会一天天上升。皇后今日传唤我入宫提亲这一定是懿妃的心意，如果一口拒绝了，不仅得罪了懿妃，而且也得罪了皇后。据我所知，懿妃是一个报复心极强的女人，万一她将来在皇上面前讲几句不利于我的话，我的处境可能比奕䜣还糟。

想至此，奕谟向皇后施礼说道："皇后娘娘的好意奕谟接受了，至于这婚姻大事让我再回去仔细思考一下，明日回复娘娘。"

皇后点点头："这事不急，请王爷回府细细考虑，然后再报与我知即可。不过，我还有一事请教王爷。"

"娘娘请讲！"

"大阿哥'洗三'那天，大阿哥外婆家的人姗姗来迟令皇上很生气，事后问起，说是有一太监误传了日期，而懿妃一口认定是有人故意陷害于她，不知王爷有何看法？"

"回娘娘，皇上也问起了这事，恭亲王不主张追究此事，而为臣则认为这事应该追查，有备无患，既可堵住懿妃的嘴，也可给有此心的人敲个警钟，也许更有利于大阿哥的成长。"奕𫍰说到这里，又叹了口气说，"自我朝入关以来，后宫为了争宠而出现的事端还少吗？请皇后务必慎重行事以防不测。"

皇后点点头："这事说起来容易做起来难，偌大一个后宫追查谁去？看人不能只看表面，必须了解其心，有的人当面一套背后一套。"

皇后正说着，太监来报，说大阿哥不知何故啼哭不止，谁也哄不住，找御医也看了，一时查不出是啥病，懿妃急得直哭，请皇后前往看望。

皇后一听也心急如焚，急忙辞别醇郡王。

刚到储秀宫宫门，就听到大阿哥沙哑的哭声。

皇后一脚踏进内厅就看见懿妃像泪人儿一样坐在啼哭的大阿哥身边。不待皇后开口，懿妃就哭喊道："请娘娘快救救大阿哥！"

皇后走到床前，见大阿哥满脸满身发红眼睛微闭着，大哭不止。她也看不出什么病，用手轻轻摸摸孩子的头，也没有发烧，看样子不像什么特别厉害的病，仅这一个哭就让人揪心。

皇后心疼地问道："大阿哥从什么时辰变得异常的？有没有错吃什么食物？"

懿妃摇摇头："大阿哥只吃一些奶水，并没接触外界的食物。从上午十点多钟大阿哥的脸就开始变红，接着全身发红，便大哭不止，谁也哄不好，从啼哭到现在一点奶水也没有吃。"

"御医是如何诊断的？""已经请来三名御医给诊断过，他们众说不一，有的说是产后中风，有的说是中了邪祟，还有一位说是得了一种极为罕见的红热病。"

"他们认为这病是否有什么危险？"

"御医们一致认为大阿哥暂时不会有什么危险，但时间一长就难讲了。请皇后定夺！"

皇后看着哭得浑身是汗的大阿哥，十分心急，一时也没了主意，过了一会儿才问道："报经皇上知道了吗？"

"听说皇上正在召开军机会，就没有打扰皇上。"

"御医开了药方吗？"

"按他们给大阿哥开的药方拿了药，只是煮后无法喂进大阿哥的嘴。药刚放在嘴边大阿哥就直抓直挠不愿吃，即使喂进嘴里也全部吐了出来，看情景大阿哥似乎对任何放入嘴的东西都反胃，滴水也不想吃。"

皇后灵机一动："请洋人医士呢？据说洋人的医术很高明，在许多方面都优胜我们，何不请位洋医士来看看。"

"在京城如何寻得着洋医士，若让皇上听了也不同意，洋人向来心狠手辣，让他们来给大阿哥治病，这不是引狼入室吗？据说洋人在广州又闹了起来，皇上正为此事大发雷霆呢！"

皇后一听懿妃这样说，又六神无主了。

安德海见状，凑上前献计说："宫中有一位懂得法术的人，他自说能降妖治怪驱赶百病，何不请他来为大阿哥驱赶一下病害呢？也许这个法子真的奏效呢？有益无害嘛！"

皇后点点头："也只好如此了，告诉他务必小心谨慎，能治则治，不能治则就此罢休，千万不能辜负了上天的恩赐，大阿哥可是我们大清国的一条根呀！"

"嗻！"

安德海退了出去。不久，带来一个人，在安德海的引导下，那人上前深深鞠了躬："桑巴特叩见皇后娘娘。"

皇后摆摆手："大师免礼，请问大师，你能降妖驱鬼治病吗？"

"回皇后娘娘，我能治疗各种蛊惑之病。"

"那么大阿哥的病你也能治疗啦？"

"待我查看一下病情再做定论。"

两名侍女抱来啼哭不止的大阿哥，桑巴特认真地察看一遍然后说道："回皇后娘娘，大阿哥得了一种极难治愈的病症，能否治好这种病我不能百分之百的保证，但我一定尽力而为，请皇后娘娘放心。"

"这种病是如何引起的呢？"皇后问道。

"回娘娘，这种病也是邪祟之一，是有人记下了大阿哥的生辰八字，用一种符咒进行暗中蛊惑所致。"

"真有人在暗中诅咒大阿哥？"懿妃从旁惊讶地问道。

桑巴特点点头："这不是一般的符咒，是一种极难破解的中原符咒，我只能施法术克制它不再加害大阿哥，让大阿哥暂时安静下来，但不能彻底铲除符咒的法力。"

"怎样才能彻底铲除符咒的法力呢？"懿妃又问道。

桑巴特略一思索说道："除非能够找到那符咒隐藏的地方，把符咒给毁坏掉，否则别无他法。而这符咒的隐藏地多是埋藏在被诅咒人居住的地方周围三十丈之内才具有法力。"

皇后将信将疑，她看看桑巴特的神色又似乎不像在蒙骗人，对他说道："你现在就施展法术给大阿哥治病，所需一切东西由崔总管负责，我带人寻找那埋藏符咒的地方。"

皇后命崔长礼协助桑巴特设坛施法驱邪，自己准备去寻找符咒，懿妃急忙阻拦说："皇后娘娘请留步，这等小事怎能有劳娘娘大驾，让侍从人员去做就是了。"

"妹妹在此照看大阿哥吧，其余的事有我去做就行了，如果真有人敢使用邪祟手段诅咒大阿哥，待我查明此事后一定严惩这等卑鄙小人。"

懿妃见皇后下了狠心，态度又如此坚决，只好附和道："皇后娘娘如此关心大阿哥，真让臣妾感激不尽。既然娘娘一定要亲自寻找符咒为大阿哥解除病根，就让安德海服侍娘娘去寻找好了。臣妾理应亲自陪同娘娘，只是对大阿哥放心不下——"

懿妃没有说下去，皇后拉住她的手说道："妹妹的心意我领了，你还是留在室内照看大阿哥吧，让安德海陪我寻找就行了。"

懿妃看着皇后离去的身影，嘴角掠过一丝不易察觉的笑意。

崔长礼按照桑巴特的吩咐，在大阿哥的床前扯起一个青色帷幕，帷幕四周贴上他亲手绘制的佛法条幅，并在帷幕前放一张桌子和一把椅子。

一切准备齐全，桑巴特屏退所有太监宫女，连懿妃也不允许留在内室，这才开始施展法术给大阿哥驱邪治病。

众人等在外室都十分着急，谁也不知道这人在里面做了些什么。有几个太监唯恐桑巴特做出什么不利于大阿哥的事来，几次要冲进去看个究竟，都被懿妃和崔长礼阻止了。

大家在外面等了约莫半个时辰，虽然都焦躁不安，但让他们感到稍稍欣慰的是，大阿哥的哭声没有原先那么急促，逐渐变得正常了，后来竟然不哭了。

桑巴特终于走出了内室，只见他浑身湿透了，满脸都是汗，连头发也在向外滴水。他一走出来就大出一口气，对焦急等待的懿妃说道："恭喜娘娘，大阿哥的病暂时抵制了，只要能找到符咒，大阿哥的病就可痊愈了。"

懿妃十分感激地说："多谢大师相救，一旦大阿哥的病痊愈，一定重赏大师，请大师下去歇息吧。"

一个太监把桑巴特领出去换衣服，大家这才匆忙进入内室看望大阿哥，只见大阿哥浑身的红斑消失了，又恢复如初，也不再哭泣。微闭的双眼又睁开了，只是显得很疲劳，绝食近一天的大阿哥又开始像原来一样吃奶了。

所有的人都松了一口气，纷纷向懿妃祝贺问安。

皇后听说大阿哥的病已被治住，十分高兴，从外面回到内室探望。但她听说必须找到那符咒时大阿哥的病才会完全治愈，又不免着急起来。刚才对桑巴特的话还有几分疑虑如今全相信了，下令所有的宫女、太监都到室外寻找，就是挖地三尺也要找到那符咒的埋藏地，把大阿哥的病彻底根除。

皇后又要出去寻找，被懿妃劝阻了。

"皇后娘娘已经寻找半天了，就歇一会儿吧，有他们宫监去寻找就可以了，何必亲自去呢！反正大阿哥的病被治住了，一时半会也不会发作，慢慢寻找就是了。如果娘娘累着身子，臣妾如何担当得起呢？"

皇后一想也是，就和懿妃一同照看大阿哥，命崔长礼督促宫监们继续寻找那令人心悸的符咒。

皇上不知从哪里听到了消息也从养心殿来到储秀宫。他一见大阿哥并无异状，诧异地问道："朕听说大阿哥得了一种奇怪的病大哭不止，浑身长满了红斑，而朕看来大阿哥像原来一样可爱，也没有什么生病的迹象。"

皇后忙说道："谢皇上关心，大阿哥的病暂时克制住了，只是病根未除，臣妾和懿妃正为此事发愁呢！"

皇后又把大阿哥得病治病的经过讲述了一遍，咸丰十分生气地说："真有这等狠毒之人！也是朕一时大意没有细心追查，差点害了大阿哥，这是朕的错，该打，该打。"

懿妃忙说道："皇上不必自责，皇上国事缠身，每天日理万机，哪有太多时间分心在这等小事上呢？只是那使用符咒之人太狠毒了，她也许是对臣妾心生妒忌，既然如此就诅咒臣妾罢了，何必向一个孩子下毒手呢！"

皇上一拍桌子："哼！就是把皇宫翻一个过也要找到符咒，然后处死这施用蛊惑的人。如果宫监们再找不到，朕下令调禁卫军来挖地寻找！"

"皇上不必动怒，这事娘娘已经吩咐好了，不劳皇上如此兴师动众，传扬出去也有伤皇室声誉。"

咸丰一听也有道理，就点点头说道："爱妃言之有理。多日前，朕还认为爱妃是无中生有势在挑起事端呢！谁曾想真有这样的小人，还是爱妃考虑周到，这一次朕再也不放过那卑鄙小人了。"

皇后很为难地说道："只是现在尚没有找到那符咒，也就无法查出施用符咒之人是谁。找不到符咒就无法根治大阿哥的病，更令人犯愁。”

皇后话音刚落，崔长礼就进来报告说符咒找到了。众人为之一振。

咸丰帝接过崔总管递上来的符咒一看，只见一块木牌上写着大阿哥的名字载淳和他的出生日期，这些字的周围贴上了谁也看不懂的符号。

咸丰把这符咒看了又看，"啪"的一声把木牌拍在桌子上，咬牙切齿地骂道："好你个贱人，朕对你如此好，想不到你却是如此狠毒之人，辜负了朕的一片苦心，来人，把……"

咸丰又把到嘴边的话刹住了，他又把放在桌子上的木牌看了又看。这字对于他来说太熟悉了，她的字还是自己手把手教会的呢！想不到竟是她干的，自己心爱的人，真令他痛心失望。

咸丰重新放下木牌问道："这是从哪里找到的？"

崔长礼急忙上前答道："回皇上，就在大阿哥卧室后面的外墙角下。"

"是谁找到的？"

"张文亮。"

"带张文亮上来，朕有话相问。"

"嗻！"崔长礼下去了。

懿妃见皇上的态度有所转变，随口问道："皇上，莫非这符咒是假的？"

"哦，朕也不能确定，只是怀疑，所以让那找到符咒的太监来问话。"

张文亮被带上来，咸丰帝问道："这个木牌是你找到的吗？"

"回皇上，是奴才找到的。"

"你是如何找到的？"

"崔总管带我们几乎把这周围的所有可疑地方都找过了，可是仍不见符咒的任何踪影，安德海提醒奴才到后面找一找，我们几个就到大阿哥房后寻找。由于奴才心细，终于发现了有挖过时间不长的鲜土痕迹，小人就这样找到了那符咒牌。"

"嗯，你下去吧。"

咸丰挥挥手，又拿起那符咒牌看了看递给皇后。皇后接过木牌一看，觉得中间的几行字十分眼熟，一时又想不起在哪儿见过，她又递给懿妃说："这字我看起来眼熟，就是回想不起是谁写的，妹妹是否认得？"

懿妃接过一看，也蹙眉说道："的确眼熟，臣妾也想不出来，难道皇上也没认出这字出自谁手吗？"

咸丰沉吟片刻，心道：她们两人何尝不知道这字出自谁手呢！只不过碍于我的情面不去点破罢了。他知道再这样打哑谜下去反而不好，长叹一声说道："朕也没想到这事竟然是云嫔所为，朕一向认为她为人宽厚老实，原来这都是做给朕看的，真是知人知面不知心。"

经皇上这么一说，皇后也立即想到这字的确像是出自云嫔之手，她冷冷一笑说道："皇上认为她老实宽厚，臣妾却不这样认为。去年七月，康慈皇贵太妃病重期间，臣妾约她一同去看望康慈皇贵太妃，她不但自己不愿去，而且劝我也不要去。当时我不知道为什么，后来才听说康慈皇贵太妃曾经训斥过她。无论是谁的错，康慈皇贵太妃训斥她几句也不必记恨在心，而云嫔却如此毫无肚量。从这件事看来，云嫔能做出这等卑鄙的事也是在理的。"

懿妃也趁机说道："皇上这一说臣妾也想起来了，大阿哥满月那天，宫中成员都来了，唯独云嫔没有来。下午打发一个太监送来一件礼物，说云嫔身体不舒服无法参加大阿哥满月的庆典，改日再来贺喜，今天先送来礼物一件。前天云嫔果然来了，可她走后的第三天也就是今天，大阿哥就得了这怪病。"

"如此说来，大阿哥'洗三'那天误传日期的人也是云嫔娘娘指使的？"不知何时，安德海凑过来说道。

"没有充分的证据不允胡说！"咸丰瞪了他一眼训斥说，"这事待朕进一步查清证实之后再做定论。"

咸丰这话既是对安德海说的，也是对皇后和懿妃说的。懿妃当然明白皇上话中的意思，轻轻瞟了皇上一眼，故意说道："只怕皇上见了自己的美人，心肝宝贝儿一叫皇上的耳朵就软了，别说处置，只怕疼还疼不过来呢！"

咸丰站了起来："你们也给朕一个查实考虑的时间，不要把朕逼得喘不过气，好不好？"

咸丰说完，拂袖而去。

醇郡王府一反往日的沉静，透出一股喜洋洋的气氛来。府内府外张灯结彩，地铺红毡，全府侍从也一律新衣新帽，人人喜笑颜开，个个笑容可掬。

醇郡王也一扫平时的沉默寡言，身着礼服站在殿堂前笑迎八方来客。

毕竟是王爷娶亲，虽是二婚，也不是一般官员家庭可比拟的。整个王府院内院外都挤满了人，来来往往，络绎不绝。

张德顺正在后花园浇水施肥，陈怀坤穿着一身新衣走了进来，好远就冲着张德顺喊道："德顺，今天别在这后院忙啦，到前面去吧，人手不够。"

张德顺一见陈怀坤也一身新衣打扮，扑哧一声笑了。

"陈大叔，您老今天也娶亲呀？"

"唉，大叔哪有这个福分，也许咱命里与女人无缘！"

张德顺笑道："陈大叔，瞧你这身衣着就像娶亲的，听说让你去新娘子家送彩车彩礼，你也可乘机看看新娘子，了却一桩心愿啦！"

"大叔老了，行动也不方便，李大卫不让我去，我向他推荐了你。"

"我？"张德顺指着自己的鼻子说，"恐怕不是那块料吧？"

"嘿，别瞧不起自己，你不行谁行？大叔已把你的新衣新帽全领来了，这不？你快去换换衣服。"

张德顺接过新衣，很高兴地说："陈大叔，王爷新婚我们这些佣人也跟着享福，改善了饮食又更换了新衣，巴不得求王爷天天结婚呢！不知王爷的新娘子是何许人？"

"你小子整日待在这花园里也不出去溜达溜达，难怪连这等大事也不知道，嫁给王爷做福晋的能是一般平民百姓家的女儿吗？别看咱家王爷刚刚死了福晋，就是一天娶一个王爷也能娶到。告诉你吧，新娘子是当今万岁爷的宠妃懿妃的胞妹，据说相貌虽然抵不上她姐姐，但人也长得天仙一般，否则王爷也不会这么快就答应娶回王府的。"

张德顺一听，心中咯噔一下。既然王爷的这位新娘是皇妃的妹妹，今天一定有不少太监到新娘子的娘家，我何不趁机攀上一名太监，让他帮助我进入宫中。即使在新娘子家中见不到太监，在王府也一定有个别前来祝贺的太监，我也可以见机行事。

想到这儿，张德顺也不推辞，匆匆换上新衣随陈大叔来到前院。

准备送往新娘子叶赫那拉氏家的聘礼和彩车花轿等物已经准备就绪。张德顺只是扫了一眼就吓了一跳，嗬！这么多聘礼，简直够一个百姓家吃上十年也吃不完的东西。十锭黄金，十锭白银，十匹马，十匹布，十对金如意，十双玉手镯，外加两辆彩车和两顶彩轿，至于那些衣袜头饰之类的东西就数不胜数了。

张德顺随着送彩礼的队伍吹吹打打向西城走去，他边走边想，一会儿想到娇娇，一会儿想到张大哥，真是鬼使神差，自己怎么跑到这地方来，太监没当上还差点儿把命丧了。如今不知道张大哥的情况，娇娇也是毫无音讯。看到别人娶媳妇自己就有点懊恼，原本应该和娇娇也亲亲热热拜天地、上花轿、入洞房的，而现在什么也没有了。个人得失算不了什么，大哥的抗清大业为重。

张德顺正在胡思乱想，猛听有人冲着自己喊道："你小子还发什么愣，也想娶媳妇了？"

他这才知道到了叶赫那拉氏府上，要把聘礼向府里搬运了。

真是侯门深似海，张德顺随着李大卫等人走了好远才到达后院，把一箱一箱聘礼放到指定地点。

搬运完毕，早有管家给他们送来赏钱，并让他们到偏房歇息着。

正在这时，就听两名当差的家丁嘀咕道："崔总管奉皇后娘娘和懿妃娘娘之命来给咱家小姐送贺礼呢！"

"皇上也派人送来了贺礼？"

"咱们家老太太、老爷的面子也真大，连我们当差的也觉得脸上有光。"

"可不是吗？皇上如此看重咱府还不是懿妃娘娘的面子，如今二小姐又嫁到醇王府，今后咱们老爷就更有靠山了，你我兄弟好好跟着老爷干还愁发不了财吗？"

一个压低了声音："兄弟，说实在话，咱家老爷除了脾气大一点儿，真没有什么能耐，在处理事务上并不比你老兄高明。"

"嘘！你小子不想活了？如果让别人听见了咱们私下议论老爷的短处报告给老爷，还不扒了咱们的皮。"

"我说的是实在话，老爷全靠懿妃娘娘撑腰，凭他自己的本领到大街上烤红薯都卖不出去。"

"别说了，快干吧，这世道不就是这样吗？只要有后台，傻子也做大官，会磕头会哈腰就行了，谁做不来？唉，我看这世道要变了。"

"唉，你听说了没有，最近南方闹得很凶，反兵打到了山东和僧王拼得正凶呢！"

"再打就打到北京了，还娶媳妇呢！只怕命都保不住了，咱兄弟也早做个准备吧，跑也跑得及时，以免做了人家刀下之鬼。"

"别说不吉利的话了。昨天我听人说僧王在山东水淹反军，还捉住一个反军的头头呢！反军被打得落花流水，恐怕打不进北京了。你小子担心什么，反军就是打进来也不会杀我们这样的下等人，王公大臣还杀不完呢！"

"僧王果然厉害，他一出马就旗开得胜，不知那反军头目叫什么？"

张德顺听到这里更加屏住呼吸，想听一听外面的消息，他心里怕极了，心跳也加快了，唯恐那被捉住的人是张大哥。恰在这时，好像有人来了，那两人突然不再讲话，张德顺十分恼怒，想去问个究竟又怕惹出事来。

"崔总管看望我们来了。"

不知谁喊了一句，大家都站了起来，张德顺也随着站了起来。只见崔总管在两名小太监的陪同下走进屋内，扯着公鸭似的嗓子询问了一些送聘礼的事。

张德顺早就打听出要想进宫当太临，必须找到内务府大臣或太监总管，而如今这太监总管就在面前，一定不能错过这个机会，否则，将来也许就没有机会了。

张德顺急中生智，在崔长礼刚要转身离开之际，上前紧走一步施礼说道："崔总管，小的去宫中拜会您老人家几次都被阻拦住，今天终于见到您老人家了。舅舅经常在小的面前讲起崔总管的大恩大德，小的临来京城前，舅舅再三叮嘱小的一定要找崔总管。"

崔长礼上下打量一下张德顺，疑惑地说："你是——"

"小的是崔总管的家乡人，河南项城崔家寨人，小的舅舅就是项城县的捕快崔昌德，小人叫张德顺。"

崔长礼点点头："有什么事吗？"

"小人找崔大人有点私事，只是这里——"

张德顺故意回头看看周围的人，欲言又止。

"那么你随我来。"

张德顺跟随着崔长礼来到另一间房子，崔长礼转身停下来问道："你有什么话就直说吧！"

张德顺长揖跪倒在地："崔大人，小的求你收下小人，把小人留在你身边也做个太监吧！如今咱们家乡正闹匪灾，我父母都死于匪灾之中，家中没有什么亲人了，舅舅让小的来京中求崔总管给找个安身的地方，求崔总管大仁大德收留下小人，让小人在总管大人手下当个小太监吧！"

张德顺说完，又磕了几个响头。

崔长礼见他说得很伤心，也见他长得挺憨厚诚实，不像是撒谎，心里想道：懿妃如今是皇上的红人，特别是生了大阿哥之后更得万岁爷的宠幸，皇后娘娘都让她几分。她几次向我提起从宫外为她物色一个忠诚可靠的人，但由于这段时间宫中事情太忙，没能给懿妃物色到合适人选。也许这是上天的安排，竟有人找上门当太监，又是自己的同乡，我何不卖个人情，今后他能深得懿妃的信赖对我也有好处。至于他的舅舅崔昌德我却不曾了解，也不管他是谁，在河南老家知道我崔长礼的人也太多了。想至此，崔长礼把张德顺从地上拉起来说："既然是家乡人，我理所当然要多担待一些，亲不亲故乡人嘛！只是这当太监是很苦很累的，也要付出一定代价。古语说，伴君如伴虎。你为皇上、娘娘当佣人，他们稍一不高兴都可能丢了你的命，有时甚至要灭族，这些你考虑过没有？"

张德顺一听这些话，知道崔长礼有收他为太监的心思，急忙说道："小人父母早已死于兵匪，全家仅剩下我一人，也没有什么亲近的本家，从家乡逃到京城也是九死一生。如果大人不收留小人，小人也会沦落街头，说不定哪天就会饿死。能够到宫中侍奉皇上、娘娘，这是小人祖宗积了大德才修出的福分，就是死了小人也心甘情愿，请崔大人收下我吧！"

"你在醇王府当差不也挺好吗？为何一定要到宫中当太监呢？这可是许多人嗤之以鼻的事。"

张德顺立即装出十分委屈的样子说："崔大人有所不知，小人哪是在醇王府当差，小人是在流落街头时被王府家兵抓去干苦力的，说不定哪天就被他们赶走或处死了呢！今天是府上人手不够，临时让我来帮忙的，请崔大人看在同乡的分上给小人找个安身之处吧！"

"那好吧，看你也挺诚实的，我暂且答应收你做太监。不过，也给你一段时间考虑，以免你将来后悔，如果你决心定了，就在王府办完喜事后到皇宫去找我，临走时要给府上人打个招呼，以免王爷怪罪，否则，我也承担不起。"

张德顺一听崔长礼答应他入宫了，心中大喜，做梦也没想到会这么顺利，真是踏破铁鞋无觅处，得来全不费工夫。

张德顺急忙跪下感谢说："多谢崔大人收留小人，崔大人的大恩大德小人终生也不会忘记。只是小人到宫中去找崔大人，那些侍卫会放行吗？小人如何才能见到崔大人呢？"

崔长礼随手扔给他一个牌子："把这个收好，去见我时把这个牌子给守门的侍卫看看他们就会让你进去的，记住，千万不能丢了。"

"是！多谢崔大人替小人考虑得如此周到。"

张德顺紧紧地把牌子攥在手里，目送崔长礼走远才出了一口长气。他把牌子拿出来看了又看，然后放入内衣袋里。

承乾宫传来女子的嘤嘤哭声。

咸丰帝面色沉重地端坐在龙椅上一言不发，下面跪着一大片宫女、太监，都低垂着头，谁也不敢开口讲一句求情的话。哭成泪人儿的云嫔跪在大殿中间，旁边站着两名执事太监。

云嫔仍在哭，哭声由小逐渐大了起来，似乎只有泪水才能洗去心中的委屈和蒙受的冤尘。

"你还有脸哭，身为嫔妃竟然去做那种不齿之事！"咸丰显然被哭得不耐烦了，怒斥说。

"请皇上明察，嫔妾冤枉！"云嫔哭喊说。

"哼！做出这种祖宗忌恨千人痛骂的事还说冤枉，要不是寻找及时，只怕大阿哥早已被你这狠毒女人给害了。"

"皇上喜得大阿哥，嫔妾高兴都来不及，怎会去害他呢！这不是嫔妾干的，嫔妾对皇上一向忠心，上天可鉴，请皇上明察，找出那毒害大阿哥之人。否则，嫔妾死不瞑目！"

"你花言巧语哄得了朕的信任，如今又要甜言蜜语来哄骗朕，让朕免于对你的处罚吗？休想！你口口声声说这不是你干的？那上面的字迹明明是出自你手，这是十分清楚的，别说是朕，这宫中的人谁不认识你的字体？休要抵赖，从实供出你指使去大阿哥房后埋这木牌的是谁，说出来，朕念在你服侍朕多年的情分饶你不死。不说，朕立即命人将你乱棒打死。"

云嫔又哭了。

"皇上，嫔妾没做那伤天害理之事，如何供出去大阿哥房后埋木牌的人，这分明是有人在陷害我、栽赃我。皇上请想，嫔妾爱好书法，在宫中留下许多书法的痕迹，那上面的字分明是有人模仿嫔妾的笔迹书写的，请皇上明察。"

咸丰冷冷一笑："纵然朕相信你的话是真的，可皇后、懿妃还有皇宫上下的人相信你的话吗？你如果相信朕，对朕还有感情，就讲出那埋木牌的人，朕一定保住你的性命和名位，否则朕也保不住你。在后宫之中，是皇后一人说了算，朕抢在皇后前头来处理这事就是为了保住你，如果让皇后来审理这事，恐怕此时的你早已命归黄泉了。还有，大阿哥'洗三'那天，去懿妃娘家误传日期的太监是不是受了你的指使？"

"皇上——"

云嫔见皇上一点儿也不信任她，气得说不出话来，只是哭个不停。

皇后和懿妃走了进来。

她们向咸丰皇帝请过安后，皇后说："听说皇上查出了蛊惑大阿哥的人，臣妾和懿妃特来看看皇上是如何审理处置的。臣妾知道皇上是很讲感情的人，特别是旧情更会令皇上心软。"

懿妃更想说几句激激皇上废掉云嫔的名位，但她有自知之明，知道这里没有自己发言的资格。不该说时说了会惹人反感，必须在最恰当时候说上几句才有分量。

咸丰知道皇后话中的意思，也不与她辩论，只冷冷地回敬一句："朕一国之主能处理国家大事，宫中这一点小事还能处理不好？"

"古人说：'清官难断家务事。'如果皇上能处理好那就使得臣妾耳根子清静了，臣妾最懒得惩罚他人。不过，如果触犯了宫规，臣妾也一定按祖宗的规矩办事，皇上教诲的话，臣妾终生也不会忘记的。"

咸丰心道：你们早不来晚不来，偏等这时来，这不是逼我严惩云嫔的吗？本打算说几句话威慑一下众人，再把云嫔的名位降一级就算了。听皇后这话好像不行，我要是不按祖宗的家法处治云嫔，只怕皇后不会同意。她要是抬出家法来，我也没有办法，如何才能救云嫔呢？

咸丰轻轻瞟瞟皇后和懿妃，然后对云嫔说道："你说这是有人成心陷害你、栽赃你，只要你能说出陷害你的人是谁，朕一定为你申冤，如果你说不出这人，朕将按照家法将你处死。你快快招来，究竟是你阴谋害大阿哥还是有人在陷害你？"

咸丰的意思是让云嫔说出那埋藏符咒木牌的人，那样他就能找个借口保住云嫔。谁知云嫔已经气昏了头，一点儿也没思考咸丰话中的含义，以为皇上向自己逼供呢！分明不是自己干的，可自己浑身是嘴也解释不清，承认是死，不承认也是死。她从皇后和懿妃两人走上来的神情以及皇后的那几句话，估计这是皇后串通懿妃陷害自己的，于是破口骂道："皇上，你不是问嫔妾是谁陷害嫔妾的吗？就是她，你的皇后！还有她，你的宠妃！"

云嫔手指皇后又说道："有这些狐狸精在，嫔妾就是不被皇上处死，早晚也要被这帮狐狸精害死，请皇上开恩赐嫔妾自尽吧！"

云嫔这几句话来得太突然，令在场的人都大吃一惊。咸丰没想到一向聪明伶俐的云嫔会讲出这些傻话来。皇后更是气得面色惨白，她猛地站了起来，一拍案子骂道："好你个不要脸的狠毒女人，死到临头还血口喷人，真是罪该万死！"

皇后又转向咸丰："皇上，不能再留这样的人危害宫禁，臣妾只好动用祖宗的家法了。"

咸丰知道云嫔没有命了，自己再不保她，云嫔今天就要死于乱棍之下。

咸丰抢在皇后前头喊道:"来人,快把云嫔打入冷宫,等把这事查个水落石出之时再做处理!"

"是!"

几个执事太监走上前剥去云嫔的衣冠把她拖走。

云嫔一边被拖走,一边哭叫着:"皇上,皇上,嫔妾冤枉!嫔妾冤枉……"

这声音在空中飘荡。

皇后"噔噔"地走了。

懿妃也觉得十分尴尬,站起来看了一眼皇上,惶惶地退了出去。

下面跪着的宫女、太监一个个战战兢兢,谁也不敢动一动,唯恐皇上把火发在自己头上。

咸丰呆坐片刻,面色稍稍舒缓了。崔长礼见状,轻轻提醒说:"皇上,天已不早了,回宫吧,别伤了身子。"

"住嘴!都是你们这帮狗奴才从中捣鬼,那蛊惑大阿哥的符咒一定是你们这些人去干的,是谁做的给我从实招来,不然,朕抄你们祖宗八代!"

崔长礼讨了个狗血喷头,急忙磕头求饶说:"请皇上息怒,让小人来查一查是谁做的,一定给皇上个说法,决不能冤枉一个好人,否则那狠毒之人的阴谋一旦得逞,更会变本加厉地危害宫廷。"

"不要说了!"咸丰又训斥了一句。

咸丰话音刚落,一个小太监慌张地跑来报告说:"皇上,协办大学士肃顺有急事求见皇上。"

"慌什么,有人死了不成?有话不能慢慢说,一个个都是饭桶。"

咸丰又把气撒到报事太监身上,骂骂咧咧说了几句才站起来走了。

众人待皇上走远才一个个悄悄爬起来,你看看我,我看看你,哭丧着脸，揉一揉跪疼的膝盖。

咸丰来到养心殿，肃顺已经等待多时了。

肃顺见咸丰面色很难看，知道皇上正在生气，有心不讲又怕皇上过后怪罪，讲出来必然给正在气头上的皇上增加更多烦恼。正在犹豫，只听咸丰很不高兴地问道："现在已是什么时候你还打扰朕休息，有什么事情等到明日上朝时再说吧。"

肃顺急忙躬身说道："这是臣刚刚得到的奏报，事关我朝兴衰，臣不敢耽搁，才匆匆来见皇上。"

"到底何事？快说吧。"

"河北守卫皇陵的都统领庆祥送来紧急公文，说宣宗成皇帝道光皇帝的墓陵昨日突然发生倾斜，似有倒塌的迹象，这等大事臣不敢不报，臣斗胆打扰皇上休息，请皇上恕罪。"

第七章

谏移陵恭亲王拼死
谋成功张德顺进宫

咸丰一听这话，更加气愤，一拍御案站了起来："奕䜣，你是真不知道还是假不知道，你身为军机大臣，朝中出了这等大事你却一问摇头三不知，你到底干了些什么事？就凭这一点朕也要革你的职。"

咸丰一听大吃一惊，先皇的陵寝要塌了这岂能是小事，传扬出去他这个皇上就要背上一个不肖子孙的骂名了。

咸丰惊问道："这事是何时报的？是否有误？"

"回皇上，臣接到这消息也恐回报有误，立即命快马前往查实，消息确实可靠，慕陵是昨天晚上倾斜的。据庆祥奏报说，前天下午他巡陵时尚没有发现有丝毫异样，而第二天早晨便得到守陵士卒报告，昨夜慕陵不知何故突然倾斜的。庆祥唯恐有误，又亲自去查证一遍，见确实如此，他担心再发生意外，特派快马奏报京师。"

肃顺说着，呈上盖有"十万火急"朱红大印的折子。

咸丰接过来粗略地看了一遍，情况和肃顺奏报的一样，随手丢下奏折说道："先皇宾天刚刚七年，那皇陵怎会突然倾斜，实在令朕费解。"

"臣以为慕陵出现这样不祥的事，其原因是质量欠缺，若要追究起责任来当首推大学士桂良，他是当初慕陵建造的督办人。"

咸丰一听就来了气："哼！这个桂良实在可恶至极，让他督办竟然发生了这等大事，实在罪责难逃，朕一定严加追究。"

"桂良办事向来马马虎虎，当初皇上怎会想到让他督办这等大事呢？"

"朕何尝不知桂良做事敷衍塞责，本不想用他去做慕陵督办，只是当初奕䜣极力推荐他，朕也是一时糊涂听信了奕䜣的话，才招致如今的大错。"

肃顺见皇上话中对恭亲王颇有不满之意，心中特别高兴，又旁敲侧击地说："宣宗成皇帝的梓宫封陵后皇上是否又在周围修建其他建筑物？"

"自从慕陵封陵后再也没有破土在其周围建造任何纪念物，不过，康慈皇太后去世后是葬在慕陵东，如果说破土也只有这一次。"

肃顺装出恍然大悟的样子点点头："如此说来慕陵发生倾斜之事也就有了根据。"

咸丰一听肃顺这句话立即追问道："这话怎讲？难道慕陵倾斜的事与康慈皇太后的慕东陵有关？"

"臣曾看过《青乌先生葬经》，书中有这样一段话：'山随水著，迢迢来路。挹而注之，穴须回顾。真龙正穴，万水同归，一源交合，此其所以有元微。若乃断而复续，去而复留，脉理散乱，穴倾陵塌，其势必然。'"

咸丰不耐烦地打断肃顺背诵下去："朕对你这《葬经》上的话一句也听不懂，你只管解释一下慕东陵对慕陵有无影响就可以了。"

肃顺这才解释说："按照《青乌先生葬经》上面的这几句话，康慈皇太后的慕东陵很可能截断了宣宗成皇帝慕陵地下的水流，使慕陵周围形成一个水穴，积水成穴而不得流出，必然使地势发生变化，那么慕陵的倾斜也就极有可能发生。再加上修建陵寝时的质量不合格，必然导致慕陵倾斜。"

肃顺果然厉害，他这几句话看似无心实在是处心积虑想出来的。他怎能不知道慕东陵修建的事，这是前年孝静皇贵太妃病重时才动手修建的，而负责慕东陵工程的人正是恭亲王。经肃顺这么一说，奕䜣可就大难临头了。

咸丰一听肃顺这么一解释，气得一拍御案站了起来："奕䜣实在可恶，当初修建康慈太后陵墓时朕就反对把康慈太后的梓宫葬在慕陵东边，而他三番五次向朕哀求，朕才念手足之情同意他的请求，谁想到会有今天的事发生。万一慕陵倒塌，朕有何脸面见先皇于九泉之下。"

肃顺见皇上又动怒了，知道自己的话起作用了。于是，又安慰说："皇上不必恼怒，事情既然发生了应该想法挽救才行。"

"依你之见应该如何挽救这事？而这慕陵倾斜是否会给朕带来什么不祥？"

肃顺心里想道：如今世道已是多事之秋，内有乱民，外有洋人，国无宁日，哪一件事不是不祥之兆？我何不再进一步煽煽火，让奕䜣倒一次大霉，看他今后再和我过意不去。

肃顺又趁机说道："依臣之见，应尽快重新整修慕陵，把那慕东陵移走。"

咸丰一听，沉默许久才说道："重新整修慕陵倒也没有什么，只是把那慕东陵移走，朕实在于心不忍。"

肃顺也知道自己的建议皇上未必能够接受，但他这样说的目的无非要加深皇上与奕䜣之间的矛盾。

慕东陵是康慈皇太后的陵寝。这康慈皇太后就是奕䜣的亲生母亲孝静皇贵太妃，后来被咸丰皇帝封为康慈皇太后。为了这个封号，奕䜣和皇上闹得不可开交。

宣宗道光皇帝去世后，奕𬣞继承皇位，这就是咸丰帝。这时道光已没有皇后，名位最高的妃嫔就是孝静皇贵妃，因此，咸丰加封她为康慈皇贵太妃，并请她移居到寿康宫。但是，奕䜣对皇上给母亲的这个封号很不满意，曾多次请求咸丰加封自己母亲为太后，咸丰都没有答应，直到孝静皇贵太妃去世那一天，咸丰才在众人极力劝说下勉强封她为康慈皇太后。

康慈皇太后死去，奕䜣要求咸丰同意母亲与宣宗成皇帝合葬慕陵，咸丰坚决不同意。奕䜣只好忍辱恳求皇上同意母亲葬在慕陵东侧，咸丰起初也没有答应，也是奕䜣痛哭流涕下跪恳求咸丰才答应的。

虽然咸丰对奕䜣如此百般刁难捉弄，但他这样做的目的并不是针对静皇贵太妃而来的，而纯粹是为了与奕䜣过意不去。说心里话，如果不是静皇贵太妃，奕䜣是当不上皇上的，这一点咸丰帝十分清楚。

因此，肃顺建议他把慕东陵移走，他觉得很为难，在良心上也说不过去，传扬出去也会让许多老臣伤心失望。

肃顺见皇上只同意重新整修慕陵，对于移迁慕东陵的事却犹豫不决。他略一皱眉，又进一步暗示说："皇上，为臣根据那《青乌先生葬经》分析，恭亲王再三恳求康慈皇太后的陵寝安放在慕陵东这是极有阴谋的。"

咸丰一听这话，吃惊地瞪着肃顺问道："到底有何阴谋，请肃卿快快说来。"

肃顺一见皇上相信了自己的话，他反而不再急着说出，饶有戒意地说："皇上，只怨臣一时嘴快说了出来，臣还是不说为好，说了皇上可能以为臣是挑拨皇上与恭亲王的手足之情。臣就是浑身是嘴也说不清楚，请皇上另请风水先生测定一下也许就知道了。"

咸丰一见肃顺吞吞吐吐不愿说，就更加怀疑那慕东陵有问题，他也越想知道个究竟。

"你只管说来，朕也只是听听，未必就相信你所说的内容，是非曲直朕自有主见。"

肃顺这才说道："既然如此，臣就直说了。按照《青乌先生葬经》所说，慕东陵建在慕陵上方，抢占慕陵东方的日月精华和天地紫气，这在葬理上称为截风水。慕陵的风水被截走了，这后果就可想而知了。"

咸丰一听，心中吃惊不小。慕陵里面安葬着父皇宣宗成皇帝和自己的母亲孝全皇后，自己将来的福祸平安以及子孙后代的荣辱兴衰全靠那慕陵风水的支撑呢！慕陵的风水被奕䜣生母的陵寝抢占了，这岂不意味着父皇的天德阴功归于奕䜣吗？如果是这样，这大清国的皇位将来有可能被奕䜣及其子孙所窃取。当年争夺皇位时我就差一点败在奕䜣手里，如果按照肃顺的看法，奕䜣要求他的母亲埋葬慕陵东侧是别有用心的，也是暗中请人观察好的。好，看看胳膊拧不拧得过大腿，朕决不让你的阴谋得逞！

咸丰冲着门外大喊一声："传恭亲王！"

恭亲王府灯火通明。

殿堂内宾客满座。

恭亲王高举酒杯对众人说道："承蒙各位光临，我奕訢喜得犬子，为感谢大家，让我再敬各位一杯。来，干！"

奕訢说完，一饮而尽，其余人也纷纷举杯饮干。

奕訢刚坐下，大学士、户部尚书周祖培站了起来："各位，今天，恭亲王喜得贵子，这是一大喜事，可庆可贺。还有一喜也值得庆贺，让我们再干一杯好不好？"

"还有一喜？"户部左侍郎文祥放下手中的筷子问道，"请周尚书快说给大家听一听，如果真值得庆贺我文祥先干三杯。"

"好，一言为定，驷马难追！我就说一说这是不是一喜。"周祖培接着说道，"今天从山东又传来捷报，僧格林沁亲王在活捉林凤祥后又活捉了李开芳，把陈玉成和李秀成派来北伐的先头部队彻底打垮，这是不是另一喜事？"

周祖培话音未落，兵部尚书沈兆霖连连点头："的确是另一件大喜事，如此说来，今天可是双喜临门，那么文大人的这三杯酒是喝定了。"

奕訢也点头说道："僧王爷这次出马又获胜，给朝廷立了大功。洪秀全的北伐部队遭到如此惨败，这京津地区可就固若金汤了，当然是又一喜事，请文大人喝酒吧。"

"好，有这样的双喜临门之事，别说是三杯，就是三十杯我也乐意喝下去。"

文祥说完，连饮三杯。大伙都一齐拍手叫好。

"也许还有一喜呢！"大学士桂良又说道。

"还有一喜？是何喜事请桂学士说一说。如果能够算上一喜，我文祥愿再干三杯。"

"桂学士快说吧，文大人急等着喝酒呢。"鸿胪寺少卿曹毓英也从旁鼓动说。

"只怕文大人的这三杯酒暂时喝不上呀。"桂良说道。

"怎么？难道不是一喜？"曹毓英略有失望地说。

"请桂学士先说一说，让我们大家评议后再看文大人的那三杯酒能否喝上。"奕䜣说道。

桂良放下筷子，又顺手抹一把嘴巴说："刚才我来的时候，看见肃顺匆匆忙忙向宫中方向走去，不知又是向皇上报告什么喜事呢！"

周祖培急忙转身问道："恭亲王，你在军机处是否知道最近又有什么值得庆贺的事？否则那肃顺小儿为何在天黑了还去惊动圣驾。"

奕䜣摇摇头："由于犬子出世，我这两天有些疏于公务，对外界之事没有太多关注，也不晓得有什么重大事情发生。"奕䜣说着，又转向军机大臣、户部左侍郎文祥，"文大人是否听到什么可喜可贺的消息？"

文祥皱皱眉："喜事确实没有听到什么，除非就是周学士所说的僧王剿匪得胜一事。"文祥忽然想起了什么，"莫非是洋人扰乱闹事这一事？"

奕䜣也若有所悟："文大人指英人挑起的'亚罗号事件'，要向我们大清帝国索赔的事吗？"

文祥点点头："除了这件事外并没有什么别的大事发生啊！"

"那肃顺又去向皇上邀什么功？"桂良不得其解地说。

兵部尚书沈兆霖站了起来："也许肃顺那小子又向皇上进什么谗言也说不准。"

沈兆霖话音未落，那边有人来报，说传事太监来了，令王爷立即进宫，皇上有要事相商。

众人一听都吃惊不小。皇上夜间宣恭亲王入宫，一定有重大的事情发生了，否则皇上不会这么做的。众人对皇上的脾气也非常了解，皇上最讨厌晚上接见大臣。

"这事也许与肃顺进宫有关？"桂良提醒说。

奕䜣点点头："无论如何，我先进宫面见皇上再议吧，各位先在此饮酒稍候，我去去就回。"

"恭王爷以国事为重，我等先告辞了，有什么事明天上朝后再议吧。"周祖培起身说道。

"这样也好，如果有重大事情需要各位帮助，我再及时通知大家。"

奕䜣匆匆送走客人便直奔皇宫。

奕䜣刚进养心殿就发现皇上脸色不对，知道有什么不好的事发生，也许要责罚自己，他暗暗做好了挨骂的心理准备。

奕䜣紧走几步上前跪下奏道："臣奕䜣拜见皇上！"

咸丰看了一眼跪在地上的奕䜣，什么话也没讲。奕䜣以为皇上没有听见，又提高了声音："臣奕䜣拜见皇上圣安！"

咸丰这才带着几分气斥道："奕䜣，你知罪吗？"

奕䜣一惊，仍故作镇定地说："臣愚笨，不知罪在何处，请皇上明示。"

咸丰一听这话，更加气愤，一拍御案站了起来："奕䜣，你是真不知道还是假不知道，你身为军机大臣，朝中出了这等大事你却一问摇头三不知，你到底干了些什么事？就凭这一点朕也要革你的职。"

奕䜣更加糊涂，刚才在自己府上也曾询问几位内阁大臣，问他们最近国家是否有重大事情发生，人人都说没有。看皇上的神情，仿佛朝中又出了什么暴乱，否则皇上怎会如此震怒。莫非皇上指的是洋人在广州闹事？想至此，他谨慎地说道："莫非皇上说的大事是'亚罗号事件'和英人在广州寻衅的事，臣已命两广总督叶名琛向英人公开道歉，并把那扣押的'亚罗'号商船送回英国领事馆，至于结果——"

不待奕䜣说下去，咸丰就打断了他的话："简直牛头不对马嘴！"

奕䜣一听不是这事，估计一定是肃顺在皇上面前说了什么坏话，故意迁怒自己，便坦然说道："请皇上不要听信小人谗言，臣这两天确实有事，略有疏忽朝中大事，请皇上降罪。"

"到底在忙于何事？"咸丰仍气哼哼地说。

"臣的福晋生得一犬子，给我们爱新觉罗家族又添一位载字辈的男儿，臣给他起名叫载澂。"

咸丰一听奕䜣得了一个儿子，气稍消一些，仍拉长脸道："起来讲话吧。"

奕䜣这才站起来，虽然双膝已跪得有点疼，却也不敢用手摸一摸，甚至连拂去膝盖上的尘土也不敢，只好忍气吞声地说一声："谢皇上隆恩！"

咸丰估计奕䜣确实不知道父皇陵寝发生倾斜的事，不然，他奕䜣再大胆也不敢不来奏报。何况，这也关系到他自己的事。无论怎样，奕䜣是有重大责任的，于是冷漠地问道："父皇的慕陵可是你推荐桂良负责督办的？而那慕东陵又可是你亲自率人督建的？"

"正是！不知皇上提及此事有何用意？"

"哼！父皇的慕陵出了大事！不知何故，慕陵前天突然倾斜，据报有倒塌的可能。"

奕䜣确实吃惊不小，这是他做梦也没有想到的，皇上如此生气也在情理之中了。奕䜣忽然又问道："皇上是否查明这事是否属实？"

"这等大事岂能有假？谁敢拿身家性命戏弄朕吗？"

"皇上是否听报父皇陵寝发生倾斜之事的缘由？"

"具体原因正在核查之中，但不是粗制滥造便是个别人别有用心。"

咸丰说着，瞟了一眼奕䜣，故意把"别有用心"四字说得重一些，以观他的反应。

奕䜣心中暗暗叫苦，皇上一直暗中排挤自己，虽然授予重权，又让别人来钳制自己，故意调派怡亲王载垣、郑亲王端华和肃顺、穆荫等人入主军机处制衡自己。迫于各种压力皇上是需要时则用他，不用时则贬他。也许现在又到遭贬的时候，但摸不准皇上的心思如何，到底怎样贬谪自己。

辩解还是应该的，奕䜣从容说道："请皇上明察，父皇陵寝出现倾斜也许是当初勘探地势有误。皇上可否记得，父皇在世时曾两次在河北易县一带破土修建自己的陵寝，第一次由于对地形勘探有误，致使陵寝在未竣工时就因陵内出现积水的事让父皇十分恼火，一气之下废掉重建。第二次改换位置重修陵寝又因质量不过关而产生了问题，父皇气恼异常不再提起修建陵寝的事。直到父皇病重时才再次提出修建陵寝的事，臣便推荐了桂良。根据当时测定，质量是没有问题的，可如今出现了类似的情况，也不能怪桂良督导不严或臣荐人有误吧？"

"依你所说，是朕陷害你和桂良两人了？"

"臣不敢！"

"哼！父皇修建自己的陵寝出现了问题，多是由于父皇一向提倡节俭，对自己的陵寝也不例外，才招致出现了那些不应当出现的问题。而桂良督导修筑慕陵时是朕特降旨批示的，全国各种财物尽其所用。而如今又出现问题该如何解释，莫非那些财物也被承建人携手了？"

"这——请皇上查实原因之后再做定论吧。"

"这一点暂且放在这里不说，且说你亲自督建的慕东陵。"

"难道慕东陵也出现了质量上的问题？"

咸丰十分不满地说："慕东陵是刚建不久的，怎会出现质量问题？可是，正是那慕东陵的建造才使得慕陵出现了倾斜的大问题。"

奕䜣见皇上总是故意把许多过错推到自己身上，很不服气地说："这话怎讲？请皇上明说！"

咸丰冷冷地说道："据《青乌先生葬经》和其他几部葬经上都有这方面的记录，如果按照《葬经》上的内容分析，你督建的慕东陵抢占了慕陵原有的风水，使慕陵的地下水脉断流，长久汇集于慕陵下方，从而产生倾斜也就可以理解了。"

奕䜣一听，心中很害怕，若按照皇上的这个说法，无论自己是"别有用心"还是无意的都罪责不小。从皇上刚才的话中用意来看，是说自己"别有用心"。唉！今天的事真是倒霉了。也许生活本身就是这样吧，有得必有失。

奕䜣估计皇上的话全是肃顺告诉的，这是肃顺借机陷害自己，也毫不示弱地说："皇上一定听了哪个肖小的一派胡言乱语，风水本身就是一种虚无的东西，不过是风水先生养家糊口所用的手段，世上何来的风水？如果真有风水，那些风水先生为何不选择最好的风水给自家人呢？也让自己的子孙出现几位出将入相的人。"

"住嘴！"咸丰再次一拍御案，"你太小瞧朕了，连朕的话也敢顶撞，更不用说一般的朝廷大臣了，难怪有人到朕这里揭发你狐假虎威欺人太甚。"

奕䜣觉得很委屈，这些不过是皇上惩治他的一个借口。唉，手足之情，相煎何太急！

咸丰见奕䜣沉默不语，面色流露出一丝伤心的神色，又缓和语气说："你也许觉得委屈，认为朕有意为难于你，其实朕的心情又好受吗？父皇抱憾宾天而去，临终前执着你我兄弟的手让我等尽心竭力挽救祖宗留下的家业，力争恢复到先祖康乾盛世的荣耀，谁曾想到，父皇龙驭上殡不到七载，我朝又接二连三出现一系列内忧外患。如今洪秀全未灭，洋祸又起，父皇陵寝倾斜，这是我大清的不祥征兆呀！不在其位不谋其事，朕坐卧不安心中有愧呀，万一父皇梓宫受损，你我有何脸面去见九泉之下的父皇？朕也知道那《青乌先生葬经》所记载内容也未必完全是事实，但事情到了这种地步，宁可信其有不可信其无。依朕之见最好将康慈皇太后的慕东陵移走，以免再出现其他不测之事，否则，你担得起这个责任吗？"

奕䜣一听皇上要移走慕东陵，吓得几乎变了脸色。父皇陵寝有损他心中不安，而母亲的陵寝再遭迁徙之灾更让他心中愧疚，他双膝跪下恳求说："皇上不能这样，对父皇陵寝出现的不幸我奕诉也心中不安，但绝不是因为慕东陵的缘故才出现如今的异常现象。慕东陵虽在慕陵东边，距慕陵尚远，决不会影响慕陵的风水，更不会对慕陵造成任何地理的损害，请皇上明察。"

"奕诉，朕问你，慕陵建成多年没有出现任何异样，自从慕东陵修建后尚不足两年，慕陵就发生了这匪夷难测的不祥征兆，这做何解释？"

"这——"

奕诉一时无话可说，他哭了，许久才仰起头哭诉说："皇上，不看在臣的面上，不讲手足之情，也看在康慈皇太后当年对皇上的关怀与爱护的情分上，让她在九泉之下安息吧。皇上，臣斗胆讲一句不该讲的话，如果不是康慈皇太后皇上怎会有今天？"

"奕诉，你好大的胆子！"咸丰气得再也说不出话来。

奕诉知道自己刚才那句话触动了皇上心中的隐痛，说心里话，如果不是皇上提出要移走母亲的陵墓，打死他他也不会说出那让皇上生气的话。但他顾不了许多，如果自己连母亲的坟墓也保不住，活在世上还有什么脸面。皇上说得轻巧，移走坟墓这无异于让母亲曝棺剖尸，他才拼着一死说出那句混账的话来。

一不做二不休，奕诉又愤慨地说道："皇上，当初父皇在择定皇位续统之人犹豫不决时，曾向康慈皇太后征求意见，她并没有因为我是她的亲生儿子而有丝毫偏向的私心，多次劝说父皇早日选定皇上，为此，父皇都十分敬重于康慈皇太后。如果皇上心意已决，定要移走慕东陵，让我母亲曝棺于野，臣今日就撞死在这养心殿。否则，臣无颜相见九泉之下的母亲。"

奕诉说完，又痛哭流涕俯伏于地。

奕诉的这几句话对咸丰触动很大。奕诉的话确实触及了他的痛处，但奕诉所讲也是事实，如果不是康慈皇太后竭力向父皇保荐自己，他确实很难当上这皇上。或者说，康慈皇太后当年稍存一点儿私心，而今天坐在皇位上的可能就是奕诉，这一点上他一直对康慈皇太后感恩不尽。当然，自从登上皇位后，与康慈皇太后发生了一点小小的矛盾也都是因为奕䜣的事，其原因也多是由于自己心存芥蒂，唯恐奕䜣从中谋权篡位引起的。从今天看，多是因为自己疑心太重，奕䜣对自己还是比较忠诚的。

但奕䜣这几句话的确让咸丰受不了，他毕竟是九五之尊的皇上，怎能让一个臣子揭了自己的短处，并用性命来要挟自己呢？不好好惩处他将来怎能威服众王室大臣？帝王的尊严是决不允许任何人亵渎的。可是，看奕䜣的神色，似乎真要碰死在这养心殿内。万一他真的碰死了，朝中诸王爷及大臣们也会对朕多有微词，必然说朕不顾手足之情逼死胞弟，朕的名声也要受损。何况奕䜣和洋人打交道较多，说不定还会引起洋人众怒呢！

惩也不好，不惩也不好。咸丰正在犹豫不决之际，忽听太监传报，皇后驾到。

话音未落，皇后钮祜禄氏缓步走进殿内。

皇后知道皇上今天是在极不情愿的情况下，把宠爱的云嫔打入冷宫，皇上今天一定十分生气，她是准备来安慰一下皇上的。谁知到了宫门，听太监们说，皇上先召见了肃顺，后来又召见了恭亲王，不知为何正在发火呢！皇后听说皇上夜晚召见恭亲王，知道一定有重要的事发生，因为皇上最不情愿晚上会见外臣。她就在门外走廊里稍候片刻，把皇上和恭亲王之间的争执听得明明白白。她已猜出皇上的心思，不过皇上正没有一个下台阶的机会。正是这样，她才让太监高喊一声便走了进来。

皇后一走进大殿，先向皇上行个礼，又向恭亲王问声好，这才说道："看你们这气色好像为了什么事刚刚争吵过，兄弟之间有什么不好慢慢商量的，非要吵个脸红脖子粗；亏你们还都是大清国数一数二的男子汉，一个是九五之尊的皇上，一个是内阁首席军机大臣，又都是自家人，何必发这么大的火呢！恭王爷，你是臣，又是弟弟，你先认个错吧。顺便说说为了什么芝麻粒大的事争吵。"

奕䜣知道这是皇后出面和稀泥的，既给皇上找台阶下，也是给自己一个面子，就把争吵内容大致讲了一遍。

皇后听过，笑着说道："你们争吵并不能解决问题，应该商讨解决问题的办法来。"

咸丰气消了许多，问皇后道："皇后有什么好的方法不妨讲出来，也让朕考虑考虑是否可行。"

"臣妾愚笨，好的方法也很难想出来，但臣妾觉得，应该先派人到河北易县考察一下慕陵倾斜的具体原因，然后再根据实情采取补救措施。至于那《葬经》上所说的内容多半不可信。如果皇上仍有疑虑，可多派一些风水大师前去勘察评定，最后再决定慕东陵的去与留也不迟。你们都可到皇陵去察看一遍，仅凭奏报和道听途说的内容就争执起来，与那战国时代的赵括纸上谈兵也没有啥两样，臣妾以为皇上和恭王爷是在空头论坟，也是不着边。如果反复勘察认定康慈皇太后的陵寝确实有碍大清国势，恭亲王也就不必固执己见了，大清的兴亡是皇上的责任，当然也是恭亲王的责任。就是九泉之下康慈皇太后的在天之灵知道了这件事，也会站在大清朝国运的立场上主动退让的，恭王爷，你说是不是？"

恭亲王点点头。

皇后接着说道："当然，如果几位大师都认为康慈皇太后的陵寝并不妨碍慕陵的风水，这又何必再去惊动九泉之下的康慈皇太后她老人家呢！皇上以为臣妾说得有理吗？"

咸丰也赞许地点点头："皇后言之有理，只是派谁去实地勘察这事呢？这是皇室内部的事，最好不要让太多的人知道，张扬出去对皇室也不光彩。"

皇后又微微一笑："皇上说得对，这是咱大清皇室内部的事，最好不要让外人插手，派两名皇室成员去就可以了。"

"皇后以为谁去最合适呢？"

"皇上日理万机操劳过度，有点儿累糊涂了，这合适的人选远在天边近在眼前，让恭亲王与郑亲王带领一班子人去不就行了。"

咸丰暗暗为皇后的聪明所折服，她这样做既不伤自己和奕䜣的感情，又可防止奕䜣专断，一手遮天处理慕东陵是否需要移迁的事，因为郑亲王端华和奕䜣是一对死对头，让他俩去可以互相掣肘，对朝廷有利无害。

咸丰点头说道："就按照皇后所说的做吧。奕䜣，你明日就和端华一同带领宫中几位大师去河北易县勘察皇陵倾斜的情况，一切细微之处都从实奏报给朕，不得有半点虚假。否则，朕决不饶恕！"

奕䜣知道，这是皇后给自己的面子，也是给自己找一个台阶，一听皇上同意，也急忙施礼答道："臣遵旨！"

又一轮更鼓声响起。

储秀宫里仍透出一丝微弱的灯光来。

懿妃倚在榻前，不时挑着灯花。安德海坐在一只低矮的小凳上，听着懿妃的训导，不时点点头，活像一只听话的大灰狗。

懿妃刚讲几句话，安德海又跷起了大拇指："主子实在高，可算得上当今的第一位巾帼，只怕将来比庄妃娘娘还有权威呢！这次可一定把云嫔那小贱人置于死地了。"

"嘘，小声点，如果传扬出去害不了别人只怕害了自己。皇上对云嫔可不同于一般女人，在我看来，皇上对云嫔似乎比皇后还好呢！今天虽然把云嫔打入冷宫，也是极不情愿的，只怕等几天后，皇上会找个借口悄悄把她放出来的。"

"依奴才看来，皇上对主子最好，比任何人都好。"

懿妃一听安德海这话，乐了。

"小安子怎么知道皇上对我最好呢？"

"嘿，这还用问吗？只有娘娘给皇上生了一位阿哥，其他人却没有，这不说明皇上对娘娘情有独钟吗？"

安德海的话一出，懿妃娇嗔道："小安子越来越不正经了，敢戏弄起娘娘来了，真是大胆，我要奏报皇上严惩你这鬼机灵。"

安德海知道这是懿妃故意说的，根本没有怪罪他的意思，又大着胆把小凳子向榻前挪了挪，笑着说："人们都说中国古时有四大美女，在奴才看来，那四大美女哪如娘娘这么漂亮。娘娘不但人长得漂亮，而且又有三大法宝。奴才以为，娘娘笼住皇上的心全靠那三大法宝。"

懿妃更乐了："小安子，你倒说给我听听本宫到底有哪三大法宝？"

安德海来了精神。

"嘿，娘娘是真不知道还是假不知道？娘娘的三大法宝不就是娘娘口中的小曲、脸上的微笑和身上的娇态吗？还有，就是娘娘的媚眼，特别是娘娘的媚眼就更有魅力了。"

"怎么个有魅力，我倒要看看你这狗嘴里能否吐出个象牙？"

"奴才嘴里真能吐出象牙，一定拿来孝敬娘娘，给娘娘雕刻一双安德海牌象牙筷子。就说娘娘的媚眼吧，娘娘的眼睛是白水银里养着一只黑金珠，溜溜圆，溜溜转。不用说赛秋水似秋波了，简直就是夺魂丹，只要被娘娘看过的东西都没了魂儿。别说是人，就是狗猫见了也要汪汪地叫，喵喵嗥。奴才真是福气，能够服侍娘娘这样的大清国第一美人，这是小人祖上有德呀。"

兰嫔舒缓一下语气说："现在谈谈正经事吧。云嫔虽被皇上打入冷宫，仍是我的心头之患，还有那个大师也是心中祸根。"

"依娘娘之见应当如何处置？"

懿妃手一扬做出一个杀的姿势。

安德海会意地点点头，忽而又十分不安地问道："娘娘，如果杀了云嫔，皇上怪罪下来怎么办？"

"小安子，你应该学得更聪明一些，谁让你用刀把她杀了，不能让皇上以为她是自杀吗？你能办到吗？"

安德海急忙说道："能，能！只要娘娘吩咐，奴才保证做到，决不会留下任何蛛丝马迹，就像上次利用大阿哥惩治云嫔一样。而对于桑巴特不知娘娘准备怎么处置？"

懿妃想了想说道："那就随你的便吧。当然，要在宫外下手，离京城越远越好，一定要干净利索。"

"请娘娘放心，奴才保证让娘娘满意。"

懿妃这才满意地冲安德海笑笑："小安子，跟着我做事不会让你吃亏的，你如果想讨媳妇，我一定给你物色一个绝世佳人。"懿妃说着，连打了两个哈欠。

安德海见状，知趣地说道："天色不早了，请娘娘早点安歇吧，奴才回去了。"

懿妃又叮嘱了两句，才让安德海退下了。

正在这时，猛然听到外面有人大呼："不好了，失火啦，救火，救火！"

安德海一惊，跑出去一看，前面几间平房里火苗蹿出老高，周围浓烟滚滚。他急忙转回身，跑进屋里向懿妃报告说："娘娘，大事不好，前面的几间平房起火了。"

懿妃也听到呼救声，她不慌不忙地说："一定是徐二格那几个该死的东西不小心燃着了火，我已经教训过他几次，让他小心，就是不听，上次差点就着了起来，幸亏扑灭得及时才没有蔓延。想不到今天又着了，真应了那句俗话，是祸躲不了，是福抢不了。"

懿妃又气呼呼地骂道："这些王八羔子真是活腻了，烧死才好呢！只要烧不到这里就行。"

"那奴才出去看看，帮忙把火扑灭，以免真的着起来了，只怕这储秀宫也保不住。"

懿妃这才让安德海出去看看。

安德海赶到着火现场，那里早已聚满了人，都拼命地扑打着蔓延的火苗。有挑水的、泼水的，也有抢救东西和隔断火苗的，大家都忙得不可开交。

火势渐渐小了，但仍没有彻底扑灭。安德海又让总管太监从其他宫中调来许多人，这样，又干了一个时辰才把火扑灭，大家也已经累得东倒西歪。

懿妃也在两名宫女的陪同下来到火灾地点，不等众人回报，她气哼哼地喝问道："这火是怎么引起的？"

众人都耷拉着脑袋一声不响。

懿妃发火了，她提高了嗓门喝问道："是谁引起的这场大火？不说，我把你们全都乱棍打死！"

一名太监扑通跪下哭诉道："娘娘饶命，是奴才吃大烟时不小心引起的，请娘娘高抬贵手，饶过奴才这一回吧，奴才今后一定当心。"

懿妃低头一看，冷笑道："徐二格，果然又是你。上次你就说当心也没有当心，竟惹出这等大祸，皇上怪罪下来你担当得起吗？来人，给我拉下去打死！"

两名太监把徐二格拖走了。

徐二格边走边哭喊着："娘娘饶命，娘娘饶命。"

懿妃只当作没有听见，待那喊叫声渐渐微弱，懿妃把脸一沉，对那些胆战心惊的宫女、太监说道："其他宫我过问不了，凡是在我储秀宫当差的，谁如果不听话，不守宫规，我就叫他死也不得好死。当然，对那些听话的、能干的，我重重有赏，这叫赏罚分明，各有所得。"

几经折腾，天已大亮。懿妃才觉得有一丝倦意，抬眼看看烧得七零八落的几间平房，觉得十分晦气，刚要转身回宫，看见总管太监崔长礼走过来，她稍稍迟疑一下没有动步。

这时，崔长礼紧走几步上前说道："奴才给娘娘请安！"

"崔总管不必客气，我正要找你呢！"

"娘娘有何吩咐尽管讲来，奴才一定照办。"

懿妃斜视他一眼，不冷不热地说道："崔总管大驾岂能是一般人敢轻易惊动的，除非皇上、皇后的话崔总管还能听进去，其余的人崔总管怎会放在心上？"

崔长礼一听懿妃不软不硬的话，心中咯噔一声，他知道眼前这女人不是好惹的，做秀女时就是个硬茬，如今生了大阿哥更是身价倍增，让宫中所有人刮目相看。别看自己如今是个太监总管，也不过是个奴才，懿妃只要在皇上面前使点坏心眼，自己的总管一职必然付水东流，说不定小命都不保。

崔长礼知道自己并没有得罪过懿妃，只是懿妃让他给找一位新太监的事，一直拖到今天尚没有最终敲定，才话中带刺，不热不冷。

崔长礼待懿妃说完，急忙说道："奴才来见娘娘是有事相商，请娘娘定夺！"

"什么事？尽管说吧，不必吞吞吐吐。"

"奴才知道娘娘身边人手欠缺，又多是好吃懒做之辈，奴才在宫外给娘娘物色了一名侍从太监，不知是否合娘娘的心意。"

懿妃一听正合自己心思，把面部的肌肉挪动一下露出浅浅笑意说道："合不合心意由崔总管自己裁定。当然，如果崔总管觉得做不了主，就把那人找来让我当面过目一下再说。"

"嗻！"崔长礼一抖马蹄袖退了下去。

不多久，崔长礼带着一人来到储秀宫拜见懿妃。

懿妃上下打量了一下跪在面前的年轻后生，见他五短身材，人也长得十分憨直，像是一个老实巴交的下层贫民出身，看样子也挺能做事的，便问道："你叫什么？今年多大了？"

"回娘娘话，小人叫张德顺，今年二十三。"

"家住哪里？"

"禀娘娘，小人家住河南项城崔家寨，是崔总管家乡人。"

崔长礼急忙从旁边说道："的确是奴才老家来的，还是一位远房亲戚推荐他来找奴才的，奴才见他人挺老实，也很吃苦能干，就把他收留下来了。"

懿妃见张德顺不是在撒谎，点点头说道："宫里正缺少一位脚勤手快的人，你如果乐意服侍本宫就留在这里吧。"

张德顺一听，心中十分高兴，费了九牛二虎之力总算能够进得宫来，无论如何，先进来站住脚跟再说。唉，也不知张大哥现在怎么样了。

不容多想，张德顺急忙叩首致谢说："能够侍奉娘娘这是小人祖上荫德积下的福分，小人怎敢不乐意呢？小人应该感谢娘娘给我一个效忠皇上和娘娘的机会。"

懿妃听了，心里美滋滋的。她转身问崔长礼："崔总管，给张德顺净身了没有？"

"回娘娘，奴才想等娘娘满意后才为他办理那事。"

"嗯。"懿妃点点头，"不过，他的名字有点拗口，最好能够改一改，叫起来顺口也好听。"

崔长礼躬身说道："那就请娘娘赐他一个好名字吧！"

懿妃又问张德顺："你乐意叫什么名字？"

"小人一切听娘娘吩咐。"

"那好吧，从此我就叫你小德张吧。"

张德顺再次叩头拜谢："谢娘娘赐名，从此小人就是小德张了。"

懿妃很满意地挥挥衣袖："带他下去净身吧。"

成福殿里传来一声凄惨的叫声，又随着一声尖嚎，张德顺疼痛难忍昏死过去。

从此，世上再也没有张德顺。一个疾恶如仇、笃情忠义的张德顺死去了，另一个忍辱负重、残损不全的张德顺在几次昏死过去之后终于挺了过来。

张德顺躺在床上，脑子一片空白。

起初几天，他只觉得下身疼痛，这意味着什么？自己还算得上一个男人吗？当然不能，至多是半个男人，甚至半个男人也算不上。自己所梦想成为大哥那样的英雄也永远与自己无缘，因为自己是一个废人，不能拼死在疆场上，甚至离开京城回家的愿望也不可能，大哥和娇娇以及更多的捻子兄弟只能在梦中相见了。

自己这样做究竟为什么？为什么？张德顺忽然有点后悔了，后悔自己没有和大哥商量一下，后悔自己一意孤行没有听从娇娇的劝说。就因为八公山上那位和尚的一句话自己就付出如此惨重的代价吗？大哥是否理解自己？娇娇是否理解自己？而自己这样做是否又能像空云大师所预言的那样，能帮助大哥登上皇帝老儿的宝座呢？

张德顺躺在床上胡思乱想了几天，渐渐冷静下来。既来之则安之，到了今天这个地步后悔也没有用，只有按照空云大师所说的去做，无愧于大哥，无愧于捻子兄弟。对于娇娇只能愧疚今世，等到来世再报答了。

半个多月以后，张德顺逐渐能够下床行走，也能够干活了，在崔长礼的带领下，他来到储秀宫，被安置在懿妃身边服侍大阿哥。

这时，正赶上大阿哥的周岁之喜。

第八章

小皇子抓晬揽玉玺
美云嫔悬梁丧芳魂

大阿哥伸出的手停了下来，他似乎突然想起了什么，想起每次去拿花时总被额娘怒视与打手的情景，他有点胆怯地把手缩了回去，略有不安地抬头看看两名搀扶他的宫女，看见她们的眼光都盯着那件自己最常见的东西……

一晃大阿哥满周岁了，这是宫中头条大事，一定要好好庆祝一番。按照宫规，大阿哥周岁生日这一天，也是大阿哥的"晬盘日"。就是在大阿哥周岁这一天，在他前面放上许多东西，任他随意抓取，以此测定大阿哥将来的兴趣和志向，这就是"抓晬"。

"抓晬"这天，储秀宫内外焕然一新，到处张灯结彩，地铺红毡。皇宫上下都换上新衣新鞋新帽，朝中大臣也休假三天。

抓晬仪式在储秀宫体仁殿举行。

先在大殿中央设置一张大方桌，桌上放置晬盘一具。盘中放有玉玺、书籍、毛笔、金元宝、银元宝、马缰绳、刀剑、金匙、银盒、犀钟、犀棒、弧、矢、玉扇、金钗耳环、红花等物，以供大阿哥抓取。

卯时许，懿妃先在方桌前焚香叩拜为大阿哥祈祷。然后再由两名宫女服侍大阿哥在晬盘中抓取他想要之物。

大阿哥被抱上了供桌，众人的心都悬了起来，大家屏住呼吸等待大阿哥抓下去。此时，最紧张的莫过于懿妃，她怕自己功亏一篑。万一大阿哥抓到耳环、银钗或红花等物，皇上一定十分生气，自己等待一年的封号也可能会就此作罢。

当然，咸丰帝的心也比较紧张，他也不希望大阿哥载淳让自己失望。按照宫规和先皇留下的风俗，如果抓到耳环、银钗或红花等与女人有关的物品，说明长大是个好色之徒；如果抓到酒杯、酒壶等酒具，意味着长大是个酒鬼；如果抓到骰子等赌具，就表示长大是个赌徒。相反，抓到玉玺则认为这位阿哥长大最有出息，其余能抓到书、笔、剑与金银器也是较合适的，表示这人在自己所拿之物的范围内特别擅长。

大阿哥站在供桌上约有两分钟什么也没有抓，他好奇地看看这又看看那，只觉得眼前花花绿绿的东西很好玩，有许多是从来也没有见过的。要哪个呢？他想把所有的东西都拿到手，先尝尝是否可以吃。

突然，他看见旁边一个显眼的东西，很好看也一定好玩，他爬了过去，伸手要去抓。

懿妃看见大阿哥要去抓那朵红花，吓了一跳，知道自己多日来的心血白费了，失望痛苦地闭上眼睛；咸丰帝也十分失望地叹息一声，把头侧向一边。

就在人们把心提到嗓子眼儿时，大阿哥伸出的手停了下来，他似乎突然想起了什么，想起每次去拿花时总被额娘怒视与打手的情景，他有点胆怯地把手缩了回去，略有不安地抬头看看两名搀扶他的宫女，看见她们的眼光都盯着那件自己最常见的东西，似乎明白了什么，知道她们不希望自己拿那束花，而赞成自己去拿那枚印章。

大阿哥把胳膊又伸长一些，终于抓住了那枚印章，并吃力地摇动了它，但终于没有把它拿起来。

不知谁带头喊了一声"好"，众人都高兴地大笑起来，一起称赞大阿哥将来有出息。

皇上沉郁的脸上有了笑容，他十分满意地伸出双手，一手握住皇后的手，一手握住懿妃的手。

懿妃这才长长嘘了一口气，真是功夫不负有心人，事在人谋呀！

服侍大阿哥的宫女也微笑着把那枚他拿不动的玉玺给大阿哥拿过来，又用鼓励的目光示意大阿哥再抓一些。

大阿哥知道自己刚才拿对了，就像平时在额娘面前拿这东西一样，抓对后要受到什么奖赏，给他吃东西。他也知道，额娘还让他再抓几样呢！就像平时一样，抓额娘喜欢的东西。

　　大阿哥又抓了两样东西，一个是笔，另一个是书，这些都是在额娘的训导下反复抓过的。

　　大阿哥刚抓完这两样东西，两名宫女就趁机把大阿哥抱下供桌，她们担心大阿哥再抓其他不应该抓的东西。

　　抓晬仪式就此结束，咸丰帝十分高兴地站起来，这是他所希望的最好结果，他满意地说道："从今天抓晬的情况看来，大阿哥将来一定很有出息，我大清江山后继有人，重振我大清声威，恢复到康熙皇帝、乾隆皇帝时代的天朝大国将不再是梦想，朕心里甚觉宽慰。按大清宫例所载，自入关以来，在众多皇子皇孙所举行的抓晬仪式上，第一次抓玉玺的仅有二人，就是康熙皇帝和乾隆皇帝，连同今天的大阿哥载淳也只有三人。这是苍天垂示我大清王朝，不久的将来又会恢复到先祖时代的康乾盛世局面。到那时，外贼不敢犯，内乱平息，人民安居乐业，国富民强，朝廷一统天下，天下之人皆来朝服。天朝大国，祖宗基业，千秋万代世世相传矣！"

　　咸丰话音刚落，众人一齐下跪高呼："皇上万岁！万万岁！"

　　咸丰轻轻捋捋下巴上的胡须，满含笑容地说道："请起，请起，这是朕的洪福，也是我大清朝的洪福。朕要重重奖赏服侍大阿哥的人，储秀宫的宫女、太监一律晋级一等，加俸一倍。"

　　咸丰话音刚落，储秀宫的宫女、太监就齐刷刷地跪倒在地，齐声高呼："谢皇上隆恩！"

　　咸丰这才满面春风地转向坐在旁边的懿妃："朕去年曾答应爱妃，在大阿哥满周岁之日时给爱妃加封，并让安德海做证是吧？"

　　安德海急忙跑来说道："皇上说得一点儿不差，皇上记性真好！皇上每天日理万机仍能记住这事，不是皇上提醒，奴才差点儿忘了呢！"

咸丰也知道安德海是恭维自己，也不点破，含笑说道："朕一言九鼎，一诺千金，就是再有国事缠身又怎会忘记呢？何况爱妃这一年里为了大阿哥操碎了心，加封爱妃也是理所当然的，朕今天就当众加封懿妃为懿贵妃。"

"谢皇上！"懿妃听到皇上加封后立即心里美滋滋地纳地就拜。

咸丰一把拉起懿贵妃，含情地说道："爱妃何必多礼，这是朕的一片情意，也是对你这一年辛苦的补偿嘛。朕一向赏罚分明。"

不知为何，咸丰讲这最后一句时心里涩涩的，声调也有一丝颤抖，他想起了打入冷宫的云嫔。从自己内心讲，在懿贵妃与云嫔之间他更倾向于云嫔，她比懿贵妃更温柔更体贴人。而懿贵妃呢，风情有余，贤惠不足，在内心深处隐隐觉得她心机颇深，做事虽然干净利索，但比较心狠，手段也辣一些。如果那事放在懿贵妃身上，他丝毫也不怀疑，偏偏是云嫔图谋大阿哥手段又是那样毒辣，怎能不让他怀疑呢！同时，云嫔一直没有承认是她做的，莫非真有人在陷害她？人心难测啊！待过几天，选一个合适的时机同皇后商讨一下，把云嫔放出冷宫，恢复原来的名位。如果皇后与懿贵妃不答应，就把云嫔降为常在，她们该不会反对吧。

咸丰正在胡思乱想，只听懿贵妃娇滴滴地说道："皇上，臣妾服侍大阿哥再苦再累也是应该的，臣妾这样做只是尽自己的天职，也是报答皇上的一份厚爱之心，哪求什么加封赏赐，有皇上对臣妾的一片心意，臣妾就满足了。为了皇上，为了大阿哥，臣妾就是死了也心甘，何况劳累一点儿呢！"

这几句话让咸丰听了十分感动，他握紧懿贵妃的手，又拍拍她的后身，微笑着说："爱妃真是朕的知音，人生得一知己足矣。"

咸丰说这话的时候，用眼瞟瞟皇后，见她木然地坐在那里，又伸手握住她的手说道："朕与你们二位都是患难中的夫妻了，今后朕也一定与你们有福同享，朕的许多为难之处你们两位也要体谅呀。"

皇后十分平静地说道："不知皇上让我们姐妹体谅什么？皇上是一国之主，有什么事尽管吩咐就是了，臣妾岂有不从之理？"

咸丰听了皇后这几句话什么也没有说，嘴张了张又闭上了。懿贵妃见状，便莞尔一笑说："皇上一定是为云嫔的事生我和皇后的气吧？其实我们何尝不知道皇上希望我们都和睦相处，共同服侍皇上，只是云嫔的做法太过分了。就是这样，我们也不能和她一般见识，如果皇上乐意，就把她放出来算了，但要告诫她以后再也不能这样做了，她不是坑害皇后和臣妾，她是在坑害皇上，危害皇室的名誉。"

咸丰一听懿贵妃同意放出云嫔，真是喜出望外，对她又产生了几分感激之情。

"知朕者，爱妃也。"

咸丰又恐皇后从中作梗，故意问道："皇后，懿贵妃都同意放出云嫔，不知皇后还有什么意见？"

皇后一听，心中十分不高兴，冷冷地说："既然懿贵妃把人情卖了，臣妾还有什么好说的，一切听皇上的便，皇上想干什么就干什么，谁又能管得了。"

咸丰哈哈一笑："好，好！两位都能体谅朕的心，朕就接受两位爱妃的心意，饶过那云嫔，把她带过来，朕再当着你们两人的面训导她几句，让她以后不要再干那伤害天理的事，同时，让她给你们赔礼！"

咸丰向外招招手，高声喊道："崔长礼，着人把云嫔带到这里。"

不多久，崔长礼气喘吁吁地跑回来，扑通跪倒，十分惊慌地说道："回、回皇上，大事不好，云嫔娘娘她——"

"她怎么了？快说！"

"云嫔死了。"

咸丰一惊："怎么死的？"

"是上吊死的。"

"快，快请御医救治，还不快去！"咸丰怒吼道。

"没有用了，死去多时了。"

"混账的东西！那也得救，快，快！"咸丰跺着脚骂道。

这时，懿贵妃脸上掠过一丝快意，但她马上关切地说："云嫔也真是，怎么如此想不开呢？皇上只是警告她一下，正准备把她放出来呢！真是太可惜了，应派最好的御医救治，看看有没有救活的希望。"

咸丰站了起来："朕要亲自去看看，是自杀还是有人谋害！"

咸丰径自走了。

懿贵妃也站了起来："皇后娘娘，咱们也去看看吧。"

皇后撇撇嘴："我看还是别去为好，皇上正在气头上，说不定把责任推在你我的头上呢！从皇上的口气看，他还不相信云嫔是自杀，认为是有人加害，你我不正是皇上的怀疑对象吗？不去还好，去了只会增加皇上的猜疑，我看你这个人情卖得也真够巧的。"

皇后说完，径自回宫了。

景福宫里挤满了人。

众人见皇上亲自来了，都自觉让出一条道跪了下来。

咸丰看见云嫔僵直地躺在床上，知道已经没有救了，他气得照两名御医的屁股上就是两脚："狗东西，没有一点儿用，连个人也救不活，白痴！"

咸丰弯下腰，握握云嫔冰冷的手，又摸摸她惨白的脸，几乎掉下泪来。

宫女、太监见皇上如此伤心，也不敢相劝，唯恐皇上把火发在自己身上。

过了许久，咸丰才止住悲伤问道："云嫔到底怎么死的？是自裁还是另有他人加害？"

一名御医战战兢兢地说："回皇上，云嫔娘娘是自裁，也许是一时想不开吊死的。"

"检验准确吗？"

"奴才怎敢拿人命关天大事欺瞒皇上，奴才所说是实。"

咸丰又喝问另一名御医："他判断得正确吗？"

"回皇上，云嫔娘娘的确是自裁，请皇上明察。"

咸丰不再讲话，看了看云嫔的尸首，又看了看跪在地上的宫监，一屁股坐在随从太监送来的椅子上。沉默了一会儿，猛地呵斥道："把照看云嫔的太监、宫女给我拉来，朕要亲自审问一下。"

四名太监齐刷刷地跪在咸丰面前，咸丰见他们都低着头不说话，喝问道："你们都是哑巴吗？让你们照看云嫔，你们是怎么照看的，说，刚才是谁值班？"

一名太监哭着叩头说道："皇上，小人该死，今天该小人值班。由于小人粗心，小人去储秀宫看大阿哥抓晬去了，不曾想到，云嫔娘娘趁小人离去之际自裁了。"

"云嫔平时提到自杀吗？"咸丰又向四下喝问道。

"回皇上，前一段时间，云嫔娘娘从来没有提出什么死的事，她还说皇上查明那事后一定会放她出来的。可是，最近几天，云嫔娘娘突然茶饭不思，叹息流泪，几次提到了死，想不到今天——"

咸丰一听，发怒了："这是你们几人失职，没有照看好云嫔娘娘。来人，给朕拉下去乱棍打死！"

"皇上饶过奴才！"

"皇上饶过奴才！"

咸丰一挥手走了，向太监丢下几句话："按贵妃礼仪安葬！"

多日来，咸丰帝都坐卧不宁。

心爱的云嫔死了，让他有一种淡淡的哀思和淡淡的失落。虽然他并不缺少女人，但能够像云嫔那样与他配合得珠联璧合的女人却不多。云嫔对他百依百顺中又不缺自主与独立，温文尔雅又见风情，这与皇后有礼有节的爱不同，与懿贵妃媚情似火的爱也不同，相比之下，他更乐意接受云嫔的这种情爱方式。

而他咸丰却让最心爱的人儿在不明不白中死了，总觉得心中实在有愧。

爱江山也爱美人。

美人失去了，江山又如何呢？

这是令咸丰头痛的另一件大事，提起这事他有一丝的恐惧感，他担心父皇的悲剧在他身上重演。

恐惧是没有用的，历史的风暴是无情的，决不会因为个人的爱与恨而改变方向。

咸丰有一种"山雨欲来风满楼"的恐惧与压抑感，他的感觉是正确的。

到今天，这已不是感觉，而是铁一般的事实。眼前这一堆告急文书足以让他坐卧不宁了。

咸丰把御案上几封刚送来的奏折草草浏览了一下。真是不看不知道，细看吓一跳。这多日来他由于云嫔之死无心过问朝政，有些事直接委派军机处全权处理，谁想到事情已闹到这种地步，洋人已打到天津来了。

俗话说："养兵千日，用兵一时。"谁知朝廷这班重臣全是脓包，从广州到天津数千里的海岸线，竟让洋人打到天津来了，怎能不让咸丰恼火呢？

唉！洋人也不识抬举，动辄就是大炮军舰。要知道，我大清朝是礼义之邦，仁义之师，历来是先礼后兵，仁义至上，国与国之间也正如人与人之间有什么不可以协商的呢？何必刀兵相残？咸丰实在想不通，他觉得自己的胸怀太宽广了，有一颗仁爱之心，这才可以称得上真正的明君英主，有古代圣贤的胸怀。

而洋人呢？心胸狭窄，不懂得宽厚谦让，缺少应有的知识教养。据两广总督叶名琛奏报，英国的首相叫什么帕麦斯顿，还是什么"怕死的木头"，这人最没有一国之君的气魄，也是出身低贱之人，所以才会做出这种让东方文明大国嗤之以鼻的事，用炮舰到我大清的国门上寻衅闹事。

更让咸丰想不通的是，法国、俄国、美国这些国家为何也参与对我文明大国的侵袭呢？难道这些国家的君主也是和那帕麦斯顿一样，都有这种好战的狭小心胸吗？

忽然，传事太监来报，说军机大臣桂良、吏部尚书花沙纳求见。咸丰立即命他们进殿。

二人来到殿中，行过君臣之礼后，咸丰略带几分不安的口气说："二位老中堂匆匆来见朕，一定有什么要事相奏吧？"

桂良率先说道："启禀皇上，洋人舰艇已抵达大沽口外的白河口，再不设法阻止，洋人即日便可攻占天津，直入京城，请皇上定夺。"

咸丰一听，惊得一下子站了起来，洋人北上如此迅速，这是他做梦也没想到的，他结结巴巴地说："这，这，这到底是怎么一回事，你们详细讲解与朕听一听，朕然后再定主意该如何做。"

桂良心道：皇上唉，皇上，洋人的大炮马上就打到京城了，你还不知道是怎么回事，岂有不败之理？大清朝的皇上可谓黄鼠狼生老鼠——一窝不如一窝。如此下去，大清的江山怎能不完呢？

桂良只能心中这么想，他是不敢讲出来的，仍耐心讲解道："英国这次入侵我大清的借口是'亚罗号事件'，这点皇上应该有所耳闻吧？"

咸丰点点头："朕只听两广总督叶名琛奏报，说为着一艘破旧的商船引起的中外纠纷，朕早已下令把那破船无条件送给英人。不就是一艘破船吗？有什么好争执的，我大清朝是文明国度、礼义之邦，他们西洋蛮夷要就给他们好了，香港岛都已经给了他们，那白花花的银子也让西洋红番抢去了许多，何况是那样一艘破船呢？权作零头送给他们，也显出东方文明之邦的大度胸怀。可那叶名琛不听朕的批示，非要争执一个道歉不道歉的事，结果把事情闹大了，朕一气之下解了叶名琛的职也没有消除洋人心中的怒气，才引起这次战争。叶名琛误国误民让朕十分失望，早知如此，悔不该当初委以重任。"

桂良一听皇上这么说，知道他只听到只言片语，并不了解事件真正内幕，又解释说："皇上，英人入侵我大清海疆是司马昭之心，路人皆知，那'亚罗号事件'不过是他们派兵的一个借口。就是不发生'亚罗号事件'，英人也会找到借口的，就像狼吃小羊，怎能没有借口呢？说起这'亚罗号事件'，纯粹是英人寻衅闹事。"

咸丰有点莫名其妙："桂学士凭什么这样说呢？"

桂良来气了。

"那'亚罗'号是我大清臣民苏亚成个人所有，是一艘海上禁运的走私船。他们也是为了走私的方便，故意放一个英人当向导，并在香港登了记。按英人规定，登记证满一年不重新登记，被认为自动取消其资格，这'亚罗'号船就是满一年没有继续登记的船。广东水师千总梁国定一直关注这艘走私船的动向，恰巧这艘船又耀武扬威地驶进广州码头，梁国定率领水师步卒上船检验，逮捕了十几名海盗。这本是我大清内部事宜与英人无关，谁知英国驻广州领事巴夏礼趁机挑起事端，硬说该船是英人商船，要求两广总督立即放人并公开道歉。叶名琛为了维护我天朝大国的尊严，只同意放船放人，拒绝道歉。谁知英人立即派出一支船队进犯我广州，并炮轰广州城，才挑起战争的大规模爆发。"

桂良话音未落，咸丰就"哎哟"尖叫一声："这个叶名琛真是糊涂透顶，人也放了，东西也给了，道歉赔礼道歉是了，何必再为这丁点小事伤了和气呢？真是死要面子活受罪！"

忽然，咸丰又十分不解地问道："这英人入侵是为了'亚罗'号讨个公道，那法国人为何也来趟这浑水呢？"

花沙纳知道皇上疏于政事醉心后宫，对于海外世界更是一无所知，只好尽自己所知所能解释说："那法国与英人合伙入侵我大清海疆也是有原因，据说是因为他们国内出现内讧，为了转化国内矛盾才对外用兵。"

咸丰若有所悟："花尚书可晓得这法国出现了什么内讧局势？"

花沙纳心中暗想：幸亏我详细询问过俄国公使普提雅廷，不然今天真无法回答皇上的询问。皇上他自己不知道不要紧，我们做臣子的要是不知道，又要被他骂作饭桶了。

花沙纳只好尽自己所知道的一切详细解释说："这法国本名叫法兰西或者叫什么'发牢希'，就在去年发生了宫廷政变，一个叫拿破仑的人推翻了政府，又建立了自己的皇权统治。"

花沙纳刚讲到这里，咸丰就插话问道："这法国人的名也起得太古怪了，怎么叫'拿破轮'？以朕之见，叫'拿新轮'也比'拿破轮'要好得多，可见法国人是比较守旧的，缺乏我们东方文明古国的变革思想，这法兰西也富裕不到什么地方吧？"

咸丰这一插话，真让花沙纳一时无从讲起，他想了想说道："拿破仑是法兰西人的姓名，据说是姓，这位发动政变的拿破仑还是他们家族的第三代呢！但这第三代子孙可比不上他们祖父第一代拿破仑那么勇敢威武。听洋人描述，第一代拿破仑曾率领他的大军东征西战，把整个欧洲都给打败了，就像元朝的开国皇帝成吉思汗那样不可一世。"

咸丰高兴地说："朕明白了，拿破仑是一个家族的姓，就像我们爱新觉罗家族一样，但他们拿破仑家族的皇位仅三世，尚且被人夺走后才又失而复得，而朕的爱新觉罗家族自从太祖建立帝制到朕已经第九代帝位了，将来还不要延续到第几十代呢！"

咸丰恍然大悟地说："正是由那拿破仑第三代刚刚谋夺了皇位，唯恐朝中大臣及天下百姓不服，才对我大清用兵，耀兵东洋，威服国内，实在是可恶至极！难道这法国人也在我大清国土上寻找到用兵的冠冕堂皇借口不成？"

花沙纳点点头："这就是几年前的西林教案。法国一名教徒未等我边防同意，偷偷溜进广西西林县以传教为名作恶多端，被西林知县张鸣凤逮捕处死。法国公使葛罗便以此事为借口屡次提出无理要求，后来竟伙同英人联合出兵进犯。"

咸丰忧伤地道："张知县的这种做法是好的，只是行事有点太欠考虑，把那法国的教徒赶出我大清国土即可，何必逼人太甚，以致招来飞祸。"

花沙纳十分沉痛地说："这都是洋人入侵我大清的借口，美、俄等国连这样的借口也没有不也同样派兵进犯吗？"

咸丰困惑了："孟子云：'得道多助，失道寡助。'我大清王朝乃礼义之邦，守本安土，自求稳定，独立发展，不扩张，不侵略，是得道之国，朕礼贤下士，爱民如子，也是得道之君，为什么我大清王朝这几十年来屡遭西洋骚扰而不得安宁呢？西洋列强以船坚炮利的技艺优势，却四处张扬，耀兵炫武，侵略扩张，人人皆恨，天地不容。其结果呢？得道不能多助，失道也不能寡助，这是什么天理？"

花沙纳和桂良见皇上越说越激愤，语调如此沉重悲凉，心中很不是滋味。做臣子的，不能为国君分忧解难又怎能称得上忠臣良将呢？人们常说：国乱出良将，世乱出英豪。从古到今不都是这样吗？商有比干；春秋战国有管仲、乐毅、苏秦、张仪；汉有萧何、张良、韩信；三国有曹操、孙权、刘备。唐、宋、元、明哪朝不有一代辈出的英雄，而我朝呢？难道先贤英才全绝种了，就剩下我等这一些庸才空居此位？

他们自以为饱读圣贤经书，学富五车，才高八斗，实际上不但手无缚鸡之力，胸无运筹帷幄、决胜千里之策，甚至连皇上刚才提的几个问题也回答不了。

自古都是天时不如地利，地利不如人和；得道多助，失道寡助。从西洋这次入侵来看，我大清朝是天时、地利、人和三点全部拥有，却为何屡战屡败呢？

皇上想不通，我们臣子也想不通呀！莫非圣贤的经书，先人的良策，到今天不管用了不成？也许时代真的变了！

花沙纳和桂良知道自己无法用更好的言语劝说皇上、安慰皇上，都一齐跪在地上恳求说："皇上不必悲伤，我大清尚有辽阔的疆域和四万万臣民，相信天无绝人之路。"

咸丰并没有冷静下来，他"霍"地站了起来："不是天无绝人之路，正是苍天绝我呀！"

咸丰挥手示意他们起来："你等快帮朕想一想退敌之策最为要紧，既然打不过只好屈膝和谈，朕再不心甘也没有办法呀！"

二人一听皇上同意和谈，都站了起来。

桂良惴惴不安地说道:"请皇上拿一个和谈的方案,臣就是赴汤蹈火也力争取得和谈成功。"

咸丰无可奈何地说:"洋人不同意还是要退让。唉,这些洋人屡屡侵犯我疆域到底是为哪般,他们是少吃还是缺穿,朕实在想不通。"

稍过片刻,咸丰又说道:"尽量少答应他们的要求,不割地赔款更好,其他条件你们和军机处协商,先摸清洋人出兵的真正意图再与他们和谈,只要能让洋人罢兵,什么都好商量,到了如此地步,朕还有什么好说的。"

咸丰说罢,摆摆手示意他们退出。

花沙纳和桂良知道皇上现在的心情极为不好,也不想多打扰,相互看了一眼准备退出。这时,桂良又忽然问道:"皇上,除了我二人前去谈判外,皇上是否觉得需要再派其他人?"

咸丰略微沉思了一下说道:"当年《南京条约》的和谈代表是耆英,他与洋人打交道多一些,也曾代表我朝与洋人和谈过,深谙和谈内幕,如果二位觉得合适,朕特此下旨命耆英前往协助二位和谈,你们意下如何?"

"这样更好。"桂良急忙答道。

桂良接过皇上的手谕看了看,这才拜别皇上和花沙纳一同离去。

刚走出养心殿,花沙纳就略有不满地问道:"桂大人,与洋人谈判有你我两人足矣,你何必又拉出一个耆英呢!他是先朝老臣,人老资历老,你我在谈判时难免要受他牵制,万一和谈不令皇上满意,这岂不是你我二人的责任?依我之见,把皇上的手谕交回去,就说我们二人就可以完全胜任了。"

桂良握住花沙纳的手说:"花尚书不必多言,我这样做是有用意的,好戏在后头呢!到时你会明白的,保证让你老兄满意。"

桂良说完,诡秘一笑,做了一个走的姿势:"老兄走吧。"

花沙纳一时也摸不透桂良的心思,只好和他一同走出皇宫大内。

第九章

窥机密张太监瞠目
睹苟约清天子赧颜

咸丰把《天津条约》副本扔到地上，冲着桂良和花沙纳怒吼道："尔等一群废物，这哪里是和约，这是让朕拿祖宗的家业送礼！太让朕失望了，这个条约朕决不签字，朕要把你们送给洋人做牛做马，欺人太甚！"

静谧的黑夜给紫禁城笼上一层神秘的色彩。

储秀宫后花园西厢房的一个单间内，张德顺久久不能入睡，他在床上翻来覆去，索性坐了起来，望着黑暗的夜空发呆。

南方的那一片夜空上有几颗眨着眼睛的星星，这些星星的下方应该是自己的家乡吧。那几颗星星太像人的眼睛了，一对是张大哥的，他在四处寻找自己；另一对当然是娇娇的，因为那眼睛昏暗中闪着泪花，是娇娇在为自己流泪吗？张德顺毫无所知，他只能对着那颗星星默默诉说。此时此刻，娇娇是否也坐在家乡的葡萄藤下数星星？

张德顺忽然记起今天是农历七月初七了。按照家乡的风俗，七月七，天上的牛郎会织女。这一天总是要下雨的，那雨便是这对天上情人每年相会一次流出的情人泪。今天的北京却没有下雨，家乡是否下了雨，张德顺一无所知。在他的心里，家乡应该下雨，多情的织女和多愁的牛郎在这兵荒马乱的岁月相逢一次谈何容易，怎能不抱头痛哭一场呢？即使织女不哭，牛郎无泪，而自己家乡的那位人间织女也一定会临风洒泪，对星伤怀。

张德顺清楚地记得，自己是在朦朦胧胧懂事的时候就失去了双亲，在张大哥的抚养下成人，张大哥整日操劳在他的捻子联络事务中，哪有太多的心思照料自己的生活。因此，他的童年是有许多缺憾的，没有祖母讲的动人故事，也没有母亲唱的催眠曲和关于家乡的轶闻野趣，就是牛郎织女的故事也还是结识娇娇以后听她讲的呢！

自从听到娇娇讲的牛郎织女传说后，每年的七月七晚上总让娇娇陪同他躲在葡萄藤下看牛郎织女相会。听娇娇说，牛郎织女是天上的神仙，后来化成了星星，他们的相会地上的凡人是无法看见的。要想在这一天看到他们的相会必须躺在葡萄藤下偷看，只要不出声还会听到他们说的悄悄话呢！据说只要看见这对仙境中的情侣相会，人的眼睛便会立即瞎掉，耳朵也会随之变聋。

每年的今晚，他都和娇娇到张大哥屋后那棵老葡萄藤下偷看牛郎织女的相会，偷听这对有情人的蜜语甜言。可是，他们从来也没有看到牛郎织女的相会，更没有听到牛郎织女的情话。因此，他们两人的眼睛也没有瞎，耳朵也没有聋。

后来的后来，这种约会成为他和娇娇的默契，更成为他俩心中的秘密。每年的七月七，不是牛郎织女的相会，倒成为他们二人的相会了。

那时，他和娇娇都觉得他们比天上的牛郎和织女还要幸福，这对神仙情侣每年只能相会一次，而他们却能在想见到对方的时候就相见。而七月七，更是他和娇娇的法定相会日。只要两人钻进葡萄架下，他们就谁也不先开口，静静地倾听对方的心跳，然后不约而同地相依相偎。最后是憧憬未来，直到夜深人静的后半夜才依依不舍地回去。

不知不觉中两行清泪挂上腮边，任它轻轻滑落，这种泪珠在面颊上的流动感是别有一番滋味的。张德顺不去擦也不去洗，尽情地享受这七月七暗夜中泪流的感觉。

唉，家乡的娇娇成为人间真正的织女，也许此时此刻，她正躲在张大哥屋后那株古老的葡萄藤下偷偷落泪呢！像自己一样。可是，紫禁城里没有葡萄藤，他无法找一株葡萄藤钻进去，他不希望看到牛郎织女的相会，只希望看到娇娇瘦削的身影；他不希望听见牛郎织女的窃窃私语，但愿能够听到娇娇低低的哭声。

张德顺再也不能在屋里待下去，他觉得有一种无形的压抑感，心里涩涩的。

他走出西厢房，沿着浓郁的树荫默默地漫步，想把一腔思念与眷恋宣泄给茫茫黑夜。

他正走着，突然发现一个黑影一闪不见了。张德顺一惊，莫非宫中来了贼人，谁这么大胆竟敢偷到皇宫大内来了。也可能是刺客，如今刀枪叮当响的动乱年头，什么人都有。张德顺这样想着，就觉得更可怕了。

他悄悄地向前摸去，那个黑影又出现了，匆匆地向懿贵妃居室方向而去。哼！莫非这人是想暗害贵妃娘娘或大阿哥不成。据崔总管和安德海所说，自从大阿哥降临世间这一年来，宫中不断有人对大阿哥起歹毒之心，难道这又是谁派来的歹毒之人？

不容多想，张德顺便偷偷地跟了过去。

果然，那人摸到懿贵妃居室的窗下停住了，他轻轻用口水湿破窗纸向屋里看了看又蹲下了。

张德顺不知这人想干什么，也悄悄地贴在房檐下的一个屋角处，既能注意到这人的行动，又能听到屋里的动静。

这时，从懿贵妃的屋内传来两人低低的谈话声。从声腔知道，一个是懿贵妃，另一个是她的贴身侍从太监安德海。

只听安德海说道："娘娘，云嫔已死，那大师也已经回到他的极乐世界了，这下您该放心了吧。"

又听懿贵妃答道："小安子，你做事还算干净利索，待大阿哥将来继承了皇位，一定重重加封于你，也让你同宋朝的郭槐、明朝的魏忠贤那样风光风光，封你为九千岁。"

"娘娘千万别把小人同郭槐和魏忠贤相比，那是在诅咒奴才不得好死呀。"

听到懿贵妃笑道："小安子你太多虑了，有本宫在，就是皇上也不敢轻易动你一根毫毛，谁敢随便处死你呢？娘娘在，你就在！"

"万一娘娘将来宾天了呢？"

"等到本宫宾天那一日，只怕你也已经是块烂掉的木头啦，还能在世上活多久呢？如果我先死，就让你给本宫陪葬，让你在另一个世上仍然服侍我。"

"如果真有另一个世上，奴才一定仍和娘娘在一起，也许是上天故意安排奴才照料娘娘的，奴才岂敢违抗天命呢？"

接着，屋里传出几声娇笑声。

短暂的静默之后，又听懿贵妃问道："小安子，皇上怎么这一段时间不来这里了，莫非外面又有什么能迷住皇上的主儿？"

"这点小人却没有留心，也许皇上正为洋人入侵天津的事焦虑，无心到后宫陪伴娘娘。难道娘娘寂寞了不成？奴才不是天天服侍娘娘左右，为娘娘插科打诨、取笑逗乐吗？"

"对皇上的一举一动多留心一些，对宫中的风吹草动也多长个心眼，别整日只会吃喝玩乐。"

"娘娘见教的是，小人明天就查明皇上这一段时间临幸哪宫最多。"

"不是本宫不放心，皇上是什么样的人你也清楚，何况皇后对我也已经心存芥蒂，特别是云嫔死的那天，她临走扔下一句不冷不热的话让我听了刺耳。本想顶撞她几句，一想到自己的位置就咽下这口气了，人在矮檐下不能不低头，胳膊怎能拧过大腿。唉，谁叫咱命中注定只能做妃子而无法捞到正宫之位呢！"

"娘娘不必自馁，成事在天，谋事在人，奴才相信将来有一天入主正宫之人必是娘娘。"

"嘘——你小声点，让别人听了不割了你的舌头。"

"娘娘放心，如今已是四更天谁还不睡，就是有人不睡也不敢来此造次，奴才不扒了他的皮，挖了他祖宗八代的坟才怪呢！"

也许是安德海的这几句话让窗外那个偷听话的人吃了一惊，那人一不小心挪动了脚步，发出了响声。

"窗外有人——"

"谁——"

安德海喝问一声便冲出屋外。

恰在这时,从旁边蹿出一只猫来。

安德海顿了顿脚,那猫"喵"的一声爬上了屋檐。安德海这才镇定下来,向四下望了望走进室内。

只听安德海说道:"回娘娘,是一只闻腥的大花猫,差点吓死奴才了。"

"有猫来闻腥,只怕还会有人来闻腥,你快回去吧,我要休息了。你明天就查一查皇上近日临幸何人。"

安德海这才道一声安走出内室。

待安德海走远,窗下那人才悄悄离去。

张德顺只看到这人的身影,始终没有看清此人是谁,他决定继续尾随这人,看看这人究竟是谁。

张德顺吸取刚才那人的教训,尽量做得无声无息,以防被人发现。刚才真是好险,如果不是那猫,他和那人的性命早就没有了。现在想来那猫怎会如此及时跳出去呢?一定是这黑衣人随身预备的。

张德顺悄悄跟从那黑衣人来到一所宫殿外,借着稀微的星光,他辨认出这是承乾宫,据说是云嫔没有打入冷宫前的住所。如此推测,这人一定是云嫔手下当差的人,那么这人到储秀宫去干什么?对,他们一定怀疑云嫔的死与懿贵妃有关,特去探听消息的,希望从懿贵妃和安德海的谈话中听出蛛丝马迹。

张德顺边走边回想懿贵妃与安德海的谈话,的确有一些可疑之处。特别是那句"云嫔已死,那大师也已经回到他的极乐世界了,这下你该放心了吧",以及另一句"小安子,你做事还算干净利索",这其中隐隐约约透着某种密谋。他和这黑衣人只是从半截听到的这些对话,支离破碎的,如果早来一会儿,可能就听得更明白一些。对于云嫔之死他是知道的,听说是自缢而死,为此,皇上大发雷霆，认为看管她的侍从失职，一次乱棍打死四人，宫中对此事震动很大。张德顺暗想，自己入宫毕竟时间太短，也许这黑衣人知道得更多呢！今天自己是碰巧撞上的，或许这人每天都来此偷听呢。

这样一想，张德顺更想揭开这个秘密，看一看这黑衣人究竟是谁。

这黑衣人进得屋来，轻轻关上门，脱去外面的紧身衣，独自喝起茶来。这时，躺着的人坐了起来问道："平顺，今晚有收获吗？"

只听史平顺放下杯子说道："杜大哥，从小弟这几晚上探听的消息看，我的猜测不错，云嫔娘娘不是自缢而死，而是被人害死的。主谋就是心狠手毒的懿贵妃，凶手可能就是她的贴身太监安德海。"

短暂的沉默之后，又听那姓杜的说道："你这么一说，我也想起来了，大阿哥抓晬的时候我的确见到安德海独自一人离开储秀宫。当时没想到他去干什么，现在想来一定是他去谋害云嫔娘娘。"

听着姓杜的讲的话，张德顺也记起来：大阿哥抓晬的时候，储秀宫的宫女、太监几乎都在，唯独没见到安德海。按理说，他是服侍懿贵妃周围的人，一定要在场的。

又听那姓杜的说道："平顺，我实在想不通，根据你这多日来打探的消息，云嫔娘娘无疑是那安德海害死的，可我们见到时却是云嫔娘娘自缢而死，也没有撕打的痕迹，连御医检验时也一致认为是自缢而死，这是什么缘故呢？"

过了一会儿，才听史平顺说道："这一点我也想不通，御医也不像撒谎，也许是安德海用话逼死云嫔娘娘，或者是什么更阴险的手段。我敢肯定，云嫔娘娘之死一定与安德海有关。"

"哼！这个狗杂种，有朝一日老子一定亲手宰了他为云嫔娘娘报仇。"这是那姓杜的声音。

"别有朝一日，我们应尽快为云嫔娘娘报仇才对。云嫔娘娘生前对你我不薄，有恩不报非君子，咱兄弟不能让云嫔娘娘死得不明不白，应该想办法为她申冤。"

"平顺，你说咋办？我杜进忠是个大老粗，有的只是一股子憨劲。我听你安排，只要你说一声，我去把那个狠毒的女人和那个太监宰了都行。"

史平顺立即阻止说："这样做哪行，太鲁莽了。如果行刺不成白搭上一条性命不说，还要背上行刺谋反的千古骂名，连我们的父母亲都要遭殃。即使行刺成功，她们一命换来的却是我们祖宗多少代的性命，说不定连祖坟也要被掘开，别人以为我们是谋反，谁知道咱兄弟是为云嫔娘娘报仇呢！"

"那到底该咋办？急死人了。"

"依小弟之见，想法向皇上揭露懿贵妃和安德海谋害云嫔娘娘的秘密，让皇上废了那贱女人的位子，把安德海满门抄斩。"

杜进忠疑惑地说："皇上会听咱们哥俩的话吗？懿贵妃给皇上生了大阿哥正受宠呢！咱们只是宫中的下等侍从，说话哪有分量？说出来只怕皇上认为我们诋毁懿贵妃，把我们给宰了，那才不值呢！"

又听史平顺叹息一声说："我也正为此事发愁呢！考虑了几天才想出一个可行的办法。"

史平顺话音未落，就听杜进忠说道："什么办法？快说给我听听，让我干什么？"

张德顺庆幸自己又探听了一个秘密，真是想不到宫廷这般复杂，他竖起了耳朵细听。只听史平顺说道："杜大哥，你心直口快，我担心你在哪地方多喝了两盅，一高兴抖了出去，不但不能为云嫔娘娘报仇，反而丧了自家小命。这个办法我暂且不告诉你，不过，我让你干什么你就干什么就可以了，慢慢你会明白的。"

杜进忠又忍不住问道："你这办法能否让皇上杀了那狠毒女人，还有那个安德海？"

"杜大哥放心，只要按照我说的去做，即使那个狠毒的女人不死也要被废了名位，那安德海是必死无疑。"

"好，只要能达到为云嫔娘娘报仇的目的，我杜进忠，就是死了也值得。当初云嫔娘娘给我起名叫进忠，也许就是希望我能为她尽忠吧？"

"杜大哥，别说得那么伤心，留得青山在，不怕没柴烧，云嫔娘娘的仇一定能够报的。天不早了，快睡吧，明天还要去宫外买东西呢！"

屋内不再言语。

张德顺又待了一会儿，不久听到屋内传出打鼾的声音。他知道再待下去也无益，悄悄地活动一下麻木的双腿回去了。

夜更暗了，连一颗星星也没有，牛郎织女也不知躲到哪块云层后去了。

张德顺突然觉得一阵透骨的恐怖与凄凉。

1858 年 6 月。

钦差大臣耆英、大学士桂良和吏部尚书花沙纳奉命到达天津向洋人求和，经过一番谈判桌上的激烈争斗，大清王朝的权臣们同英、法、美、俄签订了又一屈辱的条约——《天津条约》及《通商章程善后条约》，其主要内容有：

一、外国公使长驻北京；

二、增开牛庄、登州、台湾、淡水、潮州、琼州、汉口、九江、南京、镇江为通商口岸；

三、鸦片贸易合法化，报关进口；

四、外国商船可以在长江各口岸往来；

五、外国人可以到内地游历、通商、自由传教；

六、修改税则；

七、向英国赔偿白银四百万两，向法国赔偿白银二百万两。

沙俄外加一条特别规定：中国与俄国将从前未经定明的边界，由两国派出信任大臣秉公查勘，务将边界清理，补入此次和约之内。

谈判完毕，钦差大臣耆英暂留天津与洋人交涉其他未尽事务，桂良和花沙纳携条约副本回京复命。

咸丰阅毕《天津条约》副本，"啪"的一声把它扔到地上，冲着桂良和花沙纳怒吼道："尔等一群废物，这哪里是和约，这是让朕拿祖宗的家业送礼！"

桂良和花沙纳匍匐在地，一声不响。

咸丰又怒斥说："太让朕失望了，这个条约朕决不签字，朕要把你们送给洋人做牛做马，欺人太甚！"

咸丰一屁股跌坐在龙椅上生起了闷气。

过了一会儿，桂良见皇上的怒气稍消一些，小心翼翼地奏道："皇上，本来可以谈得对我朝更有利一些，谁知耆英他——唉，臣有负于圣望，实在惭愧，请皇上恕罪。"

"耆英他怎么了？莫非他做了一些不利于谈判的事？"

桂良见皇上果然问及耆英，正中下怀，立即奏道：

"皇上，当初臣禀奏皇上让耆英与臣等一起到天津和谈，臣觉得耆英是两朝老臣，德高望重，又曾经是《南京条约》的谈判代表，对于和谈有着丰富的经验，谁知——太令人失望了。"

咸丰见桂良提起耆英欲言又止，心中早生疑惑，忍不住又问道："耆英到底怎样？从实说给朕听听，是非公道朕自有分晓。"

桂良见时机成熟，这才说道："耆英身为钦差大臣与天津和谈代表，但实在让人失望，更有负于圣上的一片知遇之恩，在没有同洋人和谈之前，就把我方的许多秘密泄露给洋人，致使在和谈过程中我方处处被动，以致谈判的结果令皇上不满意。"

咸丰大怒："真有此事？"

桂良急忙奏说："臣纵有天大的胆子也不敢无中生有，侮蔑耆英私自破坏和谈，请皇上明察。"

花沙纳也上前说道:"桂大人所言句句是实,臣愿以身家性命担保。"

咸丰蓦地站了起来,愤恨地说:"耆英老儿误国误民,太让朕失望了,他身为钦差大臣竟能做出这等有负朝廷的事来,一定是得了洋人的什么好处,朕决不饶恕!来人,传朕的旨意,到天津调耆英来见。"

桂良为何借用咸丰对《天津条约》的不满来让耆英倒霉呢?这事要从两人的个人恩怨讲起。

耆英是道光皇帝当年的老臣,也是道光当年最信任的大臣之一。在一年的科考中被道光任命为主考官,负责进士科考,恰巧这一年桂良的长子也参加科考,正处在耆英的辖区内。对于儿子的水平如何桂良再清楚不过,如果不是他层层找关系,儿子根本没资格进入这次科考。这也是最后一道关卡,成败关键在此,如果能够通过此科,儿子就可以顺利进入仕途,而在这一科中名落孙山,儿子的前途丢了不说,自己脸上也无光,而且是前功尽弃,那白花花的银子等于投到水里了。桂良可没有这么傻,他决定铤而走险,蹚一蹚主考大人耆英这趟水。

送什么呢?耆英是个老顽固,虽然同在朝为官,但交往并不多。不过,对耆英的为人桂良还是略知一二的,直接送银子他一定不会收的,倘若耆英翻脸不认人,把自己为儿子科考行贿一事抖出去,他桂良不死也要丢官。为了能够让耆英接受自己的贿赂,桂良绞尽了脑汁。他托人从端州带回一块名贵的砚石,请一位能工巧匠在家雕琢,把一块黄金完全镶嵌在石砚中。

科考日期将近,桂良带着儿子和那块金石砚台来到主考大人耆英家里,说了许多恭维的话,并让儿子拜耆英为老师,然后送上砚台作为儿子拜师的见面礼。

年轻人追求进步这是值得鼓励和赞赏的,耆英当时就给他指点一番。对于桂良所赠的端州石砚,耆英起初不愿接受,但经不起桂良的一番花言巧语解释，耆英还是接受了。

端砚是广东端州的名产品，是文人雅士文房四宝中的上乘之品。湖笔、端砚、宣纸、徽墨，早在唐朝就闻名于世，唐代诗人曾有诗句"端州石砚人间重"，可见端砚的名贵。

纵使端砚再名贵，也只是一块石头，不是什么稀世珍品，对于文人来说也是喜爱之物，何况是同列大臣的儿子所赠，又有名义上的师生之谊，耆英也就不客气了。

待桂良和他的儿子走后，耆英对这块砚台雕工极具匠心很是叹服，把玩时总觉得超出一般石砚的重量几倍，待仔细审视发觉砚内全部镶有黄金。耆英这才明白桂良来访的真正用意。

第二天，耆英就派人把那块镶有黄金的端州砚台送还给了桂良。

耆英虽然没有对外声张，但桂良觉得脸上无光。桂良的儿子也因此没有考中进士。

桂良一直对这事耿耿于怀，事过多年，他终于找到一个报复耆英的机会。在皇上派他去天津和谈时，他主动邀请耆英同去就是这个原因。

也许是桂良心机颇深，或者是耆英命中注定要倒霉，这《天津条约》和谈中的不利确实与耆英有关。

桂良和花沙纳率先赶到天津，这时，英法联军已攻占大沽炮台，正准备进犯天津直逼京城。桂良主动与英国公使普鲁斯交涉，答应接受他们提出的一切条件进行和谈，以此阻止英法舰队继续入侵。

英国公使普鲁斯和法国公使布尔布隆见达到了出兵的目的，也答应和谈。当普鲁斯问及和谈的前提条件是什么，咸丰皇上给了他们多大的特权时，桂良把这些责任全部推给了钦差大臣耆英，并让普鲁斯先邀请耆英单独私人会谈，做到事先心中有底才真正坐到谈判桌上。

对于耆英，普鲁斯早有耳闻，他是《南京条约》的中国代表。

两人第一次见面时，普鲁斯连珠炮似的诘问就让耆英晕头转向，经不住普鲁斯的威逼利诱，耆英把和谈的老底全部抖露给了普鲁斯，这对于后来的和谈当然有害无利。

但耆英不是这样认为的，他根据《南京条约》签订时的经验，先让英人从谈判桌上尝到甜头，必然放弃武力进攻，这样能够给天津和北京的军事守御赢得时间，即使谈判不成，再打也可以重创洋人，然后为谈判创造条件。万万没有想到，他的想法与咸丰皇上的想法背道而驰，皇上命令他们一次谈判成功，免得节外生枝，后来又要损失更多的利益。

耆英在谈判之前就泄露和谈的秘密不算，在和谈过程中他又做了一件他自己也解释不清的事。

谈判临近结束的时候，不知什么原因耆英突然不辞而别，离开谈判桌三天。有人猜测耆英逛窑子未归，也有人说耆英被歹人绑架三天，还有人说他因年老体力不支彻夜不眠，吃了过量的安眠药昏睡了三天。众说不一，问及耆英本人他也支支吾吾，不愿说出真相，似乎自己也有苦难言。

正是耆英擅离职守三天又给洋人抓住了把柄，说大清朝和谈不是诚心，真正目的是延缓时间，准备调兵遣将对抗联军进攻。为了表明大清朝的诚心，必须把《天津条约》的第二款，由增开的五个通商口岸扩至十个，否则，联军舰队必攻破天津攻打京城。美、俄等国公使也从中怂恿，一致要求增开十个通商口岸作为向各国公使赔礼的诚心表现。这样，《天津条约》才基本确定下来。

耆英也知道自己在和谈中做了一些不应该做的事，唯恐皇上追究下来推脱不了责任，在谈判结束后，以尚有未竟事宜办理为由暂留天津。

桂良和花沙纳也不点破，正高兴他能留下呢！这样，把所有责任推给耆英就更加可信了。

耆英从天津回到北京，一路上有说不出的难过。

古语说："一朝天子一朝臣。"这话一点儿不假，当今皇上继位之日就有打击老臣重用新臣之心，与自己同列的几位先皇最宠信的老臣都遭到不同程度的治罪，革职的革职，铲除的铲除。琦善被革职发配，客死他乡；穆彰阿革职赶回老家，永不叙用；祁寯藻也因皇上对他多有微词而称病回乡。如今朝中，当年的几位最得宠的大学士仅剩下自己和柏葰、周祖培、翁心存、彭蕴章寥寥几人了，也不同程度受到排挤。

别人不说，对自己的处境耆英十分清楚。自己身为两朝老臣、内阁大学士，多次冒着生死危险与洋人交涉，虽然没有功劳也应该有苦劳吧。就是那丧权辱国的《南京条约》，也不是自己当家签订的。整个大清王朝，谁又甘心签订那条约，不签订没有办法呀，洋人的炮舰在咱家门口耀武扬威，打又打不过人家，只好以屈辱的条件求和，自己的签字也是道光皇帝被迫同意的。

再说这《天津条约》，别说签字，自己谈判也懒得去。快要入土的人了，何必再冒着杀头的危险干那受罪不讨好的事呢？悔不该接受这趟苦差事，像祁寯藻那样称病退居乡土是明智之举。就说这次天津之行，临行前儿孙都交代好了，去时是死的，回来时才是活的。想起离家时儿孙相送，泪洒几代人，简直不是在送行，而是在送葬。大有荆轲刺秦王高渐离击筑高歌送行那样：风萧萧兮易水寒，壮士一去兮不复返。

可是，如今返回了，也不知是死是活。

耆英来到太和殿，见文武百官早已分列站定，皇上正拉着脸在生闷气。整个大殿死气沉沉的。皇上不讲话，这些大小官员们就更不敢讲话了，唯恐皇上把《天津条约》的怒气发泄到自己身上，从而招致飞来灾祸。

耆英走到墀阶前，"扑通"跪倒朗声奏道："臣耆英叩见皇上！"

咸丰早就看见他了，故意不理，直到耆英跪下高声叫了三遍，他才十分不满地喝问道："耆英，你知罪吗？"

耆英一咬牙说道："臣不知犯了何罪？请皇上明示。"

耆英这一句把咸丰激火了，他吼道："耆英，你身为钦差大臣，代表朕去天津与洋人和谈，却有负朕对你的一片希望，同洋人谈出了这么一个丧权辱国的条约，你还说不知罪？难道罪在朕不成？"

耆英急忙叩首说道："臣怎敢把责任推诿给皇上，臣只是说这《天津条约》是臣和桂学士还有花尚书三人一同协商的，有他们两人做证，臣等也是迫不得已才暂且答应下来，至于换约可以推到明年，如果皇上对这次和谈不满意还可以撕毁条约重新谈判。"

咸丰一拍御案："你说得如此轻巧，国家大事岂能当儿戏！如此出尔反尔不让天下人讥笑我大清朝不懂礼乐法度，洋人一旦发怒，再次派出强兵，这国家的灾难你一人担当得起吗？"

咸丰见耆英不再言语，又怒斥说："据朕所了解，你耆英先泄露和谈机密，后来又擅离职守，给洋人抓到了把柄，从而造成和谈不利之势，是否有这回事？"

"这——"

耆英倒吸了一口凉气。他真是有口难辩，没想到桂良和花沙纳这两人如此卑鄙，把一切都先行告知皇上，还不知他们添油加醋说了些什么呢！

耆英沉默片刻，还是尽力辩解说："请皇上明察，臣并非是将谈判机密泄露给洋人，臣先讲出几项和谈的标准是为了先稳住洋人，让洋人停止进攻天津。那样，我方就可争得时间重创洋人，从而争取谈判桌上的有利战机……"

咸丰不容耆英再讲下去，一摔御笔："信口雌黄，一派胡言！朕再问你，谈判期间你擅离职守三天，给洋人抓到我方和谈不诚的借口，又如何解释呢？"

耆英欲言又止。

咸丰见状，冷笑一声："耆英，你不是擅长辞令吗，为何不说了？"

耆英实在有苦难言。那天谈判回来有位天津的小官自称是自己学生，听说老师来到天津，一定邀请到府上畅饮几杯。自己做过几任主考官，可谓桃李满天下，这么多学生官，自己不认识也是难免的，并没有想得太多就随那人去赴宴了。谁知酒宴之上又来了几个姑娘陪饮，后来拉拉扯扯把他拽到一个楼上。他都这一把年纪了，哪还有调情追趣的心思，更何况和谈的事儿正在节骨眼上，他正准备脱身却被几个彪形大汉拿住了，硬说他调戏民女，非要拿他见官，说给银子也行。耆英再找他的那位学生，一打听根本没有那人，他才知上了人家的圈套。后来被稀里糊涂灌了几杯酒，待醒时已过了两天，幸亏随行人员四处寻找才把他找回去，因此落了一个擅离职守的罪名。

可是，这些话如何讲出口呢？就是讲了皇上也不会相信。

咸丰见耆英迟迟不开口，知道他无话可说，便喝令人把耆英拿下交刑部严议。

这时，耆英知道不说不行了，高声喊叫道："皇上明察，臣冤枉，臣是遭人陷害才擅离职守三日，臣冤枉！"

咸丰根本不听耆英辩解，一挥手，两名武士把耆英推了下去。

许多老臣见耆英白发飘飘，一副老态龙钟的样子十分伤感，但谁也没有上前为他求情。几位老臣有心出班求情，又想到自己朝不保夕，也不敢轻易说话，唯恐皇上迁怒于己引来意想不到的灾难。

整个太和殿一片死寂，只有远处耆英渐渐消失的喊冤声。

待耆英走远，咸丰正色说道："耆英自以为是先朝老臣，倚老卖老，做事独断专行。在这次天津和谈中，又先泄露谈判机密后擅离职守，造成和谈失利，刑部应严议此事，报军机处决定惩处。他所签署的《天津条约》许多条款很令朕痛心疾首，该条约副本也交军机处议定能否答应换约。"

咸丰说完，宣布散朝。

这多日来，安德海像一只没头的苍蝇在后宫内乱撞。

他奉懿贵妃之命打听皇上这一段时间都在临幸哪些宫，忙乎了几天也没打听到一点头绪，反而遭到懿贵妃一顿臭骂。

安德海被骂得晕头转向，骂归骂，他知道贵妃娘娘对他还是倍加宠信的。贵妃娘娘交代的任务还没有完成呢。他决定再去乾清宫里碰碰运气。乾清宫是皇上居住的地方，那里的太监一定知道皇上的起居，但他又不敢直接开口去问，稍有不慎，轻则挨打，重则有杀身之祸。这几天之内他已经有事无事溜进乾清宫几次，再去又怕引起怀疑，正在犹豫不决之际，忽然被一个人撞了一个趔趄。

安德海正一肚子气没处发泄呢！一转身见是一个不太熟悉的小太监，上去就是一脚，骂道："瞎了你的眼，什么事值得你这么忙，你爹妈死了不成？"

那小太监自知理亏，挨了几句骂也不和他计较，忙赔礼说道："这位大哥息怒，我是刚来的，路不太熟悉，又急着去给皇上传话，不想撞着大哥，得罪，得罪！"

安德海一听这小太监是服侍皇上的，马上改了口气："没啥，没啥，一看你这身打扮就知是新入宫的。小兄弟，你叫什么名字？"

"我叫刘海成，入宫才十八天。"

安德海装作早就知道这事的样子，点点头："我从崔总管那里听到过小兄弟的名字，正准备把你们几个新来的请在一起坐坐呢！也算给你们接风。由于最近宫中事务太多，一直没有合适的时间，不想今天碰上了，真是巧，你这么匆匆地哪里去？有空今晚我请你喝酒，大家也彼此认识认识，我叫安德海，储秀宫的。"

刘海成急忙摆摆手："安大哥的好意小弟领了，小弟实在没空，要照料皇上呢！"

安德海心中一喜："你在乾清宫值班？"

"不，小弟在畅音阁。"

"难道皇上在畅音阁？"

刘海成露出为难的神色，稍稍迟疑了一下，又向四周看了看，小声说道："皇上吩咐了，不准对外透露，小弟见安大哥也不像多言的人就直说了，皇上夜晚到畅音阁批阅奏折。"

刘海成说完匆匆走了。

安德海看着刘海成的背影寻思道：皇上起居都是在乾清宫，处理朝廷大事批阅奏章都是在养心殿，从来也没有听说到畅音阁的。畅音阁在后宫最东边，十分偏僻，也极少有人到那里去。皇上选中畅音阁作为夜晚批阅公文的地方，这里面一定有问题。何况皇上也不是那种一心扑在国家大事上的明君圣主，皇上最大的爱好就是和美貌的女子一同唱戏听戏吃喝玩乐。记得皇上在圆明园时就从全国搜罗了许多绝色女子供他玩耍，著名的"四春"佳女弄得皇宫大内风风雨雨，那"四春"姑娘如今死的死，残的残，败的败，莫非皇上又从哪里搞来什么绝世佳人在畅音阁金屋藏娇不成？这事一定要探听清楚再回报给贵妃娘娘。

这天，安德海打听到皇上去太和殿和文武大臣商讨《天津条约》的事了，悄悄地溜到畅音阁，没进门就被两名侍卫给挡住了，一人喝问道："你是哪个宫的？来这里干什么？"

"我是储秀宫的，来找刘海成，新来的小太监。"

"刘海成正忙着呢！你回去吧！有事我们通知他去找你。"

安德海被拒之门外，他更觉得这畅音阁里有问题，也愈想进去探个究竟，就央求说："两位大哥放我进去吧！我进去和刘海成说句话就走，一刻也不停留。"

"不行！"

安德海见没有商量的余地，一咬牙，软的不行来硬的。

"实话告诉你们，我叫安德海，是储秀宫的总管太监，服侍大阿哥的，今奉贵妃娘娘之命来找刘海成给大阿哥办点事，你们让不让进？"

"不让进！"

"懿贵妃娘娘之命你们也敢违吗？摸摸你们有几个脑袋？皇上对懿贵妃都让着三分呢！"

一个侍卫冷冷一笑："别说是奉懿贵妃娘娘之命，就是皇后娘娘之命也不准进，这是皇上的旨意，我等只向皇上负责，你还是请便吧。"

正在争执之间，刘海成闻讯跑了出来，一见是安德海，着实吓了一跳，急忙把他拉到旁边："安大哥，你怎么到这里来找我？"

安德海见他神色慌张，小声问道："怎么？这里不让进？"

"安大哥找我有事吗？"

"没大事，约你去喝酒，顺便聊聊。"

刘海成一听没事，便催促说："安大哥快回去吧，幸亏皇上今天上朝去了，否则，让皇上撞见了，你我的命还有吗？你真是太大胆了，竟找到这里了，还和他们吵？这里情况你不明白，你先回去吧，有事我去找你，千万别再来这里了。"

安德海又碰了一鼻子灰，只好十分不快地回去。临行前再三叮嘱刘海成，有时间去储秀宫找他。

安德海回到储秀宫，就把自己打听到的情况汇报给懿贵妃。懿贵妃沉思片刻说道："皇上一定又从宫外寻到了什么绝色女人，不敢明目张胆地在乾清宫内风流，便到那最僻静的畅音阁内快活。这事先不用着急，必须打听清楚事真相后再做下一步打算。"

"可是那畅音阁守卫森严，根本进不去。"

"你不是说认识那位新来的小太监刘海成嘛！可以从他身上揭开畅音阁之谜。"

安德海点点头："也只好这么做，我临来时让他来找我呢！也不知他来不来？看样子这事不能着急，慢慢会打听明白的。"

"那小太监是刚入宫的，思想单纯，应当好对付，只要给他足够的银子他不会不说的，这要看你的手段了。"

"请娘娘放心，只要刘海成来找我，奴才一定让他全盘托出来。当然，如果他不来找奴才，这事就难了。"

"他不来你就托人传口信，多传几个他一定会来的。他是刚来的，也想多接触些人，为他今后能在宫中站住脚着想呢！只要你打听到了确实情况，我就有办法处理这事。"

安德海又有点疑惑地说："万一皇上另有其他要事呢！"

"那也要打听清楚，我不是告诉你多次了！宫内宫外、朝内朝外的大事与新动向都要打听，只有做到知己知彼，才能够百战百胜，整日蒙在鼓里只会招致别人的暗算。在宫里行事，不是你吃掉别人，就是别人打败你，这是千古不变的道理，先下手为强！"

正说着，宫女来报，说大阿哥又发烧了。

懿贵妃叹息一声："不知为何，大阿哥这一段时间总是时不时地发烧，身子也十分差，让人好不担心。"

"请娘娘放心，大阿哥吉人自有天相，大阿哥生来就是继承大统的，上苍一定要让他经历一番磨难。古人不是说'劳其筋骨，饿其体肤，增益其所不能'，将来才会担当大任。皇上曾预言大阿哥能够成为中兴的名君呢！"

"如果真的是那样就好了。也不知大阿哥能不能继承皇位呢！皇上只是一高兴说出几句养耳朵的话来，将来再有新的阿哥诞生也不知皇上偏向谁呢！母以子贵呀，大阿哥是咱储秀宫的命根子。"

安德海见懿贵妃情绪很沮丧，可能是因大阿哥的病久治不见好转引发的，便安慰说："请娘娘放心，就是再有皇子诞生，大阿哥为诸皇子最长者，当然占据优势，这是任何其他皇子无法比的。"

"你难道没有听说过，我朝不是嫡长子世袭制，而是任人唯贤，在太和殿那块正大光明的匾额后留有金匣选择皇位继承人，自康熙皇帝以来几乎所有皇帝都这样做的。"

安德海微微一笑："只要有娘娘为大阿哥做后盾，大阿哥的皇位继承权就谁也夺不走。否则，奴才也不同意！"

"大阿哥身体这么弱，也不知能不能——"懿贵妃没有说下去。

"娘娘千万别说那不吉利的话，大阿哥只是偶感伤寒，吃几服药就会好的，何必多虑呢！让奴才陪娘娘看望一下大阿哥吧，再发烧就用洋人制造的药物，也许更奏效吧！"

懿贵妃和安德海来到大阿哥的卧室，几位奶妈和宫女正服侍在左右，御医沈宝田正在为大阿哥把脉。他见懿贵妃进来了，冲她点点头算是施礼了。又过了一会儿，沈宝田才抬起头，很奇怪地问道："大阿哥今年才三岁，怎会得了这么一种奇怪的病呢！"

懿贵妃一惊："什么奇怪的病？"

"这以前大阿哥得过什么大病，服用过一些带有迷魂迷性方面的药物吗？"

懿贵妃略微思索片刻摇摇头："自出生至今大阿哥一直很好，从没有得过什么大病，也没有吃过什么特别的药。"

"那么贵妃娘娘在怀孕期间是否服用过什么迷性方面的药物？"

懿贵妃仍然摇摇头："在怀孕期间万岁爷关怀备至，每天都有御医把脉，众多宫监服侍，我也特别注意饮食起居，哪敢让自己有什么一丝一毫的病症而影响大阿哥的健康，这些御医那里都有记录。"

沈宝田困惑了："这就怪了，既然没有这些先例，大阿哥怎会得了这种棘手的病症呢？莫非大阿哥误食了什么迷失魂魄之类的食物。"

"不可能。"安德海在旁边答道，"大阿哥的饮食都是经过严格检查的，没有贵妃娘娘的准许，任何宫监不得给大阿哥饮用食物。"

"大阿哥到底患了什么病？还有救吗？"懿贵妃迫不及待地问。

沈宝田又看看大阿哥的眼神，再次把了一会儿脉说道："大阿哥的这种病仿佛是一种极有迷性功力的药物所致，这种药物是什么一时尚不能断定，从大阿哥发病的情况看，大阿哥一定曾误食了什么药物或被用错了药，这种药又被另一种药克制了，但由于两种药的药性相克，又没有完全中和，在体内存有一定的剂量并且浸入心脾，随血液运行，倘若这两种药力顺行则无碍于身心，有时也难免逆行，那么两种药力必然相生相克从而引起病症，如发烧、呕吐等，重了会伤了心脾，引起肾虚等杂病。不过，从脉象看，这两种药物在大阿哥体内的剂量较少，尚不会有性命危险，只要及时治疗尚无大碍。"

懿贵妃这才松了一口气，又问道："这种病容易治愈吗？"

沈宝田略显为难地说："说难也难，说不难也不难。医理上讲要对症下药，任何药物都有它的克星，必须了解大阿哥服用过什么迷性的药物，后来又如何止住那药物的，所用的是何药，才能做到对症下药。在下医术不精，一时尚分辨不出大阿哥体内潜伏的这两种药物到底为何物。惭愧，惭愧！"

懿贵妃忙安慰说："沈御医能诊断出大阿哥的病症与病因实在难能可贵，比起一般御医不知高明多少倍。只要沈御医再细心揣摩几番一定会彻底查出病症的根源，治愈大阿哥的病。"

懿贵妃说着，一挥手："来人，赏沈御医白银二百两作为奖赏，今后要多多有劳沈御医为大阿哥费心。"

沈宝田急忙跪下辞谢说："无功不受赏，奴才为大阿哥治病这是奴才的本分，怎能接受贵妃娘娘的赏赐呢？"

"沈御医不必多礼，贵妃娘娘向来赏罚分明，算是给沈御医寻找治愈大阿哥体内疾病的跑腿费吧。如果沈御医不收下可就是对贵妃娘娘的大不敬了。"安德海在旁边说道。

沈宝田立即含笑答道："恭敬不如从命，奴才就暂且收下，一定不负贵妃娘娘厚望，竭尽全力治愈大阿哥的病，请贵妃娘娘一万个放心。"

安德海送走了沈宝田，立即来见懿贵妃。懿贵妃不等安德海开口讲话，上前一把揪住他的耳朵，怒气冲冲地骂道："安德海，你这个千刀杀万刀剐的坏东西，连老娘你也敢骗，我不禀告皇上将你乱棍打死才怪呢！"

安德海一看懿贵妃真的动怒了，吓得扑通跪倒在地，鸡啄碎米似的磕着头哀求说："娘娘息怒，娘娘息怒，确实不关小人的事，奴才的确不知，奴才纵有天大的胆也不敢坑害大阿哥。"

"哼！不用花言巧语，说，是谁指使你陷害大阿哥的，不老实交代，我剥了你的皮。本宫待你不薄，把你当作亲信，你却背着本宫干这天地不容的事，快给我从实招来！"

懿贵妃说着，又揪住安德海的耳朵拧一圈。安德海被拧得直叫喊："请娘娘先松开奴才的耳朵，让奴才把事情原委讲过之后再请娘娘发落。"

"好吧，你老实交代，不许有半句谎言，否则，剁掉你的脑袋。"

安德海哭丧着脸说："当初，娘娘命奴才想法陷害云嫔，奴才想来想去只有从大阿哥身上做文章，就找来那桑巴特，他说给大阿哥吃一种催魂的药，大阿哥吃下必然不住地啼哭，对外只说大阿哥中了邪祟。当时奴才也曾问过桑巴特，那药物对人体是否有什么损害，他说毫无损害，只要再给大阿哥服上几粒解药，大阿哥马上就会恢复如初。"

安德海说着，偷偷看了一眼懿贵妃，小声嘀咕了一句："奴才这样做也是征得了娘娘你的同意呀，不然，小的哪敢做这个主，如今娘娘却把责任——"

"住嘴——"

懿贵妃脸一绷，喝住了安德海说下去。

"谁曾想到那迷魂药有这么厉害的副作用，否则，说什么我也不会同意你们给大阿哥服下那倒霉的害人药。"

懿贵妃说到这里，眼圈一红，泪从眼角滚了出来："真是害人先害己，万一大阿哥有个三长两短，我今后还指望谁呢？"

安德海见懿贵妃伤心地哭了，也故意揉一揉眼睛，装出哭的样子说："娘娘不必太过伤心，从御医沈宝田刚才的谈话看，大阿哥尚无大碍，只要细心医治是能够治好的。任何药物都有它的克星，只要查出大阿哥身上存留的是哪些药物，就一定能够找到解治的药方，听沈宝田的口气，他对治好大阿哥的病把握很大。"

"小安子，你这个不安好心的狗东西又来糊弄我，万一治不好大阿哥的病，我扒了你家的祖坟。"懿贵妃边擦眼泪边说。

安德海一见懿贵妃消了一大半气，边扶她坐在椅子上边发誓说："娘娘放心，大阿哥的病就包在奴才身上，治不好大阿哥的病，不用娘娘下令，小人就自己把祖坟给扒了。"

懿贵妃一边坐下，一边余怒未消地说："小安子，你才是本宫的克星呢！真拿你没有办法。事到如今我也不责备你，不过，这事你不能再马马虎虎酿成大祸了，有几点要千万当心。"

"请娘娘吩咐，奴才一定小心办理。"

"御医沈宝田对大阿哥的病诊断过了，但这事要千万保密，令他严守秘密，想法给大阿哥治病，无论花费多少都行。这事只能令他一人暗中进行，其他人不得插手，更不许四处张扬，包括当今皇上也不得告诉，不然的话，引起皇上怀疑，你我死路一条，明白吗？"

"奴才马上就去找那御医沈宝田，让他为娘娘保密此事。"

"话应该怎样说，事应当如何做，可要讲究策略，不然的话，小心你的狗命。"

"请娘娘放心，小安子在娘娘的调教下也聪明了许多，不会让娘娘失望的。"

正说着，那边有宫女在门外高声奏报："醇王福晋来看望贵妃娘娘，见是不见？"

懿贵妃一听妹妹蓉儿来了，急忙通知下去命她进来。

安德海这才拜别懿贵妃去找御医沈宝田。

第十章

对佳人醇王思故剑
贪美色天子藏新娇

咸丰轻轻抚弄一根琴弦，那流水般的韵律蹦跳出来了。朱美人趁机鼓掌说："真是太妙太美了。"这时，小太监刘海成报告说："皇上，几位军机大臣求见。"咸丰把琴一拍："混账东西，你没看见朕在干什么吗？"

醇王福晋来到正堂，一见姐姐早已等在那儿，正准备行叩拜大礼，懿贵妃一把拉住妹妹的手："妹妹何必多礼，这儿又没有别人，不必多礼了，快坐下说话吧。"

醇王福晋这才坐到姐姐的侧面，两旁早有宫女献上上品茶和点心，她们姐妹俩边吃边聊。

"妹妹一向可好，在王府还住得惯吗？"

"人们都说侯门深似海，过去在娘家时自然感觉不到这一点，自从进到醇王府才深深体会到这句话的意思。王府的规矩也太多了，这也不能做，那也不能做，处处都有个规矩，一说就是老祖宗定下来的，谁也不得更改。唉，真是一点儿也不自由，哪像原先在家时那么进出自便，谁也不管不问。"

懿贵妃也叹息一声："谁说不是呢！你在王府感觉尚且如此，姐姐在这皇宫的处境就可想而知了，一举手一投足都有讲究，哪些话可以说，哪些话不可以说，在什么人面前讲什么话，在什么人面前不该讲什么话，这些都要有个分寸。稍一不慎说错一句话都可能引来杀身之祸，古语说'伴君如伴虎'，的确如此，皇上的喜怒哀乐变化无常，有时比老虎还难把握呢！"

"姐姐说得也是，自从姐姐入得宫来，每次见到姐姐，总觉得姐姐的性格在变，变得太老成持重了，根本不像二十挂零的人，倒像四五十岁的管家婆啦。"

"平日里没有感觉出来，经妹妹这么一提醒，我也突然觉得自己仿佛变了个样，少女时代的影子一点儿也没有了。妹妹还记得爹爹在安徽宁池任太广道时，咱姐弟几人玩得多开心，整日无忧无虑地唱呀跳呀。春日里到郊野放风筝，夏日里到河水中划船，秋天上山采集花果，冬天里滑雪溜冰。自从爹爹丢了官到江苏镇江养病，家道也就败了，姐姐在宁池时学得的江南小曲就再也没唱过。唉，一提起江苏镇江我就心里发酸，爹爹一病不起，后来客死他乡，母亲带着咱们姐弟几人，又背着沉重的债务，那个日子多惨哪，人人瞧不起，谁想到咱姐妹能有今日？"

懿贵妃说着，辛酸的泪水顺着白净的面颊流了下来。

醇王福晋也一个劲儿擦眼泪。

"咱家能有今天应该算是姐姐你的功劳，如果姐姐不进宫，怎会有今天的显赫家门？爹爹做梦也不会想到咱叶赫那拉氏家族会这么显贵，他在九泉之下如果有灵，也该高兴才对呢！"

懿贵妃一听妹妹提到了父亲，叹息一声说："咱姐弟几人也算大富大贵了，母亲也跟着福如东海，只可怜父亲的尸骨仍在京外，我早想把父亲的尸骨搬运入京，只可惜南方正乱，江苏镇江一带正是主战场，等到战乱平息，我再着人去镇江凤凰山搬运父亲的尸骨，让他老人家死后也享一享咱们的福气。"

蓉儿一听姐姐提起凤凰山上父亲的尸骨，忽然想起了什么似的，突然说道："姐姐，你是否记得我们在那凤凰山凤凰寺里避雪时，有一位放任的官员，他帮助咱们安葬了父亲，临行时还慷慨解囊相助？"

"姐姐怎会不记得呢？多年来，姐姐一直挂念着咱家的几位恩人。昔日受人滴水之恩，他年必当以涌泉相报。何况我们有报答恩人的能力了，只可惜打听不出恩人如今所在。"

蓉儿马上接口说道："凤凰寺里给我们帮助的官员我曾在不久前见到过，只是一时想不起来叫什么名字，没有直接与那人相见，过后也忘记向醇王打听。"

懿贵妃一听蓉儿最近见过恩人，精神一振，追问道："你是说，凤凰寺里与我们一同被大雪所阻避难寺院的那位官员吗？"

蓉儿点点头。

"唉，妹妹真是贵人多忘事，竟把咱家的恩人名字也忘记得一干二净，无怪乎如今世道人人都不情愿做好人。姐姐却一直没有忘记那位恩人的名字，他叫瑞麟，是从京城放任镇江府赴任途经凤凰山的，也是大雪所困与我们碰巧相遇。妹妹最近见过这人？在哪儿见过的？"

"距离今天约有二十天的光景，就在醇王府的会客厅堂里。那天醇王爷宴请几位在外放任而今返京的官员，我碰巧从厅堂经过，看见一位官员好生面熟，一时想不起来在哪里见过，回房后方才想起那人正是咱家当年的救命恩人，只是仍记不起名字。恰巧那几天醇王爷有事外出，我也忘记了询问。今天姐姐突然提起旧事，我才想起那恩人。"

懿贵妃一听妹妹说恩人瑞麟已经调任回京，十分欣喜地说："有恩不报非君子，既然恩人回京了，我们姐妹应当回报一下才是。"

"当年瑞麟慷慨解囊相助一百两银子，如今我们姐妹各赠他一百两黄金行吗？"

懿贵妃不等妹妹说下去，打断她的话："妹妹此话差矣。瑞麟当年解囊相助我们孤儿寡母一百两银子，并不指望我们今天相赠他几百两黄金，他是看在我们都是叶赫那拉氏同宗同族的分上，和父亲也算相识，这才帮助我们。如今再还上几百两银子或金子岂不让人耻笑我们？何况那瑞麟放任几年也未必就缺少钱花。街上不是流行一句顺口溜：'三年清知府，十万雪花银。'瑞麟是清是贪不关咱们的事，只要对咱们好就是咱家的恩人，是朋友，那官再清正廉洁，他对咱不好就是敌人。"

蓉儿一听姐姐言之有理，便问道："依姐姐之见，怎么报答咱家的恩人瑞麟呢？"

懿贵妃沉思片刻说道:"瑞麟刚刚从江苏放任回京也不知安插在哪个部门?现任何职?我派人打听一下此事,如果他的职位不是太理想,你可请醇郡王举荐瑞麟,我再从中周旋一下,请皇上给他官升一级,这样报答恩人总比赠金赠银要合适吧。何况正是用人之际,我姐妹也需在朝中多拉拢一些官员,仅靠桂祥一人实在不行,他为人迂腐,又不善交际,更缺乏官场处世的灵活与钻营。而这瑞麟和我们是同宗同姓,可借此机会收归咱们所用。皇上给他提了官,既是我们姐妹对他当年相助的报答,也可把他拉到咱们的势力范围内。他瑞麟知道自己提升是咱姐妹出的力,转而会感激我们呢!有皇上和醇王的势力,瑞麟还不死心塌地为咱们服务?这是一举多得的事,为何不做呢?"

懿贵妃接着又用略带训斥的口气说:"妹妹如今已是醇王福晋,当朝赫赫有名的王妃,无论做何事再也不能像在娘家一样,一定事事多长心眼,遇事更要有个分寸,该软的要软,该硬的要硬,该用权的更要用权。人们常说,有权不用,过时作废,这话是有一定道理的。权力是靠争得的,你不去争,到手的东西也会丢失,你尽心尽力争取,不是你的也可能变成你的。正像我刚入宫时只是一名人人瞧不上眼的秀女,如果不是我死拼硬打哪会有今天的位置,世上的任何事莫不是如此!"

懿贵妃一口气说了许多,见妹妹微笑着不吭声,又缓口气温和地说:"妹妹,你也想想,咱家族仅仅靠桂祥能行吗?不是我多方面从中活动,这朝中怎会有他的位子?你瞧瞧,朝中的哪位官员不比他精明能干,仅让他一人在朝中混事,只怕结局比爹爹当年还惨呢!桂祥不行,咱姐妹再不争取,那后果怎样?还不是让人瞧不起,别看今天的位置坐得稳稳当当的,说不定明天就会被人挤掉呢!这年头,你不坑人,人家就会坑你,与其让人坑,不如我先下手为强了。"

懿贵妃说到这里,微微叹了口气:"好了,我也不多说了,你明白姐姐的意思就好,姐姐平日里太忙,你也很少入宫,我也没有向你说及这方面的事，今后多来几趟，有什么事咱姐妹多合计合计，还怕做不成事？你今天回去后就央求奕𬤊向皇上举荐瑞麟。"

蓉儿抬起头，略显为难地说："只怕醇王爷不听我的请求，还是由姐姐来做吧！"

懿贵妃一听有点儿火了，很不客气地问道："怎么？你真是好了疮疤忘了疼，一点儿也不感恩瑞麟？如今做了福晋，只怕有一天连我也不认得呢！"

"姐姐误会了，我是担心醇王爷不会听从我的请求，弄不好反而会破坏咱姐妹的大事呢！"

懿贵妃一愣："怎么？难道奕𬤊对你不好？"

蓉儿委屈地哭了。

懿贵妃急了："你哭什么，有话慢慢说，天大的事姐姐给你担待着，看他奕𬤊能够怎样？奕𬤊再大还能大过皇上？他的王爷封号还是皇上赐的呢！敢对妹妹不好，我在皇上面前说几句话就让奕𬤊好看，说不定王爷的封号都给他去掉。"

蓉儿这才止住哭讲出了自己的委屈。

自从蓉儿嫁到醇郡王府，起初的一段时间夫妻感情甚笃，也可能是新婚燕尔彼此都有个新鲜感吧。谁知好景不长，夫妻之间出现了不和睦。其原因是奕𬤊心中仍存有前妻的阴影，他对前妻既恨又爱，唯恐蓉儿也走上同前妻一样的路，不时用前妻的一些过错给蓉儿敲敲警钟。也许奕𬤊是"一朝被蛇咬，十年怕井绳"，他吸取了过去的经验，不准许蓉儿参与他的任何事，更不允许蓉儿同任何来到府上的官员会面，甚至府内男性下人也不允许接触。奕𬤊将府中的后庭人员一律换成女眷，男人不得随便进出。

更让蓉儿不能忍受的，奕𬤊旧情不忘，经常面对前妻的遗物发愣发呆，他还经常教训蓉儿在哪些方面不如前妻做得好。

正是这样，他们夫妻两人发生了好几次不大不小的争吵。今天，蓉儿是特地来宫中找姐姐诉苦的。

懿贵妃一听，抿嘴一笑："这么说奕𬤊还是个挺重感情的人呢！

这还是妹妹的福气呢！"

蓉儿一听，故作生气地说："妹妹向你诉苦，你不为我出出气，反而取笑起我来了。"

懿贵妃哈哈一笑："姐姐讲的可是实话呀！十个男人就有九个是花心的，妹妹竟然碰到一个重情的丈夫应当高兴才对，为何气得流泪？真是不应该。"

"他重感情，只可惜不是对我，如果对我这样就好了。"蓉儿边擦眼泪边说。

"女人拢不住男人的心是女人的无用，哪有猫儿不吃腥的，就看你如何摆弄那只馋猫了。"

"妹妹可不像姐姐那样有手腕，连皇上这只大馋猫都能给摆布得服服帖帖，如今又有一只小馋猫。请姐姐告诉我一点儿秘方，我回到王府也用上一用，看看姐姐的秘方灵不灵？"

懿贵妃一听妹妹提到皇上，也不觉黯然神伤，幽幽地说道："如今姐姐的秘方也不管用了，摆弄不住大清朝的第九只大馋猫了。"

蓉儿也是一惊："怎么？难道皇上对姐姐——"她没有说下去。

"皇上已有几个月没有到姐姐的储秀宫了。"

沉默，沉默。

短暂的沉默后，蓉儿转换话题问道："听说大阿哥病了好久，如今好些了吗？得的什么病？御医是否诊断清楚了？"

懿贵妃心中又是一沉，但她故作轻松地说："大阿哥的病好多了，也不是什么大病，只是偶感风寒，时而发烧，御医讲不久就会痊愈。"

"这样就好，吉人自有天相，大阿哥会平安无事的，姐姐平日里多费些心也是值得的。"

姐妹两人正要谈下去，有个小太监跑过来汇报说，皇上来看望大阿哥了。姐妹两人都是吃惊非小，懿贵妃急忙说道："妹妹还是躲避一会儿吧！"

蓉儿正准备躲避起来，可是已经来不及了，咸丰大踏步闯了进来。

懿贵妃上前跪奏道："不知皇上到此，兰儿有失远迎，请皇上恕罪！"

蓉儿无奈，也只好跪下向皇上施礼。

咸丰上前搀起她们，微笑着说道："都是自家人何必多礼，快快请起吧。"

咸丰看了她们姐妹二人一眼，然后转向蓉儿问道："你怎么有时间来宫中？是否有什么要事来找懿贵妃？"

"回皇上，听说大阿哥偶感小疾，王爷打发奴婢来探望大阿哥。"

咸丰十分满意地说："难得醇王与福晋如此关心大阿哥，实在令朕感动，大阿哥病了许久，朕由于国事缠身尚没有及时前来探望呢！"

懿贵妃说道："皇上日理万机，这点小事怎好有劳皇上呢？有臣妾在此照料大阿哥就可以了，今天难得皇上忙中抽闲想到了大阿哥，实在是大阿哥和臣妾的福分！"

咸丰知道自己许久没有踏进储秀宫，何况自己正干着"私事"，又听说安德海曾去过畅音阁，估计懿贵妃对自己起了疑心。他今天来储秀宫，既是探望载淳的病情，也是侧面了解一下懿贵妃是否探出自己的那件私事来。

咸丰一听懿贵妃话中略含几分讥刺，微微一笑说道："大阿哥是朕的命根子，朕关心他绝不亚于爱妃，作为皇阿玛，关心爱护的方式不同，朕希望载淳将来像康熙皇帝那样能文能武，是一位马上皇帝、一代明君！从小要锻炼出一种坚忍的意志和强健的体魄，与病魔的抗争也是一种锻炼嘛！何况有爱妃在，就是朕不来看望，爱妃也会照料得井井有条。"

懿贵妃仍然装作冷漠地说："多谢万岁爷对臣妾的信任，如果万岁爷也能让臣妾不挂在心就好了。"

咸丰故作惊讶地说："爱妃时刻挂念着朕，实在令朕感动，但不知朕哪点做得不合适，让爱妃失望了？"

"皇上岂有做错之理，只是皇上日理万机操劳过度，也应多多注意龙体才是。"

咸丰知道懿贵妃这是话中有话，也装作不知："如今洋人入侵，骚扰京津，南方洪秀全也虎视眈眈，朕怎能不劳神费心，望爱妃也多多为朕担待一些，好好照料大阿哥，抚育大阿哥成长，这是爱妃的当务之急，其他闲杂之事不必过问。爱妃以为朕言之有理吗？"

"皇上见教得极是，臣妾愚笨，不知皇上所说的闲杂之事是指哪些？臣妾又做了哪些闲杂之事？"

咸丰自知刚才那句话不够高明，急忙解释说："朕只是这么随便说说，让爱妃有则改之，无则加勉，爱妃何必这么心虚呢？莫非爱妃真的做了一些不该过问的闲杂之事，否则不就是此地无银三百两吗？"

懿贵妃娇巧地一笑："若说此地无银三百两，臣妾以为用在皇上身上才合适呢！不是吗？"

咸丰怕再和懿贵妃斗嘴稍一不慎说漏了话，便正色说道："朕是来看望大阿哥的，还是到大阿哥的房中看看吧。"

在懿贵妃和醇王福晋的陪同下，咸丰来到大阿哥房中。只见大阿哥刚刚入睡，白净的脸上微微泛起红晕，不知是健康的征兆，还是发热烧的，额头上尚沁着汗滴，小嘴半张着，均匀地喘着气。

咸丰轻轻来到床前，弯下腰，仔细地端详着大阿哥的面容，希望从他的脸上看出几分自己昔日的影子。过了片刻，他从宫女手中接过巾帕，轻轻擦去大阿哥头上的汗滴，顺手拉过狐裘给他盖上。

就在这时，大阿哥醒了，他用小手揉了揉眼睛，突然，"哇"的一声哭了。

咸丰急忙抱起了他，抚摸着他流泪的眼角，疼爱地问："不认识朕了吗？朕是你阿玛。"

小载淳这才止住哭，看看眼前的这个人又似乎见过，旁边站着额娘和其他人，他轻轻地喊道："阿玛——"

咸丰高兴极了，用胡须贴在小载淳的白净脸上，微笑着说："再喊一声阿玛。"

"不，阿玛的脸扎人，我不要阿玛，我要额娘。"

众人都笑了。

咸丰把载淳递给懿贵妃："去，和你额娘亲热亲热吧。"

懿贵妃接过大阿哥，摸一摸额头，仍有一点儿发烫，但她装作毫无大碍的样子说："嗯，好多了。"

咸丰这才问道："御医诊断为什么病？"

"尚没有最后诊断下来，但几位御医一致认为是季节变换时受了风寒引起的，并不严重，悉心调养几日就会痊愈。请皇上不必操心，臣妾会照料好大阿哥的。"

"应督促御医尽快为大阿哥治疗，早一天病愈大家都少了一件心事。朕因国事缠身，不能多关心一下大阿哥，朕心中十分惭愧，请爱妃多操劳一些吧。"

"请皇上放心，臣妾会尽心尽力的。"

咸丰看看懿贵妃，又看看醇王福晋，想了想说："你们姐妹好久不见，多聊一会儿吧，中午就在宫中用膳。朕有事不能相陪，请醇王福晋及爱妃多多包涵。"

咸丰的这句话是蓉儿和懿贵妃都没有想到的，她估计皇上会死赖着不走呢！谁知恰恰相反。

懿贵妃稍一愣神，急忙答道："一切听从皇上吩咐，臣妾遵命就是了。"

咸丰又向蓉儿投去狡猾的一眼，嘴张了张又闭上了。他将涌上的口水咽下肚里，带着一丝莫名其妙的感觉走开了。

畅音阁里传出一阵清脆婉转的歌声，如画眉鸣春，似乳莺出谷。高时像雄鸥觅偶，低时仿佛翠鸟调情。

朱莲芬一曲《霓裳曲》唱罢，咸丰赤着双脚上前挽起她的纤腰说：

"美人的这曲《霓裳曲》真绝了，可谓当今天下无双，就是那杨玉环再世，比起美人儿也逊色几分，朕听后真如灵魂出窍，似神若仙了。为了表示朕对美人如此美妙曲子的奖赏，朕也为美人儿献上一曲。"

"奴婢还从来没有听过皇上弹奏的曲子呢！今日能有幸听听皇上超伦绝人的琴艺实在是奴婢的福分。来，让奴婢给皇上侍琴。"

咸丰哈哈一笑："别说是你，就是那皇后和懿贵妃也没有听过朕的弹奏，朕今天是受了美人儿神仙般的歌喉引发才有这抚琴的雅兴。"

朱莲芬把杨柳腰一摆，风情万种地说："奴婢能够抛砖引玉，得聆皇上雅奏，实在是奴婢三生有幸。"

朱莲芬说着，亲自给咸丰放好琴，并拂去琴上的灰尘："皇上，请吧！"

咸丰在朱莲芬的服侍下来到琴前坐下，他轻轻抚弄一根琴弦，那流水般的韵律蹦跳出来了。

朱莲芬趁机鼓掌说："真是太妙太美了。"

就在这时，小太监刘海成急匆匆地闯进来报告说："皇上，外面有执事太监来报，说几位军机大臣求见。"

咸丰把琴一拍："混账的东西，你没看见朕在干什么吗？"

刘海成不声不响地退了下去。

朱莲芬噘着小嘴不高兴地说："真扫兴！万岁爷的雅兴让这小东西给打断了。"

咸丰急忙拉着朱莲芬的手说："来，美人，不要生气，朕继续弹琴给你听。"

朱莲芬马上高兴起来，钻到咸丰的怀里。

"皇上，让奴婢和皇上一起弹琴，来一曲《十面埋伏》。"

"哈哈，朕可不愿被十面埋伏，朕只想高山流水觅知音。"

"既然皇上有如此雅兴，奴婢就和皇上一同弹一曲《高山流水》吧！"

咸丰和朱莲芬同时伸出手抚动了琴弦。随着琴音响起，猛然听到身后一声冷冷的娇笑声："皇上真是好雅兴，实在难得，让臣妾也来欣赏一下皇上和美人珠联璧合的弹奏吧。"

不用说是皇后。咸丰知道这事早晚要被后宫之主的皇后知道，但他没有想到皇后这么快就知道了这事。

不等咸丰开口，皇后又冷冷地说道："如今洋人炮舰驻屯大沽未退，南方叛党未平，皇上却和美人在此琴音挑情，真是南唐后主也望尘莫及呀。"

咸丰十分尴尬，一时无言对答。

朱莲芬更是吓得战战兢兢地不敢吭一声，躲在咸丰旁边。

正处于尴尬之际，刘海成又进来奏报："皇上，肃顺等人正在养心殿等着皇上去议事呢！"

咸丰趁机说道："皇后请回吧，朕自有分寸。"

皇后略显生气地说："臣妾只听说皇上在畅音阁处理国家机密大事，却没想到是这等机密大事，实在令人失望。"

咸丰一听皇后揭他的短，也很不高兴地说："皇后母仪天下，以宽厚仁慈为怀，额上能跑马，肚里能行船，不应以丁点儿小事耿耿于怀。如果皇后真有国母皇娘之尊，就请回吧，朕还要与军机大臣商讨大事呢！"

皇后憋了一肚子气，但也不好再说什么，气得一跺脚，临走时甩出一句话："请皇上好自为之！"

皇后刚一离开，朱莲芬急忙哭着跪下恳求说："请皇上救救奴婢！皇上一走，皇后一定会杀死奴婢的。"

咸丰拉起朱莲芬，爱怜地说："请美人放心，皇后是宽宏大量之人，她不会同你计较的。唉，若要是懿贵妃，朕还真有几分担心呢！"

"懿贵妃是谁？奴婢不曾听到皇上提起过，她和那位去世的云嫔相比谁更可爱呢？"

"美人不必多问，她们都没有美人你娇美可爱。记住朕的话，懿贵妃是位心狠手辣之人，她曾为一点小事打死几名宫女，你以后少招惹她，偶尔和她相撞也装作不知，躲开就是了，她没有皇后那么心胸仁慈、宽厚。"

朱莲芬颇有疑惑地问："皇上既然知道她心胸狭窄，又心狠手辣，何不将她废了？"

咸丰叹了口气，说道："只因她为朕生下大阿哥，让朕的大清江山后继有人，何况她一向行为也很端正，又无大错，朕怎好将她废了？宫中妃嫔互相诋毁残杀都是为了一个'宠'字，因妒而引起的。妒也是一种爱吧，朕又怎好把爱自己的妃嫔都杀了、废了呢？那谁还敢再爱朕呢？爱是无辜的，不过，那种妒爱太自私罢了。"

朱莲芬似懂非懂地点点头："奴婢今后不和那懿贵妃相见就是。"

咸丰又劝慰了朱莲芬几句，这才匆匆赶往养心殿。

第十一章

削封号罚亲王修墓
救姻亲求皇帝徇私

懿贵妃立即装出大惊失色的神态，十分不安地说："娘娘应该早日阻止此事，不然，传扬出去有损皇家声誉，对于皇上也是有百害而无一利。若是咱们本族姑娘也没有什么，皇上多纳几个妃子是应该的，可这女子是汉人就不同了……"

咸丰来到养心殿时，肃顺等人早已等待许久了。咸丰带着刚才从皇后那里受的气，粗着嗓门问道："已是退朝时间，尔等三番五次请朕来此到底有何事？"

肃顺急忙上前奏道："皇上命臣派人监视恭亲王在河北遵化慕陵的行踪，那人已经送密札说恭亲王对皇上有怨恨之心，言谈之中不时流露出对皇上的不恭不敬。"

咸丰素知肃顺与奕訢不和，听到肃顺的奏报，仍装作不关心的样子说："何以见得？朕与恭亲王虽然为了慕东陵之事有一些小小误会，但毕竟是手足情，决不允许他人无中生有挑拨我兄弟关系不睦。"

肃顺知道皇上嘴上这么讲，心中实际想了解奕訢对自己的态度，急忙跪下奏道："请皇上明鉴，肃顺再大胆也不敢做出如此大逆不道的事。"

其实，咸丰对肃顺的奏报早已信了几分。奕訢怎能不对他有所积怨呢？为了奕訢生母康慈皇太后的封号，咸丰故意作难他。在康慈皇太后死去，咸丰又不准许她与道光帝合葬，甚至不准许康慈皇太后葬在慕陵旁边。为此，奕訢下跪恳求，皇族中许多亲王出面调停，咸丰才勉强让康慈皇太后葬在道光皇帝的慕陵东边。谁想到去年又发生了慕陵倾斜的事。

起初，咸丰相信肃顺的话，认为是康慈皇太后的慕东陵阻断了慕陵的风水引起的慕陵倾斜。后来，派遣了一个皇家考察团去河北遵化实地考察，同去的风水先生们众说不一，争执了许久也没有定论。恰在这时，有一个洋人考察队在河北勘探矿藏，奕䜣便请他们顺便帮助考察一下，最后认定慕陵倾斜的原因有两点：其一是施工偷工减料，造成质量不过关；其二是修建慕陵时由于勘探不准确，有地下水从陵旁经过，再加上地基不牢，因而发生倾斜现象。

　　多方面的奏报材料放在咸丰面前，他一时也没有了主意，经过属下众多大臣议定，认为洋人的说法比较合理。咸丰在这事上还算开明，也承认了洋人的意见。

　　尽管如此，奕䜣也是有责任的，慕陵的督导人桂良是奕䜣推荐的，奕䜣也曾四次亲临施工现场督察这事。如今出了这等大事，从哪个方面说也难脱干系。因此，咸丰一道御旨削去奕䜣的所有职务，仅仅保留封号，戴罪到河北遵化重新修造慕陵，如果再有半点差错必当削去亲王封号，并交宗人府严议。幸亏桂良乖巧，在事发前到山东一带负责督导剿捻去了，这才勉强没有受罚。

　　奕䜣为了整修慕陵，失去了重权不说，来到河北遵化山野田原之中，整日与木石陵寝为伴，这对于一位久居王府的亲王形同流放，偶尔发出几句埋怨的话语也在情理之中。不想这些话语全被肃顺派去监视奕䜣的人一一记录了下来。

　　咸丰看过肃顺的奏报沉默不语。肃顺一时也摸不透皇上的心思，试探着问道："如果皇上不信，就把这些材料全部毁掉吧，以免恭亲王回来对臣等不利。"

　　咸丰答非所问地说："慕陵整修工程进展如何？"

　　"回皇上，进展很快，慕陵快要完工了。"

　　咸丰点点头："那就传朕旨意，让奕䜣修筑慢一些，要保证质量，不可只图快而发生以前的事，就是慕陵修建完毕，也让恭亲王在河北多待一些日子，观察施工后有无什么异样的变化。"

　　肃顺一听这话心中高兴，说明自己的这份奏报起了作用，只要奕䜣不进京，整个朝中大权就是自己一把揽，醇郡王奕譞、大学士柏葰等人就只能干瞪眼，奈何不了他肃顺。

咸丰见与肃顺同来的还有军机大臣怡亲王载垣和吏部尚书陈孚恩，又问道："朕命你们议定耆英在天津和谈中所犯罪状，尔等是如何议定的？"

陈孚恩回奏道："几位大人议定耆英所犯罪过对我朝危害太大，实在罪不可恕，理应处死。但念他是两朝重臣，又曾深入洋人舰艇冒死签订了《南京条约》，可以减缓，以绞监候较为合适，最后还是由皇上一人裁决。"

咸丰"嗯"了一声，又问肃顺道："肃中堂以为处何刑最合适呢？"

"臣以为耆英罪不可饶，他虽是两朝重臣却倚老卖老，明知和谈不应先泄露谈判机密，却又有意向洋人泄密。和谈关键时刻不辞而别多日造成恶劣影响，直接影响和谈内容，致使和谈于我方不利。再次——"

肃顺说着，又瞟瞟咸丰的表情，才又慢慢说道："耆英和柏葰、恭亲王等人私交太密，拉帮结派离心朝中大臣。从这几点看，应早早将耆英斩首示众，也可起到杀一儆百的作用，不知皇上意下如何？"

"怡亲王意下如何？"咸丰转向载垣。

怡亲王载垣谨慎地说道："耆英罪当处死，但念及他是两朝老臣，又备受先皇宠信，若处死他是对先皇不敬。依臣之见，不如赐他自裁。"

无论怎么死，都是将耆英处死，只不过赐死的名义好听一些罢了。人都死了，何必再计较太多呢！咸丰点点头，同意把耆英赐死，既达到处死他的目的，又打击了和奕䜣私交甚厚的一班老臣。

肃顺听说皇上决定赐死耆英，心中一阵轻松，又一个对手倒下了。正在高兴之际，又听咸丰问道："耆英赐死，那么他负责签署的《天津条约》是否承认呢？"

肃顺知道皇上当然希望废除这《天津条约》，因为咸丰最害怕签订丧权辱国的条约，他曾在先皇道光皇帝崩驾前执住父皇的手，答应自己决不签署任何卖国条约，曾信誓旦旦：竭尽全力也要收回父皇签订的《南京条约》。谁想到父皇刚刚宾天几年他又重走了父皇的老路，在了解内情的大臣面前，咸丰的情面实在过不去，因此他想废除那《天津条约》。

肃顺却逆着咸丰的心意说道："皇上，耆英赐死是罪有应得，而这《天津条约》却不能废除。"

咸丰一怔："何以见得？"

"我大清朝之所以一而再、再而三地签订一系列有损我朝的条约，是因为西洋人船坚炮利，我们兵器落后打不过他们。如果皇上一怒之下废除了刚刚同洋人签订的这《天津条约》，洋人必定恼我大清朝文明国度、礼义之邦不讲信用，出尔反尔。若再加派炮舰到来，北京可危。到那时，我们再同洋人提出谈判，他们一定变本加厉地向我朝索取更多的利益，只怕要超过《天津条约》多少倍呢！请皇上三思！"

咸丰刚才还鼓鼓的劲，听肃顺这么一讲，气全消了，十分悲伤地看着御案上肃顺递来的有关奕訢对自己怨愤的奏报和那《天津条约》的副本，实在觉得窝囊，身为一国之主，对自己兄弟作福作威，而对洋人怎么如此狗熊呢？他无力地向肃顺、陈孚思及载垣挥挥手，示意他们下去，自己要冷静考虑考虑这对策。

多年来，咸丰第一次感觉到作为一个皇帝的难处。自己为皇子时看见父皇高高在上，十分仰慕，梦想有一天自己能登上那九五之尊，尽情地做自己想做的一切。谁知真正到了这个位置才明白皇上并不是万能的，不是想要什么就有什么，想干什么就干什么，谁知做皇帝这么难。早知如此，何必当初……

咸丰无力地歪倚在龙椅上睡着了。

小太监刘海成终于来找安德海。

刘海成刚走进储秀宫，迎面碰到安德海向外走。安德海一见是刘海成，高兴极了。

"刘兄弟，来找我吧？"

刘海成点点头："安大哥，小弟早就想来找你了，一直没有空，那边管得也紧，不允许随便外出，不像你们多自在。"

"今天怎么有空外出的？那些守门的卫士没有拦你？"

"唉，一言难尽！"

安德海一见有机可乘，一把拉住刘海成的手说："刘兄弟，走，喝酒去，兄弟早就想和你在一起畅饮几杯了，可一直没机会，今天终于可以开怀畅饮了。"

刘海成迟疑了："安大哥，我还要回去呢，如果皇上找不到我又会骂的。"

"皇上不在畅音阁？"

"刚刚被皇后娘娘训了一顿，到养心殿会见军机大臣去了，我闲着没事，才找个借口溜出来的，等皇上会见完大臣，还要服侍皇上回畅音阁呢！"

安德海又热情地邀请说："那我俩就少饮几杯，就在这储秀宫膳事房，保证不耽误你的事。"

刘海成见安德海说得如此热情，只好答应了。

"今天少饮几杯，等有时间再好好喝吧。"

二人来到储秀宫膳事房，点了八道菜，每一道菜都令刘海成直咋舌："安大哥太破费了，让小弟十分不安。"

"刘兄弟不必客气，我安德海就是这个脾气，好交朋友，为朋友两肋插刀，更不在乎几个钱了。特别是咱这号人，存钱干什么，还不知活到哪一天呢。来，咱干！"

安德海的几句话打开了刘海成的话匣子："安大哥说得对，咱小命不如一只蚂蚁，人常说'伴君如伴虎'，那是对朝中大臣，而咱们这些人，侍君如侍饿虎。"

"小声点儿，刘兄弟才来几天，怎么有此感慨呢？"

"嗯，别提了，进宫不到两个月，挨骂少说也有上百次。这不，今天又挨了一顿骂。"

"到底是怎么回事，你说一说让当哥的帮你分析分析，找一找原因，今后也少挨骂几次。像我也是这样，刚入宫时也挨过几次打呢！后来听了崔总管的金玉良言才逐渐学会乖巧，不但很少挨骂，有时还受到娘娘的奖赏呢！不瞒你说，今天请兄弟吃酒的钱都是懿贵妃娘娘的赏钱，你快讲讲今天挨骂的经过。"

"就在刚才，肃顺等几位军机大臣要见皇上，我去通报，谁知皇上正和朱美人一同弹琴呢！我这一喊叫惊断了皇上的雅兴，被皇上骂了一顿。"

安德海心中一喜，不动声色地问："哪个朱美人？我怎么没听说宫中有这么一个人？"

安德海这一问，刘海成才知说漏了嘴，想收回已来不及，便向四下里看了看，压低声音说："安大哥，你一定要给小弟保密，若让皇上知道了，不知怎么处置小弟呢！"

安德海猛干一杯，拍着胸脯说："刘兄弟放心，你我虽是初交，却一见如故，你还不了解兄弟，路遥知马力，日久见人心，今后的日子早着呢！慢慢你会了解我的，绝对是个守口如瓶的人。"

刘海成这才说道："不瞒安大哥，我进宫就是因为这朱美人的事。朱美人叫朱莲芬，是崔总管托人从宫外弄来的一位绝世佳人，精通琴棋书画，歌也唱得特别好听，据说舞跳得也很好，只可惜小弟还没见过。"

安德海灵机一动，又问道："刘兄弟所说的朱美人莫非就是畅音阁的那位美人？"

刘海成十分惊奇："安大哥怎么会知道？"

"嗨，刘兄弟，跟你讲实话吧，皇上以为这样做就没有人知道，其实不然，没有不透风的墙，其他人早就知道了，不过是碍着皇上的面子谁敢点破，人们都在背后议论罢了。"

刘海成放下酒杯，嘀咕道："怪不得皇后娘娘今天突然闯了进去，还害得我又被皇上骂了个狗血喷头。"

"怎么？皇后娘娘也知道了？"

"不是皇后娘娘去了，我还不会又挨一顿骂呢！我刚刚回报军机大臣的奏请，迎面碰到一个人闯了进去，还没弄清怎么回事，那人就直接进到室内，后来才知是皇后。皇上挨了皇后的训，到皇后走后，把所有的怨气全发到我身上了，按照皇上当时的气劲，不打我四十杖才怪呢！"

安德海解释说："不是皇上不想打你，是皇上怕皇后知道了又找他的不是才没打你，你今后遇到这样的事最好学得乖巧一点儿。"

"怎么做才算乖巧呢？"

安德海又来了精神："跟在皇上身边，要先了解皇上的性格脾气，知道皇上喜欢什么讨厌什么，也要了解皇上喜欢谁，又讨厌谁摸清皇上的饮食起居规律，并把这一切记在心里。当大臣来向皇上奏事时，你要知道来人是谁，皇上喜不喜欢，知道皇上现在正做什么，可不可以报，什么时候报，用什么声调、语言都要注意。"

刘海成见安德海说得头头是道，惊奇地放下筷子："哟，这么大的学问呢！"

安德海更高兴了："这里头的学问还多着呢！讲上三天三夜也讲不完，你不了解这些秘诀怎么在宫中混事？"

"安大哥，小弟今后多听你的指教，你可不能保留，要全部教给小弟。来，我借花献佛敬安大哥一杯。"

"来，咱弟兄们干。"安德海放下酒杯，"刘兄弟放心，有我安德海吃的就有你刘海成吃的。不过，有什么消息可要多传口信，大家今后要互相照顾嘛！你再说一说那位朱美人，她如此受皇上的宠爱，今后兄弟遇到了，也给她问声好，以防不认识而失了礼，她一恼怒在皇上面前说一句不中听的话，咱兄弟不死也要脱一层皮。"

刘海成已似醉非醉，把皇上的叮嘱全丢到了一边，把不该说的毫无保留地讲了出来。

自从云嫔死后，咸丰帝的情绪一直不好。太监总管崔长礼就向皇上建议，可以另寻一个同云嫔一样温柔可爱而又风情万种的人来解解闷。这正中咸丰下怀，他一口答应下来，密令崔长礼在宫外寻觅。

京城能够看上眼的女子都被皇上几次征选秀女搜寻得差不多了，去哪里能找到绝色美人呢？正在崔长礼愁眉苦脸无法向皇上交差之际，打听到从山东剿捻大胜而归的将军胜保掠到一位美人，据说超群绝艳。他立即前往胜府找到胜保将军，没等崔长礼提出要见那美人，胜保就自夸起来，说他新得的美人可以盖过皇宫的所有尤物。崔长礼见过之后也吃惊非小，不得不同意胜保的狂言，皇上的妃嫔没有一个能够和这位美人相比。人们都说古代四大美人有沉鱼落雁之容、闭月羞花之貌，他崔长礼没有见过，但就他入宫这几十年间，所见到的宫中任何美人都无法和这人相比。

崔长礼回到宫中把所见的情况又添油加醋地向咸丰描述一遍，咸丰立即来了精神，当天下午就密传口谕让胜保入宫，先是对他这次剿捻大获全胜给予了褒奖，官升一品，御赐双眼花翎，外加黄金百两、白玉一双。奖赏完毕，咸丰才委婉提出自己的要求。

起初胜保还有一丝犹豫，但他深知其中的利害，只好忍痛割爱了，当晚就由崔长礼安排从小东门迎进宫中。

咸丰一见真是喜出望外，比崔长礼描述的不知要美多少倍，这才叫百闻不如一见呢！当晚就将她留在乾清宫侍寝。同时，咸丰也发愁了。这位美人是汉人，按照大清宫廷惯例，皇上不允许纳汉女为妃，当年顺治皇帝为了董小宛和孔四贞两位汉女闹得不可开交，最后出家到五台山也没有如愿以偿。而自己怎敢和顺治皇帝相比，这点咸丰还是有自知之明的，眼看如此可口可心的美人又不忍做个露水鸳鸯，怎么办？还是崔长礼想得出来，让皇上在偏僻的畅音阁设一处秘密住处，让这位朱美人住在那里。为了不走漏风声，崔长礼从宫外新收养了一批宫女和太监伺候，并让皇上调派御林军把守，只说皇上在这里处理重要奏折。刘海成就是崔长礼从宫外新物色的小太监。

刘海成一口气讲了许多，酒也喝了许多，忽然想起来自己还要去服侍皇上回畅音阁，急忙辞别安德海直奔养心殿。

安德海待刘海成走后，哼着小曲到懿贵妃那里报功。

懿贵妃一见安德海的神色就知有好事，笑着问道："小安子，今天遇到什么可心的事不成，怎么这样高兴？快坐下讲给我听听，也让我高兴高兴。"

"回娘娘，高兴的事倒没有，小的却打听到一个可靠的消息。"

"什么消息？让我听一听，是洋人又进入天津了，还是洪秀全又派兵北伐了？"

懿贵妃一边装作心不在焉地讲着，一边示意旁边的宫女退下。安德海这才把今天从刘海成那里听到的消息讲了出来。

懿贵妃听后又妒又气，白净的脸上一会儿青一会儿红。等到安德海讲完，懿贵妃沉吟片刻，冷笑一声："哼，怪不得皇上几个月不来我储秀宫了，原来又迷上一位小妖精，他们不是想做长久夫妻吗？我偏要棒打鸳鸯散！"

"娘娘要想出一个万全的法子才行，既能拆散他们，又不让皇上对娘娘有仇恨之心才行。"

"小安子，依你说应该如何做呢？"

安德海挠挠头："奴才愚笨，一时还没想出什么好的计策来，请娘娘指点。"

"你不是说皇后也知道了这件事吗？她是什么态度？"

"只听刘海成说皇后把皇上训斥了一顿，后来又气呼呼地走了，其余一概不知。"

安德海见懿贵妃没有讲话，又说道："皇后性情宽厚不会多管皇上的事，对于这件事恐怕也只是当时生点气，过后也就算了，她不会对皇上逼得太紧。"

懿贵妃冷冷地一笑："她不会逼迫皇上废了那妖女，我可以撺掇她去逼迫皇上，就像去年对待云嫔那样，只要你给她加加热，再冷漠的人也能烧起来。走，找皇后去！"

懿贵妃说罢，站了起来就向外走。

钟粹宫。

皇后正在生皇上的闷气，忽听到宫女来报，说懿贵妃求见。她立即传下话去，让懿贵妃进得殿来。

懿贵妃刚一进殿就见皇后脸上布满愁云，这恰是她需要的。行过大礼后，懿贵妃以关切的语气说："看娘娘的神色似乎身体不适，是否请御医看过？"

"多谢妹妹关心，倒不是身体不适，是心里不适。"

懿贵妃装出十分吃惊的样子说："谁敢惹娘娘生气，何不将她乱棍打死？奴才欺到主子头上了，实在可气！"

"妹妹误会了，奴才们再大胆也不敢给我气受。"

"莫非是皇上惹了娘娘生气？"

皇后点点头："内乱未平，外乱未去，皇上却不思进取，整日沉湎女色，怎不让我忧愁呢？"

懿贵妃趁机说道："外面有一传闻，不知皇后娘娘是否听说？"

"什么传闻？妹妹请说。"

"宫中有人传言皇上私纳一名汉女为妃，并把那名汉女藏在畅音阁里。我对此事已闻有多日了，唯恐是谁无中生有造谣生事诋毁皇上，今天来此就是要将这事告知娘娘，请娘娘查明此事。"

"哦，原来妹妹是为了这事，姐姐也正为此事发愁呢！我已经查明，不是谣传，皇上确实做了这不应当做的事。"

懿贵妃立即装出大惊失色的神态，十分不安地说："娘娘应该早日阻止此事，不然，传扬出去有损皇家声誉，对于皇上也是有百害而无一利。若是咱们本族姑娘也没有什么，皇上多纳几个妃子是应该的，可这女子是汉人就不同了，祖宗留下的规矩怎好毁在咱们这一代子孙手里呢？如果因为这事再闹出什么事端，就更无颜去见列祖列宗了。娘娘不应犹豫，一切应为皇上着想才对，当年顺治皇帝的教训不能不引以为戒啊。"

皇后感激地点头说道:"还是妹妹想得周到,应该设法阻止此事,可我们又能怎么做呢?皇上会不会以为我们心胸狭窄,说我们是妒妇。"

"娘娘主持后宫,事事应当有主见,万万不可优柔寡断,当断不断必有后患,若让皇上这样沉迷下去,早晚有一天会闹得满城风雨,到那时皇族之中众叛亲离,我们都是罪人了,皇上也会埋怨我们不早早制止的。"

皇后犹豫一下说道:"依妹妹之见应该如何做呢?"

懿贵妃略一沉思,仰头答道:"我们直接请求皇上废去那汉女,皇上是坚决不会同意的,不如先斩后奏,当皇上知道后,那汉女已被处死,皇上也只好作罢,娘娘以为如何?"

皇后沉吟不语。

懿贵妃急了,试探着问道:"娘娘以为应当怎样做才妥当呢?"

皇后叹了口气:"我也不知道如何做才合适,但我总觉得像妹妹说的那样做有点太过分了。皇上对那汉女宠爱有加,如果我们偷偷将那汉女处死,皇上发起火来谁能抵挡得了呢?能否想一个更合适的办法呢?若让皇族几家王爷出面劝阻皇上怎样?"

懿贵妃急忙摇头:"不妥,不妥。本来这事知道的人很少,这样做不等于把皇上的丑事宣扬出去吗?将来皇上还怎么威服众王?这样做不仅不能化解此事,反而会把事情弄糟。"

皇后犯难了:"依我之见,还是装作不知道为好,随皇上怎么做去,只要他不公开纳那名汉女为妃就行。"

"不怕一万就怕万一,皇上一向仁慈宽厚,他又特别宠爱那名汉女,难免经受不住那妖女的再三媚惑,只怕不久就会正式宣布纳妖女为妃了,到那时想阻止都来不及了。"

皇后正在左右为难不知如何处理这事之际,忽然有宫女来报,说她的娘家侄女碧罗冰玉前来求见。皇后一听侄女来见,不知何事,急忙令人将她带进来。

碧罗冰玉进得殿来,见姑姑正在同一位皇妃讲话,也不管这么多了，跪下就哭，边哭边说道："娘娘快救命！"

皇后吓了一跳，不知发生了什么事，急忙站起来说道："你哭什么，有话慢慢说，什么事值得你这般伤心？"

碧罗冰玉这才止住哭泣说道："侄女的丈夫惹出了大祸，刑部正在追查，可能将他入狱受刑，说不定还要处死呢！"

皇后十分吃惊："你丈夫不是左副都御史程庭桂的小儿子吗？他怎么会触犯法令遭到刑部追查呢？"

碧罗冰玉又哭了，她也不知从何说起。

皇后叹了口气："好吧，等你哭够了再说。"

懿贵妃知道不便久留，便主动提出告辞。皇后也不阻拦，送她出去。

碧罗冰玉终于止住了哭泣，讲述丈夫事发的经过。

原来这事竟是朝中人人谈论不休的科考场上的一件大案。

事情是这样的：

今年即咸丰八年（1858年），按农历叫戊午年，是三年一科的大考之年。

三月份，顺天府乡试在京城的贡院举行。按照大清朝的科举考试制度，乡试取的就是举人，全国的举人参加统一的会试，中试者为贡士，贡士就有资格参加殿试，考中的才是进士或同进士出身，高居榜首者便是状元。

直到九月份，顺天府的乡试结果才出来。发榜那天，数千名举子云集贡院门前，自古科考金榜题名者少、名落孙山者多。皇榜刚一贴出，结果太让举子们出乎意料，许多人认为应该考取的却名落孙山之外，而一向认为毫无可能的人却榜上有名。

众人围在榜下七嘴八舌地议论着，特别是那些落榜者更是愤愤不平，都说今年科考有假，一定有人从中舞弊，这些人也只是随便说说，却又找不出证据来。

忽然，一个落榜的举子大声嚷道："这里面一定有假，咱们何不到府学抗议去，要求重新科考。"

他这么一说，其他举子一呼百应，纷纷涌到府学门前，把府学的大门围得水泄不通。府学督监只得派人去请巡城御史孟传金带人驱散闹事的举子。

孟传金带人赶到府学门前，只见众人高喊着，抗议今年乡试舞弊。孟传金纵马来到众人面前，大喝一声："尔等手无缚鸡之力之人竟敢聚集府学门前闹事，真是不要命了，还不快走开，今年考不取可以再考，何必在此滋事？若要怪只能怪自己胸中没有文墨，应该回去苦学才对！"

他的话音未落，那名带头闹事的考生站出来答道："御史大人不了解内情何出此言伤人？你说我等胸无文墨，那榜上之人都是满腹经纶吗？以在下之见，榜中有许多人还不如我们这些落榜的人呢！甚至有许多不通文墨之人也能考取举人，岂能服得众人？"

孟传金又呵斥道："读书之人不得胡言乱语搅乱乾坤，否则将你逮捕入狱。"

那人冷冷地说道："搅乱乾坤之人应是主考大人，他们不分好歹，胡乱判卷才应逮捕入狱呢！"

孟传金恼了："你口口声声讲主考大人胡乱判卷，请拿出证据来，否则，本官立即将你带进大堂严惩。"

"我虽拿不出确凿的证据来，但我知道这榜上许多人根本做不出一篇像样的文章，他们为何也能榜上有名，这不是舞弊就是主考大人胡乱判卷。"

"榜上之人谁不通文墨？"孟传金紧逼一句。

"据我所知，那考中第七名的平龄仅是一名登台唱戏的戏子，甚至不知道笔是怎么拿的呢！还有那第十九名的李旦华，也是游手好闲之徒、不学无术之人，甚至第五名的兵部尚书陈孚恩陈大人的儿子陈景彦也没有什么真才实学。"

孟传金见这人不像说谎，打量了他一下，问道："你叫什么名字，敢跟我去御史大堂对质此事吗？"

那人朗声答道："大丈夫行不更名坐不改姓，姓瓜尔佳氏，名叫荣禄，满洲正白旗人。如果大人敢于参劾今年乡试有弊，小人甘愿到御史大堂与你对质，如果大人没有这个胆量，让小人到你的御史大堂又有何用？"

孟传金被荣禄问得一时语塞，他在众人面前也不想被这些读书人嘲笑，于是说道："好吧，你随我去御史大堂说清其中的弊端，本御史立即向万岁爷参劾这事，请求复查试卷，也给众人一个说法。"

荣禄随孟传金去了御史大堂，其余考生在孟传金的安抚下一一散去。

孟传金回到御史大堂，从荣禄那里详细了解了今年乡试的情况，也觉得个别地方有诈，立即上书皇上要求复查。咸丰帝便将此事交军机处议定，特派怡亲王载垣、郑亲王端华、兵部尚书陈孚恩、御史侍郎孟传金等人负责查办此事。

今年顺天乡试的主考官是军机大臣、文渊阁大学士柏葰，副主考官就是左副都御史程庭桂和户部尚书朱凤标。

事情实在巧，皇后侄女碧罗冰玉的丈夫程秀是程庭桂的次子，今年也正好参加乡试。父亲是副主考官，儿子恰好参加考试，哪有不考中之理。

如今东窗事发，程庭桂已经被逮捕入狱，幸亏程秀早一点得到消息逃出了家门，才没有被捕。但逃得了初一逃不过十五，无奈何，他才偷偷溜回家让妻子入宫请求娘娘给他说情。

皇后见侄女哭成了泪人，安慰说："事到如今，哭也没有用，先想个办法让刑部免于追捕程秀才行。"

碧罗冰玉急忙叩首说道："只有姑姑才能救得了程秀，请求娘娘向皇上求情，免去程秀的罪过，刑部就不会追捕程秀了。"

碧罗冰玉正诉说间，又有程府的家人送来信。说程秀刚刚被刑部大堂的人捕去了。碧罗冰玉一听，又吓得哭了起来，边哭边说："娘娘开恩，救救程秀吧，娘娘不出面相救，程秀只有死路一条，如果程秀死了，侄女也不活了。"

皇后见侄女哭得可怜，心里道：也只有我去求皇上了，否则谁去也不行，可这事实在难以开口，怎么办呢？

皇后踌躇一下，命人拉起侄女，平静地说道："你暂且回府，以免府上失去控制大乱，有姑姑在程秀不会有事的，姑姑亲自去求皇上下旨放了程秀。"

碧罗冰玉这才拜别皇后回去。

畅音阁。

咸丰正和朱美人在一起饮酒赋诗，忽听刘海成进来奏报：皇后娘娘有事求见皇上。

咸丰帝十分扫兴地命人撤去酒宴，这才让皇后进来。

皇后进得殿内，见皇上和朱莲芬都木然地望着自己，觉得十分尴尬。明知自己不受欢迎也要坐下来，因为有事求于皇上，所以说起话来也就不那么理直气壮了。

皇后张了张嘴，想直接开口提出那事，又怕皇上一口回绝，想先从其他事人手然后谈及所求之事，一时又不知从何说起。

咸丰见状，以为皇后是来劝说自己废去朱美人的，便冷冷地说道："朕的事皇后还是不要过问，朕意已决，谁来阻挠也没有用。"

"皇上的所作所为臣妾怎敢妄加过问。皇上自己能够把握住分寸就是。臣妾是为侄女之事求皇上开恩，饶过程秀不死，让他改过自新将来好为朝廷出力。"

咸丰一愣："皇后所说的程秀是谁？他所犯何罪？朕尚不太清楚，请皇后明说。"

皇后便把程秀的事粗略地讲述了一遍。

咸丰听后心里轻松许多，只要不是阻挠自己和朱美人的好事，其他事都好说。他接到孟传金参劾今年顺天乡试有舞弊的奏折并没放在心上，只令军机处去查处此事，结果如何一概不知。如今听皇后这么一说，咸丰才觉得问题严重，究竟程秀是如何通过父亲程庭桂进行舞弊的，罪情如何就不知晓了，怎好随便给他开脱呢？想至此，咸丰委婉地说道："既然程秀是皇后的侄婿，朕理所当然应该出面为其疏通免刑，但朕对此事也不甚了解，待明日早朝问清此事后再做处理，请皇后放心，无论程秀犯了多大的罪，朕都会看在皇后的情分上饶他不死。"

皇后见皇上答应了自己的请求，心中的一块石头落了地。为了不让皇上生厌，皇后立即告辞了。

咸丰知道皇后因为侄婿的事有求于己，必然不再过问他和朱美人的事，心里好不得意。普天之下，除了皇后对自己还有一点约束力，其余谁敢说自己半个"不"字呢？他走上前轻轻揽住朱莲芬："美人不必心事重重，皇后已不会再过问你与朕的事了。只要皇后默认，朕马上就为你选定一宫，正式封你为妃，你也就不用整日闷在这笼子似的畅音阁里默默不乐了，你我就可正大光明地相亲相爱了。"

朱莲芬见咸丰脸上洋溢着多日来从未有过的笑容，揪着的一颗心也松开了，暗自庆幸自己交了好运，可以光明正大地做起皇妃来。真庆幸爹妈给了自己一副姣美动人的容貌。

朱莲芬妖媚地一笑，伸开玉臂勾住咸丰的脖子，撒娇说："皇上准备让奴婢住在什么宫？"

"当然是距离朕的乾清宫越近越好。"

"那皇上何不让奴婢住进皇上的乾清宫呢？奴婢就可整日服侍皇上左右了。"

咸丰摇摇头："万万不可，祖制不能违，皇后尚且不能住在乾清宫，更何况其他妃嫔呢！美人不必多虑，改天朕先领你到几个宫走一走，让你从中挑选。"

"请皇上不要食言！"

咸丰仰头哈哈笑道："朕身为天子，一言九鼎，怎会哄骗美人呢？"

天微微亮，咸丰十分困乏地睁开双眼，朱美人早已起床了，正在那里梳妆呢！她见皇上醒来，回眸粲然一笑："皇上醒了，请起吧，今天还要上早朝呢！让奴婢服侍您起床。"

朱莲芬燕声莺语地说道，轻挪细步走到御榻前给咸丰穿衣。咸丰本想再睡一会儿，见朱美人如此殷勤备至，不好违她心意，只得伸个懒腰起来。

朱莲芬给皇上一件一件地穿，每穿一件，她都反复打量，什么配什么最合适，对于衣上的每一个皱褶，朱莲芬都——抚平。咸丰都有点感动了，心疼地问道："爱妃何至于此，朕长这么大还是第一次被人这样精心细致地穿衣呢！如果每天都如此，岂不太让爱妃费心了。"

朱莲芬为皇上整理完最后一个皱褶，握住咸丰的手说："皇上的知遇之恩奴婢死也报答不尽，对于皇上，奴婢唯一能够做的就是这些，请皇上接受奴婢一个小小的要求，让奴婢每天服侍皇上起床吧，奴婢再苦再累也无憾，也不知奴婢能够服侍皇上几天？说不定皇上一生厌就会把奴婢一脚踢开呢！即使皇上不厌，宫中其他人也会想方设法置奴婢于死地的。"

朱莲芬说罢，双眼禁不住涌出两行清泪来。

咸丰弯下腰，轻轻用手拂去朱莲芬腮边滚动的泪水，安慰说："美人请放心，朕不是那种薄情之人，只要朕在，宫中任何人也不敢动美人的一根汗毛，朕就做美人的护花使者吧，就是化作泥土也会保护你这娇美夺人的芙蓉花！"

第十二章

杀宫女太监掩罪迹
审政敌权臣动大刑

那宫女猛然看见面前有一黑衣蒙面人，吓得张口就喊："有——"
"贼"字还没喊出口，就被史平顺左手一把卡住脖子，右手尖刀尽力一捅，那宫女还没来得及反抗，便一命呜呼。张德顺想出手相救已经来不及了。

咸丰来到太和殿，王公大臣早已等在那里多时了。

大臣们三拜九叩之后，咸丰主动问道："今科顺天乡试复查情况如何？"

怡亲王载垣出班奏道："回皇上，情况十分复杂，弄虚作假现象严重，由于牵扯到许多朝廷重臣，臣等实在为难，请皇上明示！"

"朕听说副主考、左副都御史程庭桂也有舞弊行为？"

"是，程庭桂身为副主考却为其子程秀大开方便之门，营私舞弊，罪证确凿，已被刑部收审，他的儿子程秀在缉潜逃，昨天也被拘捕，收审在刑部大牢。"

咸丰不好当着文武百官的面为皇后的侄女婿求情，他干咳两声问道："此案可以了结吗？"

载垣又奏道："回皇上，这仅仅是开始，更有朝廷重臣滥用职权徇私枉法呢。臣不敢将其人拘捕，请皇上做主。"

"何人如此大胆？"咸丰怒道。

"主考官、军机大臣、文渊阁大学士柏葰。"

咸丰做梦也没想到这人竟是柏葰，心中奇怪，柏葰一向正直诚实，怎会做出这样众人皆怒的事来，会不会搞错了？他提醒说："证据是否确凿？"

载垣急忙答道:"此案正在进一步审理,由于柏葰势力影响太大,如果将他收审关押有利于对此案的调查,请皇上裁决。"

咸丰听载垣要立即逮捕柏葰,略有迟疑地说:"万一将来发现此案有误,如今匆忙将柏葰拘捕是否妥当,抓人容易放人难,其中的后果谁担得起呢?"

怡亲王载垣听出皇上有心庇护柏葰,一时也不知如何回答。这时,户部尚书肃顺出班奏道:"臣愿用性命担保此事。万一发现柏葰是无辜被审,臣甘愿领罪。"

咸丰稍稍愣了片刻,盯着肃顺说道:"肃卿果真愿意用性命担保此事?"

肃顺毫不犹豫地答道:"决不反悔!"

"那好吧,既然肃卿以性命担保,那就先拘捕柏葰,不过,此案应尽快审理,以免耽搁太久引起更多麻烦。"

咸丰知道现在更无法为程秀说情,只好宣布散朝,留下孟传金、载垣、端华、陈孚恩和肃顺五人到养心殿商讨此案的受审情况。

待五人坐定,咸丰径直问肃顺:"柏葰在这次顺天乡试案中到底有哪些舞弊行为?"

"回皇上,目前初步查出至少有四件事需要追究柏葰责任。其一,京城有一位叫平龄的戏子,对于文墨丝毫不通,竟然中了第七名,令京城哗然,如今街上到处可以见到讽刺平龄中举的标语和对联,如'旗下大爷粉墨登场,优伶戏子金榜夺魁'就是一例,初步查出那满洲镶黄旗人平龄考中的原因是走了柏葰的门子;其二,刑部主事罗鸿绎也是通过柏葰的关系才得以榜上有名;其三,程庭桂的次子程秀虽然不是直接通过柏葰进行科场舞弊,但他也难脱干系;其四,通过复查试卷,发现许多试卷文理不通却金榜有名,而那些文思敏锐、语言酣畅淋漓的试卷却名在孙山之外,这不能不说是柏葰的渎职。"

咸丰见肃顺振振有词,也不好直接袒护柏葰,但他对肃顺的话仍将信将疑，咸丰知道肃顺和柏葰一直不和，肃顺可能借顺天乡试案整治柏葰，他未免把情况说得更严重一些。柏葰的事尚未查明可以暂且放一放，而程秀的事不能不从中疏通一下，于是咸丰又问道："那左副都御史程庭桂的儿子程秀有哪些舞弊行为呢？"

郑亲王端华答道："程秀倚仗父亲程庭桂是副主考，花钱打通关节请人代笔在考场上更换试卷，罪情重大，是我朝入关以来科场作弊最严重的一次，罪不容恕，必须严惩。否则，将来何以服天下举子？"

咸丰沉默不语。

陈孚恩见状，急忙对端华说道："郑亲王有所不知，程秀虽然罪不可恕，但他是皇后侄女碧罗冰玉的夫君，请看在皇上和皇后的情分上饶他不死，给他一个改过自新的机会，将来也可报效朝廷。依在下认为程秀如此年轻怎么深谙官场内幕，一定是其父亲程庭桂指使他这样做的，与其严惩他，倒不如严惩他的父亲程庭桂，郑亲王和怡亲王及几位大学士，你们以为如何呢？"

怡亲王载垣说："对于程秀可看在皇亲国戚的分上饶他不死，但就此将他放了又无法掩人耳目。程秀起初畏罪潜逃，逃而复被擒获，如果随便放了可能引起众愤，请大家三思。"

肃顺略拧眉说道："要想将程秀放了，必须为他找一个替罪羊，把责任全部推给那人，这样，程秀才能解脱。"

端华摇摇头："谁又情愿为程秀送死呢？"

众人又都沉默了。

过了许久，肃顺答道："我有一计可以放脱程秀，同时也可堵住众王公大臣的嘴。"

咸丰为之一震："肃卿请讲。"

"回皇上，程庭桂还有一长子叫程炳采，现为候补郎中，他在这次顺天乡试案中，为了弟弟程秀能够金榜题名，不可能不从中勾结倾轧。不如立即逮捕程炳采，刑讯逼供，令其承认犯了舞弊罪，这样就可把责任推到程庭桂和程炳采身上，释放程秀也就名正言顺了。皇上以为如何？"

咸丰想了想说："此事就由肃卿去处理好了，只要释放了程秀，朕也就可以向皇后交代了，不至于让皇后骂朕无情无义。"

最后，咸丰又交代说："柏葰身为朝廷一品大员，朕对他信任有加，因而命他作为今科顺天乡试主考，想不到他竟令朕如此失望。你等暂且将他押解于大牢，但不可随便用刑逼供，待弄个水落石出之后报与朕知，也许其中有冤，柏葰毕竟为两朝重臣，又是国戚，不能不慎重行事，请你们不要辜负朕的希望。"

五人这才拜别皇上离去。

张德顺每天的主要任务就是照料大阿哥吃药吃饭，这些事一旦做完就无所事事，他总觉得闷得慌，无聊之际心事自然就多了起来。他惦记着家乡的大哥，大哥领导的捻子兄弟是否取得了和太平军的合作？如今又怎么样了？自己躲在这深宫大内里面，虽然这里有着来自全国各地的奏报信息，但他却一无所知，仿佛被封闭在井底的青蛙，每天所见的只是身边的这几个和自己一样不了解外界的人。仅是一年前自己还在醇王府时，随醇王府的管家到醇王福晋娘家下聘礼时听到一点儿外界的消息，从他们的谈话中知道太平军在山东境内吃了败仗，但大哥却没有任何音讯。

吉人自有天相，大哥应该没有事吧。八公山上那位老和尚——空云大师不是说大哥若得奇缘可能登上九五之尊，至少也能封王封侯吗？要想帮助大哥登上九五之尊必须从宫中离间皇上和皇后的关系，可自己入宫一晃一年有余，既没有获得皇上的赏识留在皇上身边，也没有留在皇上的宫中，仅仅在储秀宫服侍皇子，皇子如此年幼，何时能登上皇位不说，就是把皇子服侍得好好的，也至多博得懿贵妃的赏识。而现在，连懿贵妃也并不赏识自己，也该自己倒霉，这一段时间，不知何故，大阿哥一直有病，贵妃娘娘也心急如焚，当然不待见自己了。

怎样才能博得懿贵妃的赏识呢？或者取得皇上与皇后他们任

何一个人的赏识，自己就在宫中站住了脚，那样便可按照空云大师的言论暗中帮助大哥了。

从这一年多的宫中生活，张德顺逐渐认识到宫中人心的险恶，人与人之间都是尔虞我诈，表面一套背后一套，真正是当面说好话背后下毒手，他深深感到这里没有朋友，就是和自己处于同样地位卑下的人也各寻求一个靠山，彼此面和心不和。

唉，要想在宫中长期待下去，必须有一个靠山，取得主子的赏识，做到这些必须为主子立下大功一件，而自己能够为谁立下一件大功呢？张德顺猛然想起自己在七月初七那天夜晚探听到的秘密，决定从这个秘密入手，今晚再去承乾宫打探一番，看看能否再有所收获。

夜幕刚刚降临，张德顺就回到自己房中准备起来，等到夜阑人静的时候，他换了一身夜行衣悄悄溜了出来。

第一晚毫无收获。

这样，他又连去了两晚仍无收获。

第四晚他又去了。

刚到那窗下就听到里面有人讲话，张德顺心中一喜，找了个最合适的位置蹲了下来。

只听一人讲道："你这几天准备得怎么样了？可以行动了吗？都急死我了。"

这是那个叫杜进忠的声音，张德顺一听就听了出来。

又听史平顺答道："杜大哥别着急，现在还不是时候，机会马上就来到，这可是懿贵妃那臭娘儿们自己给的。"

"到底啥机会？你快说说，让我心中也有点数嘛！"

又听史平顺说道："懿贵妃已和安德海商量好准备对朱美人下毒手，到时候我们想办法让皇上知道他的朱美人是懿贵妃所杀不就行了，那懿贵妃不死也要削去封号。"

杜进忠立即不解地问道："平顺老弟，你那天不是打听出懿贵妃怂恿皇后除去那朱美人吗？"

"昨天我又去了一趟储秀宫，听到了安德海这小子向懿贵妃的汇报，说皇后的侄女婿程秀因科场作弊入了狱罪该杀头，皇后请求皇上网开一面宽大处理。由于皇后有求于皇上，因此她对皇上的所作所为只好不闻不问，更不会干预皇上与朱美人的事了。懿贵妃听了安德海的汇报十分恼火，决定亲自出面对那朱美人下毒手。"

只听杜进忠愤恨地说道："懿贵妃真是太狠毒了，凡是与她有利害冲突的人一个也不放过，只怕她将来还会对皇后和皇上下毒手呢！"

"这也说不定，咱兄弟俩现在要做的就是探听出懿贵妃准备对朱美人下毒手的具体时间，还有采用的手段。知道这些后就不难对付懿贵妃和安德海这一对狗男女，最终置他们于死地。"

杜进忠听后，过了片刻才说道："平顺老弟你每天这样出去打探消息太危险了，万一被他们发现怎么办？明晚我陪你去吧？两人同去彼此也有个照应。"

"杜大哥，还是我一人去吧，一人来去方便，人多了反而容易引起别人注意，容易暴露身份。万一暴露了目标就前功尽弃了，需要你出面的时候我再通知你。"

"什么时候才能让我出手呢？大哥的手早就痒痒了。"只听杜进忠嘟囔着说。

"杜大哥不用着急，等到懿贵妃对朱美人下毒手的时候，我一定让杜大哥同去，力争当场捉住那贼婆娘。"

"平顺老弟，你千万打听准确，别错过了机会。如果打听有误，白搭了朱美人的一条命不说，又会错过揭发懿贵妃心毒手辣的机会。"

"这点请杜大哥放心，我史平顺豁出这条小命不要也要利用这次机会置懿贵妃于死地。"

张德顺又听了一阵子，见他们都谈些无关紧要的事，又感到浑身冻得直打哆嗦，便悄悄溜回去了。

张德顺躺在床上，却睡意全无。他不知道该如何处理这件事，是保持沉默，坐在高山观虎斗，从他们两败俱伤中看笑话，还是站在某一方对付另一方呢？他考虑再三，最后决定把自己探听到的秘密讲出去，既能防止懿贵妃杀害朱美人，又能阻止史平顺和杜进忠对懿贵妃的报复。把这个秘密告诉谁呢？直接告诉皇上或皇后他们会相信自己的话吗？若追问起自己从哪里听到的这秘密，自己也难以开口，偷偷打探别人讲话总不是什么光彩的事。

　　张德顺苦苦想了半夜也没想出两全其美的办法来，决定再继续打探几天，等把一切探听得一清二楚再做打算。

　　张德顺几乎每晚上都暗中跟踪史平顺，逐渐摸清了他来往的线路和行动规律。他每天都躲在一个十分秘密的地方盯住史平顺的一个必经路口，只要史平顺进入储秀宫他都知道。这样，对于摸清史平顺从懿贵妃那里听到了什么也方便多了。

　　这天晚上，张德顺正在老地方暗中等待史平顺过来。等了许久，仍不见史平顺出现，他估计史平顺今晚不来储秀宫了，决定回房休息。

　　就在这时，他看见穿一身夜行衣的史平顺正悄悄地向这边摸来。不知史平顺是走得太急了，还是心太慌，一不小心滑了一下，险些摔倒在地。虽然没有倒地却弄出了响声，一个宫女闻声走出房。史平顺想躲开已经来不及了。

　　那宫女猛然看见面前有一黑衣蒙面人，吓得张口就喊："有——""贼"字还没喊出口，就被史平顺一把卡住脖子。

　　一不做二不休，史平顺拔出了尖刀。

　　张德顺见状，想出手相救已经来不及了，史平顺的尖刀已经捅进了那宫女的胸口。那宫女还没来得及反抗就一命呜呼。

　　张德顺见史平顺把那宫女的尸体向前拖了几步，放在一个阴暗的地方转身就跑了。他想喊又怕暴露自己，只能眼看着史平顺折回去了。张德顺估计史平顺今晚决不会再来了，也怕这宫女被杀的事连累自己，急忙跑回房睡觉去了。

第二天早晨，张德顺还没醒来就被吵闹声惊醒了。不用说，准是那宫女被杀的事。

张德顺揉着困乏的眼睛来到现场，装作吃惊的样子问道："喂，怎么死的？"

"怎么死的？还不是人杀的，你没瞧见胸口上的刀痕吗？"

"谁杀的？"

"你问我，我问谁？反正不是我杀的。"

张德顺知道言多必失，便道个歉站着不语。

这时，安德海陪着懿贵妃走来。众人急忙闪开。懿贵妃走到跟前，扫了倒在血泊中的宫女几眼，平静地说道："看样子死去好几个时辰了，估计是昨天晚上被杀的。"

"娘娘看如何处理这事呢？"安德海从旁说道。

"在皇宫大内中死了一名宫女也不值得大惊小怪，只是这名宫女一向老实，而如今突然被杀颇有点蹊跷，你把宫中所有人集中起来，本宫要训几句话。"

"嗻！"

安德海一甩马蹄袖，鞠了躬跑了过去。

不多久，储秀宫的男男女女都集中在正殿前面，一个个都小心翼翼地站着，谁也不敢多说一句话，唯恐这祸事牵连到自己头上。

懿贵妃站在正殿台阶上，扫视一下众人，清理清理嗓子说道："昨晚我们储秀宫有一宫女被杀，你们之中谁是凶手可以到我这里当面自首，本宫给他宽大处理，讲明杀她的原因，如果合情合理，本宫决不追究责任。倘若不来自首，一旦查出株连九族。有知情不报者与凶手同罪。提供线索者奖银五十两，供出凶手者奖银二百两。"

最后，懿贵妃又说道："从今晚起，储秀宫加强防卫，彻夜巡逻，轮换值班，不得有半点松懈。"

训完话之后，张德顺回到自己房中，坐卧不宁，不知道是说还是不说。那二百两银子不算什么，关键是自己的身份也可能暴露，到那时就糟了，不但无法帮助大哥，自己的一条性命也会白搭了进去。

接连多日储秀宫防卫巡逻都十分严密。张德顺一直没发现史平顺到储秀宫探听秘密，他也不敢到承乾宫偷听史平顺和杜进忠的秘谋。因此，对于懿贵妃准备对朱美人下毒手的事，张德顺便一无所知。他本来准备把这事偷偷报告给皇后，以博得皇后的信赖，由于对此事只了解个大概，不知道具体的时间和手段，他也就无法去皇后那里邀功。

唉，当年空云大师曾说，挑起皇后与皇上的不和，从天数上毁灭大清的气数，不获得皇后的信任，如何能够挑起皇后与皇上的矛盾呢？否则，自己不是白白受了这么大的委屈而无所事事吗？张德顺决定铤而走险，亲自到懿贵妃房下打探出可靠的消息再向皇后汇报。

又过了几天，储秀宫的防卫稍稍放松了一些。张德顺在一个阴凉的夜晚悄悄溜到懿贵妃的窗下，但他毫无所获。他发现储秀宫中的防卫是外紧内松，估计是懿贵妃怀疑凶手是其他宫中的人干的，他决定利用这个有利机会再去懿贵妃那里探听一下。

功夫不负有心人，张德顺终于又探听出一些秘密。

这天晚上，张德顺刚刚趴下就听到安德海正和懿贵妃商量着什么。

先是懿贵妃的声音："小安子，你要多费些神，把咱们的宫守紧一些，万万不能让人到咱宫中钻了空子。"

"娘娘怀疑那宫女的死是情杀？"

"情杀倒不像，但那宫女死得莫名其妙，从那地上的血迹看，那宫女好像是在房门口被杀死，然后又拖到那片花丛中的。从这点分析，一定是那宫女在房中听到了什么，出门看时被人杀死的。"

"娘娘估计她会看到什么？"

只听懿贵妃冷冷一笑："她能看到什么，要么是来宫里偷东西的贼人，要么就是来宫里探听什么的歹人，也可能那宫女认识对方，才会发生杀人灭口的事。"

张德顺听了暗暗心惊，他不能不佩服懿贵妃的观察分析能力，真如亲眼所见一样。同时，他也觉得浑身透骨凉，不知是冻的还是吓的，跟在这样的女人后面做事真得一万个小心，稍一不注意露出马脚都会丢掉性命。

张德顺刚想起身离去，又听里面说道："娘娘以为那贼人到咱宫是偷东西还是打探情报？或者另有图谋？"

"依我看，那歹人不像是偷东西，因为那宫女是在房外被杀，也没有听说有什么东西丢失。如果是偷东西，何必来这储秀宫呢？其他几宫不比我们储秀宫更富有更容易偷吗？情杀的可能更不像，这死去的宫女叫小红，入宫时间长，与外界没有接触，在宫中也很本分，何况也无被糟蹋的痕迹。"

"莫非凶手是另有图谋？"

"我估计不是探听情况的，就是对本宫或大阿哥下毒手的。"

只听安德海笑了："娘娘有点草木皆兵了吧，谁这么大胆敢对娘娘和大阿哥图谋歹心？以前都是我对外放出的谣言，是用来整治他人的，不想娘娘如今却自己也相信了，真是三人成虎不成？娘娘不必多心，有小安子在保证没人敢来咱储秀宫造次。"

懿贵妃冷冷一笑："万万不可麻痹大意，大意失荆州啊！"

只听安德海谄媚道："娘娘的聪明才智，比诸葛孔明还胜三分呢！"

"嘿嘿，本宫不是红脸关公喜欢戴高帽，还是多小心一点儿好，我这几天老是左眼跳，俗话说'左眼跳，霉运到'。说不定真要碰到倒霉的事呢！人们常说有上天的报应，我虽不全信，但也信几分，圆明园内的四春几乎都死在我手下，那叫秀春的宫女也是被我打死的，还有那云嫔以及快要去见阎王爷的朱丫头……"

声音越来越低，最后什么也听不见了。

张德顺刚要把耳朵贴近那冰冷的墙，又听安德海大声说道：

"她们死是咎由自取，也是她们命短。娘娘是大富大贵之相，福如东海长流水，寿比南山不老松，就是牛头马面来取娘娘的性命，只怕阎王爷与玉皇大帝都不同意呢！"

"别贫嘴了，我得罪了许多人，难免她们没有同党暗中密谋为她们报仇雪恨呢！说不定那杀死小红姑娘的歹人就是入宫对我下毒手的，正巧被小红看到了，他才杀人灭口的。以后在我的房间周围多派几名值班人员，尽量都是身强力壮的，万一遇到急迫情况也可有点作用。都是那手无缚鸡之力的姑娘们有屁用，就是歹人在眼前，还不是同小红一样被人杀害？"

张德顺又是吃了一惊，真是做贼心虚。同时也知道今后再想来打听情况就更困难了，决定再多停留一会儿，今天尽量多打听些消息。

忽听安德海问道："娘娘，小的有点儿不明白，据说那镇江知州瑞麟新近升为内阁学士兼礼部侍郎在朝中引起很大反响，众人都说他升迁的原因是得了娘娘你的提携，还有醇王妃的关照，不知此谣传是否当真？"

只听懿贵妃叹息一声，幽幽说道："古语说，有恩不报非君子，受人滴水之恩，他日将涌泉相报，瑞麟有恩于我们。"

"瑞麟刚刚从镇江回到京城，也没听说他与娘娘有何往来，怎会有恩于娘娘？小的也从来没听娘娘提及他。"

"此话说来话长，当初我父亲在镇江病故，家母带着我们姐弟四人扶灵柩回京，不料被大雪所阻，困在凤凰山凤凰寺中。碰巧瑞麟从京城放任镇江也恰恰到那凤凰寺中避雪，他念与我们是同姓同宗又与父亲是故知，慷慨解囊相助，帮助我们母女安葬了父亲的灵柩，还赠送一百两银子做盘缠，这样，我们母女几人才能够安全到京，不是瑞麟我也许死在他乡了，哪有今天的富贵。最近听醇王福晋说瑞麟从镇江放任回京尚没有补上合适的缺，我便让妹妹请醇王爷保荐瑞麟，我又向皇上请求，把瑞麟当年救助我们母女的事告诉了皇上，皇上也很高兴，说瑞麟有德才，正好可补礼部侍郎的缺再兼内阁学士。"

安德海听后急忙说道："娘娘才是大仁大义之人呢！知恩必报，应该奏请皇上诏告天下，让天下人学习娘娘的美德。这瑞麟也真有福分，当年的举手之劳竟是如今升迁的阶梯，这是他做梦也没想到的，真是他的造化。"

张德顺听着这些话，心中蓦地一惊，他忽然记起随大哥到八公山，听过空云大师讲的故事。想不到空云大师所说的能当上皇后的人竟是懿贵妃，懿贵妃才是自己真正要找的人，她的命相正好和大清朝的气数相克，只有她才能毁掉这大清朝的国运，使大清的天下早一天完蛋，也只有懿贵妃才能给大哥提供一次封侯封王登上皇帝宝座的天缘。

张德顺忽然觉得内心热乎乎的，也很激动，这才叫踏破铁鞋无觅处，得来全不费工夫呢！自己差点犯了一个不可饶恕的大错，他正准备尽快将探听到的消息报告给皇后呢！他一直认为空云大师所说的那位克制大清气数的皇后就是现在的皇后呢！原来却是懿贵妃。如此说来，这懿贵妃将来一定会当上皇后的。不过，从自己入宫以后所了解到的情况看，懿贵妃的确比皇后有心计，也比皇后心狠一些，手辣一些，有那种干大事女人的手腕。从懿贵妃的所作所为看，她当上皇后应该不成问题。唉，也只有她这样的女人才能克制住九五之尊的皇上，与大清的气数相克相制，空云大师的话果然不错，看样子，大哥真的能当上皇帝呢！

张德顺又惊又喜，他暗自庆幸今晚打探出的秘密比什么都重要，他明白了自己投靠的方向，也知道了今后应该如何做。

张德顺又听了一会儿，见他们所谈的都与自己无关，也不是什么重要的事，同时也怕被巡视的人发现，便瞅个机会偷偷溜回房中去了。

张德顺躺在床上更是难眠，他反复考虑自己如何也能像安德海一样成为懿贵妃的贴心人，那样，他的伟大行动就可一步一步进行了。

刑部大堂上端坐着怡亲王载垣、兵部尚书陈孚恩和郑亲王端华，堂下站着披枷戴锁的柏葰。

陈孚恩瞧着柏葰的神态，内心有说不出的滋味，如果不是自己见风转舵快一些，早早投靠到肃顺门下，说不定这堂下跪着的也有自己。柏葰是何许人？他身为军机大臣、文渊阁大学士，又是醇郡王奕譞的岳丈，尚为两朝老臣，今天都已如此，更何况自己呢！陈孚恩暗自庆幸自己识时务者为俊杰，猛听身边的端华一拍惊堂木喝道："柏葰，你来到本官面前为何不跪？"

柏葰斜眼轻蔑地瞪了三人一眼，冷冷地哼了一声，说道："本官身为文渊阁大学士、军机大臣，为何要向你们这等人人不齿的小人下跪？本官上跪君王苍天，下跪父母诸神，你们算什么东西。"

端华气得脸色发青："好汉不提当年勇，光棍不吃眼前亏，你现在的身份就是阶下囚，什么军机大臣、文渊阁大学士，那是你昨天的辉煌，你现在什么都不是，你是朝廷钦犯。柏葰，还不把你舞弊渎职的罪状从实招来，否则，本官将动用大刑！"

"本官身犯何罪？你口口声声说本官考场渎职舞弊，请拿出证据来。"

"哈哈，证据？带平龄！"怡亲王载垣向站在旁边的衙役挥手喊道。

不多久，平龄被带了上来，他十分乖巧地跪在地上，一声不吭。

端华看了看跪在地上的平龄，轻轻拍了两下惊堂木："平龄，你认识站在旁边的这个人吗？"

平龄翻了翻眼睛，上下打量一下柏葰，急忙叩头说道："小人认得柏大人，别说柏大人披枷戴锁、一身囚衣，就是烧成灰小人也认得。"

"你是如何认得柏大人的？从实招来，若有半点虚假，小心你的狗命！"

"是，是。小人在今科乡试中有幸中得第七名全靠柏大人的提携，小人原本是个唱戏的，虽也读过几年的书，实在才疏学浅，哪懂得文墨，凭小人斗大的字不识两箩筐，哪能有资格中举。"

"那你是如何中得这第七名的？"

"小人认得柏大人府中的家丁靳祥，通过靳祥给柏大人送去白银一千两……"

"哪里来的狂徒竟敢在此侮辱本官！"不等平龄说下去，柏葰怒喝道。

"住口！"端华怒喝一声，"这公堂上的规矩，柏葰你不会不懂吧，你打断证人证词，分明是做贼心虚。"

陈孚恩也从旁边说道："证人在此，柏葰你还不老实交代争取皇上宽大处理，难道死不悔改吗？"

柏葰乜视陈孚恩一眼，冷笑道："陈孚恩，你以七品小芝麻官升到今天的兵部尚书、刑部尚书，靠的就是见风使舵、投机钻营吧？你是这样的人，也想让我柏葰与你同流合污吗？小心瞎了你的狗眼！"

陈孚恩脸上一阵青一阵红，又一阵白，过了好久才结结巴巴地说："柏葰老儿，你不识抬举，后果由你自负。"

柏葰仰头哈哈大笑："陈孚恩，过去本官只知道你是一条狗，但不知你是条怎样的狗，今天总算认清了，你原来是条丧家犬，后来又被肃顺那小儿收到家中做了条看门狗，专咬好人！哈哈哈……"

"柏葰，你，你！"陈孚恩气得说不出话来。

柏葰又冷笑一声："陈孚恩，今科顺天乡试的内幕你比谁都清楚，令郎陈景彦不是也参加了今科的乡试吗？并且有幸在金榜之列，其中的原委你为何不提呢？若说有人舞弊，以本官之见，陈大人才当之无愧呢！"

不待柏葰说下去，端华猛拍惊堂木："大胆囚徒，竟敢在刑部大堂之上血口喷人，污蔑审判大人。来人，不动大刑，他是不会招供的！"

"威——武——"

两边的衙役边晃动着刑杖边吆喝着。那边又有人抬来夹板，准备动刑。怡亲王载垣忙阻拦说："皇上不是有令不准动刑吗？"

"这——"

端华正在犹豫之际，猛听身后有人说道："怡亲王言之差矣，皇上说不可动刑，是指没有查清事实真相之前不能动刑。而如今已经查明真相，柏葰早已不是朝廷命官，而是阶下囚，焉有不可用刑之理？自古云：'王子犯法与庶民同罪。'你们尽管用刑，皇上怪罪下来有我肃顺担待着。"

"大刑伺候！"

随着端华一声令下，早有人用粗大的木夹钳住柏葰的手指。柏葰疼痛难忍，破口大骂："肃顺你这个卑鄙小人，公报私仇，将来一定不得好死……"

随着一声惨叫，柏葰昏厥过去。

"冷水伺候。"肃顺冷笑着命令道。

几盆冷水泼后，过了许久，柏葰才苏醒过来。端华看着痛苦异常的柏葰，带着几分得意的神情说道："柏葰，识相一点儿，我劝你还是招了吧，招也得招，不招也得招，何必要受皮肉之苦呢？"

柏葰痛苦地转过身，指着跪着的平龄问道："你我平素无冤无仇，你何必陷害于我呢？是谁指使你这样做的，你说，你说！"

平龄不敢正眼去看柏葰，他多少有点愧疚地低下头，偷眼瞅瞅坐在旁边的肃顺。肃顺瞥了一眼跪在地上的平龄，又问柏葰道："好汉做事好汉当，你柏葰有种去做，就应该有种承认才对，你说平龄陷害你，难道你的家丁靳祥也是在陷害你不成？"

"肃顺，那你就把靳祥叫来，老夫当面与他对质！"

"柏葰，你是不见棺材不掉泪！"

肃顺一使眼色，端华高声喊道："带证人靳祥——"

靳祥被带了上来。不等柏葰开口，靳祥就微笑着对柏葰说道："柏大人，我们又见面了，这几个月来你日子过得还舒适吧？"

柏葰几乎气炸了肺，他指着皮笑肉不笑的靳祥说："靳祥，你这个卑鄙无耻的小人，你偷了我家的东西，我不但没有拿你送官，反而对你好言相劝，谁想到你竟然屡教不改，又暗中勾结贼人偷了我家的东西，我才一气之下将你赶走，你还有脸来见我！说，谁指使你来陷害我的，得到多少好处？你要知道，陷害朝廷命官要满门抄斩，现在后悔尚不晚，只要你敢说出幕后指使你的人是谁，本官同你去见皇上，有皇上给我们做主，你谁也不用怕！"

肃顺见靳祥对柏葰连珠炮似的追问有点招架不住，面露惊恐之色，立即站起来呵斥道："柏葰，这是刑部大堂，可不是你自家的私人厅堂，请你按照对质程序发话。"

肃顺说着，又转向有点畏惧的靳祥："靳祥，你不用害怕，大胆地与他对质，他不敢对你怎样，别说去见皇上，这个刑部大堂他也无权走出半步，他现已是阶下囚，还有何资格口出狂言，妄想用言语压倒人！"

经肃顺这一打气，靳祥果然又来了精神，他向前跨出一步，用挑衅的话语嘲弄道："柏大人，想不到你也有今天，不过，这是我意料之中的，也就是你曾经教训我的'报应'吧，可是，这'报应'没有报应到我的头上，却报应到柏大人的头上，实在是上天有眼，也是你柏葰罪有应得。你收取平龄一千两银子为他开了后门，准他乡试第七名，作为介绍人你却一个子儿也不给我，因此我才偷了你的那些不义之财。柏大人，这还不算，你在今科的乡试中多次为他人大开方便之门，所得贿赂银子至少也有十万两，我只是从中拿走我为你跑腿应该得到的一份怎么叫偷呢？柏大人未免言过其实了吧？你不是不想报官，是不敢报官，只怕报了官连自己的官儿也给丢了，是也不是？柏大人。"

柏葰一听这些话，气得喘不过气来，憋得老脸通红，干咳了几声，才骂得出来："靳祥，你这无耻的小人，简直一派胡言！老夫何时收得平龄的一千两银子？老夫为官多年，两袖清风，上对得起苍天皇上，下对得起百姓和良心，不曾收受他一个铜子，又何来十万两银子，就是把老夫的家给抄了也不值十万两银子，你们这是串通好来陷害老夫的，老夫纵然浑身是嘴也辩解不清啊！真够阴险的。靳祥，你说，谁让你这样做的？"

柏葰声音带着凄惨与悲凉，几乎是在向皇天后土哀告。

肃顺又一使眼色，端华再次一拍惊堂木："柏葰，你不必再假装可怜求得同情了，请从实招来吧，本官一定面奏皇上，请皇上给你宽大处理。"

柏葰在绝望之中醒悟了，他一指肃顺，张口骂道："肃顺小儿，你和载垣、端华、陈孚恩串通一气，又勾结平龄、靳祥陷害老夫，你们这一丘之貉不得好死，我要见皇上！"

肃顺一拍桌子站了起来："柏葰，你死到临头还敢狡辩抵赖！本官问你，你收下平龄的一千两银子不说，你收下刑部主事罗鸿绎多少不义之财？否则，凭他的那点文墨也配金榜中举，真让天下读书人耻笑大清朝的官员都瞎了眼。如果不想受皮肉之疼，早早招来万事皆休，也可保你一条性命，如果不招，受苦不说，也是死路一条。来人，大刑伺候！"

又一声惨叫，柏葰第二次昏迷过去。

第十三章

堂堂一老未卜生死
衮衮诸公难定战和

咸丰见众人只是傻乎乎地坐着，谁也不讲话，恼了，一拍御案斥责道："俗话说'养兵千日，用兵一时'，尔等都是朝廷重臣、国家栋梁，怎么在大敌当前之时，一个个都成了哑巴，果真是黔驴技穷、江郎才尽了吗？"

养心殿。

咸丰接过肃顺递来的折子连打了两个哈欠，他掂了掂，看也没看就把折子放在御案上，问道："关于柏葰科考舞弊的经过审理如何？"

"回皇上，经过四堂三轮审理，情况大致相同，柏葰舞弊经过在臣刚才所递的折子上均有详细记载。"

咸丰点点头："朕晚上再详细批阅吧，你现在先简要地说一说，朕心中先有个数。"

肃顺一听，心中暗喜，只要皇上这么说，他是不会再看折子了，自己怎么说皇上就怎么信。

"皇上，今科顺天乡试中，柏葰身为主考官却辜负圣上一片厚爱之情，弄权科场，营私舞弊，失察渎职，罪不可恕。"

"肃卿再说得详细一些、具体一些。"

肃顺干咳两声又说道："柏葰营私舞弊之事已查个水落石出的有两件：其一是京城戏子平龄不学无术，胸无半点文墨，却通过柏葰家丁靳祥的引见，向柏葰纳贿银千两，从而高中第七名；其二是刑部主事罗鸿绎向柏葰贿赂取得功名的罪状，但这一案子不同于平龄之案涉及面较广。"

肃顺故意稍稍迟疑片刻不再讲下去。

咸丰见状说道："科考是为朝廷选拔真才实学之人，岂容某些贼臣拉帮结派，弄权误国，肃卿尽管讲来，无论牵扯到谁都必须严加追究，重惩不贷。"

肃顺这才说道："刑部主事罗鸿绎没有功名之事，万岁爷也可能知道吧？"

咸丰点点头："他年龄较大，又没有功名，这是人人尽知的事，想必他通过柏葰要在今科获得功名？"

"正是这样，但罗鸿绎与柏葰不太相熟，他求助同乡好友兵部主事李鹤龄，李鹤龄又找到今年乡试的同考官翰林编修浦安，告诉浦安罗鸿绎卷子上的标记。浦安在阅卷时果然按照标记找到了罗鸿绎的卷子，而浦安无权为罗鸿绎决定是否能够考中，他便引荐罗鸿绎去拜访柏葰，送上贿赂银物。柏葰从罗鸿绎那里得到好处自然瞒天过海为罗开方便之门，让他中了第三十一名。根据供词，罗鸿绎为了能够取得功名共花去银两近四千两。"

咸丰听到这里，气得一拍御案骂道："这些误国殃民之徒真是可恶至极，必须严议，一个也不能饶恕，否则，今后的科考舞弊之风如何禁止。"

"皇上，并不仅仅于此两案，经过对试卷复核，许多金榜题名的考卷都文理不通，其中纵然不都是通过柏葰的门子考中，但柏葰身为军机大臣，又是主考，是不可推卸责任的，理应严惩。"

"刑部议定如何惩处？"

"回皇上，刑部一致认定柏葰罪不可赦，理应处斩。"

"军机处是何意见？"

"也基本同意刑部议定，这最后的决定权由皇上拿定。"

咸丰沉思一会儿："柏葰身为军机大臣、文渊阁大学士，又是两朝重臣，办事一向谨慎认真，为何在今科的乡试中出了这么多的差错，实在令朕失望。为了科考之事处斩一品大员，在我朝尚无先例，必须慎重从事才可。"

肃顺见皇上对自己提出处斩柏葰的要求迟疑不决，十分着急，正要开口讲话，又听咸丰问道："那副主考、左副都御史程庭桂和程秀的案子怎样了？"

肃顺一时摸不清皇上的心思，便小心翼翼地答道："程秀年幼无知又是其父兄怂恿所犯，罪情较轻，看在皇上和皇后的情分上早已饶恕了他，释放回家。其父兄因与柏葰的事牵扯较多有些事尚未查明，正拘押在刑部大牢，不知皇上有何指示？"

咸丰知道程庭桂的长子程炳采是受肃顺等人的设计为其弟程秀受过，于是对肃顺说："程庭桂罪情重大，可据实查明定罪，他的长子程炳采可酌情处理，从轻发落。"

肃顺当然明白皇上的意思，一一点头同意。肃顺知道皇上不忍处斩柏葰，如果再有人为柏葰求情，皇上必然就顺势免去柏葰死罪。柏葰不死，将来有机会弄清其中的真相必然对己不利。肃顺考虑再三，一定要想言设法处死柏葰，于是，又奏请说："皇上，对于柏葰一案请皇上拿定主意吧，此次乡试舞弊案如此严重，不仅我朝没有先例，就是从隋代开科举以来也无先例，倘若饶其不死，是否会引起天下举子怨忿？请皇上三思。"

肃顺话音未落，那边传事太监来报醇郡王求见皇上。

咸丰正想再找人商议一下对柏葰一案的处置，一听奕𫍣来了，便命宣他进殿。

奕𫍣进入养心殿，行过君臣大礼之后，咸丰便问道："醇王来此，有何事？莫不是为柏葰一案来见朕吧？"

奕𫍣一听皇上一语道破心事，不知如何回答，迟疑一下，仍老实答道："回皇上，臣正是为柏葰一案来见皇上，听说军机处对柏葰的定案有两种意见，一种意见是处斩，另一种意见是流放。臣特来请示皇上，不知皇上是何意见？"

咸丰转脸问肃顺："肃卿不是说军机处基本同意刑部的议定吗？何来两派意见？"

肃顺急忙答道："回皇上，醇王爷说得一点儿也不错，的确是两派意见，但同意柏葰流放的人却寥寥无几，多是柏葰的旧友。"

肃顺看了一眼奕𬤇，又从容地说："醇王之所以这样说也不难理解，柏葰毕竟是醇王的旧亲，福晋虽然过世，翁婿之亲尚然存在吧。"

奕𬤇一听，心中骂道：肃顺你太无耻了，在朝中拉帮结派，一手遮天，谁不屈服于你，你便想法诬陷欲置对方于死地。

其实奕𬤇刚一进殿，看见肃顺站在旁边他就觉得恶心。自从因为福晋的事发生那次冲突以来，他就很少与肃顺碰面，即使偶尔碰面也都尽量避开。他一见肃顺就有一种说不出的屈辱，自己虽是郡王却也无奈何肃顺。皇上不念手足之情，对几位弟弟猜疑心太重，从不委任重权。自己几乎赋闲在家，奕𬤇又被赶出京城，到河北遵化皇陵守陵，名义上是去督修慕陵，实际上如同充军发配，其他几人的处境更惨，都是只有王爷的头衔而实际徒有虚名。不知为何，皇上却特别宠信奸诈卑鄙的肃顺，这实在令奕𬤇想不通。

为了原配福晋的事，自己受辱不说，连岳父柏葰也从中受辱，为此，自己也曾和柏葰闹得很不愉快。但柏葰也算正直之人，又是朝廷一品重臣，如今遭罪身陷囹圄，又被肃顺奸贼所害即将被处斩，自己怎能视若无睹呢？他才私下来向皇上求情，谁想到却与冤家碰在一起。

奕𬤇明知肃顺是奚落自己，也不与他计较，只当作没有听见，向咸丰恳求说："皇上，柏葰作为主考所犯下的罪过的确不容饶恕，但他身为军机重臣，是我朝一品大员，按照我朝惯例，一品大员临决前都加恩赦免，改斩为戍，流放充军异地，也请皇上按照此惯例饶柏葰一命不死吧！"

不待皇上开口，肃顺抢先说道："皇上决不可姑息养奸，纵容朝廷重臣自乱朝纲，特别是选拔人才的科举考试上，更应该做到严惩不贷，无论何人一视同仁，抓住几位重臣严惩不赦，才能起到杀一儆百的效果。提起顺天乡案，皇上应该记得我朝顺治年间发生的一次乡试案吧？"

咸丰点点头，自己为皇子时，曾听老师杜受田讲过那顺治皇帝年间所发生的一桩科举大案。

那是顺治十四年（1657年），顺天乡试中因有人营私舞弊牵连着江南、河南等地的乡试案发，有四名主考官被斩，十七名同考官被绞，此外还有两名主考官和三十三名士子被流放，若加上累及父母妻儿子女的共有几百人受牵连。当时杜师傅讲这件旧事正是教导自己在科举考试中要任人唯贤，选拔有真才实学之人。谁能想到事过两百年，在自己当朝的今天又爆发一起震动朝野的顺天乡试案，这是一种巧合，还是向自己预示着什么？

咸丰抬起头，看看肃顺，又看看奕譞："你们都先回府吧，让朕认真考虑考虑这事再做决定。"

两人只好道一声安，各怀心事地退了出去。

刑部大堂监狱的一间囚室里。

瘦弱的柏葰在潮湿的监狱一角盘腿坐着，他目光呆滞，面容憔悴，浑身伤痕累累。刑部的判决他早已知道是处斩，但他并不惊慌，心里无事不怕鬼敲门，他相信军机处的几位老友会帮自己说话的，他们绝不会让肃顺如此嚣张，一手遮天。即使肃顺能够控制军机处把自己定作监斩候，皇上那一关他是万万欺瞒不过去的，一定会重新审理自己的案子，至少也不会同意肃顺的判决，最多让自己充军流放。

柏葰十分自信他的推断，他知道皇上十分欣赏自己，也了解自己的为人，他已经托人给儿子钟镰捎去口信，让家人打点行装做好流放的准备。

柏葰回想起自己几十年的为官生涯，不禁老泪纵横。从道光六年（1826年）考取进士到今年，已经有三十二个年头，由一名七品小官升迁到一品大员，其间经历多少屈辱和辛酸才得以入军机，掌翰林，拜内阁。当然，也难免得罪一些宵小，肃顺就是其中之一。

肃顺是什么东西，想当年只是自己府上的一个门客。他癞蛤蟆想吃天鹅肉，竟偷偷打起自己女儿的主意来，被自己发觉后赶出家门。

谁想到肃顺被自己赶出家门后又投到恭亲王奕䜣门下，竟然博得奕䜣的重用。自己曾到恭亲王府向奕䜣揭露肃顺是不可相处的小人，谁知奕䜣不听，结果肃顺到奕䜣那里总共不到两年，肃顺利用咸丰皇上与恭亲王的矛盾大做文章，出卖奕䜣博得皇上的好感，抛弃奕䜣成为皇上心目中的红人。

今科顺天乡试皇上命自己做主考不由受宠若惊，这几年皇上一直在打击老臣，穆彰阿被革职，祁寯藻无奈告病回乡。去年，耆英被斩首，曾经出入军机处的老臣仅剩下周祖培和翁心存等人，也因肃顺排挤而不得重用。不料，自己今天不死也落个充军戍边的不孝之名。

柏葰正在左思右想，沉重的狱门打开了，柏葰睁眼一看，是自己的老友体仁阁大学士翁心存来探望自己了。到底是老朋友了，谁还能记起自己，谁又敢和自己接近呢？柏葰眼睛一酸，流出泪来，他握住老友的手说："二铭——"

翁心存见柏葰已被折磨得不成人样，也十分难受，他边给柏葰擦去脸上的泪水边安慰说："柏学士，一切保重，相信皇上会有给你平冤昭雪的一天，你的日子难过，我们的日子也不容易，权奸当道，忠贤受害，自古皆然。"

翁心存说道，又很内疚地叹口气："老朽无能，让你受此天大委屈，在军机处评议给你定罪时，我们几人都遭到肃顺小儿的打击，没有能够为你争到合理的处置，觉得实在无颜面见老友。"

翁心存说着，眼睛也湿润了。

柏葰反而镇静得多，他不无悲愤地说："这也是我自作自受，当初听说是肃顺和陈孚恩举荐我做主考，我十分纳闷，平素和肃顺一直不和，他怎会举荐我呢？如今想来，这完全是一个圈套。"

翁心存动情地说："肃顺是卑鄙小人这是众人皆知的，想不到当年的一班老友陈孚恩没有一点儿骨气，竟成为肃顺爪牙，说起来都让人脸红。"

柏葰叹口气："陈孚恩是怎样的人翁兄不太了解，他也同肃顺一样都是无耻小人，也可以说是沆瀣一气吧。当年林则徐无辜被放逐，大学士王鼎尸谏先皇，谁知遗书落到陈孚恩手中，他就是凭借着篡改王学士遗书而依附权相穆彰阿，才从一名七品小京官爬上高位的，这样的人如今重走旧路依附肃顺也是合情合理。"

翁心存一听，气呼呼地骂道："真是可恶透顶！"

"翁兄有所不知，陈孚恩如此打击陷害于我，要置我于死地是与他的利益有关的。他的儿子陈景颜本是纨绔子弟，不学无术，也参加了今科的乡试，曾找我高抬贵手让其一个名额，我没有接受他的赠送，并训斥了他一顿。陈孚恩后来又疏通两位副主考程庭桂和朱凤标，才勉强挤入金榜。案发后，他为了躲避惩处自然投靠到肃顺手下，反而成为军机处的大红人，其子虽有舞弊行为却逍遥法外。"

"唉，这真叫奸臣当道！柏学士你一走我也不在朝中待了，你的今天也许正是我的明天，不如趁早告病回江苏常熟老家颐养天年，也许将来还能保存一具全尸。"

柏葰一听翁心存说得如此伤感，又抑制不住泪流满面。

两人正沉浸在无限的伤感之中，猛听身后一阵跑步声，两人抬头一看，只见刑部尚书赵光捧着圣谕快步来到跟前哭道："柏大人，不好了……"

赵光说着，已经泣不成声。

翁心存接过圣谕一看是处斩，也是大惊失色，因科举案杀军机大臣兼大学士在大清朝开国以来是没有先例的。

翁心存不相信地问："赵尚书，有没有搞错？"

赵光摇摇头："同刑的除了柏大人外，还有同考官浦安、兵部主事李鹤龄、刑部主事罗鸿绎、候补郎中程炳采。"

翁心存更加惊奇地问道："皇上不是口谕对程炳采从轻发落吗？他是代弟受祸，程秀都已经无罪释放，程炳采又为何要处斩？"

赵光小声说："据说是肃顺向皇上建议处死程炳采，如果放过程炳采，他获释后一定宣扬这乡试案背后的一些内幕，对皇上和皇后等人不利。"

"那程庭桂、朱凤标呢？"柏葰平静地问道。

"皇上加恩充军边台。"

柏葰绝望地大叫道："皇上决不会置臣于死地的，都是肃顺小儿从中拨弄是非害我。"

无奈、苍凉、悲怆、绝望的声音在昏暗的监狱中飘荡着，飘荡着……

咸丰八年（1858年）的顺天乡试案以主考官柏葰的人头落地为标志结束，就在菜市口柏葰等人血洒黄土的同时，刑部大堂的一间密室里肃顺正在训话："把那个京城唱戏的平龄也送上路吧，让他去阎王爷那再唱出戏，同时也让他陪着柏葰老儿一同上路，他们边走边唱好热闹热闹。"

"还有那个靳祥如何处置？"

"跟着我做事多年还如此不长脑子，这还用问吗？他是柏葰老儿的家丁，柏葰都去了阴曹地府，他还能去哪？也一同去为柏葰继续当家丁。"

"老爷，还有那个带头闹事的举子仍在刑部大牢中关着呢！也一同处死吗？"

肃顺轻轻捋一下稀疏的胡须说道："如果不是他还不能这么快除掉几位对头呢！说明我的眼光还可以，这人将来也许有用，你把他带来，我亲自盘问一下。"

不多久，荣禄被带上来了。他一见肃顺欣赏似的观看着自己，好似一位买主到了犬马市场，荣禄不知道自己这条犬马能否被眼前这位大买主相中，他十分乖巧地向前紧走几步，甜甜地说道："小的荣禄拜见肃大人。"

说着，倒地就拜。

肃顺微笑着说："快起来吧，别跪累了。本官就喜欢你这样的人，如果不嫌弃就到我府上做事吧！"

"小的多谢肃大人看得起，小的实在感到荣幸，能给肃大人卖命，是我祖上的福分。"

肃顺点点头："听说你是满洲正白旗人，姓瓜尔佳氏，还是将门之后呢？"

"小的感谢肃大人仍能记得我，我祖上虽然都懂些武功，但一直是个骑都尉，哪像肃大人有如此高位？"

肃顺哈哈一笑："凭你的机灵和聪明才智，只要跟我好好干，本官保证你将来一定超过你祖父。"

"小的多谢肃大人谬夸，小的如此愚笨，恐怕不能令肃大人满意，今后还请肃大人多多训教。"

"好，好！"

肃顺被荣禄几句恭维话说得心花怒放，得意地望空独自大笑起来，这是胜利者自娱自赏的大笑。

谁笑到最后谁笑得最好，可惜，肃顺笑得有点早了。

英法等帝国主义国家对于《天津条约》诸条款仍不满意，为了向中国索取更多的特权，那些自称传播文明的友谊的使者们，再次对中国扩大了侵略战争。他们以到北京与大清朝交换《天津条约》的批准书为借口，率领舰队北上大沽口，打算攻下塘沽、天津，然后再占领大清王朝的首都北京。

一向软弱无能、胆小怕事的咸丰皇帝也在洋人的嚣张气焰下拍案而起，挺直了腰板，积极调兵遣将，死守大沽炮台。

守卫在大沽炮台上的将士也是上下一心，众志成城，击沉敌舰十多艘，打死打伤侵略军近五百人，英国舰队司令何佰重伤，副司令也被清军击毙。

消息传到北京，咸丰十分高兴，神采飞扬地对大臣们说："过去常说洋人船坚炮利勇不可当，而今看来也不过如此。我大清朝也拥有了火器营、马炮营和神机营，虽然还不能与洋人的武器相抗衡，但我们有着数十万英勇之师，只要齐心协力，照样能够打败洋人，大沽口一战就令洋人狼狈而逃。如此说来，洋人根本不是什么打不败的神勇之人，朕觉得，倒有点像纸糊的老虎，只是看起来挺吓人的。"

几位了解实情的大臣知道大沽口取胜只是侥幸，实际上也费尽了九牛二虎之力，但谁也不敢给皇上泼冷水，只得唯唯诺诺山呼万岁，心中却七上八下，暗暗为大清朝担忧。

洋人遭到如此惨败决不会善罢甘休，正如当年道光皇帝年间的那场鸦片战争，更大规模的战争还在后头呢！

果然不出所料，英法舰队在大沽口惨败的消息传到伦敦和巴黎，引起了西方资产阶级的震怒，新的侵略战争又开始了。

咸丰十年（1860年）六月，英国派额尔金、法国派葛罗为全权大臣，率领英法联军二万五千多人，战舰两百多艘进逼中国，准备一举攻下北京，占领清王朝首府，强逼大清朝接受一系列事先准备好的条约。

咸丰急调僧格林沁、胜保、桂良、瑞麟等人赶往天津救援，又命两江总督曾国藩和兵部郎中左宗棠督办江南军务，以防南方太平军趁机北上作乱。

尽管咸丰自认为调兵遣将得心应手，前方后卫布置周密，但告急文书仍雪片一般飞来，他有点招架不住了。

每到紧急关头，咸丰都有怯懦、动摇、后悔的心理，这几乎是他性格的一个重要方面。面对各地传来的告急文书和一个个城镇失守的消息，咸丰又后悔了，后悔上次大沽口之战将洋人打败，也后悔自己听了谗言而产生的迎战决心。

后悔也没有用，必须想法渡过此难关，咸丰在养心殿召开了军机大臣会议，让众人给他想个退敌的计策。

参加讨论会议的有兵部尚书穆荫、吏部左侍郎匡源、礼部右侍郎杜翰、太仆寺少卿焦祐瀛、吏部尚书陈孚恩、户部左侍郎文祥、户部尚书周祖培、肃顺。此外，还有惠亲王绵愉、怡亲王载垣、郑亲王端华、醇郡王奕谌等人。

众人刚坐定，咸丰就急不可待地说："众家王爷爱卿，京城危在旦夕，朕召尔等来此，就是商讨退敌之计与守城大策，请众王爷及各位大臣们给朕出谋划策，各抒己见，畅所欲言。"

众人你看看我，我看看你，谁也不愿先开口，也确实拿不出什么好的计策来，如果真有奇谋良策又怎会等到现在不拿出来呢？咸丰让他们想奇谋出奇策，那是在赶鸭子上架。

咸丰见众人只是傻乎乎地坐着，谁也不讲话，恼了，一拍御案斥责道："俗话说'养兵千日，用兵一时'，尔等都是朝廷重臣、国家栋梁，怎么在大敌当前之时，一个个都成了哑巴，果真是黔驴技穷、江郎才尽了吗？"

咸丰这么一说，有几人坐不住了，知道再不发话不行了。

军机大臣、户部左侍郎文祥站了起来："臣以为，当前之势，战也败，和也败，二者都是败，与其最后战败，不如先求和，也许还能保住京城。同时，还可节省兵马，以备江南反贼乘虚作乱。万一我们被洋人打得大败，洪秀全再趁机北伐，大清之势就更危了，自古云：'攘外必先安内。'如今内乱未平，外患如何抵御？当务之急就是求和谈判，不知皇上以为如何？"

咸丰一听，觉得在理，但他不愿主动提出求和，他想让大臣们一致赞同求和，自己最后顺水推舟也同意求和，那样，即使有骂名也可推到大臣们身上。

众人见咸丰不表态，以为皇上不同意求和，仍希望上次大沽口之战的奇迹再现。因此，兵部尚书穆荫主动说道："谈判求和是下下策，对于敌人却是求之不得的事，万万不能做。《孙子兵法》云：'不战而屈人之兵是善之善者也。'洋人不费力气就可取得他们所希望的特权，他们当然乐意了。京津一带尚有几十万兵勇，不在战场上见分晓就甘愿屈膝投降，岂不让天下人耻笑？"

不等穆荫讲下去，桂良反问道："穆尚书有把握打胜吗？万一

228

战败，我方受损较大，南方再起而闹事，我们还拿什么抵挡呢？"

穆荫立即驳斥说："战，未必能够取胜，但我们也可重创洋人，打击洋人的嚣张气焰，给谈判争得一定的时机，让洋人知道我大清朝也不好惹的，提苛刻条件时也要考虑考虑我们能否答应。至于桂学士所说的南方反贼北伐作乱大可不必担心，有两江总督曾国藩以及胡林翼、左宗棠、李鸿章等人驻守江北一带，谅洪秀全也不敢轻举妄动，何况他的北伐大军早已被僧王全歼。"

陈孚恩站了起来，连连摆手说："打不得，打不得，穆尚书之言纯粹是匹夫之勇，不能自以为自己是兵部尚书就可以大谈用兵之道，那是不自量力，拿鸡卵与顽石相碰，自取灭亡。请穆尚书不必在此纸上谈兵，拿大清朝的国运当儿戏。"

怡亲王载垣说道："如果没有必胜的把握还是和为上策，保住京师，保住祖宗陵庙要紧，万万不可让洋人毁了祖宗陵庙，否则，我等都是千古罪人了，死去也无颜面对先人。"

众人又七嘴八舌地争论多时，最后都基本倾向于求和为上策。

就在咸丰准备敲定求和之计时，肃顺力排众议，提出自己的看法。

"从洋人这次入侵的规模和气势看，大沽口再次取胜的希望不大，也可以说必败无疑。但现在离求和尚早，就是我们主动提出求和洋人也未必答应。"

咸丰连连点头："肃卿言之有理，但应该如何做呢？"

肃顺扫了众人一眼，又说道："我们必须做三手准备，其一，积极备战守卫通往京城的一切大小通道，力争打败洋人，至少也应该重创洋人的狂妄之焰，让洋人每前进一步都要付出血的代价；其二，着人疏通美俄等国，让他们从中说和争取谈判求和；其三，万一战不能胜，求和又不成，必须想好退路，保全皇上安全撤离京城。"

肃顺此话一出，没有一人提出反对意见，大家都沉默不语。肃顺知道，虽然无人反对也无人赞成，就表明自己的策略已被大家接受。他又转向皇上说道:"当务之急就是如何同时进行这三手准备,对于战,除了僧王、胜保、瑞麟、恒祺等人外,再调派恭亲王奕䜣、惠亲王绵愉、怡亲王载垣以及穆荫等人带兵驻守京城外围要地负责城防。对于和,可派桂良和直隶总督恒福等人早早与俄美使节沟通,争取和谈协商。对于皇上撤离京师之事尚在其次,为了以防万一,皇上可以暂住圆明园,那里距洋人攻城的方向相去甚远,可进也可退,进出京城都十分方便。"

咸丰一听肃顺要调奕䜣驻守京城十分不解,当初就是你建议将他赶走的,为何现在又让他回京呢?咸丰一时也猜不透肃顺的心思,对于是否调奕䜣回京,咸丰拿不定主意,便问奕譞道:"对于调奕䜣入京,醇王有何看法?"

奕譞当然希望奕䜣能够回京,手足之情不说,大敌当前正是用人之际,私人之间的小小恩怨理应放在其次。

奕譞站起来说道:"回皇上,肃尚书言之有理,大敌当前,正是用人之际,何不让奕䜣回京戴罪立功呢?况且,奕䜣也常与洋人打交道,对于处理军务也非常精通,有利于加强京师防守。"

咸丰听了点点头,把奕䜣驱出京城去河北遵化督修皇陵一晃两年了,也算对他的小小惩罚,可以让他回来了,令其前线带兵将功补过,他无话可说。

肃顺与奕䜣也算死对头,为何保荐奕䜣回京呢?

肃顺知道这仗必然打败,皇上也一定要出逃,按照皇上的心思是决计要去热河避暑山庄的,那里有皇上的行宫。皇上北逃必然从遵化皇陵经过,很可能让奕䜣一同前往。肃顺决不希望皇上让奕䜣同去热河,为防万一,他才建议先调奕䜣入京督战,将来打败可把责任推给奕䜣,让皇上更加不满奕䜣。

众人又针对细节问题商讨一番,几乎是按照肃顺的说法进行。

一轮满月升起来了,像一个又白又大的圆盘挂在幽蓝的天上。

哦,今天是中秋节!人们常说,月到中秋分外明,而咸丰皇上却感到今晚的月亮蒙上了一层阴影，没有往年的中秋月那么鲜亮，就是月光也是凄清的，透出一股股寒光，也没有昔年的中秋月那么温馨。

怎么能够高兴起来呢？大敌压境，兵临城下，京城危在旦夕。作为一国之主，咸丰如何不考虑自己的处境和大清王朝的命运呢？

咸丰几次端起的酒杯都放下了，他的心绪糟透了。

皇后见状，轻声安慰说："皇上不必太过思虑，你不是已经调兵遣将派重兵守住几处隘口吗？洋人纵然凶猛也不过二三万人，我大清朝守护京城的大军不少于三十万呢！何惧之有？只要君臣齐心协力，仍然会取得像去年大沽口胜利的荣耀。"

咸丰摇摇头，将杯中的酒一饮而尽，十分伤感地说道："我大清朝传到朕的手里只怕气数已尽，眼前的局势可能比父皇当年的鸦片之战还惨，朕有愧于列祖列宗。"

咸丰说着，又自斟一杯再次一饮而尽。懿贵妃知道皇上是要借酒解闷，以酒浇愁，急忙拦住皇上的酒杯说："皇上应保重身体为要紧，请不要再饮了，借酒消愁愁更愁啊！"

咸丰轻轻推开懿贵妃的手，又饮了一杯。

这时，大阿哥载淳挣脱懿贵妃的怀抱，跑到咸丰面前，晃动着咸丰的胳膊问："皇阿玛，酒好喝吗？让我也喝一杯。"

咸丰把载淳抱起来，放在自己的腿上，端起酒杯放在载淳的唇边："皇儿，阿玛也让你尝尝酒的滋味，你就知道好喝不好喝了。"

"呀，不好喝。"

载淳把嘴里的酒吐了出来，并把皇阿玛端着酒杯的手推在一边："皇阿玛，酒不好喝，为什么还喝呢？"

咸丰一时不知如何解释，叹口气才说道："皇儿，你还小，长大就会明白的，希望你长大不要像皇阿玛一样。"

载淳似懂非懂地摇摇头又点点头："阿玛，我长大就要像阿玛一样当皇上，像阿玛一样有好多女人。"

懿贵妃一听，脸色变了几变，上前给他一个嘴巴："今后不许这样说，小小年纪就胡说八道。"

载淳"哇"的一声哭了，边哭边揉着眼睛说："额娘不好，额娘打人。"

皇后一把拉过小载淳，哄着不让他哭："载淳乖，不哭，皇额娘给你做最好的风筝。"

载淳终于止住了哭泣。

咸丰再也提不起任何兴致赏月听琴。他站了起来，对妃嫔们说："你们都回去吧，朕也想回去休息了。"

众人知道今年的中秋节至此为止了，都纷纷道一声安准备离去。

咸丰忽然想起了什么，又喊住众人叮嘱道："你们也都准备一下，万一情况有变，准备撤出城外，避难热河。"

懿贵妃想了想说道："不到万不得已的情况万万不可做出这个决定，皇上在京，众人有主，可以威慑臣民，鼓起抗敌勇气抑或能够守住京城，击退洋人。如果圣驾不战而退，军心涣散，将无斗志，对守城实在不利。洋人一旦破城入内，宗庙无主，恐怕要遭洋人践踏，让祖宗蒙辱。昔日周室东迁，天子蒙受风尘，一直成为后世之人谈论的话题。对于避难热河的决定还是请皇上三思。"

咸丰无语以对，过了好久，才无可奈何地说道："朕也知弃城而行是下下策，但别无良策呀，如果洋人攻破城池，总不能让朕束手受擒遭辱吧？"

懿贵妃叹口气："臣妾听皇上吩咐，愿为皇上排忧解难，只可惜臣妾是女流之辈，不能为皇上拼战沙场，实在心中有愧。"

"爱妃不必自责，是朕不好连累你们，将来，朕一定加倍偿还你们。"

懿贵妃刚刚回到储秀宫，安德海就进来问安："奴才给娘娘请安，祝娘娘中秋节心想事成，万事如意！"

懿贵妃叹息一声："还事事如意呢！马上就要逃离京城了。"

安德海一怔："怎么？京城守不住了，皇上准备避难何地？"

"先撤到圆明园，万一再有变故就逃难热河。"

"只要皇上走，娘娘随同皇上走就是了，在哪儿不是一样。"

懿贵妃白了安德海一眼："你懂个屁，外出逃难的滋味你可没经历过，难受得很，吃不好，睡不着，餐风饮露，还有车马之苦。更为重要的是——"

懿贵妃没有说下去，安德海立即明白了，嘿嘿一笑说道："娘娘是担心皇上会把他的朱美人一同带走，那时，再想办法除去她就更难了。"

懿贵妃也笑了："你的小脑瓜子还算管用。"

"娘娘何不现在就动手除去那朱美人呢？"

懿贵妃摇摇头："畅音阁的守卫情况你也是知道的，我曾派过两次人，都没能接近畅音阁。"

安德海眼珠一转："娘娘不是说皇上最近要撤离皇宫到圆明园吗？可以在撤离那天，乘乱除去朱美人，匆忙之中皇上哪还有心思顾及太多，逃命要紧，只怕会把朱美人忘记呢！即使不忘记，朱美人死了，皇上也无心追查死因。"

懿贵妃点点头："这事就由你负责，选派合适人选，一定要做得不留痕迹，像上次对待云嫔那样。"

"奴才办事就请娘娘放心好了。"

一向井然有序的皇宫突然乱成一团麻。

到处有人走动，有车马来往，有人哭也有马叫。摆放整齐的物件被翻得七零八落，仿佛遭了抢，物品散落满地没人收拾。就是那些极为讲究、涂脂抹粉的妃嫔娘娘们也顾不上往日的梳妆打扮，粗糙地搽点粉，胡乱收拾几件东西就上车了。

咸丰皇上也失去往日的风度，在几名太监的搀扶下走出养心殿，一步一回头地注视着这最能体现权威的地方，心里涩涩的，欲哭无泪。当初移驻这里的幸福感、自豪感和得意感荡然无存，这一走也不知何时才能再返回来。他做梦也没想到，这一走就是诀别，一去不复返。

咸丰来到乾清宫门前忽然想起了畅音阁的朱美人，也不知朱莲芬可否准备齐全？他决定把朱美人带走，哪怕像唐明皇那样发生马嵬坡兵变他也心甘情愿。幸运的女人就是这样，男人可以为她抛弃一切，什么功名利禄、国家社稷，生命就更算不得什么啦。

咸丰下了车，对随身太监刘海成说："海成，快去畅音阁接朱美人，朕在这里等她一起走。"

"皇上还是先走吧，让刘海成服侍朱娘娘随后赶到，否则，就来不及了。"崔长礼催促说。

"不，朕一定要等朱美人来和朕一起走。"

崔长礼无奈，对刘海成说："你快去接朱娘娘，如果没收拾就不用收拾，缺少什么使用的东西，奴才给准备。"

不多久，刘海成气喘吁吁地跑了回来，咸丰一见他没和朱美人一同来，急问道："朱美人呢？难道她不愿走？"

"回，回皇上，朱娘娘她——"

"她怎么了？"咸丰追问道。

"她已经悬梁自尽了。"刘海成结结巴巴地说。

"啪——"

咸丰上前给刘海成一巴掌："一定是你心慌，只顾自己逃命看错了，昨晚上朱美人还要求朕带她一同外出呢！"

刘海成摸着打肿的脸："皇上，奴才怎敢把这事也看错，朱娘娘的确自尽了。"

"走，朕亲自看看去！"

咸丰命令太监把马车赶向畅音阁。

崔长礼哀求说："皇上先行一步吧！让奴才去看个究竟。朱娘娘若在，奴才一定给皇上带去，请皇上务必放心。"

"不，朕要亲眼看见才会相信。"咸丰简直要发疯了，他向崔长礼吼道。

崔长礼只好吩咐赶车太监转向畅音阁。

走进畅音阁，咸丰一眼看见朱美人正躺在床上，几个下人正在七手八脚地忙活着。

咸丰上前一摸，身体尚有一丝余温，他对一位御医吼道："一定给朕救活，不然，朕要你们的命！"

他看看身边的几名太监傻愣愣的，上前就是两脚："都是你们这群饭桶，让你们照料朱美人，你们怎么看护的？说，朱美人是怎么死的？不说，朕将你们满门灭族！"

一个太监哭丧着脸："奴才只顾收拾所用之物，等奴才来喊朱娘娘时，发现朱娘娘已经自尽了。一定是朱娘娘没经历过这样的变故，一时想不开，就——"

"放屁——"

咸丰骂道："一定又是谁下毒手害了朱美人，她怎会无缘无故就自走绝路呢？刚才这里有没有其他人来过？守门的人呢？"

"回皇上，守门的人调到宫外去了。不过，奴才担保，绝没有其他人来过。"

"你敢担保，你他娘的有几个脑袋？"咸丰又是一脚。

朱莲芬的尸体渐渐凉了，咸丰绝望地哭了。

"苍天为何与朕过不去？"

崔长礼哭着催促说："请皇上节哀，人死不能复生，保重身体要紧，朱娘娘的后事由奴才处理。"

咸丰拭去泪水："按照贵妃的礼仪准备丧事。"

"奴才遵命！"

两名太监正要搀扶咸丰走开，突然跑进来两名太监，他们一看见朱美人的尸体，其中一人大惊失色地说道："糟了，我们来迟了。"

他们一看见皇上就在旁边，扑通跪倒在地："皇上，朱娘娘是懿贵妃娘娘派人害死的，还有云嫔娘娘也是她害死的。"

咸丰大惊失色地问道："你们是谁？怎么知道是懿贵妃害死了朱美人？无故诬陷贵妃娘娘是要满门抄斩的。"

"奴才怎敢信口开河陷害贵妃娘娘，这事千真万确，奴才愿用小命担保。"

崔长礼在旁边说道："这两人，一个叫史平顺，一个叫杜进忠，原来都是承乾宫服侍云嫔娘娘的太监。"

咸丰听了他们的话将信将疑，若按懿贵妃的为人极有可能，她一向心狠手毒，嫉妒心特别强，手段也很卑劣，在圆明园时曾和"四春"争风吃醋，明争暗斗。后来，不知何故，"四春"却一个个病死的病死，不死的也失去了往日的魅力。据说是懿贵妃所为，却查不出证据，最后是不了了之。

自从她生下大阿哥，虽也与云嫔有过争执，但都是云嫔的错，她为何要害她呢？不过，现在想来也有几分可疑之处。

不等咸丰想下去，崔长礼又催促说："皇上，这事尚未查明，不好轻易下结论，不如先将史平顺和杜进忠看押起来，待查明真相后再做处理。"

咸丰点点头："也只好如此，一定要将此事保密，万万不可让懿贵妃知道！"

史平顺急忙叩头说道："奴才所说句句是实，请皇上放过奴才，让奴才逃走吧，否则，我们两人将会被懿贵妃娘娘害死的。"

崔长礼看了他们一眼说道："请二位放心，只是暂且将你们关押起来，待查明真相后一定将你们放出来。这事一定不能让懿贵妃娘娘知道，假如走漏了风声，你们的命是小事，这朱娘娘和云嫔娘娘之死的案子就无法查案了。"

崔长礼搀扶皇上进了马车，又命人把史平顺和杜进忠关押在畅音阁里，这才忙着为朱莲芬准备丧事。

第十四章

断疑案迷离乱宫苑
逃国难仓皇弃京城

逃难的马车经过圆明园北门的刹那间，咸丰心里涩涩的，喉咙也仿佛被什么东西堵住了，特别憋闷。他轻轻掀起车上的帘子，回首望去，圆明园越来越淡远了、模糊了，咸丰两行清泪悄悄落下……

储秀宫里也是一片狼藉。在一片混乱的同时还透着几分焦躁不安。

懿贵妃一边指挥侍从整理着衣服物件，一边等待着什么。安德海回来了，她松了口气，仍略有不安地问道："怎么样？"

安德海带有几分恐惧地说："好险！"

"怎么？没有成功？"

"回娘娘，已经得手了，但差一点败露了行踪。刚刚做完那事，就听到有人进去了，我们只好从旁边偷偷溜出来。"

懿贵妃略一皱眉："如此说来，你们未能置那贱人于死地？"

"请娘娘放心，这事也不是头一次了，虽然办得匆忙，但结果一样，决不会出什么意外，就算阎王爷是她亲爹恐怕也活不成了。"

懿贵妃这才十分满意地点点头："把东西装上车，准备出宫，别耽搁太久引起怀疑。"

"嗻！"安德海出去了。

不多久，安德海进来催促说："娘娘快上车吧，一切准备妥当。"

懿贵妃刚出门，就见大阿哥跑了进来，奶声奶气地问道："额娘，咱们要到哪里去？有谁要把额娘和孩儿赶出这皇宫大内吗？"

懿贵妃不知如何作答，她蹲下身理了一下载淳耷拉下的一缕头发，安慰说："你阿玛到哪里，咱就到哪里，听话。"

载淳懂事地点头，尽管是小小年纪，他也明白宫中要出事了。

懿贵妃让服侍大阿哥的太监张德顺护送大阿哥出宫，可几人都说他不知去哪儿了。懿贵妃一听张德顺不知去向，气得骂道："祖奶奶，真是活得不耐烦了，看我不剥了他的皮！"

就在这时，张德顺慌慌张张地跑来，懿贵妃迎面斥骂道："现在是什么时候了，你还到外面撒野，不是今天事急，我抽了你的筋，剥了你的皮。"

张德顺也顾不了许多，来到懿贵妃面前结结巴巴地说："贵妃娘娘，大事不好，奴才有要事禀报。"

"什么要事你说！"

"这——"张德顺稍稍迟疑一下，只听懿贵妃又骂道："都什么时候了，你还这样吞吞吐吐，有话就说，可要上车了，不然，洋人就打进来了！"

"畅音阁那里，皇上——"

懿贵妃脸色一变，又马上恢复正常，低声呵斥道："走，回房再说。"

懿贵妃、张德顺、安德海都回到房中，懿贵妃这才逼问道："小德张，畅音阁到底出了什么事？"

张德顺心想：你们两人干的好事，你们还在这里装蒜呢！但他可不敢说出口，装作不知内情地说："畅音阁里死了一位朱美人，有两名太监向皇上报告说是娘娘和安总管派人下的手。"

懿贵妃大吃一惊，又呵斥一句："你从哪里听到的？是谁敢如此大胆陷害本宫？快说！"

"你小子刚才不在宫中，跑到哪里去了？"安德海也紧逼一句。

张德顺装作十分害怕的样子："小的刚才奉命去再找一辆车，不巧听到两人边走边说，他们说娘娘和安总管派人杀死了皇上的朱美人，这事只有他们两人知道，他们要去皇上那里报告领赏。"

"那两人是谁？"安德海略带打战的声音问道。

"起初小的也不知那两人是谁，但我一听他们说娘娘和安总管派人杀死皇上的朱美人，这不是在凭空诬陷贵妃娘娘和安总管吗？如今到啥年月了，娘娘和安总管都正忙着收拾东西随皇上外出呢，怎会干那些事？何况小的入宫有两三年了，也没听说皇上有一位朱娘娘。小的怕那两人是想栽赃娘娘和安总管，也来不及赶车，就跟在那两人后面去看个究竟。那两人来到一个偏僻的地方，小的一看是畅音阁，那是干什么用的，小的不知道，却见里面围了许多人，皇上也在场。原来是有人死了。"

懿贵妃急了："别啰唆太多，说那两人怎么样？"

"小的不敢进去，只偷偷地躲在外面听。皇上正在发火呢！骂几名太监没有照料好朱美人。那两人都向皇上回报，说是娘娘和安总管派人害死的朱娘娘。"

"皇上怎么说？"安德海急忙问道。

"皇上起初不相信，那两人又说云嫔娘娘也是娘娘和安总管害死的，皇上才将信将疑，下令崔大总管把那两人看押起来，不让任何人泄露秘密，准备查清事实真相。"

"那两人叫什么！"安德海恐慌地问道。

"小的在外面听不清楚，只听崔大总管向皇上报告那两人的身份，好像是承乾宫的，一个叫史什么顺，另一个叫杜进忠，不知宫中有没有这两人？"

"叫史平顺，杜进忠也有此人。"安德海脱口而出，他又向懿贵妃看一眼说，"他们都是承乾宫的，原先是——"

不等安德海说下去，懿贵妃打断了他的话："竟到皇上那里诬陷本宫，真是活腻了。"

懿贵妃扫了一眼张德顺又说道："小德张，你很有心眼儿，对本宫也很忠心，本宫没有看错人，待安定下来后我一定好好奖赏你。不过，你听到的这个消息千万不要外传，嘴严实一些，尽管是那该死的东西陷害本宫，事情没查明之前让外人知道对本宫不利。俗话说三人成虎，万一皇上不明真相，听信了谗言，本宫可能要遭冤受害，那时你们的日子也不好过，也会牵连到你们身上，明白吗？"

"小的明白，奴才也不是多嘴的人，奴才只把这事告诉了娘娘，今后就是有人打死奴才，我也不会讲给其他人听的，其中的利害关系小的也略知一二。"

懿贵妃十分满意地点点头，又问道："你可知道，陷害本宫的那两人被崔长礼关押在什么地方？"

"小的没敢进去，但我估计可能就在畅音阁里面。"

懿贵妃猜测张德顺所讲的事都是真的，又叮嘱他几句，才让他护送大阿哥去圆明园。

张德顺刚走，安德海就急不可耐地说："娘娘，你看这事咋办！小德张那小子的话可信吗？"

"估计不会说谎，但也不用紧张，先打听清楚情况再做决定。"

"奇怪，史平顺和杜进忠两个小子怎么会知道得这么清楚呢？刚才我带人去畅音阁根本就没有碰见任何人！"

懿贵妃忽然想起了什么，咬牙切齿地说："我们的秘密一定让他们给偷听了。还有，不久前的一名宫女被杀也一定是这两个人干的，他们一定来储秀宫探听过我们的谈话，碰巧被小红姑娘发现了，他们便杀人灭口。"

安德海也想起了一天晚上的事，惊慌地说："娘娘这一提醒我也记起一件事，那天晚上，奴才正和娘娘商量除去朱美人的事，忽然听到外面有响动，出去一看正好看见一只猫从窗前跳过，当时大意了，现在想来那窗下一定有人，猫是人随身所带故意放出去迷惑人的。"

懿贵妃秀眉一竖，恶狠狠地说道："既然事情败露，事到如今也没有别的办法，只好杀人灭口，一不做二不休，到畅音阁找到关押那两人的地方，把他们给结果了。"

安德海有点胆战心惊，结结巴巴地说："这，这合适吗？万一他们把守甚严无法下手怎么办？"

"哼！必要时把崔长礼那个老东西也一起干掉。顺我者昌，逆我者亡。崔长礼一死，这大内总管的职务就是你安德海的了，一定要干净利索！"

安德海心道：命都没有了，还当什么大内总管？但他知道贵妃娘娘的脾气，这话是万万不能说的，否则自己的命就没有了。

安德海仍心有余悸地说："万一皇上怪罪下来，小的可担待不起，能否想出更合适的手段？"

懿贵妃一听安德海的口气，冷冷一笑："小安子你害怕了？"

"不，奴才有的是胆，只要娘娘吩咐，奴才什么事都干得出来！"

懿贵妃这才和颜悦色地哄骗说："无毒不丈夫，没有狠心怎会成大事？你尽管去干，皇上那里有我呢！我们可以来一个恶人先告状，我马上去追赶皇上，向皇上哭诉冤屈说史平顺和杜进忠偷走储秀宫的贵重物品，还杀死一名宫女，如今事情败露才杀死朱美人栽赃于我们。"

安德海眼睛一亮："娘娘实在高见，史平顺他们只是偷听了我们的秘密，并无证据，只要娘娘这么向皇上哭诉，皇上一定不会相信那两人的话。何况，我们储秀宫一名宫女夜间被杀这是人人皆知的事，只要再偷偷放一些金银之类的东西在史平顺、杜进忠的房中，皇上一定深信不疑。"

安德海又说道："这事最好是娘娘先去向皇上告状，奴才再处理这边的事，双管齐下，一定会颠倒黑白，搅乱乾坤，置那俩小子于死地。"

安德海又好像想起了什么，突然问道："张德顺那小子怎么办？"

"他并不知内情，只是半路上听到一些情况。何况这人也忠厚诚实，对待本宫也很忠心，如果不是他来报告后果不堪设想。如今正是用人之际，可以多培养一些对我们忠心不二的人，将来事情有变也可应付一二。"

懿贵妃又向安德海交代了几句，这才匆匆忙忙地钻进马车，直奔圆明园而去。

咸丰刚刚住进圆明园太极殿，懿贵妃就哭哭啼啼地赶到了。

咸丰正窝着一肚子火没处发泄，一见懿贵妃来了，气不打一处来。哼，我正要找你呢！不想你竟来了，你是做贼心虚还是恶人先告状，今天我要审审你，看看云嫔和朱莲芬之死是否与你有关。

咸丰看了一眼泪流满面的懿贵妃，半理不睬地问道："都到啥时候了，你还来打扰朕，朕现在心乱如麻，如果没有什么大不了的事就先回去吧！朕要休息了，还有许多国事没有处理，也不知这北京城还能守多久，万一情况有变还要避难他方，这几日多休息会儿吧，以防外出时旅途劳顿，受不了颠簸之苦。"

懿贵妃边擦眼泪边委屈地说道："皇上只顾自己驻跸圆明园，也不管臣妾和大阿哥的死活，幸亏臣妾早有准备，否则，臣妾现在已成了刀下之鬼。"

咸丰面色一沉："你怎么说出如此丧气之话，京城尚没被洋人攻破，你怎么成为洋人刀下之鬼呢？就是城真的破了，也还有王公大臣呢，朕也不会让你留下受辱。"

"皇上误会臣妾的意思了。刚才在宫中收拾行李物件之际，突然有人闯进臣妾的房中偷东西，那两人以为房中人已走光了呢！恰恰碰到臣妾走进去。臣妾一见有人趁机抢掠东西，急忙喝住了那人，一看，竟然是宫中的两名太监。那两人见行踪败露，便想杀人灭口，掏出刀要砍向臣妾，恰好被及时赶来的侍从解救了，那两人知道寡不敌众，夺路逃走了。听追赶的太监说，那两人是承乾宫的执事太监，一个叫史平顺，另一个叫杜进忠，他们利用宫中外迁的混乱机会偷抢夺拿，无恶不作。据几名宫女反映，那晚杀死小红宫女的蒙面人非常像史平顺。由此推测，史平顺、杜进忠两人都是飞贼，隐藏宫中多年，宫中多次失窃可能都与这两人有关，只是他们隐藏太深没有暴露，如今终于露出了狐狸尾巴，请皇上速速派兵捉拿，以防这两人趁乱逃到宫外，将来再追捕就更难了。"

咸丰没想到懿贵妃是来说这件事的，有点蒙了，他也不知道谁对谁错了。他认真打量了一下懿贵妃，希望从她的脸上看出什么破绽，但他一无所获。

咸丰愣了一下，疑惑地问道："爱妃所讲的事可否有人相见？"

懿贵妃早就知道皇上不会马上相信，她一听咸丰这样发问，马上又哭了起来："臣妾服侍皇上多年，想不到得到的就是如此下场，皇上抛下不管不问独自逃难不说，连臣妾的话皇上也不相信，竟然怀疑臣妾是在撒谎欺骗皇上坑害他人。臣妾实在伤心，臣妾所言句句是实，有贴身太监安德海等人做证。臣妾与承乾宫的太监史平顺、杜进忠素不相识，更不了解，无冤无仇，何必捏造事实陷害他们这些下等人呢？如果皇上不信，臣妾也只好以死表明心迹了。"

懿贵妃说着，装着撞向廊柱的姿势。这时，早有人上前拦住了她。

"贵妃娘娘何至于此？区区小事不值得以死明白心迹，若让史平顺和杜进忠两个贼子知道，这岂不令他们得意吗？"一名太监拦住她说。

"既然皇上如此薄情，臣妾活在世上还有何意义！在皇上的心目中，臣妾也许还抵不上那两名做贼做盗的太监，今日不死，将来也会遭到那两名歹人的暗算而死，与其被人所杀，还不如今天就死在皇上面前呢！"

懿贵妃哭着说着，又要撞死在殿前。

咸丰叹口气说道："好了，好了，你也不必哭闹，朕马上派人将史、杜两人关押起来，待审讯查明之后一定给你个说法，你先回去吧，多多保重身体要紧。"

懿贵妃见目的达到，擦了擦眼角的泪水道一声安，便退了出去。

懿贵妃刚刚退出，咸丰就下令传事太监立即回宫告诉崔总管，认真看押史、杜两人，明天押解到圆明园，他要亲自审理此案。

正在这时，传事太监又来报告，说有几位大臣见见。咸丰知道这非常时期，大臣此时赶来一定有要事求见，立即宣他们进殿。

咸丰见进来的是匡源、文祥、杜翰、翁心存、奕譞等人，君臣礼毕即令他们坐下叙话。

文祥率先奏道："皇上，今有都察院、九卿科道纷纷递来奏折，请求皇上坐镇京城与洋人决一死战，只要皇上止驾，君臣上下齐心，京城可保。倘若皇上离京而去，必使军心涣散，民众生怨，将士失去战斗力，京城岌岌可危。请皇上三思而后行。"

咸丰对文祥的请奏不置可否，他转脸问奕譞道："各处守城将帅是何心思？"

奕譞立即起来奏道："回皇上，僧王爷和胜保将军等人也主张皇上留镇京师，御驾亲征，安抚民心，鼓舞斗志。"

咸丰一听，知道这五人是已经商定好的，特来请求自己止驾，再问下去也还是一个鼻孔出气，他有点不悦，冷冷地对几人说道："肃顺曾为朕提出三种应变方案，也都是你们一致同意的，如今朕也正是按照那三个方案行事，你们为何又如此阻挠于朕呢！朕要质问你们，如今大敌当前，你等身为朝廷命官、国家重臣，应当为国家社稷着想才对，出良谋献奇策，能退敌更好，不能退敌就要为朕的安危着想，难道要让朕留在这里被俘受辱不成？"

咸丰这几句话让几位大臣实在不知再如何劝说皇上。众人沉默了片刻，杜翰又出来奏道："既然皇上去意已决，也不必这样仓促离去，传扬出去既动摇军心又有失朝廷的尊严，恐为天下人的笑柄，以愚臣之见，皇上可以选派一王公重臣留守京城，与洋人交涉，打打和和，和和打打，相机行事。而皇上及其后宫诸人可以木兰秋狝的惯例为借口巡幸热河，即使外人知道皇上离京而去，也无话可说，皇上以为如何？"

对杜翰的这项建议，咸丰还是十分赞同的，但他碍着情面又不好满口应诺，而是反问其他几人："你们几位以为如何？"

翁心存摇头答道："实在不妥。国难当头，京师可危，皇上理应坐镇京城与洋人抗衡，而以木兰秋狝为借口外出，让天下百姓听见更会引起大乱。必然认为皇上醉心野趣而贻误朝政。杜大人的建议岂不让皇上背下误国误民的昏君骂名，实在是小儿之见，下策下下策，万万不可！"

咸丰一听火了，一拍御案怒道："翁心存，你是年纪太大了，耳聋眼花老糊涂了，可以回常熟老家颐养天年了。"

翁心存心中一酸，知道皇上去意早定，谁出来阻拦也没有用，便横下心说道："如果皇上认为老臣的确老糊涂了，臣更无法伴驾离京出走他方，就让臣告老还乡吧！"

咸丰冷冷地说道:"你是该回家了。既然你主动提出辞请,朕也不阻拦,那你就请便吧!"

翁心存一腔委屈的泪水无处流淌,他强忍泪水,深深地鞠了一躬,然后跪下拜了三拜便昂然下殿而去。众人见他白须飘飘,老泪纵横,都想出面去拦,可谁也没有说一句挽留的话。

咸丰看着翁心存离去的身影有一丝不忍,但身为一国之君,一言九鼎,岂可出尔反尔。只能任凭他离去。

众人都默默地坐着。

咸丰见没有人讲话,主动开口说道:"你们无事可奏那就回吧,朕也要休息了。"

文祥再次出班奏道:"请皇上木兰秋狝之前先发一道安定军心的谕旨,至少也要让前线守城的将士能够军心稳定,不至于顷刻之间军心涣散,使洋人有机可乘吧?倘若那样,不利于皇上的热河之行。"

咸丰觉得文祥的这点建议有道理,点点头说道:"朕会处理好这一点的,请文卿放心好了,朕所担忧的是朕离京之后,留谁坐镇京师与洋人交涉最合适?"

匡源出来奏道:"臣以为恭亲王奕䜣最合适,他身为亲王,曾为军机大臣,常和洋人打交道,让他留守京城,能打则打,能和则和,相机而动,皇上即便巡幸热河也不足让外人说三道四。"

咸丰没有表态,他也深知奕䜣是最合适人选,但他也有自己的顾虑。自己三番五次对奕䜣进行打击贬斥,奕䜣早有不满之心,如今在关键时刻起用他,并且让他前线御敌,其中用意奕䜣自然明白,但他作为臣子,心中有苦无法诉说罢了。倘若用他为钦差大臣,留守京师,代朕全权处理与洋人的事务,这是否有隐患呢?万一奕䜣心怀怨恨,产生二心,与洋人勾结,在京城自立为王取而代之,后果不堪设想。

咸丰不讲话,众人也知皇上对奕䜣存有疑虑,但谁也不好插嘴说什么,只能等待皇上先发话,然后相机作答。

果然,咸丰见没有人再说什么,主动问道:"醇王,你以为谁最合适？"

奕譞小心谨慎地回答道："臣也认为奕䜣合适，请皇上不必多虑，奕䜣为人忠诚，做事谨慎，在同洋人交往中也摸索出一些经验，皇上可以给他一道谕旨，规定一部分权限，同时多留一些权臣协助他处理留京事务。"

奕譞当然明白皇上对奕䜣的猜疑，才这么奏说，让皇上留下谕旨表面上是给奕䜣权力，而实际上是限制他的权力。多留权臣协助奕䜣，也是制约他。奕譞知道，不这样说皇上决不会同意让奕䜣作为全权代表的，除了奕䜣，也确实没有更合适的人选。

咸丰稍停片刻，又问道："僧格林沁比起奕䜣是否更合适呢？"

奕譞急忙摇头说道："僧王虽是亲王，但其亲远和在国中的位置是无法和奕䜣相比的。同时，僧王只是一员武将，领兵打仗尚可，其在谈判对策上比不上奕䜣。更何况，僧王在八里桥之战中率先退却引起王公大臣的极为不满，在众人的心目中更是名声扫地，如何能担当大任呢？万一他留守京师时再有八里桥之举岂不误国误民！请皇上不必犹豫。"

咸丰知道事到如今也只好如此，点头说道："既然众大臣如此相信奕䜣，估计奕䜣不会令朕失望，朕就手谕给他，令奕䜣全权代表朕留守京师吧。"

第二天，咸丰还没起床就被外面的吵声惊醒，他不知发生了什么事，急忙喝问身边的太监。

随身太监报告说："崔总管从宫中赶来，有要事面见圣上，守卫的将士阻拦不让进。"

咸丰一听，估计宫中又发生了大事，急忙让太监服侍他更衣起床，并传令允许崔长礼进来。

崔长礼进来报告说："皇上，史、杜两人已经押解到此，请皇上来审。"

"昨天你是否已经先行审讯？"

"奴才已经审问了，情况基本上与他们报告给皇上的类似，因为这事关重大，奴才唯恐有误，特请皇上亲自盘问。"

咸丰点点头："万万不可听信他们一面之词。昨天懿贵妃来哭诉储秀宫遭劫的事，说乘乱抢劫之人就是史平顺和杜进忠两人，并说有人认定，杀害储秀宫那名宫女之事也是这两人所为。虽然事情有点蹊跷，但也不能不谨慎从事，以防酿成大错，离乱后宫。"

"奴才明白。请皇上先查问一下，奴才再详细询查此事。"

史、杜两人被带到凤巢阁，咸丰盯着跪在地上的两人问道："你二人说朱美人是懿贵妃和安德海所害，是亲眼所见还是道听途说，或者纯粹是信口雌黄诬陷他人，你们必须从实招来，不得有半句假话，否则，必将你们两人乱棍打死！"

史平顺答道："奴才虽然没有亲眼看见懿贵妃和安德海如何害死朱妃娘娘，但奴才敢用脑袋担保朱妃娘娘是懿贵妃和安德海所害。"

"混账！"咸丰一拍御案，"既然不是亲眼所见，为何随意信口开河，诬陷后妃娘娘罪该处死，你难道不知道吗？"

"小的知道！"史平顺急忙叩头，"小的虽没亲眼所见，但小的是亲耳所听。"

咸丰沉思一下，说道："那你就把亲耳所听的经过详细讲一遍，不允许有一丝一毫的瞎编乱造！"

"是！皇上。"

史平顺便讲述了他到储秀宫探听的经过。

"奴才是在承乾宫服侍云嫔娘娘的，谁也没有想到云娘娘竟为懿贵妃所害被打入冷宫，后来又被她暗中害死。"

"你怎么知道云嫔娘娘是为懿贵妃所害呢？"咸丰问道。

"奴才服侍云嫔娘娘多年，云嫔娘娘是怎样的人小的心中十分清楚。何况大阿哥生病的那几天云嫔娘娘也正在害病，她怎会向大阿哥施用什么蛊惑之术呢？小的深得云嫔娘娘信赖，即使云嫔娘娘要蛊惑大阿哥也决不会亲自去做，一定会派小人去做。"

史平顺说着，竟然泪流满面。

"奴才敢向皇上保证，云嫔娘娘绝没有做那种阴险狠毒的事，她是遭了他人的陷害。自从云嫔娘娘死后，奴才十分伤心。云嫔娘娘对待我们这些下人如同兄妹，小的总想设法报答她，对于云嫔娘娘的死，小的总是觉得蹊跷。就在云嫔娘娘被害的前两天，我和杜大哥去探望她，云嫔娘娘还说自己是遭人所害，她相信皇上一定会查明真相放她出来的。不想，两天后就死了。小的就怀疑云嫔娘娘是被人所杀，便和杜大哥商量，暗中查访杀害云嫔娘的凶手是谁，再伺机报仇。"

"你们是如何查访的？访到了没有？"咸丰又问了一句。

"奴才相信没有不透风的墙，只要留心查访，一定会找出蛛丝马迹。但小人查访的方法却是罪该万死，都是触犯宫中规矩的，可小人不这样做又实在别无他法。小人就经常夜间到皇后与懿贵妃等人的宫中偷偷打探，功夫不负有心人，终于在储秀宫听到了懿贵妃和安德海的密谋，才知道云嫔娘娘原来是被他们所害。奴才不仅听到这些，还听到他们准备害死朱妃娘娘的密谋。"

咸丰听了心中也是暗暗吃惊，想不到懿贵妃如此心狠手辣。过去，在圆明园时，因为"四春"的事只是怀疑，如今看来，当年的事不会有假。"四春"死在她手中，云嫔为她所害，这朱美人也因她而丧生。懿贵妃不能不除，咸丰暗暗下定了决心。但更让他吃惊的是，皇宫大内有"苍蝇也飞不进去"之称，史平顺与杜进忠两人竟然能够每晚暗中出入各宫打探消息，可见皇宫守护松弛，实在是外严内松，若有怀着二心的人潜入宫中，后妃的命不说，只怕自己的命也给丢了。

咸丰真的有点胆战心惊，不是亲自听史平顺这么一说，他决不会相信这些事都发生在宫中。

咸丰不动声色地问道："储秀宫死去的那名宫女是你杀的吗？"

"这——"史平顺稍一迟疑，便低下头，老老实实交代说，"是小人不得已才那样做的，小人怕暴露了身份被误认为是入宫盗窃财物的人，请皇上明察，奴才只想揭露出那阴险狠毒之人，绝没有他意，望皇上看在奴才对云嫔娘娘一片忠心的分上饶过小人。"

"撤离皇宫那天你趁机到储秀宫抢掠财物了吗？"咸丰又问道。

"回皇上，奴才那天正在宫中帮助收拾东西，忽然想起那天探听到的消息，懿贵妃准备派安德海谋害朱妃娘娘，奴才原来准备暗中监视安德海的一举一动，争取当场抓获安德海，就可以向皇上揭露懿贵妃的阴谋，谁知奴才一时匆忙把这事给忘了。等到想起来赶到畅音阁时，恰逢皇上在那里，朱妃娘娘已经死了。奴才只好如实向皇上报告，希望皇上能够严惩懿贵妃。奴才根本没有去储秀宫，怎会趁乱抢掠财物呢？一定是懿贵妃与安德海知道奴才向皇上报告，才恶人先告状，让皇上处死奴才。奴才的一条小命不如一只苍蝇，皇上处死奴才是小事，冤屈了云嫔娘娘和朱妃娘娘却是大事，请皇上明察！"

咸丰面色一沉："你既然知道懿贵妃与安德海合谋毒害朱美人，为何不报告给朕，你刚才的那些话分明是杜撰出来哄骗朕的，以此逃脱到储秀宫抢劫财物杀人越货的罪名。来人，给朕把这两人拉下去乱棍打……"

"死"字还没出口，崔长礼急忙出面说道："皇上息怒，皇上以大事要紧，万万不可为了两个下人动怒伤了身子。"

咸丰见崔长礼阻止他说下去，转身问道："依崔总管之见应如何处理这事？"

"回皇上，依奴才之见先把两人看押起来，如果懿贵妃娘娘问起皇上对抢劫储秀宫的人追查情况如何？皇上也可让他们与懿贵妃娘娘有个对质，皇上以为如何呢？"

咸丰本来想先处死这两人，不使宫中的丑事外扬，然后再伺机废掉懿贵妃。一听崔长礼这样说，也觉得有道理，懿贵妃绝不是一般妃子可比，没有充分的证据，废掉她可不容易。他知道崔长礼提出留下这两人与懿贵妃对质的真正含义。

咸丰便命令崔长礼把两人关押起来，然后传唤懿贵妃，审问她为何要陷害云嫔和朱莲芬。

咸丰刚要派人去召懿贵妃，肃顺和怡亲王载垣匆忙来见，说通州谈判失败，洋人很快会攻下京城，请皇上火速撤离京城到热河行宫避难。

咸丰一听京城危在旦夕，也顾不了一国之主的尊严，即刻吩咐属下宫监火速收拾物件，准备逃难。

咸丰一夜也没睡好，几次从噩梦中醒来。一会儿梦见云嫔哭喊着向他走来，一会儿又梦见朱莲芬向他喊冤，还梦见洋人拿着洋枪向他冲来，高喊着"抓皇上"。

第二天早晨，咸丰比往常早起了许多，也许是梦做得太多，他觉得头昏沉沉的，人也打不起精神。怎么能够高兴起来呢？这是去热河逃难，可不同于往年的热河木兰秋狝，能够一路上看花赏景，边走边看，为了安全离开京城，必须星夜奔逃。

咸丰刚刚坐了一会儿，正想着心事，崔长礼进来报告说："皇上，一切准备齐全，可以随时出发。"

咸丰没精打采地点点头。

"皇上，还有什么吩咐，如果没有，奴才就通知肃大人准备起程了。"

咸丰想了想，问道："朱美人的丧事是否安排妥当？"

"回皇上，奴才已经安排齐全，由于情况急迫，无法大办，奴才已派人为朱妃娘娘发丧了。如果皇上觉得不妥，待洋人退去，重新操办也可以。"

咸丰叹口气："非常之时不可讲究太多，草草发丧，也是应该的，总不能让洋人打入城中再惊动死去的人吧。"

过了片刻，咸丰忽然又想起了什么："那两名了解朱美人之死内幕的太监呢？"

"仍关押着呢！没有皇上的吩咐，奴才不敢将他们放出去。"

"俗话说'家丑不可外扬'，这两人夜探宫禁又杀害一名宫女，也不是安分守己之辈，还是将他们处死吧，以绝后患。"

崔长礼一怔，又问道："皇上，那云嫔娘娘之死与朱妃娘娘被害的事——"崔长礼不敢再说下去。

咸丰无可奈何地摇摇头："如今不是整顿宫闱的时候，先处死这两人，等到以后有机会再废掉那心狠手辣的女人。"

"嗻！"崔长礼只好领命退出来。

不多久，崔长礼慌慌张张地进殿奏报说："皇上，不知为何，那两名被关押的太监一个死了，另一个不知去向。"

咸丰听了又是一惊，急忙问道："怎么死的？不是被关押起来了吗？"

"杜进忠被杀，史平顺可能逃跑了，地上有打斗的痕迹。"

崔长礼也是边说边看着皇上的脸色，见皇上并无多大反应，才大着胆子说："都是奴才一时疏忽，没有加派人看守，守卫的人也忙着收拾行李，给他们钻了空子。"

"死就死吧，只是那史平顺逃了实在让朕担忧，可派人去寻找，就地处死即可，不必押解回来。"

崔长礼刚要离去，咸丰又叮嘱道："此事不可外扬，追捕那史平顺的事可暗中遣一名大内侍卫进行即可，不必声张。"

崔长礼心领神会皇上的意思，立即将此事吩咐下去。

崔长礼刚刚走出太极殿，咸丰就传令起程。

咸丰皇上在随身太监刘海成的搀扶下上了马车。崔长礼待皇上坐定后，扑通跪倒在地，连磕两个响头，眼泪汪汪地说："奴才在京为皇上看着后宫，等待洋人退去再接皇上回来。"

咸丰点点头："如果京城安稳了，朕即刻回来，小心伺候着宫中的大小事务吧，朕走了。"

肃顺一声令下，一支庞大的皇家逃难队伍疾行出了圆明园北门。

马车经过圆明园北门的刹那间，咸丰有一种从未有过的体验，他心里涩涩的，喉咙也仿佛被什么东西堵住了，特别憋闷。他轻轻掀动车上的帘子，回首再看一眼这美丽壮观的皇家园林，有一种生离死别的感觉，似乎这一去就永远回不来了，也似乎突然产生一种若有所失之感。

圆明园越来越淡远了、模糊了，咸丰无可奈何地放下手中的帘子，两行清泪悄悄落下。

第十五章

小皇子发狠报睚眦
六王爷忍辱息兵戈

载淳怯生生地问道："额娘，皇阿玛说废了你是干什么？"懿贵妃又一阵心酸，泪水再次夺眶而出。大阿哥似乎明白了什么，乖乖地说："额娘，孩儿长大不让阿玛废了你，孩儿要是当上了皇上，一定废了那肃六！"

残阳如血，衰草遍野。

空旷的原野上行进着一支落魄的逃难车队，像一条觅食的秋蛇在蜿蜒的小路上前行着。尽管这个车队都是华美的车盖、高俊的大马，但没有欢笑，没有威武雄壮的军乐，也没有迎风招展的锦旗。队伍是庞大的，但庞大中透着哀伤；车马是华贵的，但华贵中掩饰不住萎靡的气息。

忽然，一群投宿的寒鸦从头上飞过，毫无秩序的声声鸦鸣更给这支队伍带来说不出来的凄凉，每个人的面色都是那样沉重，甚至连马儿也不叫不跃，老牛拉破车似的缓行着。

车轮悠悠。

"额娘，我饿。额娘，我饿……"

一个童音清脆的叫饿声打破了这支默默疾行队伍的宁静。

懿贵妃把孩子搂在怀里，小声安慰道："别叫喊，额娘问一问有没有吃的，等会儿让军校给你送来。"

载淳点点头，不满意地问道："额娘，咱这是去哪里呀，路上连好吃的、好玩的都没有，在宫中好好的，干吗出去？"

懿贵妃不知如何解释给儿子听，叹口气道："你皇阿玛和你额娘也不想离开宫呀，没有办法，谁让咱大清朝打不过人家呢！"

载淳似懂非懂地点点头，又问道："打不过人家就跑，对吧！

可我们要跑到什么地方，那里有宫中那么好吗？"

懿贵妃抱紧了儿子："那里和宫中一样好，还可以打猎，如果你愿意，可以让阿玛带你去打猎。"

载淳高兴了："我要让阿玛带我去打猎。"

过了片刻，载淳又说道："额娘，我又饿了。"

懿贵妃用手挑开车帘，问身边一名将校："今天是谁负责膳食？"

"回贵妃娘娘，是肃大人。"

"麻烦你通知一下肃大人，就说大阿哥饿了，看看有没有可食的东西给拿一些过来。"

不多久，那名将校骑马从前面赶来，报告说："肃大人说没有，让大阿哥再忍耐片刻，到达前面村庄就停车住宿，埋灶做饭。"

懿贵妃一听，很不高兴，再没有吃的，也不至于没有鸡蛋、大馍之类的，大人可以忍耐，孩子怎可以忍耐，一定是肃顺这小子对我有偏见，故意不给大阿哥吃的东西。

哼，肃顺你小子狂，别人怕你，我可不怕你，你能制住奕䜣和奕谖，你想制住本宫可不行，本宫不是好惹的。你与奕谖有矛盾，我不管那么多，但你别想把矛盾转到妹妹和我的头上。倘若你有这个想法，算你肃顺瞎眼！

天渐渐暗下来了。

一阵寒冷的秋风吹来，撩起了车帘，给车厢内带来一阵寒意。大阿哥紧紧贴在额娘的身边，看着车外黑乎乎的旷野，怯生生地说："额娘，我又怕又冷又饿。"

正在这时，远处山腰上传来几声狼的嗥叫，刺耳尖利。

载淳吓得哇哇哭了起来。

懿贵妃一边搂紧大阿哥，一边哄着说："别怕，别怕，马上就停车住宿了，额娘给你做你最喜欢吃的甜鸡蛋。"

载淳这才止住哭泣，趴在额娘怀里睡着了。

终于找到一个小村庄，说是村子，其实只是几户人家，在这荒山旷野，能够找到这样一个投宿的地方已算不错了。

众人都下了车，人困马乏，坐在地上谁也不想站起来。人多地方少，大部分人只能在室外歇息。懿贵妃沾了大阿哥的光才算住进了屋里，但心中窝的火比路上更大了。

等到用餐的时候，侍从送来了米粥。懿贵妃一见没有她为大阿哥要的甜鸡蛋，冷冷地问道："路上再苦也不能苦了大阿哥，没有鸡蛋大阿哥怎么吃？"

她这么一提醒，载淳果然不愿吃米粥，直嚷着要吃鸡蛋。懿贵妃对侍从太监道："去找肃大人，就说大阿哥不愿吃粥，要吃鸡蛋呢。"

不多久，肃顺过来了，他一见懿贵妃的神色，便冷冷地说道："皇上都已经两餐没吃上鸡蛋了，更何况是他人，就是大阿哥也要忍耐两天，等到了热河行宫再改善膳食。"

懿贵妃一听肃顺说话的语气，很不高兴地回敬道："皇上吃不上鸡蛋，只怕给皇上用的膳食早被有些人独自享用了。"

肃顺一听懿贵妃话中有话，也不客气。

"嘿嘿，不是大阿哥想吃鸡蛋，是有些人养尊处优，忘记了当年在家时过的贫贱日子，自己馋了起来。哼，别说鸡蛋没有了，只怕再过两天，连这米粥也吃不上呢！"

懿贵妃一听肃顺揭了自己的老底，讽刺自己出身贫贱，气得把碗一摔，骂道："肃六老儿，不要以为离开京城你就可以作福作威了，馒头再大也是笼蒸出来的，你的大权是皇上给的，皇上尚在这里，你不过一个护驾人员，离开你，皇上同样能够顺利到达热河。"

肃顺也不相让，冷笑道："你也不过是皇上的一名妃子，宫中的位置是皇上给的，比起皇后来相差千里。不过沾了大阿哥的光皇上高看一眼，也不是你个人的德行升迁到贵妃之位，也应该掂量掂量自己的身价，有没有说话的资格。"

懿贵妃更是火冒三丈，失去了控制，破口大骂："肃老六，你欺人太甚，将来必遭报应！你杀人如麻，他日不得好死！"

"住——嘴——"

一声威严的大喝吓了懿贵妃一跳。不知何时,皇上闻声赶来了。咸丰看看肃顺,又扫一眼懿贵妃,冷冷地盯着懿贵妃,一字一句地说:"你再不识抬举,朕废了你!"

咸丰说完,一甩袖走回自己的房中。

懿贵妃自知刚才有点失态,但她想不到皇上会赶来,更没想到皇上会发这么大的火。她把一肚子委屈咽了下去,又化成泪水流了出来。

肃顺也不声不响地退走了。

懿贵妃"哇"的一声哭了出来。

载淳见额娘哭了,抱住额娘的胳膊摇动着:"额娘不哭,额娘不哭,额娘乖,载淳都不哭,额娘也不哭。"

懿贵妃终于止住了哭泣,紧紧抱着载淳抽泣着,许久才抬起头。载淳借着微弱的灯光给额娘擦去脸上的泪水,怯生生地问道:"额娘,皇阿玛说废了你是干什么?"

懿贵妃又一阵心酸,泪水再次夺眶而出。

大阿哥似乎明白了什么,乖乖地说:"额娘,孩儿长大不让阿玛废了你,孩儿要是当上了皇上,一定废了那肃六。"

懿贵妃百感交集,一把搂住载淳,委屈地哭着说道:"我的儿,还是你疼额娘!"

第二天早晨上路时,侍从催促懿贵妃上车,懿贵妃一看不是昨天所乘的那辆车,另换了一辆破车,她生气地喝问道:"怎么换了一辆旧的,本宫昨天乘坐的那辆车呢?"

"回贵妃娘娘的话,昨天那辆车在早上检修时发现车轴裂伤,唯恐行驶起来对贵妃娘娘不安全,肃大人说给贵妃娘娘另换这辆车。"

懿贵妃看了看眼前这辆破车,知道是肃顺故意用旧车刁难自己。人在矮檐下,不能不低头,只能把气向肚里咽。她冷冷地说道:"这辆破车四面透风,行驶起来也必然颠簸得厉害,我倒没什么,怎样艰苦都能够吃得住,只是大阿哥如此年幼怎能经受住这破车的颠簸，还是请你们的肃大人给换一辆新车吧！"

"回娘娘的话，肃大人已经安排妥当，大阿哥暂交皇后娘娘看待，与皇后娘娘同乘一辆车，请贵妃娘娘不必为大阿哥操心了。贵妃娘娘请上车吧！不然，我们要落在队伍后边的，贵妃娘娘的安全就难以保证了。"

懿贵妃一听，差点把肺给气炸了。但也无可奈何，只得委曲求全上了这辆破车。

一声吆喝，车启动了，那"吱咂吱咂"的声音如催眠曲伴随懿贵妃一路，其中颠簸的苦楚就更难以诉说了。

一路上，懿贵妃咬牙切齿骂个不停，并暗暗发誓，不把肃顺老儿置于死地，决不罢休。

1861 年 9 月 22 日，咸丰皇帝离京出走。

留守京城的王公大臣有恭亲王奕䜣、惇亲王奕誴、豫亲王义道、京城国防大臣贾桢、协办大学士兼户部尚书周祖培、大学士桂良、吏部尚书全庆、署兵部尚书赵光、刑部尚书瑞常以及户部左侍郎署步军统领文祥等人。

咸丰皇帝临行前授予奕䜣为钦差全权大臣。皇上一离开京师，奕䜣立即行动起来，他对待洋人的态度一直就是和为贵，如今独掌了大权更是推行议和谈判的政策。

奕䜣为了表示和谈的诚意，率先派出恒祺、蓝蔚雯两人与英国特使额尔金、法国特使葛罗面议和局。

和谈的第一个问题就是释放巴夏礼等英法战俘人员。

巴夏礼是英国驻广州领事，也是"亚罗号事件"的操纵者，更是侵略中国的主谋，在通州谈判时，他作为英法全权代表到通州同大清朝谈判。由于条件太苛刻，咸丰皇上一气之下，下令扣押谈判代表，他是在潜逃中被俘的。

咸丰皇帝未撤离京师之前，好多大臣一直联名上书要求处死巴夏礼，咸丰没有采纳众人的意见，主张暂且监禁起来作为人质，制约洋人的攻城。

如今，皇上虽然授命奕䜣为全权大臣，是否释放巴夏礼他也拿不定主意。为此，奕䜣在圆明园召集了留守京师的王公大臣，共商对策。

光禄寺卿胜保虽然身受重伤，仍然坚持参加了机密讨论会，他慷慨陈词："巴夏礼是我大清的仇敌，在我大清的疆土上犯下不可饶恕之罪，理应斩首示众，鼓我士气，扬我军威，将士同仇敌忾，誓与京城共存亡，必能守住城池，保住祖宗的灵位免遭洋人践踏。我胜保虽身受重伤，仍可领兵作战。今胜保请战，有我胜保在，城就在！"

众人见胜保如此铁胆忠心，都为之感动。内阁学士、户部右侍郎袁希祖也站出来说道："光禄卿言之有理，斩杀贼首，振奋士气，以贼首祭天告祖，然后坚守城池，谅洋人也奈何不了我们。京中尚有精兵数万，马步营、神机营数千人。何况京城池深水宽，墙厚城高，又有数千门大炮，易守难攻。只要坚守四门，皇上必然从各省调来兵马援救，内外夹攻，洋人必败。"

大学士桂良反对说："自顺治皇帝入关进驻京城以来，已历两百余年，京师未曾遭过一枪一炮一马一卒的侵袭。如今建筑雄伟，古迹比比皆是，又有祖宗牌位和一些未能撤出城外的亲王妃嫔。倘若京城有失，造成的罪责何人承担？事事应从大局着想，万万不可逞一时匹夫之勇而给后人留下千古骂名，让祖宗蒙羞，百姓遭难，妻女遭辱。"

刚才群情激昂的场面冷静下来，众人的一腔热血被桂良当头浇了一盆冷水。

奕䜣权衡再三，最后叹息说道："大清积弱蓄空，外强中干已非一日，非个人能够中流砥柱、力挽狂澜。今日之势，战也败，和也败，同样的败，不如以和为上，既能减少损兵折将，也能免去黎民百姓的涂炭之苦，又可保住宗庙社稷，这是一举多得的举措，为何不做呢？以本王所见，派人劝说巴夏礼，令他给攻城的洋人写信，以他的口气去说和可能性较大，你们以为如何？"

众人知道恭亲王和意早定，自己又拿不出什么更好的办法来，只好一致同意谈判议和。

和谈的背后是不平静的，双方都在调兵遣将。一方急调各路人马驻守京师四门以及各大要隘；另一方则火速运输军械粮饷，补充军需。

1860 年 10 月 6 日。

洋人突然改变战术，撕毁和谈协议，派遣先头部队猛攻城北德胜门、安定门，暗袭僧格林沁、瑞麟的后路。此时，清军已成惊弓之鸟，被洋人的气势吓倒了，马队闻风而逃，步兵也望影而窜，清兵不战自退，英法联军如入无人之境，杀入外城，直扑圆明园。

圆明园，中国园林建筑最光辉的杰作，素有"万园之园"的称号。它是在明代园林的基础上，从康熙年间开始重新修整扩建的，历经一百五十多年，动用了无数人力、物力建造成如此恢宏壮观、美不胜收的奇特景致，园中有园，景中有景。

圆明园由圆明园、万春园、长春园三座园林组成，方圆二十多里，占地五六千亩。园中有各种各样的亭、台、阁、榭、楼、堂、殿、轩，集中了全国各地园林建筑的精华，吸取了历代宫殿的优点，又融入西洋园林的技术。园中陈列着历代文人墨客的珍贵墨宝和各种金银玉器与出土文物，实在是世界文化史上的明珠瑰宝。

一场人类文化史上空前绝后的劫难开始了。

英法侵略军闯入这人间仙境般的园林之中，他们惊呆了，做梦也没有想到东方民族竟有这样的能工巧匠修建这些令人叹为观止的建筑群落，不是亲眼所见，是不敢相信的，比《马可·波罗游记》中描绘的还胜几分。相形之下，这些英法联军的将士们心底不由产生一种自卑感和嫉妒心，无论是凡尔赛宫还是白金汉宫，都相形见绌。

这些强盗在惊叹之后就是一种自愧弗如的报复心与破坏心。

他们一哄而上，成群结队地把无数奇珍异宝掠为己有。

一队又一队，一批又一批，去了一趟又一趟，圆明园被洗劫一空了，这些侵略者的帐篷里堆满了奇珍异宝，到处五光十色，璀璨夺目。

英国特使额尔金来到法国特使葛罗的帐篷，见他正在欣赏抢掠来的珍宝，便饶有兴趣地说："大使阁下，你对这些珍宝有兴趣吗？"

葛罗一边玩弄手中一件玲珑剔透的玉器，一边赞不绝口地说："真是巧夺天工，我要带回法国放到凡尔赛宫的陈列室内，再送给波拿巴王几件。"

葛罗见额尔金对他的话并不感兴趣，十分不解地问："额尔金大使，你难道不为这些艺术品而赞叹吗？不为我们这次来中国的收获而骄傲吗？"

额尔金笑了笑："葛罗大使，用句中国话说，你们抢到的这些珍宝对于中国人只是小菜一碟，我感兴趣的不是手中玩弄的一件件艺术品，而是整个圆明园，整个北京，整个中国，你懂吗？"

葛罗不解地问："你对圆明园、北京、中国感兴趣有什么用？你又不能把它们搬到你们英国去？"

额尔金仰天大笑："哈哈，葛罗大使，你说得对，我无法把它们搬到英国去。"额尔金马上又正容说道，"我们英国有的，其他国家可以没有，而我们英国没有的，我决不允许其他国家拥有。"

额尔金稍稍停顿片刻，把手中的烟蒂一扔，咆哮道："我无法把圆明园搬到英国，我可以把圆明园给毁掉，甚至把北京、把中国给毁掉！我要让东方民族的心中留下一个永远无法抹去的创伤！"

葛罗也被额尔金的精神感染了，他站了起来，一脚踩碎刚才玩赏的那件玉器，赞同地说："额尔金大使，你不愧是大英帝国的全权大臣，实在高人一筹，我佩服你的胸怀和勇气，我代表法兰西王国全力支持你，彻底摧毁圆明园，摧毁北京，让这座象征古老东方文明精华的园林彻底从地球上消失，这标志着我们先进的西洋文明对东方落后文明的摧毁，也给中国人心头留下一个带血的伤疤，让他们的王公大臣、皇上皇后、王子王孙在这个伤疤面前胆战心寒！"

两双罪恶的魔爪紧紧握在一起。

1860 年 10 月 18 日。

在额尔金与葛罗的指挥下，英法侵略军再次大规模地开进了圆明园。这一次，他们带着明确的目的：能带走的全部带走，能砸毁的全部砸毁，不能带走的，不能砸毁的，他们就放火把它们烧掉。

侵略者们重兵把守着，让圆明园在大火中化为一片灰烬、一堆瓦砾。

这些侵略者们毁掉一个圆明园并没有就此罢休，他们接下来又抢掠了万寿山、玉泉山、香山等地的金银珠宝与文化遗产。

消息传到了法国，当时法国著名作家维多克·雨果在一封斥责英法侵略军焚掠圆明园罪行的信中，沉痛地写下这样几行文字："有一天，两个强盗闯进了圆明园。一个强盗洗劫，另一个强盗放火。似乎得胜之后，便可以动手行窃了。他们对圆明园进行了大规模的劫掠，赃物由两个胜利者均分。……我们所有大教堂的财宝加在一起，也许还抵不上东方这座了不起的富丽堂皇的博物馆。那儿不仅仅有艺术珍品，还有大堆的金银制品。丰功伟绩！收获巨大！两个胜利者，一个塞满了腰包，这是看得见的，另一个装满了箱箧。他们手挽手，笑嘻嘻地回到欧洲。这就是这两个强盗的故事。

"我们欧洲人是文明人，中国人在我们眼中是野蛮人。这就是文明对野蛮所干的事情。将受到历史制裁的这两个强盗，一个叫法兰西，另一个叫英吉利。"

天高云淡，秋风瑟瑟。

茫茫的原野上枯草遍地，远处山坡上的枫树仿佛被夕阳点燃了，一片通红，又似熊熊的烈火在山林中焚燃着。

也许是这火红的枫林真的像火，林间的小动物们纷纷向原野上逃去，一个个膘肥体胖的猎物们在草丛间笨拙地奔跑着，甚至就从咸丰脚下掠过。

可是，这一切"扬手接飞猱，俯身散马蹄"的游猎之趣，一点也提不起咸丰帝的精神。其他大臣们只得小心翼翼地远远跟着，尽管身边都是左带弓右佩箭，但谁也不敢我行我素，享受打猎的雅兴。

几只南飞的大雁从头上飞过，不时发出幽凄的孤鸣，更衬托出这木兰围场的萧条冷落。

咸丰稍稍挪动了几步，站得更高远一些，想把整个木兰围场尽收眼底，甚至想把大清朝的万里江山尽收眼底。

这避暑山庄，是大清朝皇帝夏日避暑和处理政务的行宫，依山面湖，风光秀丽，是游乐围猎的理想所在。这承德府北四百里为木兰，本属蒙古翁牛特部，康熙年间，蒙古王公为了表示对皇上的一片忠诚之心，把此地进献给康熙做围场。周围一千多里，四面都立有柳条林为界。这里林木葱郁，水草茂密，群兽肥壮，燕语莺啼，是狩猎的好地方。每年中秋后一天都来此游猎，形成历代皇帝秋狝的传统，而大臣们习惯叫作巡幸木兰。

咸丰想：往昔巡幸木兰是何等威风八面，一路上前呼后拥，彩旗迎风招展，各地百姓也在地方官的督促下箪食壶浆相送相迎。今年不同了，是逃难至此，不是来狩猎的，而是来避难的。国难当头，京城正在遭到洋人抢掠，自己有幸先行逃离至此，怎么还有兴致打猎呢？让外臣知道不骂朕是昏君才怪呢！更何况朕是大清国的一国之君，如今虽然不能算是亡国，但祖宗留下的一个偌大家业，也只有半壁江山了，就这半壁江山自己能够平平安安地守住吗？内忧未除，外患又至。据京中奏报，富丽堂皇的圆明园已被洋人焚毁殆尽。

咸丰回忆起离开圆明园北门回首而望的那刹那间，竟是永别！即使朕再回到那里，触目惊心的也是一堆焦火、一片残垣断壁，这一百五十多年的基业都毁在自己手中，自己有何脸面去见列祖列宗。

一阵寒风袭来，咸丰裹紧了衣衫，说不出是心冷还是身冷。

面对着残秋凄景，咸丰低吟一首诗，抒发自己一腔悲愤与无奈的凄苦心情。

> 望断木兰又黄昏，
> 任凭猎物戏御心。
> 半壁山河风声唤，
> 欲兴大业志无门。
> ………………

咸丰正在思索如何再续上四句，忽然听到身后一声脆脆的呼喊："皇阿玛，皇阿玛，给孩儿打一只小鹿好吗？"

咸丰转过身，载淳已跑到他的跟前。咸丰伸开双臂抱住大阿哥，心疼地说道："皇儿慢点，别摔坏身子，你是阿玛的全部希望，可不能有个差失，否则，阿玛还指望谁呢？"

载淳似懂非懂地看着皇阿玛一脸愁容，怯怯地问道："阿玛，你不舒服吗？额娘说你操劳过度，身体不好，要给你准备一碗鹿血呢！额娘说皇阿玛喝了鹿血就有精力处理国家大事啦。"

咸丰想不到载淳如此年幼能说出这番让他欣慰的话，疼爱地为他理一理长袍，关切地问："是谁让你到这里找皇阿玛的？"

"七叔叔刚才说皇阿玛这多日来一直都不开心，就让孩儿来陪阿玛开心，并请皇阿玛回去，外面风大天冷，阿玛小心着凉。"

咸丰抱起了载淳："好，阿玛听载淳的话，咱们回去。"

几位王公大臣见皇上回来了都很高兴，急忙上前劝住皇上，他们要求代替皇上抱着大阿哥。

咸丰淡淡一笑："朕还能累着吗？朕平日里只忙着操持政务，很少抽时间和大阿哥在一起乐一乐，今日难得有这个兴致，让朕和大阿哥多亲热亲热吧！"

载淳俯在皇阿玛宽大的胸怀中，看着阿玛额头浸出汗滴，央求道："皇阿玛放下孩儿吧，孩儿能够走得动。"

"不用，阿玛就乐意这么抱着你，你长这么大，阿玛也很少这样抱过你呢！今天就算是阿玛补偿给你的吧，给阿玛一个补救的机会。"

载淳忽然想起了什么，问道："阿玛，咱们在这里住多长时间，还回不回宫。"

"住一段时间就回去，皇宫大内才是咱们长住的地方呢！不回去怎么行，你想京城了吗？"

载淳点点头："这里不好，不好吃也不好玩，还是早早回京吧！如果阿玛不回京，皇位会让人给抢去的。"

咸丰一听，心里咯噔一下。他愣了愣，停住了脚步，突然想起了在京师的全权大臣奕䜣。不知为何，一想起他，心中总有一丝莫名其妙的担心与嫉妒，这是从儿时就有的感觉。

"阿玛，怎么不走了，累了吗？"

载淳的问话打断了咸丰的沉思："阿玛不累，刚才的话是谁教你的？"

"额娘教的。"

咸丰又想起了懿贵妃，那个自己至今琢磨不透的女人。她心狠手毒，但为人机警，这是皇后比不上的，但她又特别会玩弄心计，施展风情，在自己最需要的时候给自己一种女人独特的安慰。唉，这样的女人，真是废了可惜，留着扎手。还有载淳，她毕竟是载淳的亲生母，万一将她废了，若干年后，载淳问起来自己如何回答呢？母子连心啊！可是，留着如此狠毒的女人在后宫，实在害人不浅。咸丰真的不知如何处置懿贵妃。

咸丰边走边想，不知不觉来到懿贵妃所住的文津阁，他本不想进去，令太监把大阿哥带回去就可以了。

谁知刚走到阁前，懿贵妃就迎了出来："不知皇上来此，臣妾迎接来迟，请皇上恕罪！"

咸丰放下载淳，一挥手淡淡地说道："不必多礼，请起来吧。"

懿贵妃故意带着责怪大阿哥的口气说："额娘不是告诉你皇阿玛身体不适，只管陪阿玛开心，怎么又劳累皇阿玛抱你呢？"

"孩儿也不想让皇阿玛劳累，是阿玛乐意这样做的，阿玛想和孩儿亲热亲热。"

载淳说着，转向了咸丰："阿玛，是吗？"

咸丰的脸色稍稍缓和一些，点点头说道："是朕主动要抱一抱大阿哥的，朕觉得大阿哥很懂事，不负朕望，朕才高兴和他亲热亲热。"

懿贵妃又趁机说道："皇上一路劳顿一直没有休息好，也没有吃好，臣妾听说皇上偶感小疾，身体不适，特命人打了一只鹿来，臣妾亲自将鹿血调煮好，本想亲自给皇上送去，不想皇上竟来了。鹿血已经煮好，请皇上入阁服用吧！"

载淳也在旁边说道："额娘为了给皇阿玛取鹿血手还被刀扎破了呢！"

咸丰抬眼看见懿贵妃的右手果然包扎着，内心也十分感激，一扫往昔的怨恨之情，真诚地上前握住懿贵妃的手说："这些活由侍从去做就行了，你又何必亲自动手呢！吩咐下去就行了。"

"臣妾怕他们做事不利索，还是臣妾自己亲自为皇上做，臣妾才放心。何况，这些活本来就是臣妾应该做的，臣妾为女儿身，无法为皇上分忧解难，血战沙场，能够尽心尽力地服侍皇上，让皇上少一丝烦恼，多一点欢乐，这是臣妾最乐意做的。"

懿贵妃的这一番话简直说到咸丰的心里了。咸丰本来就是心慈手软之人，一听懿贵妃这样说，心中对她的猜疑和怨恨又消去了大半。心中想道：皇宫大内妃嫔如云，她们为了争宠，争风吃醋是自古就有的事，谁不希望能够独自享受皇上的恩宠呢？就是为争宠发生流血事件也是历朝历代宫廷都有的，远的不说，就是我朝最负威望的孝庄皇太后为了争宠不也置对手于死地吗？却丝毫不影响她在后世子孙心目中的位置。懿贵妃虽然有点心狠，也许都是为了一个"宠"和一个"爱"字吧，何况她又为朕生下了大阿哥！在政治头脑上，懿贵妃是宫中任何人所无法比拟的，就是皇后也稍逊几分。

想到此，咸丰心里宽慰了许多。在懿贵妃的服侍下，他服下了一碗调配齐备的热腾腾的鹿血，顿时觉得热血上涌，内心舒畅，头脑清爽。

当晚，在懿贵妃的挽留下，咸丰又留宿文津阁。

1860 年 10 月 24 日。

恭亲王奕䜣释放了英国公使巴夏礼，与额尔金签订了《中英北京条约》。

1860 年 10 月 25 日。

恭亲王奕䜣与法国大使葛罗签订了《中法北京条约》。

这两个条约在承认《天津条约》的基础上，增加了扩大侵略的条款，其主要内容如下：

一、开放天津为商埠；

二、准许外国人在中国招募华工出洋做苦工；

三、将九龙司地方并归英属香港界内；

四、交还没收的天主教堂及财产，允许在各省传教、租地、建教堂；

五、赔偿英法军费各增加到八百万两白银。

中英、中法《北京条约》副本送到热河行宫。

咸丰在烟波致爽殿里一夜未眠，面对丧权辱国的条约，他想起了父皇临终时的谆谆叮咛："孩儿，父皇是大清朝的罪人，也是爱新觉罗家族的不肖子孙。父皇开了一个不好的先例，签订了《南京条约》这一国人为之痛斥、先祖为之汗颜的条约。可是，父皇实在没有办法，咱打不过洋人呀，父皇是个守成皇上，除了平定叛乱，一生没有什么值得一提的政绩。父皇今天把皇位传给你，希望你能整顿朝纲振兴我大清江山，早日为父皇报仇雪耻，收回父皇签署的卖国条约。父皇把希望全部寄托给你了，宁可亡国，也不能再签订卖国的条约了……"

父皇没有说完就含恨九泉。

至今，咸丰时时想起父皇死不瞑目的神色。而今，不但没有继承父业收复丢失的土地，甚至连半壁江山也守不住了。《南京条约》不仅无力收回，如今又有几个条约等待着自己签字盖印。这一落笔不要紧，可又是无数的主权流失、白银外流。

泪水几次涌出，打湿了放在御案上的条约副本。

在这寒冷的黑夜里，痛苦无奈的咸丰帝几乎彻夜未眠，直到黎明前夕才迷迷糊糊趴在御案上睡着了。贴身小太监刘海成多次流着眼泪跪请皇上就寝都被咸丰呵斥了，如今见皇上入睡了，哪里敢喊醒皇上到御榻上安歇，唯恐惊醒了皇上使他再也不能入睡，便悄悄拿了一件狐皮大氅给皇上披上。

由于洋人逼催得急迫，必须尽快把带有皇上手迹的副本送到洋人那里换约，否则，洋人便要攻下北京，火烧紫禁城。

天刚放亮，肃顺、端华、载垣等人就来到烟波致爽殿外等候消息。一听说皇上彻夜未眠，谁还敢再去惊动皇上，都耐着心在殿外等待，希望皇上多睡一会儿，但同时又心急如焚，万一误了时辰，喜怒无常的洋人再发起火来攻破北京，那后果不堪设想。

咸丰一觉醒来，见太阳已经爬上窗格，又听说众大臣早已等在殿外，连送传条约副本的驿马都已经备好正在外面呢。咸丰知道不签不行了，从御案上提起笔速速地签了字，盖上玉玺。究竟如何下笔、如何盖印的，咸丰已经毫无知觉，他只感觉自己脑中一片空白。签完字，把御笔一摔，大叫一声呕出一口鲜血来，往后一仰便不省人事。

幸亏几名太监、大臣就在身边，一见皇上昏倒大吃一惊，急忙上前救治，快速请御医把脉诊断。那边，肃顺又急令传递公文的官员火速将皇上签署的条约副本送往京城。

第十六章

论朝政懿贵妃碰壁
蔽消息肃大人锁宫

懿贵妃怂恿说："皇上一直反对的《瑷珲条约》，他们也自作主张答应了，皇上总不会不管吧？"咸丰见懿贵妃提起此事，也不想解释什么，挥了挥手："这些是国家大事，请你们不要干预，朕自有分寸……"

咸丰终于醒来，见御榻周围跪满了人，有朝中大臣、皇后、懿贵妃以及大阿哥等人。咸丰看看众人，酸楚的泪水夺眶而出。众人见皇上脸色惨白，面无血色，都请皇上节哀，事到如今也只好如此了。

御医把过脉，说皇上身体虚弱，加上多日来心情抑郁难解，又劳累过度引起的心火上升才猛然吐血昏厥，必须细心调理、静养。

御医开了处方，让皇上先服用一段时间后再做打算。

谁知皇上这一病倒竟不见好转，原来皇上得了一种极可怕的病，当时叫咳嗽病，民间叫它痨病，用今天医学的观点看，皇上患的是肺结核。这种病在今天来说不算难治，但在那个时代的医疗条件是无可救药的。

况且，这种病最怕过冬，只要稍稍受一点风寒就会发作，而发作起来就要咳嗽，起初只是偶尔咳嗽几声，病情严重时彻天彻夜地咳嗽，咳嗽起来心肝肺都震得发痛，后来痰液中还会带血，如果血由红变暗，则到了晚期。

由于皇上一病不起，只好把朝中事务交给大臣们处理，外廷事务由御前大臣载垣、景寿、肃顺处理，内廷事务由端华处理。此外，军机大臣穆荫、匡源、杜翰、焦祐瀛也一同随皇上来到热河避暑山庄，协同御前大臣和内廷大臣处理大小事务。

为了不让皇上分心朝政安心养病，无论大小事务一律由大臣们全权处理，不必呈报皇上。咸丰这时要做的事，就是在皇后和懿贵妃等人的服侍下吃药调养。

中英、中法《天津条约》《北京条约》生效后，又签订了一个中俄《北京条约》，列强在中国得到了足够的好处，达到了他们发动战争的目的，自然撤兵回国，北京又恢复了往日的平安，恭亲王奕䜣及留守朝中的诸大臣便奏请皇上回銮京师。

奕䜣等人的奏折送到热河，首先由御前大臣载垣、景寿和肃顺三人过目。

载垣看过奏折递给肃顺说："奕䜣要皇上回銮呢！不知肃大人有何打算？"

肃顺又把奏折从头到尾看了一遍，往案上一扔说道："此事不必报告皇上，我们三人密而不发，然后以皇上的名义回复奕䜣，就说天寒地冻无法回銮，待明年春暖花开之日再议回銮之事。"

"这样做恐怕不好吧？是去是留我们先奏请皇上，让皇上决定？"景寿试探着问道。

肃顺冷冷一笑："奕䜣当然希望皇上回銮，如今皇上免去他的一切罪责，又任命他为守京全权大臣，他是大权在握，就是皇上回去，他仍可能重新掌管朝中大权。而我们呢？皇上在病榻上才赋予我等这处理大事的特权，倘若回到京城，皇上无法料理政务，这外事大权岂不被奕䜣夺去？依我之见暂不回銮，观看皇上病情发展如何再做料理。"

"如果让皇上知道这事岂不——"

景寿没有说下去，肃顺十分自信地说："此奏折仅我们三人知道，只要我三人不外泄，何人知道此事？请额驸放心，就是将来皇上怪罪下来我也有话相答，就说怕提出回銮之事触动皇上心事，让皇上伤心落泪有损身心，不利圣上养病。"

景寿不再说什么，依他的想法当然最好通知皇上，他毕竟是道光皇帝的驸马，与咸丰、奕䜣也算有半个手足之情吧。但他哪里知道肃顺与怡亲王载垣的想法，肃顺是个权力欲望特别大的人，他已从御医那里了解到皇上患的是痨病，知道皇上的性命不会太久，只要把皇上留在热河行宫，朝中一切大权必在他的手中，这里的任何人都斗不过他。而到了京城就不同了，那里不仅有几位与他过意不去的两朝老臣，更有足智多谋的奕䜣，也许是自己曾经在奕䜣手下当差的缘故吧，在内心深处，他对奕䜣总有一丝恐惧感和自愧弗如的心理。

"在回答奕䜣等人的奏请时，是否要把皇上卧病的消息告诉京中诸人呢？"载垣从旁问道。

肃顺摇摇头："这事更不能透露给京城的诸人，倘若他们知道皇上病倒，不仅恳请皇上早日回銮，更会不断有人来此探望皇上，我们三人的御前大权必遭众人的嫉妒，对我们非常不利，只说天寒无法回銮，其他一字不提，为了防止京中诸人怀疑，可以令京中官员整治京城守御工程，修缮英法联军破坏的建筑，以此掩盖这里的情况。"

尽管肃顺自以为安排得巧妙，没有不透风的墙，奕䜣等人请求皇上回銮的事还是让人知道了。

恰在这三人密议扣押奏折的时候，屏风后刚好有一名小太监从那里经过。这人一听有人谈论什么奏折是否让皇上知道的事，便稍停片刻，留心听起来，暗暗把一些重要细节牢记心中。

若是一般人对于朝中大臣所谈论的事也不会留心，因为宫中有个规矩，太监是不准参与政事的，违令者斩。偏偏这名太监是一位投机钻营之人，入宫多年，一直想爬上去却又苦苦寻不到机会，所以至今仍是一名不显眼的小太监。碰巧皇上离京时身边人手较少，顺便让他到了热河，成为一名跑前跑后打闲杂的事务太监。

这人名叫李莲英，是河北人氏，家境贫寒，父母双亡，自幼流浪街头，和当地的一些地痞流氓混得挺熟。由于在地方犯案无法立身了，便逃到了京城，听说当太监能够大富大贵，荣宗耀祖，便带着这个侥幸心理求人帮忙认识了崔长礼崔大总管，这才如愿以偿当上了太监。

谁知进得宫来才知道宫中并不像人们所说的那样美好，更不像自己所想的那样容易青云直上。每个人都要为自己找个主儿当靠山，他入宫几年也没找到一个合适的主儿，并不是他不想，而是没有机会。他也时时刻刻留意着升迁的机会，却总是拍马拍到蹄子上，有几次差点丢了小命。从此，他做事处处小心谨慎，该说就说，不该说半个字也不吐。

今天，李莲英虽然知道一个不大不小的秘密，但他也深知其中的利害关系，稍一不慎泄露出去就有可能遭到杀身之祸。当然，要看泄露给谁，说不定会因汇报有功得到赏识呢！

一天，李莲英到文津阁给懿贵妃送日用的脂粉，还没进入院内，就听见懿贵妃在里面骂道："无用的东西，在宫中学了这么多年，连头也不会梳，真是该死！"

李莲英走进院内，见懿贵妃正在训斥一名梳头房的小太监，他把所带来的脂粉往台上一放，恭恭敬敬地说道："回贵妃娘娘，娘娘所要的脂粉奴才全部给送来了，请娘娘过目。"

懿贵妃仔细检查一遍，都是自己平日里常用的，也是自己很喜欢的，十分满意地说："看样子，你对脂粉还是内行呢，只可惜我身边没一个懂得梳妆打扮的侍从，连一个合适的梳头的人也找不到。"

李莲英一听，翻动一下小眼睛，讨好地说："奴才曾经专门学过一段时间梳头，如果娘娘允许，就让小人给娘娘梳一次，倘若娘娘不满意，小人再给娘娘重新梳。"

"好吧，娘娘看你也是个忠诚老实之人，心眼好，手也巧，就让你梳一次看看，娘娘满意了一定重重赏你。"

李莲英知道这是谄媚的最好时候，一定要使出拿手功夫，再也不能拍马拍到蹄子上了。他格外小心地使用着每一种工具，轻灵的手指不停地在懿贵妃头上摆弄着，尽量小心翼翼，决不让贵妃娘娘感到一丝一毫的疼痛。

就这样整整梳理了一个时辰，懿贵妃不仅没感到厌烦，反而觉得舒服惬意。

梳完头，懿贵妃到铜镜面前一照，嗬！一个光彩照人、玲珑剔透的头型出来了，把本来就十分漂亮的懿贵妃衬得更加姣美动人，也比往常有精神、有灵气，格外显得年轻有活力，把懿贵妃美得直夸赞李莲英手艺好。

"想不到你小子还有这一手，真是出乎本宫的意料，你叫什么名字，原来是哪个宫的？"

"回娘娘，奴才姓李，叫李莲英，原来是梳头房的，随皇上来这避暑山庄后在烟波致爽殿干些杂务。如果娘娘乐意，奴才以后天天来给娘娘梳头。"

懿贵妃一见这人伶牙俐齿，又会讨好人，嘴也甜，还梳得一手好头，如今又在皇上身边做事，有利用的价值，便满口答应："好吧，本宫今后就天天候着你来梳头，你所得的俸禄除了原来支付的那些银子以外，我再给你一份赏钱，数目一定比你的薪水要高。"

"谢贵妃娘娘！"李莲英一揖到地，"奴才能够为贵妃娘娘做事这是小人祖上的荫德，小人岂敢要娘娘的钱。"

懿贵妃随手递过五十两银子："小李子，这是本宫今天给你的赏钱，拿着吧！"

李莲英过去也曾听人说过懿贵妃对侍从出手大方，没想到今天头一次竟给了这么多钱，急忙推辞说："奴才仅给娘娘梳一次头，也不费什么劲，怎能收娘娘的钱，请娘娘收回吧！"

"拿着，本宫向来说话算话，说一不二，给你多少你就收多少。"

李莲英这才一鞠躬接过赏钱，点头哈腰道："恭敬不如从命，小人就不客气了，今后小人一定天天来给娘娘梳头。"

果然，从那以后，李莲英每天都到文津阁给懿贵妃梳头，这成了他每天的工作。李莲英便把多种功夫都用在懿贵妃身上，讨好懿贵妃，让她高兴。每天换一个头型，每个花样是越换越好看，对每一个花样也都给起上一个吉利动听的名字。今天梳一个"太平盛世"头，明天梳一个"满园春光"头，后天再换一个"龙凤呈祥"头。其余的，什么"富贵保国"头、"春上江南"头、"月出东山"头之类的，把个懿贵妃喜得合不拢嘴。

李莲英渐渐摸透了懿贵妃爱听吉利话的心理，当然便更会拍马逢迎了，不让贵妃娘娘高兴的话他不说。有时，他也讲一些乡村集市的野趣野闻给懿贵妃听，让懿贵妃听后笑得前仰后合，有时都能流出泪来。

时间一长，懿贵妃和李莲英谈一些朝中大事和宫中的事，有时还推心置腹地说一些自己的苦衷。李莲英便安慰体贴懿贵妃，该鼓励时鼓励，该讨好时讨好，反正奉承的话又不用花钱买。

有几次李莲英都想把自己偷听到的话告诉懿贵妃，总怕惹来杀身之祸而没敢轻易吐口。

这天，李莲英又来到文津阁给懿贵妃梳头，他们边梳边谈。

李莲英讨好说："贵妃娘娘真是好福气，深受皇上宠爱，又有一位聪明伶俐的大阿哥做靠山，就是皇后娘娘也抵不上贵妃娘娘这个福气。"

懿贵妃一听，叹口气道："每人都有一本难念的经，在你们看来娘娘好像掉到福窝里了，其实娘娘的心里也很苦，每天的日子也不顺气，这宫中的情况你也是知道的。'高处不胜寒'不说，'伴君如伴虎'这句话更不假，其余的，后妃之间的明争暗斗就更不用说了。你手段狠一点会遭众人唾弃，皇上知道也不同意。你性格太柔太顺，别人又会找上门欺你，'人善有人欺，马善有人骑'，到哪儿都是这个道理。"

懿贵妃说着，又仿佛一下触动了伤感的事来，话也多了起来："远的不说，就说现在吧，皇上一病不起，听御医说是患了不治之症，就是调养好——"

懿贵妃没有说下去。过了许久，才悠悠地倾诉道："我虽有大阿哥，但他如此年幼无知，不谙世事，处处还不得我个人去争去做。何况朝中有些大臣根本不把我这样的妃嫔放在眼里！"

此话一出，李莲英吓了一跳，装出十分气愤的样子说："哼，谁敢如此大胆，敢对贵妃娘娘不恭不敬，他是不要命了。不用说是他人，就几家王爷对待娘娘都是毕恭毕敬的。"

"唉，几家王爷倒也还都罢了，就是肃顺那老儿实在欺人太甚，在来行宫的路上他故意给我换了一辆又破又旧的车，又让车夫赶得快，简直把我颠出病来，一不小心，头上被车厢碰烂几处，到达这里后足足让我躺了三天才能够下床。这还不算，如今皇上病倒了，肃顺当上御前大臣，竟作威作福起来，事事瞒着皇上和皇后，本宫就更是对外界之事一概不知。照这样下去，皇上龙体康复还倒罢了，倘若皇上有个三长两短，只怕——"

懿贵妃只是摇头，什么也没有说。

李莲英心中一动，忽然又想起了那天偷听到的情况，向外看了看，见没有外人，就小声说道："小的也曾听说肃顺有许多事都不奏报皇上就独自主张裁定了。前不久，小的无意中听到了一件事，也不知是真是假，娘娘是否听说恭亲王等留守京城的大臣奏请皇上早早回銮呢？"

懿贵妃皱了一下眉头："如今天寒地冻，皇上又卧病在床，如何回銮呢？尽管不能够回銮，肃顺他们也应该把恭亲王等人的奏折奏报皇上才对，怎能密而不报，他们到底是何居心呢？我从来也没有听皇上与皇后提及恭亲王的奏折之事。"

李莲英见懿贵妃对奏折之事十分感兴趣，听后十分动怒，进一步说道："娘娘有所不知，还不止这些呢！据说皇上本不同意我朝与俄国签订的《瑷珲条约》，是肃顺等人私下以皇上的名义答应的。"

懿贵妃一听更是大吃一惊，这些都是她闻所未闻的事。

梳罢头，懿贵妃又重重夸赞李莲英几句，叮嘱他有什么事多留心一下，并经常报告给她："小李子，你常在皇上周围，事事多长个心眼，大小事多往我这里跑几趟，本宫决不会亏待你的。"

懿贵妃来到如意宫，见皇后正在为皇上的病发愁，直接说道："娘娘是否听说恭王爷及留京的众大臣请求皇上回銮的事？"

皇后摇摇头："如今天气如此寒冷，何况皇上害的又是怕冷之病，如何回銮呢？"

"就是现在不回銮，对京中大臣们的奏折也应奏请皇上，征求皇上的意见，若皇上坚持要回京呢？但肃顺等人却把京中来的奏折都压了下来，密而不报。我所听说的就这一件，其余没有听到的还不知多少呢！如此长期下去岂不蒙蔽了皇上，让朝中大权旁落，我朝也不是没有发生过类似的事。"

皇后听了点点头："妹妹说得也有道理，只是我等后宫之人不知道也是正常，也许他们奏知了皇上呢？历朝历代都禁止后妃干预朝政，我们如何敢问皇上？"

懿贵妃急了："皇后娘娘太实诚了，现在不同于往常，是避难于此，皇上又卧病于床，皇后身为后宫之主，母仪天下，理应为皇上排忧解难才对，怎能叫干预朝政呢？"

皇后又问道："妹妹所听到的情况可是事实，倘若是传闻，我等轻易询问皇上不是惹皇上生气吗？又要骂我们多管闲事了。"

"娘娘，实不相瞒，我听到的消息还不止于这些呢！据说我朝同俄人签订的《瑷珲条约》也是肃顺等人私下同意，也没有奏请皇上。"

皇后一听有这等大事也火了，站起来说道："走，问一问皇上有无此事，倘若真有，一定找肃顺等人理论，决不能让他们独揽朝政，误国误民！"

皇后和懿贵妃来到烟波致爽殿，咸丰皇上刚刚用过药，咳嗽稍轻一些。两人问过安便分左右坐在床前，咸丰略微有点吃力地问道："你们两人同时到此，一定有什么事同朕商量吧？"

皇后看看皇上便说道:"皇上是否有回銮京师之心?"

咸丰叹息道:"朕早有回銮之心,也不知京城修复如何?估计洋人对京师破坏甚重,奕䜣等留守大臣尚没有修缮完工,否则早有奏折到此了。"

咸丰看看皇后:"怎么?你们现在也想回京了吗?"

皇后没有回答皇上的问话,又问道:"皇上果真没有见到恭亲王等人奏请皇上回銮的奏折?"

"怎么?京城修复完毕了,恭亲王奏请朕回銮了?朕怎么没有见到折子?"

懿贵妃从旁边添油加醋地说:"听说让肃顺等人押了下来。哼!这些人也太胆大妄为了,皇上给他们处理政事的权力,并没让他们事事欺瞒着皇上独断专行!"

咸丰知道懿贵妃与肃顺因为路上膳食和换车的事有隔阂,也没把她的话放在心上,只淡淡地说道:"朕令肃顺等人全权处理一切朝政,他们一定是怕朕知道得太多劳神伤身子就没有奏报,这也不是什么大事,何况如今天寒地冻路滑,朕又卧病在床,如何回銮呢?他们才做主回复恭亲王暂不回銮。"

懿贵妃一听皇上的话,是根本不相信自己,而是偏向着肃顺等人,十分恼火,又进一步怂恿说:"这事倒也罢了,皇上一直反对的《瑷珲条约》,他们也自作主张答应了,皇上总不会不管吧?"

《瑷珲条约》一事咸丰是知道的,但他为了不背这个千古骂名,就私下让肃顺代笔签署,对外只说自己一概不知,想让肃顺为自己背上丧权辱国的骂名。

咸丰见懿贵妃提起此事,也不想解释什么。他知道今天皇后到此是懿贵妃撺掇的,就向她们挥了挥手:"你二人回去吧,这些是国家大事,请你们不要干预,朕自有分寸。"

二人无奈,只好回去了。

澄湖烟雨楼。

肃顺正坐在楼上独斟独饮，望着冰封的湖面和远处原野上的皑皑白雪，他心情舒畅，怡然自乐，陶醉在自己大权在握的胜利中和野心勃勃的变幻中。怎能不使他得意忘形呢？当初只是一个门客寄居在柏葰和奕䜣府中，经过自己的努力奋斗，获得当今圣上赏识，从一名普通的京官到如今的一品大员，乃至现在的权倾于世。皇上病倒了，并且得的是那该死的病，而皇上对自己信任有加，只要皇上一旦晏驾，自己就是辅政大臣，如此年幼的娃娃还不任自己摆布吗？适当的时机都有可能取而代之。哈哈，到那时自己也登上御座，享受一下君临天下的威武之味道。

　　肃顺正在想着好事，忽见御前太监杜双奎慌慌张张地进来说："肃大人，大事不好，刚才懿贵妃撺掇皇后娘娘到皇上面前告了大人一状。"

　　"她们向皇上说了些什么？"

　　"小的也没听清楚，只听懿贵妃说什么恭亲王的奏折，还有什么《瑷珲条约》之类的事。"

　　肃顺暗暗心惊，这些事她怎么会知道，莫非我的身边也有懿贵妃的暗探。如此看来，懿贵妃果真不是平庸之辈，今后还要小心一点，以防被她抓住什么把柄。但他仍不动声色地问："皇上说了些什么？"

　　"小的没听皇上说什么就把她们两人打发回去了，她们一走，小的便找个空子来报告给大人。"

　　肃顺点点头："你先回去吧，以后遇到这样的事听清楚一些，多留些神儿。"

　　"是，大人！"

　　杜双奎走后，肃顺再也没有刚才的豪情兴致了，他又小饮几杯，才离开烟雨楼去找载垣商量对策。

　　载垣一听惊奇道："懿贵妃怎么会知道呢？莫非是景寿这家伙告的密？因为这事只有我们三人知道。"

　　肃顺摇摇头："不可能，倘若是景寿告的密，他会直接告诉皇上，决不会告诉懿贵妃的。"

"肃大人，你认为皇上会不会埋怨我等呢？"

"只有先见见皇上，从皇上的态度上见机行事。即使皇上没有怨恼之辞，也要想方设法消除皇上的心中疑虑，否则，让皇上对我等失去了信心对将来没有好处。"肃顺分析道。

肃顺、载垣二人来到烟波致爽殿，咸丰刚刚坐起，听说肃顺与载垣来见，便让他们进殿叙话。

肃顺看见皇上神色和往常并无什么异样，稍稍松口气，仍谨慎地问道："皇上龙体康复得如何？"

咸丰略有感伤地说："朕的病最忌严冬，而今又碰上这倒霉的天气，一直不见好转。"

肃顺立即关切地说："皇上不必忧虑，皇上只是偶感风寒，经御医悉心治疗，待春暖花开天气回转的时候，病自然会好起来的。"

载垣趁机从旁连说道："前不久恭亲王来奏折请皇上回銮，我们几人见皇上龙体尚未康复，唯恐提及此事触动皇上心事，就没有把回銮之事奏请皇上。如今见皇上面色较往日稍好一些，不知皇上是否同意回銮？"

咸丰面无表情地说："朕早有回銮之心，只是得了这倒霉的病，又逢上如今寒冷的天气，怎经得起路途颠簸劳顿，回銮之事只有等到阳春之日了。"

"我等也是从这几点为圣上考虑的，让恭亲王妥善处理好战后修缮之事，等到来年春日皇上回銮决不能看见破败的京城，特令他进一步修整完善。"

肃顺边说边留心皇上面部表情细微的变化，见皇上对他们并无猜忌之心，这才安然放心。肃顺忽又想起一件事，奏请道："前日恭亲王又送来一道折子，说洋人今后与我朝交往增多，洋人希望我朝设立一个专门机构同他们打交道，皇上以为如何？"

咸丰想了想，淡淡地说道："条约都已签订，洋人的这一小小要求岂有不答应之理。何况现在与洋人交往频繁，能有这么一个专门机构也有利于我朝与洋人交涉事务。"

"皇上以为设立一个什么样的机构合适呢？"

咸丰思考片刻答道："在六部之外再设立一个总理各国事务的衙门吧，令它与六部并列，直属军机处。"

肃顺一见皇上爽快地答应了，又问了一句："皇上以为这个总理衙门由谁负责最合适呢？"

"此次条约签署都是奕䜣与洋人交涉的，他与洋人打交道最多，也深谙洋人的心理，就暂由他负责吧！"

肃顺没想到皇上与奕䜣一向不和，今天却又把此重任交给奕䜣负责，心中十分恼火。当然，咸丰这样做也是有他自己的想法，与洋人打交道绝不是一件容易做的事，奕䜣虽与自己有隙，但对外来说毕竟是亲兄弟，决不会胳膊肘向外拐而偏向洋人，他会站在大清国的利益上与洋人针锋相对的，应该说在利益上与自己是一致的。何况总理衙门直属军机处，在自己掌管之下，遇到一些重大的事仍要自己亲自裁决。

肃顺和载垣从烟波致爽殿出来，载垣松口气说："皇上没有对我等流露出一丝一毫的不满之辞，也没有任何猜疑之心，肃兄该放心了吧？"

肃顺仍有顾虑地摇摇头："皇上虽然对我等信任有加，但皇后和懿贵妃却对我们有猜忌之心，特别是懿贵妃心计颇深，又心毒手辣，不可不防。当然，她们再逞能也不过两个女流之辈，没有什么可怕的，必须时刻提防守京的众臣，特别是奕䜣，他如今坐镇京师是京中众人的首脑，又手握重权，不能不小心行事。"

"以肃兄所见，如今当务之急咋办？"

肃顺冷冷一笑："首先向外封锁皇上病重的消息，决不允许京师中任何人知道，以免京中来人探望，那样对我们不利。"

载垣有点为难："皇上一病不是十天半个月，这消息能够封锁住吗？"

"怎能封锁不住？外臣不准来热河行宫，这热河行宫通向其他地方的大小道路加强防守，用明暗哨封锁道口，对来往行人严加盘查。再者，以保护皇上安全的名义加强避暑山庄的防卫，监视皇后、懿贵妃还有醇郡王等人的行动与来往人员，不放过任何一个到京师传递信息之人。"

载垣又问道："除此之外，还要做哪些防范工作？"

肃顺想了想说："防范工作做到以上几点就可保证万无一失了。其次就是离散皇上对奕䜣的信任。奕䜣是足智多谋之人，凭个人才智我等皆不是他的对手，他如今重权在握，不可不防。皇上虽然与他有隔阂，但在关键时刻仍会重用于他，任命总理衙门一职可见一斑。从这点考虑，皇上一旦感觉自己不久于人世，在任命赞襄大臣时，很可能让奕䜣为首辅大臣，如果是那样，奕䜣与奕譞等人联起手来，你我的美好打算都将成为泡影，还可能偷鸡不成反蚀一把米。"

肃顺的一番话令载垣吃惊不小，他着急地问道："肃兄认为如何离散皇上与奕䜣的关系，让皇上对奕䜣存有戒备之心，以至于到死不再重用奕䜣。"

肃顺思考片刻，在载垣耳边嘀咕了几句，载垣听了连连点头："妙，妙！哼，不怕奕䜣不受猜疑。"

肃顺也哈哈一笑："怡亲王，只要按照我的计策行事，将来这朝中的大权都是你我的了。"

载垣忽然又问道："懿贵妃一向对肃兄怀有不满，肃兄难道不想杀杀她的女人脾气吗？"

肃顺轻轻捋捋髭须，奸笑道："我不仅要让她知道我肃顺的厉害，还要让奕譞也知道与我争的下场！"

肃顺说着，脸上出现一层阴险奸诈的神色，一个狠毒的计策在他心中形成了。

阳春三月，杨柳吐翠，桃李争艳，蝶蜂翻飞，燕雀呢喃，春天的倩影走进了冰封一冬的北京城。

在一阵激烈的鞭炮声和锣鼓声中，总理各国事务衙门正式成立。

奕䜣神采飞扬地坐上总理衙门大堂正中的虎皮交椅，接受来自各国使臣、使节的祝贺，又同留守京师的王公大臣一一互道安好。

中午，一顿饱餐之后，各国使臣、使节纷纷离去，剩下几位同列的王公大臣闲谈国事家事。

忽然，有一人说道："皇上曾在批奏中说来年春暖花开之际，即行回銮京师，如今已是阳春三月，为何没有传来皇上回銮的信息呢？盛夏之际去热河避夏消暑尚可，到那天寒地冻的地方过冬实在有碍龙体健康。"

这一句话引发了众人的话题。

大学士、户部尚书周祖培说道："我等已经两次联名奏请皇上回銮，可批奏都是天寒地冻不易回銮，待后再议。"

奕䜣也不无愁容地说："我个人私下上折奏请回銮已经三次了，前两次的奏请都被驳回，说京师不稳，洋人未去，不易回銮。如今京师太平，百姓安居，商业兴隆，皇上应该同意回銮了吧。可这最近的一份折子迟迟不见批下，不知何故？实在令人困惑。"

兵部尚书沈兆霖忽然问道："皇上不回銮，听说也不准我们这些留京的大臣前去热河叩拜，不知是否有此事？"

奕䜣点点头："我等也提出叩拜之事，可皇上批示，让我等悉心镇守京师，修缮未尽工事，不必费心劳神往热河叩拜，说不久就回銮京师，就是不见皇上定下回銮的日期，我等也好早早到密云一带迎驾。"

军机大臣、户部左侍郎文祥心中一动，略略迟疑片刻，仍禁不住问道："莫非皇上龙体欠安？"

署兵部尚书赵光连连摇头："不会，不会，倘若龙体有恙，一定来诏明示，何必隐瞒呢？况且皇上正处盛年，精力旺盛，龙体一向安康。"

尽管赵光这样说，文祥的话还是说得众人内心隐隐猜度再三。特别是奕䜣，他比一般人更加心神不宁，如果皇上果真有病，而又隐瞒不告外人，这里面必定有问题。对于肃顺、载垣、端华等人的为人与心术，奕䜣十分清楚，想至此，他心头笼上一层阴云。

　　又听大学士桂良说道："莫非皇上心恋塞外风光，玩心未尽，仍想在外多待几日？"

　　"倘若是那样，我们何不联合山西巡抚英桂共同奏请皇上西巡，然后再折返京师呢？"文祥说道。

　　奕䜣觉得文祥的话有道理，赞同说："文大人言之有理，我们尽快与英桂联系，双方同时奏请，看皇上态度如何，如果皇上仍然不同意回銮，也不同意西巡，我等就冒着犯上之罪，不召自至，去热河叩拜皇上，探个究竟。"

　　奕䜣话音未落，吏部尚书陈孚恩就出面阻拦说："我等在此胡乱猜疑，实属不应该，又要以下犯上去热河探个究竟，更是违背为臣的纲常。万万不可，万万不可！"

　　"以陈大人之见呢？"文祥反问道。

　　"皇上暂不回銮自有理由，何况热河行宫也有众多王公大臣服侍皇上身边，为皇上出谋划策。我等只管留守京师，尽职尽心处理好本职工作就行了。皇上该回銮的时候自然会通知我们的，何必那么心急呢！"

　　奕䜣见陈孚恩极力阻拦，叹息一声说道："陈大人言之有理，只怕一些佞臣贼子蒙蔽皇上，蒙上欺下，实在令人担忧。"

　　陈孚恩缓缓地说道："只怕恭亲王多虑了，当今圣上英明，何人有此胆量？"

　　奕䜣知道与他争执毫无意义，决定私下与山西巡抚英桂联系，再同几名老大臣协商，共同奏请西巡之事，静观皇上有何反应。

　　奕䜣做梦也没想到，他的这一奏折却正中了肃顺的圈套。

　　烟波致爽殿西间。

骨瘦如柴的咸丰帝剧烈地咳嗽着，两名宫监搀扶左右。小载淳见阿玛咳嗽不停，急忙从腰间掏出一方洁白的巾帕递上前说："皇阿玛，你快擦擦嘴吧！"

咸丰颤抖着双手接过大阿哥递去的巾帕擦了擦嘴，仍禁不住咳嗽，他猛烈地咳嗽了一声，一口带着浓浓暗血的痰吐在巾帕上。

小载淳上前接过阿玛手中的巾帕，看看阿玛病成这个样子，小嘴一撇，喔喔地哭了起来，边哭边说："阿玛，儿臣明日随七叔去围场打一只鹿来为阿玛养身子。"

咸丰看着小载淳如此懂事十分欣慰，但他想到自己患了这不治之症，不久将离开人世，也十分伤心。伸出清瘦的手抚摸着大阿哥的额头，关切地说："淳儿，这里虽然远离京师，也应按时读书，不读圣贤之书，不懂圣贤之道，将来如何承袭大业治理国家呢？"

"儿臣牢记皇阿玛的教诲，认真读书，早日学会治国的本领，为阿玛分忧解难。"

咸丰内心一阵感慨，紧紧握住儿子的小手："淳儿乖，有志气，阿玛就把大清的重担交给你了。"

载淳似懂非懂地点点头："阿玛请放心，阿玛让儿臣做什么，儿臣就做什么。"

正在这时，懿贵妃端着一碗汤药进来，一听皇上与载淳谈论读书的事，便说道："淳儿很聪明，也很好学。"

咸丰很高兴，惊喜地问："真的？"

"当然啦，臣妾岂敢蒙骗皇上。臣妾看书时，淳儿常伴在旁边，他也要读，我也教了他几句，不想他竟能记住，过了多日仍不忘记，再教上几遍就全会了。淳儿还会背上几首诗呢！"

咸丰更高兴了，放下手中的药碗说："淳儿背上一首诗给阿玛听听。"

懿贵妃也向载淳点点头，鼓励说："淳儿，背吧，让你阿玛高兴高兴。"

载淳想了想，把双手往背后一背，用清脆的童音诵道：

> 红豆生南国，春来发几枝。
> 劝君多采撷，此物最相思。

咸丰一听，连连摇头，他十分感叹。自己害得这该死病，就是因为太过风流、太过相思，结果误国误民也误了自己的性命，怎能再让儿子也像自己一样当个情种呢？

载淳一见阿玛连连摇头叹息，急忙问道："阿玛，儿臣诵得不好吗？这是额娘教的，儿臣背错了吗？"

"错倒没有错，只是以后不要背诵这样的诗，你理解诗中的意思吗？"

载淳摇头。

咸丰又对懿贵妃说道："以后千万不能再教淳儿背诵这样的诗，长大会引坏孩子的，应该教他一些忧国忧民的诗。"

懿贵妃急忙点头称是。

咸丰想了想："阿玛今个儿高兴，教淳儿一首诗吧。"

"多谢阿玛！"

咸丰用十分微弱的声音念道：

> 天为罗帐地为毯，
> 日月星辰伴君眠。
> 酣睡梦中偶伸脚，
> 东瀛岛国沉海面。

咸丰又让载淳跟着自己念了几遍，这才解释说："这是康熙皇帝八岁那年生日所作，曾博得孝庄皇太后的夸赞，康熙皇帝小小年纪就有一代帝王威震四海的气势和雄心壮志，后来果然成为我朝一位受后世子孙敬仰的皇帝，做了许多值得大书特书的业绩，我朝在康熙皇帝时代达到最兴盛的局面，天下太平，四方朝拜。淳儿，阿玛也希望你能像康熙皇帝那样有大智大勇，重新振兴我大清的江山社稷，雪洗你先皇祖父和你阿玛的耻辱。阿玛没有完成你先皇祖父的遗愿，望你完成这些遗愿。"

咸丰不管载淳懂与不懂，一口气说了许多。后来，竟禁不住清泪流落瘦削的脸面。

载淳对阿玛的话都是似懂非懂，但他知道阿玛现在心里很痛苦，希望自己长大做许多事，他总是认真地点头答应。

懿贵妃上前为咸丰擦去脸上的泪水说："请皇上放心，只要臣妾在，一定会好好教导淳儿的，决不让他有负圣望。"

咸丰的心渐渐平静下来。

懿贵妃忽又问道："如今已到了春季，皇上是否准备回銮京师呢？在这偏远的塞北，也不利于皇上龙体康复，何不回京广求明医为圣上治病呢？"

咸丰点头说道："朕也早有回銮之心，几次催问肃顺，让他给奕䜣传旨问及京师修缮如何，他说奕䜣折奏可以回銮，但修缮工作尚在进行，洋人也尚未完全退却。朕不忍见京师破败的惨象，怕触动心事伤心落泪而加重病情，因此一直没有议定回銮之期。朕决定让肃顺安排一下，近期就回銮。朕已经病入膏肓了，就死也要死在京师，不能做这荒山野鬼吧。"

懿贵妃立即用手捂住皇上的嘴，泪流满面地说："皇上千万不要说这些不吉利的话，皇上正当盛年，龙体一向强健，只是偶感风寒所致，回京后下诏遍访名医，一定会治愈圣上的病，请皇上不必胡思乱想。"

懿贵妃说着，拉着大阿哥扑通跪在咸丰榻前。

咸丰挥挥手："爱妃和淳儿快起吧，朕不说这丧气话就是了。"

懿贵妃和载淳站了起来，咸丰又叹口气说："生死有命，富贵在天，这话一点儿也不假，朕何尝不知自己也是娘生的肉长的，怎会万岁呢？如今病到这种程度，你们心中也十分清楚，朕更清楚。朕死而无憾，只可怜我的大清半壁江山和这六岁的皇儿，一切重担只能交给他这几岁的孩子了。"

"皇上怎么又说这丧气话了。"懿贵妃从旁边叮嘱说。

"好，朕不说，不说。"

咸丰叹息一声，闭目沉思起来。懿贵妃悄悄拉着大阿哥退了出来。

第十七章

秉孝心稚子进鹿血
吐快语莽王露蛛丝

奕䜣奏道："奕䜣大权在握、自以为是，一心同洋人谈判讲和，从而造成京城防守松懈，让洋人乘虚而入。不然，圆明园等地怎会遭到洋人的洗劫？"咸丰闻言怒道："奕䜣误国误民，该杀，该杀！"

肃顺听说懿贵妃带着大阿哥在皇上那里待了半日，几次催问皇上回銮京师，肃顺听后咬牙切齿，心里暗想：如此刁钻的女人不除必留后患。

肃顺来到烟波致爽殿，见皇上呕出的血全是暗红色，深知皇上不久将离开人世。

咸丰听贴身太监奏报肃顺已来多时，无力地睁开双眼，向肃顺挥了挥手示意他坐下叙话。又过了一会儿，咸丰才问道："朕命你准备回銮之事办得如何了？"

"回皇上，这里的准备工作早已齐备，从京师所来的奏报分析，皇上回銮之日尚须再推迟一些日子。"

咸丰略不高兴地问道："怎么？难道京师众臣至今尚没有把洋人破坏的建筑修缮完毕？"

肃顺沉着地答道："回皇上，修缮工作早已完毕，只是从京中传来的风声中不利于皇上现在就回銮。"

"肃卿听到了啥风声？莫非洋人又来进犯？"

"传闻恭亲王和洋人有所勾结，并有借助洋人势力在京城自立之意。"

咸丰一听，十分震惊，连连咳嗽多声，才止住咳嗽问道："此事当真？"

"臣与怡亲王还有景大人正在明察暗访，进一步证实此事，奕䜣年前希望皇上早日回銮，而今日送来奏折却忽然改变了主意。"

肃顺说着，呈上奏折。

咸丰接过折子一看，只见上面写道："臣等前因洋人内犯入城，要求无已，剿抚两难措手。而木兰地处塞外，盛夏犹寒，未宜久驻，五中忧焚，焦灼万分，不得已，吁请圣驾西巡，莫若以西安为临幸之所，人心易于系属，粮饷易于输输，诚为便宜，请皇上三思，臣待以令谕！"

咸丰看罢折子也凝思道："让朕西巡西安，这是何道理，难道他们不知朕患病在身吗？"

"回皇上，对于圣上龙体欠安的事，臣只是回告京师诸人偶感小疾，没敢明告，臣怕奕䜣等人知道皇上患病在身更生二心。从奕䜣这次回奏的折子看，他请圣上西巡是别有用心的，他与山西巡抚英桂交往颇深，而让圣上西巡，若在山西地界作乱，他可名正言顺推脱责任。若一切如愿，可堂而皇之取圣上而代，倘若事有不测，奕䜣仍可以此借口进兵山西，这是周密思考才定出的诡计，请皇上三思。"

咸丰长叹一声："朕与奕䜣虽有隙，但毕竟有手足之情，在关键时刻朕都不避前嫌重用于他，难道他会生此歹心？"

"皇上，臣亦不信，但日前谣传颇盛，宁可信其有不可信其无，对京师封锁皇上卧病的消息，拒绝奕䜣的西巡请奏，看看京中有何变动，再做料理，皇上以为如何？"

咸丰点点头："就按肃卿所说的去做，时刻留心京中的变动，再传谕黑龙江将军奕山带兵赴热河护驾，命盛京将军玉明速调齐马步队官兵兼程来木兰，以防万一。"

肃顺见皇上同意了自己的建议，心中暗暗高兴，进一步奏报说："皇上，奕䜣这样做是不是在这热河行宫有人和他暗通一气？"

咸丰一怔："哦，肃卿怀疑是何人与奕䜣暗中勾结？"

肃顺摇摇头："臣没有充分的证据决不胡乱猜疑任何人，但臣一定细心查处，力争揪出那暗中与奕䜣勾结之人，为皇上根除心头大患。"

咸丰想了想说道："肃卿尽可留心查处，但也决不许胡乱猜忌他人，实在没有也就算了，说奕䜣有二心，只是谣传，尚无根据，万一泄密京师，反而弄巧成拙。"

"皇上请放心，臣小心行事就是，决不会为皇上增添麻烦。"

就在这时，一名小太监慌慌张张地进殿报告说："皇上、肃大人，大阿哥摔伤了，伤得很厉害。"

咸丰一听，焦急万分，接连咳嗽几声才强行止住，问道："到底是怎么回事？"

"回皇上，奴才去文津阁时碰巧见到几个侍从把大阿哥抬回来，正请御医抢救呢！据说是醇郡王带大阿哥打猎时摔到山崖里了。"

咸丰一听更是吃惊，立即命人传醇郡王奕譞。

奕譞来了，进殿就跪下请罪说："罪臣奕譞拜见皇上，请皇上龙安。"

"大阿哥被摔伤到底是怎么一回事，从实说来！"

奕譞只好把事情经过讲述一遍：

今天上午，奕譞与福晋去文津阁拜见懿贵妃，谈到皇上病重，每天只能用鹿血做滋补，而避暑山庄所圈养的一些鹿全部杀尽，只能每天派人去木兰围场里猎取，由于入夏草深就更难猎取了，时常空手而还。

奕譞一听，便要亲自带人去围场猎鹿。载淳一听七叔去为阿玛猎鹿治病，也哭闹着要一同前往，奕譞征得懿贵妃同意后便带着大阿哥去围场猎鹿。奕譞派了两名士兵照看着大阿哥，自己便指挥猎鹿去了。谁知小载淳玩心大起，央求两名士兵带他站到山坡上观看。也是注定要出事，一名士兵到林中解大便去了，另一名士兵稍一不在意，载淳多走了几步，一不小心被山藤绊倒滚下了山坡，胳膊腿都摔折了骨，身上脸上也都擦得稀巴烂，简直成了一个血孩子。

幸亏山坡不高也不陡，否则载淳早已命归黄泉，那奕譞惹下的祸就不小了。

咸丰一听载淳只是摔伤，伤势虽然重一些却无性命之忧，一颗悬着的心落了地。他狠狠地训斥了奕譞几句，便命他起来，毕竟是为了他去猎鹿，奕譞的一颗忠心还是可嘉的。

奕譞道一声谢站了起来："请皇上安心调养，大阿哥只是受了点皮外伤，御医已经诊视过，不出一月就会完全好的。"

咸丰放下心来，过了片刻又问道："听说奕䜣在京师与洋人勾结甚密，企图借助洋人势力在京师自立，你听到这消息了吗？"

奕譞也听到了这个谣传，但他估计是肃顺之流与奕䜣不和，故意放出这个口风，让皇上对奕䜣生疑，从而起到打击奕䜣的目的。对于奕䜣的性格和为人，奕譞还是十分清楚的，他虽然才华横溢、心高气傲，但做事优柔寡断，对皇上也忠心耿耿，是决不会勾结洋人在京城怀有二心的。

奕譞想了想说道："请皇上放心，奕䜣决不会干那种事，这一定是有人造谣生事，挑拨皇上与恭亲王之间的关系。"

奕譞话音未落，肃顺在旁边冷笑道："虽然是谣传，但谣传也是有一定根据的，宁可信其有不可信其无，早早有个预防之心总不错吧。古语说：'害人之心不可有，防人之心不可无。'人心隔层肚皮，狗心隔层毛皮，倘若奕䜣果有二心，将来打我们热河来个措手不及那后果如何，醇王爷不会不知吧？醇王爷不为皇上安危着想却处处偏向奕䜣是何居心？既然醇王爷早就听到奕䜣与洋人勾结的谣传，为何不早早奏报皇上，直到皇上问及此事，醇王爷仍然不回答皇上的垂问，一味给奕䜣开脱是何道理？莫非醇王与奕䜣有所暗中往来、互传信息不成？"

奕譞没有想到肃顺会如此卑劣，竟在皇上面前故意夸大其词，无中生有质问自己，弄得他一时不知如何作答。

咸丰也冷冷地说道："你既然早就听到这些谣传，理应早早报与朕知道，是真是假朕自有明断，莫非认为朕是不辨是非、不分忠奸的昏君不成？"

奕譞又急忙跪地说道："臣不敢，臣也是刚刚听到这些谣传。"

"你听到奕䜣和英桂奏请朕西巡的奏折了吗？"

奕譞点点头："臣也觉得奇怪，奕䜣明知圣上患病在身，为何奏请圣上西巡呢？还有山西巡抚英桂也有同样的奏请，莫非他们不知道皇上龙体不适？否则，理应早早来此叩拜请安了。"

咸丰干咳两声，十分不悦地说："只怕奕䜣等人是事先与英桂串通一气，故意引诱朕西巡好生擒朕于山西。"

"请皇上不要听信谗言，奕䜣、英桂决不会做出以下犯上扰乱朝纲的大逆不道之事来，一定是他们不知道皇上目前龙体欠安，才会如此奏请，让皇上四处巡游一番散散闷气，然后从西安取道回銮京师。"

肃顺又在旁边讥讽道："醇王总是把事情看得如此简单，究竟醇王是弱智之人只具有儿童一般的思维呢，还是醇王故意将大事化小，小事化了，以此掩盖着什么不可见人的目的呢？难道醇王不知道大阿哥年幼无知需要倍加照料保护？醇王为何却把大阿哥丢在一边不闻不问，以致让大阿哥摔伤？这是王爷有意所为呢，还是一种巧合？"

奕譞知道肃顺一直想整治自己却苦苦找不到借口，今天该自己倒霉，给这个败类留下弹劾的话柄，他也不辩解，只淡淡地说道："路遥知马力，日久见人心。谁忠谁奸，苍天可鉴。凭着三寸不烂之舌，伶牙俐齿地拨弄是非、陷害忠臣，只有那些背信弃义、出卖朋友的人才能说得出做得出，我奕譞为人愚笨，也笨嘴拙舌，不屑与那些小人争辩。"

肃顺明知奕譞在骂自己，也装作不知，转向皇上说道："皇上，按照醇王所言，事事瞒着圣上，不把某些对圣上怀有二心的人的所作所为报告圣上就是不背弃朋友，不知醇王所说的朋友是何朋友？莫非醇王真的与怀有二心的人暗中勾结？"

咸丰向奕譞挥挥手："朕唯恐京师有人知道朕卧病在床生有难料之事，才密而不告诉京中诸人朕的病况，你下去反思反思自己的过错吧。"

奕譞无奈，只得道一声安退出殿外。

看着奕譞退出去的身影，肃顺十分惋惜而又关切地说："皇上龙体欠安，大阿哥又不幸摔伤，奕譞所说只是一些皮外伤也未必可信，从那么高的山崖滚下来，这腿骨也不知伤得如何？皇上的回銮之日又被耽搁了。"

咸丰长叹一声："也许是上苍在惩罚朕吧？否则，为何祸不单行？"

肃顺装作无意地说道："懿贵妃娘娘一向对大阿哥照料得无微不至，却让大阿哥出了这样的差错，实在不应该！"

咸丰沉默不语，想着自己的心事，经肃顺这么一提醒，他想到了懿贵妃的所作所为，忧心忡忡地问道："肃卿，你认为懿贵妃这人到底怎样？她与皇后相比，哪些地方不如？哪些地方又胜过皇后？"

肃顺一听，正中下怀，但他装出诚惶诚恐的样子说："臣怎敢轻言贵妃娘娘与皇后娘娘的德行功过？"

"只是私下谈谈，别无他意，肃卿但说无妨。"

肃顺这才说道："懿妃娘娘做事果断、敢作敢为，具有男子汉大丈夫的风范，这是皇后娘娘所不及的。"

但肃顺又话头一转，说道："不过，懿妃娘娘不如皇后娘娘宽厚仁慈，缺少母仪天下的风范，不可能做后宫之主位。"

肃顺稍稍停顿一下又说道："臣听说了一些有关懿妃娘娘的宫外谣传，因无证据不敢妄说。"

咸丰微微一愣，不知肃顺听到了什么，便说道："随便说说看，私下闲谈，朕也不会相信，尽管说与朕听听。"

"臣遵命！有人传说懿妃娘娘未晋升之前，在圆明园因与他人争宠曾害死几人，还有人说云嫔娘娘之死也与她有关。"

肃顺知道皇上忌讳臣下知道朱莲芬的事，所以他只字未提。

咸丰一听肃顺提到这几件事，面色微微有所震动，又问道："肃卿还听到了什么？"

肃顺知道自己的话起了作用，进一步说道："臣还听说懿妃娘娘热衷于权位，有潜权夺位之心，时常令属下人探听政事，有违后宫不问政事、不干预朝政的祖训。"

肃顺见皇上沉默不语，笑了笑说道："当然，这都是谣传，也许是有人见懿妃娘娘生下大阿哥因妒而撒播出去的谣言，臣听了也只是随便听听，并未记在心上，所以也就没有奏报给圣上。今日皇上问起，臣才随便说说，皇上不必记在心上。"

咸丰沉默许久，叹口气说："懿贵妃确实心狠手毒，朕也几次欲废掉她，但考虑到她生下大阿哥，朕若废了懿贵妃，载淳长大问及母亲之事，朕如何回答呢？母子连心，说不定会因此与朕闹翻呢！正是顾念这些，朕才没有废去她的名号，希望她能有自知之明，引以为戒。"

过了片刻，咸丰又说道："朕在，懿贵妃不敢有所妄为，朕担心朕不在人世之时，皇后将会受制于她。到那时，她因为载淳之故封为太后，必然干预朝政，弄权后宫，朕对此事一直不知如何处置。"

肃顺也知此事关系重大，不敢妄言，慎重思考许久，才试探着问道："皇上既有此心，何不找皇后来此商议一下，共同协商废留大事，请皇后拿个主意呢？"

咸丰点点头，忽而又问道："肃卿以为如何处理呢？"

肃顺知道此时不下狠心，也许将来就没有机会让皇上废去自己的对手了，于是进谗言道："古人说：'当断不断，必有后患。'皇上既然看出了懿贵妃娘娘的野心与祸患，何不除去这心头祸患呢？依臣之见，早早废去懿贵妃娘娘的名号为好，若推迟下去，大阿哥逐渐长大，这件事就更困难了。就是大阿哥长大，也可以实相告，陈述利害关系，大阿哥也会理解皇上的良苦用心。"

咸丰沉默不语，过了许久才重又说道："肃卿不必声张，待朕问过皇后再商讨懿贵妃的废留之事吧。"

肃顺正和怡亲王载垣、郑亲王端华商讨怂恿皇上废去懿贵妃那拉氏封号的事,刘二寿进来报告说,京城来人要见肃大人。

肃顺问道:"谁派过来的人,有何要事?"

"来人说是吏部尚书陈孚恩陈大人派来的,有急事面见大人。"

肃顺让两位亲王稍稍回避一下,便命人将陈孚恩派来的人带上来,来人呈上一封密札。肃顺拆开一看,果然是陈孚恩的手迹,只见上面写道:"京中对热河情况猜疑甚重,为探寻叩拜一事,奕䜣与奕谅有隙,近日奕谅将赴热河一行,相机行事……"

肃顺看罢密札,对来人严加盘问了几句,又写封回信让来人捎回,临行前重重奖赏了这位信使。

送走信使,肃顺便把陈孚恩从京中送来的信给载垣和端华看过,协商说:"奕䜣等人已有所怀疑,并派惇亲王来热河察看情况,我们必须早做准备,尽量避免奕谅与皇上接触,决不能让他看出破绽来。"

载垣点点头:"不仅要避免奕谅与皇上的接触,也要避免奕谅与皇后、懿贵妃与奕谭等人的交往。"

"奕谅是京中有名的直肠快嘴惇王爷,他来了必然四处走动,我们怎能不让他与众人接触呢?"端华为难地说。

肃顺轻捋胡须:"奕谅心直口快,也是几位亲王中最不得志的一位,他与奕䜣、奕谭一向关系疏淡。陈孚恩信中说他因为来热河之事与奕䜣有隙,我们可以利用他们之间的这些矛盾大做文章,再加上他胸无城府、藏不住话的特点,不怕奕谅不老老实实听我们摆布。具体如何行动,只能等奕谅来之后再相机行事,目前最主要的就是密切注意从京中到热河的各条要道来往行人,一旦发现奕谅的行踪,即刻派人暗中监督,然后将他迎至芳园居,这样就可从容料理他了。"

载垣又建议说:"奕谅好玩好赌好酒,来后,我们多派人陪他四处游玩猎取，让人陪他赌，先让他输最后再让他赢，让他留恋赌场忘记此行的使命，并使他醉酒没有机会同外人交谈。"

"哼，必要时，在路上就派人扮成强盗将他打伤，让他来后无法四处活动只能安心养伤也未尝不可。"端华也想出了新招。

三人又详细商定好应付计划，才各自散去，专等惇亲王奕淙的到来。

一条弯曲的羊肠小路上。

五匹快马奔驰着，每匹马都累得如雨水冲洗过一般，坐在马上的人也都气喘吁吁。

一人喘着粗气问道："五爷，放慢一些吧！反正今天能赶到热河，何必那么急呢？太累了。"

"你累？我不累？这深山野外人迹罕少，万一遇着强盗，你想让五爷我上西天，五爷还没活够呢！我们争取赶黑到热河，到了之后保证有你小子休息的，酒尽你小子喝，肉尽你小子吃，就怕你小子没肚子吃喝！"

"五爷别骂，奴才只是提个意见，奴才说歇会儿，纯粹是为五爷着想。"

"好，好！你小子孝顺，咱们就放慢一些，边走边歇。"

五匹马放慢下来。

这五爷就是京城有名的惇亲王奕淙。他是道光皇帝的第五子，排行在当今圣上咸丰帝奕詝与恭亲王奕䜣之间，按年龄仅比奕詝小六天。由于他从小相貌粗壮，举止笨拙，说话憨直，道光皇帝很不喜欢他，就把他过继给惇亲王绵恺了，使他永远失去了竞争皇位的机会。也由于父亲的厌弃，给他幼小的心灵造成很大的创伤，他也就从此行为放浪不羁，抨击时弊，蔑视包括自己在内的达官显贵。吃不讲究，穿不讲究，经常到街头巷尾和下层市民一道吃喝玩耍，甚至把痞子、妓女视为知己。他的爱好就是赌与酒，赌也不是为了赢钱，他十赌九输，借赌消磨时光。他更爱酒，以酒浇愁，用酒麻痹自己，忘掉人生，有人说他无可救药，也有人说他大智若愚，用叛逆的方式反抗自己皇族的衰朽。

正是这样，他和皇族的任何人都处不来，就连皇上也拿他没有办法，只好任他由他，只要他不太过分就可以了。

这次来热河叩拜皇上，探问热河详情本来也是没有他的，也许是他在京中待得太久闷得慌了想出去散散闷气，才闹着要来热河的。为此，还和恭亲王大闹了一通呢！

恭亲王奕䜣联合山西巡抚英桂先后给皇上递了两道奏折，请求皇上西巡，他的意思是借此探问一下皇上的意向。谁知奏折递上去多日不见音讯，奕䜣更加怀疑远在热河的皇上是否有所受制于他人，便与留京的几位王公大臣协商，决定派人以叩拜皇上之名前去探视详情。

谁去最合适呢？他想去，却无法离开京师，京中事务繁多只是一个方面，更重要的是热河有旨，严令奕䜣留守京城，没有皇上手谕不得离京去热河。显然，这是肃顺等人的计策，奕䜣也没有办法，他们是以皇上的名义行事，"挟天子而令诸侯"。

奕䜣想让大学士贾桢去热河，此人年轻有为，胆略过人，能够随机应变，而又不是皇族中人，不会引起怀疑，是最好的人选。谁知奕谅知道后便闹着要去热河。奕䜣不允，他便和奕䜣吵闹起来，说奕䜣从不把他当亲王对待，更不把他看作兄长，处处打击他、压抑他，让他处处不得志，竟要和奕䜣动武。

他的脾气奕䜣也是知道的，又直又犟，有时更胡搅蛮缠，无可奈何，只得让他前往热河。本想再派一人随同，他便骂奕䜣瞧不起他，视他为酒囊饭袋废物一般，说什么也不允许别人同去。奕䜣也怕去多了引起怀疑，那样对他就是不妙了。因此，就让奕谅带领四名侍从前往热河。

奕谅一行五人放慢速度边走边聊，不知不觉已是中午，他们又渴又累，想找一户人家歇息一会儿都没有，四处都是荒山野岭。

刚过了一个山坡，迎面看见一队人马挡住去路，再往后看，也有一队人马堵住了退路，总共约莫十来人，个个都蒙着面，手持大刀长枪，前面为首一人似乎还有洋枪。

奕誴哪见过这阵势，早就吓傻了，结结巴巴地对身边几名侍从说："去，告、告诉他们，只要饶命不死，要什么给什么。"

众人你推我推你，一个胆大的人终于上前说道："各位兄弟，我家王爷是京城有名的惇亲王惇五爷，如今是有急事去热河叩拜皇上，请各位兄弟让开一条路放我们过去。如果兄弟们没有酒吃了，这好说，等五爷到了热河，让人给你们送来就是，要多少有多少，请兄弟们……"

不待这名侍从把话说完，对面一人就大声呵斥说："废话少说，什么五爷六爷的，本大爷就认得银子，其余一概不认，就是皇帝老子来此也要交出买路钱。"

另一个小头目模样的人也高声喊叫道："此路是我开，此树是我栽，若从此路走，留下买路钱。对面四位土包子，快快交出所有行囊马匹，不然的话，大爷要了你们的狗命。"

"五爷，我看软的不行，对这些强盗响马可不能客气，我看来硬的。"一人小声说道。

这人说着，打马向前走了几步，喊道："大胆的毛贼，真是吃了熊心豹子胆，敢拦截朝廷命官，反了！如果再不滚开，朝廷大军一到定把你们这山梁踏为平地。"

他这一嚷还真有点用，对面几人果然有点胆怯。就在这时，身边有人催促说："王爷，趁他们没有醒过神来咱们冲过去，跑！"

那人说着，向惇亲王马背上猛抽一鞭，几人簇拥着奕誴向前冲了过去。等到那些蒙面歹人反应过来，他们已经冲到跟前，一齐挥动着手中的腰刀和那些歹人砍杀几下，保护惇王爷冲下山冈。

这些强盗满以为几句话就可把这几人吓倒，乖乖交出钱财和马匹，没想到他们不要命地冲了过去。为首一人高声喊道："兄弟们给我追，别让那为首的王爷打扮的人跑了。"

"放箭，快放箭！"也有人提醒说。

奕谅他们在前面跑，这些蒙面盗贼随后追。忽然，一支箭正好射中奕谅的大腿，他疼得大叫一声，差点从马背上栽下去，幸亏随后赶来的一名侍从把他扶住。

　　一阵紧跑，终于把那群强盗抛在了后边。为了不再出意外，他们匆匆给奕谅包扎了一下，仍马不停蹄地跑下去，终于赶在天黑之前到达热河行宫。

　　奕谅刚一到达，怡亲王载垣就赶来了。听说他路上遭到贼人的拦截并受了伤，立即命人给奕谅包扎伤口，摆上丰盛的酒宴为他接风洗尘压惊。

　　奕谅又累又渴又饿，一见这丰盛的酒宴，也不客气，便大吃了一顿。

　　载垣见他已吃得差不多，这才问道："五爷不在京中协助恭亲王守护京师，匆匆到此有何贵干？来时也应早早与热河打个招呼，早早派人前去接迎，也不至于让五爷如此担惊受怕。幸好只伤了大腿，尚无大碍，倘若五爷有个闪失，皇上怪罪下来谁担当得起呢？"

　　奕谅抹一下嘴巴，瓮声瓮气地说："哼，让我帮助奕䜣守护京师，我才不干呢！他这人心高气傲，自以为是，从来也不把我放在眼中。"

　　"这么说，五爷是在京中闷得慌，来这塞外避暑山庄溜达溜达，散散闷气的。如今正是仲夏之际，花草肥美，猎物众多，五爷尽管游猎任性，一定比京城中自由得多，可玩的地方也多。五爷不妨打几只野味下酒，也尝尝塞外的风味儿。"

　　"好说，好说。"奕谅眉开眼笑地连连点头，忽然又皱了皱眉，"唉，只可惜路上碰见几个毛贼挨了一箭，还差点送了命，早知如此，让贾桢那小子来就好了。"

　　载垣一怔："怎么？贾学士也要来这里散散闷气吗？"

　　奕谅方知刚才自己言有所失，忘记了奕䜣的叮嘱，急忙改口说："我是说这大腿受伤了，就无法尽情地游玩了，实在扫兴。"

　　"五爷不必担心，先在这里养好伤，再出去游览也不迟，养伤要紧。"

　　奕誴挠挠头，又问道："皇上最近龙体怎么样？还好吧。"

　　"皇上龙体还算好，但是——"

　　载垣自知瞒过这一时也瞒不了多长时间，奕誴总会从别人口里听到皇上病重的消息，不如早早告诉他，看他有何反应。

　　"皇上怎样？"奕誴惊问道。

　　"皇上偶感风寒，情绪一直欠佳，时常发火骂人，令侍从和我们这些御前大臣非常为难，一般也不敢轻易去会见皇上，除非皇上传谕召见。五爷是否要拜见一下皇上呢？"

　　载垣说着，瞟一眼奕誴，看他有何反应。

　　奕誴稍稍迟疑片刻，反问道："怡亲王以为呢？"

　　"除非皇上召见，五爷最好不要先去打扰皇上。五爷没有皇上的手谕，私自离京来热河，倘若皇上不高兴会怪罪五爷的。不过，请五爷放心，在皇上召见的时候，我私下为五爷通融一下，也许皇上开恩，会同意召见五爷的。"

　　奕誴一听，又乐了："多谢怡亲王了。来，我借花献佛敬怡亲王一杯。"

　　说完，率先一饮而尽。

　　奕誴在载垣的安排下住在芳园居内养伤，每天都有多人陪伴着赌博、饮酒，也时常有可人的女子服侍左右，他有点乐不思蜀，忘记此行的目的了。

　　一晃半个月过去了，腿伤早已痊愈，奕誴有点玩腻了，才想起此行的目的，便找来载垣问道："你是否给皇上说过，我来拜访他了？"

　　"我早已给皇上说过，皇上当时十分生气，皇上说你一向我行我素不守规矩，如今没有听宣又私自来此，名义上是叩拜皇上，而实际上来此观光游胜。经过我再三解释，说五爷听说皇上龙体欠安，特意星夜来此，虽无诏书但诚心可嘉，不应怪罪，理应召见。皇上起初仍没有表态，经过我和肃顺再三恳求，皇上才勉强答应，至于什么时候还没有决定，皇上的病也时好时坏。"

奕谅终于松了一口气，很感激地对载垣说："多谢你从中帮忙，回京后一定好好感谢！皇上生病，为何没有通知留京大臣呢？也好让我们来此叩拜请安。"

载垣故意叹息一声："皇上本想早日回銮，由于龙体欠安，时好时坏，经不住一路颠簸劳顿，故此将回銮日期一改再改。皇上本想把龙体欠安之事明示留京众人，又担心京师之中怀有野心之人听说皇上龙体微恙，会借助洋人势力趁势作乱。因此下令封锁消息，一旦皇上龙体安康就回銮京师。"

载垣一边注意奕谅的表情变化，一边又旁敲侧击道："皇上最感兴趣的就是京中诸人对待皇上的态度，特别关心的是京中是否有人对皇上抱有二心或什么不满的态度，倘若五爷能够在皇上面前说上几句，皇上不但不会怪罪五爷私自离京，还会对五爷信任有加、重重有赏呢！"

"真的？"

载垣点点头："皇上每次召见我总要询问一下京中的动向，特别是奕诉最近做什么，同哪些人往来亲密。五爷应当明白皇上对奕诉始终放心不下，去年重新起用奕诉也是不得已，并且是肃顺等人竭力推荐和担保下皇上才答应的。因为皇上和奕诉之间一直有隙，唯恐奕诉知道皇上龙体欠安在京中勾结洋人拥兵自立，所以一直没有把生病的事告知京师。五爷尽管多谈一些奕诉在京中的所作所为。"

奕谅挠挠头："奕诉在京中所作所为虽然有点过分，也经常和一些王公大臣私聚府中谈论朝政，和洋人交往也过繁，但丝毫也看不出奕诉怀有二心，让我如何无中生有诽谤他人呢？"

"五爷这就不懂了，怀有二心之人在事情没有成功之前怎会向他人泄露自己的心迹呢？五爷刚才所说的那些点滴小事就可见端倪。据说，奕诉上书皇上希望圣上西巡，这是何居心？五爷，奕诉经常打听皇上的近况吧?"

奕谅点头说道:"他准备联合山西巡抚英桂一同上书,请求皇上西巡,由西安折回京师。奕䜣原来准备让贾桢来热河叩拜皇上,探望皇上近况的,为此我同他闹翻了才同意我来这里,让我叩拜皇上,当面请示皇上回銮之事。"

奕谅经不住载垣事先设计好的圈套,几句好话哄他吐出了真情。载垣又趁机欺骗说:"五爷这下应该明白了,奕䜣和英桂联合请求皇上西巡是一个大大的阴谋。皇上若想回銮直接从这里回京师即可,为什么要绕到西方再回京呢?五爷应该明白奕䜣的目的。还有,奕䜣知道五爷不是他的同党,当然反对五爷来热河,而贾桢就不同了,他和奕䜣一向交往密切,来热河后自然能够给奕䜣打探出奕䜣最想得到的消息,而五爷明白奕䜣的野心,还会把一切据实告诉奕䜣吗?"

载垣的这些话让奕谅觉得如坠雾里,他也真的怀疑奕䜣存有野心了。

为皇子时,与当今皇上争夺皇位的就是奕䜣,在他们两人之间立谁为皇储道光皇帝都难以决定,最后是奕䜣生母孝静成皇后站在奕䜣一边,奕䜣才得以登上大宝之位。但道光皇帝在正大光明匾后金匣内放有两份诏书,一份立奕䜣为皇太子,另一份就是封奕䜣为辅政亲王。从两人的聪明才智上,奕䜣应该说是略胜一筹,道光皇帝也认识到了这一点,才如此留下两份传国诏书的。当然,道光皇帝选中奕䜣也是因为奕䜣的孝行感动了他,还有奕䜣母亲早逝给道光皇帝留下太多的遗憾,选中奕䜣也是对孝全成皇后在天之灵的一种告慰。

奕䜣登上皇位之后,对自己的竞争对手奕䜣当然要严厉打击,从而使两人关系一直是时紧时松,直到去年英法联军攻占北京才重新起用奕䜣。而奕䜣在屡屡受到打击后,话语中定会流露出怨愤也可以想象。因此,奕谅将这些事联系起来,又想到奕䜣在京中与洋人的交往就对载垣的话深信不疑了。

奕䜣对洋人的态度一直是和为贵，抚为上，而奕誴偏偏最恨洋人，一直主张剿杀，拒绝接触交往，两人在政治上的分歧难免导致私人关系不和谐，这也是奕誴来热河前和奕䜣争吵的潜在原因。

烟波致爽殿西间。

奕誴在载垣和端华、景寿等人的安排下拜见了咸丰帝。

这天，咸丰帝精神特别好，坐了起来。

礼毕，奕誴抬起头一见皇上的面容大吃一惊，他仅从载垣那里得知皇上龙体欠安，究竟皇上病到何种程度并没有给他透露。今日一见才知道皇上病情严重，若是往日，奕誴还不知怎样吃惊呢！

奕誴惊问道："皇上龙体微恙，臣叩拜来迟，请皇上恕罪。"

咸丰摆摆手："五弟坐了吧，请你谈谈京中的情况，自从去年秋日离别京师一晃快有一年，对京中情况一无所知，请五弟详细谈谈。"

咸丰讲的是实话，京中的情况多是几位御前大臣奏报给他的，而这几人又都蒙蔽皇上，对京中的情况确实一无所知。

但奕誴听了却不是这样认为的，他由于受载垣事先设计好的圈套蒙骗，以为皇上让他谈谈奕䜣在京中如何怀有二心拥兵自立的各种作为呢！但奕䜣又确实没做些什么，如果不说吧，害怕皇上怪罪自己是和奕䜣一伙的呢！从刚才皇上对自己的称呼中可见皇上是想让自己站在他那一边的。既然这样，无中生有也要说上几句，决不能让皇上对自己失望也有猜疑之心，何况奕䜣这人也太狂太傲，也难免他真的有不轨行为呢！人心难测啊！

想至此，奕誴奏道："皇上对奕䜣厚爱有加委以重任，令他坐镇京师守城抗敌。自皇上离京后他大权在握自以为是，不听众人劝告，一反皇上抵抗剿杀的嘱托，在皇上离京的第二天就同洋人谈判讲和，从而造成京城防守松懈，给洋人乘虚而入的空隙。不然，圆明园、万寿山、颐和园等地怎会遭到洋人的洗劫？"

咸丰听至此，一拍御案斥道："奕䜣误国误民，该杀，该杀！

辜负朕的一片厚望。"

咸丰咳嗽几声，缓了缓气又问道："奕䜣后来怎样？尽管如实奏来。"

"奕䜣以屈辱的条件同洋人讲和，他不仅不憎恨洋人对我大清朝的掠夺侵洗，反而同洋人结为友，来往甚密，成立了一个总理各国事务的衙门，经常和洋人一同谈天说地。据说，奕䜣还请了一位洋人做老师在家中教他和儿子学洋文。"

咸丰最害怕的不是奕䜣学洋文，他担心的是奕䜣和洋人交往密切，勾结洋人扩大自己的势力架空朝廷大权。至今一听奕谅这么说怎么不震怒呢？但他并没有说什么，只是摇头叹息。

载垣在旁边说道："皇上，允许他成立总理各国事务的衙门，并没有允许他学什么洋文，这是卖国求荣，认贼作父，万万不可呀！学什么洋文？实在是大逆不道，有违祖训。"

"奕䜣还做了些什么？"咸丰又问道。

"回皇上，听说奕䜣联合山西巡抚英桂共同上书请皇上西巡，皇上万万不可听信他们的谬论西巡。皇上若要回銮就直接从热河行宫回銮京师就行了，臣一定早早到密云一带恭候圣驾。"

咸丰点点头："五弟诚心可嘉，对朕更是一片忠心，至于回銮之事暂缓一段时间。眼看又进入夏季，朕在此消暑度夏，再调养一些日子，一旦病体康复即刻回銮。"

奕谅又同皇上谈了一段时间，大多都是咸丰垂问，奕谅对答。最后，咸丰说道："朕身体尚无大碍，不劳五弟挂念，你还是尽快回去吧，有你在奕䜣也还有个收敛，倘若你也不在京城，奕䜣就更肆无忌惮了。你回京后时刻注意奕䜣的行动，及时奏报给朕，待朕回銮京师后一定严惩于他，到那时再重奖惇亲王吧。"

奕谅急忙点头领命。众人见皇上已经疲倦，便跪安告退。

第十八章

诛贵妃效汉武故事
逼御弟赋曹植新篇

咸丰惨咳几声，缓缓说道："载淳尚幼，其母那拉氏颇有弄权之心，朕不得不预先防备！朕决定废去她懿贵妃的封号，将其贬为民女。"众人尚未发话，肃顺昂然说道："送佛送到西天，一不做二不休，请皇上将那拉氏赐死！"

自惇亲王奕誴离京赴热河行宫之后，奕䜣每天都焦灼地派人打探奕誴的消息。一晃半个多月过去了，仍不见任何信息，奕䜣急得如热锅上的蚂蚁坐卧不安，他隐隐约约预感到热河正在酝酿着一种危机，什么危机他也不清楚，但他总有一种山雨欲来风满楼的感觉，就是夜间睡觉也时常从噩梦中惊醒。

这天，奕䜣正在王府大堂处理政务，忽听属下报惇王爷回来了。他不待奕誴来恭王府拜会他，便主动到惇王府面见奕誴。当奕䜣到达惇王府时，王府已经来了多人，正围着惇王爷问长问短呢。奕誴面带笑容，眉飞色舞地讲述他一路上的惊险和在热河的见闻。听的人不住地诺诺称赞。

奕䜣从奕誴的神情知道自己神经过敏了，一颗悬着的心放了下来。但他仍关切地问："五哥，皇上龙体一向可好？"

奕誴见问，他想起了和皇上见面时的对答以及载垣等人的叮咛，淡淡地说道："皇上较离京前形容略有憔悴，因心事重重，思虑甚多，偶感疾病，龙体时好时坏，但尚无大碍，请六弟不必挂念。皇上叮嘱我转告你，不必担忧，也不必去热河叩拜，尽心尽力地留守京师，专候皇上回銮。"

"皇上何时回銮？有无明确日期？"奕䜣禁不住插问一句。

"皇上说一旦龙体康复即刻回銮，让我们早早做好迎驾准备呢！"

奕䜣点点头，长长松了口气："只要皇上回銮就好，我一直担心皇上在热河行宫龙体欠安，大权被几个宵小把持，他们蒙蔽皇上也欺瞒我们。"

奕䜣一听这话，冷冷一笑："六弟太过多虑，或许是猫哭耗子假慈悲吧，你不必担心他人蒙蔽皇上，扪心自问，自己不要蒙蔽皇上及众人就可以了。"

奕䜣一怔，估计奕䜣在热河一定听到了诽谤自己的言论，急忙问道："你这话是什么意思？！说得明白一些。"

"哼，什么意思你应该明白！你联合英桂上书皇上要求皇上西巡居心何在？"

奕䜣这才明白自己的折子为何迟迟不见答复，他这样奏请本来是想了解皇上的心意，探明迟迟不回銮的原因，不想却令皇上产生了误解，但他估计这些谗言一定是肃顺等人借此攻击自己的，于是冷冷一笑道："只怕这话不是皇上所说，是五哥听了肃顺、载垣等人的离间之话了，我奕䜣纵然再大逆不道，也不会对皇上怀有二心吧。只怕那些宵小故意放出口风离间我们兄弟几人的关系，让我等相互猜忌，好从中坐收渔人之利，五哥怎会听信他们的话，自家兄弟也不和睦呢？"

奕䜣一听奕䜣的话也不无道理，有点后悔自己在热河对奕䜣的攻击，但他又觉得奕䜣也许是故意用好听的话哄骗自己，正在考虑如何回答奕䜣的话，又听奕䜣说道："五哥见到七弟没有？"

奕䜣摇摇头。

奕䜣有点火了："你在热河这一二十天干什么去了，让你去热河打探皇上的近况，你怎能连奕䜣也不见上一面，你都会见了哪些人？见过皇上几次面？"

奕䜣也有点后悔自己的这次热河之行，但他仍不承认自己的错，强词夺理说："我是去拜见皇上，见奕䜣干什么？你们两人关系好，我和他有什么关系，他从没正眼瞧过我，我为何不远千里去他那里摇尾乞怜献殷勤？哼！你不必用这种语气同我讲话，你肚子里窝着火，我还一肚委屈没处发呢！为了叩拜皇上，我在去热河的路上遇到一伙强盗差点送了性命，大腿上中了一箭，伤口至今还隐隐作痛呢！"

奕䜣大吃一惊："光天化日之下怎会有强盗呢？那些强盗都是些什么样的人？"

"你问我，我问谁？一个个都蒙着面骑着马，我吓得不知如何逃命了，还敢问他们是谁吗？"

奕䜣又有点怀疑了，在热河到京师这一段路途上经常有大队官兵和往来信使穿梭，从来没听说有什么强盗，更让奕䜣怀疑的是那些强盗一个个都蒙着面。

奕䜣又详细问了遇到歹人的经过以及在热河的情况，他都一一记在心里，细细思索每一个疑点，更觉得热河行宫里仿佛有着什么不可告人的阴谋似的，一颗放下的心又悬了起来。奕䜣知道，要了解热河的真实情况必须询问奕譞，可奕譞身在热河丝毫也没觉察出热河的危机，为什么一点信息也没捎回京城？究竟是自己多疑还是其他什么原因？

奕䜣回到王府立即写了一封密信派人连夜送往热河，直交奕譞。

送走密使，奕䜣仍不能入睡，立即派人把军机大臣、户部左侍郎文祥请来共商对策，两人商定再递一份奏折给皇上，请求允许他们两人去热河行宫叩拜。

在肃顺和载垣等人的怂恿下，咸丰终于下定决心废去懿贵妃那拉氏的封号。为此，他召集了御前大臣载垣、景寿、肃顺，内廷大臣端华，以及军机大臣穆荫、匡源、杜翰和焦祐瀛。为了慎重，咸丰命人把奕譞和皇后也请来了。

众人陆续赶来，大家一看这阵势就知有大事发生。自从来到热河，众人还从来没有这样聚集在一起呢。究竟皇上要做什么重大决定谁也不知道，只能凭空在心里胡乱猜测着。

咸丰见众人到齐，干咳了几声，然后才缓缓说道："把众家王公大臣请来是有要事相商的，朕考虑再三才做出这个决定，也不知是否妥当，请各位王公大臣拿个主意。"

"有什么话请皇上直说吧！"肃顺说道。

"朕决定废去懿贵妃的封号，将其贬为民女。"

此话一出，在场的有好几人都大吃一惊。皇后也惊奇地问道："懿贵妃一向安守本分，又为皇上生下大阿哥，如今皇上龙体尚没有康复，皇上为何做出此等决定呢？"

咸丰摇摇头，叹息一声，无可奈何地说："不是迫不得已，朕也不会做此决定。"

"难道懿贵妃最近行为不端，做出有背祖训之事？"奕譞问道。

咸丰又摇摇头："你们也十分清楚，朕的病时好时坏，虽经御医多方治疗也不见好转，如此下去，朕恐怕不久就要辞世。"

"皇上万万不可有此思想，哮喘病虽然难治，但也不是什么绝症，待我们回到京师遍请天下名医，皇上的病何愁不治呢？"杜翰安慰道。

咸丰向杜翰摆摆手，示意他们不要打断自己的话。

"朕虽死无憾，唯一放心不下的就是皇位续统大事。载淳尚幼，其母那拉氏为人心狠手毒，又颇有玩弄权术之心，朕担心那拉氏效法武则天控制朝政。因此，朕想趁此早早剪除后患，以免将来你等受制于懿贵妃。"

咸丰话音刚落，肃顺就奏道："既然皇上早有此心就应趁早除患，若把懿贵妃贬为平民，将来大阿哥承续大统仍会将母亲立为太后，自古母子连心是一点也不假的。要想除患就要做得干净利索永无后患，要么就不要废去懿贵妃的封号，以免给大阿哥留下什么耿耿于怀的把柄。倘若懿贵妃被贬后将来有机会重入宫来，其后果是不堪设想的。"

"以肃卿所言应当如何处理这事呢？"

肃顺扫视一下众人，昂然说道："请皇上效法西汉武帝刘彻除去钩弋夫人之举，将那拉氏赐死。"

肃顺所说钩弋故事在司马光编写的《资治通鉴》里面有详细的记载。

公元前88年即汉武帝后元元年，武帝知道自己不久将离开人世，但太子弗陵年幼，武帝唯恐自己死后弗陵之母钩弋夫人赵氏弄权误国，便下令将她赐死，成为一个著名的历史典故"钩弋故事。"

肃顺之言更让众人吃惊，不待皇上点头答应，奕譞"扑通"跪下哀求说："请皇上仁慈，防患于未然是应该的，但也不能滥杀无辜。若传扬出去岂不让天下人嗤笑？懿贵妃纵然有许多不是之处，尚不至于被处死，请皇上慎重行事，三思后行。"

肃顺一见奕譞给懿贵妃求情，冷冷一笑："醇王爷莫不是看在福晋的情分上爱屋及乌吧，醇王身为皇族亲王，不以国家社稷大事为重，却以一己私人亲情贻误国家社稷前途是何道理？"

奕譞也一反平时寡言少语持重的姿态，反唇讥讽道："若说弄权误国之人首推你肃顺，你私结奸党蒙蔽皇上，剪除个人死敌陷害忠良。皇上绝不会有除去柏葰、懿贵妃之心的，都是你出的馊主意。你让皇上将懿贵妃赐死，不过是报路上被辱之仇，身为七尺男子汉却鸡肠小肚尚不如一妇人之见，岂不感到世上尚有'羞耻'二字。"

咸丰连续几声剧烈的咳嗽声让奕譞不忍心讲下去，他不想讲得太直太露而刺激皇上。

奕譞的话也确实对皇上有所震动，刚才的决心有些动摇，是留是去他想再听听其他人的意见。恰在这时，载垣站起来说道："记得祖上曾经留下这样一个说法：太祖开国之初，四处征战，为降服各部，曾与周围部落结下怨仇，其中一个部落就是叶赫部，其部落首领金台石宁死不降，反而屡次联络其他部落攻击我们。太祖一怒之下带大军灭了叶赫部，斩杀了金台石。后来有人在金台石的墓前发现一块天然巨石，上面写着叶赫要灭掉我们！太祖知道后十分震怒，命人将金台石的墓给毁了，将他的尸体抛于野外，那块巨石也被毁掉。太祖联想金台石死前的遗言，叶赫部剩一男半女都要灭掉我们，不然不是叶赫部子孙。太祖曾有令，历代皇子不许以叶赫部之女为后。"

载垣说到这里，抬眼看看众人，继续说道："虽然时过境迁，太祖的话被我们这些后世子孙淡忘，但自入关以来，诸位先皇以叶赫部女为后者实在寥寥无几。而这懿贵妃正是叶赫部的那拉氏，我们不能不想起祖训。尽管那金台石也仅仅是一句愤激之辞，但宁可信其有不可信其无，以免应了某种天机，请皇上三思。"

"这——"

咸丰想起小时候确实听皇祖母讲过的皇族传说中有这么一段故事，但那只是传说，作为皇室一段故事流传下来的，也没有写进皇训。何况年代久远，谁也不再忌讳这些，叶赫部早已成为满洲的一支，归入八旗之一。倘若因为这样一个莫须有的传说重新分裂满洲内部之间的血统关系实在不是英明之举。

咸丰尚在犹豫，皇后启动朱唇，缓缓讲道："怡亲王从一个传说中寻找置人于死地的论据未免有点不通人意吧，也无法服众，特别是叶赫部更会群起而攻之，皇上万万不可听信此言而分裂兄弟旗人之情。何况我大清朝开国以来以叶赫女为后为妃者也大有人在，无论康熙皇帝、乾隆皇帝都有，怎能说寥寥无几呢？"

皇后乜视一下肃顺又说道："至于肃大人所说的钩弋故事倒是真有史书记载，历史的机遇不同必须千篇一律吗？远的不说，就说我朝的事吧，顺治皇帝六岁继大统，康熙皇帝也仅仅八岁就继承了帝位，不但没有发生钩弋之事，相反都是几位年轻的太后识大局、顾大统，帮助年幼的皇上独立起来，并成为一代明主呢！依我一个妇人之见，真正弄权误国的都是鳌拜之流的奸人。"

皇后这几句话可把肃顺吓坏了，他一向认为皇后钮祜禄氏是一位只懂妇人之道不谙政事的弱女子，做梦也没想到她会说出这番振振有词的话来。

按理说皇后应该站在肃顺等人的立场支持除去懿贵妃才对。

因为懿贵妃一死，宫中再也没有人同她抗衡，就是载淳继承大统也须她来辅助执政。皇后为何不同意处死懿贵妃呢？

这也是懿贵妃平时做事的高明之处。懿贵妃有自知之明，知道目前的地位和实力无法动摇皇后的位子，她只把有可能与自己相抗衡的人打败，对云嫔、朱莲芬、"四春"等人是尽力打击，甚至以死相逼。而对于皇后就不同了，处处维护她，事事同她商量，征得她的支持。懿贵妃就是打击其他女人，也总是让皇后做前锋，借助皇后的力量打击他人。因此，在皇后的心目中，懿贵妃比其他妃嫔会做事，也懂得尊重她。

另一方面，皇后是明事理之人，她知道肃顺、载垣等人怂恿皇上处死懿贵妃并不是真正为大清国的利益着想，都是为了他们个人的私怨。自从来到热河的这半年多的时间里，对肃顺、载垣、端华、景寿几人的所作所为，皇后也有所耳闻、有所觉察，她也担心皇上驾崩之后，这几人专权误国，发生鳌拜当年挟持幼帝康熙的悲剧。从心里说，在处理政事分析大局方面，皇后还是十分欣赏懿贵妃的，有她在，就是皇上宾天了，她们姐妹俩有事相互商量着，多个人也多个心眼，总可以与肃顺他们多抗争一些。

正是考虑到这些原因，皇后才不同意将懿贵妃处死。

咸丰一见皇后都站出来为懿贵妃说话，自己怎么再强行坚持要处死懿贵妃呢？何况这多日来懿贵妃确实对自己照料备至，时常带着大阿哥到榻前喂药喂水。自从到了热河，懿贵妃也没做出什么不妥的事来，无缘无故将她处死，传扬出去是不妥当，可是，如何才能限制她干预朝政呢？

这时，郑亲王端华又上前奏道："请皇上以大清几百年社稷为重，当断不断必有后患——"

端华刚要说下去，猛然听到身后传来一声清脆的哭喊声："皇阿玛，额娘是好人，不要处死额娘。"

众人吓了一跳，回首一看，来人是大阿哥载淳。

大阿哥载淳为何也知道有人要处死他额娘，哭喊着跑来呢？

事也凑巧，今天上午，咸丰皇上通知这些王公大臣到烟波致爽殿协商废去懿贵妃的大事。帮闲太监李莲英到烟波致爽殿送茶水，无意间听到了几句，但他并不明白是处死谁。一看这阵势，连皇后也来了，知道必有大事发生。他想起了懿贵妃的叮嘱，又偷偷躲在旁边听了一会儿，才知道是要处死懿贵妃。

李莲英吓了一跳，自己刚刚寻了一个主子又要被处死，他才不乐意呢！他立即慌慌张张到文津阁报告消息。

懿贵妃听了更是吃惊不小，能给自己说上话的醇王、皇后都在烟波致爽殿。尽管自己的妹妹醇王福晋也在这里，但她也帮不上忙，而她自己又不能亲自到烟波致爽殿里向皇上求情。

怎么办？懿贵妃急得如热锅上的蚂蚁。贴身太监安德海也急得直挠头。恰在这时，大阿哥从书房回来了，安德海眼睛一亮，拍手叫道："娘娘不用怕，有了！"

"有了什么？"

"有了不让皇上杀娘娘的主意了。"

"有了你就快说，让我们再合计一下，再迟就来不及了。"李莲英催促说。

安德海才把自己的想法说出来：告诉大阿哥，就说皇上要处死额娘，让他哭喊着去求皇上开恩。

懿贵妃一想，也只有这么办了，别无良法，让大阿哥求情，希望皇上能够看在自己为他生下皇子的分上和大阿哥的情分上饶自己一命不死。

就这样，懿贵妃才流着泪叮咛载淳皇上为何要杀她，并告诉载淳到皇阿玛那里如何求情。

在安德海的带领下，载淳才来到烟波致爽殿为额娘求情。

咸丰一见儿子哭得像个泪人一样站在殿外，便挥手让他进来。

载淳来到皇阿玛的御座前扑通跪倒，哭着说："皇阿玛，儿臣求阿玛放过额娘，额娘对阿玛一片忠心，每天给阿玛煎药喂饭，也时常惦念着阿玛的病。儿臣去读书时，额娘又去寺庙里求神拜佛为阿玛祈求求呢！额娘每天都带儿臣去寺庙里求神仙保佑阿玛早日康复。阿玛不饶过额娘，儿臣也不活了。"

载淳说罢，又大哭起来。

载淳这些话让咸丰的心立即软了下来，他看着哭成泪人的儿子也觉得过意不去，亲自把大阿哥拉了起来："皇儿别哭坏了身子，快起来吧。"

咸丰把儿子拉起来，载淳又跪下了："皇阿玛不饶过额娘，儿臣就跪在这里永不起来。"

咸丰也无奈，看着儿子问道："谁告诉你朕要处死你额娘的？"

载淳抹一把眼泪不再哭了，很镇定地说："儿臣从书房回来想把今天所学的内容背诵给皇阿玛听听，让阿玛高兴高兴，阿玛的病就能够早一天痊愈。儿臣来到殿外，一看许多人都在这里，皇额娘也在，知道皇阿玛在商量国家大事就没有进来。皇阿玛曾教导儿臣要多读书，了解国家大事，从小就学会分析国家大事的本领，儿臣就在殿外听了一会儿，才知道皇阿玛想处死额娘。阿玛，额娘对皇阿玛和儿臣那么好，为什么要处死额娘呢？"

载淳说着，泪又流了出来，母子连心啊！

咸丰叹口气："皇儿你还年幼，不懂事，长大你就明白了，皇阿玛是为了你好，也是为了咱大清江山社稷着想。"

载淳一见皇阿玛还没有松口，又哭了。

"皇阿玛，儿臣要额娘，额娘要是被皇阿玛处死了，儿臣也不活了。"

载淳又转向皇后："皇额娘，儿臣求求皇额娘不要让皇阿玛处死额娘。"

皇后一向为人宽厚，心地善良，一看大阿哥如此通情达理，这么小就很懂事，心里十分宽慰，也被大阿哥的孝心感动了，禁不住流下了眼泪。她轻轻拭去眼角的泪水说："皇上就看在大阿哥的情分上饶过懿贵妃吧，也许是皇上多虑了。"

奕谖也趁此跪下奏请说："皇上英明，臣奕谖愿用全家性命担保懿贵妃不会篡权夺位干预朝政。"

咸丰想了想，挥挥手："都起来吧，朕就饶过懿贵妃，但也要提醒她决不允许她干预朝政，弄权误国。"

肃顺还想再说什么，咸丰向众人挥挥手："众卿都回去吧，朕只留下大阿哥和皇后陪朕说说话。"

待众人告退，咸丰很伤感地说："朕也不想将懿贵妃处死，但朕也有几分担心，否则，朕岂不让祖列宗唾斥，几百年的大清江山社稷若在朕的手里改了姓，朕不就成了罪人！"

皇后立即安慰说："也许是皇上多虑了，懿贵妃还不是那样的人，也不至于那样。何况皇上龙体还好，也许经过一段时间治疗就会康复的。"

咸丰摇摇头："病到了何种程度，朕自己最清楚。"

"皇上要杀懿贵妃一定是肃顺的主意吧？"皇后又问道，"皇上应该知道肃顺与懿贵妃因换车的事闹了矛盾！"

咸丰点点头："肃顺怂恿朕杀懿贵妃有报私仇的份儿，但也的确是为了我大清基业好。懿贵妃是位权力欲望很高的女人，心术也颇深，有朕在她不敢妄为，倘若朕辞世后就难讲了。唉，去年的中秋，朕与你等在乾清宫度过的，虽说外敌压境，兵临城下，大家毕竟团圆了，只怕今年的中秋朕就没有机会与你等一同赏月了。"

"皇上千万别这么说！"

皇后和大阿哥都流下了眼泪。

"生死有命，富贵在天，朕虽被人称呼万岁也是寿命短短，朕放心不下的仍是你们两人。朕考虑再三，即使不杀懿贵妃，不废去她的封号，也要以防万一。如果在朕宾天之后，懿贵妃果真不服从你们两人，有以下犯上、谋权篡位、干预朝政之心，你们就用朕留下的一份遗旨制伏她。"

咸丰说着，提起御笔草拟一份诏书，并盖上玉玺，交给皇后说："这是朕给你的一份密诏，防止懿贵妃谋权夺位挟持你的，倘若她有超乎你之上的行为，你也可将此诏公布于朝廷重臣，共同诛杀她，此诏有永久的约束力。"

咸丰又转向大阿哥："朕今日虽然没有处死你额娘，也是看在你的情分上。假若你额娘将来有干预朝政谋夺大清国家大权的野心，皇儿万万不可以母子私情而毁坏我大清几百年社稷，如果大清江山毁在你的手里，死后不要去见父皇，更不要入皇陵会见列祖列宗，望你记住父皇的话，做一代明君。"

大阿哥含泪点点头。

咸丰又问道："刚才你说的那些话都是你额娘教导你，让你来此为她求情的吧？"

大阿哥低头不语。

皇后从旁边说道："就是懿贵妃教导的，皇儿能够完全背下来，临场发挥，说得如此滴水不漏也难能可贵了。皇上既然已经当众宣布饶过懿贵妃，如今又留下这份密诏就足以让懿贵妃警醒了。"

咸丰看了一眼大阿哥，又叮嘱说："懿贵妃虽是你生母，但她为人阴险，心计颇深，你今后也不必事事向她汇报请示，应该多向皇额娘请示，多和皇额娘接近才对。至于你额娘怎样，你长大后就会明白的，皇阿玛的话你一定要牢记心中，朕给你皇额娘留下密旨的事你不许泄露给任何人，更不能泄露给你额娘！"

载淳见皇阿玛说得如此认真、严厉，急忙点头称是，但心中却在嘀咕着：额娘真的很坏吗？否则，皇阿玛为什么要处死她呢？额娘到底坏在哪里？

懿贵妃虽然暂时躲过被处死的危险，但她深深知道自己的处境已如履薄冰。特别是那次御前会议之后，皇上的病情在恶化，而肃顺等人又放肆得根本不把她放在眼里。在热河唯一能够为她说上话的醇郡王也被肃顺排挤得毫无权力。

懿贵妃把安德海和李莲英找来秘密商讨对策，仍是一筹莫展。忽然，李莲英提醒了她，可到京城寻找恭亲王等人对抗肃顺与载垣，现在唯一的出路就是与远在京城的恭亲王合作。

怎样才能取得与恭亲王的联系呢？据李莲英了解，肃顺他们已经封锁了京城与热河的联系，来往人员必须经肃顺亲自批示，在热河通往京城的各要道全部设了明暗哨，热河有个风吹草动，肃顺都了如指掌。派谁去京城给恭亲王传递这热河危机的消息呢？李莲英、安德海都不行，一旦肃顺有所察觉后果更不堪设想，必须派一名很少引人注意的人，而这人又必须是自己的亲信。

懿贵妃搜肠刮肚地把自己的一些亲信排了一遍，也没想出谁最合适。恰在这时，张德顺陪伴着大阿哥从书房回来，懿贵妃眼睛一亮，便把张德顺叫到身边："小德张，自从你入宫后娘娘待你如何？"

张德顺一怔，不知懿贵妃要说什么，急忙说道："娘娘待小人很好，如果娘娘有什么话要问，有什么事要做，请娘娘直说，奴才一定如实回答，一定尽力去做。"

懿贵妃点点头："小德张，你对本宫一向忠心，这一点本宫还是心中有数的，上次那件事多亏你心眼活脑筋灵。不过，本宫历来赏罚分明，你为我立了大功，本宫一定会好好赏赐你的。"

懿贵妃边说边注意张德顺的表情变化，见他十分恭谨，又叹口气道："如今娘娘想请你做一件事，十分危险而又重要的事，你愿意做吗？"

"奴才愿为娘娘两肋插刀，死而无憾，请娘娘吩咐吧！"

"我想让你去京城恭亲王府给恭亲王送一封信，行吗？"

"娘娘，这有何难？小人去就是了。"

懿贵妃摇摇头："事情不是你想象得那么简单。这热河的情况你也应该明白吧？"

"奴才只知道皇上龙体欠安，其他事小的就不大清楚了。"

张德顺虽然嘴上这么说，其实对热河的情况也是有所耳闻的，明白懿贵妃的处境也不好过，她让自己回京送信，无非是想取得恭亲王的支持。但张德顺乐意为懿贵妃跑腿，他高兴皇族之间大闹起来呢！他记起空云大师的话，皇后和皇上对峙起来，皇族内讧就可削弱大清王朝的气数，那样大哥就可登上皇帝宝座了。

懿贵妃见张德顺很诚实，带着拉拢的口气说："皇上卧病不起，肃顺等奸人把持大权，封锁皇上病重的消息，意在蒙蔽天下百姓，妄想谋夺朝廷大权。可热河行宫到处都布满了肃顺、载垣的爪牙和暗探，并且封锁了去京城的要道，他们准备在皇上宾天之际阴谋闹事，这事必须尽快报告京师，让恭亲王火速做准备，设法来热河一趟，共商除奸大计。你的任务就是乔装打扮躲过奸人耳目去京师送信，你能做得到吗？事成之后必有重赏。"

张德顺也是暗暗吃惊，他仅仅感觉到一些风吹草动，没想到事情已经闹到了这个地步，真是又高兴又担心，急忙伏地拜倒："请娘娘放心，奴才决不辜负娘娘的厚爱，一定会安全将信送到。"

懿贵妃拉起张德顺："你准备如何混出热河、躲过奸人的耳目呢？"

张德顺想了想说："奴才以为奸人的明暗探多在热河南边的一些要道上，北边监视放松，奴才欲南先北。绕远一些再乔装南行。明天奴才与安总管等人以去围场打猎为名，然后设法溜走就行了，娘娘以为如何？"

懿贵妃点点头："你很会做事，相信你一定不会让本宫失望的，见到恭亲王后呈上书信，如实回答王爷的问话。倘若恭亲王要来热河，你可随他一同前来；如果王爷暂时不来，你再捎回王爷的书信，能做到吗？"

"嗻！"

第二天，张德顺和安德海等人以为皇上猎鹿滋补为名进入木兰围场，又在安德海等人掩护下越过围场向正北方向逃去。

张德顺向北跑了半天工夫又重新乔装打扮一番，才调头东行，绕道跑回京城。

北京恭亲王府。

奕䜣正在纳闷自己派出的信使为何迟迟不见回来，按事先预定的日期已经超过三天，莫非有什么意外？

正在这时，太监来报，说热河行宫的谕旨到，奕䜣接过一看，只见上面写道：

> 朕与汝棣萼情联，见面时回思往事，岂能无感于怀，
> 实于病体未宣。况诸事妥协，尚无面谕之处。统俟今岁回
> 銮后，再行详细面陈，着不必赴行在。文祥也不必前来。
>
> > 特谕

奕䜣看罢，气得向桌上一扔，破口骂道："一定是肃顺奸贼
害我！"

骂归骂，没有皇上的批准他是不能随便离京的，但他更感觉
到热河的严峻形势，准备以冒犯之罪私赴热河面见皇上。

忽然，又有人来报，说热河来一密使要面见王爷。奕䜣立即
命人将他带进书房。

张德顺一见到奕䜣，跪下叩拜说："奴才张德顺拜见王爷！"

说着，呈上一封信。奕䜣赐他坐下，接过书信一看，上有几
个俊秀的小字：恭亲王亲启。

奕䜣急忙折启展读，只见上面写道：

恭王安好：

> 今有要事告知。皇上病数月而近加重，形势很危。
> 肃顺、载垣、端华等人把持朝权蒙蔽皇上，请速来行宫
> 商讨大计。详情可问送书之人，他是大阿哥的贴身侍从，
> 忠勇诚实可赖。
>
> > 谨此

奕䜣虽然早就疑虑重重，读过此信仍是吃惊不小，他从字迹
上辨出这是懿贵妃所写，也只有懿贵妃才有此心，皇后为人太仁
慈，但奕譞为何不见动静呢？何况自己已经派人给他送去密信。难
道出了意外？

奕䜣放下书信问道："你叫什么名字，如何从热河逃出来的。"

张德顺一一据实做了解答，奕䜣又询问了热河的情况，张德顺便把懿贵妃所说的内容重述一遍。奕䜣推测不是说谎，着人带下去好好款待。

奕䜣又把信从头到尾读一遍，结合张德顺所讲的内容，他意识到一场血与火的宫廷争斗就要开始。无论如何，他都要站在爱新觉罗氏的立场上维护皇权不受侵害。同时，他也明白，自己压抑了多年，与肃顺、载垣、端华等人最后较量的时候到了。在没有最后摸清详细情况之前决不能轻举妄动，以免给对手抓住把柄。

奕䜣决定冒险到热河行宫去一趟。

奕䜣尚未到达热河行宫，消息早已传到热河。肃顺、载垣、端华三人聚集在芳园居内商讨对策。

端华认为奕䜣没有皇上的允许私自离开京师来热河是违旨抗上，不如将其拘捕，再做定夺。

肃顺认为不可："尽管我们给他的谕旨是令他与文祥不必来此，但那谕旨是我们发出的。皇上虽然对奕䜣有猜疑，也流露出不满情绪，但决不会同意拘捕他的，奕䜣也没有违旨到拘捕的程度。如果我们做得太过分反而引起他人猜疑，对我们的下一步行动十分不利。更何况奕䜣坐镇京师手握重权，倘若将他拘捕，京城留守众臣也不会同意。万一他们有一领头之人举起'清君侧'的旗号带兵前来，我等都会成为阶下囚。"

载垣与端华一听肃顺分析得有理，急忙问道："那如何应付奕䜣的到来呢？"

"暂且不用着急，先摸清奕䜣来此的目的，知彼知己，百战不殆。如果奕䜣仅仅是来探视一下皇上的病情，我们何必心急呢！他公务在身不会待多久就会回京的。"

"据探马奏报，奕䜣一行共计十人，人虽少但个个身强力壮，英勇善战。"

端华对载垣笑笑："怡王爷被他十人吓住了？"

"哼！我才不在乎呢！别说奕䜣一行只有十人，就是一千人来到热河又能怎样，这里哪有他的势力，一个奕谟也如同粪坑里的老鼠。"

肃顺轻捻胡须笑了笑："如果只有十人来此，就不必大惊小怪，奕䜣不过是以叩拜皇上为名探视一下情况，因为他们的密使一去不复返，他在家坐不住了，只好亲自来了。我们只要做做样子哄骗他几天，待他回京就行了。他不来反而不好，他这么一来反而对我们更有利。"

"肃大人这话从何说起？"

"怡亲王请想：如果奕䜣现在不来，拖延到关键的时候来了，那才对我们不利呢！如今先来了，看看皇上病了，既不能回銮，他又不能在此久留，他走后这大权不还是我等独掌？"

"肃大人估计皇上是否会像当年的太宗皇上那样任用奕䜣为摄政王？"

肃顺摇摇头："正是因为太宗任用多尔衮为摄政王留下了无穷后患，皇上决不会重蹈覆辙再任用一位摄政王的。何况皇上一直对奕䜣有嫉妒猜忌之心。"

载垣又问道："皇上会见奕䜣时会不会私授重权令他监国呢？"

"也不会！"肃顺十分肯定地说，"皇上对懿贵妃都不放心，又怎么会放心奕䜣呢？"

"如果奕䜣来此，了解到我等把持重权蒙蔽皇上的内情，将如何处理？"端华问道。

"即使奕䜣了解到这些情况他也奈何不了我们，因为在热河不同于京城，他会装作不理会，会回到京城再同我们计较的。如果事情真发展到那一步，决不能让他离开热河，必要时将他干掉，反正皇上也活不了多长时间了。但是，不到迫不得已的时候决不能行此下策。最好是让他少与奕谟、懿贵妃等人接触，各处多布一些暗探，及时了解奕䜣到此所了解的内容。"

载垣认为肃顺分析得在理，便提出了应付奕䜣到来的三个方案：第一，避免众人与奕䜣公开接触或私下会晤；第二，怂恿皇上与奕䜣关系紧张，驱赶他尽快回京；第三，做好最后拘捕奕䜣的准备。

奕䜣来到热河行宫后就传信给皇上，咸丰推说他一路辛劳，令他先休息几日再做拜见。

奕䜣无奈，只好先去醇王奕𬣞那里了解情况。

奕𬣞一见奕䜣到此，惊问道："六哥不诏而至，皇上是否会怪罪？"

奕䜣不满地说："我正要问你呢！你为何不说服皇上诏我来此叩拜？！"

奕𬣞叹息一声："我虽在热河也无实权，皇上一般不愿见我，对于我的话皇上能听进去几分你也应该明白，为避嫌疑，我不敢为你多说话，更不敢给你通书信。"

"我派来的信使你见到了吗？"

奕𬣞一愣："什么信使？"

奕䜣才知道自己派往热河的信使中途被截，十分生气地说："如今热河如箭在弦，而你身在热河却蒙在鼓里，难道要把大权让给那些小人不成？"

奕𬣞淡淡地笑笑："六哥太敏感了，热河一切正常，只是皇上龙体欠安，一时也无大碍。你说他人蒙蔽皇上把持大权，还有人骂你坐镇京师勾结洋人图谋不轨、怀有二心呢！"

奕䜣恼了："你也这样听信诽谤之辞，对我疑神疑鬼吗？"

"我当然不会，但三人成虎，只怕六哥无法堵住众人的嘴，皇上与五哥都不相信你，更何况他人？"

奕䜣沉默了。

奕𬣞看看十分伤感的奕䜣，又问道："你拜见过皇上没有？"

奕䜣摇摇头。

奕𬣞叹口气："皇上病入膏肓，只在早晚之间。正是这样，皇上对谁都不相信，不久前准备将懿贵妃赐死呢！要不是皇后与大阿哥的请求，只怕懿贵妃早已命归黄泉。"

奕䜣又是吃了一惊，懿贵妃给他的信中丝毫没提此事，张德顺也没有提过此事。难道是懿贵妃夸大其词，借用自己与肃顺的矛盾，引起自己与肃顺等人的冲突，她从中渔利吗？

"皇上何以将懿贵妃赐死？"

"还不是皇上听信了肃顺与载垣的谗言，让皇上以钩弋事件为戒，早早除去后患。唉，肃顺小儿太过狂妄与专横，谁与他过意不去他都不放过。"

"莫非懿贵妃也与他有隙？"

奕譞把路上懿贵妃换车用膳的事讲了一遍。

奕䜣听了叹口气："从形势上看，肃顺、载垣、端华等人结成帮派，他们准备在皇上宾天之后把持朝政。到那时，新皇尚年幼，皇后仁慈宽厚，懿贵妃可能遭难，即使不发生意外也会逼得她无权。朝中大权旁落，鳌拜当年之事重演，我大清江山就危险了，你我有何脸面去见列祖列宗？"

奕䜣这么一说，奕譞也感到问题的严重。

"以六哥之见应该怎么办？"

"面见皇上陈述利害，请皇上识辨肃顺等人的阴谋，及早将这人革职查办。"

"只怕不是你说得那么容易，皇上会听从我们的劝告吗？你与皇上之间一直关系紧张——"

奕譞没有说下去，他怕触及奕䜣的痛处。

奕䜣也理解奕譞话中的意思，他想到兄弟多年来的复杂关系也沉默了。这真是：

> 煮豆燃豆萁，漉豉以为汁。
> 萁在釜下燃，豆在釜中泣。
> 本是同根生，相煎何太急。

第十九章

咸丰帝托孤赴大限
西太后奉子夺先机

"好，我走！我们都走！"肃顺一跺脚走了出去。怡亲王载垣急忙随后喊了一声："肃大人请留步，何必跟个孩子一般见识呢！"此话一出自觉不妥，想收回已经来不及了。幼帝载淳尖声叫道："大胆载垣，敢辱没本皇，朕杀了你！"

在奕譞的劝说下，咸丰终于同意会见奕䜣。当然，咸丰皇上也看出了事情的端倪，对肃顺等人的所作所为已有所察觉，可是，由于与奕䜣较深的偏见和长久的矛盾，他一时仍然对奕䜣顾忌重重，唯恐多尔衮的悲剧重演。咸丰希望通过奕䜣对抗肃顺、载垣、端华等人，也希望肃顺、载垣等人与奕䜣发生矛盾从而掣肘奕䜣，让两派在互相倾轧和争斗中平衡各自的势力，从而让未来的王权能够平稳过渡。正是基于这些考虑，咸丰才同意会见奕䜣。

奕䜣来到烟波致爽殿，一看到皇上的龙颜大惊失色。他只知道龙体欠安，做梦也没想到皇上已经病到这种程度，他在跪拜的刹那间，百感交集，泪水禁不住夺眶而出，喊了一声："皇——上——，臣奕䜣叩拜来迟，请皇上恕罪！"

咸丰看着奕䜣真情流露，也很感动，毕竟是亲兄弟，血缘关系是抹杀不了的。咸丰命奕䜣起来，入座叙话。

"如今是战乱刚停，京城外患未去，内乱纷呈，你离开京师到此，倘若发生什么意外，这个责任谁来承担？"

"回皇上，臣临来之际早已交代完毕，保证万无一失，请皇上放心。自从条约签订之后，洋人早已退回，留京的仅是些外交人员和商务人员，决不会闹事的。"

咸丰点点头："京城修复工作进行得如何？"

"除圆明园外，其余各地均已修缮完毕。由于洋人没有进入内城，宫内完好，各地打扫一新，专候圣驾回銮，臣请求皇上早日回京。"

咸丰叹口气："朕病入膏肓，恐怕经不住这长途颠簸，何况如今正是盛夏，京城炎热，朕在此多待几天，到入秋时节再做回銮之议，京城之事全权委托于你了。"

"为国家效力是臣理所当然之事，但臣不能放心圣上的龙体。如今圣上在这热河行宫，一切条件不如京师，请皇上回京治病吧。到了京师，臣布告天下为皇上悬赏名医，皇上的病何愁不治呢？请皇上不必犹豫。"

咸丰沉默不语。

奕䜣又奏道："如今皇上身边多卑鄙小人，多有谗言，请皇上务必深思而慎取，千万莫听信谗言坏我大清江山社稷。"

咸丰略有一丝不悦。

"朕还不是昏君，忠奸尚能够分辨，你不必多言。"

奕䜣有点急了。

"皇上，忠言逆耳利于行，良药苦口利于病，请皇上万万不可受那些宵小蒙蔽，认清其奸诈面孔，为防万一，速速下决心将他们除去。否则，后患无穷！"

咸丰有点恼了，冷冷一笑："路遥知马力，日久见人心。朕经过长期观察，精心挑选出来的御前大臣，他们和朕是心心相通的，你不必多言。朕有朕用人的方式和策略，尺有所短，寸有所长，怎能一概而论呢？你与奕谟都有同样的心理，你们与肃顺等人有矛盾，难道就要阻止朕任用肃顺不成？当然，肃顺也有缺点，人无完人，金无足赤，圣人尚且如此，更何况一般凡夫俗子？你奕䜣何尝不是满身缺点？朕判断人的标准不是这个人的行为规范和道德情操，朕以自己为参考点，无论别人怎么唾骂他，只要他对朕忠心不二，朕就认为他是忠臣。无论别人如何推崇他、赞美他，甚至把他当作圣人一般看待，只要他处处与朕过意不去，朕就决不会重用他！"

奕䜣不再讲话，他明白自己在皇上心目中的位置，靠几句言辞就让皇上除去肃顺是不可能的。

咸丰见奕䜣不再讲话，缓和一下语气说道："你的话也有一定道理，如何做朕心中有数，你尽快回京吧，你在这里不妥，他们会对你不利的。你好好守住京师，必要时朕派人通知你来此。"

过了一会儿，咸丰又小声说道："回京时不可声张，一切秘密行事，这里没有你的势力，唉，也许朕所说的话都失去了作用。如果他们对你发难，朕恐怕都保不住你。"

"皇上既然明晰这些，为何仍坚持留在热河呢？只要皇上同意回銮，臣立即带兵前来接应，确保皇室无损。"

咸丰只是摇摇头："你尽快离开这里吧，有许多事你不会明白。记住朕的话，守住京师！"

咸丰挥挥手让奕䜣退出。

奕䜣无奈，叩一个响头含泪离去。

奕䜣告别皇上出来时满腹委屈与满腹疑虑，正准备回住地，张德顺迎面走来，低声说道："恭王爷，懿妃娘娘恭候王爷多时了，请王爷去文津阁叙话，有要事相商！"

奕䜣随张德顺来到文津阁，懿贵妃正等在那里，她一见恭亲王到此，立即泪流满面地诉道："恭王救我——"

奕䜣急忙还礼："贵妃娘娘不必伤心，有话慢慢讲。"

"如今皇上病重，危在旦夕，而肃顺、载垣、端华等人以御前大臣自居，事事欺上瞒下，封锁皇上病重的消息，又离间皇上与醇王和恭王之间的手足关系，妄图从中渔利。我仅仅向皇上进一句忠言，让皇上传谕恭王来此主持大事，谁知肃顺等人早已布下耳目，把我的话传与肃顺等人，他们便共同向皇上进谗言，让皇上置我于死地。幸亏我一向品行端正，博得皇后娘娘与醇王等人的同情，才一致跪求皇上开恩，并陈述利害关系。皇上考虑再三，才看在大阿哥以死相求的情分上饶过我，但从此以后对我便生厌心，再加上肃顺等人的诽谤，皇上早晚会将我赐死。"

懿贵妃说着又哭了。

"我死不足惜，只是奸臣当道，皇上病重又遭蒙蔽，大阿哥年幼，大清江山只怕从此再无宁日。一旦皇上龙驭上宾，肃顺等人怎会甘愿寄在年幼的大阿哥之下，到那时后果不堪设想。我传密信请恭王来此就是商讨除奸大事。"

奕䜣听过懿贵妃的哭诉，虽觉她有夸大其词之言，但所说的事也非常在理。奕䜣思索片刻说道："除奸之事尚早，当务之急是摸清肃顺等人的狼子野心，劝请皇上回銮，只有回到京师才可动手，这热河早已在肃顺等人的牢牢控制之下，他们又'挟天子而令诸侯'，如果在此行动，只怕打草惊蛇，我等没有动手就束手就擒，还会累及皇上和大阿哥等人，万万不可在此有所行动。"

"恭王以为呢？"

"规劝皇上带病回銮京师，或下旨让京中来兵保护圣驾回銮。"

懿贵妃摇摇头："我们尚能看到这一点，肃顺等人也会明白这一点的，他们一定想方设法阻止皇上回銮，只怕皇上要像嘉庆皇帝一样在这热河行宫——"

懿贵妃没有直接讲下去。

奕䜣叹息一声："如果那样，情况可能更棘手，那就更不能轻举妄动、打草惊蛇。目前尚无大碍，我明日就回京师准备，早早应付非常之态，以免奸人掌权乱政。"

"大清朝的命运就交给恭王了，请恭王务必顾全大局，慎重行事……"

懿贵妃话没说完，安德海进来报告说："李莲英传来话，请娘娘转告恭亲王，肃顺与怡亲王正在搜寻恭亲王，已经做好拘捕的准备，请恭亲王赶快逃走。"

懿贵妃一听，十分吃惊，想不到肃顺等人嗅觉如此灵敏，闻出风声便立即行动起来。

"怎么办？"

"王爷不必惊慌，我想办法送王爷逃出热河。"懿贵妃十分自信，"请王爷写个字条，我派人通知王爷的随行人员到布塔拉庙的后门等候，然后想方设法把王爷送到布塔拉庙就可以了。"

懿贵妃待奕䜣写完字条，立即命张德顺带着奕䜣的手谕去奕䜣住处通知那几名随从赶快准备好马匹等物到布塔拉庙后等候。

同时，懿贵妃又派人用自己的轿子抬着恭亲王去布塔拉庙，因为懿贵妃经常去那里拜佛进香。

在懿贵妃的安排下，奕䜣刚走，她自己便乘一顶普通的轿子随后赶往布塔拉庙。

奕䜣到达布塔拉庙后，他的几名随从已经在庙后等候，马匹等物准备齐全，只等恭王到此立即动身。恭亲王知道事情急迫，唯恐久留夜长梦多，下了轿便直奔后门，和他的随从一同策马狂奔，直向京城赶去。

肃顺等人没想到奕䜣会突然离去，他们赶到奕䜣住处，听说他的随从上午就出去打猎了至今未回；又听说奕䜣根本没有回住地，从烟波致爽殿出来就去了文津阁。肃顺带人赶到文津阁时别说奕䜣不在，就是懿贵妃也不在，知道懿贵妃去了布塔拉庙，估计懿贵妃和奕䜣一定在布塔拉庙里密谋，便带兵包围了布塔拉庙。

懿贵妃和安德海等人从容地走出庙门，迎面碰到肃顺满脸杀气地站在门口，周围站满了士兵。

懿贵妃知道奕䜣早已走远，眼也不抬地走近自己的轿子，肃顺冷冷地问道："皇上卧病在床，贵妃娘娘倒有兴致出来溜达。"

懿贵妃也不客气地回敬道："皇上有病，做臣妾的到庙里求神拜佛为皇上祈求祷告这是分内之事吧？莫非肃大人也是来求神保佑皇上的？"

说完，懿贵妃头也不回地上了自己的轿子。

"慢——"肃顺大喝一声，"贵妃娘娘来此求神拜佛用一顶轿子就行了，何必来了两顶轿子呢？"

"怎么？"懿贵妃一挑轿帘，"肃大人管得太宽了吧？"

"这顶轿子给什么人坐的？"

"哼！肃大人不能自己睁开眼睛去看一看吗？"

肃顺走上前掀开另一顶轿子的轿帘，见大阿哥正坐在里面怒视着自己。

"肃顺，你给我滚开！"

肃顺十分尴尬，看着懿贵妃等人起轿走开，他狠狠地跺了一脚："哼！给我到庙里搜。"

不多久，士兵纷纷出来报告说一无所有，恭亲王根本没有到布塔拉庙来。

"真是邪门！"

肃顺只好带兵回去寻找奕䜣，仍是一无所获，才知道奕䜣早已离开了热河，恨得咬牙切齿也没有办法。

夜已经很深了。

一天的燥热终于稍稍透出一丝凉气，蝉儿停止了嘶鸣，最爱在夜间鸣鼓的蛙儿也不知躲在哪里睡觉去了。

阴沉沉的暗夜没有光亮也没有响声，甚至一声狗吠猫叫也没有，到处死一般地静。

烟波致爽殿西间，灯火通明。

在热河行宫的王公大臣几乎都来了，众人静静地跪坐着，都一声不响地注视着御榻上的咸丰皇上。室内静得几乎可以听到对方的心跳。

咸丰皇上的病情突然发作，又加重起来，今天已经昏死几次了。

众人知道皇上到了弥留之际。

许久，咸丰才睁开浑浊的双眼，示意人把他扶起来。两名贴身太监在征得皇后同意后立即将皇上扶起来。

咸丰看看众人，眼睛从每一个人脸上掠过，最后落在皇后那儿。皇后知道皇上想说什么，走上前坐在床边，冲皇上点点头："皇上，你有什么话请说吧！"

咸丰攒足了劲才含含糊糊地说道："朕快不行了，有事交代，请人代笔，朕要立嘱。"

皇后便让李鸿藻上前代笔。

咸丰这才说道："朕只有载淳一子，就立大阿哥为皇太子吧！"

皇后点点头，命李鸿藻将代写的朱谕读一遍：

咸丰十一年七月十六日，奉朱谕：皇长子御名（载淳），着立为皇太子。

特谕

咸丰点点头，又过了一会儿，十分艰难地说道："载淳年幼，需要皇后与众卿扶持，朕就把重任委托给皇后与众卿了。"

"皇上，臣妾和懿贵妃可以照顾大阿哥的生活，但对于政务却一窍不通，请皇上安排。"

咸丰摇摇头："今后让大阿哥少与懿贵妃往来，教导之事一切委托皇后了，切记，切记。"

皇后含泪点点头。

肃顺知道最关键的时候到了，立即向载垣、端华、景寿几人使个眼色，四人一齐上前跪倒，同声说道："皇上——"

四人都泪流满面，默默地祈求着皇上。

咸丰过了许久才点头说道："请你们四位不要辜负朕的厚望，尽心尽力辅佐大阿哥。"

他又抬手向四位军机大臣招招手："还有你们四位也过来。"

穆荫、匡源、杜翰、焦祐瀛四人急忙上前跪倒。

"朕就把赞襄的事务托付于你们八人了。"

咸丰说完，又连连咳嗽几声，然后对李鸿藻说："代朕再写一道朱谕：咸丰十一年七月十六日，奉朱谕：皇长子御名（载淳）现立为皇太子，着派载垣、端华、景寿、肃顺、穆荫、匡源、杜翰、焦祐瀛尽心辅弼，赞襄一切政务。特谕。"

李鸿藻写完又重读一遍才交给皇上过目。咸丰把两道手谕接过来仔细审视一遍才放在床头的御案上。

肃顺看着御案上的两道朱谕，一颗心终于踏实下来，内心有说不出的高兴。

肃顺怎能不高兴呢？他的第一步计划已经实现，第二步计划就可以非常顺利地进行了。因为他已经有权赞襄一切政务。"赞襄"一词出自《尚书·皋陶谟》，传说大禹选定皋陶作为部落首领继承人时，曾让皋陶说说今后有什么打算，皋陶十分谦虚地说：予未有知思，曰赞赞襄襄哉。就是：我没有什么自己的主张，只知道按照你的心愿去做罢了。

咸丰皇上所定的八位赞襄大臣中，有四位御前大臣和四位军机大臣。由于皇上朱谕授命，这八大臣在今后可就有了实权。

咸丰皇上示意八人退下，他十分疲倦地闭上眼睛躺了一会儿，内心也是波澜起伏，他为何任用八人辅政呢？

康熙皇帝当年的经历不能不令他引以为戒。

康熙皇帝八岁继位，十四岁亲政，由于当年的辅政大臣只有四人：索尼、苏克萨哈、遏必隆、鳌拜。鳌拜采用了一系列卑鄙手段将其他三人置于死地，自己一人独揽朝政，大清王朝的大权几乎到了失控的危险地步，幸亏康熙皇帝少年有志，又德才干练，才能够计除鳌拜，若换上其他人，这后果难以预料。

咸丰正是考虑到这一点，才把顾命大臣由四人增至八人，希望人多互相钳制，也许更有利朝廷政权的维护，一人专权误国的机会就很可能小一些。

咸丰睁开眼睛看看坐在角落里一直沉默无语的奕𫍽，恰好奕𫍽也正向他这里望，四目对碰，奕𫍽垂下了头。

咸丰从奕𫍽的目光里知道奕𫍽有一丝不满与怨恨，但他是决不会把这赞襄的大权交给奕𫍽的。

越是亲近的人越不能委以重权重任。不能任用奕𫍽，更不能任用奕䜣，甚至奕𫍽也不可重用。因为多尔衮的故事在皇族中引起的教训太令人难忘了，几乎成为皇宫里私下讨论的话题。尽管那事已经是陈年旧账，但谁也不会忘记，更何况咸丰现在的处境与文宗皇帝当年境遇类似，他决不允许再出现一位多尔衮式的摄政王，所以，他考虑再三，把奕譞与奕䜣排除在赞襄大臣之外。

咸丰看着低头不语的奕譞，怨你就怨吧，朕要为大阿哥着想，为大清王朝的一统天下着想，决不允许皇权有丝毫差失。

不知过了多久，咸丰仿佛想起了什么，用低沉的声音连续呼唤着："朕要见皇儿，朕要见皇儿。"

皇后急忙吩咐人到文津阁去请大阿哥。

大阿哥进来了，旁边跟着懿贵妃。

载淳走上前，扑通跪下说道："孩儿叩见皇阿玛。"

咸丰吃力地把手伸向儿子，仍然伸不多远。载淳跪着向前挪动几步，伸出小手握住皇阿玛伸来的手。

咸丰百感交集，此时可谓满腹话语不知说些什么，两行清泪从他那干瘦的脸上滚落下来。载淳借着那明亮的烛火，望着阿玛的神色，他明白阿玛正如那即将燃尽的蜡烛，在流尽这最后几滴清泪后会消失在茫茫黑夜之中的。蜡烛可以再燃上一根，可是阿玛却不会再有一个。

载淳也哭了，但他没有哭出声，只是像阿玛一样默默流泪。

"阿玛，你有什么话就说吧，孩儿一定按照阿玛说的去做。"

咸丰似乎一下子想起了什么，他强撑着身子要重新坐起来，但没有能够如愿。皇后和懿贵妃急忙上前扶他坐起来。咸丰指指御榻旁边的一个箱子，示意人给他放到面前。一名太监急忙把那只金饰木雕匣子拿到皇上面前。咸丰吃力地打开匣子，摸出了两枚随身私章，他认真地看了看，对载淳和皇后与懿贵妃说："这两枚印章是朕的随身所带私章，一枚叫御赏，另一枚叫同道堂，这是至高无上权力的象征，朕决定把这两枚印章作为今后下达诏谕的凭证。"

咸丰说着，又扫视一下众人："'御赏'印章为印起，'同道堂'印章为印讫。今后凡是需要用朱笔的时候，都可用这两枚印章代替，下达圣旨也要用这两枚印章。"

咸丰把御赏章拿在手,仔细端详一会儿,递给了皇后:"皇后,请你好好保管,妥善使用,辅佐大阿哥治理好大清王朝的基业。"

皇后钮祜禄氏郑重地伸出双手捧起皇上递来的这枚印章,含着泪点点头。

咸丰忽然觉得呼吸有点憋闷,他又猛烈地咳嗽几声,急忙抓住另一枚印章递给载淳。

"皇儿,请你好好保管这枚'同道堂'章,凡事必须亲自印上此章,千万不可贪玩放权误了我爱新觉罗家族的两百年大业。"

载淳紧紧捧着那枚印章,终于控制不住自己,"哇"的一声哭了出来:"阿玛,孩儿记住了你的话。"

咸丰又猛烈地咳嗽起来,在这静谧而闷热的夜晚,听起来那么震心惊肺。

皇后立即命人递上冰糖燕窝粥。

懿贵妃接过太监递上来的冰糖燕窝粥,亲自给皇上喂上几口,想压住皇上的咳嗽。谁知皇上吃了几口便"哇"的一声全部吐了出来,浑身剧烈地抽搐着。

就在这时,闷热的夏夜突然刮起风来。

一道铮亮的闪电像一把锋利的长剑把漆黑的暗夜劈出一条缝来。随着一声响亮的炸雷,热河行宫里的所有人都惊醒了,烟波致爽殿内的王公大臣更是心惊胆战。

咸丰帝又咳嗽几声,他猛地坐了起来,"哇"的一声,一口暗紫的污血喷在帐子上,醒目、刺眼、腥臭。

咸丰向窗外转过头,"啊"的叫了一声,猛地躺倒在御榻上与世长辞了。

窗外,又一道闪电,又一声炸雷,豆大的雨点哗哗而下。

殿内,随着大阿哥载淳一声清脆的哀号,人们终于明白了怎么回事,都不约而同地大哭起来。

狂风骤雨给这闷热的夏夜带来了一股清新和凉爽。

这一天,是咸丰十一年七月十七日(1861 年 8 月 22 日),咸丰帝享年三十一岁。

雨过天晴，一轮火红的太阳又像昨日一样从东方升起，万道霞光照在雨水冲洗过的花枝上吐艳滴翠，说不出多么清新与爽心。

肃顺那两行泪痕洗过的面容下是一颗异常欣喜的心，他迎着阳光大踏步迈进芳园居。

其他七位赞襄大臣已经等在那里，他们一见肃顺走了进来，同时站了起来。

肃顺频频点头："不必客气，不必客气，我们讨论当务之急吧。"

他边说边坐了下来："大行皇帝龙驭上宾，国不可一日无主，我等受命辅佐幼帝，就应该担当起大任来，按照惯例，先将大行皇帝遗诏颁告天下，再颁告喜诏，立大阿哥为皇帝。接着布告天下，颁行哀诏，诸位以为如何？"

"肃大人言之在理，理当如此，这事就由肃大人和杜大人去做吧。"载垣提议说。

"我们再讨论一下大行皇帝的丧仪小组成员吧，应调派留守京师的哪些官员来此共商此事？"

端华冲景寿点点头："额驸大人以为调谁来此合适？"

景寿知道自己若直说调奕䜣来此必遭众人反对，明白端华一定会让陈孚恩来热河行宫的，只好笼统地说道："留京各位亲王、郡王，再加上几位一品大员是不能少的，这也是治理丧仪的惯例了。"

端华不以为然："为大行皇帝治理丧事固然重要，留守京师更为重要，依在下之见，几位王爷还是留守京师更重要，至于一品大员呢，来个人就可以了，这热河的官员已经很多了，何必要那么多人呢？"

景寿没有作声。

肃顺淡淡一笑："额驸大人提得也在理。几位亲王理应是丧仪小组成员，但是成员也未必一定要来热河行宫，京师也应布置一些典仪，就让他们负责京师方面的丧仪就是了，既可镇守京师，又不失礼节。"

景寿十分清楚肃顺此话的含义，他也明白自己人单势孤，想给奕䜣说几句话是一定要遭反对的，只好沉默不语。心道：大行皇帝尸骨未寒就如此专权，还不知今后会做出怎样的事呢？景寿心中暗暗叹息一声。

礼部侍郎杜翰忽然提议说："治理丧仪的小组成员就按肃大人所说的方案拟定即可，还有一事必须定夺，牵扯到新皇登基的诏书与礼仪排列，如不事先定好，只怕到时会引出误会来。"

"何事如此重要？请杜兄明说。"

"皇后理应成为太后，而懿贵妃为新皇生母，按照惯例也应尊为太后，两后并尊如何分列，是等列还是有高下前后之分？"

"嗯——，这的确是一件大事，还十分棘手呢！"吏部右侍郎匡源附和道。

肃顺一听杜翰提议两后并尊，心中十分不悦，冷冷地说道："大行皇帝曾提出将懿贵妃赐死之事我等都知道，大行皇帝此举意在杜绝懿贵妃以新皇生母的缘故升为皇太后，将来弄权误国。大行皇帝在众人的求请下虽然将懿贵妃免死，但一直是深恶痛绝之的，因此把'御赏'章赐给皇后而没有赐给懿贵妃，我等怎能违背大行皇帝遗愿而主张两后并尊呢？"

杜翰知道肃顺对懿贵妃一直心存芥蒂，让大行皇帝对懿贵妃赐死的主张就是他怂恿的，如今又借权打击懿贵妃，但他的话是毫无道理的。

匡源也认为不妥："无论如何，懿贵妃被大行皇帝免死，她作为新皇生母理应尊为太后，如果我等拒绝将懿贵妃尊为太后，只怕其他朝臣弹劾我等专权误国，皇上也不会同意的，那样做对我等有害无益。"

"皇上？皇上不同意能奈我等何？"

肃顺此话一出自己也觉得有点失言，急忙改口说："我是完全站在大行皇帝的立场为新皇着想，纵使招致众人怨怒也心地坦荡，无愧于大行皇帝临终委托。"

怡亲王载垣轻轻碰碰肃顺，示意他不必为这点小事引起众怨。

"肃大人的心情可以理解，我等几人知道大行皇帝对那拉氏有赐死之意，而其他外臣如何知道这事，他们也许认为我等故意编造谎言欺骗天下呢！如果有人与我等不和，借此攻击我等岂不使我们处于被动之位？"

"怡王爷之意呢？"

"就是那拉氏尊为皇太后，有我等八人在，能够由她得逞专权吗？以我之见，按照我朝祖制家法，新皇生母懿贵妃应该尊为皇太后，与皇后并尊。"

端华又提议说："即使将懿贵妃尊为太后，毕竟是贵妃晋升上去的，也不应与皇后并列，两位太后之间应该有个高低之分，否则，那拉氏今后会更加飞扬跋扈。"

肃顺点点头："应该如此，那就请杜侍郎细心揣摩，分别给两位太后定个能分出高下的名称吧。"

杜翰便举出"两后并尊"的故事：

明朝万历年间，明神宗朱翊钧（年号万历）是明穆宗朱载垕的第三子，他的母亲李氏也是贵妃，穆宗去世后，明神宗继位后，把穆宗皇后叫作仁圣皇太后，生母李贵妃则尊为慈圣皇太后。

杜翰又进一步说道："不仅前朝有此先例，就是我朝也有此先例，圣祖康熙皇帝继位后曾尊顺治皇帝的皇后为仁宪皇太后，母后为慈和皇太后。"

怡亲王点点头："既有先例，我等也就遵从祖制吧，请杜侍郎再斟酌一番，定出两位太后的先后名分来。"

杜翰知道必须按照肃顺、载垣、端华三人之意制定出先后高下的太后名分来，否则决不会通过的，只好建议说："就按怡亲王之意，把皇后钮祜禄氏尊为母后皇太后，懿贵妃那拉氏则称为圣母皇太后，如何？"

肃顺这才微微点点头："就按杜大人所定的名号分别尊称两位

太后吧。"

肃顺嘴里这么说，心里实在不情愿，但他也明白不能在此事上做太多的武断，否则会引起众怒的。不说别人，就是皇上和皇后也不会同意的。

第二天，内阁便以新皇上名义发出谕旨：

> 内阁奉上谕：朕缵承大统，母后皇后应尊为皇太后，圣母应尊为皇太后。所有应行典礼，该衙门敬谨查例具奏。
>
> 　　　　钦此

懿贵妃那拉氏听到这个消息心里很不是滋味，她在咸丰皇帝崩驾的悲哀中也有一丝的欣慰：就是儿子登大宝，自己就可登上皇太后之位与皇后并列平尊了。谁想到在这关键的节骨眼上肃顺小儿又坑了她一次，那心中的痛恨就不用说了。

懿贵妃又一次暗暗下定决心，有朝一日一定置肃顺于死地，叫他也知道自己的厉害。

此时，懿贵妃从文津阁搬进了烟波致爽殿西暖阁，皇后钮祜禄氏仍住在烟波致爽殿东暖阁，为了称呼方便，大臣们习惯把那拉氏圣母皇太后叫作西太后，而钮祜禄氏母后皇太后则叫作东太后。

咸丰十一年七月二十八日（1861 年 9 月 2 日）。

赞襄政务八大臣经两宫太后批准，拟定建元年号为"祺祥"，正式颁诏天下。

新帝继位，普天同庆，万众同喜。在这举国上下一片祥和景瑞的气氛中，一场新的权力争夺斗争正在酝酿着，热河行宫与北京平静有序的背后正掀动着怒涛狂澜。

热河行宫烟波致爽殿东暖阁正吵得一团糟，焦点就是争权。

肃顺为了尽快实现其一手遮天、独揽大权的目的，决定削弱东太后的权限，让她的那枚"御赏"印章只是个形式，决不起任何作用，太后只有钤印的权力，其他事一概不准过问，更无权修改疏章内容，甚至疏章也无须呈览。

正处于悲哀之中的钮祜禄氏皇太后哪还有心思过问其他事，任凭肃顺他们八大臣如何议定，她只是在钤印时随便问一下。但圣母皇太后那拉氏却头脑十分清醒，她找到了钮祜禄氏向她提出了警醒，让钮祜禄氏寸权必争，不能任由八大臣为所欲为。否则，他们会得寸进尺，养虎为患。钮祜禄氏经那拉氏这么一撺掇，仔细想也有道理，不然的话，岂不辜负了大行皇帝的遗愿，将来出现了政治失策、大权旁落的局面，如何对得起大行皇帝的在天之灵呢？

于是，不待八大臣找钮祜禄氏钤印，她主动询问起一桩桩事来。肃顺一看太后想抓权，怎会同意？一开始只是暗中较劲，不想今天竟当众吵了起来。

肃顺仰首说道："先皇遗命让我等八人赞襄政务，我八人身为顾命大臣理当效忠先皇，按照先皇遗诏办事，由辅政大臣拟定谕旨，太后只管盖章就可了，不能更动，就是各级官员的奏章也不必请太后过目，请太后明晰事理，不可逾权干预朝政。"

钮祜禄氏冷冷一笑："如果这也不行那也不行，大行皇帝留给我的这枚'御赏'印章还有何用？总不会只是用来做做样子吧？"

那拉氏又从旁边说道："大行皇帝此举用意十分明显，两枚印章分开使用，一始一终，目的就是避免权力集中出现个别野心之人专权误国。你八人都是明白之人，该不愿背负那千载骂名吧？鳌拜当年的事各位也自然知道，倘若事情闹到了那种地步，谁也不好看！"

那拉氏这话可把肃顺气坏了，他知道这刁钻的女人故意这么说，把自己比作鳌拜，也是暗骂自己不得好死。

肃顺猛地站了起来，看了一眼那拉氏："只怕这里还没有圣母皇太后说话的权利。"

肃顺故意将"圣母"两字说得特别重特别重,暗示她在名位上仍然是低一等。

肃顺这话一出,坐在旁边的新皇上载淳不同意了,大声呵斥道:"肃顺大胆,额娘没有说话的权利,你更没有说话的权利,你再放肆就滚出去!"

那拉氏很感激地看看儿子,毕竟是自己的亲生骨肉,母子连心啊!

"好,我走!我们都走!"

肃顺一跺脚走了出去。其他几人你看看我,我看看你,既不想得罪肃顺,也不想得罪两宫皇太后。怡亲王载垣急忙随后喊了一声:"肃大人请留步,何必跟一个孩子一般见识呢!"

载垣此话一出自觉不妥,想收回已经来不及了。幼帝载淳尖声叫道:"大胆载垣,敢辱没本皇,朕杀了你!"

虽然载淳还是个孩子,但如今的身份不同了,是九五之尊的大清朝第十代皇上,自古皇上金口玉言,话出不能更改,倘若真的追究起来自己要倒霉,即使不死也会被驱出顾命大臣之列。

载垣急忙跪下恳求道:"请皇上息怒,是微臣一时心急说错了话,望皇上看在臣初犯的份上,饶过臣这一次。"

钮祜禄氏皇太后拉下了脸向载垣挥挥手:"起来吧,念你初犯不予追究,下不为例。皇上再小也是皇上,岂容臣下出言相伤,以后多多当心。"

载垣这才谢恩站起来,其他人知道今天已被太后抓到了把柄,再争下去对他们不利,这场权限之争今天不了了之。

八大臣退出后,那拉氏对钮祜禄氏说:"姐姐,妹妹说得不错吧,万事必须努力争取,人就是这样,特别是那些朝中的权臣都是见风使舵之人,你硬他就软,你软他就强,对他们千万不可心慈手软,我们手软了,他们还以为咱姐妹好欺负呢!刚开始就来个下马威,给众人一些颜色看看,他们就不会小瞧咱姐妹了。"

钮祜禄氏十分感激地点点头:"多亏妹妹提醒,不然姐姐只顾悲伤，把一切事丢在脑后就给了八大臣可乘的空子，今后再想制服他们就更不容易了。"

"姐姐，只要咱姐妹联起手，拧成一股劲儿就能和他们八人抗衡，咱们孤儿寡母三人也就少受别人的一些不白之气。"

那拉氏说着竟擦起泪来："就刚才那载垣对皇上的态度，他们根本就没把大阿哥看成皇上，也没咱姐妹放在眼里，才那样出口不逊的。姐姐教训了他，载垣虽然嘴上唯唯诺诺，而实际上心中是不服气的，咱姐妹今后一定要小心些，只要不被他们抓到把柄，谅他们也奈何不了我们。"

钮祜禄氏叹口气："妹妹说得极是，人心齐，泰山移，我们娘儿三人一定要保持一致，事事互相通个信，平日里多聊聊，也省得你我一人孤单。唉，人们怎能不欺负咱孤儿寡母呢？姐姐我今年二十五岁，妹妹今年也才二十六岁，皇上刚刚六岁多一点，虽然被称为太后、皇上，可如此年轻，别人当然轻视我们了。"

"无论别人怎么看待咱姐妹，咱们一定不能小瞧自己，要自信自强，活出个样儿来，让天下百姓看看咱爱新觉罗家族的女人是什么样的。"

钮祜禄氏又点点头："妹妹是有股儿辣劲，做事也如男子一般有主见、有心眼儿，今后遇着朝中大事有劳妹妹多担待一些，多操劳一下。皇上虽把那枚'御赏'印章交给我，也只是个样子，事事仍须咱姐妹共同商量，我也决不会自作主张的。只要咱姐妹多商量商量，谁也瞒不住咱姐妹的眼睛，妹妹你说是吗？"

那拉氏一听当然高兴，她早就想和钮祜禄氏一同掌权，但由于皇上没有赐给她任何印章，临终前也无口头交代，只落得内心着急嘴里又说不出口。如今钮祜禄氏主动邀请当然满口答应："只要姐姐用得着妹妹只管吩咐，姐姐的事就是妹妹的事，都是为了大阿哥能把皇位坐稳，我怎会不尽心尽力地帮助姐姐呢？"

钮祜禄氏感激地拉着那拉氏的手："你真是我的好妹妹，比亲妹妹还亲。"

载淳急忙跑到两人怀里，撒娇地说："两位额娘都是孩儿的亲生额娘，孩儿一定好好对待两位额娘，决不允许任何人欺负额娘。"

三人都开心地笑了，这是凄苦悲哀的多日来第一次笑容。

肃顺前脚到达芳园居，载垣与端华随后就赶到了。肃顺一见两人就指着他们的鼻子训斥说："真是无用，你我都是满把胡子的人了，竟让一个孩子和两个寡妇给耍得晕头转向，真是窝囊！这才是开始，你等就向他们妥协，那今后的日子早着呢！先皇封我等为顾命大臣还有屁用？谁想捏就捏，想耍就耍，我等岂不是一堆任人摆布的木偶。你们愿意这样做我肃顺可不答应，否则，前面的功夫就白费了。奕䜣、奕谡等人尚没有参与其中，你们就如此软弱害怕，倘若回到北京后，你们还不是一群任人驱使的驴子。"

肃顺的一席话将怡亲王载垣、郑亲王端华训斥得面红耳赤，甚至对自己的亲哥哥端华也一点不留情面。端华有点生气地回敬道："你也不用训斥我们，你刚才不也退缩了，抬腿一走了之，你那走是斗不过人家的逃走！"

肃顺恼了："哼，我是逃走，我才不是那样的孬种呢！我是以退为进向他们孤儿寡母施加压力。只要你们立即随我出去，怡亲王也不会受如此奇耻大辱，她们也会觉得面子无光，尴尬之余必然向我等妥协。如今我们这一妥协，两位太后更会变本加厉地争取权限。到手的权力白白任人分去一半。"

过了一会儿，肃顺看看他们两人垂头丧气的样子又安慰说："过去的事就让它过去吧，失去就失去，也不必把一些鸡毛蒜皮的事放在心上，今后当心就是，从其他方面扼制两宫太后，让她们逐步听从我等的摆布。"

"那这事怎么处理呢？"

肃顺看了一眼怡亲王，微微摇摇头："既然到了这地步，我等就先妥协一步吧。只可惜，妥协这一步等于放弃了多少权力。"

"下一步怎么办？"端华问道。

"下一步——"肃顺向室外望了望，看看白花花的阳光，沉思片刻才说道，"下一步就是继续控制太后权力的范围，采取多种手段为难两宫太后，让她们明白这大权不是好掌握的，掌权就应做事，事情做不来就不要去掌权，只要太后自己感到力不从心之时，即使我等不逼，她们也会主动放弃自己的权限。"

载垣提醒说："对京城诸位王公大臣呢？"

"京中诸位亲王虽然不再值得惧怕，但要小心他们与两宫太后联合，倘若他们宫内宫外携起手来共同对付我们，事情就棘手了。一方面严控京中几位王爷来此拜谒梓宫，另一方面注意两位太后的一言一行，多派心腹严加监视，一旦发现她们与京中诸人有何往来即刻报告。"

过了片刻，肃顺又叮嘱道："那拉氏虽然没有大权，但比钮祜禄氏皇太后更加难以对付，她上次已经和奕䜣有过密谋。至于密谋些什么不得而知，这次一定不要让奕䜣和两宫太后私下会晤。"

"不是已经谕诏奕䜣不准来热河行宫吗？他们何以有机会密谋？"

载垣对端华摇摇头："奕䜣若像上次一样径直前来拜谒梓宫，我等又岂能奈何于他呢？"

"可不可以将奕䜣拘捕呢？"端华恶狠狠地说。

肃顺慎重思考了一下，认为端华的想法不可取。

"如今正处在这个十分敏感的过渡阶段，众人都时刻观望着热河行宫的一举一动，倘若突然拘捕奕䜣必然引起骚动，如果几位带兵的王爷拥兵前来问罪，那后果就严重了。"

"我们也不能仅仅把目光局限在热河的几位臣僚，可以广泛拉拢同伴，寻求更多的支持者，像胜保、僧格林沁、左宗棠、曾国藩等人。"

肃顺十分赞成载垣的这个提议："此事就由怡亲王料理，尽可以皇上的名义发布谕旨，请求几位大员来此拜谒梓宫，我等再优

345

厚待之，相机行事，将他们拉为我等的同盟者。"

经过肃顺的分析和布置，载垣和端华两人也振奋了精神，对形势充满了新的希望。但他们毕竟向两宫太后妥协一步，给她们争取大权提供了方便。

又经过几天的议定，八大臣终于在几方面的压力下向太后做出让步，各种章疏呈太后览阅；谕旨必须经太后过目后方可钤印生效；对于高级官员的任命，由大臣提名，太后最终裁定；任用一般官员，先提几名候选人，通过掣签的方法确定人选，最后也要由太后批准任命。

"掣签"是大清朝任命官员的一种方法。先由军机处把所提拔官员的名字写在签上并糊上纸放在皇上面前。两宫太后坐在幼帝旁边监督，待皇帝从中抽签，先抽中的为正职，后抽中的为副职。然后再由各部抽签确定任职的省份，最后布告公众。

在内廷与后宫的权力争斗中，两宫太后先胜了一招棋，但她们也明白，更大的较量正等着她们呢！

第二十章

施苦肉主仆布雾霭
辩垂帘君臣动雷霆

那拉氏抄起案上的茶杯向肃顺掷去："肃六贼子，你敢辱骂本宫，欺凌我孤儿寡母，罪当诛杀！"幼帝载淳"哇"地大哭起来："额娘，皇额娘，我怕，我怕！"钮祜禄氏急忙把皇上抱在怀里，用手轻轻一摸："呀！皇上吓尿裤子了！"

恭亲王府。

奕䜣接到从热河快马传来的谕旨如雷击顶，他也曾估计到皇上不久将会辞世，但没有想到竟会如此之快，怎么不吃惊呢？

哀号之后捧读谕旨，只见上面写道：

> 着派睿亲王仁寿、豫亲王义道、恭亲王奕䜣、醇郡王
> 奕譞、大学士周祖培、协办大学士尚书肃顺、尚书全庆、
> 陈孚恩、绵森、侍郎杜翰恭理丧仪。陈孚恩接奉此旨，即
> 星速前来行宫。豫亲王义道、恭亲王奕䜣、周祖培、全庆
> 着在京办理一切事宜，毋庸前赴行宫。
>
> 钦此

奕䜣看罢谕旨怒从心起，他知道这是肃顺等人自作主张故意这样安排的。从谕旨上看，也把奕䜣列为咸丰皇帝"治丧委员会"名单之中，但只让他留在京中办理治丧事宜，不准许他赴热河行宫。从大道理上讲，令奕䜣留在京城守京似乎是特看重他，才把此重任交给他，而实际是不顾奕䜣与皇上的手足之情，将奕䜣排挤在热河之外，免于参加两宫太后和八大臣的权力之争。这是一箭双雕，既可割断太后与奕䜣等人的合作，又可断去奕䜣接近内

廷大权的可能，为将来进一步夺取奕䜣的大权做部署。相反，肃顺等人却把他们的同党、京中的内线陈孚恩调往热河，了解奕䜣这一段时间在京城的所作所为。

奕䜣又气又恨，如热锅上的蚂蚁，他急于了解热河的形势却又不敢擅自离京前往。他摸不清热河的具体情况，害怕自己轻身前去是自投罗网。

现在可不同上次去热河，不仅会引起肃顺等人的密切关注，何况肃顺等人早有害他之心。也许这份谕旨就是肃顺故意设的一个圈套，谕旨上不准他赴热河拜谒梓宫，而他倘若像上次一样仍然抗旨前往，肃顺就可冠冕堂皇地将他拘捕查办。因为皇上已死，幼帝继位无法独立执政，肃顺等人把持朝政怎会放过他呢？

奕䜣又耐着性子等了几天，希望奕譞或懿贵妃等人能够送来消息，了解到局势的大致情况再做进一步决定。

但奕䜣知道，即使热河没有消息也不能等待，坐着等待肃顺等人回京抓住自己的过错将己治罪？必须联合京中同僚和王公大臣组成自己的京中实力，以便发生不测之变时也好有个帮手。

奕䜣以京师治丧为名，把留守京师的王公大臣全都请来了。奕䜣把热河所发的谕旨给众人看，故意传出肃顺等人阻挠留京人员赴热河拜谒梓宫的消息，激起众人对热河权臣的不满。

果不出所料，桂良、文祥、周祖培、贾桢、赵光、沈兆霖等人一听肃顺等人不准许他们赴热河行宫，都极为不满，纷纷聚在一起抨击八个顾命大臣，并且为奕䜣鸣不平。

这样，就在奕䜣周围形成一个强有力的北京派官僚集团。

奕䜣在把留守的北京派大臣拉拢到自己身边的同时，又把目光投向几位带兵的大员，提前写信或去函给胜保将军和科尔沁亲王僧格林沁、两江总督曾国藩等人联络友好。

与此同时，奕䜣又利用自己总理各国事务衙门大臣的职务与西洋各国互通友好，暗中取得洋人的支持，这也是一个强有力的后盾。

奕䜣做完这些工作之后，仍不见从热河传递来的消息，决定再派一名亲信去热河探访消息。就在奕䜣准备命他的特使出发之际，一位密使怀揣两宫皇太后懿旨从热河赶来，这人就是懿贵妃那拉氏的贴身太监安德海。

安德海怎样从防守严密的热河逃出来的？又给恭亲王送来了什么密旨？这事还得先从热河说起。

肃顺虽然在第一招棋上输给了两宫皇太后，但肃顺也不是一个轻易认输的人，他不仅让载垣、端华听自己指挥，还煽动了八大臣中的其他五人也与自己一起和两宫太后明争暗夺。两宫太后在名义上的权限争取到了，但具体的实权却没有捞到。只要是太后下达的命令则无人支持，谕旨下了也等于白下，而八大臣所拟定的奏折下发却如圣旨一般奏效。这可把两宫太后给急坏了，如此下去，有权不也等于无权吗？

那拉氏知道单靠她们孤儿寡母几人不行，必须联络几位实权派人物站在自己一边。谁呢？醇郡王奕譞当然倾向于自己，又身在热河，但他却没有实权，被八大臣看管得老老实实。只有远在京师的奕䜣最合适，也一定会成为她们的政治同盟。可是，肃顺等人已经下谕旨把奕䜣阻止在京城，连拜谒梓宫的机会都不给他，目的也就是切断她们姐妹与奕䜣的联系。

那拉氏决定仍然像上次一样，派人逃出热河去京城送信，把奕䜣调到热河行宫共商大事。

就这样，那拉氏说动了钮祜禄氏，两人写了一份密旨，钤上"御赏"与"同道堂"两枚印章，准备派人送往京城。

谁去京师送信呢？这可是一件胆大心细而又有生命危险的事。张德顺因上次去京城送信和营救奕䜣引起了肃顺等人的注意不能再去了。醇王爷不合适，他是郡王，树大招风，肃顺对他看管得很死。想来想去终无合适的人选。

无可奈何之下只好和安德海商量，定下一个苦肉计。

那天，安德海故意向肃顺的亲信刘二寿泄露了一个秘密，说先皇从北京逃出时因一时匆忙把传国玉玺忘在京城了，只带了随身使用的两枚小印章"御赏"和"同道堂"，因此在临终前把"御赏"印章传给了钮祜禄氏太后，把"同道堂"印章传给新皇上。究竟玉玺在哪里谁也不知道，可能忘在了乾清宫，也可能忘在了畅音阁，或许是圆明园，或许丢在逃难的路上。

这事本是两位太后和安德海三人合谋的苦肉计，根本就是故意放出去的谣言，引肃顺等人上钩的。

可是，当刘二寿把安德海的话偷偷告诉肃顺时，肃顺也是一怔，仔细想想也有道理，自从咸丰离开圆明园就没有再见到皇上使用过玉玺。肃顺又惊又喜，决定以玉玺丢失为由要挟两宫太后放弃自己参政的大权。

肃顺果然中计。他到两宫太后那里，以颁诏天下为名请求太后使用玉玺。皇后当时就呵斥了他，说遵从先皇遗愿，以"御赏"和"同道堂"两个印章为一切疏章谕旨的印记，传国玉玺不得随便使用。

肃顺只是冷笑，他心中有了数，知道传国玉玺果然不在太后那里，决定冒险行事图谋大计。

肃顺刚走，两宫太后就把安德海找来，命人痛打一顿，然后下令派醇郡王奕𫍽押解安德海回京交内廷处理。

起初，肃顺等人不同意让奕𫍽押解安德海进京候审，甚至不同意将安德海押回京城。双方争执许久，最后是彼此各退让一步，由肃顺派人押解安德海回京。

就这样，安德海才回到京师，等到肃顺的两名亲信把安德海交到留京的内务府总管大臣宝鋆和总管太监崔长礼后，安德海才取出两宫太后的懿旨，说有要事拜见恭亲王。

宝鋆哪敢怠慢，立即把安德海送到恭王府。

奕䜣接过安德海送来的两宫太后懿旨，放在桌上拜了拜才正式展读，只见上面写道：

着恭亲王安顿守京事宜后，准赴热河行宫拜谒梓宫。

钦此

　　奕䜣看罢懿旨，心中大喜，又详细询问了热河的情况，知道热河的形势较先前更为急迫，知道此行的责任重大，更不同于上次赴热河，事事必须考虑周全。

　　奕䜣出发前又把老王爷绵森请到府上，请求指点迷津。绵森分析了当下情况，认为奕䜣必须先了解一下两宫太后的意图再做下一步行动。

　　奕䜣说道："从安德海传来的口信看，两宫太后为了与八大臣分庭抗争，有听政的意思，王爷以为如何？"

　　绵森仔细地考虑许久才答："我朝母后听政一事尚无前例，就是德高望重的孝庄皇太后也没有做到这一点，必须慎重行事，只有想出万全之策方可付诸实施。否则，会引起众怨的，不但八大臣反对，只怕其他官吏也不会赞成。"

　　奕䜣为难了："我和奕譞均被大行皇帝排除在顾命大臣之外，无权参与皇上的内廷之事，如果两宫太后不能听政，只怕大权旁落，幼帝受制于八大臣，后来想挽回恐怕就更难了。"

　　绵森也认为奕䜣分析得在理，进一步说道："如果一定需要两宫太后听政的话，你率先提出或两宫太后率先提出都不合适，最好是从下边各省找一得力人选上疏陈述两宫太后听政之事则较合适。"

　　奕䜣点点头："我把其中利害说与大学士周祖培，请求他出面做这件事。"

　　"这样更好。不过，这上疏陈述太后听政之事最好是你离开热河后再进行，那样对你的安全十分有利。"

　　奕䜣点头会意。

　　最后，绵森又再三告诫说："到热河后务必小心从事，不可操之过急，告诉两宫太后早早回銮京师，只有到京城才有可能真正达到听政的目的，因为我们的实力都在京师一带，热河行宫已经处于八大臣的掌握之中，在那里久留必无好的结果，劝说两宫太后要求八大臣扶梓宫回京，越早越好。"

绵森又讲了许多应事的经验和措施，奕䜣都一一记在心里。姜是老的辣，绵森是自己的叔辈，见多识广，更得到宫廷争斗的策略，有他做后盾，奕䜣的心又踏实了许多。

奕䜣星夜赶到热河。

肃顺等八大臣听说奕䜣来了都十分吃惊，奕䜣无旨擅离京师重地这是需要治罪的，他竟敢目无王法，正好给八大臣一个借口。

肃顺大笑道："我本不准备将奕䜣治罪，只要他老老实实在京师待着，放聪明一些，就网开一面，既往不咎，谁知他自以为是直系亲王，我等奈何不了他，便擅离职守，自投罗网，我等也不必客气。"

肃顺等人在烟波致爽殿外迎住奕䜣，不待奕䜣开口，肃顺就呵斥说："奕䜣大胆，无旨擅自出京，该当何罪，来人，把他给我拿下！"

"慢！"

奕䜣呵斥了前来拿他的人："谁说本王是擅自出京，本王是奉旨行事，前来拜谒先皇梓宫，谁敢抗旨不让本王拜谒先皇梓宫。"

八大臣都是一愣，他们是顾命大臣赞襄政务，没有他们的拟定何来谕旨。怡亲王载垣不相信地问："请恭亲王拿出谕旨给我等看一看？"

奕䜣取出两宫太后的懿旨，这可把八大臣气坏了，两宫太后竟敢瞒着他们八人私自准许奕䜣拜谒梓宫，真是岂有此理！

但他们也毫无办法，只得准许奕䜣入殿拜见梓宫。

奕䜣走进大殿，一见大行皇帝的梓宫便号啕大哭，一腔复杂的感情化成泪水倾泻而出。

多年以来，兄弟二人由从小同读南书房一起骑马练箭，到后来为了争夺皇太子之位，两人反目成仇，后来虽然和好了，也是面和心不和，其间又有几次不大不小的摩擦，兄弟之间相互猜疑，以致大行皇帝宾天之际连让他见上一面也没有，难道兄弟之间仇到了这种地步？

八名顾命没有他奕䜣也就算了，为何连奕譞也不让进入呢？奕䜣实在不明白大行皇帝生前复杂的心理。

皇兄啊，想夺你皇位的并不是亲兄弟，而是你最信赖的赞襄大臣！

奕䜣想到伤心处又抑制不住失声痛哭起来，声震殿堂内外，众人为之哭泣。

待奕䜣拜谒梓宫之后，载垣十分不安地问道："奕䜣奉旨来此，我们应该如何对待？"

肃顺对载垣的恐惧感很是不满："怡亲王，你为何怯奕䜣？他是亲王，你也是亲王，他不是先皇任命的赞襄大臣，而你却是，你有什么值得惊慌失措呢？他有太后懿旨，而我等有先皇遗诏，他能奈我何？"

"我觉得奇怪，我等守卫如此严紧，那懿旨是谁送到京城的呢？"

肃顺看看载垣："我也奇怪这事呢！莫非两宫太后痛打安德海是苦肉计，周瑜打黄盖，一个愿打一个愿挨，以押解京师为名而暗自传递懿旨。"

杜翰也是一惊："如果真是这样，我等需小心从事呢！以防他们密谋陷害我等。"

"就算不是那样送出去的懿旨也要小心，决不能在阴沟里翻了大船，要密切注意奕䜣的一言一行。"

几人正说着，奕䜣擦干眼泪走了出来，眼睛已红肿。

奕䜣还想再痛哭一会儿，把他心中的委屈全都哭出去，但他想起了此行的目的，眼泪是毫无价值的，这才止住哭泣走了出来。

他要求去拜见两宫皇太后和新皇上。

八大臣当然不答应，这是他们最忌讳的。

杜翰极力阻拦说："大行皇帝刚刚驾崩，两宫太后如此年轻，你身为亲王应该明白叔嫂当避嫌疑的道理，何况太后居丧甚哀，不见外人。"

肃顺也轻轻拍掌说道："杜侍郎言之有理，请恭亲王去外廷休息吧，一路奔走也辛苦了。"

奕䜣本想出言顶撞几句，但他想起绵森的谆谆告诫，万事要谨慎从事，以忍为上，刀插在心上不喊疼才真正叫忍呢！

奕䜣用十分卑微的话请求说："请八位大人高抬贵手，看在先皇的分上令在下拜见一下皇上吧，这是为人臣应该做的，求求你们了。"

奕䜣说着，急忙频频举手作揖。

肃顺看着奕䜣如此卑微的神态心中十分高兴，有一种说不出的快感。

当初自己在奕䜣门下受他役使，自己整日向他卑躬屈膝，想不到今天是大名鼎鼎的恭亲王向自己点头哈腰的时候，真是十年河东转河西，肃顺怎能不高兴呢？

尽管奕䜣几乎是有点侮辱性地向八大臣告求拜见皇上和两宫太后，仍不被同意。奕䜣有点恼火了，正想发作，那边有太监传出话来："准恭亲王奕䜣入殿拜见皇上、皇太后！"

奕䜣冷眼乜视一下肃顺、载垣等人，耸耸肩问道："请几位大人陪同在下上殿拜见皇上和皇太后？"

端华和载垣看看肃顺，肃顺奸笑一声："老六，你与两宫叔嫂相会，我等同去恐怕不合适吧？还是恭王自己去吧。"

奕䜣"哼"了一声，昂然走进大殿。

礼毕，奕䜣站了起来，见两宫太后比先前消瘦了许多，人也憔悴了，两人的眼睛都是红肿的，一身缟素，就连皇上也瘦了。

两宫太后给奕䜣看座后，那拉氏就委屈地哭了起来，边抹眼泪边说道："六爷，肃顺等八大臣弄权朝政，欺我等孤儿寡母，从不把皇上看在眼里，狼子野心日渐明显，特请恭王来此商讨对策。"

奕䜣也不停地擦眼泪："请两宫太后忍受一时屈辱，从长计议。"

"我们姐妹受点委屈倒也没有什么，只怕大清的江山被奸人所误，如何对得起宾天而去的大行皇帝和列祖列宗呢？"钮祜禄氏也满含泪水地说道。

"以两位太后之见如何处理眼前的局势呢？"

那拉氏轻轻举手做出一个"杀"的姿势。

奕䜣沉思片刻说道："只怕在热河无法行事，必须回到京师方可动手，这是关系到我朝生死存亡的大事，必须小心谨慎，各方面考虑周全，稍一不慎，一招失算全盘皆输，请两位太后先忍耐一段时间。"

那拉氏有点着急了："六爷，忍，忍，忍到何时才是尽头，只怕别人不会怜惜我们，他们还以为我们姐妹好欺负呢！会变本加厉，得寸进尺，说不定哪一天他们会突然变故诛杀我们孤儿寡母取而代之呢！"

钮祜禄氏也说道："六爷不必犹豫，从肃顺等人的动机看，我等不杀奸人，奸人必然害我们。肃顺对六爷与七爷一向有隙，一旦让肃顺独揽大权，哪还有六爷的活命，请六爷早下决心。"

这话也是事实，只要肃顺掌了权，奕䜣必定不会有出头之日，恐怕要比咸丰皇上对他还要残酷无情呢！

奕䜣见两宫太后要除八大臣的决心很强烈，心中有了底，直言说道："热河的势力已经被肃顺控制，我等在此，人单势孤不可轻举妄动，请太后要求八大臣扶大行皇帝梓宫回京，臣在京师接应，将肃顺等人一举拿下，不知两位太后意下如何？"

钮祜禄氏点点头："这样更好，此事有劳六爷费心部署了，有什么为难之处尽管告知我们姐妹，我们尽量为六爷扫清奸贼提供方便。"

那拉氏忽然问道："倘若拘捕八大臣，洋人是否有什么不满？会不会兴师问罪呢？"

奕䜣十分自信地说道："请两位太后放心，洋人那里，我早已做好工作，不但不会发难于我们，还会从舆论上与武力上支持我们呢！"

那拉氏放下心来。

钮祜禄氏忽然又想起了什么，沉思一下问道："安徽一带的捻子闹得很凶，听说又打到了山东，会不会威胁到京师的安全呢？"

"太后不必多虑，僧王已经带兵前去抄剿，捻子只是一群乌合之众，尚不足为虑，何况胜保将军也多方布置兵力准备前去山东接应，捻子就是比太平军还厉害也会落得同林凤祥、李开芳一样的命运。"

"这些带兵的大员在关键时刻会站在哪一边？"钮祜禄氏又问道。

"我在离京前已经同几位亲王和大员取得联系，留守京师的王爷和带兵的大员都会听从我等调遣，在前线作战的僧王与胜保将军基本倾向太后，对肃顺等人长期把皇上留在热河极为不满，只是两位汉臣大员尚无明确的态度，似乎是在观望，有坐在高山观虎斗之意。"

"谁？"那拉氏有点气愤地问道。

"两江总督曾国藩、鸿胪寺卿左宗棠。"

"哼！这些汉臣就是刁钻奸猾、见风使舵。"

"太后不必动怒，这两人都在江淮一带督剿太平军，他们没有明确支持哪一方，但也不会有所妄动的，对他们只能抚慰拉拢，不可有所损伤。"

"待到太平之日也需想法解除汉臣权相的兵权，横竖他们手中有兵都是对朝廷的威胁。"那拉氏愤愤不平地说道。

"太后说得在理，但眼下还需要他们剿平洪秀全呢！那天下太平之日再说吧。"

奕䜣嘴里这么说心中却在叹息：何时才会有太平之日，只怕大清江山的气数已尽。

奕䜣又同两位太后详谈了一些情况，才站起来说道："皇上、皇太后请休息吧，臣要告退了，耽搁时间太久会引起肃顺等人疑心的。"

临走前奕䜣又再三告诫，万万不可泄露秘密。新皇上虽然年幼却十分懂事地点头说道："六叔放心，朕懂得执政艰难，一定效法康熙皇帝和六叔配合好，铲除肃顺等奸臣。"

奕䜣想不到皇上如此年幼就有这样的心胸，十分欣慰。

奕䜣决定再同热河的几位亲王商定一下，同时，也从他们的口中了解一下热河的其他情况。

奕䜣来到醇郡王奕譞的住处，这次到来奕譞并不感觉惊奇，他知道是安德海携两宫懿旨将奕䜣诏来的。

一见面，奕譞径直问道："是否已拜见两宫太后？"

奕䜣点点头："两宫太后的处境七弟是否明白？为何不见你有所行动，难道就任凭皇权旁落不成？"

奕譞叹息一声："造成这尴尬局势都是大行皇帝失察偏信所致，对你的成见到死也不能改变，对我虽然没有大的成见，但也是疑神疑鬼，宾天之际任命赞襄大臣，我就在先皇御榻旁边却视若无睹……"

奕譞说到这里再也说不下去，一腔委屈的泪水夺眶而出。

奕䜣又何尝不是与他同样的命运，又一次流出伤感的泪来。但他很快止住了悲痛。

"事到如今，伤心还有屁用，必须想办法挽回才是。大行皇帝已经错了，难道我们兄弟也要同他一样错，任凭先祖父皇的基业落到他人之手吗？"

奕譞抹干眼泪："六哥准备咋办？"

奕䜣做出一个"杀"的手势。

"两宫太后的意思还是六哥的意思？"

"没有两宫太后的懿旨我怎敢如此莽撞行事。七弟不能一味待在家里，应早早做准备以应不测之事。"

"就在热河行宫举事吗？"

奕䜣摇摇头："北京或回京的途中。"

奕譞这才放下心来："沿途接应之事只有六哥费心了，我毫无兵权。"

"我已经同两宫太后商定好了，准备在扶梓宫回京时用计夺取端华步军统领职务，由你担当，负责保护皇上及太后的安危，我再沿途派重兵接应。不过，在事未发之前万万不可泄露一丝一毫机密，更不可轻举妄动。"

奕譞明白奕䜣的意思，也提醒说："奕誴多日来与肃顺等人时常厮混，也要防备他。"

奕䜣想了想说："奕誴胸无城府，一定是肃顺等人利用他，从中套出一些秘密罢了。"

"六哥何时返京？"

"你以为呢？"

奕譞思忖道："宜早不宜迟。肃顺等人本来就忌讳你来此，而如今你以两宫太后懿旨之命来此，又与太后长谈过。行宫内肃顺耳目比比皆是，恐怕你我相会的事已经报与肃顺。如果肃顺疑心顿起，立即作难，只怕要拘捕你我，不如早早回京，你在北京，对肃顺尚是一个威胁，不到一定的时候，谅他们不敢妄动。"

奕䜣认为奕譞分析得在理，便说道："你在热河时刻关注这里的局势，与两宫太后常保持联系，有什么非常的情况尽一切可能通知我，我今晚就乘黑返京，对外只说我明晨起程。"

奕譞点头称是。兄弟二人彼此注视一下，心照不宣地把两只粗大有力的手握在一起。

奕䜣知道热河不可久居。天一黑，奕䜣便借故简行离开热河，随同几名贴身侍卫急驰回京。一路上都是兼程而行，不曾住在州县的衙门府，唯恐途中发生意外。

奕䜣刚一到京就催问大学士周祖培所办之事进行得如何，周祖培说已经委派李慈铭整理好太后临朝听政的《临朝备考录》，随时备恭王查找使用，他也已经让自己的门生——山东道监察御史董元醇递上一份折子，估计折子已经到了热河行宫。

奕䜣对周祖培的安排十分满意。

事实正如奕䜣预计的那样，董元醇的一份奏折使本来就剑拔弩张的热河行宫又掀起了新的波澜。

就在奕䜣离开热河的第二天，董元醇的折子就送到了。肃顺一看折子上面写着《奏请皇太后权理朝政并另简亲王辅政折》，气就不打一处来，他拍着折子骂道："董元醇一个小小的御史也配上书教训我，哼，他小子与我作对，是官做腻了，待回到北京一定好好收拾他。"

怡亲王接过折子一看，也气得直蹦，一把抓起折子就要撕，被端华拦住了。

"此事不能莽撞，如果再被两宫太后抓住把柄，恐怕对我们更加不利。"端华说着又转向肃顺，"老六，我觉得这折子是事先串通好的。昨天奕䜣刚走，今天折子就到了，这里面有没有什么阴谋？"

肃顺点点头："董元醇一个小小的御史是决不会闲着无事蹚这池浑水的，后面一定有人指使。"

匡源走了进来："董元醇是周祖培的门生，这事是明摆着的，奕䜣受两宫太后之命支持她们临朝听政，而奕䜣又不好直接出面提出此事，一是避嫌，二是为自己推脱责任，他便让周祖培去做。周祖培老奸巨猾，又把责任推给他的这位门生，董元醇便成为他们的一条狗。"

肃顺走到匡源身边："以匡大人之见如何处理这份折子呢？"

匡源冷笑道："董元醇一个小小的御史能有什么高深之见，他提出什么我们就批驳什么，逐条逐条地将他的这份折子批得一无是处，不仅让两宫太后知道听政无望，也狠狠教训一下那些为太后推波助澜的人，起到杀一儆百的作用。那样，就不会有人再叫嚷着太后听政了，肃大人以为如何？"

肃顺跷起大拇指："匡大人高见,这批驳之事就由匡大人来做吧。"

恰在这时,焦祐瀛也赶来了,说道:"驳斥董元醇的事就由我和匡大人来做吧!"

"这样更好,这样更好!"肃顺拍手说道,"那我们就把两折同时递上去,让两宫太后在欣喜之余也当头浇上一盆冷水。"

第二天,两折同时摆在两宫皇太后面前,一份是董元醇的《奏请皇太后权理朝政并另简亲王辅政折》,另一份是匡源与焦祐瀛联手起草的《驳董元醇奏请皇太后权理朝政并另简亲王辅政折》。

那拉氏先看董元醇的折子,边看边心平气和地颔首赞许,许多话都说到她心里去了。那拉氏读完折子,十分满意地说道:"姐姐,你看看这份折子写得不错,有见解,也有理有据值得推广。"

钮祜禄氏接过董元醇的折子认真看了起来。

那拉氏又开始看匡源和焦祐瀛两人合写的折子。刚才温和的脸变得通红,继而又惨白,最后是铁青,看完之后往案上一甩:"真是岂有此理!"

钮祜禄氏看完两份折子脸色也十分凝重,半晌无语,她知道董元醇的折子是奕䜣授命的,也很合她们姐妹的心意,但反对的人也一定不少,八大臣肯定不同意,匡源与焦祐瀛已经向她们发出挑战。

"以妹妹之见如何对付这两份折子呢?"

"咱姐妹将董元醇的折子扣而不发,只把匡源与焦祐瀛的折子退回就可以了,我们不给钤印,肃顺估计我们姐妹有听政之心,一定会来找我们,那时再与八大臣理会。"

钮祜禄氏也认为可行,点头称是。

果然不出所料,八大臣见折子扣留在两宫太后那里没有下发,知道太后已有听政之心,便上殿与两宫太后驳辩。

肃顺径直问道:"请两宫太后将董元醇的折子驳回,此折纯是一纸胡言乱语，不可理喻，望太后以大局为重，万万不可轻信谗言，做出有伤国体的事来。"

钮祜禄氏太后恼了："董元醇的折子言之有理，说之有据，怎能说是一派胡言，本宫以为匡源与焦祐瀛的折子才是一派胡言呢！"

不待肃顺反驳，匡源率先说道："太后此言差矣！我朝自太祖以来已历十代尚无皇太后垂帘听政的先例，就是受万民敬仰的孝庄皇太后也只是在深宫之中教诲顺治皇帝与康熙皇帝两代皇上。两位太后与孝庄皇太后相比怎样？如果临朝听政岂不是不自量力，恐怕遭天下人所讥笑。请太后收敛此心，以后宫颐养天年为怀。"

西太后那拉氏一见匡源出语狂傲，也大为不敬，十分生气，尖酸地说道："匡源，你身为军机大臣、吏部左侍郎，自称早年饱读经书，学富五车，才高八斗，经史子集无所不通，诸子百家无所不晓，有安邦定国之才、经天纬地之识，怎么如此鼠目寸光，只懂眼前不解远古。我朝没有太后听政，难道历史上就没有吗？本宫虽是一妇人，也没有什么远大见识，更是少读经书，但也知道历史上太后听政之事比比皆是。汉代有和帝之后、顺帝之后听过政，晋朝康帝之后也听过政，辽国的景宗皇后、兴宗皇后也垂过帘。宋朝的几位皇后就更不用说了，宋真宗之后、仁宗之后、英宗之后不都临朝协助幼帝处理国政吗？即使历史上没有先例，难道后人就不能推陈出新吗？如果没有第一个吃螃蟹的人，只怕匡侍郎尚不知螃蟹怎么吃呢！本宫认为董元醇主张的太后垂帘听政，是减少与避免个别权臣独揽朝政、蒙蔽皇上的可行办法。"

西太后的这番话说得匡源面红耳赤，自己身为七尺男子汉，又满腹经纶，却没有辩过一个女流之辈，深感窝囊。那拉氏虽是太后，却是靠大行皇帝的宠幸获得的殊荣，她有何能耐居于此位？匡源看轻了西太后，却自找屈辱败了下来。

焦祐瀛一见匡源竟没有辩过一个弱女子，十分不服气，站起来说道："董元醇提出的太后垂帘听政是对大行皇帝不恭不敬。先皇尸骨未寒，遗命就被人所废，妄图篡改先皇遗诏而擅权江山社稷，欲步吕雉后尘、行武曌老路，实在是愚笨之举措，犹如螳臂当车，蚍蜉撼树，不自量力，缺少自知之明！董元醇是受留京的二心之人所使，才如此胡言乱语，提出什么垂帘听政、另简亲王辅政的谬论，实在是为二心之人攫取权柄提供口实，太后怎能偏听谗言不明事理呢？"

焦祐瀛聪明得多，他先拿出先帝遗诏压服两宫太后，又用历史上两位女野心家吕后与武则天作比，暗示两人不要搞篡权夺国的阴谋，同时，他又以攻击奕䜣来转移话题，以此迫使两宫太后无言以对。

谁知焦祐瀛话音刚落，东太后钮祜禄氏就厉声呵斥道："焦少卿，你还有脸在本宫面前提起先皇遗诏，先皇宾天之际委命你等为顾命大臣，意在寄希望于你等尽心尽责地辅助幼帝，协助我们处理朝政。谁知大行皇帝梓宫尚在野外，你等就愧对先皇，违背先皇遗愿，阴谋夺权误国，置我等孤儿寡母为你等的傀儡。司马昭之心，路人皆知。正是如此，远在千里之外的一个小小御史都看出你们的野心，才大胆地提出垂帘听政、另简亲王辅政的主张，实在是兴国的大计，完全为了大清王朝的长治久安着想，有何不妥？"

杜翰见匡源、焦祐瀛两人仍不能论辩胜两宫太后，也站了出来："太后听政不可，另简亲王辅政就更不可！这是奕䜣怀有二心的一个挡门炮，他妄想通过亲王辅政的要求成为皇上身边的权臣，这才暗中指使董元醇递上此折，望太后明察秋毫，不可轻信谗言误国误民。太后请想：这里的所谓亲王显然指奕䜣、奕譞两人，倘若二人能够辅政，先皇为何不在遗诏中任命他们为赞襄政务的顾命大臣呢？奕䜣在京留守，先皇对他的种种做法都将信将疑，认为奕䜣怀有二心，而事实也确实是这样。先皇在临终前再三告诫我等务必防范，奕䜣听到大行皇帝驾崩的消息后有所行动，因此，没有让他到热河行在拜谒梓宫，唯恐他以拜谒梓宫为名做出不义之举。假若两宫太后重新起用奕䜣，这不仅违背了先皇遗愿，也是为野心之人提供方便之门，只怕将来悔之晚矣！请两位太后三思而后行。"

杜翰吸取匡源与焦祐瀛两人的教训，语言稍稍缓和一些，以攻击奕䜣、离间两宫太后对奕䜣的信任，从而瓦解对方阵营，达到驳斥折子的目的。

那拉氏可不理杜翰这一套，她冷笑道："杜侍郎，大行皇帝为何没有任命奕䜣与奕譞为顾命大臣，直到临终仍然对两人有成见。这里面你应该最清楚。你身为军机枢臣，却当面一套背后一套，屡屡进谗言，挑拨大行皇帝的手足情，从而蒙蔽先皇，以谗言取得先皇的信任而跻入顾命大臣之列，不知悔过。如今又花言巧语来欺骗愚弄我们姐妹，离间我等与众亲王的关系，居心何在？"

杜翰见自己来软的不行，有点火了，大声叫嚷说："不要敬酒不吃吃罚酒，倘若听信他人谗言，我等决难奉命！"

肃顺也猛地折断手中的折扇，厉声说道："西太后不必如此嚣张，先皇当初就看你有篡权夺位之心准备将你赐死，你侥幸活到今天实属先皇一时发妇人之仁。你如今怂恿东太后垂帘听政根本不是为皇上着想，更不是为大清国的二百年基业着想，纯粹为了个人一己私心，今日没有掌握大权就如此狂妄贪权，只怕日后比武则天还心毒手辣呢！"

那拉氏不待肃顺说下去，随手抄起案上的茶杯向肃顺掷去，骂道："肃六贼子，你敢辱骂本宫、欺凌我孤儿寡母，罪当诛杀！"

那拉氏说着，把茶杯砸向肃顺，肃顺头一偏躲过扔来的茶杯，茶杯"砰"的一声砸碎在地。

幼帝载淳哪见过这场面，"哇"的一声大哭起来："额娘，皇额娘，我怕，我怕！"

钮祜禄氏急忙把吓哭的皇上抱在怀里，用手轻轻一摸："呀！皇上吓尿裤子了。"

怡亲王知道这事暂时解决不了，向其他几人使个眼色，说道："走！"

八大臣气哼哼地退了出去。

钮祜禄氏着人给载淳换上一套新衣服回来，见那拉氏泪流满面地坐在空荡荡的大殿里一动不动，拍拍载淳，示意他去找额娘。

　　小皇帝怯怯地走到额娘跟前，拉拉额娘的衣襟说道："额娘，回房休息吧，别伤心了。你哭皇儿也想哭。"

　　那拉氏抬眼看看脸上挂满泪水的载淳，一腔委屈"哇"地哭了出来，一把抱住载淳大声地抽泣着。

　　载淳一边为额娘抹眼泪，一边流着泪安慰说："额娘不哭，额娘乖，不哭！"

　　钮祜禄氏也过来安慰说："妹妹回房歇息吧，听政一事也不是一时能够解决的，如果我们姐妹争取不到就算了吧。唉，谁叫咱们是女人呢！"

　　那拉氏止住哭泣，边擦泪边说道："姐姐万万不能说这些丧气话，如果我们让步了，他们便以为我们姐妹也不过如此，更不会把我们放在眼里，那今后的日子就更难过了，事事总得努力争取，哪有一帆风顺的事呢？坚持下去也许就会胜利的。"

　　"唉！妹妹说得也是，不是姐姐没有信心，做事也不必一定要顶尺顶寸的，也要讲个策略。奕䜣不是让我们再苦再难也要委屈一下吗？等到了京师再与他们几人做较量，争个高低胜负。现在不是争胜的时候，这垂帘听政的事就暂且退让一步，也让他们放松警惕，麻痹他们，到了收网的时候再让他知道咱们姐妹的手腕。谁笑到最后谁笑得最好，先流几滴眼泪算什么，妹妹你说是吗？"

　　那拉氏点点头："妹妹听姐姐的安排就是。"

　　钮祜禄氏说服了那拉氏，暂时向八大臣退让一步，同意取消垂帘听政的提议，将董元醇的折子驳回。这样，八大臣才恢复正常的工作。

　　肃顺等人见两宫太后终于屈服，老老实实地按照他们的心意做事，十分得意，言谈举止更加骄横，也更不把两宫太后放在眼里。

　　与此同时，肃顺为了达到他总揽朝政的最大目的，悄悄进行了另一个行动计划。

第二十一章

掬热泪哭辞先皇帝
凭片语打动旧情人

那拉氏的情丝仿佛被他点燃了，来自心灵深处的火苗燃烧着向上蹿腾。沉默片刻，她红着脸问道："你还记得我们曾经的誓言吗？"荣禄鼻子一酸，几乎流下泪来："今生今世，生死相许，非我不嫁，非你不娶……"

又是中秋。

一轮皎洁的明月高挂南天，朦胧的月光给紫禁城披上一层神秘的面纱。虽然又是一年一度的中秋佳节，今年的这一节日宫中异常冷清，丝毫也没有节日的气氛，既没张灯也没挂彩，只在几个主要宫殿外挂起几缕白帐和黑纱。

大行皇帝的梓宫仍在热河，举国致哀，万民同悲，留守宫廷的一些太监、宫女仿佛无头的苍蝇，谁敢大吃大喝猜拳行令度佳节呢？

太监总管崔长礼听到咸丰皇帝宾天的噩耗痛哭一顿，按照恭亲王的指挥在宫中象征性地搭起灵幡，偶尔也进去坐坐摆个样子，大部分时间就是睡觉抽烟喝闷酒。

借酒浇愁愁更愁，这话一点儿不假。崔长礼怎能不发愁呢？大行皇帝宾天，他唯一的靠山失去了，一朝天子一朝臣，两宫皇太后各有自己的心腹，回京后他这个太监总管能不能继续当还在两可之间。随便抓他一个错将他杀了或赶出宫闱简直是轻而易举。几十年的宫廷生活，崔长礼对这些早已司空见惯，仅从他手中掩埋掉的宫女、太监尸首也不下百人，也许是自己造的罪孽太深了，要报应到自己头上了，崔长礼总有预感自己要倒霉。

今天晚上，他又多灌了两杯二锅头，迷迷糊糊地刚躺下，就听到有人敲门："崔总管，崔总管，开门，开门。"

"谁呀？深更半夜鬼嗥个啥？"

"崔总管，是我刘二寿。"

崔长礼一惊，酒醒了大半，急忙爬了起来。他知道刘二寿随咸丰皇上、皇后去了热河，如今突然回京深夜来见必有大事。

崔长礼打开门让刘二寿进来。

崔长礼见刘二寿一身夜行者打扮，惊问道："刘二寿，你不在热河行宫，深夜来此有何要事？"

"回总管大人，小的是奉肃顺肃大人之命到此恳求崔总管来的。"

"到底何事？"

"传国玉玺丢失一事不知崔总管是否有所耳闻？"

崔长礼又是一惊，安德海因为泄露玉玺丢失一事被杖责押回宫中议审，这实际上是两宫太后与安德海合作的苦肉计，那传国玉玺保存在钮祜禄氏皇太后那里怎么会丢呢？

崔长礼不动声色地问："我从安德海口中得知一二，详情并不知晓。"

刘二寿点点头："崔总管，如今热河行宫的局势你可能有所不知，自从先皇驾崩之后形势大变，八大臣总揽朝政，皇上无知，两宫太后无权，大小臣工唯八大臣马首是瞻。顺其者昌，逆其者亡，不久先皇梓宫就要运送京师，满朝文武也将回京，崔总管应该给自己找条后路啊！"

崔长礼叹息一声："我一个太监还有什么后路，这太监总管也不是什么大不了的官，让当就当，不让干就算。"

"崔总管，话可不能这么说，人往高处走，水往低处流，谁不想升官发财呢？何况崔总管有这个地位也有这个机会，何不识时务者为俊杰，抓住时机，百尺竿头更进一步！"

"二寿，啥机会？你说说看。"

"肃大人对传国玉玺一事特别感兴趣！小的就向肃大人保举了崔总管，肃大人便令小的彻夜赶回京师找崔总管查寻一下玉玺的下落，据估计，玉玺可能在畅音阁或养心殿，是大行皇帝仓促离宫时忘在宫中了。如果崔总管能帮助肃大人找到传国玉玺，这是奇功一件，何愁将来不能升官发财？"

刘二寿说着，打开随身携带的一个包裹，一堆澄黄的金子展露出来。

"崔总管，这是肃大人让小的带来的一点意思，务必请崔总管收下，事成之后必有重赏。"

崔长礼对热河的局势确实摸不透，他从留京官员的谈论和安德海的口信中知道热河形势十分严峻，鹿死谁手一时尚难分辨出。

"两宫太后知道这事吗？"

"嘿！崔总管，形势到了这地步你怎么还不明智，别说两宫太后无权过问这事，她们能否稳坐太后之位还很难说呢！热河的大小官员谁不见风转舵，惇五爷都倒向了八大臣，一般官员就更不用说了，我们这帮下层人员早就成为肃大人的人了。你再不当机立断，待肃大人回京后还有你的活命吗？"

崔长礼真的有点心动了，但他走过的桥也比刘二寿走过的路多，不到万不得已的时候是不可能摊牌的，万一形势判断不准或有什么突然的变故，投错了主子，因为这样死的人还少吗？

"这金子我暂且收下，肃大人所托之事我也尽力去做，能否找到就很难说了，也许被先皇丢在圆明园里化为灰烬了呢！"

"倘若那样岂不太可惜了？"

"你回去转告肃大人，让他再详细了解一下，也许玉玺没有丢呢？我先在宫中四处寻找寻找。"

崔长礼这几句话是为自己留条后路，他原准备实话相告刘二寿，那玉玺根本没有丢，是两宫太后的苦肉计，话到了嘴边还是咽下肚里。

"就你一人来京吗？"崔长礼又问道。

"不瞒崔总管，与小的一同回京的还有两人，王闿运和曹毓英，他们都是肃大人的门客，也是心腹之人。"

"他俩来京有何贵干？"

"曹毓英负责联络僧王爷和胜保将军，王闿运准备去江南联络两江总督曾国藩，只要这三人站在肃大人一边，肃大人就可以大权在握总揽朝政了，两宫太后与当今幼帝就只是一个摆设了。"

崔长礼见刘二寿说话之间眉飞色舞，仿佛不是肃顺掌权，而是刘二寿掌权一样。心道：肃顺任用这种胸无城府之人如何能成大事？

送走刘二寿，崔长礼睡意全无，他思考再三决定明哲保身，脚踏两只船，根据进一步演变的形势再决定个人倾向，反正自己在深宫之中，远离政权斗争的核心，待众人回京之后再讲下一步行止，当务之急是将刘二寿泄露的机密报告给恭王爷。

中秋佳节之夜，恭王府也是一片冷清，没有丝毫的节日气氛。但恭王的书房里却气氛热烈，众人正在筹划一件扭转乾坤的大事。

奕䜣对众人说道："根据曹毓英从热河带来的消息，董元醇的折子达到了预期的目的，起到投石问路的作用，八大臣果然暴露了专权篡位的野心。我们现在所要做的事就是先散布出舆论，说京师官员也反对董元醇的提议，让肃顺等人对京师放松警惕，然后暗中准备擒拿奸人的工作。"

"据说兵部侍郎胜保和科尔沁亲王僧格林沁等人都收到肃顺等人发出的谕旨，允许他们去热河拜谒梓宫，这是肃顺在拉拢几位有兵权的大员，恭王可想到什么对策？干大事没有武力做后盾是不能成功的，请恭王尽快想出办法离散他们的联盟，尽可能将几位带兵大员争取到我们阵营来。"

奕䜣向睿亲王仁寿点点头："王爷说得极是，但也请王爷放心，僧王爷已经与我取得联系，他坚决站在太后一方，胜保将军也同在下商谈过，与我们留守的官员保持一致，共同对抗八大臣。"

"曹毓英已经同胜保长谈过，曹毓英把肃顺种种骄横专权的表现全部告诉了胜保将军，胜将军十分气愤，准备亲自去热河一趟，以拜谒梓宫之名了解详情，为下一步行动做好武力准备。"奕䜣又进一步说道。

"那两江总督曾国藩呢？"周祖培问道。

奕䜣略显不安地摇摇头："至今不见他的明确答复，听说肃顺派心腹王闿运亲自去游说曾国藩。"

桂良见奕䜣略有愁苦之心，安慰说："恭王不必多虑，王闿运游说的成与败，对擒拿肃老六均无大碍。曾国藩一向以明哲保身而闻名，对目前局势没有太多的偏斜之前，他是不会轻易做出反应的，谅王闿运一个晚辈之人，如何说得动大名鼎鼎的曾国藩。就是曾国藩有偏向肃顺等人之心，也无心回兵北上，南方洪秀全正乱，死死困住长江一带的势力，曾国藩自救不暇，何来精力回师兵戈？"

奕䜣一听桂良分析得在理，心头的一块病去掉了，但仍谨慎地说："还是小心一些为好，如果曾国藩与肃顺等人联盟，他拥兵在外，放过洪秀全北上那可后患无穷啊！"

"恭王小心谨慎是正确的，谅曾国藩不会走此下策的，他与肃顺等人交往甚少，对肃顺的做法一向颇有微词，怎会在关键时候置身家性命与一生富贵不顾而走向乱臣贼子之路呢？恭王对太平军的顾虑也不必放在心上，从江南传来的消息，太平军最高层领导之间内讧，杨秀清被杀，韦昌辉被诛，石达开带兵出走金陵，洪秀全这个逆贼自顾不暇，恐怕再无北上西征之心，只求江南自保呢！"

奕䜣叹息一声："反贼内讧，我朝不也是为权而斗吗？谨望早早除去弄权朝政的奸人，集中兵力南下剿灭洪秀全，收复洪秀全掠去的疆土，重振大清的国威。"

奕䜣虽然嘴上这么说着，内心也十分矛盾痛苦，对大清国的命运充满忧虑之情。

众人又就迎驾回銮和护送梓宫一事认真分析，斟酌捕拿八大臣的最佳方案。

众人正在讨论着，侍从人员来报说大内总管太监崔长礼来见恭王。奕䜣知道崔长礼突然到此一定有什么大事来报，难道热河有人送来什么重要的信息，奕䜣立即到另一偏房等候崔长礼。

崔长礼把刘二寿所说的情况讲了一遍，奕䜣已从曹毓英那里了解一二，经崔长礼这么一说，情况完全证实了。

崔长礼询问奕䜣如何应付肃顺寻找传国玉玺的事，奕䜣思考一会儿说道："先告诉肃顺，就说正在尽力寻找玉玺，待到回銮之日再通知肃顺，就说玉玺已经找到，为了防止两宫太后先行入宫拿走，请他速派人取走。"

奕䜣又告诫崔长礼需要注意的几件事，并再三叮嘱一番才让他回宫。

奕䜣回到书房，又把崔长礼奏报的事同几人讲了一遍，众人对曹毓英的疑虑打消了，对胜保赴热河一事也完全放下心。

奕䜣详细听取了几人的建议，对下一步拘拿八大臣的计划重新做了布置。万事俱备，只欠东风，只等热河回銮的人马开赴京师，这张严密结实的天罗地网就可以收了。

热河芳园居。

肃顺、端华、载垣等大臣正在讨论幼帝载淳登基大典和回銮京师的事，他们八人的意见出现了分歧。

杜翰反对说："如今京师情况不明，匆匆回銮实在是下策，倘若京师有变，后悔都来不及了，只会束手就擒，请你们三思。"

肃顺自信地说："杜大人就放心地回去吧，陈孚恩从京中送来信，京中有许多王公大臣反对两宫太后垂帘听政，要求将董元醇解职治罪呢！据报，曾国藩、左宗棠等人也坚决反对太后听政。胜保就更不用说，说是拜谒梓宫私下同我商量阻止太后掌权一事。有这几位拥兵的一品大员倾向我们，杜大人还怕什么？"

杜翰仍然在摇头："不知为何，我一直感觉胜保这老家伙不可靠，他曾是大行皇帝的红人，也曾和西太后那拉氏交往过密，如今又倒向我们，这里面是否有什么阴谋？先查清再回銮也不迟，何必盲目回京呢？京师都是奕䜣的势力呀！"

载垣说道："胜保是个见风使舵的人，这一点也是人人共知的，他见两宫太后大势已去，转而投靠我等也可以理解，他要寻找我等的势力做靠山，我等正好利用他手中的兵权做后盾，护送回銮的兵马正准备调用他的呢！"

杜翰一听，大惊失色："万万不可，万万不可！对北京的情况没有完全了解前，万万不能使用来自北京一带的军队护驾，如果胜保早已与奕䜣等人串通好，故意引诱我等上钩的。让胜保护驾不就是引狼入室吗？路中兵变我等必然束手就擒。"

端华点点头："杜侍郎言之有理，我看就不用胜保的军队，另调新的兵丁护驾。"

肃顺不高兴了："用人不疑，疑人不用。何况我等已经与胜保讲定，调他的军队前来护驾，胜保也爽快地答应了。如果现在拒绝使用胜保的人马而另调他人，胜保见我等出尔反尔，对他信疑参半，一怒之下再与奕䜣合作对我等发难，岂不把好事做成坏事？"

"那该如何？"端华问道。

"那就令他护送大行皇帝梓宫，我等另派人护驾皇上和太后，只要把他们扣在手中，谅奕䜣也不敢轻举妄动！"穆荫建议说。

肃顺也认为穆荫的建议可行。

杜翰沉默了许久又问道："能否将回銮日期改动？再后推一段时间，或先将大行皇帝梓宫扶送回京，太后与皇上暂不回銮呢？"

景寿急忙说道："这样恐怕不合适吧，要回銮都回，要不走都不走，不能先运走梓宫后仍将两宫太后与皇上留在热河行宫，那样做会招致天下人非议，认为我等有'挟天子而令诸侯'之心。假如有人打着'清君侧'的旗号兴兵问罪，我等做何解释？千古骂名何人独担？"

肃顺也认为杜翰的想法不可取，安慰说："杜侍郎请放心，京中的实情我已了如指掌，派出几批密探打听动向，反应几乎一致，奕訢孤掌难鸣，无法与我等抗争，其余人事不关己，高高挂起，明哲保身，但求安稳。一些见风使舵之人都投靠了我们，包括大内总管崔长礼都是我在宫中的内线，那日传来话，要给我完成一件大事呢！"

肃顺没有把崔长礼帮他找到传国玉玺的事说出来，他准备独自占有它，为将来的那桩事暗暗做准备。

肃顺见杜翰对回銮一事仍心存顾忌，进一步解释道："两宫太后及留京大臣已经多次请求回銮之事，这回銮日期已经确定并谕旨通告天下，怎好再随便更动呢？那样做不又给两宫太后留下非议的把柄，私下咒骂我等专权吗？"

"正是由于两宫太后回銮之心如此急切才令我猜疑呢。"

肃顺笑了："杜兄不必多虑了，自去年离京至今一年有余，别说两宫太后，就是你我何尝不想回京呢！这里地处塞外，天气寒冷，度夏避暑尚可，过冬实在不宜，眼看又近冬日，两宫太后回銮心切，一是感到此地天凉于身体不适，另一点就是痛失先皇，不忍再让大行皇帝梓宫漂泊塞外，希望早日扶送京师罢了。"

杜翰不再作声。

八大臣各自散去不久，惇亲王奕誴走了进来，老远就冲着肃顺喊道："肃六，请我喝酒吧，我可以告诉你一个秘密。"

肃顺笑了："王爷，想喝酒还不是一句话吗？什么酒尽管说，是二锅头、茅台、杏花村、女儿红，还是状元红、杜康？先把秘密告诉我，让我听一听可是秘密才给酒喝呢！"

"当然是秘密了，肃六，有人要杀你呢！让我陪你喝杯酒吧，现在不喝，待你被人杀后只怕想喝喝不上呢！"

肃顺以为奕誴同他说笑，也不放在心上，把头一伸，笑着说："谁想杀我来杀吧！只要他有能耐把这头杀掉，只怕还没有人有这个胆。"

"好好，既然你肃顺不怕死，我也不说了，今天的酒也不喝了，待到你杀头之日我再陪你喝吧。"

奕誴说着东倒西歪地走出门来，肃顺见他整日都喝成这个样子，对外边的事都是不闻不问，也无可奈何地摇摇头："唉，人到这个地步与猪狗无异，何不早早离开人间呢？于己于他人都不错！"

吏部侍郎黄汉见惇王爷摇摇晃晃地走远了，也向肃顺建议道："肃大人，惇王爷的话也许有道理，不能不防啊！害人之心不可有，但防人之心不可无，还是小心为上，万万不能让两宫太后打个措手不及。"

肃顺笑了，拍拍自己的脑瓜说："这个玩意儿还没有老化，一切都部署停当，不会有任何闪失的，万万不要听惇王爷胡言乱语扰我军心。"

"肃大人，也许惇王爷是故意这么说的，通过这种方式提醒肃大人注意事件动态。也许惇王爷是'众人皆醉唯我醒'吧，有备无患！"

"既然黄侍郎再三提醒我注意有人为难我等，那就多调几支人马来热河护驾，分三路来往照应护驾，以备不测。"

肃顺经几人这么一提醒，心中也有几分顾虑，颇有点后悔同意两宫太后、小皇上回銮了。

肃顺找到载垣和端华，把自己的担心说了出来，两人也害怕起来，不怕一万，就怕万一。

"怎么办？必须想法寻找解救措施！"端华催促说。

肃顺心一横说道："如今的解救措施只有一个，就是围攻两宫太后把持载淳，从而号令天下，引诱留京的王公大臣到热河为幼帝举行登基大典，然后将他们全部抓起来，与我等同心同力者放出来加官晋爵使用，逆我等者全部杀掉！"

"不可，万万不可！这是冒天下之大不韪，要留下千古骂名的。"载垣阻止说。

"有什么不可，无毒不丈夫，自古成大事之人哪个不是心狠手毒？哪一位登上九五之尊的帝王不是两手沾满鲜血，父子兄弟都可相杀，更何况是他人？李世民玄武门之变弑兄继位，宋太祖赵匡胤的江山也是从柴家孤儿寡母手中夺得的，明成祖朱棣逼死侄儿朱允炆才得以登基坐殿。这些且不说，就是我朝的江山得来又是光彩的吗？太祖起家之时东讨西征杀过多少人，流过多少血，雍正皇帝为了自己的皇位安稳置亲骨肉于不顾，兄弟残杀累及几代。如果他们都讲仁义道德，厚良善恭，逞一时妇人之仁，何能有自己的几百年霸业？"

肃顺一口气讲了许多，但载垣与端华两人坚决反对：以下犯上天地不容，会遭报应的。

肃顺哈哈一笑："报应？上天如果真能够报应，只怕这个时代就不会有贫困、凶杀、偷盗、奸淫了，那不过是一些无法改变个人命运之人发出的无奈呼唤。世上哪有什么报应？哪有什么王法？谁当权谁的话就是王法，谁无能谁就遭到报应！"

肃顺口若悬河说了许多，可载垣、端华两人只是摇头，肃顺万般无奈，一跺脚说道："既然你们不愿承担这千古骂名，想当忠臣良相，做正人君子，我也没有办法，只好听天由命了，假如回京被捉只怪我们祖坟没有葬到风水宝地，个人命短。"

端华发话了："老六，不是我们不敢，也不是我们没有这个心，这事做不得，时机不成熟，仓促行事，只会害人又害己。"

"时机怎不成熟？如今是新旧更迭，先皇驾崩，新皇年幼，孤儿寡母完全控制在我们手中，我们大权独揽，百官俯伏是命，如今不行事，将来新皇年长羽翼丰满，想成大事恐怕没有机会了，说不定我等的结局像鳌拜一样悲惨呢！"

"老六，众人一向认为你足智多谋，善于把握事理。我认为你也平常，在这事上就钻进了牛角尖。先回京再说，等到把几位王公大臣的兵权完全把握在我等手里再行事也不迟。"

"如若回京有变呢？"

"只要我等对新皇和两宫皇太后并不过分，谅他们还不至于跟我等翻脸动武，正如我们现在对待两宫太后一样，矛盾激化并没有发展到不是鱼死就是网破的地步。特别是临近回銮几天，对太后、皇上的态度尽量平和一些，我们也要适当忍一些嘛！小不忍则乱大谋，待回京后从长计议那事。"

肃顺听了端华的话，叹口气："就按照你说的做吧，我听从你等安排。"

咸丰十一年九月二十三日（1861 年 10 月 26 日）。

两宫皇太后及幼帝载淳在热河行宫烟波致爽殿召见了赞襄政务的八大臣，及在热河的所有王公大臣亲王贝勒。

众人朝拜礼毕，钮祜禄氏皇太后看看众人，问道："回銮与祭拜之事办理得怎样了？"

怡亲王载垣出班奏道："一切准备完毕，请太后行祭奠之礼吧，礼毕即可登程。"

钮祜禄氏点点头："自大行皇帝宾天以来有劳各位王公大臣了，特别是八位顾命大臣更是辛劳。皇上年幼，我们姐妹又处于悲痛之中，遇事心乱，难免有什么不当的言行，还请各位王公大臣及亲王贝勒多多担待。前几日虽与八位赞襄大臣有点言辞相争，也都是为了一个目的，就是把事情办得更好一些，不辜负先皇遗训，如今想来实在不应该，事情既然过去也就把那些不快之事忘却吧，务必确保回銮一路平安，待回到京师一定论功行赏。"

钮祜禄氏看了一眼坐在身旁的那拉氏，那拉氏会意，清理一下嗓子道："回銮仪队和护卫工作是如何安排的？"

端华出班奏道："銮仪卫由怡亲王负责，统率人马近万人，下属两支卫队，一是热河都统所属的热河、喀喇河屯、察哈尔、木兰围场等地的兵马七千人做侍卫队，另一队就是守护行宫的官兵三千人做仪仗队。肃顺所统辖的前锋营、护军营、火器营、健锐营、虎枪营四千人做侦察、向导在前面开道。此外，跟在梓宫与銮驾后面的还有临时调遣而来的扈从部队近万人，主要有黑龙江、吉林、盛京、西安来的马队步队，由直隶总督文煜指挥。沿途各州县随时做好接应准备，京师、密云一带有胜保将军带队迎驾。

请问太后，如此安排是否还有什么不妥之处，请太后明示。"

那拉氏点点头："郑亲王如此安排甚当，但新皇之礼仪是喜仪喜乐，彩旗招展，而先皇梓宫却是哀仪悲乐，白幡飘动，两仪相并而行不大合适吧？"

景寿也上前说道："太后所言极是，以微臣所见不如将梓宫仪列与皇上、皇太后仪列分开，喜仪先行，哀仪后至，郑王爷以为如何？"

端华点头说道："这样也好，只是如此安排我等要多多费心料理路上事宜了。"

经过商定，由肃顺所率人马扶运先皇灵柩随后，载垣、端华等人保护皇上、皇太后先行。

那拉氏很感激地说道："全部回銮总务由郑亲王一人总负责，实在有劳王爷了，待回京之后重赏王爷吧。"

端华一听十分得意，又故意邀功地说道："臣不仅事务繁杂，劳心费脑，还要统率三旗兵马，来回奔波。"

那拉氏一见端华中计，立即说道："既然郑王爷如此辛苦，为了这回銮的全局统筹谋划妥善，那步军统领一职由他人担任吧。"

端华一怔，但马上说道："这样也好，但不知太后准备让何人代任？"

那拉氏转向钮祜禄氏："姐姐以为由谁接任较合适？"

钮祜禄氏装作认真思考片刻的样子说："奕譞闲着无事就让他暂劳吧，待回京之后仍由郑王爷担任。"

"就按姐姐所言由奕譞暂且接任步军统领职务。"

那拉氏说着，提高了嗓门对站在旁边的奕譞说道："醇王爷，我们姐妹已经同郑亲王商定，因郑王爷事务繁忙，步军统领一职暂由你接任，悉心掌管回銮军务，不得有丝毫怠慢！"

"嗻！"奕譞兴奋地接过端华手中的调兵令牌。

两宫太后见夺下了端华的兵权，心中都长出一口气，本想再设法夺取载垣銮仪卫、上虞备处的职务，怕引起怀疑没有这样做。

回銮事务协商齐备后，两宫太后和新皇载淳一起在文武百官的簇拥下来到咸丰皇帝灵柩前行祭奠礼。

高大朱红的灵柩前黑纱白幔飘动，旌旗幡幡林立，灵位前摆满了各种珍玩器皿。全身玄色长袍的两宫太后搀扶着载淳来到灵前跪下。一阵凄婉的哀乐响后，身着缟素的宫女递上酒菜请皇上祭酒。三巡之后，又是全身缟素的宫女上前点燃金箔纸钱，由皇上、皇太后祭钱。接着，又拜祭了天灵，如此在烦琐的祭奠之后，两宫太后与皇上才洒泪辞别先皇灵柩。

太后、皇上回到仪队坐上御舆，各种车辆马匹早已准备齐全，一声令下，三声隆隆的礼炮声中，回銮的仪队浩浩荡荡直奔京师。

秋高气爽。

一群南飞的大雁从长蛇似的仪队头上经过，啾啾长鸣牵动那拉氏皇太后一腔思绪，秋归秋又回，雁来雁又去，这一年的匆匆时光里，景色依旧，人事已非，此番回銮京师能否完全按照自己所臆思的那样呢？她心中实在没底。虽然奕䜣几次暗中传来话——"万事俱备，只欠东风"，这"东风"就是早早回銮京城，如今回銮了，奕䜣能够将八大臣一网打尽吗？她相信奕䜣的用人之道和对政局处理的才智，但也有一丝顾虑，奕䜣毕竟年轻，比起那老谋深算的政客实在嫩了许多。

唉——但愿上苍能够保佑我如愿以偿！

那拉氏轻轻撩开车帘向外望去，近处，饱满的谷穗散发出香气，高粱正举着火把，偶尔有几株实在举累了，把头低了下来休息休息。远处，枫林在燃烧着，迎着东升的太阳，给人一股激进昂扬的情绪。

那拉氏仿佛被这火一般的情绪点燃了，一扫刚才的忧愁与消沉，哼着欢快的小曲：

秋天里哟太阳红，

姑娘上山采茶忙。
雁儿哟从天上飞，
采茶姑娘唱小曲。
小曲儿哟随水流，
流到山下情哥哥的心窝窝，
情哥哥哟担柴忙，
没有时间把妹想，
只能对着山头把歌儿唱。
…… ……

那拉氏正小声哼唱着，一阵急促的马蹄声从后边传来。她蓦地一惊，探头向外望去，一匹战马正从身边经过，马上那人似乎意识到这是皇太后的车，猛然勒紧马缓了下来。

那拉氏抬眼向那人望去，内心一怔，好奇怪，这人如此面熟，似乎在哪里见过，但一时又想不起来。

马上那人也向太后的车子看了看，他一见太后正挑着车帘注视自己，急忙下马施礼说道："在下急马惊动太后，请太后恕罪！"

这人虽是一瞥，却也是内心一震，这位太后为何这般面熟，好像似曾相识，但转念一想又不可能，自己的级别身份哪有见过太后的机会，何况自己从来也没有踏进宫内一步。

不待他细想下去，那拉氏问道："这位将军，你叫什么名字，现任何职？在谁帐下听令？"

原来这人就是荣禄，受肃顺之命沿途侦探回銮仪队的详细情况，并及时报告正在后面护送梓宫的肃顺。

原来肃顺等人商定皇上、皇太后回銮仪驾同咸丰梓宫同时行进，由于两宫太后认为这样做不合适，要求喜仪先行，哀仪后随，肃顺所负责的哀仪与载垣、端华等人负责的喜仪拉开了距离。同时，也由于端华聪明反被聪明误，步军统领一职被太后收回委任给奕譞，更令肃顺生疑。

这步军统领是专管满、蒙、汉三军步兵的统帅，享有极大的权力。那拉氏委婉向端华夺权时肃顺想出面阻拦，但由于晚了一步才没有出列相阻，但他对两宫皇太后的这一举措猜疑不定，唯恐行进途中有变，才派荣禄时刻不停地骑马巡视侦探回报，一旦发现可疑的举动及时相告。

　　荣禄因为顺天乡试案而被肃顺收为门下，凭着荣禄的机灵与聪明很快取得肃顺的信任，并成为心腹之人。刚才，他再次奉肃顺之命向前察看情况，因为把马骑得太急惊动了那拉氏皇太后。

　　荣禄一听太后询问，只好如实答道："奴才叫荣禄，向导处侍卫，在肃顺肃大人帐下听令。"

　　"什么，你叫荣禄？哪个荣禄？何许人氏？"

　　那拉氏尽量使自己内心平静，仍然掩饰不住内心的激动，这个名字对她太熟悉了，埋藏在她心灵深处，偶尔一提起，必将勾起她悠远的情愫与辛酸的回忆。

　　荣禄一见太后面露惊疑之色，不知自己刚才说错了什么，只谨慎地答道："奴才荣禄，字仲华，瓜尔佳氏，满洲正白旗人，父亲是骑都尉，曾任江苏镇江总兵。"

　　哦！果然是那个荣禄，自己朝思暮想的荣禄。

　　那拉氏用略带颤抖的声音问道："荣禄，你可认识我？"

　　"奴才不敢窥视皇太后尊严。"荣禄小心翼翼地答道。

　　"本宫恕你无罪，仔细看看，能否认出我来。"

　　荣禄刚才虽是无意一瞥，但觉得这位太后似曾相识，如今一听对方这么说，真的抬眼仔细看去，心里想道：倘若太后真是自己的相识或什么亲戚，那自己将来也好有个靠山。肃顺虽然十分欣赏自己、信任自己，但他只是把自己当作一条狗来使唤，真正的好处却得不到。再说肃顺得罪人太多，如今虽然有些实权，也有心与两宫太后一争高低，鹿死谁手还难以预料。如果再能攀上太后作为靠山，何愁将来不能够飞黄腾达。

　　荣禄仔细一看，大吃一惊，脱口失声叫道："兰儿？你是兰——"

荣禄突然意识到自己的失态，急忙止住说出的话。他知道眼前坐在车上的女人是贵为千金之尊的皇太后，再也不是自己当年的兰儿。荣禄此时的心里有一股说不出的味儿，兰儿，他梦牵魂绕的兰儿，如今就在眼前，他曾在心里呼唤千万遍，可如今只能把话咽到肚里，两人之间的差别太大，可谓天壤之别。

　　那拉氏见荣禄认出了自己，凄婉地笑了一下："荣禄，你还记得我吗？"

　　荣禄又看了那拉氏一眼，无语地点点头，他心里在说：我记得，永远记得，我们曾经发过誓、许过愿，我一直坚守诺言，而你——

　　那拉氏把车帘挑得更高，和荣禄边走边谈。

　　"你是何时从镇江回到京城的？又如何到肃顺府上当差的？"

　　"回太后的话，在太后离开镇江的第二年，奴才就随家父调任京师回京了。"

　　接着，荣禄又简单讲述自己如何到肃顺门下做事的经过。这些话本不应讲，或者可以撒一下谎，不知为何，在皇太后面前，确切地说，在兰儿面前，他无法不说实话。

　　那拉氏也是心潮起伏，内心有千言万语却无从说起，她抬眼看看荣禄："你变多了，人也长高了，变胖了，更加英俊了。"

　　荣禄苦笑一下："皇太后也变了，如果不是皇太后提醒，奴才还真的不敢认呢！"

　　那拉氏淡淡一笑："你不必客气，也不必多礼，还像从前一样称呼我。"

　　"奴才不敢。"

　　"我喜欢你像从前一样称呼我，何况这是私下谈话，你不必拘束。"

　　那拉氏说着，又瞟了瞟马上的荣禄，问道："我与从前相比变了吗？"

　　荣禄又点点头。

　　"说说看，哪些地方变了？变好还是变坏了？"

几句交谈，荣禄放松了许多，大着胆子说道："你变得成熟、大方、稳重、干练、高贵了。"

那拉氏莞尔一笑。

"还有哪些地方变了？"

荣禄更大胆了，把马靠近车厢，小声说道："你变得比原先更加漂亮了。"

那拉氏心里美滋滋的，进一步问道："你现在是否有了妻室？"

荣禄一听，心里酸溜溜的，带着一丝幽怨的口气说："还没有，也不准备婚配。"

那拉氏的情丝仿佛被他的这句话给点燃了，心里热辣辣的，心灵深处的火苗焚烧着，从底向上蹿蹦着。那拉氏沉默片刻，微红着脸问道："你还记得我们曾经的誓言吗？"

荣禄鼻子一酸，几乎流下泪来："怎么不记得，那句话已经融入我的血里，就是死了，到另一个世上也会记得：没有同年同月同日生，只愿同年同月同日死，生死相许，非我不嫁，非你不娶。"

这最后一句话荣禄几乎是在喉咙里发出的。此时此刻，他的心如打翻了五味瓶，有一种从未体验过的感觉，我没娶而你却嫁了。

那拉氏也知道荣禄的心十分难受，凄然一笑："我知道你埋怨我，可是，我的苦心和处境又有谁能够了解呢？"

荣禄急忙辣容答道："奴才不敢埋怨太后，奴才应该为太后高兴才对，奴才一时失态请太后原谅！"

那拉氏仍然只顾讲下去："那句誓言我已经背过九千九百九十九回了，可皇命难违，自从离开镇江后我也曾四处打听你，都是石沉大海杳无音信，我在被迫无奈的情况下才入选秀女进宫。唉，也是为了生存为了活命吧，我们家的处境你也知道，如果不是那样，只怕活不到今天与你相见了。"

那拉氏已泪流满面。

荣禄沉默了。

两人都沉默了，任凭车轮声和马蹄声填补这沉默之中的空白。

过了许久，那拉氏才突然问道："你在肃顺门下当差，也一定了解肃顺的所作所为，知道我与肃顺之间的关系吧？"

荣禄点点头。

"一定是肃顺派你来监视皇上和我以及钮祜禄氏的？"

荣禄又看了一眼那拉氏，点点头。

那拉氏叹息一声："我孤儿寡母到今天这地步，大权被他肃顺独揽仍猜疑我等，这个奸人贼子真是心狠手辣死有余辜。可惜我不是七尺男子汉，否则，一定将其杀死！"

那拉氏说着，偷看了一眼马上面无表情的荣禄，又试探着问道："莫非肃顺等人准备在回銮的路上对我们孤儿寡母下毒手？"

荣禄意识到那拉氏在套他的话，稍稍迟疑一下，只听那拉氏说道："凭你的聪明才智和人生前途不应在肃顺门下当一个不出名的小官，应该积极向上，努力争取，你的前途要比肃顺好得多，肃顺虽然一时掌权，也不过是小人得势——如秋天田野里的蚂蚱，不会长久的。"

荣禄考虑片刻，把马靠近车厢，低声说道："肃顺本来准备在回銮途中有所行动，但他没有扭过载垣、端华等人，才放弃这个念头。但他担心两位皇太后联合醇王爷与恭王爷等人在路上对他们采取行动，特意派我前面侦察。"

那拉氏故意叹息道："肃顺是以小人之心度君子之腹，我等孤儿寡母伤心都来不及，哪有心思与他争权夺利。皇上如此年幼无知，我们姐妹又都是无用的妇人，手无缚鸡之力，怎会加害于他，这不过是他想加害于我们孤儿寡母谋权篡国的借口罢了。你作为一个堂堂正正的七尺热血男儿怎能忠奸不辨站在肃顺一方，处处听命于他，岂不辱了祖宗的名声，也辜负了我对你的一片真情，实在令我失望。"

那拉氏见荣禄低下了头，又说道："俗话说，浪子回头金不换，何况你也是初陷不久，又没有什么劣迹，改过自新还来得及。又有着这层特殊关系，只要忠心耿耿地效忠朝廷，我会重用你，让你平步青云，将来一定比肃顺的官大。我也一定想办法把你调到宫内任职，那样，你我就可天天相见、朝夕相处了。"

那拉氏故意慢声细语地说着，边说又边向荣禄暗送秋波。

荣禄终于被打动了，下决心说道："请太后放心，我荣禄为太后就是死也心甘情愿，既然当年有誓在先：生死相许。你的心你的意你的情我领了，我虽然没有大权，但也会尽力拼命保护皇上和太后的。有什么事请太后尽管吩咐！"

"肃顺那边你如何回话？"

"请太后放心，那里该如何做我还是知道的，好歹肃顺还很信任我。"

那拉氏终于放心了，她冲着荣禄点点头："如果肃顺有什么举动提前通知我，该如何处理我会随时通知你的。"

荣禄看看时间，对那拉氏说道："时辰不早了，我要回去了，以防耽搁太久引起肃顺的怀疑，他那人生性多疑，谁也不完全信任，有时连他自己他都不相信。"

荣禄说完掉转马头策马而去，给那拉氏留下一阵急促的马蹄声。

第二十二章

肃大人命丧菜市口
两太后帘垂紫禁城

肃顺已被打得没了人样，奕譞有意让人羞辱他，午时已过，仍不下令开斩。肃顺大叫一声："奕譞，你杀了老子也要戴老子的绿帽子！"奕譞这才勃然大怒，把令箭一扔，叫道："斩！"

　　望着荣禄的背影，那拉氏想起她美丽甜蜜而又痛苦辛酸的往事。

　　叽喳，叽喳。

　　枝上的雀儿蹦跳着，追逐着，似乎正和这明媚的春光争奇，那树上的枝儿也正吐翠斗妍，招引着蜂蝶，诱引着怀春的少女与多情的少男来此相偎相依。

　　但这一切，对于匆匆急走的兰儿都是良辰美景虚设，她哪还有心思欣赏这春色春光？父亲已经卧床一年有余，从安徽宁池到安庆，如今又转辗到江苏镇江，几经求医访药，父亲的病不但毫无转机，反而一天重似一天。所有的家资都耗尽了，如今只好将一些值钱的家当拿去典当。

　　这走向当铺的路她不知走过多少遍了，她不情愿走在这偏僻的路上，也不情愿踏进那当铺的门，她知道那铺子里的掌柜对她垂涎三尺，早就不怀好意。也正是自己的姿色迷住了掌柜的，自己每次去典当东西，值一两银子的东西总能当回二三两来，但她明白这多当回来的钱是用委屈换来的。每次典当东西，掌柜都纠缠不休，出语污秽，有时还动手动脚，不过，每次碰到这尴尬的场面，都被她一一巧妙地应酬过去了。不这样做又有啥法？父亲需要用那仅有的当钱抓药，全家靠她养家糊口。每次走在这通往当铺的小路上，兰儿总委屈得泪眼汪汪，但她只能把泪悄悄地咽进肚里，她是一位倔强好胜的姑娘，不想让人看到她的弱点。

兰儿走进了当铺，掌柜边吸着水烟边拨弄着算盘，一见兰儿来了，急忙满脸堆笑地站了起来："啊呀，是兰大姑娘呀，你又来了，这回又当些什么呀，快拿来我看看。"

"王掌柜，我当一副银头花儿，你看能值多少钱儿？"兰儿怯怯地说。

王掌柜接过银头花儿看了看，往柜台上一放。

"这个也值不了多少钱，最多也只是十两八两的，你家没有更值钱的吗？比如，嘻嘻……"

兰儿见王掌柜色眯眯的小眼睛心里生厌，但她只好强作笑脸地说："我们家值钱的东西都当了，只剩下这一副银头花儿还是母亲陪嫁的头饰呢！王掌柜，这可是纯银的，至少也值三十五十的，怎么只值十两呢？你看走眼了不成？"

"哈哈，你这小鬼精还来骗我老家伙，不瞒你说，我干这行的时间只怕比你的年龄还长呢！怎会看走眼？我是靠什么吃饭的？你这小美人儿。"

王掌柜说着，伸手往兰儿白净的脸上捏了一把。

"哼！"兰儿把脸一沉，装作恼了的样子，"你不识货就算了，我拿到别的当铺去当。"

兰儿说着，就要转身离去。王掌柜慌了，一把扯住兰儿的胳膊："小鬼精，就依你，当三十两中不中？"

兰儿心里高兴，她知道这副银头花儿就是新买的也不过二十两，又装作不太情愿的样子说："才三十两？低了点吧，至少也应给四十两呀，王掌柜，你说是吗？"

王掌柜瞅瞅兰儿那浓淡适中的眉毛、白净的瓜子脸、樱桃一般的小口、高高的鼻梁与一排糯米一般的小牙，特别是她那一对勾魂眼儿，王掌柜张着嘴、流着口水，傻愣愣地在那里憨盯着兰儿不说话。

兰儿故意用手碰了碰王掌柜的老脸："王掌柜，你说给不给四十两？"

王掌柜这才醒过神来，把口水吸到嘴里，又顺手抹一下沾湿的下巴，一咬牙："再给加五两，三十五，再多一个子儿都不出。实话告诉你这五两还是你兰姑娘的眼睛值的钱呢！如果换一个人来当，这副银花儿最多给二十两。"

"王掌柜，这么说我的眼睛才值十五两？"

"哈哈，兰姑娘这么说，我还真得给兰姑娘开个价呢！根据我干当铺多年的经验，兰姑娘至少也值一千两，如果兰姑娘愿当，我还可再多加几个，嘿嘿，美人儿，当不当呀？给我做个三房，还愁你没吃的没喝的，还需要这么抛头露面风吹日晒又遭人讥笑吗？兰姑娘若有意，尽管开个价，回去后再同你家人商量商量。"

王掌柜边递钱边把手伸过来摸向兰儿那对高耸的乳房。

兰儿急忙一扭身去抓王掌柜手中的钱，不小心扑了空，一头栽在王掌柜怀里，王掌柜以为兰儿是故意投向自己怀抱的，急忙将她死死抱住，蛮横地在兰儿脸上、脖上、身上啃了起来。

兰儿急得又打又撕却无法逃过王掌柜的手。这是一条僻静的小街，行人又少，进得当铺的人更少。

兰儿急得哭了起来，边哭边嚷道："快来人呀，来人呀！"

王掌柜刚把兰儿的腰带解开，突然听到一声大喝："大胆刁民，光天化日之下竟敢调戏人家姑娘！"

接着，王掌柜就被踢了两脚滚到旁边。

兰儿整理好衣服，理一下零乱的发丝，流着泪谢道："多谢大哥救了小女子！"

"姑娘不必多礼，请起吧。"

兰儿抬眼看看面前这位少年，叫出声来："荣禄，怎么是你……"

荣禄惊诧道："你怎么到这里来了？"

"回荣公子，因父亲遭奸人陷害罢了官，一气之下得了病，如今卧床一年有余，家中的一切都卖光了，只怕父亲他——"

兰儿没有说下去，两行清泪又涌了出来。

"我们都是旗人，在这汉人居住地需要事事小心，相互照应，你家既然有了这困难，我家理所照顾，给予接济。"

兰儿急忙施礼："哪里还敢劳公子破费，出手接济呢？"

"兰姑娘这样讲就见外了，救他人之所急也是读书人的美德，莫非兰姑娘不想让小生成就这美德不成？"

"只是让公子破费，小女子实觉得内心有愧……"

不待兰儿说下去，荣禄把一锭金子塞到兰儿手中："兰姑娘先拿着，待我回府禀告家父，一定前往兰姑娘府上探视伯父病情，请兰姑娘告诉小生府上地址。"

"小女子家贫寄居一朋友家，哪里称得上什么府！至于探视就不必了，小女子一定让家人去总兵府回谢呢！"

兰儿嘴里这么说，仍把家中大致位置告诉了荣禄。

几天后，荣禄果然带领一名家丁到兰儿家中探望兰儿父亲惠征的病情，并送去二百两白银，他对兰儿父母说他父亲因公务缠身无暇前来拜会，特命他来探视。兰儿父母更是感恩不尽。

从此，这一对少男少女你往我来，秋波暗送，爱情的花朵在他们之间悄悄开放了。

那拉氏正沉浸在往事的回忆中，突然听到前面一阵威武雄壮的吆喝声，她心里一惊，担心肃顺等人在这节骨眼上作难，那样她就前功尽弃了，急忙派人到前面打听。

张德顺回来报告说，太常寺卿胜保将军带兵前来迎驾。

那拉氏仍有点将信将疑，她不知道奕䜣是否拢住胜保，这胜保带兵前来迎驾是喜是忧一时尚不能断定。

不多久，两宫舆仪到了前面与胜保兵马相逢，胜保立即跪迎皇上及两宫皇太后。

两宫皇太后下令稍歇与胜保相会，她们和皇上一同来到胜保临时搭起的帐篷里。这时，胜保才取出奕䜣亲笔信呈上。两宫太后一看，果然是奕䜣亲笔，询问兵变安排。那拉氏略一沉思，说道："留守京师与热河行宫众臣对肃顺等八大臣飞扬跋扈的行为早有所闻有所见，他们矫旨揽权，图谋不轨，罪不可赦。若到京师，八大臣再联合其党羽，恐怕制服他们更难，不如趁行进途中行事，将其突然逮捕，你以为如何？"

胜保又看看钮祜禄氏皇太后，征求她的意见。钮祜禄氏也点头说道："妹妹说得有理，令他们八大臣进京等于纵虎归山，为防止回京闹出更大的乱子，不如在路途之中将其捕获，何况步军统领一职已由奕谅掌握，发动兵变也不会引起大的兵戈。"

钮祜禄氏又略有顾虑道："只是奕谅在后与肃顺同行，一是扶送梓宫，同时也是不引起肃顺怀疑，但如何通知奕谅举事将肃顺拿获呢？"

那拉氏忙答道："在肃顺身边有我的一位心腹，可令他通知奕谅，由他们两人联合行动，必然能够将肃顺捕获，还不致引起怀疑。"

"这样再好不过。"胜保说道，"我与恭王已经商定，为防不测，派我的兵接应皇上和两宫太后进京，仅留空车随仪队行进以掩人耳目。待两宫太后进入宫城立即召见众大臣，历数八大臣罪过，再下旨送往我等手中，这边即刻动手，两宫太后以为如何？"

"这样做更好，只是肃顺多疑，时刻派人前来探视，如何能瞒住那探子的目光呢？何况那探子一见将军的大军在此，便会通报肃顺，让肃顺有所提防。"

"肃顺所派来侦探的人正是我的那位心腹，只要他来我自有话交代。"

果然，不多久，荣禄又快马赶来，他一见有胜保大军到此，也是大吃一惊，刚要掉转马头回报，被那拉氏喊住，荣禄这才下马来见。

那拉氏把荣禄带到一个单间，正色说道："荣禄，实不相瞒，肃顺有谋权篡位之心，众人皆知，奕䜣等王爷已决定将他捕获处死，派遣先头部队胜保将军的大军已来此，肃顺即将被擒，我念你我当年的情分为你开脱，并且给你一个立功的好机会，你愿不愿做？"

　　荣禄也知道那拉氏所说的是实话，急忙答道："为情为义为节，只要太后吩咐，我荣禄肝脑涂地，在所不惜。"

　　"好吧，你回去报告肃顺，只说一切正常，并暗中通知与肃顺同行的奕譞早早做好准备，一旦谕旨到，立即将肃顺捕获。只要肃顺被捉住你就是大功一件，回京后为你表功晋升也有个理由。"

　　荣禄点头应道："请太后放心！我不仅为醇王送信，也尽力协助他逮捕肃顺。既然生死相许，早就应该为太后卖命出力，只是相见太晚。"

　　那拉氏送走荣禄，立即和钮祜禄氏、皇上一同随胜保派来的快车先行入京，留着几名宫女坐在车内随銮仪慢行。

　　两宫皇太后及皇上简行从小路来到京城，刚进入皇宫就召见了奕䜣、桂良、周祖培、贾桢、文祥等人。

　　众人刚一坐定，那拉氏就哭哭啼啼地说道："大行皇帝宾天实在是肃顺、载垣、端华等人的罪过，他们在先皇生病之初就把持大权，对外封锁消息，多次强行劝阻先皇回銮的要求。特别是先皇病重之时，这几人更是专横揽权，有时对先皇也不放在眼里，对我们母子更是百般刁难，欲加害本宫，多亏姐姐与皇上等人求情，本宫才免于一死。就这次回銮，肃顺仍是不许，若不是姐姐强行要求，只怕回銮无望。肃顺把我等困在热河，有'挟天子而令诸侯'之意，更有谋权夺位之心，肃顺唯恐回京后遭到众大臣的非议，有心在路上兵变，我等多亏胜保将军及时相救，才从间道安全返京。"

　　那拉氏边说边抹眼泪。

　　钮祜禄氏皇太后也十分悲伤地说道："肃顺等人违背大行皇帝遗旨，欲将我们姐妹置于他们控制之下，不准许参与任何国事，只能钤印，无权阅览疏章，稍有不慎便出言顶撞，一点儿不把新皇看在眼里，掌权之初就如此跋扈，时间一久岂不是鳌拜第二，是可忍孰不可忍！"

　　皇上见两位额娘哭哭啼啼，也一个劲地呜呜直哭。

众王公大臣见两宫太后及皇上孤儿寡母哭得伤心，也顿生同情之心，特别是两宫太后虽然如此年轻也都守了寡，本来都是光彩照人、风艳卓著的丽人，如今却面容苍白、神色暗淡，似乎历经无数磨难，再加上身着孝服，更显得憔悴。皇上小小年纪也面色惨白，不知受了多大的委屈。

周祖培狠狠地骂道："肃顺奸贼误国，理当处死，请太后下旨吧！此等贼子若不早除，进城来更是大患。"

桂良也出班奏道："事不迟疑，先将八大臣革职拿问，待回京之后再交刑部与宗人府议定罪状。"

那拉氏看看一直沉默不语的奕䜣，奕䜣这才出班说道："请两宫太后先发两道谕旨，一道是将八大臣革职拿问，另一道是公布其罪状，有谕旨在，我等就可出京拘捕八大臣了。"

那拉氏会意，立即和钮祜禄氏商定，着人书写谕旨，加盖"御赏"与"同道堂"两印。

奕䜣等人立即接过谕旨领命而去。

一场血与火的宫廷政变正式开始。

肃顺对这次回銮实在不情愿，但其他几人不听自己的劝告，接受了两宫太后的要求，自己孤掌难鸣。特别是回銮的祭奠之时，两宫太后夺了端华的步军统领兵权，更让肃顺恼火，他狠狠地把自己的兄长训了一通，训也没有用，兵权还是失去了。

肃顺担心的不是丢失兵权的事，他担心回京的途中有变，自己被奕䜣派来的人捕获，所以他要奕谟与自己同行，共同扶送梓宫。他又派心腹之人荣禄往返察看情况，与载垣、端华等人之间互递信息，及时掌握行程动向。

"哒哒哒！"一阵急促的马蹄声，荣禄又赶回来了。

肃顺待荣禄来到面前，径直问道："前面情况如何？"

"回大人，一切正常。"

"那你为何到如今才赶来？"

"我刚才跑得远了一点儿，因此来迟！"

肃顺这才放下心来。已到了密云一带，离京不远了，再过一天多点就可到京了，只要路上不出差错，回京就不会有什么变故。他们八大臣都是朝廷重臣，身居要职，每人各有一帮自己的势力，只要八人相互配合，联起手来，其他人想搬倒他们还不太容易。

肃顺让荣禄休息休息继续侦察："苦也只苦这几天，回京后让你好好歇息，多给你些银子，也到八大胡同去开开心。"

待荣禄走后，肃顺又叫来一位心腹："黄宗汉你再去前面察看一下，与怡亲王、郑亲王取得联系，了解行程情况。"

"肃大人不是刚派荣禄侦察回来吗？"

"不知为何，我总觉得荣禄这小子近几天的神色不大对劲，最好你再去亲自了解一下我才放心。"

黄宗汉领命而去。

荣禄躲过肃顺的耳目，立即找到奕譞，他取出一个包裹，把东西交给奕譞说："醇王，谕旨一到，望你早早安排捉拿肃顺的事宜。"

奕譞接过谕旨，点点头："这边的人马已经准备停当，只要那边动手，我们立即行动。有没有人来接应？"

"如果前方行动顺手，睿亲王仁寿将来接应。"

奕譞同荣禄商定，便策马来到肃顺那里说道："肃大人，一路急赶士兵都疲劳了，此地离京只有百里之遥，不如稍稍休息之后再行。"

肃顺看看天已近午，黄宗汉前去察看情况仍没有回来，休息等候也好，就下令停止前进，埋锅做饭。

肃顺刚坐下不久，一阵尘烟飞来，黄宗汉快马到前，跳下战马，慌慌张张地说道："肃大人，不好，前面有变。"

肃顺吃惊地问道："前面出了什么事？"

"我刚到太后銮仪那里，就见队伍大乱士兵四散惊逃，听说奕䜣和胜保带兵将怡亲王、郑亲王等人拿获。"

"那皇上和两宫太后呢？穆荫、匡源、杜翰、焦祐瀛等人有没有控制住皇上和太后？"

"听说也已经控制了皇上和太后的舆驾，但打开一看，里面根本没有皇上与太后，只是几名宫女在里面。"

肃顺更是吃惊，他瞥眼看见荣禄站在旁边，破口骂道："荣禄贼子误我，来人，给我将荣禄拿下！"

这时，奕䜣走上前，大喊一声："来人，把肃顺、黄宗汉两个误国奸人给我拿下！"

早已准备好的将士从四周一拥而上将两人捆住。

肃顺急忙大喊："刘琨、成琦，快来保护我！"

刘琨、成琦、富绩等人带兵赶来了。

奕䜣急忙掏出谕旨朗声念道：

> 户部尚书、赞襄大臣肃顺飞扬跋扈，弄权误国，有篡位之心，着革去一切职务，逮捕入京，送交刑部严议。
>
> 钦此

奕䜣读罢谕旨，扫视一下众人，又大声说道："我奉旨捉拿肃顺奸贼，其余人一概不究，谁敢抗旨，即行处死。"

刘琨、成琦等人一见奕䜣手中有谕旨，也都不敢轻易上前。

肃顺急忙喝道："没有我赞襄大人的同意何来圣旨，你们给我将奕䜣拿下，所有的责任我来承担。"

刘琨、成琦等人又想上前捕获奕䜣，那边一阵尘土飞扬，睿亲王仁寿率领一队人马赶到，吆喝道："只抓乱臣贼子肃顺，其余人一概不究，有违旨者斩！"

众人一见睿亲王所率的大队人马将他们围住，谁还敢动，只好放下兵器，任凭肃顺被押解入囚车。

奕䜣这才松口气问道："睿王爷，前面情况如何？"

"八大臣全部被逮，两宫太后及皇上正在京城等我们回去呢！"

奕䜣看着肃顺被押上囚车，禁不住一阵大笑，这是胜利者的开怀大笑，也是自原配福晋去世以来他第一次开怀大笑。

高大威严的太和殿。

幼帝载淳坐在宽大的龙椅上，左边坐着皇太后钮祜禄氏，右边坐着皇太后那拉氏，下面左右站立着王公大臣。

待众亲王及大臣们站定，那拉氏清理一下嗓子问道："各位王爷大臣，肃顺等人已逮捕入狱，经宗人府议定，不知其罪状共有几条，该处以何罪？"

奕訢出班奏道："肃顺、载垣、端华三人所犯罪状八条：

其一，不能尽心议和，失信西洋各国，导致先皇被迫逃至热河行宫；

其二，欺下瞒上，阻止先皇回銮，致使大行皇帝受热河地气之寒，病死行在；

其三，违背先皇遗旨，矫诏阻挠太后参与朝政，对皇上及太后阳奉阴违；

其四，诽谤太后，离间太后与先皇及众亲王之间不和，意在从中渔利，居心叵测；

其五，目无皇上，出言顶撞两宫太后，恫吓皇上致哭，不忠不敬；

其六，假传谕旨，捏造赞襄大权，暗中结朋纳党，有谋权夺位之心；

其七，肃顺擅坐御位，私用御用之物，有觊觎御位之心；

其八，回銮之路途中，私派侦探监视皇上及两宫太后行踪，意在发动政变。

根据以上八条罪状，肃顺、端华、载垣三人罪不可恕，应处以斩首示众。"

钮祜禄氏皇太后听罢奕訢的奏报，点头说道："所议罪状属实，这三人理应处罪，但看在大行皇帝尚未发葬之际，加恩处斩，将罪魁祸首之人肃顺行刑，弃尸街头，以警他人。对载垣、端华两人，念及是亲王之衔，令其自尽即可。"

"对八大臣其余几人将如何处置呢？"

钮祜禄氏略一沉思问道："妹妹以为如何？"

"对于五大臣可以革职，加恩发配边疆效力。"那拉氏说道。

"未免有点太重了吧，依我之见，革职即可，就免于发配吧。"

那拉氏见钮祜禄氏不听从自己的见解，当着满朝文武大臣的面否定了自己的建议，心中有一丝不快。

钮祜禄氏见那拉氏不言语，就朗声说道："将景寿、穆荫、匡源、杜翰、焦祐瀛五人革职，免其发配充军之劳役。"

对八位赞襄大臣处理完毕，大学士贾桢、周祖培，户部尚书沈北霖、刑部尚书赵光、太常寺卿胜保等人又一起出班递上奏折《奏请皇太后亲操政权以振纲纪折》，联名要求两宫皇太后听政。

两宫皇太后对奕䜣的如此安排十分满意，欣然接受众人的奏请，宣布从即日起实行两宫太后共同垂帘听政，然后择定吉日举行新皇登基大典和太后听政大典。

两宫太后为了感谢为自己发动政变的同党，第二天便发出谕旨，重新组建新的辅政"领导小组"。授恭亲王奕䜣为议政王，令其在军机处行走，并接管宗人府宗令。醇郡王奕譞，正式加封亲王头衔，授步军统领一职，补授总管内务府大臣。命大学士桂良、户部尚书沈兆霖、户部右侍郎宝鋆、鸿胪寺少卿在军机处行走。其余众人也都各有赏赐和加封。而平步青云、一步登天之人就是荣禄，他从肃顺的一个门下小官，一跃成为御前大臣。

在奕䜣等人的建议下，两宫太后又下令惩处八大臣的热河派余党。

吏部尚书陈孚恩、兵部侍郎黄宗汉革职永不叙用，并发往边塞充军效力赎罪。其他如刘琨、成琦、富绩等人也一律革职，对于宫中一些给肃顺等人当耳目的太监更是加重惩处，太监杜双奎、刘二寿、王袁庆、张保桂、袁添喜等人全部杖责而死。

总管太监崔长礼因为见风转舵及时，才勉强保住自己的位子，而李莲英由一名干杂役的太监被提到那拉氏身边，成为心腹之人，和安德海一样受宠。张德顺因几次送信有功，两宫太后备加赞赏，但此时的他却没有如愿以偿。他本来希望两宫太后同八大臣等人内讧，他大哥张乐行就可率领捻子兄弟长驱直入攻下京城，大哥成了皇上，自己虽然成了太监，但也可以服侍大哥和大嫂了。谁知这场内讧没有像他预期的那样血流成河，堆尸如山，而是一场十分平静的权力交接，他的心中有一种说不出的失落与痛苦，只好慢慢打听大哥的下落再做打算。

刑部大堂监狱。

肃顺无力地缩在墙角，沉重的木枷和铁镣使他精疲力竭。他仅仅看过别人这样戴着好玩，从来也没有想到这玩意儿会套在自己脖子上。他曾经问柏葰：柏老儿，戴枷锁的味儿好受吗？柏葰也曾反问他：你小子也会尝尝这戴枷锁的味儿。不想真的被那老家伙言中了。

人们常说这是报应，肃顺可不相信这些，他不信鬼不信神，对泥塑的那土堆儿都嗤之以鼻。直到今天，他仍不相信报应，也不承认失败，自己长着这么一副聪明绝世的脑瓜儿怎么会失败呢？今天的失败只能埋怨载垣、端华他们几人，他们不听自己的忠告才会落得今天的下场。

肃顺一想到自己落到今天的结局就气不打一处来，看着载垣和端华两人战战兢兢的样子，气恼地斥道："现在害怕了，当初听从我的劝告，将他们孤儿寡母几人全部囚禁起来，我等夺其皇位，哪有今天的下场？只怕坐在这监牢里的是奕䜣、奕譞等人。哼！别拿出那个熊样来，就是死，也要死得趾高气扬、轰轰烈烈！"

端华叹息一声："老六，别说这么多了，世上没有后悔药，只能怪我们没有当皇上的命。"

"什么？命？谁有当皇上的命，那刘邦、李世民、赵匡胤、朱元璋就有当皇上的命？只要你把握住时机，用心策划，总会成功的，这就是命，命不过是无能人给自己寻找的一个借口，我肃顺不信命，只相信自己的聪明才智！"

怡亲王载垣转过头："肃老六，留点精力到阎罗殿上辩论吧，这里再说也没有人给我们讲情。你聪明？我看聪明反被聪明误，如果不是你有谋取皇位之心，怎么会连累我等一同受这罪呢？"

肃顺一听，可气坏了，骂道："你们这样的人生就贱骨头，只会给人当奴才，永远也没有当主子的份儿。我帮你们谋划，给你们找一个成为主子的机会，可惜，全被你们这些鼠目寸光、胆小如鼠的人给搅坏了，真可谓竖子不可与谋！"

"肃顺，你怎敢骂人？"载垣叫道。

监狱门"咣当"一声打开了，奕䜣捧旨进来，厉声斥道："死到临头，还在此吵骂，真是死有余辜！"

奕䜣扫视一下披枷戴锁的三人，朗声念道："载垣、端华、肃顺接旨：载垣、端华、肃顺三人欺下瞒上，矫诏弄权，有谋权篡位之心，虽为赞襄大臣，但违背先皇遗愿，以下犯上，居心叵测，经刑部与宗人府严议，着将三人处死。太后加恩，载垣、端华赐死；肃顺罪孽沉重，罪不可恕，行刑弃市。钦此。"

奕䜣念罢，命随行人将白绫交与载垣、端华，并打开他们的枷锁，令其立即自缢。并着人把肃顺押解出牢房。

肃顺边走边骂，奕䜣只当不闻，任其大骂，反正他是要死的人，何必再与他一般见识呢？

肃顺坐在通往菜市口的囚车里，他想起前年自己监斩柏葰的情景。柏葰死前曾大骂，化成厉鬼也要将自己咬死，而今自己落得与柏葰同样的命运，莫非真是报应不成？肃顺对自己的信念动摇了，他又想起和柏葰、奕䜣等人结仇的事来。

自己曾在柏葰手下做一名小官，凭着他的聪明伶俐，很快取得柏葰的信任。由于他经常出入柏葰府上，不期然和柏葰的女儿丹碧好上了，两人眉来眼去，互送秋波，从心照不宣到心心相印。肃顺也知成为柏葰的女婿对他仕途又是一大促进，就在两人私订终身之际，柏葰却把自己的女儿许配给醇郡王奕譞，丹碧很快成为王妃。

父命难违，丹碧嫁到醇王府，但由于和奕譞没有感情基础，奕譞也整日忙于外事疏忽了与福晋之间的感情。情窦初开的少女哪能耐住深宫的寂寞，再加上旧情难忘，竟和肃顺暗中往来起来。这时，肃顺也由于柏葰没有把女儿嫁给自己，认为柏葰瞧不起他，出卖柏葰投靠了奕䜣，成为恭王府的座上客，深得奕䜣的信赖。

由于咸丰皇上与奕䜣的固有矛盾，咸丰对奕䜣是既用他又排挤打击他，肃顺摸透皇上的这个心思后，又出卖了奕䜣受到咸丰皇上的宠爱，从一个门客跃到户部侍郎。恰在这时，他和丹碧的暗中往来被人察觉，尽管那人不敢在醇王面前提起，但没有不透风的墙，奕譞和柏葰都知道了这件事。

奕譞将丹碧狠狠打了一顿，又告到柏葰那里，说柏葰没有将女儿管教好。柏葰的老脸承受不住了，教训了女儿不算，又找到肃顺，将他骂了一通。

奕譞身为王爷，也是年轻气盛，哪能受肃顺的这个侮辱，但他不好公开与肃顺斗。肃顺也仗着皇上的宠幸不把柏葰、奕譞放在眼里。

几次暗中较量，奕譞都败在肃顺手中。肃顺也更加嚣张，仍然抓住机会和丹碧往来，但奕譞抓不住证据只能白白受这窝囊气，只好将所有的窝囊气发在丹碧身上，逼她自缢。丹碧一死，奕譞不仅得罪肃顺，也得罪了柏葰，正是奕譞与柏葰有了矛盾，才让肃顺从中各个击破，先行除去了柏葰。

奕譞与肃顺的矛盾就这样一直放着，两人总是暗中较量。肃顺曾想让奕譞戴一辈子的绿帽子，没想到今天会栽在奕譞的手里，而监斩自己的正是奕譞。

时间不允许肃顺多想下去，他被士兵从囚车上拖下来，披枷戴锁地站在菜市口，他刚想直起身站起来，一名刽子手走上前，飞起一脚把他踢跪下。唉，想轰轰烈烈地死也不允许，真是龙游浅水遭虾戏，虎落平阳遭犬欺，一个小小剑子手也敢对自己吹胡子瞪眼。肃顺闭上眼睛等着一刀下去人头落地。

菜市口周围站满了人，人们听说大名鼎鼎的肃顺要被杀，都来观看，更多的人是叫骂，甚至有个别人向肃顺扔砖瓦片。

肃顺的脸已被打伤，身上有几处也流着血，简直认不出他来。也许是奕䜣有意让人羞辱他，故意推了时间。午时已过，肃顺仍听不到奕䜣下令开斩，便大叫一声："奕䜣，你杀了老子也要戴老子的绿帽子！"

奕䜣一听，勃然大怒，把令箭一扔，叫道："斩！"

一道鲜血飞迸出去。肃顺只觉双眼一红，似乎看到柏葰张开舞爪地向自己扑来⋯⋯

咸丰十一年十一月初一（1861 年 12 月 2 日）。

紫禁城养心殿里钟声长鸣，透出一股祥和之气、治世之音。

钟声响后，在黄钟大吕般的音乐声中，两宫皇太后每人领着皇上的一只手，并肩走过红毡铺地的墀阶，跨上象征皇权的御座，让幼帝端坐在宽大的御座上。这时，执事太监扯着嗓门喊道："两宫皇太后垂帘开始——"

两宫皇太后互相看了一眼，这才分左右坐了下来，一副宽大椅上足够两人共坐，上面放着柔软的棉垫，两旁各有一个扶手。

两人刚坐定，又听太监吆喝道："垂帘——"

一副宽大透明的玉制帘子轻轻落下，将皇上和两宫太后一前一后分开。

"请两宫太后接受王公大臣朝拜——"

早已穿戴一新、准备好久的王公大臣鱼贯而入，按次序成双成对入内拜见皇上及两宫太后。走在最前面的是奕䜣与奕䜣，两人叩拜完毕分两边站在墀阶旁边，接着由其他大臣入殿叩拜。

叩拜完备，太监又高声喊道："再奏乐——"

各种鼓锣琴瑟笙箫笛筝之类的乐曲又一次鸣奏，声乐那么祥和，带有尧音舜声，给人安静舒适崇敬之感。

乐曲一停，太监又开始喊话："请给两宫太后上徽号——"

大学士桂良走上前行过叩拜之礼，从小皇上手里接过事先准备好的谕旨，再次拜过，朗声念道：

奉天承运，皇帝诏曰：

慈为福本，共欣仁惠之滂流，安乃寿征，永卜康强之叶吉。绵慈晖于天上，化日方长，延禧祉于宫中，祥云普荫。两宫皇太后劳苦功高，仁爱天下，虽我朝向无皇太后垂帘之仪，朕受皇考大行皇帝付托之重，唯以国计民生为念，岂能拘守常例？此所谓事贵从权，特邀两宫太后垂帘辅之。为嘉太后之绩，以示敬考，上母后皇太后徽号为慈安皇太后，上圣母皇太后徽号为慈禧皇太后。

钦此

桂良读完退下，执事太监又唱念道："更——年——号——"

文祥走上前，从太监手中接过谕旨，三叩九拜之后，大声诵道："载垣、端华、肃顺等乱臣逆子，伤乎理，违乎易，所拟年号'祺祥'二字，不吉不利，群臣议之，则废。今两宫太后垂帘辅政，恭亲王议政，同心同德，共治大清业绩，振兴江山社稷，光大祖业，万民同庆同乐，则取之年号'同治'。钦此。"

文祥宣读结束，执事太监又喊叫一声："礼毕，请两宫太后训话——"

那拉氏慈禧太后向钮祜禄氏慈安太后点点头："姐姐，你讲几句吧！"

慈安干咳两声，看看下面毕恭毕敬站着的大小臣工，说道："众家亲王、郡王、贝勒、贝子、御前大臣、大学士，以及六部、九卿、翰、詹、科、道、监察御史，从今日起，我们姐妹正式垂帘听政。我们姐妹本也不想这么做，实为形势所迫。肃顺、载垣、端华等乱臣贼子违先皇之遗愿，有以下犯上、谋权夺位之野心，今日除之也是天地可鉴、先皇有灵的大快人心之事，更是众家爱卿同心协力之故。自去年外敌入侵，庚申之变，国运罹难以来，京畿荒废，武备遭损，田园荒芜，民不聊生，百废待兴，需众人同心协力治之。况且南方乱党猖獗，有窥视京津之举动，不能不剿，国难如此，我们姐妹身上的这份担子可谓重矣！何况新皇年幼，仍需我们姐妹悉心诲导。名义上是我们姐妹垂帘听政，而实权则由各位王公大臣共担，望众家王公大臣恪守法纪，鞠躬尽瘁，人尽其才、物尽其用，将我大清江山振兴，恢复到康乾盛世之貌，为君受万民敬仰，为臣则名垂青史，流芳万代。"

慈安这一席话有形势分析，有经验总结，也有对众大臣的鼓励和安慰，不能不让众人点头称许。想不到看似文弱不谙政治的钮祜禄氏竟能说出这一番话来，今后还不能小瞧这两个女人呢！需处处小心，刮目相看才行。

慈安讲完，慈禧当然也要讲几句，她扫视一下众人，沉默了一下，让众人的目光都集中到自己身上，这才说道："姐姐已把今朝面临的情况大致讲了一下，我也不再重述，我就直接讲点实际的东西吧。我们姐妹做事向来赏罚分明，该奖的奖，该升的升，当然，该杀的也要杀，该罚的也要罚，事事没有个上下尊卑的王法哪行？历朝历代治天下都讲究一个'严'字。如今吏治腐败，军备废弛，官贪民怨，没有王法哪行？不从历朝历代那里借鉴治世的经验哪行？现在，我就授命南书房、上书房、翰林院负责编一部《治平宝鉴》，这事就由恭王全面负责。"

慈禧说着，把脸转向站在最前列的恭亲王。奕䜣急忙走出班列，躬身说道："臣遵旨！"

慈禧点头示意奕䜣退到旁边，又说道："听政的仪式虽然举行了，但听政的具体细则尚没有明确做出规定，比如，如何接见内廷大臣与外廷大臣，疏章的呈递方式、官员的任命等方面都应该制定出明确的程序来，这事先由礼部负责拟定，然后再议。"

慈禧回头看看慈安，轻声问道："姐姐还有什么话要说吗？"

"没有了。"

慈禧重新面向众臣说道："众家王公大臣，有事奏来，无事就可退朝了。"

慈禧话音刚落，一人急忙走了出来，高声叫道："启禀皇上、皇太后，臣有一事奏报——"

众人回头一看，是刚刚退而又重新召回的老臣祁寯藻，心里道：这老家伙有何事要奏？

"祁大人请讲——"慈禧很有礼貌地说道。

"如今官吏腐败，贪庸娇蹇，统兵将帅，拥兵自重，畏缩不前，贪生怕死，假冒战功，欺蒙朝廷。封疆大吏，擅离职守，贻误战机，不能不择其一二而严惩，起到杀一儆百的作用。"

慈禧点点头："祁大人言之在理，但不知这些贪污腐败的官吏之中谁最甚之，尽可奏来，以张扬法度，重振朝纲。"

"革职候审的前任两江总督何桂清理应处斩，显示两宫太后严肃政纪，重振朝纲！"

此话一出，众人都大吃一惊。

第二十三章

陈英王粗心逢鹰犬
桑巴特疾首说蛇蝎

胜保看看桑巴特："大师敢当着本帅的面诽谤太后，不怕我把你解往京城让慈禧太后给你治罪吗？""你不把我押解去京城，我还准备自己前往呢！我要进宫揭穿那狠毒女人的假面，当众羞辱她，把她的秘密公布于众！"

"驾，驾，驾！"……
崎岖的山路上跑来一匹战马。
战马上坐着一男一女，两人身上都沾满了鲜血，看不清两人的面目。但从那战马浑身的血和汗以及满身的泥土可以看出这两人走了很长的路程。
那女的抹一把男的脸上的汗水，关切地说："英王，休息一会儿吧，清兵不会追到这里的。"
陈玉成下了马，他又把妻子抱了下来："娇娇，让你跟我受累了，我——"
"英王，你的胳膊！快，我给你包扎！"
"不要惊慌，这点伤算什么，自从十四岁那年随叔父参加金田起义，成年累月征战沙场，在刀丛剑林里出生入死，不知受过多少伤呢！这命都是拣来的呢！"
娇娇为陈玉成撕破褂襟布包好伤口，又扶他坐下："英王，你拼杀半天也没进一口粮、一滴水，该饿了吧？我这儿还有点干粮你吃下，再到那山涧喝口水。"
陈玉成把娇娇递来的干粮推了过去："娇娇，你吃吧，你也早该饿了，我实在吃不下去。我奉命率十万兄弟营救安庆，不但没有解救安庆之围，还使安庆失守，连从老家所带出的十万父老乡亲都丧生异地，还怎么能吃下去？这是叔父十几年的家业。叔父战死前曾再三告诫我，一旦帮助洪天王打下江山，就把藤县老家的父老乡亲带回去，安守几亩薄田，过安闲的日子，想不到今天兵败此地……"

陈玉成再也说不下去，竟伤心地哭了起来。男儿有泪不轻弹，皆因未到伤心处。陈玉成想到自己十四岁入太平军起义，十八岁领兵打仗，二十岁封王，如今只身逃出，真是孤家寡人了，怎不伤心落泪呢！

娇娇走上前给他擦去脸上的泪水："英王，胜败乃兵家常事，何况这兵败也不能全怪你呀！天王的增援部队至今未见人影，曾国藩老贼大军压境是你的几倍人马，他们又有洋人助战，火枪、火器、火炮，还有炸药，你能够坚持到今天已经不易了……"

"娇娇，你不必为我开脱责任，安慰我，身为一军统帅，兵败至此，我怎能没有责任呢？如何有脸面回去面见天王？也有愧于九泉之下的叔父的在天之灵！唯有一死报效天王，也随死难的兄弟英魂同去。"

陈玉成说着，向东南方向拜了拜："天王，我陈玉成有负你的提携和厚望，只有一死尽忠了。"

他又转向娇娇，泪流满面地说："娇娇，你是个好人，是个好姑娘，我知道你嫁给我很不情愿，是迫于沃王张乐行的压力，张乐行是利用你拉拢我，以和太平军联姻的形式取得太平军的支持。"

娇娇一把抱住陈玉成，"哇"的一声哭了出来："英王，你不必说了，我什么都懂，也并不全是沃王的逼迫，我是心甘情愿的。女人总要嫁人，嫁鸡随鸡，嫁狗随狗，我既然答应嫁给你，就永远跟着你，不会再想别的男人，英——王——"

娇娇又哭了，似乎有说不出的委屈，那泪水如泉涌，仿佛她整个人都是泪做的。

陈玉成边给她擦泪，边苦笑着说："娇娇，今后别喊我英王了，就叫我玉成，或陈大哥吧，兵败仅剩下我一人了，还算什么英王？娇娇，从这里回你老家雉河集已经不远了，你独自回家吧，养好身子就去京城找你的张大哥，你和他从小青梅竹马，才是天生的一对，我们只是迫于多种原因，勉强凑合在一起的，我知道你不爱我，也不可能爱我，你心中有一个张大哥，一个人心中不可能同时装下两个人，我……"

陈玉成又哽咽了："从现在看，大清朝的气数仍没有尽，洪天王不可能一统天下，他不久就会兵败，天京也会被攻破。你们的沃王张乐行更不可能成气候，他梦想自己当上一位开国皇帝更是痴人说梦，你去找张德顺吧！好好过日子，愿你们白头偕老！"

陈玉成说完，拔出宝剑就要自杀。

娇娇一把抱住了他，哭喊道："陈大哥，你不能死，你不能扔下我不管，你死我也死。胜败是兵家常事，你随我回雉河集，和沃王一同率领捻军反抗清兵，也许仍有出头之日。我带你到雉河集招兵买马，重整旗鼓和曾剃头再决一死战，不能像项羽那样逞一时匹夫之勇拔剑自杀，他太傻了，你不能那样，不能！"

陈玉成摇摇头："张乐行是怎样的人你也明白，他能容下我吗？至于在他的地盘上招兵买马就更不可能了。倘若我是一名一般士兵，他也许会收留我的，正因为我是英王，他决不会让我在他身边容身的。"

娇娇沉默了。

两人相视一下，陈玉成抚摸一下胳膊上的伤口，望着眼睛红肿的娇娇，叹口气说道："好吧，我答应你，不再自杀，但我们要寻找一个安身的地方躲几天，待清军退后就回老家，你纺棉我种田，养儿育女安度平生。"

娇娇沉思一会儿，突然说道："这寿州一带有一支捻子兄弟，属于蓝旗头领郭松林的辖区，是南堂的一个分堂主，叫苗沛霖，他是我家的一个远亲，但苗沛霖和沃王张乐行的关系一向不和，这人也不甘心听沃王指挥……"

娇娇没有讲下去。

"那样更好，正因为他和张乐行有矛盾才会收留我们，不如暂且投奔他，待清兵戒备放松之后，再想他法。"

两人在山涧边稍稍擦洗一下，便直奔寿州而去。

寿州双桥镇。

苗沛霖正在家中指挥兄弟们操练兵器，忽闻一个站岗的兄弟来报，说有一对受伤的青年男女来见，心中狐疑不定，命人将来人带进客厅。

哦，原来是自己的远房外甥女娇娇。

苗沛霖知道娇娇被沃王张乐行许配给太平军的英王陈玉成，当下太平军和曾国藩正在安庆交战，他们突然来此，莫非这位受伤的青年男子是——

苗沛霖走进客厅，惊讶地问道："娇娇，是你？听说你随英王陈玉成在安庆征战，为何突然到此？看你们这满身的血污，好像刚从战场上杀出来？"

"舅舅说得不错，我们刚从战场上杀出来，这位就是英王陈玉成。"

"啊呀，久仰，久仰，苗某有眼不识泰山，不知英王到此，有失远迎，多多海涵，多多海涵！快，来人，先带英王他们去更衣，然后准备酒菜，我要给英王洗尘。"

陈玉成一抱拳："苗兄弟不必客气，陈某兵败落难至此，承蒙不弃接纳已经感激不尽，何敢再劳驾苗兄破费呢？我们洗洗，随便吃点东西就行了。"

"不必客气，不必客气，都是自己人，快去更衣吧。"

待陈玉成和娇娇回到客厅，一桌丰盛宴席摆好，他们边说边聊。

"英王与曾剃头决战安庆，两军相持近两个月，如今兵败，到底如何？"

陈玉成叹息一声："败得很惨，我十万大军所剩无几，如今只身逃出，实在惭愧！"

"英王足智多谋，一向英勇善战、指挥有方，为何突然惨败？"

"两军悬殊太大，清兵多于我军近十倍，曾国藩新近组织了一个火器营，又有洋人相助，火枪、火炮、炸药实在厉害，我们兄弟几乎都丧生在火器之下。"

苗沛霖点点头："天王是否派来援军？"

陈玉成摇摇头："我几次写信求援，不知为何，援军一直未到。"

"莫非天王准备放弃江北各地，倚长江天险，准备固守天京及江南几城自保？"苗沛霖试探着问。

"天王虽无放弃江北各地之意，但鞭长莫及，无能为力呀，我估计援军不到的原因是江南苏杭等地也吃紧。清廷与洋人勾结，英法侵略军汇集江浙，与胡林翼、左宗棠等人联合猛攻苏杭，梯王练业坤、慕王谭绍光的日子也不好过。天王不是不想救援，是自顾不暇呀，李鸿章、曾国荃又从江西包抄天京，唉——"

苗沛霖一见陈玉成情绪低落，端起酒杯："英王不必叹息，胜败乃兵家常事，大丈夫能屈能伸方是英雄本色。来，我敬英王一杯。"

苗沛霖放下酒杯："英王说得也是，天王的日子也不好过呀，太平天国已成风雨飘摇之势，如果翼王不出走天京，也许形势会好一点儿。"

"天国的大势已去，如今想维持江南半壁江山已不可能，想当年金田举旗，东乡称帝，永安封王，是何等红火，一鼓作气攻下金陵，定都天京后，北伐西征，轰轰烈烈，西战武昌，北攻京津，大清王朝摧枯拉朽，眼看就要风卷残云，攻破北京，只可惜在这节骨眼上……"

陈玉成满眼泪水，几乎流出血来，将杯中的酒一饮而尽，又感慨地说道："诸王定都天京后忘记从前的苦难日子，一个个都纸醉金迷，修筑殿堂，广招美女，只顾安逸享乐，不思进取，相互争权夺位，为了一名歌妓争风吃醋，刀兵相见，东王杨秀清被杀，北王韦昌辉因杀人如麻激起众愤被诛，翼王石达开也因天王对他怀有猜疑之心而率军出走，分散了兵力，削弱了天京防守，给清廷可乘之机，造成今日江河日下之势。"

说到这里，陈玉成又叹息一声，自斟一杯饮干，十分痛心地说道："太平天国败在自己人手里，清廷和洋人是打不破的，是我们自己打败了自己，痛心啊——"

"英王分析事理如此透彻，为何不向天王上疏，提出救国治本大计，力挽狂澜，挽大厦将倾之势？"

"哈哈，我陈玉成空有管仲、乐毅之才，萧何、韩信之智，可惜不被天王重用，才落得今天如此惨败的下场。"

"天王听到英王兵败的消息，不知有何感想呢？"

陈玉成无可奈何地摇摇头："天王还能有何感想，如果真有感想也许就不会落到今天这个局面，他每天只会烧香拜佛，祈求神灵保佑，希望上帝大显神灵退敌，真是痴心妄想、鬼迷心窍……"

陈玉成已有几分醉意，说出了许多自己平时想说却不愿说的话。

苗沛霖见陈玉成略带醉态，又试探着问道："如今英王有何打算呢？"

"打算？打算？"陈玉成看一眼娇娇，"我还能有什么打算，几次惨败早已心灰意冷，多年的戎马生涯出生入死，到头来只是一场空，什么封王封侯，不过是改朝换代的工具，看破一切只是一场梦。如今只想和娇娇一同安守田园，厮守终生。"

娇娇感激地看了陈玉成一看，劝阻说："舅舅，别让陈大哥喝了，他激战几天几夜，如今又受了伤。"

"英王是海量，再喝几杯也不会醉的，英雄离不开美人和酒，如今英王娶到我这个外甥女也是英王的福分。实不相瞒，娇娇虽不是我的亲外甥女，我却把她当作亲外甥女一样看待，从不见外。以前每次去雉河集集会，都要去看看我这外甥女。娇娇可是雉河集一带远近闻名的大美人，多少青年小伙、地主乡绅家的少爷去求婚，她都没有答应，沃王将她许给英王，正是英雄配美人，千里姻缘一线牵，希望英王善待我这外甥女。"

"舅舅——"娇娇羞怯地撒娇说。

"好，好，舅舅不说，来，喝酒，英王，我再敬你一杯。既然英王心灰意冷，看破一切，甘愿退守田园也好，如果英王不觉得寿州地僻人稀，我愿提供方便，留英王在此居住，早晚讨教也方便一些。"

"陈某怎敢打扰苗兄，我和娇娇在这里暂住几天，准备取道回老家。"

"也好，也好，树高千丈，叶落归根，退守乡土也是人生一大乐事。来，我再敬英王一杯。"

"苗兄，我，我不能再喝了。"

"舅舅，就别让他喝了。"

"酒逢知己千杯少，话不投机半句多。我和英王是一见如故，来，咱再喝最后一杯。"

"好，最后一杯，最后一杯。"

沉沉黑夜。

陈玉成一觉醒来，发现自己浑身五花大绑，正躺在一辆车内，晃晃悠悠不知去向。想喊，嘴被堵上，喊不出声；想动，被绑得结结实实，一动也不能动。他后悔自己轻信他人，喝酒误事，遭人暗算。谁出卖了我？娇娇？不可能，她是一位心地善良的姑娘，虽然说不上爱我，但自从成亲以后，对我也是百依百顺，看不出内藏心机、视我为仇敌的样子。一定是苗沛霖这个老贼，他表面一套，背后一套，故意好酒好菜招待我，将我灌醉，然后暗算我，他会把我押到哪里呢？娇娇此时又在何处？

不知走了多长时间，车突然停了，几个人把陈玉成拖了出来，押解到一座大营面前。陈玉成仔细一看，大吃一惊，这是清廷的大营，难道苗沛霖明为捻子的一个分堂主，暗中投靠了清廷？陈玉成正在狐疑之中，听到身后有呀语声，回头一看：

啊，是娇娇，也和自己一样被五花大绑，堵上了嘴。

娇娇一见陈玉成，用力地挣扎着浑身的绳索，想骂却骂不出口，二目流泪，似乎在向陈玉成倾诉：是我害了你。

陈玉成向她摇摇头，和娇娇并肩站在一起，用平静的目光看着娇娇，表达对她的关怀和信赖。

两人被兵丁推上大堂。苗沛霖早已等候在里面，俯首低眉地向一位清廷官员说着什么，似乎是向主子表功请赏。

苗沛霖向站在大堂中央的陈玉成喝道："陈玉成，反贼，见到护军统领、兵部尚书胜大将军，为何还不下跪？"

胜保向苗沛霖摆摆手，对两边的侍从护卫道："来人，给陈将军及其夫人松绑。"

等到兵丁给陈玉成和娇娇松绑后，胜保站了起来，一抱拳说道："陈将军，属下慢待，委屈了将军和夫人，请多多海涵。来人，看座！"

陈玉成知道自己被苗沛霖出卖给驻扎河南延津的胜保。胜保是怎样的一个人，他虽然没有见过面，交过手，但早从传闻中了解得一清二楚。凶狠、残暴、跋扈、专横、贪婪、骄奢、爱财如命，以玩弄女人在军营中出名。今日落在这样的人手里只有两条路，要么投降，当一名叛徒，一名清廷的走狗；要么坚贞不屈，杀身取义，以死报国。

陈玉成舒缓一下被绑疼的筋骨，冷笑道："胜将军不必客气，有什么话就直说吧！"

胜保拍手说道："痛快，痛快，陈将军果然名不虚传，说话干脆利索，有大丈夫风度。好，我就直说了，请陈将军放下屠刀立地成佛，降我大清，保你也做个提督或巡抚之职，何苦跟洪秀全反贼卖命出力不讨好呢！到头来落个身败名裂的下场。识时务者为俊杰，请陈将军三思！"

苗沛霖也从旁边谄媚地说道："陈将军，只要你投降，有胜大将军为你担保，保证不杀你，还会让你有高官厚禄，总比做一名流寇东躲西藏好！如今两宫太后执政，天下归心，各路大军兵进南京，连洋人的洋枪队也前往助战，南京不日可破，反贼洪秀全死无葬身之地，陈将军应像我一样，早早弃暗投明——"

"苗沛霖，你这卑鄙小人还有脸说下去，捻子兄弟要是知道了，定将你碎尸万段！"不待苗霖林说下去，娇娇斥骂了他。

苗沛霖老脸蓦地一红，但很快又变了过来，厉声说道："娇娇，你也敢辱骂舅舅，我是为了你好，陈玉成他只是一个反王，没名没分，死了也不能埋进祖坟，你跟着他咋行？如今又是一个败将，将来吃不饱穿不暖，你劝他投降胜大将军，有享不尽的荣华、受不尽的富贵，怎么也比做一名草寇有出息！"

胜保不耐烦了："苗沛霖，别同他说那么多，我胜保做事向来直来直往，陈玉成，你降就降，不降我就将你推出去斩了。实话告诉你，我不稀罕你这么一个人才，你投降我，我还不大放心呢！你降还是不降？"

陈玉成扫了一眼苗沛霖，冷冷一笑："大丈夫生当作人杰，死也为鬼雄。我陈玉成十四岁随天王起义反清，就已经将生死置之度外，如今虽然兵败，又遭小人所害被俘也不觉得遗憾。我立志手提利刃驰骋疆场杀尽清兵，只可惜没有将你这朝廷鹰犬杀死，实在是我陈玉成人生一大憾事。若说遗憾，就是没能够杀进北京，推翻皇帝小儿的宝座……"

不待陈玉成说下去，胜保跺着脚咆哮道："真是反了，反了！来人，把这个反贼给我推出去斩了。"

"胜大人，陈玉成是反贼，但也是一个很有影响的人物，是否需要先奏报朝廷，然后再杀也不迟？"苗沛霖建议说。

胜保哈哈大笑："杀了一个反贼头目这等小事何须奏报朝廷，将在外君命有所不受。汉周亚夫屯兵细柳，军中只听周将军的军令，哪有什么天子的诏书？"

胜保幕僚蔡寿祺也劝阻说："胜大人，陈玉成是要犯，我等不可擅自将他杀了，倘若朝廷怪罪下来——"

胜保不待他说下去，打断他的话说："寿祺不必多言，不就是杀一个陈玉成吗？别说是小小反王，就是洪秀全被我捉住也敢将他宰了。如果我连这一点权也没有，还算一个什么在外领兵的将军？如今皇上年幼无知，两宫太后不过是妇人之见，报上去也等于不报。"

"倘若两宫太后怪罪下来，说将军先斩后奏，恣意妄为——"

胜保连连摆手不让蔡寿祺讲下去："我再问一声陈玉成你降不降，不降即刻斩首。"

陈玉成仰天大笑："一妇不嫁二男，一马不驮二鞍，一臣不保二主。砍头不过碗口大的一块疤，想让我陈玉成投降清廷，除非太阳从西方升起。"

"杀，杀！"

暴跳如雷的胜保连连挥手喊道。

娇娇见陈玉成被推了出去，失声喊道："陈大哥，请留步，我也随你一同去吧！"

娇娇说着，就向外冲去。几名士兵上前挡住了她。

胜保上下打量一下花容月貌、身段苗条的娇娇，小眼睛眯成一条缝，手捋胡须，颇有几分赞赏的口气说："陈玉成这小子挺有福气的，竟然弄到这么一个大美人儿。实话直说，今日之所以宰了陈玉成这个小子，就是冲着他这俊俏的小娘子来的。不宰了他，这小娘子怎么会服服帖帖地伺候我呢？哈哈，苗沛霖，你说是不是？"

"胜大人说得是，胜大人说得是，不过，小的以为，这更是娇娇的福气。"

"娇娇，一个很美的名字，就像她本人一样美！"

苗沛霖马上又附和道："娇娇名字的确很美，胜大人有所不知，娇娇这名字还是我给起的呢！"

"你给起的名字？"胜保不相信地问。

"对，对，娇娇是小人的远房外甥女。"

"哈哈，这么说你我马上就是亲戚了？"

胜保再一想，不对，立刻生气地吼道："苗沛霖，你好大的胆子，竟然想占老子的便宜！"

"小人不敢，小人不敢，小人说的是实话，如果娇娇不是小人的外甥女，小人也抓不住陈玉成和娇娇。"

胜保一想也对，马上满脸堆笑地说："苗沛霖，你立了大功一件，本大人重重有赏，奖你黄金二百两！"

"谢大人！"苗沛霖一揖到地。

"陈大哥，是我害了你，让我也同你一起去吧！"

说着，娇娇一头撞向廊柱。

幸亏两名士兵就在旁边，才拦住她没有让她撞上去。

胜保急忙喝令旁边的人："快把这个小娘们儿带回后营好好看管，出了半点差错老子宰了你们全家！"

河南延津胜保大营。

一间装饰富丽堂皇的房子里，娇娇独坐其中以泪洗面。看着这满屋的绫罗绸缎和各种玉器珍玩，娇娇一点儿也提不起精神，她已经两天没吃任何东西了。

娇娇只觉得自己的命很苦，自己是世上最不幸的人，自幼父亲早亡，和年迈的母亲相依为命，尝尽了人间辛酸。绝望时加入了家乡的秘密组织——捻子，在那些杀富济贫的兄弟姐妹们帮助下，她对生活充满了信心，家中的生活也一天好似一天。正是在捻子中，她和从小就青梅竹马的德顺哥好上加好，萌生了只有男女之间才有的那份感情，从此，对人生更充满了希望。

不知什么原因，德顺哥为了啥预言突然抛弃了自己，到京师去做太监，不知究竟太监当上了没有，从此一去不复返，杳无音信。她的一颗少女之心也随张大哥永远地流浪了。

就在张大哥离去的第二年，母亲得病不治而死，剩下她一个孤儿。捻军头领张乐行收留了她，给她温暖给她安慰，给她生活的支柱，并把她许配给太平天国的高级将领——英王陈玉成。无论张大哥出于什么目的，把她许配给陈玉成，在一般人眼里她是幸福的，受人仰慕的。陈大哥对她确实很好，无论军务多么繁忙，都抽出时间陪陪她，尽量取悦她，让她开心。她在不情愿中改变了自己，真诚地接受了陈大哥的爱，准备用真情回报爱的奉献！

可是，现在什么都不能够了，心爱的人又一次一去不复返了，走得那么突然、那么仓促、那么悲壮！

娇娇无法想下去，她的每一根神经都是泪水做成的。可如今身陷屈辱，求生不能，求死不得。

两名丫鬟又把饭端了上来，这已是第四次端饭了。

"请娇娇姑娘用饭，你不吃我们也吃不上，我俩已经两天没吃东西了，请姑娘开恩，饶过我们吧！你不吃胜大人又要打我们、骂我们、饿我们……"

两人说着竟然呜呜地哭了起来。

娇娇也觉得她们可怜，她们是无辜的，也和自己一样是受害者。"同是天涯沦落人"，何必与人过意不去呢！娇娇含泪点点头："我吃！你们也吃吧！"

两人一见娇娇答应吃饭，破涕为笑。

娇娇在两名丫鬟服侍下吃完饭。恰在这时，胜保醉醺醺地闯了进来，结结巴巴地说："好，好。美人儿，吃饭是对的，跟谁过不去呢？不吃不喝对不起自己，来，我也陪美人儿吃点东西。"

胜保说着走上前和娇娇并肩坐在一起，那两名丫鬟知趣地退了下去。

"美人儿，考虑得怎么样了？已经三天了，愿不愿给我做姨太太呢？要知道我的耐心是有限的，不要敬酒不吃吃罚酒！"

这时，苗沛霖也走了进来，低声下气地劝说道："娇娇乖孩子，舅舅这样做也是为了你着想，女人家嫁谁不是嫁，何况嫁过一次人，能给胜大人做姨太太也是你的福气，有好多女人想做胜大人还不高兴！你听舅舅的话，依了胜大人吧！"

"你滚，你滚！苗沛霖，你不是人，我不认识你，我永远也不想见到你！你们都给我滚！"

"老子让你做姨太太是看得起你，你敢在老子面前撒野！好，

417

我看看你有多大的能耐！"

"啪——"

一掌下去，娇娇白净的脸上留下一个通红的掌印，一缕鲜血从嘴角流出。

胜保冷笑一声，一个跨步上前抓住娇娇单薄的衣衫用力一扯……

苗沛霖急忙知趣地将门关上退了出来，屋内传出一阵桌椅板凳的倒地声。

不知过了多久，一阵紧张的砸门声惊破胜保的好事。

"胜大人，胜大人，有急事，有急事，圣旨到，圣旨到，让你接旨呢！"

胜保骂道："鬼喊个哈，不就是圣旨来了吗？一张破纸就让你们吓得如此，若是两宫太后来了，你们还不吓得屁滚尿流？"

胜保打开了门，又训斥道："以后再这样不识时务地乱嚷嚷我剥了你们的皮！"

"大堂上等着胜大人接旨呢！"

"不就是一道圣旨吗？有啥值得大惊小怪的。实不相瞒，就是两宫太后到此也要对我胜保客客气气，要不是我胜保，两宫太后哪有今天。哼！事成之后，她们坐到皇上的位子，奕䜣也出尽了风头，却只给老子升了一级，赏几个臭钱就想打发老子，把老子当成讨饭的叫花子，我胜保有的是银子。"

看样子胜保还气得不轻，对两宫太后给他的赏赐并不满意。

"胜大人快去接旨吧，也许这圣旨就是给大人加官晋爵的呢！"

"哼！你小子别做美梦了，这时候的圣旨哪有好事，不是剿匪就是平乱，唉，这年头，人人都敢犯上作乱啦，真是怪事。"

胜保来到前面大堂，和众将领一同按次序列队站好，跪迎圣旨。只听来人高声念道：

同治元年八月十日，着兵部尚书、正蓝旗护军统领胜保为钦差大臣，速带所属兵马入陕平定马大麻子等匪首起事，钦赐尚方宝剑一柄以示恩宠。

钦此

胜保迟疑片刻，不情愿地高声喊道："嗻！谢皇上、皇太后恩——"

胜保尽管不大情愿长途跋涉去陕西平定起事，但还是按时起程了。他一面在河南一带从地方官府那里索取大量金银粮草，一面又快马飞报陕西巡抚准备军需之物。这匪可不能白剿，没有好处是不干的，他已经看出两宫太后不会再给他什么好处，只会把他当作一头驴子来用，便痛下决心，要借平乱之际狠狠地捞上一把。

胜保大军刚到竹林关，就有探马来报，说先遣部队在商州东面遭到大队人马围攻，提督杨得胜受伤，总兵郭汇川战死，清军伤亡惨重。

胜保一听自己的部队刚入陕就被打得稀巴烂，真是老脸无光，气得一拍桌子骂道："祖奶奶的，一个个都是白痴，竟让几个反贼给打得惨败，丢尽我胜大将军的人，实在是无用，只有老子亲自上阵才行！"

胜保刚要传令大军兵进商州，蔡寿祺急忙劝阻说："胜大人，在没有摸清匪贼虚实的情况下不可贸然进军，先头部队惨败的教训不可不引以为戒。知彼知己方可百战不殆，请胜大人明察。"

胜保点点头："蔡编修言之有理，依你之见呢？"

"不如先派人从周围一带的村民中抓几个人来了解一下寇贼的情况，再做用兵部署，力争马到成功，将匪首擒获。"

"好，就按你说的做，先安营扎寨，待摸清敌情之后再出兵剿灭。"

这次闹事不是一般的饥民抢粮吃大户，也不是胜保所认为的几个占山为王的草寇抢掠官府。否则，朝廷也不会下谕旨任命他为钦差大臣入陕。

胜保正和蔡寿祺等人叙话，忽然又有探马来报，说商州总兵刘松山来见。胜保正愁不了解敌情无法进军,一听刘松山来见,立即命人将他带进中军帐。

刘松山参见完毕,胜保就十分不客气地质问道:"我先头部队入陕多日,最近在商州被围遭到惨败,你为何不去救援,该当何罪?"

刘松山没想到胜保一见面给他个下马威,立即哭丧着脸说道:"请胜大人详察,小的不是不想救援,小的兵马有限,早被打得七零八落,小的能够逃出来见胜大人已是万幸。"

"能有多少人马能够把官府的兵马赶到无处藏身,一定是你麻痹大意轻敌,让寇贼给打败了,故意夸大其词给自己解脱的。"

"不不,小的绝不是夸大其词,贼人确实人多势众,胜大人如果认为小的的话失真,可以询问巡抚大人。"

胜保见刘松山不像是撒谎,就舒缓一下口气说:"本帅相信你,你万万不可故弄玄虚欺蒙本帅,否则,我查清事实一定将你严惩。你坐下叙话吧。"

"谢大人!"

"请你把陕西起事的情况详细汇报一下,不得有半点虚假。"

"是,大人!"刘松山恭敬地说道,"大人有所不知,这次绝不是小股闹事,而是陕甘一带的大规模起事,此外,还有潜入陕甘境内的太平军做鼓动,几乎整个陕南地带全部被贼人控制了,他们多次猛攻西安,西安几近失守,陕西巡抚刘蓉刘大人万般无奈才十万火急奏报朝廷,两宫太后才派胜大人前来抄剿的,据小人分析,也只有胜大人以此才能制住这帮匪寇。"

刘松山这么一吹捧,胜保果然十分高兴,但他也着实吃惊不小,幸亏听从蔡寿祺的劝告没有轻易进军,不然,也要落个开仗就惨败。

胜保问道:"有太平军作乱?此话当真?"

"这等大事小的怎敢欺瞒大人,据属下从抓获的贼人口供中得知,早在一年前,太平军的两个反王就潜到陕西渭南一带活动,准备在这里招兵买马扯起大旗与安徽的捻子遥相呼应,从侧翼包抄京师。"

胜保十分惊奇:"竟然有这等事,太平军真是用尽心机,只可惜心机白费,江南大部地区也已被我朝大军占领,金陵不久就可克服,贼人群龙无主,如一盘散沙,不战自溃,已不足为患了。"

"据报,太平军的反王陈玉成已被胜大人活捉斩杀,胜大人实在是带兵有方,只盼胜大人这次马到成功,胜利回朝。"

胜保哈哈一笑:"只要本官到此,贼人就不足虑。你还没告诉我这太平军反王在陕西活动的情况呢!"

刘松山这才把自己所知道的情况全部告诉了胜保。

这次陕西闹事之所以声势浩大,震动朝野,其实在陕甘一带聚众举事的大致有三支大军同时起兵。一支就是潜入渭南的太平军头领——扶王陈得才和遵王赖文光,他们在一年前受陈玉成派遣潜入渭南发展势力,最近听说英王陈玉成在安庆惨败,被俘而牺牲,一气之下举起了大旗,由暗而明,轰轰烈烈地与陕西的地方官员干了起来,攻入汉中,占领了许多州县。

另一支队伍是四川北部的起义军,他们在四川遭到官府剿杀失败后,由蓝大顺率领余部逃到陕甘交界地带与清军周旋,也打了几次胜仗,占领了太白、留坝等地。

这第三支起义的大军才是当地的民众支队,主要有四支队伍,在马家四兄弟的带领下控制了渭河南北的广大地区。马化龙占据大荔,马占鳌控制渭南,马文义拥有临潼一带的地盘,马文禄活动在商州、华州一带。这四人以马占鳌为总头领,此人长得一个大麻脸,外号叫马大麻子。胜保奉旨抄剿马大麻子,就是指他们四兄弟所率领的起事队伍。

胜保一听刘松山这么讲解,才明白原委,他略有顾忌地问道:"蓝大顺与太平军和起事这三支反军是否相互通信,彼此呼应,携手为害地方州郡呢?"

刘松山想了想说道:"这一点小的也不清楚,但从几次围攻西安的规模看,似乎取得了其他几支队伍的支持。"

蔡寿祺听了刘松山的汇报，也不无忧虑地对胜保说："胜大人，如此看来，西安的东、南、西三面都有大批匪徒，他们从三面包围了西安。如果这三支匪徒各自为政尚且好办，倘若他们早有预约，抄剿起来就难了，稍一不慎反会被贼寇所困。"

胜保也赞同地说道："言之有理，言之有理。如果各个击破，分割包围，歼灭贼人还是可行的。"

"那必须切断三股匪徒之间的联络，或在他们之间制造矛盾，让他们相互猜疑。"蔡寿祺进一步说道。

胜保刚要讲话，听到帐外有人吵闹，厉声喝道："谁如此大胆，在本帅的帐外吵闹，活得不耐烦了。"

有人来报，说抓到探子，可那人却否认自己是奸细。

"将那人带进来，本帅亲自审问！"

探子被带了进来，胜保一见十分面熟却一时又想不起在那里见过。探子一见坐在正面的胜保，大声喊道："啊呀，原来是胜大将军，完全是误会，你的手下把我当作探子给抓来了，快给我松绑。"

"你是——"

胜保只觉得面熟，仍然叫不出名字。

"胜大将军，我是桑巴特，我们见过几次呢！"

胜保这才想起来，果真是桑巴特，他曾在皇宫之中见过，为了慕陵倾斜的事，先皇咸丰帝曾派他随奕䜣等人去河北遵化考察时，他也在，只是从那次慕陵考察回来就再也没有见过面。

胜保也站了起来，向桑巴特一抱拳，施礼说道："啊呀，原来是桑巴特大师，实在是误会，误会，快来人给大师松绑，看座！"

桑巴特坐了下来，弹弹身上的泥土问道："胜将军是来陕西平叛的吧？"

"正是，正是！"胜保打量一下桑巴特的衣着，奇怪地问道，"大师怎么流落此地，又这一身打扮？"

桑巴特见问，马上十分伤心地说道："胜大将军，一言难尽啊，我能够活到今天已是万幸，不这么打扮，只怕早就被人害死了。"

"此话怎讲？桑巴特大师不是在宫中好好的，被奉为上宾吗？你后来不声不响地去哪里了？以大师的法力，何人敢害大师？"

桑巴特叹息一声："胜大人有所不知，我是被那懿贵妃和安德海所害，他们要置我于死地，幸亏我提前防备他们一手才没有被害死。哼，这两人实在狠毒，知恩不报，我诚心诚意帮助他们，他们反而向我下毒手。听说那懿贵妃如今已是太后，正垂帘听政呢！让这等狠毒的人当政，只怕大清的江山会更加糟糕。"

众人一听这人敢当众侮辱太后，真是吃了熊心豹子胆，成心不想活了。

胜保看看桑巴特，试探着问道："大师敢当着本帅的面诽谤太后，不怕我把你解往京城让慈禧太后给你治罪吗？"

"我已是死过一次的人啦，还怕死吗？你不把我押解去京城我正准备自己前往呢！我要进宫揭穿那狠毒女人的假面，当众羞辱她，把她的秘密公布于众。"

胜保心中一惊，秘密？什么秘密？他扫视一下众人，不动声色地说道："你们都退下，我和大师有要事商量。"

刘松山等人都退了出去。蔡寿祺迟疑片刻，他看看胜保。

"你也退下去，有事我再喊你进来。"

蔡寿祺快快不乐地退了出去。

胜保见帐内无人，向桑巴特笑了笑："大师，能否将那秘密先告诉我，让我先听一听大师值不值得再重返京师冒险。"

"当然值得，这秘密不仅与那拉氏太后有关，还直接关联到当今皇上的性命呢！"

胜保一听更是吃惊，也就越发想知道这秘密，但他却不动声色地说道："只怕又是大师故弄玄虚、自吹自擂想诈我几两银子吧？实不相瞒，我这几年在外带兵别的没捞到，银子却搜罗了不少，大师尽管开口，我胜保有的是钱。我和大师虽然交往不多，但大师的法力在下还是极为佩服的。"

胜保这一诈一捧，桑巴特忘乎所以了。

"胜大将军如果不相信我的话，我就讲给你听听也无妨，让你看看这秘密值不值得冒死公布于众，如果是一般的秘密，那拉氏也不会派安德海去暗害我。"

胜保淡淡一笑："到底什么秘密大师请讲，要是真值得公布于众，我胜保保护你的人身安全。"

"那倒没有必要，我桑巴特早已把生死置之度外才决定这样做的。胜将军一定记得当今皇上在出生后不久储秀宫发生的蛊惑事件吧？"

胜保点点头："当然记得，后来查明是云嫔所为，为此将云嫔打入冷宫，后来云嫔不堪忍受冷宫的折磨自缢而死。当今皇上中了那蛊惑之毒啼哭不停，不正是大师施展法力治好的吗？大师为何突然提起此事？"

"实不相瞒，我说的秘密就与这事有关。"

胜保装作吃惊的样子："难道这蛊惑——"胜保没有讲下去。

"那蛊惑根本不是云嫔所为，是懿贵妃本人所做，那上面的咒语也是我所写，这都是懿贵妃和安德海商议好让我那样做的，不那样做我就活不下去，为了求生才违心那样做。"

桑巴特说到这里，又自嘲地叹息说："就是写上咒语也是假的，根本不可能蛊惑人，这都是江湖上流传下来的骗人把戏。"

"那为什么皇上连续多日不吃不喝、啼哭不停呢？"

"这就是秘密。"桑巴特说道，"懿贵妃与安德海让我帮助他们诬陷云嫔，被迫无奈的情况下我给他们出了一个主意，把蛊惑的罪名推给云嫔。而让大阿哥啼哭不停又茶水不饮的原因是大阿哥服用了我所配制的一种药，带有安眠催魂作用，只要人服用那药可以不吃不喝安睡多日。我又在大阿哥所服用的药中加入了少量过敏刺激性的药，因此大阿哥双眼微闭啼哭不停又几天不吃不喝。"

"那后来大师如何施展法术去掉药力的呢？这在当时的京城一时传为佳话，都说大师法力无边，许多人都争相请大师驱鬼治邪呢！"

桑巴特笑了："我在给大阿哥施展法术驱鬼时，就是避开众人给大阿哥服用解药。"

桑巴特说到这里，又叹息一声，十分懊恼地说道："只可惜我在给大阿哥服用解药时，唯恐有人偷看坏了我的好事，一时心里惊慌，给大阿哥多服了一点解药。"

胜保看桑巴特十分痛心后悔的神色，急忙问道："难道这多服一点解药也对当今皇上有什么影响吗？"

"有，有很大影响呢！"桑巴特立即回答道，"那解药的副作用比原来服的催魂安眠药的危害还大呢！一般服用都必须绝对保持两种药力相辅而行。"

胜保惊慌失措地问："那么当今皇上多服了一些解药会有什么危害呢？"

"那药物随血液进入脾脏有伤心脾，平日里可能引起发热或呕吐等症状，时间长久会引起肾虚、肝火过旺等杂病，如果严重起来可能引起人不生育。"

"这，这如何是好，倘若当今皇上失去生殖能力，那大清江山不就——唉，桑巴特啊桑巴特，你还要进京揭露这个秘密，我看你是死有余辜。不过，事到如今埋怨也无济于事，请问大师还有补救的措施吗？"

桑巴特十分自信地说："当然有，任何药物都是相生相克，正如你们中原流传的石膏制豆腐，一物降一物，那两种药物是我所配制，我也就能给皇上解除病症。说真的，我这次准备返回京师，一方面是为了揭露那拉氏太后的狠毒之心，另一方面也是为了要给当今皇上解除体内残余的药力，免除皇上可能产生的杂病。"

胜保点点头，赞许地说："大师能够主动回来，冒着生死的危险给皇上解除病痛，这是万民感激不尽的事，我胜保首先感谢大师，此去京师的一切费用和安全都由我来担负，大师还有什么请求尽管开口，我胜保一定照办。"

胜保忽然又想起了什么，问道："请问大师，皇上身上的那药物残力其他医师能否治愈？"

"这就难说了，要看这位医师的技术是否高明，能否从神色脉象上了解皇上身体内存有何种药力，只有找到症结才能下药治病。"

"依大师所见，宫中的那些御医能否给皇上治好病呢？倘若已有御医给皇上诊断出症候，并为皇上治愈，大师此番再进京师岂不是白白送死，还有什么价值呢？"

"这——"桑巴特稍稍沉思片刻，淡淡地说，"据我个人估计，宫中那几名御医除了沈宝田以外没有人能够看透病症。"

"依大师猜测，沈宝田能够看透皇上龙体内所存留的药物吗？"

桑巴特摇摇头："我也不能肯定他能治好，但沈宝田的医术是宫中所有御医中最好的，不比我逊色，他只要潜下心来研究一下，还是可以将皇上的病治好的。当然，如果皇上的身体抵抗力很强，也许什么后遗病症都不会有的。"

"大师以前是否把这些事告诉过其他人？"胜保装作无心地问道。

"这等大事我怎敢四处张扬？就是不说都差一点被安德海害死了呢！我这次准备回京揭露那拉氏太后的罪过，实在是为肃顺等人鸣不平，也为云嫔娘娘之死有所惭愧。如今让这样一位心狠手辣的女人把持朝政，还不知要害死多少人呢！"

胜保心里道：真是秦桧还有三个相好的，肃顺是死有余辜，他却为肃顺鸣不平。

胜保打量一下桑巴特，又问道："按照大师所言，知道皇上这个秘密的人，只有大师和慈禧太后与安德海？"

桑巴特摇摇头："慈禧与安德海未必知道皇上体内尚存留余药，并且那所残存的药力对皇上危害很大。真正知道这件事的只有我一人，不，还有胜大将军。"

胜保白眼珠一转，哈哈大笑："桑巴特，你看谁来了？"

桑巴特转过身向外望去，胜保以迅雷不及掩耳之势拔出宝剑用力刺向桑巴特的后心。桑巴特大叫一声转过身，指着胜保断断续续地说道："你，你，你为何杀我？"

胜保嘿嘿一笑："你所说的秘密我只想让我一人知道。"

桑巴特无力地捂住汩汩流出的鲜血倒地而亡。

胜保扫一眼躺在地上的尸体，轻轻擦一下宝剑上的血迹向帐外大喊一声："来人，把这具尸体给我抬出去扔了！"

四个士兵进来抬起桑巴特的尸首就向外走。这时，蔡寿祺进来了，看看桑巴特的尸首又偷眼看看胜保的表情，心中明白了几分。

胜保故作十分生气地说："这个人真可恶，故弄玄虚欺骗本帅，妄图勒索本帅的银两，竟敢在太岁头上动土，与我动起武来，被我一剑刺死。"

蔡寿祺自然知道胜保是在撒谎，也不点破，心中更加怀疑胜保从桑巴特那里打听出什么不可告人的秘密。至于怎么做，蔡寿祺已在心中盘算着。

第二十四章

斩大吏慈禧立威信
上密札胜保索官爵

"……臣在陕剿匪实在辛劳，望太后给臣嘉奖……"慈禧看罢胜保的来信，气得咬牙切齿，如此看来，那蔡寿祺所奏之事属实。哼，你胜保要以此要挟于我，没门儿，我且与你胜保斗一斗，看看是鱼死还是网破！

乾清宫弘德殿。

慈禧太后对奕䜣说："恭王，皇上的启蒙师傅除翰林院编修李鸿藻以外，还应该再多加几位，以督促皇上潜心攻读，早日学得治国之道，也许我们姐妹可以早一点撤帘归政。"

"以太后之见，再增加哪几人做皇上的师傅呢？"

"就按大行皇帝临终遗言，礼部尚书兼大学士祁寯藻、大学士翁心存和工部尚书倭仁几人在弘德殿授读，这弘德殿行走一职就有劳恭王担任吧。"

"这——"

恭亲王奕䜣略一踌躇，并不是他不想担任这一职务，这是众多亲王头衔中最荣耀的一个职位，直接和皇上朝夕相伴，管教皇上的言行。但奕䜣想到的是自己所拥有的头衔已经够多的了，议政王、军机大臣、宗人府宗令，管理宗人府银库、管理总理各国事务衙门，可谓身兼多职，集政权、兵权、族权、财权、外交大权于一身，如今再任弘德殿行走，岂不太显赫了，树大招风呀！

"太后，这弘德殿行走一职须德高望重的亲王担任方能服众，依微臣所见就由惠亲王绵愉担任吧，他辈分最高，品行端正，也颇有学识，能给皇上以楷模，是最合适的人选。"

慈禧淡淡一笑："惠亲王辈分最高，品行也端，就让他做弘德殿督监一职吧，他的两个儿子奕详、奕询也一同来弘德殿做皇上的伴读。不过，这弘德殿行走一职仍需恭王担任，其他人均不合适，这也是我和慈安太后合计好久的，请恭王不必推辞。"

奕䜣一躬到地："谢两宫太后对微臣的信任，恭敬不如从命，微臣就暂且接下这一职务，待以后寻找到合适人选时微臣再让出来。"

慈禧这才含笑点头："恭王不必多礼，请起来叙话吧。恭王对皇上的所学课程有什么打算？"

"回太后，按照我朝祖制，帝王所学不在于章句训诂，重在一言一行的修身养德，从典籍经史之中学到治国的经略和用人之道，目的在于济世致用，光大祖业。"

"恭王说得极是，就按照这个要求给皇上制定功课内容和日常作息时间，这事就有劳恭王费心了。"

奕䜣淡淡一笑，从袖中抽出一张叠放整齐的纸来，递给慈禧说："太后，此为我朝历代皇帝启蒙就读时的记载，制定出皇上所开设的课程和作息时间的安排，请太后过目。"

慈禧微微一怔，脸上掠过一丝不易觉察的表情，但她马上恢复如初，接过来认真看了看：

一、皇上每日到弘德殿上书房，按照规定，先拉弓，后学满语与蒙古语，再习汉书；

二、皇上入学时刻由太后钦定，先俟召见引见后再去书房读书，启蒙之时实行半日书房，待八岁之后改作整日书房，御膳也在书房；

三、诵读与讨论并行，务求实际，以古论今，经世致用；

四、太后、皇上万寿圣节以及彩服日、祭坛日均不入学；

五、初伏至处暑日功课减半；

六、皇上冲龄仅习拉弓，待年龄稍长应学步射与打枪，拟请由御前大臣与乾清门一等侍卫教射；

七、骑马一事须自幼学习，拟自入学后即着御前大臣教习，每隔五日一次，遇风雨雪天气或礼节假日停止。

慈禧边看边频频点头："恭王考虑极为周到，只是皇上之前就已经由李鸿藻授读了，启蒙教学仍按李鸿藻授读内容讲解，其他人所授课程有劳恭王详细定出。"

"臣遵旨！"

奕䜣刚要退出，储秀宫总管太监安德海匆匆忙忙进来在慈禧身边耳语一会儿，慈禧木然地点点头：

"我马上回宫。"

待安德海走后，奕䜣急忙告辞，慈禧又叮咛几句，让他时刻督促皇上攻读。

看着奕䜣离去时的背影，慈禧暗暗叹息一声，心里道：如今虽然垂帘听政，这朝中大臣与各省大员仍有部分人心中不服，自己和钮祜禄氏毕竟都是女人，对于政事也缺乏经验，事事必须靠着奕䜣。唉，要想办法拢住这人不可，如果奕䜣也有二心，效法当年的多尔衮那事情就不好办了。也正是因为考虑到这些，她才和慈安姐姐商定，加封奕䜣为议政王而不是摄政王，唯恐留有后患。怎样才能拢住奕䜣呢？难道自己必须像庄妃皇太后那样付出代价吗？

慈禧刚回到储秀宫，安德海就把一份密札递给她说："太后，有人从陕西捎来一份密札，让奴才亲自转交太后，请太后一人过目，说有要事见告。"

"莫非胜保剿匪失利，别的还能有什么要事，递一份十万火急的折子不就行了？"

慈禧边说边从安德海手中接过密札，只见封口上写着"慈禧皇太后亲启"几个字。

慈禧撕开一看，脸变得惨白，安德海从慈禧的神色知道不是好事，急忙问道："太后，什么事让你吓得这样？你不是常常告诫奴才遇事要冷静，刀架脖子上脸色也不变吗？"

"住嘴！"

慈禧呵斥一声，随即又问道："小安子，我问你，这信中的内容你可知道？"

安德海以为慈禧怀疑他偷拆信笺，立即哭丧着脸说道："奴才随皇太后多年，奴才的德行太后也知道，该知道的太后自然会让奴才知道，不该知道的，奴才是决不会打听一句的，奴才冤枉，确实没有拆太后的信笺。"

"我不是说这些，我是问你是否知道信中说的事。"

"奴才只看封皮没看内容如何知道其中内容？"

"这信是谁交给你的？"

"疏奏房的太监。"

慈禧的脸色这才缓和过来，绷着脸问道："小安子，我且问你：当年在宫中的那个桑巴特你是如何处理的？"

"桑巴特？"安德海小眼球一转，"多年前就被奴才给解决了，恐怕他的骨头都已经变成粪土了。"

"安德海，你好大胆，竟敢欺蒙本宫！"慈禧一拍御案说道。

"奴才不敢，奴才所言句句是实。"

"哼，你句句是实，你看这信中写的什么？"

安德海接过信札一看，大吃一惊，只见上面写道：

启禀太后：

　　胜保最近从一名叫桑巴特的人那里得知太后的一项秘密，他为了独自占有那秘密，已将桑巴特杀害，至于什么秘密卑职不晓。

　　　　　　　　　　　　　　　　编修蔡寿祺

"安德海，你不是说桑巴特早已被你除去了吗？为何如今又冒出一个桑巴特，这做何解释？"

　　"不可能，绝对不可能，那桑巴特分明是奴才亲自毒死的，也是奴才亲手派人把他扔出去的，怎么会复活呢？真是不可思议！"

　　"你用的什么药？那药是否有假？"

　　"奴才用的是鹤顶红，奴才当时还先用一条狗做了试验呢！绝对不假。"

　　"桑巴特是否喝下了毒药？"

　　"奴才亲眼看他喝过那有鹤顶红的药酒后便死去了，奴才这才把他扔到京外去，怎么会复活呢？除非他有起死回生的功能，否则，就是有一百个桑巴特也死过了。"

　　安德海又看了看信札，疑惑地问道："莫非这蔡寿祺是故弄玄虚欺骗太后的，以此向太后邀功请赏？"

　　"哼，你想推脱责任？蔡寿祺一个小小的编修怎么会知道内廷曾经有一个桑巴特的事，那时只怕此人尚没有做官呢！就是蔡寿祺从别人的口中听说过桑巴特，也没有必要把胜保也扯进去？他难道不知道胜保的地位和声望吗？"

　　安德海又是困惑又是害怕，他注视着慈禧的表情，小心翼翼地问道："以太后之见，这件事应该怎样处理呢？"

　　慈禧沉吟片刻说道："不管是真是假，先查清蔡寿祺的人生经历，火速把蔡寿祺从陕西胜保大营调回京，待了解事情的真相后再做进一步处理！"

　　安德海急忙点头哈腰地说："太后稍坐，奴才这就去吏部查一查蔡寿祺的身世，待查明之后再来奏报太后，请太后定夺。"

　　慈禧摆摆手，安德海急急忙忙地退了出去。

　　慈禧坐在那里细细揣摩着手中的密札，心里七上八下，假如桑巴特没有死，对自己实在不利，他知道的事情太多了。陷害云嫔的前前后后他都知道，虽然这事时过境迁，追究起来也不能将自己怎么样，但对于自己的名声却十分不利，倘若有人借此大做文章，这垂帘听政的资格就可能被取消。特别是这密札中提到胜保从桑巴特那里掌握了我的一个秘密，不用说是有关云嫔与皇上的事。胜保这个老滑头可不是省油的灯，他在去年的政变中立了大功，但向我要求的条件也很苛刻，由兵部左侍郎升任兵部尚书，并要求镶黄旗满洲都统与正蓝旗护军统领的职务。这些我都给了他，可这个贪心不足的家伙仍不满足，主动要求加封他为亲王。哼，这一条有点太苛刻了，亲王的头衔岂能随便加封，后来经奕䜣从中调和，没有授他亲王的头衔，但给了他一大批赏金，就这样，听说他仍感觉不到满足。真是得寸进尺！

如今胜保要是掌握了自己谋害云嫔的秘密，他会怎样做呢？是向慈安与恭亲王等人揭发自己，还是以此要挟自己呢？

慈禧正在左思右想，皇上蹦蹦跳跳地在李莲英的陪同下走了进来。

"额娘，李师傅今天又给我讲了好多历史掌故。"

慈禧让载淳靠近自己，轻轻抚摸着载淳的头，强作笑脸地问："皇上，李师傅讲了哪些历史掌故，你也讲给额娘听听？"

载淳昂起头，忽闪一下大眼睛："李师傅讲了秦穆公任用商鞅变法的掌故，以及唐太宗任用姚崇、宋璟为相出现贞观之治的故事。"

慈禧点点头："皇上明白李师傅讲这些故事的用意吗？"

"当然知道，李师傅要我做秦穆公、唐太宗那样的明君贤主。"

"皇上能做到这些吗？"

"能，我要记住阿玛的嘱托，振兴大清王朝，像康熙皇帝那样有所作为。"

慈禧见皇上进步很快，十分欣慰，一股暖流涌遍全身。她一把将载淳搂在怀里，紧紧的，许久才松开手，喃喃地说道："孩儿，只要你能成为一位有所作为的好皇上，额娘再苦再累，付出再多代价也值得。"

载淳抬起了头，看见两行清泪从额娘脸上流下，他伸出小手轻轻给额娘擦去，关切地问："额娘，你又哭了？"

慈禧忙抹一把泪水："额娘没哭，额娘没哭。"

李莲英也从旁边搭讪道："太后应该高兴才是，皇上学习刻苦，进步又快，将来一定是一代明君，这全是太后的福分。"

慈禧破涕为笑："小李子真会说话，本宫让你服侍皇上，你可要好好地照看着皇上的生活，将来皇上独立执政了，少不了你的好处。"

"太后说得有理，奴才哪敢慢待了皇上，奴才一定把皇上服侍得好好的。"

正说着，安德海回来了。慈禧便对李莲英说道："小李子，皇上在上书房听李鸿藻讲了几个时辰的课，也累了，你带他去休息休息吧。"

"嗻！"

李莲英和皇上一起走了。

安德海急忙奏报说："启禀太后，奴才已经查清了蔡寿祺的身世。"

"快讲——"

"蔡寿祺是四川人，咸丰五年进士及第，后授翰林院编修，不知因何原因于咸丰八年到胜保营中任职，是胜保帐下的幕府，如今正随军在胜保大营入陕平定陕西暴乱。"

慈禧点点头："还有吗？"

"据说此人善于察言观色，见风使舵，因在翰林院没有什么油水可捞，又一时提升不上去，才投靠胜保，在胜保帐下当差。"

安德海说到这里，看了一眼太后："请问太后该如何处理？"

"这还用问我吗？是真是假先把蔡寿祺从陕西调回来再说。"

"是私召还是公调？"

慈禧沉吟一下说道："公召吧，以谕旨形式召蔡寿祺回京，补授日讲起居注官，让他在宫中行事，由你我看管着他，还怕他不老老实实把一切告诉我们，也省得他在外面走动乱嚼舌头，如果他实在不听话，就让他的嘴巴永远闭起来。"

安德海一竖大拇指："太后实在高见！"

"哼！都是你这该死的奴才办事不力，给我闯下的大祸，否则怎会再费心思为你擦屁股？如果下次再发生类似的事，也让你的嘴巴永远闭起来！"

"奴才一定谨慎，奴才一定小心！"

"下去吧，老娘也休息了。"

"喳！"

养心殿气氛异常。

王公大臣一个个静静站立着，他们虽然隔着一道半透明的帘子看不清两宫太后的表情，但从小皇上载淳的神色中已经隐隐约约感到两宫太后十分生气。

据内廷人透出消息，昨天，西洋驻华使节已经通过总理衙门大臣奕䜣告到两宫太后那里，说清朝在前线剿匪的将领作战不积极、贪生怕死，全靠他们洋人打前锋，从而造成洋人死伤惨重。那些驻华使节要求两宫皇太后严惩前线贪生怕死的将领，不然就把他们的洋枪队全部撤走，不帮助大清朝平定叛乱。

两宫太后听到洋人的这些控告怎能不生气，起初她们担心洋人从中作难，直接抵制她们垂帘听政。由于奕䜣从中调和，事先向洋人采取了妥协政策才换得洋人对两宫太后的支持，并同意协助大清朝剿灭太平军。当然，这付出的代价也是高昂的。

除了《北京条约》《天津条约》给英法美俄等国的优惠政策外，海关总税务司的职务由英国人赫德来担任。此外，还要默许洋人在中国修铁路、开煤矿、办工厂、开银行，如果大清朝购买军火必须到他们这些国家购买，也要聘请他们的专家做顾问。

尽管条件如此苛刻，两宫太后还是一咬牙答应了。目的就是以屈辱的要求换取西洋列强的合作，早日平定南方的洪氏作乱，也好了却一桩心病。

两宫太后怎能不忧心忡忡呢？太平天国的势力已经遍及七八

个省，占据了江南的大部分领土，明目张胆地在金陵称皇称帝与清廷分庭抗争。这还不算，太平天国又多次西征北伐，大有包抄京津、灭掉大清的野心。虽然几次北伐均被打败，但也令清廷心惊胆战。

两宫太后听政的第一件大事就是重新调整了军事部署，大胆地任用了曾国藩、曾国荃、左宗棠、胡林翼、李鸿章等汉臣，让他们招兵买马，自办武装对付太平军，早一天攻下金陵，剿灭乱党。

近日不断有捷报传来，太平军所占领的土地陆续克复，金陵克复在望。

两宫太后听到这些好消息喜得合不拢嘴。可是，昨天洋人的控告又给两宫太后当头浇了一盆冷水，她们估计南方传来的捷报可能有诈，是虚报军情骗取朝廷的赏赐。进一步说，是欺负她们孤儿寡母不懂朝政，故意糊弄她们。

据说恭亲王昨日在宫中已经挨了两位太后的训斥，这话是否确实谁也不知，但从奕䜣的神色上看似乎没有往日那么神采飞扬，多少有一丝的丧气。

整个养心殿仍在沉默着。

两宫太后不开口讲话，谁也不愿做这露头的青萝卜，说得顺耳还好，说得不顺耳轻则挨骂，重则丢官。众大臣起初以为两位妇道人家能有啥本领，垂帘听政不过摆摆样子，这一年多的交往，众大臣再也不敢小瞧两宫太后了，一个个暗自心惊，私下里一致认为两宫太后比先皇厉害多了，特别是慈禧太后更不是一个省油的灯，做起事来干净利索，说起话来不软不硬挺拿人的，比男人还男人。

静静的大殿上终于从帘后传来两声不大不小的干咳声，众人立即都小心地竖起了耳朵，知道是那西太后慈禧要发话了。这两声干咳似乎是慈禧发话的信号，众人也习以为常了，都不由自主地向帘子的西面望去，只听慈禧问道："何桂清已经押解在京多日了，此案着刑部与吏部议定裁决处置，不知议定的结果如何？"

众人一听太后询问的是一桩旧事，不是剿匪前线的事，也没提及洋人的质问，都稍稍放松一口气。只见掌管刑部的大学士周祖培出班奏道："启禀皇上、皇太后，何桂清一案众说纷纭，一时难以定案，须进一步查清事实方可定罪。"

"一件小小的案子查来审去一晃半年有余，至今尚无定论，这等办事速度太令人失望！"

周祖培一听慈禧太后的口气十分不满，急忙解释说："启禀太后，何桂清是二品顶戴署两江总督，先皇曾加恩封太子太保衔，朝廷上下对处置何桂清一案也有两种不同说法，有人主张严惩，有人主张宽大处理，加恩降职使用，让他重回江浙战场，戴罪立功，将功补过。"

慈禧一听周祖培这样说，小声问慈安太后："姐姐以为如何处置呢？"

慈安太后这才提高嗓门问道："何桂清本人是何态度？"

"先皇在世时，何桂清从常州逃到常熟，曾上疏自请议处，言辞之间流露后悔的意思，也想戴罪立功效命朝廷。"

不待慈安发话，大学士祁寯藻出班奏道："启奏皇上、皇太后，何桂清虽然在言辞上有悔改之意，但其本人却极力为自己辩护，狡辩自己逃到苏州是受江苏司道等人的邀请，足以见出他根本没有悔改的意思，言辞悔改只是为自己搪塞责任，减轻朝廷处罚。请两宫太后明察，此人只能加重处罚，决不能宽恕轻饶！"

周祖培立即为何桂清辩解道："他受江苏司道等人邀请离开常州逃亡苏州也是事实，何桂清曾说有江苏巡抚薛焕、浙江巡抚王有龄等人邀请函可以佐证。"

"薛焕、王有龄等人的邀请书信何在？何桂清是否出示公堂？"慈安问道。

周祖培急忙说道："何桂清说那些信札都存放在苏州，我也曾请两江总督曾国藩协助查清此事，可曾国藩回函说苏州、常州失陷后所有的公文卷字都毁于战火，无从查找那些书信。"

"薛焕、王有龄等人对此事有何看法，他们是否承认曾出函邀请何桂清逃离常州呢？"慈安太后又问道。

"薛焕、王有龄承认确实致函邀请何桂清弃城奔走他们的所在，这两人也一致奏请先皇对何桂清宽大处置，让何桂清戴罪立功以赎前过。"

祁寯藻又驳斥说："周大人不可听信薛焕与王有龄等人的言辞，他们都是何桂清的部下，当然给他求情。更何况这些人在江浙战场也扮演着不光彩的角色，都有临阵溃逃的先例，就更要为何桂清开脱责任了，从一定程度上说，他们为何桂清求情实际上是为自己推卸责任，周大人以为呢？"

"就是何桂清完全是临阵脱逃也理应宽大处理，我朝发生在阵前不战而逃的事也不是从何桂清一人起，更何况他本人又自请议处，又有悔改之意，何不让他戴罪立功以功赎过呢？"

慈禧立即发话了："周大人，话可不能这么说，如今我朝吏制腐败，法度不张，封疆大吏贪庸，领兵守将贪生怕死又好假冒战功。如今想重整吏治，振兴朝纲，平定叛贼，不以严治法，从上而下，凭什么振作中兴将士的士气？逃帅得不到惩处，如何能服众人？"

周祖培一听慈禧太后这几句话，心中着实一怔，知道何桂清要倒霉，太后可能拿他开刀，急忙问道："太后以为做何处置？"

"临阵脱逃，贻误战机，造成常州、苏州等地相继失守，依照我朝法令，罪当处斩！"

"请太后三思，如今战事紧张正是用人之际，战事未定，处斩封疆大吏在我朝也属少有之事，是否会引起朝野上下震惊，动摇军心？"周祖培跪下请求道。

慈安太后出面调和说："同意将何桂清处斩的人有多少？"

刑部侍郎绵森出班奏道："郭祥瑞、谢增、卞宝第、王宪成、何桂芬、李崇阶、曾国藩等人都主张严惩不贷。"

"那么主张宽大处理的人又有多少？"

"也有十七八人。"

慈安转向慈禧："妹妹，你看此事是否再请大学士六部九卿翰詹科道开会再议一议，然后定夺呢？这是我们姐妹听政以来遇到的第一桩大事，不能不慎重，以防处理不当引起非议。"

"姐姐不必多说，你听我的没错。"

慈禧又干咳两声，向群臣问道："众卿对南方战事了解如何？"

桂良奏道："捷报频传，曾国藩攻克安庆，歼灭反王陈玉成的军队，陈玉成被胜保所俘处死，常州、苏州等失地也已收复，反王郜永宽、谭绍光、陈坤书等人相继被我大军击毙，金陵克复为时不远，我大军所到之处如风卷残云，势如破竹。这是先皇有灵，更是两宫太后调度有方，用人有道，大清中兴指日可待。"

桂良的一番话说得两宫太后面露喜色。

慈禧淡淡一笑，马上又十分严肃地说道："桂学士只知其一不知其二，只看到好的一面，也应该看到坏的一面。据洋人使节向总理衙门控告，说我大清朝的将士贪生怕死，作战不勇敢，冲锋在前的都是他们洋枪队的人，这做何解释？养兵千日，用兵一时，国难当头，有人敢临阵退却，不加严惩何以明法纪树军威？"

其实这西洋使节到总理衙门控告也是有原因的。他们的将士的确死伤不少，太平军在上海一带的几场战斗中踏破清营三十多座，击毙法国水师提督罗德，打伤英国水师提督何伯，活捉了号称常胜军的副统领法不思德，英法的助剿军伤亡惨重可想而知。浙江战场上，慈溪一役英国洋枪队的头目也被太平军打死，连法国驻宁波的海军司令勒伯勒东也受伤而死。这些洋人驻华使节怎不大惊失色，他们到总理衙门控告大清朝的前线将领作战不勇，一是为自己军队的无能寻找借口，另一方面也是要求大清王朝多给一些抚恤的银两，多出卖一些国家的利益。

洋人找到总理衙门大臣奕䜣，提出一系列的要求，奕䜣虽然有权，但这些事也不敢擅自做主，只好去请示两宫太后。两宫太后一听洋人的控告，说洋人伤亡惨重的原因都是大清朝的将领贪生怕死，把主攻的责任推给了他们。洋人一提条件就等于割太后的肉，怎能不心疼，所以把奕䜣狠狠地训斥了一顿。奕䜣毕竟是两宫太后的主心骨，又是政治上的靠山，即使训斥也不同于对待其他官员，两宫太后才决定从下面官员中找人开刀，这何桂清自然是首当其冲的开刀对象。因此，停了半年有余的何桂清一案今天太后又重新提起。至此，众大臣才明白慈禧太后为何不说前线剿匪的事，也不提洋人质问总理衙门的事，而突然问及对何桂清的处置意见，原来是要拿何桂清开刀，杀鸡给猴看，严法是为了立威。

众人明白了两宫太后的目的，谁还敢出言顶撞要求宽大处理何桂清呢？

第二天，从后宫传出圣谕：

> 已革两江总督何桂清一犯，自常州节节退避，辗转逃生，致苏、常等郡全行沦陷。迫奉文宗显皇帝严旨拿解来京，犹敢避匿迁延，迟至两年，始行到部。朝廷刑赏，一秉大公。因廷臣会议，互有异同。酌中定议，将该犯比照常带兵大员失陷城寨本律，予以斩监候，秋后处决，已属法外施仁。今已秋后届期，若再行停缓，致情罪重大之犯，久稽鲜戮，何以肃刑章而示恫戒？且何桂清着即行处决。派大学士管理刑部周祖培、尚书绵森，即日监督行刑。
>
> 钦此

谕旨一下，再无更改可能，满朝上下无不悚然，但也无一人再去求情，只能怪何桂清倒霉，运气不佳，碰到太后严打的关头。

何桂清，字根云，云南昆明人，道光十五年中进士，而始授予翰林院编修，后升到内阁学士。咸丰四年，从江苏学政升任浙江巡抚。咸丰七年，代替怡良出任两江总督。咸丰八年，授予钦差大臣办理各国通商事务。咸丰十年，皇上加恩，授予太子太保衔，与名震朝野的胡林翼享有同样的名声，人称"何胡两宫保"，他做梦也没想到自己会落到处斩的地步。

谕旨一到即刻行刑，何桂清哭喊着要见两宫太后一面。周祖培也想让何桂清向两宫太后当面忏悔一番，求得一丝宽容，可宫内传出话来，准时行刑，不得延误。

菜市口行刑时刻，何桂清大叫一声："我死不瞑目！"

话音未落，一颗血淋淋的人头滚落于地。

御前大臣荣禄兴冲冲地来到储秀宫，刚一进门，安德海就冲着他冷冷地说道："太后不在。"

荣禄一愣："怎么？安德海，我没说是来找太后的呀？"

"嘿嘿，荣大人，这储秀宫你除了找太后还会找谁？总不会是来找我安德海的吧？"

荣禄挠挠头："还是小安子聪明，告诉我太后去了哪里？"

"去御花园散心赏花去了！"

"和谁一道去的？怎么你没有陪着太后？"

安德海撇撇嘴："有你御前大臣在，我哪有那个资格呀！荣大人，还愣着干吗，去呗，太后正等着你呢！"

"真的？"

"真的，太后临走前告诉我，如果荣禄来了，让他到御花园找我！"

荣禄来到御花园，果然看见慈禧太后一人站在一株秋海棠前发呆，整个御花园就她一个人。

荣禄来到慈禧身后，躬身施礼说道："荣禄参见太后！"

慈禧转过身："你怎么来了？谁告诉你我在这里的？唉，一个人想静一静都不能够……"

"不是太后让我来这里的吗？如果太后有心事我就先回了。"

"既然来了，就多待一会儿吧，反正也没有人陪着，我这几日心里闷得慌。"

"还是为何桂清的事吗？"

"哼哼，为他？一个小小的何桂清能值得我为他心烦吗？杀了就是杀了，无论谁阻拦，我所要做的事就坚决做到底，谁也拦不住。大行皇帝和肃顺、载垣、端华等人都拦不住，更何况是这些人。"

荣禄悄悄地靠近慈禧一些，他的呼吸略为有些急促，心也怦怦跳得厉害，他想上前一把抱住慈禧，又怕这一时冲动抱过去，自己所有美好的前程瞬间化为乌有。他定了定神，终于没有这样做，只轻轻地把太后鬓角一缕被风吹散的发丝理了理。

"我已经够烦了的了，你千万别再给我添麻烦。"

慈禧的口气很冷很硬，不容更改。

荣禄急忙把手缩了回来，脸上有一丝尴尬。

慈禧看了看荣禄，苦笑一下："他们都认为我的心狠了一点，正想找我的碴呢！还是收敛一些，以防被他们抓到什么把柄，这事是说不清的，待我的地位稳定了再说其他的。我让你到我身边，是让你多给我出谋划策的，不能胡思乱想。"

"奴才不敢！"

慈禧一见荣禄的这个神色，笑了："你也不用如此害怕，我没有别的意思，帮我渡过眼前这道难关。"

"是不是恭王与慈安太后认为你独断专行杀了何桂清有所不满？"

"也不全是。他们不满是他们的，我偏要这么做！"

"兰儿，你的脾气还是没改。"

荣禄终于大胆地说出了这么一句。

慈禧抬起头盯着荣禄的双眼，这双眼睛是那样熟悉又那样陌生，遥远而又切近。她也仿佛被"兰儿"这一火辣辣的字眼感染了，一股暖流传遍全身。她自言自语地重复着这两个字眼："兰儿，兰儿……"

慈禧笑了，笑得那么凄婉。

"我的脾气一直没改吗？"

荣禄点点头："还是那样犟，像当年一样。"

"当年……"

"当年……"

两人不约而同回忆起当年的那段往事……

半晌，慈禧看着荣禄："别想那些伤感的事了，说点现实的吧。你来宫中找我有事吗？"

"你不说我差点忘了呢！有事，有事，一封从陕西送来的密札，封面上要求你亲启。"

又是陕西来的密札，慈禧一怔，她接过来看了看："你先回去吧，我再静静待一会儿。"

荣禄深情地向慈禧看了一眼，不声不响地走了。望着荣禄离去的背影，慈禧心中也不是滋味，问世间情义价几何？

慈禧迅速拆开信札，只见上面简短地写着：

恭请慈禧太后台驾：

　　臣在陕剿匪之际捕获一人叫桑巴特，他自称是太后旧相识，曾在宫内为太后效力，不慎得罪太后而逃脱，臣请示太后做何处置？

　　臣在陕剿匪实在辛劳，望太后给臣嘉奖，以鼓舞士气，早日荡平乱党，以安太后心头之病。静候太后佳音。

钦差大臣、兵部尚书胜保顿首

慈禧看罢胜保的来信，气得咬牙切齿，如此看来，那蔡寿祺所奏之事属实。哼，你胜保想以此要挟于我，没门，我且与你胜保斗一斗，看看是鱼死还是网破！

胜保是怎样的一个人慈禧十分清楚，早年她与胜保有所交往。胜保是权臣，咸丰皇上对他也是高看一眼，那时，那拉氏没名没分，当然希望朝中有个靠山，能在皇上面前给她美言几句，使她在宫中的地位能够巩固，日子也好过一些。她曾私下备了一份厚礼着人给胜保送去，胜保虽然收下了那拉氏的礼物，却什么事也没给她做，让那拉氏气得直瞪眼也没有办法。

自从生下载淳之后，胜保对那拉氏的态度明显转变了，主动备了礼物来向她进贡，希望那拉氏在皇上面前给他美言几句。当然，胜保也看出了载淳一定是未来皇位的继承人，那拉氏的地位会日渐上升的。从那时起，慈禧就知道胜保是一个见风使舵的人。

在辛酉政变过程中，那拉氏为了能拢住胜保这位实权派人物，也费尽了心思，让奕䜣向胜保许下好多动听的诺言，其中一条就是加封他为亲王头衔。处死肃顺、载垣、端华的过程中，胜保确实立下汗马功劳。事成之后，慈禧也一一向胜保兑现曾许下的诺言，给他加官晋爵，赏赐古玩珍品，唯有那亲王的头衔没有给胜保兑现。也不是她不想给胜保，是慈安太后坚决不同意。认为亲王头衔只能加封皇族内部诸人，其他王爷头衔多是世袭，而胜保非皇族亲属，加封亲王头衔不合祖制，也会引起朝野震动，不利于对吏制的管理。慈禧私下找到宗人府令奕䜣，同他商量，奕䜣也认为加封胜保亲王头衔不合适。慈禧刚开始听政，又有慈安同在，从名分上慈安比她稍长一些，她也不敢独断专行。就这样，胜保的亲王头衔才不了了之。

但是，胜保并不这样认为，他就认为慈禧出尔反尔，违背诺言，轻视于他，心中很是不满。凑巧，那桑巴特竟然落到他手中，并把一段鲜为人知的秘密告诉了他。胜保怎能不借此机会要挟慈禧加封他为亲王呢？

胜保在信中虽然说得含蓄，但慈禧心中有数，她知道胜保向她要求什么，这不是硬逼鸭子上架吗？为了何桂清与荣禄的事，慈安与奕䜣已经对她十分不满。杀了何桂清是为了明纪立威，但有点过分；提升荣禄是为了嘉奖荣禄在回銮途中的贡献，但把他从一个没名没分的小官猛然提到御前大臣之职，真可谓一步登天。更令慈安与奕䜣不满的是大行皇帝梓宫刚刚下葬，慈禧竟然与荣禄卿卿我我，眉来眼去，弄得储秀宫太监总管安德海都醋意大发。

慈禧回到储秀宫，安德海就主动迎了上去，"嘿嘿"奸笑一声："太后在御花园中赏景还开心吧？"

慈禧一听就知道这小子说这话是不怀好心，也知道荣禄去御花园是他告诉的，便抬手给他一巴掌，骂道："小安子，其他人在背后说三道四我可以原谅，不知者不怪，只要我站得直行得正，就让一些不怀好心的人嚼舌头去吧！而你这该死的小东西也跟着起哄乱嚷嚷，看我不宰了你这小蹄子。"

这一巴掌着实不轻，安德海的白脸马上肿了起来，嘴角也流出一丝血来。安德海顾不上脸上的火辣辣痛，扑通一声跪在地上哀求说："太后，奴才确实没有别的什么意思，奴才对太后的一片忠诚太后不会不知吧，望太后看在奴才侍奉您老人家多年的情分上……"

安德海跟随慈禧多年，对于她是什么样的人何尝不知？她杀一个人真如宰一只小鸡，话在气头上说什么都可以，万一当了真，自己的这条小命就完了，他再次叩头哀求说："太后的心情奴才何尝不知，奴才挖空心思给太后开开心，让太后高兴高兴，想不到奴才弄巧成拙，求太后……"

慈禧翻眼瞧瞧安德海哭丧着脸、一把鼻涕一把泪的样子，又好气又好笑，缓和一下神色说："起来吧，下不为例，念你一向诚实可信，这次就饶了你。"

"谢太后！"安德海急忙爬了起来。

"小安子，我这几天的处境你也不是不知道，你给我惹的麻烦够大的啦，还不知好歹地惹我生气，打你亏不亏？你瞧这是什么？"

慈禧把胜保的要挟信递了过去，安德海接过一看，暗暗吃惊，十分后怕地说："太后，小的实在弄不明白，我亲眼看见桑巴特吃了奴才给他的鹤顶红药酒，他居然没有死，真是邪门，莫非这人真有起死回生之术？"

"现在说这些已经没有用了，不管他是怎样活过来的，必须想法弥补才行，如今可怕的不是桑巴特，而是胜保，对付胜保比桑巴特要难得多，他是举朝上下人人皆知的一品大员，又手握兵权，弄不好会偷鸡不成反蚀一把米，须小心谋划才行。"

"太后分析得有理，太后分析得有理！太后心中一定有制服胜保的妙计了吧？"

慈禧的眉毛拧成一团，她思索了许久，才狠狠地说道："一不做二不休，如今唯一可行的办法就是杀人灭口！蔡寿祺信中说胜保已将桑巴特除去，他这样做是防止桑巴特把秘密外泄，他就不能独自占有这个秘密了，我设法抓住胜保的一个过错将他押解回京，再想法处死他就行了。"

安德海有所顾虑地说道："与其把胜保押解回京处死，不如在陕西就地处死得了。他到了京中，万一知道是太后给他定的罪，这么一嚷嚷，岂不更糟吗？"

"小安子，这你就不懂了，胜保是钦差大臣，兵权在握，你能在陕西处死他吗？将在外君命有所不受，万一将他逼急了，他起兵谋反不更是心头大患吗？对于他这样的人不同于桑巴特，可以不明不白地把他毒死，只有先解除胜保的兵权，把他拿回来才好收拾他。桑巴特已经死了，死无对证吗？把胜保投进大牢，派我的人好生看管着，他嚷嚷给谁听？如果他胆敢乱言乱语，本宫抓他一个诋毁罪即刻将他赐死。"

安德海把头点得如小鸡啄食："太后的见识实在令小的佩服，只是如何捏胜保的错呢？必须有一项能说得出口、摆上桌面的罪状才行啊？"

慈禧冷冷一笑："胜保做事一向专横跋扈，为人贪婪好色，捏他一个什么罪还不是易如反掌！"

"他远在陕西，我们没有真凭实据呀，必须暗中派人去陕西调查才行。"

"那倒不必，蔡寿祺能够事先向我告密，说明他和胜保是明和暗不和，他跟随胜保多年，对胜保所作所为自然了如指掌，只要他回到京城，答应给他一些好处，还怕他不给我们办事吗？哈哈！"

安德海一拍脑瓜："哎哟，我这脑袋怎么就这样不开窍呢！今后还得让太后多骂几句，多打几巴掌，长期不打不骂这小脑瓜就锈成一个铁蛋了。"

"小安子，照你这么说还得多打你几下才行？"

"太后，打是亲，骂是爱，不打不骂不自在呀。"

"哈哈哈……"两人都开心地笑了起来。

第二十五章

攀高枝管他卖旧主
诵古诗凭谁训幼君

慈安顿了一下又说道:"妹妹的主张才是急功近利、拔苗助长呢,欲速则不达啊!"慈禧一听,气得脸色惨白,猛然站了起来,冷冷地说道:"有姐姐处处袒护着皇上,只怕会把皇上教导成一个刘阿斗那样的皇帝,哼!"

蔡寿祺刚回到京城,就先向慈禧太后的贴身太监安德海投了帖。在安德海的安排下,慈禧太后在储秀宫接见了蔡寿祺。

拜见礼节完毕,慈禧就急忙令安德海赐座,然后假惺惺地说道:"早就听人奏报蔡编修才高智深,本宫也早有请蔡编修到内廷任职的念头,无奈人微言轻,一直没能如愿。自听政以后也是诸事缠身,一拖再拖,就把这事给搁了下来。近日得了蔡编修的信札才知道你到胜保帐下任职去了,蔡编修是读书之人,对于领兵打仗可能是外行,就是在胜保帐下任职也不过是个幕僚,岂不枉了蔡编修的满腹经纶?本宫考虑再三,还是把你调回京师任职,恰好内廷缺一位日讲起居注官,就暂且委屈了蔡编修,先补这个缺,早晚之间也好讨教一二。一旦其他部有空缺,再令蔡编修升迁,何况蔡编修刚由京外调入京师、破格晋升太快也会引起他人嫉妒,又不知该疑神疑鬼说些什么啦。不知蔡编修对这一职位是否满意,如果不满意只管说来,本宫再另做安排。"

蔡寿祺一听,心里寻思道:这日讲起居一职虽说不大,但也比自己原先的翰林院编修高一些。何况这是内廷之官,每日在皇上、皇太后旁边打转,太后一高兴,给自己升迁几级是正常的,与皇上关系融洽了,将来升到大学士之类的官衔也是常有的,祁寯藻、李鸿藻、翁心存等人不都是从这日讲起居注官做起来的吗？什么满意不满意，先干着再说。

蔡寿祺急忙跪下谢恩道："微臣一切听太后安排，微臣能受到太后青睐到内廷任职，这是太后对小人的信任，微臣受宠若惊，今后一定尽心尽力为太后做事，决不辜负太后的提携之恩。"

慈禧满脸笑容地摆摆手："蔡起居快请坐吧，本宫还有一事相问。"

"太后请问——"

"京中有人传说胜保贪靡骄奢，滥杀无辜，弹劾他的折子也有许多，但考虑到他曾为朝廷四处征战出力不少，一直没有追究。可是，最近有人说他在河南、陕西等地更加飞扬跋扈，引起地方官员十分不满，朝廷商议许久，决定将胜保解职问罪。蔡起居曾随胜保多年，对他的所作所为再清楚不过，能否详细整理一份材料奏报上来？"

蔡寿祺也是在官场上混了多年的人了，对慈禧太后的意思当然明白，他急忙回答道："胜保领兵在外确实犯下许多不可饶恕之罪，军营上下也怨声载道，微臣早有将其罪状整理成册奏报朝廷之意，无奈微臣人微言轻恐怕所奏的折子不会引起朝廷的重视，反而会搭进这条小命的，就一直没敢上疏，唉，说起来惭愧。如今有太后撑腰，微臣就可以大胆地揭露胜保的罪行了。"

安德海急忙从旁边说道："只要蔡起居会做事，还愁将来不能升迁到一品大员的职位吗？"

"安总管说笑了，我蔡寿祺只求尽心尽力为太后做事，为朝廷出力，怎敢有非分之想！"

慈禧淡淡一笑："蔡起居也不必自谦，凭着你的聪明才干和学识，将来官居一品也不是什么难事，当然，这要看蔡起居努不努力啦！"

"卑职一定努力，一定听从太后的吩咐，有什么事太后尽管吩咐，卑职唯命是从，就是为太后而死也不足惜。"

"那倒不必，我且问你，你在信札中说胜保得知一个有关本宫的秘密，这是怎么一回事，请你详细说来。"

"回太后，事情是这样的：胜保大军刚到陕西时，先头部队就遭到围攻，损失惨重，胜保也因此不敢轻举妄动，想抓几个知情者了解一下情况，不想兵丁抓住一个人自称叫什么桑巴特，和胜保相识，胜保问他为何流浪至此，他才讲起自己已经是死过一次的人了，准备进京找太后评理，他说他掌握了太后的一个秘密。"

蔡寿祺讲到这里，安德海吓得几乎变了脸色，慈禧也暗暗吃惊，但她却不动声色地问："到底是什么秘密？蔡起居尽管说来？"

蔡寿祺叹息一声："就在那桑巴特准备讲出什么秘密的时候，胜保却喝退众人，留下桑巴特单独讲给他自己听。不久帐内传出一声惨叫，胜保把我等喊进帐内一看，啊，那桑巴特已惨死在地上，胜保说桑巴特是故弄玄虚欺骗他，目的在于欺骗他的钱财，后来又说桑巴特是一名奸细，特意来刺杀他的。至于什么秘密卑职一无所知，有没有秘密也不得而知了，但我从胜保当时的表情看，他是故意杀死桑巴特独自知道了那个秘密，以此要挟太后。卑职担心太后受蒙蔽，才冒险给太后写了一封密札，有什么不妥之处请太后见谅。"

慈禧一听蔡寿祺果真不了解内情，放心了许多，随即掩饰说："那桑巴特原是为宫中驱鬼除邪的，他竟然偷了宫中的许多珍品，被发觉后痛斥一顿，他便怀恨在心，后来又屡教不改，决定将他严惩。桑巴特听到风声后悄悄地溜出宫逃跑了，想不到竟然逃到了陕西。桑巴特仅在宫中待了不到一年的时间，本宫能有什么秘密被他掌握呢？这一定是他欺骗胜保所编造的谎言。胜保能识破他的奸计，将他杀死还是对的，这桑巴特身为出家之人却不做善事，也是死有余辜。"

慈禧谈到这里，又故意叹口气说："胜保虽然为朝廷立下汗马功劳，但也不能姑息养奸，功是功，过是过，功过分开，奖惩分明才对。不能因为有功于朝廷就可以胡作非为不遵朝廷法度而擅自专行了。倘若所有的将领都像他一样，那大清的江山如何继续呢？"

蔡寿祺也知道太后故意说这些话，意在掩饰那个外人不知道的秘密，但他怎敢挑破呢？

几人又叙谈了一些有关陕西剿匪的事，蔡寿祺才跪辞告退。

不几日，蔡寿祺就把一个折子转递到慈禧太后那里，上面详细叙述了胜保多年来所犯的各种罪状，蔡寿祺把它归纳为十大罪状。慈禧看过蔡寿祺的折子，很是满意，大大把他夸奖了一番，又赏黄金百两。

慈禧带着胜保的十大罪状折子来到钟粹宫，慈安太后因近日天气有变偶感风寒身体不适，躺在床上还没起来，一听说慈禧来了，立即传话请她进来。

慈禧走进内室，慈安刚好坐起来，她急忙上前给慈安盖好被子："姐姐就不用坐起来了，还是躺下吧，又不是别人，咱们姐妹也不见外，听说姐姐病了，妹妹特来看望，是否请御医诊视过？要不我派人去请。"

"妹妹不必费心了，御医已经诊视过，说是受了凉，吃几服药剂就会好起来的。"

"唉，这样我就放心了。姐姐整日操劳，实在费心太多，特别是近日天气突变，更要注意身体。如今可不同于往常，咱姐妹必须学会自己照料自己，不然卧病在床，会影响朝中大事的处理。现在这些朝中的许多大臣倚老卖老，对咱们姐妹根本不服气，万一哪个地方考虑不周，做出一丝不对的地方来，又会惹他们说长道短。"

"妹妹说得极是，不管别人怎么说，咱们姐妹一定要抱成一团，事事多思量一些。宫中的事我内行一些，可以多操些心，这朝中的事妹妹就多多费心。"

慈禧马上又假情假意地说："别说多费心，就是再累妹妹也愿意，但朝中的许多重大的事还是由姐姐拍板定夺好，那样众臣才肯服气。"

慈安心道:你说得好听,做起来却不是这样的,还说大事让我拍板呢!把荣禄从一个军营中的道员猛然提升到御前大臣,就是你一人做主的,说他在回銮路上立下奇功,没有他,我们的命早就丧在沙滩上了。哼,后来才知道,原来他是你昔日的情人!这样做,也不怕别人说闲话。这件事不说,斩杀何桂清也是你自作主张。依我之见撤职查办,降职使用,让他戴罪立功,以功补过也就行了,而你坚决主张杀掉,用斩杀大员的办法明纪树威。

慈安仍在胡思乱想,又听慈禧说道:"姐姐对我主张斩杀何桂清一事可能认为我心太狠了点,姐姐可曾想到这些臭男人哪个是省油的灯?不杀他一两个,他们还以为咱孤儿寡母好惹呢!将来还不爬在头上拉屎?如今正处于剿灭太平军的当口,如果人人都临阵退却,谁还给咱大清朝卖命?法度严一点也好给中外臣工们一些颜色看看。就是这样,仍有部分带兵的大员依旧我行我素呢!他们根本不买咱姐妹的账,我正想请示姐姐该如何处置呢!"

"谁?"

"刚刚被任命为钦差大臣的胜保,在河南时恶迹昭著,地方官员弹劾他的折子一大堆。如今入陕又作战不力,接连遭到惨败,大清朝的脸被他丢完了,几个草民作乱,我大军一到定然马到成功,而他有多年征战的经验,竟被打得稀巴烂,可见他又贻误战机了。对这样的人不惩治何以服众人?"

慈安点点头:"胜保是个跋扈将军也不是一日两日了,很早就有官员弹劾他,大行皇帝也曾想惩治他,但考虑到他多年的战功,只批评他几句,让他悔改。何况胜保在处置肃顺等人的斗争中也立下了汗马功劳,你答应为他加封亲王的头衔也没有兑现,我总觉对胜保多少有一点愧疚心,如今怎好将他捉拿治罪呢?那样做,大臣们会不会心寒,认为我们姐妹是兔死狗烹、鸟尽弓藏呢?还是先忍一忍,等平定南方叛乱之后再说吧。"

慈禧连连摇摇头:"姐姐,千万不能姑息养奸、养虎为患呀!

今日有一个胜保这样做，咱姐妹不闻不问，明天就可能有更多的领兵大员像胜保那样做，到那时咱姐妹治谁去？总不能专治其中一人而放过众人吧，那样做谁也不服气。据说南方几位领兵的大员像曾国藩、胡林翼、左宗棠、李鸿章等人也都有胜保同样的劣迹，只不过没有胜保那样过分罢了。听说科尔沁亲王僧格林沁也受胜保的影响有骄恣纳贿贪污奢靡的迹象，不能不慎重行事、防微杜渐、早除后患呀！"

慈安一听慈禧把问题说得那么严重，也略有惊慌地说："以妹妹之见如何做呢？"

"解除胜保的兵权，将他押解回京师问罪，根据他的态度和罪情再决定处以何罪。"

慈安想了想，略有顾忌地问道："这样做合适吗？朝中大臣会怎么看待这事？"

"朝中许多大臣对胜保的所作所为早就不满了，这不，弹劾的折子好多个，并且给胜保列出十大罪状呢！"

慈安接过折子一看，果然列举出十大罪状：

一、骄纵贪婪，滥耗军饷，粮台设立杂支局，靡费多于正项；

二、私认盗贼张隆的妻子为义女，接受劣员的贿赂；

三、军营保举的将勇必须认作门生，赠送敬礼，否则不得重用；

四、携带眷属于军营中，到处携妓随营，收留民间妇女入营为妓；

五、纵容家人丁祥捐纳道员，重用家兵在周家口设局抽厘，肥己损公；

六、每到一地，勒索地方官钱粮为己私有；

七、讳败为胜，捏报战功，欺瞒朝廷；

八、纵容属下掠夺抢劫，奸淫民女；

九、私杀战俘，不上报朝廷；

十、接受匪贼贿赂，放走朝廷钦犯，将陈玉成之妻
占为己有。

　　慈安太后看罢所列举的十大罪状，心道：哪一条也足以治胜
保的死罪，可胜保是朝中一品带兵大员，刚刚杀了一个文官，如
今又要拿一名武将治罪！这样做合适吗？

　　慈安把折子递回给慈禧，忧虑道："这折子所奏确实吗？"

　　"我正派人一一核查呢！全部属实，请问姐姐是否同意将胜保
治罪？"

　　慈安沉吟片刻，说道："妹妹先找奕䜣商量一下，再由军机处
讨论，如果众人一致同意将胜保治罪就将他解职受审吧。唉，我
这几日身体不爽，也无法去和众臣商讨，妹妹多费心吧！先和奕
䜣通通话，看看他的态度，再做下一步处理，他是男人家要比咱
们妇人家考虑得周到一些。"

　　"姐姐说得对，我明日同恭亲王商讨商讨，姐姐不必为一些小
事分心，好好养病，有什么新的决定我再来通报姐姐。"

　　慈禧又安慰几句，刚要离开，皇上进来了。

　　载淳刚一进门，看见额娘也在，急忙跪下大声说道："儿臣给
皇额娘和额娘请安！"

　　不待慈禧讲话，慈安就微笑着说道："皇上快起来吧，又不是
外人何必那么客气，还要劳皇上下跪请安。"

　　慈禧却正色说道："姐姐万万不可娇惯了皇上，宫中的礼节是
万万不可废的。"

　　慈安从床边的匣子里亲手取出一些点心递给载淳："皇上读书
一定饿了吧，先吃点东西解解乏。"

　　载淳接过慈安手中的点心，咬了一口，笑道："每次来给皇额
娘请安都有好吃的，皇额娘好像摸透了儿臣的心，备下的点心都
是儿臣喜欢吃的。"

慈安笑了。

"既然喜欢吃就多吃一些吧，皇额娘就喜欢看皇上吃东西，皇上吃东西的神色特别像先皇。"

载淳吃了几块可口的点心，这才抹抹油腻的嘴巴问道："听说皇额娘病了，儿臣也读不下书了，就提前请李师傅放我回来了。皇额娘病好一些了吗？"

"难得皇上如此关心皇额娘，我只是偶感风寒，吃几服药就会痊愈的，皇上不必劳神，还是要用心读书，满腹经纶时皇上也就长大了，就可以独立执政了。到那时，我和你额娘把一切大权交给你来掌握，皇额娘就可以天天安心度日，颐养天年，皇上早日长大吧！"

"皇额娘每次教诲儿臣的话我都用心记着，请皇额娘放心，儿臣决不会令你失望的。"

"这样就好，这样就好！"

慈安边说边把载淳拉到自己床边，从头到脚来回打量了两遍，抚摸着载淳的头说："皇上如此小的年纪，读书也太辛苦了，也要注意身体。瞧，两腮清瘦多了，这几日天气突变，要注意保暖防寒。"

载淳也拉着皇额娘的手点点头。

慈安忽又说道："皇上万万不可逃学，多听几位先生的讲授，不懂就问，学习知识必须诚实，来不得半点的骄傲。"

不待慈安说下去，载淳急忙接了过来："子曰：知之为知之，不知为不知，是知也。"

慈安笑了，夸奖说："皇上果然进步不小，可以用孔圣人的言论指导自己的言行了。人们常说，半部《论语》打天下，半部《论语》治天下，皇上学会了《论语》，将来一定是位出色的皇帝，像康熙皇帝那样轰轰烈烈，名震四方，让各国都来朝拜。"

慈禧虽然面带笑容地坐在旁边，内心早就恼了。她一直把儿子看作自己的私有财产，想不到不知何时儿子竟和慈安打得一片火热，今日不是碰巧遇上还不知晓呢！

小时候，儿子是自己的心头肉，也最疼自己，很少到慈安这边来。如今一天天长大了，却和自己略有疏远了，也许自己整日把心思都用在政事上，把儿子给忽略了。慈安倒精明，不知不觉把母爱夺走了，自己亲生的儿子竟和她如此热乎，心中怎能不有气？

哼，一定要把失去的母爱重新夺回来！

慈禧一听慈安用夸奖的方法骗取载淳的高兴，马上接过话纠正道："姐姐，小孩子不可多夸奖，那样他会骄傲的，还是对皇上要求严一点好。古语说：严师出高徒，棍棒出孝子，就是这个道理。皇上，额娘问你，今天师傅教了你些什么？"

载淳一听额娘见问，马上把脸转了过去，一看额娘的脸色是那么严肃，刚才从慈安太后那里得到的笑容全部消失了，小心谨慎地说道："回额娘，今天李师傅教了儿臣一首词。"

"什么词，你且背诵给额娘和皇额娘听一听。"

载淳挠挠头，眨巴一下眼睛，看看额娘。

"连一首词也背不出来吗？"

不等皇上说话，慈禧太后就很不满地问道。

"儿臣会，但不是太熟。"

"会多少就背诵多少！"

载淳学着李师傅的样子把双手放在背后，并剪在一起，昂首挺胸背道：

> 东南形胜，三吴都会，钱塘自古繁华。烟柳画桥，风帘翠幕，参差十万人家。云树绕堤沙，怒涛卷霜雪，天堑无涯。

载淳背到这里停住了，慈禧白了他一眼，十分不满地说："短短的一首词都背不完全，心思都用在什么地方去了，你现在的任务就是学习，学习，除了学习，其他什么歪事、邪事都不要问。"

慈禧训斥了载淳几句，又抬眼看看慈安说道："姐姐，我们须同六爷商讨一下，让他教训教训李鸿藻，一是对皇上要求严一点，二是教授的课程有所选择，不能什么都教给皇上。皇上将来的任务是处理朝政，治理国家，可不是当一个悠闲文人，怎么尽教一些与治国无关的浮华之词呢？"

皇上刚进来就说挂念慈安太后的病而早早放了学，显然心思都在皇额娘身上，而慈禧训斥皇上说他把心思用在歪事、邪事上了，显然慈禧是责备儿子多管闲事。

慈安太后当然不高兴，她也抓住慈禧话中的不是反驳说："妹妹若说皇上没有把全部心思用在学习上我也相信，可皇上还是个孩子，怎能用成人的标准要求他呢？孩子有孩子的天性，也有孩子的需求，只能循循善诱地加以引导，一味地训斥是行不通的，只会让他更加厌学。"

慈安说到这里，顿了一下又说道："至于妹妹责备李鸿藻不懂教学，不会因材施教就更不应该了，你我姐妹之间随便说说没什么，若让外人听了会笑话妹妹学识太浅。这《望海潮》一词虽是婉约词人柳永所作，但整首词是对杭州繁华市井的形象描绘，能够激励皇上对东南美丽富饶水乡的向往，至少能够让皇上知道大清江山的可爱，自幼树立收复江南半壁江山的雄心与信心，将来也做一位贤君明主。就是不学柳永的这首词，而学习他的另一首词《雨霖铃·寒蝉凄切》也不为过。作为一位治理国家的皇上，所学必须博，个人所具备的修养要高，修身治国平天下，而修身放在第一位，只有先修身才能治国与平天下。对诗词歌赋的欣赏，对琴棋书画等六艺的精通，都是修身之道，李鸿藻如此选择所授内容就是因材施教。而妹妹主张对皇上所教的所有内容都是与治国有关的内容，那才是急功近利、拔苗助长的做法，其结果呢，欲速则不达。"

慈禧一听，气得脸色惨白，猛然站了起来，冷冷地说道："有姐姐处处袒护着皇上，只怕会把皇上教导成一个刘阿斗那样的皇帝，哼！"

说完，慈禧转身走了。

慈安太后看着她离去的背影叹息了一声。

慈禧知道奕訢和胜保的关系十分要好，胜保是奕訢的军事武装靠山，奕訢是胜保政治的同盟。若询问奕訢逮捕胜保的事，他是坚决反对的。因此，慈禧并不急着把解除胜保兵权的事同奕訢商讨，她要先寻找代替胜保的人。

在御前大臣荣禄的保荐下，慈禧选择了多隆阿入陕代替胜保。她一边暗中让多隆阿携带谕旨驰抵陕西，一边找到奕訢，同奕訢商讨解除胜保兵权的事。

慈禧在养心殿西暖阁召见了奕訢，拿出一摞折子对奕訢说："恭王爷，胜保在外带兵的所作所为你是否有所耳闻？"

"怎么？难道太后听到什么风声？"

"何止是风声！你瞧，这弹劾他的折子有十多份。"

对胜保在外的所为奕訢何尝不知道，他也知道一些地方官员对胜保的作为早有不满，但碍于胜保的权势，他们只是敢怒不敢言，有些人递上的折子也被奕訢悄悄压了下来。如今一见太后手中的折子，奕訢着实吃惊不小，心里暗想，这些折子我都没有见到，怎会直接递到太后的手里呢？莫非太后知道我和胜保关系友好故意不让我知道的？奕訢正在狐疑，又听慈禧说道："胜保和恭王交往密切，对这些弹劾的折子有什么看法？"

奕訢一听这话心中又是一惊，慈禧太后到底是什么意思，莫非她今天召见我的主要意图就是处理胜保的事？如果她想搬倒胜保，这先说我和他交往密切可不是好事。

奕訢故意装作十分轻松的样子笑了笑，说道："微臣和胜保关系确实非同一般，不然，在和肃顺等人的斗争中他也不会那么爽快地站在太后和微臣的立场上。至于这些弹劾的折子，意图就各不相同了，不乏嫉妒之心与私人之间的过节。谁人背后不说人，谁人背后不被他人说呢？若严格追查起来，这满朝文武大臣谁没有几项过错？"

慈禧脸一寒："依六爷所见，这些弹劾胜保的人就是卑鄙无耻的小人了？一来是出于嫉妒之心，二来是私人恩怨，这三个四个十几个呢？这些都是无耻之人，唯独胜保是个上上君子？"

奕䜣一见慈禧脸色不对，急忙改口说："微臣决无袒护胜保之心，我只是提醒太后对此事慎重一些，以大局为重，万万不可操之过急。如今国乱未平，正是用人之际，太后不可听信个别人的言辞而误了国家大事！古人云，'兼听则明，偏听则暗'呀。"

慈禧冷冷一笑："本宫正是做到了'兼听则明'，没有听信个别人对胜保的袒护，而是根据十多个人对胜保的弹劾才决定对胜保进行审查的。"

"请问太后，这些人都弹劾胜保有哪些罪状？"

"主要有十大罪状。"

慈禧说着，将蔡寿祺的折子递了过去。奕䜣接过来一看，果然列举了十大罪状，奕䜣看罢，心里说道：这十大罪状，任何一条都当斩首，不知西太后到底有何意图？是想用这些罪状教训一下胜保，让他收敛一些，还是想把胜保严惩，以此严明法纪、树德立威呢？若是这样，胜保不就成了何桂清第二？

奕䜣看罢折子说道："蔡寿祺是何许人，微臣没有听说，他所列举的十大罪状是否成立呢？合不合乎大清的律例？"

"六爷身为军机大臣，又为六部之首，对属下之人却不了解，难怪有人怀才不遇。人不能尽其才，物不能尽其用，国家何以中兴？六爷不可不详察属下，善于识拔人才，任人唯贤啊！不然，又会有人高呼：'千里马常有，伯乐不常有。'"

奕䜣故意装作十分惭愧的样子说："依太后之言，奕䜣实在有负皇上、皇太后重望，没有及时了解下情，埋没了人才，但不知这蔡寿祺在何处当官？"

慈禧明知奕䜣想知道蔡寿祺的身世情况，也毫不隐瞒地说："六爷可能怀疑这十大罪状是蔡寿祺捏造的，也想了解一下这个敢于在太岁头上动土的人，实话告诉你，蔡寿祺就在胜保帐下当差，这些折子大多都来自安徽、河南、陕西等地，他们所奏的情况初步查明符合事实。今日召六爷到此就是决定对保胜的处置情况，请六爷详细谈谈个人的见解。"

奕䜣一听慈禧这么说，知道太后又要拿胜保开刀，无论如何也要保住他，胜保是自己的一个台柱子，他倒了，不就等于砍去自己一个臂膀吗？

奕䜣装作沉思良久的样子说："慈安太后是否知道这件事？"

慈禧点点头："慈安太后同意将胜保加以处置，至于如何处置想听听六爷的意见。"

奕䜣这才说道："胜保纵然有许多过错，但如今正是用人之际，太后何不加恩，让胜保戴罪立功为朝廷效力呢？将功补过，待平定陕西叛乱后再按功过加以处置。"

"我和慈安太后也都有这个心思，只是胜保有负重望，连遭惨败，临潼之战几乎溃不成军，如此下去，只怕他没有平定暴乱，贼众就把我朝廷大军给吃掉了，依我之见，应立即将胜保解职，逮捕归朝交吏部与刑部议处。"

奕䜣心中一震，忙问道："将胜保解职，何人能代替他呢？"

"六爷以为，我朝除了胜保以外就没有能够领兵作战的将帅吗？"

"不，微臣不是这个意思，望太后明察。"奕䜣急忙解释说。

"以本宫所见，多隆阿足以代替胜保，若论起领兵作战的谋略来，只怕胜过胜保呢！"

奕䜣没有作声，他知道西太后意志已决，一定要将胜保解职是问，决定立即通知胜保，让他早早有个准备，只管在前线安心打仗，拒不交出兵权，待平定叛乱之后，他再从中周旋一下即可求得两宫太后的谅解，争取宽大处理。

奕䜣站起来说道："请太后以朝廷大局为重，万万不可率性从事，以免刺痛前线领兵将士的心，做出非常的事来。"

慈禧略带不悦地说："难道六爷以为本宫是为了私人恩怨处理胜保？请问六爷，本宫与胜保有何过节呢？"

慈禧说着，又叹口气："我何尝不知胜保有恩于我朝，为我朝立下大功，可是，功是功，过是过，要赏罚分明。如果人人都像他那样居功自傲，胡作非为，这其中的祸患可能比洋人与太平军还严重吧？请六爷三思，不能因为个人的私情而凌驾于法令与社稷之上吧？"

奕䜣知道再说也无益，一拱手说道："请太后慎重行事，卑职告辞了。"

说完，躬身退出殿外，大踏步而去，行动中颇有几分不满。

慈禧望着奕䜣离去的背影也很不高兴，但她明白自己还无力对他有所掣肘，只能拉拢他，而不能排挤，怎样才能做到既除去胜保而又能拢住奕䜣的心呢？慈禧陷入沉思。

陕西同州胜保大营一片混乱。

胜保刚刚打了败仗。只见营帐散乱，兵丁躺得到处都是，哭嗥声、叫疼声和怒骂声不断，许多兵器锅灶也扔得到处都是。

胜保心烦意乱地走出大帐，看到眼前这乱哄哄的场面，很是恼火。老子吃了败仗都是你们这些没用的东西贪生怕死所致。真是晦气，自从进入陕西以来，自己总是打败仗，不是自己无能，是这叛民太狡猾了，你进他们就退，你退他们就进，趁你不防备的时候突然袭击你一次，待你醒过神来，他们又逃得杳无踪影。自己带兵到此，地形不熟，处处挨打，处处被动，真像老牛掉进了陷阱，有力用不上。

胜保出帐走了一会儿，看见一个伤兵正在那里嗥叫，走到跟前一看，这人只伤了一条大腿，也不是什么重伤，他上前怒喝道："皮肉之伤就如此大呼小叫扰乱军心，该当何罪？"

那人一见是胜保喝问，吓得跪了起来，也不再喊疼，只顾叩头求饶："大人饶命，大人饶命，小的再也不说疼了，死也不说。"

胜保看了他一眼，冷哼一声，挥挥手："拉出去斩了！"

两名随从上前把那伤兵拉了就走，那伤兵连呼饶命，胜保理也不理，对其他人说道："有再叫喊疼者，一律斩首！"

这一招果然灵验，再也没有人叫疼。一些受重伤的士兵也只能咬紧牙暗自流泪而不敢叫疼。

胜保正要转身走回自己的营房，一名探马来报，说多隆阿带兵从河南来此。胜保一愣，估计多隆阿是奉命增援自己的，但朝廷为何没有事先通知自己呢？

胜保心中不悦，对通报的士兵说："让他进帐见我，就说我公务在身不便起身相迎。"

多隆阿闻报，心中也老大不快，心里道：这胜保果然骄纵，如今打了败仗，连出门见我都不愿意，如此托大，真是罪有应得，看我如何收拾你这狂妄之人。

多隆阿安顿好自己的兵马，便率领八个随从来到胜保营中。胜保见多隆阿进入帐中才站了起来，一拱手说道："将军是从河南来援助我的吧，一路辛苦了，请坐吧。"

多隆阿摆摆手："胜将军不必客气，我是奉两宫太后之命来此剿匪的，请将军接旨吧。"

多隆阿一抖马蹄袖，掏出圣旨。胜保急忙跪下接旨。

多隆阿向自己的亲兵使一个眼色，这才高声念道："钦差大臣、正蓝旗护军统领胜保，自入陕督办军务以来矜功恃宠，日即骄淫，督办不力，屡战屡败，着革去钦差大臣、护军统领等职务，缉拿回京交吏部、刑部议处。钦此。"

"不可能，两宫太后决不会如此忘恩负义将我捉拿问罪！"

胜保大叫一声，就要站起来，多隆阿厉声说道："来人，将胜保拿下！"

多隆阿的亲兵上前把胜保捆个结实。

胜保边挣扎边叫喊道："来人，把多隆阿等人给我拿下，他们是假传圣旨来夺朝廷兵权的。"

胜保的亲兵刚要动手捉拿多隆阿等人，多隆阿又取出一份圣旨念道："着太常寺少卿多隆阿为钦差大臣，代理胜保督办陕西军务，特赐神雀刀一把，有贻误军机者，副将以下立斩。钦此。"

多隆阿读罢圣旨，"唰"的一声抽出神雀刀说道："有谕旨和御赐神雀刀在此，敢抗旨者立斩不贷！"

胜保的那些亲兵你看看我，我看看你，谁也不敢上前。胜保急了，大声催促说："将在外君命有所不受，你们只管将多隆阿拿下，天大的事我来担着，还不快动手！"

在胜保的吆喝下，有两名亲兵想扑去捉拿多隆阿，不待他们靠近，多隆阿飞身上前两刀砍死那两人，他又厉声斥道："胜保，胆敢抗旨不从，怂恿属下造反，罪加一等！如果还想活命的话，就老老实实到京城叩见皇上与皇太后，请求宽大处理，不然，死路一条。"

胜保自觉自己并无大错，就是解到京中交刑部与吏部议处也只会降职任用，决不会处死。而自己真的抗旨不遵，那罪状就大了。想至此，胜保叹息一声，也不再言语。他的亲兵一见胜保同意押解回京伏法，谁还自讨苦吃呢？都放下手中的兵器。

这时，胜保才猛然想起两宫太后下旨将蔡寿祺调回京师的事，心中着实吃了一惊，莫非蔡寿祺这小子将自己出卖了，向慈禧告密，说自己掌握她的一个秘密，要不两宫太后怎会猛然下旨解除自己的兵权呢？就是败了几仗也不至于拿回京师议处。可是转念一想，又十分不可思议，自己和桑巴特谈话时蔡寿祺根本不在场，他决不会了解自己知道那个秘密。唉，无论怎样回京再说吧，反正也没有什么大不了的事，何况自己掌握慈禧的秘密，谅她不敢对自己怎样，一定是自己的那封信惹了祸。但是，胜保心中又有点恼怒奕诉起来，别人不说，你我可是同盟者，两宫太后要拿我问罪你不会不知道吧，为何不给我通个信，让我心中也早早有个准备，不致束手就擒。就是抗旨不遵，只要能平定暴乱也可将功补过。究竟是自己的那封信惹的祸，还是自己打了败仗遭的祸，胜保一时也摸不清。

多隆阿将自己的兵马与胜保的兵马合并一处，对胜保部下一些罪大恶极的人也一一逮捕，并把胜保的随军眷属也一同押解回京。

第二十六章

施恩宠玉宫收义女
示威严铁窗吓勋臣

奕䜣慌忙说道："荣荣无德无才怎配做太后的女儿？"慈禧笑道："荣荣德才兼备、有胆有识，如果能做大行皇帝的女儿，大行皇帝在天有灵也会同意的。莫非六爷舍不得这么一个宝贝女儿，不乐意让荣荣认我为额娘？"

恭亲王府。

奕䜣这几天一直闷闷不乐，他边摆弄廊檐下的鸟儿，边想着心事。

西太后有点太过分了吧，刚刚杀了一个何桂清，怎么又要将胜保治罪呢？不是胜保在关键时刻站在自己和太后的立场上，鹿死谁手还难以预料呢！说不定肃顺能把两宫太后逼得毫无权力。如今掌握了大权，反过来又要拿有功之人治罪，真是过河拆桥。唉，自古当权者都是只可同苦而不能同甘，为什么呢？奕䜣实在想不出个所以然。虽然胜保有些过错，如今又连吃败仗，给太后一个把柄，但也不至于捉拿问罪，将他降职使用，以功补过不就行了？

奕䜣始终觉得两宫太后同意将胜保解职问罪的真正原因是胜保要求两宫太后封他为亲王。胜保的要求尽管有点过火，但这也是你西太后曾经为了拉拢他亲口许诺的，如今不愿兑现就算了，也不必以治罪的形式给胜保敲敲警钟呀。

奕䜣又隐隐约约觉得两宫太后，或者干脆说西太后如此坚决处置胜保的原因似乎不止于此，究竟是出于什么原因自己也说不清，是为了害怕在外带兵的大员不服杀一儆百，还是借着胜保来给自己敲警钟呢？人人都知道胜保是自己的死党，难道太后害怕自己权力过大，又有胜保这个军事同盟，将来难以驾驭，才先剪除自己的羽翼，进而削弱自己的大权？要真是这样，自己一定要小心谨慎，决不能给两宫太后抓住什么把柄。自己能够拥有今天的位子确实不容易，如果再像先皇对待自己那样高兴时用自己、不高兴时一脚把自己踢开，那自己岂不太笨了，这一腔治国之才又何处施展呢？必须收敛自己的行为，以退为进，以安求稳，以静制动，保住自己千辛万苦争得的权力。当然，胜保也万万不能倒台，他毕竟是自己的同盟者，关键时刻会给自己做砥柱的。

再过两天不见太后发出捉拿胜保的谕旨，自己送出的信胜保就会收到。胜保只要按自己信中说的去做，挨过这一段时间，待平定了暴乱也就没事了。奕䜣正想着，猛然听到女儿的说话声："阿玛，你又遇到了不愉快的事？"

奕䜣放下手中的鸟儿转过身，看了一眼女儿："荣荣，你怎么知道阿玛遇到了不愉快的事呢？小小年纪胡乱猜测大人的心事。"

荣荣仰着青春而可爱的秀脸说道："荣荣每次见到阿玛侍弄这些鸟雀时都阴沉着脸，眉毛拧成团，话也少说，饭也少吃，还好发脾气。而阿玛在平日里是从来不关心这些鸟儿的，因为阿玛很忙，无暇顾及这些，只有当阿玛不愉快时才会静下来找鸟儿谈心。"

奕䜣抚摸着女儿的头，他不得不佩服女儿对自己观察得如此细致。也的确这样，平日里公务缠身，哪有心思放在这些无聊的事上，只有自己心烦时才会边逗鸟儿边思考问题。

"荣荣，你希望阿玛成为一位人人都拜倒在门下的朝廷权臣吗？"

话都说了出来，奕䜣才意识到不该同女儿谈论这些，她毕竟还是一个十几岁的孩子。不等奕䜣想下去，只听荣荣十分认真地说道："阿玛，荣荣不想让你成为权臣。"

"为什么？"奕䜣颇感意外。

"阿玛已经是皇室亲王了，拥有常人所无可相比的富贵。如果不满足，仍然用心思攫取各方面的大权必定招人嫉妒，毁谤阿玛，三人成虎，难免阿玛不因权而招祸，累及自身及家人。知足常乐，木秀于林而风必摧焉，阿玛不经常这样教诲女儿吗？为什么事情落到阿玛身上自己就忘记了呢？莫非真是当局者迷，旁观者清？"

奕䜣突然觉得女儿长大了，仔细端详着女儿，好久才叹息一声说道："唉，人在江湖，身不由己啊！"

荣荣看着阿玛一脸无可奈何的愁容，关心地问道："阿玛，莫非你与两宫太后发生了不顺心的事？或者两位太后见阿玛权势太大有心收回部分权势？如果那样阿玛也不必太过强求，功成身退才是智者的选择，古人都能做到，阿玛为何还不如古人呢？"

"荣荣，大清朝内忧外患正是用人之际，阿玛想施展才华做一番惊天动地的大业，不然，如何对得起祖上在天之灵呢？阿玛是宣宗成皇帝的嫡传啊，如果大清的江山在阿玛眼中破败下去，阿玛是罪臣啊！"

荣荣理解地点点头："那阿玛就应当和两位太后搞好关系，多为两宫太后着想一下，尽量顺从两宫太后的意志做事，也适当地取悦两宫太后才行。"

奕䜣刚要讲话，有传事太监来报，说慈禧太后在储秀宫召见恭亲王以及恭王福晋和格格、阿哥们。

奕䜣一听让自己的家人全进宫，十分惊慌地问传事太监："请问太后召见有何吩咐？能否提前打个招呼，我也有个思想准备。"

那人神秘地一笑："太后在宫中召见自然是好事呀，恭王爷何必多心呢？小的告辞了。"

奕䜣看着那太监离去的背影，仍然琢磨不出太后突然召见的目的。荣荣十分平静地说："阿玛，既然太后召见去就是了，常言说，是祸躲不了，是福推不掉，进宫之后再见机行事就是。"

奕䜣全家来到储秀宫，奕谖夫妇早已等在那里了。慈禧太后一反往日的严谨，破例站了起来，笑容满面地对奕䜣夫妇说道："大家等了好久，就等着你们全家的到来呢。"

奕䜣和福晋正准备给慈禧请安，慈禧急忙制止了："六爷不必多礼，这是在后宫，不同于在殿上，又都是自家人，礼就免了，快坐下叙话吧。"

奕䜣一颗悬着的心这才落了下来，但也仍然谨慎地说道："回太后，这宫中的礼节是祖上定下来的，万万不可荒废，特别是对于后世子孙的教导更要严格。"

说着，便带领他的全家给皇上与皇太后问安。

赐座后，奕䜣这才问道："请问太后，将卑职全家召来有何吩咐，太后只管讲来，奕䜣一定照办。"

慈禧微微一笑："六爷整日操劳公务，莫不是得了什么精神病吧，怎么一说话就是公务上的，就不能说点家务上的话吗？刚才开了个小玩笑，实话说吧，今日难得空闲，特意让恭王与醇王全家来此，大家好久没有见面了，今日我做东，请大家聚一聚，乐一乐，交流交流感情，特别是他们小辈也多接触一下，总不能一家人都不相识吧。"

慈禧说完，哈哈一笑，转脸对皇上说："皇上今日休假，也不必在此陪着大人了，去和恭王的两位阿哥一起乐去吧。"

其实慈禧没说之前，皇上就和奕䜣的两位阿哥载澂与载潃挤眉弄眼了。载淳虽然贵为皇上，但毕竟是个孩子，有儿童好动好玩的天性。但他的出身决定了对他的管教和日常行为要求，只能抹杀他的儿童天性，把他当作一个小大人看待。载淳在宫中也可算是唯一的男人吧，也是唯一的孩子，整日里想找个玩耍的伙伴也没有。每日的生活几乎是早晨起来向两宫太后问安，早膳后随两宫太后听朝，听朝回来后就去弘德宫读书。如此枯燥无味的生活之余就是和几位小太监一起斗蟋蟀，要么就是骑马，可不是真骑马，而是让太监趴在地上当马骑。

今天宫中突然来了几位和自己年龄相仿的人，不用说心的距离是很近的，有一见如故的感觉。载澂、载潃刚一进来，载淳就想和他们一同跑出去玩耍，但没有额娘的同意他是万万不敢主动提出去玩耍的，只好偷偷地和两位小阿哥挤眉弄眼。现在一听额娘发话，急忙从御椅上跑了下去，拉着载澂、载滢就向外走。

奕訢急忙请示说："太后，这样不妥吧，载澂与载滢还是个孩子，不懂宫中的礼节，万一惹恼了皇上，臣担当不起呀！"

慈禧笑道："恭王不必多虑，载淳虽是皇上，和载澂、载滢他们也都是小弟兄，就是在一起玩恼了也没有什么大不了的，就让他们去吧！"

奕訢还在犹豫，皇上已经拉着载澂与载滢跑了出去。

这时，荣荣站起来说道："如果太后同意，就让我去照顾一下皇上和载澂与载滢他们，我比他们年长几岁，会照顾好皇上的。"

慈禧微笑着点点头："荣荣真懂事。有你去我很放心，那就去吧。"

"谢太后！"

荣荣一鞠躬走了出去。

待荣荣走后，慈禧称赞道："六爷真是好福气，有这么一位通情达理的格格，这也是咱皇室祖上的恩德啊！"

奕訢急忙躬身说道："多谢太后夸奖！荣荣如此年幼，能得到太后的夸奖真是她的福分。"

慈禧忽然叹息一声："大行皇帝可没有这个福分呀，荣安固伦公主能抵上荣荣一半就好，她太弱太孤僻了。"

慈禧话音未落，外面传来一声清脆的娇笑声："谁说大行皇帝没有这个福分？妹妹把荣荣收为自己的女儿，大行皇帝不就有这个福分了吗？"

随着声音，慈安太后带着两名宫女走了进来，慈禧等人急忙站起来迎接。

"大家何必这么客气呢，都快坐下谈话吧，真是远路赶早市，我竟然落后了，也不知妹妹给不给吃呢？"

慈禧也笑道："姐姐白吃也来得这么晚，如果心意过不去，就凑上一些银子？"

慈安笑道："谁说我来晚了。瞧，你们不也坐着吗？"

"哈哈，不是等姐姐，我们早就去了御膳堂。"慈禧忽又转过身认真地说道，"刚才姐姐的提醒倒是个好主意，我倒真心喜欢荣荣，想认她做女儿，也不知恭王和福晋答不答应？"

刚才慈安太后进来时说的话就让奕䜣十分紧张，如今再听慈禧这么说，更是紧张。他看一眼福晋，慌忙说道："荣荣能博得两宫太后的夸赞已令奕䜣受宠若惊，荣荣无德无才，出身卑微怎配做太后的女儿？"

慈禧笑道："六爷不必自谦，荣荣德才兼备，有胆有识，如果能做大行皇帝的女儿，大行皇帝在天有灵也会同意的。莫非六爷舍不得这么一个宝贝女儿，不乐意让荣荣认我为额娘？"

奕䜣一听这话，早已额头沁出汗来，躬身说道："太后能够不以卑职的女儿卑贱收为义女，这实在是微臣三生有幸，也是荣荣上世积的恩德呀，卑职高兴还来不及呢，怎有不同意之理，让卑职和福晋先谢过两位皇太后。"

奕䜣和福晋一同上前叩首致谢。

慈禧笑道："六爷如此慷慨，把宝贝女儿给了我，说感谢的应该是我，请恭王夫妇不必多礼，快快落座吧！"

慈安也笑道："妹妹这顿饭可出得便宜啊，白白捡了一个女儿去，好福气。如此说来，我只好等醇王夫妇生下女儿后再来捡便宜啦？"

慈安的一席话又把大家逗笑了，也把醇王夫妇说得满面通红。不知怎的，醇王夫妇结婚多年了，却一直没有生出孩子，醇王夫妇早已心急了，一听慈安太后这么说更觉得难堪。慈禧又从旁边打趣说："你们也加一把劲啊，争取来个双胞胎，给慈安姐姐一个，她就没有意见了。"

慈安又笑着说："妹妹也别高兴太早啊，你认荣荣是女儿，不知荣荣是否同意认你这个额娘呢！还是先把荣荣叫来问一问吧！"

众人正在说笑着，外面传来了皇上的哭喊声，接着皇上追赶着载澂进来了。荣荣也随之跑了进来，她边跑边从脖子上解下自己的香袋递过去："皇上是男子汉，皇上不哭，我的香袋给皇上。"

原来，载淳正同载澂争香袋呢！载淳向载澂索取，载澂不但不给还打了皇上。

奕䜣气得脸色铁青，想打儿子可又不好当着两宫太后的面痛打儿子，甚至训斥也不敢，看见皇上接过荣荣递上的香袋不再哭了，面色稍稍缓和一下，又听荣荣说道："皇上先拿着这个香袋，待我回去，一定亲手给皇上做一个又大又好的香袋，让皇上一看就喜欢。"

载淳这才破涕为笑。

众人都松了一口气，慈禧打破刚才的冷清问道："荣荣，我想认你为女儿，你乐意吗？"

荣荣看了父母一眼，急忙跪了下来，十分真诚地说道："荣荣如此卑贱，能承蒙太后不嫌弃收为女儿，这实在是荣荣的福分，荣荣先行谢过皇额娘。"

说完，连磕三个响头。

慈禧乐了，急忙说道："荣荣快起，可别磕坏了身子，过来让皇额娘好好看一看。"

"谢皇额娘！"

荣荣站起来，走到慈禧跟前。慈禧把荣荣从头到脚细细打量了一下，一把把她揽在怀里："荣荣是个好孩子，荣荣更是个好女儿，皇额娘一定把你当作亲生女儿一样看待，现在就封你为荣寿固伦公主。"

不待慈禧说下去，奕䜣急忙说道："太后万万不可，固伦公主的封号万万不可加在荣荣头上，这样做有违祖制，荣荣如此出身怎敢担当起如此封号呢？"

慈禧固执道："六爷这话可就不对了，荣荣如今已是本宫的女儿，为何不可加封为固伦公主呢？请六爷不必多言，我主意已定，这个封号是封定了，就叫荣寿固伦公主！"

奕䜣迟疑片刻，看看慈安太后，仍然说道："请两宫太后三思，还是收回这固伦公主的封号吧，如果传扬出去，让一些不明事理的人知道，还不知怎么议论我奕䜣呢！也许说微臣有觊觎上野心呢！"

"恭王不必多虑，谁愿意嚼舌头就让他们说去好了，这固伦公主的封号就这么定了。"

慈安太后也说道："既然是太后认荣荣做女儿，封她为荣寿固伦公主也不过分，恭王放心好了，别人只会羡慕你呢！谁敢多说些什么，我们姐妹还不相信六爷吗？"

奕䜣知道不好再说什么，只好坐了下来。要知道，按照《大清会典》，只有皇后的女儿才有资格封为"固伦公主"，妃嫔的女儿只能叫作"和硕公主"，像恭亲王这样的亲王女儿只可称为"郡主"。慈禧把荣荣认作女儿也只能是义女，名义上的女儿，加封为和硕公主或公主就相当不错了，慈禧却执意封为固伦公主，显然是对奕䜣施恩拉拢，奕䜣当然也明白这一点。但他知道，这是两宫太后事先商量好的，自己再说也无益，太后这样做的目的无非是让自己为她们卖命，永远站在她们的立场上。

待奕䜣坐定，慈安又说道："妹妹既然加封了格格，对阿哥也理所当然地有所封赏啊！"

"姐姐以为封两位阿哥什么最合适呢？"

慈安想了想说道："那就加封两位阿哥为贝勒，载澂为辅国公，封载滢为入八分辅国公，赏载澂三眼花翎顶戴！"

奕䜣给搞蒙了，两宫太后今天是怎么回事，封过女儿又封儿子，到底有何目的呀？

"请太后不必加封载澂与载滢，无功不受禄，两人如此年幼，待他们将来长大后为朝廷建功立业时，再请太后加封不迟，如此小小年纪就得到皇太后加封何以服众人呀？"

"两位贝勒将来有功于朝廷时仍有封赏，可以加封亲王衔。如今对两位阿哥加封，实际上是嘉奖六爷，望六爷尽心尽力为朝廷做事，辅佐皇上长大，将来好振兴朝纲，做中兴明君。"

"请两宫太后放心，臣决不会辜负太后的厚爱，尽最大努力把太后吩咐的事做好。这加封一事就——"

不待奕䜣说下去，慈安就向他挥了挥手："六爷恭敬不如从命，就让两位阿哥接受封赏吧。我这样封赏并不过分，完全是按照祖制的要求。"

慈禧一听这话，心中老大不快，哼！你是按照祖制，我就不是按照祖制了？

慈禧故意请恭王全家与醇王夫妇进宫畅叙赐宴，目的为了拉拢奕䜣，想不到慈安一眼看破慈禧的心思，心里道：你加封荣荣为荣寿固伦公主，要拉拢奕䜣，我也加封他的两位阿哥，决不能让奕䜣处处听命于你，成为你的同盟，那样我的位子就岌岌可危了。

慈禧也看出慈安加封奕䜣的两位阿哥是故意与自己对抗，十分反感，虽然嘴上不说，心中却不满，略一思忖，又淡淡一笑说道："姐姐，我们对荣荣、载澂、载滢这些小字辈都有封有赏，对恭王与醇王不也应该略施皇恩吗？"

"哦，妹妹原来今天宴请的真正目的就在这里？"慈安不失时机地反问一句。

慈禧也趁机说道："如果姐姐不想加封两位王爷也就算了，全当妹妹没说。"

慈禧说着，提高了嗓门："传御膳堂，准备酒宴！"

慈安一听，嗬！你这不是故意让两位王爷对我有意见吗？他们会认为你慈禧想给他们封赏，是我慈安阻拦了，好事你全占了，让我背黑锅落骂名，我才不干呢！慈安也提高了嗓门，略带不满地说道："给两位王爷封赏，请执事太监笔录：赐恭王四人肩舆一顶，特准在紫禁城内乘坐。赏醇王黄马褂一件，入宫免跪。"

奕䜣、奕譞看出两宫太后话语言谈间都带着火药味，如此下去今天的宴席还怎么吃下去，这赌气的加封还有何意义，大家在一起叙谈叙谈，交流一下感情本是好事，现在却变成了坏事。两人同时上前躬身说道："启禀两位太后，对我们两人加封的事就算了，今天只是叙话，我们无功受封心中有愧，请太后收回成命。"

慈安想了想说道："那也好，待攻克金陵后再对两位王爷封赐，今天的加封寄存于此吧。"

慈禧却说道："如果姐姐想收回对两位王爷封赏的成命，何不了却恭王一桩多年的心愿呢？"

"什么心愿呢？"慈安不解地问。

"大行皇帝在位时，由于肃顺等人从中挑拨是非，致使大行皇帝与恭王之间略有不和。因此，孝静成皇后仙逝时大行皇帝没有谕旨给予谥号，更没有祔庙，仅仅葬于慕陵东。如今肃顺等人早已铲除，大行皇帝业已宾天，应该给孝静成皇后追谥、祔庙才行，也以此了却恭王的心愿。"

奕䜣一听这话，立即向慈禧投去感激的目光，这的确是他多年来都耿耿于怀的心事，如果两宫太后能给予了却，真是太感恩不尽了。奕䜣见慈安仍在犹豫，扑通跪倒恳求说："微臣宁可不要太后的一切封赏，包括对载澂、载潚与荣荣的封赐，也求太后开恩给孝静成皇后追谥、祔庙！"

慈安点点头："恭王请起吧，所有封赏一样也不少，也同样会给孝静成皇后追谥、祔庙的。"

"谢太后，谢两宫皇太后。"

奕䜣重重地叩了两个头，内心十分感动，几乎要流出泪来，这是他多年的心愿啊，如今终于如愿以偿，怎能不感激呢？孝静成皇后是奕䜣的生母，早在咸丰五年时就仙逝了，咸丰皇帝与奕䜣有矛盾，累及到他母亲也蒙羞，死后没有谥号，没有祔庙，更不同意将孝静成皇后与宣宗成皇帝合葬，在奕䜣的多次请求下才勉强同意葬在慕陵东。后来，由于慕陵发生倾斜的事，咸丰又把责任归于奕䜣，并要求拆除孝静成皇后的慕东陵。虽然慕东陵没有拆除，但那追谥与祔庙的事也就无望了。

祔庙就是在太庙奉安神御，供上一个牌位，说明得到祖宗的认可。不追谥，不祔庙，就是得不到列祖列宗的认可，没有名也没有分。这对于奕䜣当然是个打击，也是个心病，他总觉得愧对母亲在天之灵，因为这是由于他的过失而引起母亲的无名无分呀！

几天后，经礼部磋商，拟出追封孝静成皇后的谥号，两宫太后发出谕旨：

上孝静成皇后尊谥曰孝静康慈懿昭端惠弼天抚圣成皇后。

钦此

今年北京的冬天似乎来得较往年早一些，刚一入冬，天就这么冷，特别是清晨就更冷了。

天还没有全亮，四周仍笼罩薄薄的雾气，大臣们就哆哆嗦嗦地等候在朝房了。随着御前太监一声公鸭似的吆喝，两宫太后拉着睡意蒙眬的小皇上走上墀阶。

待皇上和两宫太后坐定，两旁等候已久的文武大臣齐声高呼："皇上、皇太后万岁！万万岁！"

"免礼，平身！"

随着慈安太后这声不大不小的话语，大臣们又回到各自的位置站好，静听两宫太后问话。

慈禧看了一眼两旁的大臣，平声问道："众家王公大臣，有本奏来，无本退朝。"

荣禄走上前躬身奏道："臣有本奏。"

"奏来！"

"胜保已被多隆阿逮捕押解到京，请太后发落！"

荣禄话音一落，马上引起众人的骚动。众人已知蔡寿祺等人弹劾的事，并列出十大罪状教众人讨论，这事讨论的结果还没确定，怎么胜保就已经被押解回京了。奕䜣更是吃惊，他估计自己派出的信使今天最多到陕西。如此看来，慈禧太后是一边同众朝臣讨论对胜保的处置，一边暗中着人下谕旨命多隆阿入陕接替胜保，并将他捕拿进京，哼！真是岂有此理！

慈禧见众人交头接耳，议论纷纷，知道让众人议论下去对自己不利，便干咳两声说道："既然押解到京，就交刑部严议，此事由荣大人全权负责。"

"谢太后！"荣禄领旨退回一旁。

"姐姐还有什么吩咐？"

慈安补充说道："胜保一案关系重大，务必据实查清方可定罪，万万不可草率从事，以免伤了前线将士的感情。"

慈禧点点头："姐姐言之有理，此事先交刑部审定后再做定罪吧，姐姐没有事就退朝吧，皇上还没吃早点呢！"

慈安点点头，慈禧平声说道："退朝——"

慈禧率先拉着皇上站了起来，慈安也站了起来。

奕䜣本想说点什么，见皇上、皇太后已走下了墀阶，把到嘴边的话咽了下去，心里道：等我先见过胜保再想办法解救他吧。

奕䜣来到刑部大牢，胜保一看见他就气呼呼地吼道："六爷，两宫太后拿我问罪，你为何不提前给我通知一声？害得我好惨。"

奕䜣有口难辩，哭丧着脸说："克斋，你我的关系情同手足，我怎会不帮助你，太后抓你是瞒着众大臣做的。等我知道消息就派人去陕西给你送信，估计今天信使才能到达同州。刚才听到你被解到京师的消息众人都十分吃惊呢！"

"无论怎样，恭王要想办法救我！"

"你在河南、陕西都干了些什么，为何有那么多人弹劾你呢？"

胜保委屈地说："恭王，带兵在外又能干些什么，不外乎是吃些喝些捞些，偶尔玩玩女人，哪个带兵的不是这样，这又有什么？这些地方官不免小题大做，眼红了一点。"

"你为什么对属下的人也没维持好？蔡寿祺将你的罪行列为十大罪状呢！"

胜保一咬牙："果然是他，待我出去不扒了他的皮才怪呢！他们都弹劾我哪些罪状？"

奕䜣把蔡寿祺所列举的十大罪状大致说了一下，最后又补充说："如今又要另加一条，骄奢狂妄，指挥不力，屡战屡败。"

胜保听罢哈哈一笑："哼，逮捕我的主意一定是西太后所出的，蔡寿祺所列举的这些罪状根本不是将我解职捕拿的真正原因。"

奕䜣一怔，问道："那么真正的原因是什么？"

胜保还没有讲话，荣禄就来到跟前，略带嘲讽地说："恭亲王的腿可真快呀，恭王爷对胜保一案挺关心啊。卑职明日奏明两宫太后，此案由议政王亲自审理好了。"

奕䜣想不到荣禄也敢讽刺他，心里道，你小子不要以为是西太后的红人就不知天高地厚，我会让你瞧瞧我奕䜣也不是好惹的。

奕䜣冷冷一笑："荣禄，也掂量掂量自己的分量，不要拿鸡毛当令箭。荣大人能有今天也不容易啊，但万万不能好了伤疤就忘了疼。"

荣禄也不示弱，淡淡一笑回敬道："恭王爷提醒别人的同时更应该提醒自己才对呀，王爷能有今天也不容易，万万不可因小失大，为了一个朝廷的罪臣而置自己的名声地位而不顾，这样做值得吗？请王爷三思。"

"荣大人提醒得极是，但荣大人更要明白，无论做什么事都要把握住分寸，不可把自己的后路堵了，事事不必太认真，更不要揽得太宽，属于分内的事则做，不属于分内的事得过且过。"

荣禄哈哈一笑："这话不应从恭亲王的嘴里发出呀，事事不能太认真也不能不认真。若说管得宽，恭亲王身兼多职又是议政王，那才真正叫管得宽呢！至于得过且过，这难道是王爷官场上的经验之谈？王爷是诚意诚心为朝廷做事，还是得过且过空占其位而不办实事呢？"

"荣禄妒忌本王职务太多是不？可这些都是两宫皇太后任命的，我是奉命做事。"

不待奕䜣说下去，荣禄急忙把话接了过来："恭王说得太对了，卑职也是奉命做事，卑职奉太后之命在此，提审胜保，请王爷不要阻碍下官办案，王爷请吧。"

奕䜣知道荣禄不想让自己待下去，看此情景再待下去也无益，待荣禄审定出结果后自己再出面为胜保求情吧。

奕䜣转过身对胜保说："克斋多保重，我会尽一切努力为你求情的。"

不知为何，胜保在路上还有些侥幸心理，而如今好像预感到什么，害怕起来，冲着奕䜣的背影大喊："恭王要救我，恭王要救我！"

待奕䜣走后，荣禄低声呵斥道："胜保，你罪恶多端，作孽深重，死到临头，谁也救不了你。"

荣禄屏退其他人，又小声哄骗说："当然，胜将军是我朝重臣，曾四处拼战疆场为朝廷立下汗马功劳，两宫太后也很为胜将军惋惜。特别是慈禧太后对将军更是大加赞赏，有心想对将军开恩，但又恐朝中众臣不服，故此派我来审理此案，可以从中为将军周旋。"

荣禄说到这里，扫一眼胜保，欲擒故纵地说："至于对胜将军处置的轻重全靠将军自己的表现，看看将军对太后忠不忠，将军是明白人，应该理解我话中的意思吧？"

胜保似懂非懂地看看荣禄："荣大人的意思是——"

"不是我的意思，是太后的意思。"

"太后让我做什么？"

"你给慈禧太后的密信中提到了什么就做什么。"

尽管胜保早已想到了这一点，经荣禄这么一说他仍然有些吃惊，愣了一下神问道："西太后让我怎样？"

"对任何一个人都不要提及那个秘密，胜将军就永远把它忘在心里，对任何人也不许说，特别是恭亲王。你以为奕䜣真的有能力救你吗？不要忘了，胳膊是拧不过大腿的，馒头再大也是笼蒸的，奕䜣的所有职位都是太后给的，太后可以给他也可以收回它。胜将军明白吗？只有太后可以救你，当然，太后也可杀你！"

胜保倒真的被荣禄这几句话唬住了，他仔细一想也有道理，向荣禄保证说："请荣大人转告太后，只要饶过我，我什么也不会说的，全当那件事从来也没发生，其实根本就没有发生什么事，是我同太后开了一个小玩笑。"

荣禄这才点点头："胜将军，算你聪明，待我禀告太后，一定会给将军一个将功补过的机会，让将军早日官复原职。如果刑部审理此案，让你如实交代，你只管承认军队上的事，至于审理的结果要上报到太后那里，她会给你一一开脱的，请胜将军不必多虑！"

荣禄又进一步威胁说："胜将军应该知道，这刑部的大小官员都是西太后亲自任命的，你这牢狱四周也都是太后的眼线。如果胆敢不守诺言，有个风吹草动太后都会送你去西天！实话告诉你，奕䜣只是来做做样子，他根本不会来救你，即使有这个心也无能为力。你想想，太后下令捕拿你的消息早就在京中传开了，奕䜣为何都不派人给你透个信呢？他敢为了你而去得罪太后而失去一切吗？如果奕䜣再来见你，你推说没时间或干脆拒见。"

胜保本来就是一介武夫，经荣禄这一威逼利诱哄骗他完全被征服了，心中暗暗祈祷太后给他开恩，早日让他重返陕西战场。

第二十七章

会旧好良宵温艳梦

骂太后黑牢赴黄泉

"胜保一日不死都是我的心头大患，必须尽快将他处死才行。我让你先利用软硬兼施的手法堵住他的嘴，绝对不能让他同奕诉有太多的交谈，每次交谈的内容必须了解得一清二楚汇报给我，明白吗？"

一钩弯月透过枯枝照在紫禁城的红砖青瓦上，给这寒冷的冬夜又增几分寒意。

西太后草草吃罢晚饭就推说身体不适早早回房休息了。

安德海听说太后身体不适，急忙前来问安："太后是不是操劳过度疲倦了，腿痛腰酸，让奴才给你捶捶，按摩按摩？"

慈禧摆摆手："小安子你回房吧，早早歇息吧，我实在太困了，只想睡觉，你给他们几人打个招呼，没有我的传唤谁也不许入内打扰本宫睡觉，不然乱棒打死！"

"嘛！"

安德海翻了一下老鼠眼退了出去，临走前在房内四下看了看，暗暗点点头，轻轻把门扣上。

慈禧等到安德海的脚步声完全消失才猛地一翻身坐了起来，向屏风内轻轻拍了三掌，荣禄悄悄地走了出来站在慈禧床前，他看着和衣坐在被窝内的慈禧，又看看那雕龙画凤的床，心里咯噔一下，不由自主地后退一步，站在那里不动了。

荣禄脑子乱哄哄的，自从晚上到现在心里一直在思考着这事。他爱兰儿，曾经爱得死去活来，为她几乎发了疯，冲破父母的阻拦疯狂地追求一位破落官僚家庭的落魄女儿。然而，就在两颗彼此相爱的心就要碰撞在一起时，一场灾难将他们分离了。

那是一个比今冬要冷得多的寒冬，病了将近两年的兰儿父亲终于耗尽最后一点心血而撒手人寰，给孤儿寡母留下一笔沉重的债务。失去一切生活支柱的兰儿全家被迫携带着父亲的棺木走向生死未知的京师，一对多情的男女相拥相抱，哭得死去活来。

那是临别的前一天晚上，荣禄应约来到兰儿的房后，他们从相见的刹那就紧紧地抱在一起。虽然以前也曾偶尔这么做过，但总是那么羞羞答答，而今天不同了，也许他们都意识到这别后天涯情长，留给两人的可能是终生遗憾。为了不给终生留下遗憾，凛冽的寒风中，四片火热的唇第一次碰撞在一起，碰撞的火花将两人的心点燃了。

兰儿终于鼓足了勇气，焦灼而急促地恳求说："荣大哥，我的心早已给了你，这身子也——"

荣禄愣了一下，双手捧起兰儿的脸仔细端详着，尽管风很大，天很黑，他什么也看不见，但他仿佛看到了兰儿一颗赤诚的心。

荣禄压抑着自己，摇摇头："兰儿，仅此就足够了，把更美好的东西留给将来吧！"

"荣大哥，将来，我们还有将来吗？也许将来只有遗憾。"

荣禄苦笑一下："我不相信！没有同年同月同日生，只愿同年同月同日死，非我不嫁，非你不娶，此情可待，舍我其谁？"

兰儿再一次"哇"的一声哭了："荣大哥，你等着吧，兰儿永远是你的！"

寒夜中只有两颗心是热的。

一晃多年过去了，那声音一直在耳畔响起，直到刚才，荣禄似乎又听见兰儿的哭喊：荣大哥，你等着吧，兰儿永远是你的！

荣禄又看看床上的慈禧，这早已不是自己原先的兰儿，兰儿早已死了，这是慈禧太后，当朝执掌生杀予夺大权的太后，太后是当今皇上的母亲，这样的女人是自己可以有非分之想的吗？

从下午慈禧的话语、声调、表情和眼色里，荣禄知道自己等待的这一天终于来了。他自从再次遇到兰儿，确切地说是相遇太后，也就是自回銮之后，荣禄就上百次设想这一天到来时的情景，他是多么激动、幸福和痛苦。

然而，如今这一天真的来了，他反而平静了、怯懦了、犹豫了。

慈禧见荣禄傻愣愣地站在床前不动，有点恼了，气呼呼地说："哼，枉是男子汉大丈夫，真是没用，一到关键时候就成了熊包，当年不是你——"

慈禧没有说下去，赌气地一翻身脸向内帐和衣睡了。

这瞬间，荣禄有一种羞辱感，更有一种猎人终于从对手手中夺回自己的猎物感，他也好像有了说不出的勇气，猛地甩去外衣扑上了床……

慈禧紧闭着双眼，想象回到了镇江，是金山也好，瓜洲也好，这些都不重要了，重要的是回到多年前，找回曾经丢失的东西。

慈禧见荣禄仍在呼呼大睡，抬头看看窗外，那弯新月早已不知落到何处，周围黑沉沉的，也静悄悄的，只偶尔传来几声更鼓声。

慈禧睡意全无，她轻轻捏了一下荣禄，荣禄一翻身，略带惊慌地说道："现在就赶我走吗？万一让人发现，我的命就白搭了。"

慈禧灿烂一笑，娇嗔道："谁说赶你走了，天还早呢！我睡不着，想和你谈谈心。"

荣禄的睡意也被慈禧这几句柔情似水的话逗引得烟消云散，他伸出有力的臂膀将慈禧揽在宽大的胸脯上，两人相偎相依，只有动作没有言语，彼此几乎可以听到对方的心跳，这无声的静默是他们所有交谈中最好的话语。

慈禧最终还是打破了静默，娇羞地问道："你每天都想我吗？"

"每一时刻都在想，想和你在一起，就像现在这样，永不分离。"

"我也是，我时常在夜深人静时做出种种假设，设想和你在一起的日子，设想如何才能摆脱这清规戒律的束缚，挣脱宫廷的羁绊和你相亲相爱，永远也不分离。"

荣禄听了这几句话，心里热乎乎的，为了这样的女人，就是死也心甘，但他又十分清醒地知道，慈禧这话只是说说，做不到的。他叹息一声："你真的愿意为我舍去一切吗？你如今有了高贵的尊严、至上的权力、崇高的地位和奢侈的生活，而我荣禄只是你手下的一条招之即来挥之即去的狗，你愿意为了一个一无所有的人舍弃优越的地位吗？"

慈禧没有立即回答他的问题，长长地叹息一声："我由两个灵魂组成，一个是兰儿，另一个是慈禧太后。作为兰儿，我愿意随荣大哥相伴到天涯，过一种与世无争的田园农家生活，你担水我浇园，我纺织你耕田，咱们生儿育女白头偕老。作为慈禧太后，我只想保住自己至尊的地位，将大权独揽，让所有的人都听命于我，享受一下'普天之下莫非王土，率土之滨莫非王臣'的滋味。"

"这么说我只能拥有你的一个灵魂，听命于你的另一个灵魂？"

"白天主宰我的是叫慈禧太后的那一个灵魂，晚上主宰我的是叫兰儿的那个灵魂。"

"如果真是这样，我只想这样的夜晚永远不亮。"

慈禧苦笑一下："唉，只可惜天一定会亮的，太阳每天都照常升起。"

荣禄酸溜溜地说："作为慈禧太后，你对谁都那么残忍，如果有一天我也冒犯了你，你会饶恕我吗？"

"那要看你怎样冒犯我了，冒犯我的什么，必要时也会让你同那些人一样，永远闭上嘴巴。我不允许任何人背叛我，只允许他们听命于我，无二心地服从我，特别是我认为最亲密的人、最值得信赖的人背叛我，我更要加倍惩处，置他于死地。"

荣禄的心猛地一颤，略有心悸地问道："你真的要胜保死吗？"

"胜保一日不死都是我的心头大患，必须尽快将他处死才行。我让你先利用软硬兼施的手法堵住他的嘴，绝对不能让他同奕䜣有太多的交谈，每次交谈的内容必须了解得一清二楚汇报给我，明白吗？"

荣禄伸伸懒腰："请太后放心，看押胜保的人全部换成我的人了，只要有个风吹草动我都会知道，何况我已经对胜保采取了威逼利诱的手段，哄骗胜保与奕䜣有矛盾，让他不再相信奕䜣就不会对奕䜣乱嚼舌头了。"

慈禧仍有点不放心地说："不要把大话说得太早，做事一定要稳妥，当初不是安德海大意，怎会留下今天的大患呢？嘿，真气煞本宫！"

"你一定要慎重行事，万万不可莽撞，已经杀了一个何桂清，再杀一个胜保，内外臣不知怎么议论你呢！不说别人，慈安太后与奕䜣也不会同意，胜保可不同于何桂清，他在京师之中很有势力。稍一不慎会招致群臣的一致反对，到那时，只怕你杀不了胜保反而会弄掉自己垂帘听政的位子。"

慈禧十分自信地笑了笑："胜保不同于何桂清，不过，我杀胜保的理由也不同于何桂清。慈安、奕䜣不同意，我自有办法让他们同意，其他那些与胜保交情较好的人不过是因为胜保的势力而趋附他，众人只要见胜保大势已去，自然从各自的利益出发还怕惹火烧身呢！真正为他卖力的人也就微乎其微了。"

慈禧和荣禄正小声说着，猛然听到外室的廊檐下有一丝响动，慈禧一惊，急忙示意荣禄悄悄地去看个究竟，荣禄刚到门口，那一丝响动就消失了。

荣禄要出门看个究竟，慈禧轻声把他喊了回来："不必了，估计是安德海，明天我再收拾他。"

"太后怎知是安德海？"

"哼，不是他还能有谁如此大胆呢？"

荣禄略为惊慌地问："我们的事——"

"嘿，能瞒住别人还能瞒住他，晚饭后他来给我问安，我让他早早回去休息，他临走时那对老鼠眼在这房内四下瞅了几遍，就是想看看你在不在房中。"

荣禄更是惊慌："他会不会暗中报告给东边呢？"

"你放心好了，这宫中上下百十号人还没有一个敢那样做的，安德海来偷听我俩讲话是吃你的醋呢！"

慈禧说着狠狠地点了一下荣禄的鼻子，荣禄用手摸了摸自己被点痛的鼻子，若有所悟地笑了笑："安德海他一个太监也能吃醋？"

"你不是太监哪里知道太监的心理……"

灰沉沉的天宇将紫禁城压得几乎透不过气来。

不知何时天空飘起了雪花，一片一片又一片，雪花由小到大，渐渐地满天飞舞起来。不多久，整个紫禁城都变成白茫茫的一片。

弘德殿上书房传来琅琅读书声，同治帝几乎每天都这样苦读。他虽然在年龄上还是个孩子，而心理上已经是个小大人了，他早已知道自己是大清国的第十位皇帝，自己将来的任务就是治理国家，完成先皇临终遗命，收复失地，废黜屈辱条约，重振祖宗家业。这许多许多的事等待他去做，不潜心读书，不精通圣人经典怎么行？更何况两位皇太后对他期望很高，几位师傅对他教读细致，要求也十分严谨，特别是李师傅李鸿藻对他更是严格要求，几乎不把他当作一个十来岁的孩子看待，完全用一个真正皇帝的标准要求他，给他灌输各种治国方略和治世经典，希望他能成为大清朝的第二位康熙皇帝，同康熙皇帝一样有叱咤风云、威镇四海的本领，那样大清的中兴也就有望了。

同治虽然小小年纪却也不负众望，攻读用心，学习刻苦，许多经典篇章几乎都能成诵。当然，这也与两位太后的严格要求相关。慈安太后对同治是严中带慈，用慈爱关怀促进他成长，这也许是一种爱的教育，当然，她采取这种教育方式的原因也许是因为载淳不是自己的亲生儿子，别人的儿子自己怎么可以随便打骂呢？而慈禧就不同了，她也许觉得载淳是自己的亲生儿子，更有一种望子成龙的迫切心理，对同治要求很严，动辄就是一顿训斥，她相信"棍棒出孝子，严师出高徒"这个道理。

同治读了半个多时辰，不知是读累了，还是被窗外飞舞的雪花所吸引，出神地望着这雪景想着自己的心事。

昨天，他从上书房去储秀宫的路上，由于是抄近路，无意中听到两名太监的对话。虽然是这么匆匆一过随便听了一句，却也听到一点门道，似乎是议论额娘与荣禄之间的事。当那两名太监看见他走来时都吓得变了颜色，一声也不吭，问他们议论的什么内容，都支支吾吾不愿说，他还狠狠地踢了那两名太监几脚。

唉，额娘也真是，贵为太后，母仪天下，位在万万人之上，人人顶礼膜拜，万乘之尊，怎么竟和荣禄这么一个人人不齿的卑鄙之徒打得火热呢？他们之间有没有苟且之事不曾知道，但宫中已有人私下议论额娘和荣禄的事，唉，自己作为一国之主，母后却——

同治正在胡思乱想，猛然听到身后有脚步声，转身一看，李鸿藻走了进来，浑身落满了雪花。

同治帝站了起来："李师傅，下这么大的雪，朕以为你不来了呢！"

"天虽然冷了一些，皇上尚能够坚持读书，臣岂有不来之理？皇上如果不累，臣就接着昨天的内容讲解吧。"

同治点了点头，率先打开书。

李鸿藻今天讲授的内容是《孟子》里面的《齐桓晋文之事》，分析"仁政"与"王道"的关系。讲读之间，李鸿藻发现皇上今天情绪不振，也不能够很好地集中精力，以为皇上是天冷厌学，就径直说道："皇上整日读书辛苦很少休息，今天又恰逢大雪，天寒地冻，皇上如果觉得太累，就回宫休息吧。"

李鸿藻话音未落，恭亲王奕訢进来了，他拱手说道："臣奕訢给皇上请安！"

"皇叔请坐吧，"同治边吩咐贴身太监给奕訢看座，边问道，"如此大雪，皇叔不在府中取暖，到此有何贵干？"

奕訢欠身答道："臣见今日雪景极佳，信步边走边看，不知不觉来到宫中，想到这大雪天皇上该不会到上书房读书了，便前来看一看，实在令臣欣慰，几位伴读的阿哥都没有来听课，唯独皇上在此。也令臣十分放心的是几位师傅今天一个也不缺，李师傅还特意从府上赶来授课，卑职一定将此事奏明两宫太后给几位师傅嘉奖，对皇上更应该大加褒扬。"

李鸿藻一抱拳："恭王爷太客气了，皇上都能不怕寒冷、不畏辛劳在此读书，臣有何不能来此授课呢？何况给皇上授课也是臣的分内事呀！"

同治也说道："难得皇叔如此关心朕的学习，朕决不辜负皇叔的一片赤心。"

正在这时，李莲英慌慌张张地跑了进来，上气不接下气地奏报道："回皇上，两宫太后争吵起来了，无人敢劝阻，请皇上快去劝解。"

李莲英抬头一看恭亲王也在这里，又急忙说道："恭王爷也一同陪皇上去劝解一下两宫太后吧！"

"你可知道到底为何争吵？"

"可能是为了杀不杀胜保的事吧。"李莲英答道。

同治一听两位太后争吵起来，也十分着急，急忙合上书本对李鸿藻说："李师傅，今天的课就上到这里吧，朕要和皇叔去劝阻两位太后争吵。"

李鸿藻连忙点头："皇上尽管去吧，但不要莽撞支持一方反对另一方，冷静思考，平和劝解，不能把矛盾进一步扩大。"

同治帝会意地点点头，又催促说："李莲英，你还愣着干什么？还不快带路！"

"嗻！"

三人直奔储秀宫。

储秀宫内已闹得不可开交，但由于是两宫太后争吵，那些宫女、太监谁也不敢上前阻拦，唯恐自己说话不当得罪哪一位。这两宫太后都不是好惹的，得罪了谁做奴才的也不会有好下场。一般人就不用说，就是太监总管崔长礼、储秀宫总管太监安德海这样的人都不敢上前，更何况一般人呢！

慈安太后气得脸色发白，却也毫不示弱地说道："你那拉氏不要好了疮疤忘记疼，不是我等从中求情，大行皇帝早就将你处死了，你怎会有今天的嚣张？自从垂帘听政以来，许多事我都装作不知，不和你争夺高低贵贱，事事由着你，可你也太不像话，自以为是，自作主张，今天提升这人明日又提拔那人，想杀谁杀谁，想贬谁贬谁，这大清的天下仿佛成了你那拉氏家的私有财产，真是岂有此理！"

慈禧一听慈安竟然揭了自己的老底，怎能不气恼呢？白净的脸由白变红，由红而青，她气急败坏地说道："打人不打脸，骂人不揭短，大行皇帝要杀我是受了肃顺、载垣等奸臣的蛊惑，这一点也是满朝王公大臣人人皆知的。你当时为我求情算你明智，看破肃顺等人的险恶用心，那并不是我的过错，错只能错在乱臣贼子身上，错在大行皇帝听信了谗言。事情已经过去了许久，你不应该提起这捧不上桌面的事压我。若说起人的短处，谁没有一些，当初戊午顺天乡试科场案中，你为了侄女碧罗冰玉的丈夫程秀，不也四处活动，恩威并用给程秀开脱罪责。你骂我心狠手毒，我这样做是为了谁？如果不心狠手毒，能除去肃顺、载垣、端华等人吗？你不杀人，人却逼你杀人，如果不是我坚决主张除去他们几个逆贼，你我能活到今天吗？这大清的天下还在不在爱新觉罗氏的手里都很难说。"

"当然，治理国家处理朝政也不能不杀人，但你也要把握住分寸，该杀的人才能杀，不该杀的人也杀，不就成了滥杀无辜的暴君吗？我出面阻止你杀胜保实在是为了你的名声着想，你却一点也不体谅我的心，认为胜保给我送了许多贿赂之银，我才三番五次给他求情的，你我相处多年，我是那样的人吗？我还是那一句话，你杀肃顺、载垣、端华，那是他们罪有应得该杀，他们死有余辜！你杀何桂清我不也没有反对吗？为了前线将士作战勇敢，人人奋力向前不当逃兵，他虽然不该死罪，但在非常时期杀一儆百也是可以理解的。但你如今又要杀胜保，是万万不行的！"

慈禧已气得两唇发抖，憋了一会儿，才缓口气道："可胜保有罪！"

"有罪？"

"他的那十大罪状哪一条不当杀？抛开这些不说，他虽然在铲除肃顺等人的过程中出过一些力，我们也给他升官封赏了，可他不知足，再次要求我们封他为亲王，这亲王的头衔是可以随便加封的吗？居功自傲，要挟太后不当杀吗？带兵剿匪，连续溃败，损兵折将不当杀吗？"

慈安太后被慈禧这几句话问得一时哑口无言，过了许久才说道："胜保固然有罪，但罪不当斩，可以降职任用，以功补过，令他重新到战场上杀贼立功赎罪。如今正是用人之际，江浙战场吃紧，洋枪队又遭惨败，陕西起事声势浩大，战事未定，就斩杀功臣，前线将士会心寒的，会丧失大军的战斗积极性。更何况胜保是举足轻重的人物，朝中势力雄厚，斩了他，也会引起朝中众臣反对的。实话告诉你，我已经收到许多为胜保求情的折子，就是恭王与醇王也不同意将胜保处斩。"

恰在这时，同治与奕䜣刚好进来。奕䜣一听慈安太后提到自己也不同意斩杀胜保的时候，便为难起来，自己还如何出面劝阻呢？只要自己一开口，慈禧太后一定说自己是站在慈安太后的立场上讲话。奕䜣知道自己无法劝说，只好让皇上去劝说了。

奕䜣俯在皇上身边耳语几句。

那边，慈禧与慈安又争吵起来。

慈禧一听慈安提到奕䜣、奕譞等人不同意杀胜保，冷笑道："他们这些人不同意杀胜保是因为胜保是他们的死党，是他们这些人的军事武装靠山。据我所知，瑞麟、祁寯藻、荣禄等人就坚决主张斩杀胜保。"

慈禧不提荣禄还好，这一提及把这场争吵推到了顶峰。

慈安一听慈禧提及荣禄，冷冷一笑："你还说起荣禄，他是什么东西，不是你看在往日的情分上怎会把他从一个下等小官提升到御前大臣一职。无论是看在往日旧情的分上还是后来破格提拔的情分上，荣禄也会死心塌地听从你的命令，他这么一个见风使舵、钻营投机之人能不看着你的眼色行事吗？只怕——嘿嘿！"

慈禧的脸唰地红到了耳根，心中暗道，她怎么会知道我和荣禄的这些私事呢？莫非她暗中派人监视我的行动，那天晚上的响动声就是她所派遣之人碰出的？哼！抓贼抓赃，捉奸拿双。你没有真凭实据胆敢诽谤我，一定要你知道那拉氏的厉害！若想道听途说几句话就治住我？你是白日做梦！

想至此，慈禧也冷笑着，紧逼一句喝问道："只怕什么？有话尽管直说，别吞吞吐吐，我那拉氏站得直行得正，心里无事不怕鬼敲门，哪个该死的乱嚼舌头之人尽管去说好了！"

"哼，越是这么说越是此地无银三百两，真是问心无愧就——"

"就什么？"

慈安也只是从下人的议论中听到几句风声，确实无凭无据，按照她平时的修养是决不会提及这等"莫须有"的无聊之事的。今天也是在气头上，一时冲动说了出来，说出来后有点后悔了，但为时已晚。

慈禧知道慈安并没有抓到自己什么，马上来了劲，猛地一拍桌子质问道："你血口喷人是为自己掩羞吧？"

慈安一听这话又气得脸色发青，却一时讲不出话来。

正在这时，同治从外间闯进内室，高声喊道："孩儿拜见两位太后！"

他匆匆施一个礼，先上前拉住慈安太后说道："皇额娘，儿臣送你回宫，请皇额娘息怒。"

慈安憋了一肚子气，一见皇上用手拉着自己，仰头可怜巴巴地哀求神色。一时百感交集，紧紧地抱住同治委屈地哭了。

同治也不知该说些什么，陪着默默流泪。好久，才抬起头，用手拉了拉慈安的衣袖："皇额娘，你回宫吧，天这么冷会哭坏身子的，儿臣扶你回去。"

慈安还能再说什么,她抹一把眼泪拉着皇上走了出去。到了门口,又回头说道:"那拉氏,你也不要太狂妄,请自重一些,大行皇帝早就预料到你会有今天的,专门留下惩治你的谕旨呢!事情太出格,我会行使大行皇帝遗诏的!"

说完,跨出门去。

雪停了,整个世界银装素裹。

太阳出来了,红日镶嵌在皓白的大地上,异常壮观,分外妖娆,好一派绚丽的景色。

玉树琼楼之间,几位小太监忙里忙外,有的滚雪球,有的堆雪人,几名宫女也跟在后面叽叽喳喳,又给这园中的雪景增添一道亮丽的色彩。

慈禧太后推开窗户,看着外面的美景却无心欣赏,她思考着自己的心事,想着慈安太后的那句话,自从那日与慈安太后争吵之后,她一直坐卧不安,吃不香,也睡不着。

从慈安太后说那句话的神态、表情看,决不像随便说句假话骗骗自己,再联系一下大行皇帝宾天之前的那一段时间内对自己的态度和当时所发生的事分析,大行皇帝可能私下给慈安太后留下遗旨,防备我篡权夺位凌驾于慈安太后之上。

慈禧越想越觉得自己的判断正确,大行皇帝要效法汉武帝钩弋事件的办法将自己处死,自己虽然侥幸免于一死,但大行皇帝不能不留下一条后路吧?如果是这样,必然秘密留下一份谕旨对付自己。

慈禧想到这里是咬牙切齿,哼!好个奕詝,你生前打击我、压制我,死后也要把我管得服服帖帖,真是太狠毒!我为你生下龙种,让你有传宗接代之人,你却一点儿也不感激我,处处要置我于死地,既然你不仁,也别怨我那拉氏不义,我倒要看看你奕詝能留下什么谕旨,又能奈我何?

慈禧虽然这样安慰自己,但还是十分害怕的,害怕慈安太后动真格的取出咸丰帝的密旨公布于众，自己又要栽个大跟头，好不容易取得的地位又要受到影响，说不定一切全完了呢！她又不愿意轻易向慈安太后妥协，一是胜保对她的威胁太大，非杀不可；二是这刚开始就向慈安妥协，委曲求全，那将来的日子怎么过，还不得处处听命于她。慈禧是一位有胆识、有主见的人，决不愿意随便听任他人使唤。

正在这时，李莲英走了过来，慈禧灵机一动，喊住了他："小李子，你匆匆忙忙去哪儿呀？"

李莲英听到呼喊，急忙停住了脚步，回头一看是慈禧正站在窗前看着自己，急忙施礼说："哟，是太后，有何吩咐？"

"你还没有回答本宫的问话呢！"

李莲英咧嘴一笑："回太后，奴才奉太后之命服侍皇上，一点儿也不敢急慢，皇上正在御花园堆雪人呢！奴才去请皇上回上书房读书。"

慈禧微笑道："难得小李子如此忠心，待皇上独掌大权之时，一定重重加封你，也让你做高官享洪福。"

李莲英急忙躬身答道："奴才不敢有如此奢想，奴才只想忠心耿耿服侍皇上。请问太后，有什么需要奴才做的吗？尽管吩咐，小的一定照办。"

慈禧四下里扫了一眼，压低声音问道："小李子，在热河时你经常出入烟波致爽殿，是否听到先皇留下什么密诏？"

李莲英摇摇头："小的没有听说先皇留下什么密诏，莫非太后最近听到有关先皇密诏的传说？"

慈禧不置可否地说："如果你没有听到就算啦，今后留心一些，倘若听到什么风声立即汇报于我。"

"小的知道了。"

待李莲英离去之后，慈禧又陷入了沉思。无论有没有密诏存在，暂且向慈安妥协，主动认个错，缓和一下矛盾，也试探试探她的心思，看她到底有何想法，侧面了解一下到底有没有密诏，以退为进。至于胜保的事，硬的不行来软的，看她是否松口。

慈禧带着四名宫女，来到钟粹宫。

慈安一听宫女来报，说慈禧太后向她赔礼来了，有心不见吧，又怕被人说自己心胸狭窄；见吧，她的一肚子火至今还没消呢！她实在不情愿，考虑再三还是同意让她进来。

慈禧来到房中，急忙上前施礼道："妹妹拜见姐姐！"

"不敢当！"慈安冷冷地吐了三个字。

慈禧坐了下来，微微一笑问道："姐姐仍在生我的气吧？妹妹十分后悔那日顶撞了姐姐，自从姐姐回宫后，妹妹一直心神不宁，为自己在气头上说了伤姐姐心的话而后悔。千错万错都是妹妹的错，求姐姐原谅妹妹这一次吧。"

慈安抬眼看看慈禧，淡淡地说道："只怕你不是真心来向我道歉的，是害怕我用先皇遗诏将你治罪吧？"

慈禧一听这话，扑通跪在地上。

"姐姐如果认为妹妹犯了弥天大罪，罪不可恕，就动用先皇遗诏将妹妹治罪吧！该杀该斩随姐姐的便。"

慈禧说着哭了起来，边流泪边说："先皇受奸人迷惑要害死臣妾，是姐姐舍命将我这条命救了下来，姐姐的大恩大德我终生不能忘记，只想好好协助姐姐辅佐幼帝早日长大，振兴大清行将衰败的基业，不想妹妹心直口快，做事也直截了当，狠了一点儿，惹姐姐生气了。如果姐姐认为妹妹触犯宫规或大清律例，就取出先皇留的遗诏吧！妹妹死不足惜，请求姐姐看在我们多年和睦相处的分上好好看待皇上，载淳是妹妹唯一的寄托，他虽然承袭了皇位，但毕竟太小，需要人照顾。姐姐，妹妹就将皇上拜托给你了。"

慈禧说完，早已泣不成声。

慈禧呜呜哭了一会儿，偷眼看慈安的面色稍稍缓和一些，又流泪说道："姐姐，妹妹死前斗胆再说一句话，胜保是万万不能留的。胜保如此骄横，若不处斩，将来如何惩处其他人呢？内臣不服是朝臣最大的祸患。姐姐如此年轻，皇上如此年幼，中外臣工本来就不服，倘若再不严肃法度，皇权必遭蔑视，望姐姐以大清三百年基业为念……"

慈禧呜呜哭倒在地。

慈安这才站起来，上前扶起慈禧："妹妹何必这样呢！姐姐那日也是在气头上才说出许多过分话。妹妹能主动来给姐姐认错，姐姐还有什么说的呢！姐姐也是气昏了头才说出拿出先皇遗诏制裁妹妹。当初，先皇留下遗诏时我就想告诉妹妹的，接着就是先皇去世，随后一连串的事接踵而至，就把这件事给忘了。"

慈安与慈禧分别坐回自己的位子上，慈安看着哭成泪人的慈禧，又安慰说："妹妹别伤心了，姐姐收回所说的话，今后再也不提用先皇遗诏欺负妹妹的话。那天争吵后，姐姐回来后把事情的前后经过仔细想了想，姐姐也有许多不对的地方，也很后悔同妹妹争吵。皇上如此年幼，我们姐妹倘若相处不睦，这将来的朝政还怎么处理呢？大臣们还不利用咱姐妹的矛盾从中渔利？既然妹妹能主动我这里认错，可见妹妹心胸宽广，倒是我做姐姐的有点斤斤计较了。今天姐姐就再听妹妹一次，同意处死胜保，但胜保毕竟为咱姐妹立下过赫赫战功，应该加恩赐死，就免斩了，妹妹以为呢？"

慈禧一听慈安同意把胜保处死，心花怒放，她没有想到慈安会转变得如此之快。只要同意把胜保处死，至于处斩与赐死那就无关紧要了。

慈禧急忙抹一把眼泪说："一切听姐姐安排就是了。说心里话，妹妹与胜保也无冤无仇，并不想置他于死地，只是胜保目无朝廷、罪大恶极，不处死何以服众人呢？以严治国，整顿吏制，对于大清王朝的中兴是有好处的。"

慈安点点头："眼看快要过新年了，处斩大臣不吉利，此事暂且压一压，到来年再下道谕旨将胜保赐死也不迟。"

"姐姐说得在理！"

慈禧终于达到了目的，松了一口气。

沉重的铁门"咣啷"一声打开。

胜保从昏睡中惊醒，他抬起头，睁开双眼，看见奕䜣走了过来，像见到救星一般猛地站了起来，向前迈了两步，失声喊道："恭亲王救我！两宫太后同意放我出去了吗？"

奕䜣看着披枷戴锁的胜保，胡须很长，人也清瘦了许多，他十分难过，也十分惭愧，一时不知说什么好，微微叹口气，无可奈何地吐了三个字："克斋，我——"

胜保失望了，一屁股跌坐在地上，狠狠地瞪了奕䜣一眼，吼道："奕䜣，你走，你走！我不想见到你，你忘恩负义，诚心让我死！"

"克斋，你冷静一下，听我解释。"

胜保冷笑一声："我不听，不听！凭你恭亲王在朝中的位置，政权、军权、族权、财权、外交大权这五权独握，两宫太后对你是言听计从，你说让谁死谁就得死，你说让谁活，谁就死不了，你是觉得自己大权独握，位子坐稳了不需要我了，才想让我死的，这样，就没有人和你争权夺位了是不是？哼哼，实话告诉你，爬得越高摔得越响，我胜保的今天就是你奕䜣的明天！"

奕䜣见胜保误会了自己，有口难言，他不是不想救胜保，实在是无能为力呀。他虽然集五大权于一身，但也决不像胜保所说的那样，两宫太后对他是言听计从。实际上，两宫太后对他是既信任又防备，既打击又拉拢。那慈禧太后更是心计颇深，对他是多种心思并用。奕䜣也明白，如今皇上年幼，两宫太后对处理朝政不熟，才优厚待遇用他，让他卖命，一旦皇上长大，两宫太后翅膀变硬，他的下场也许真如胜保所说呢！

奕䜣又上前一步，平静地说："克斋，你冷静一些，无论你说什么我都不会埋怨你的，但也请你相信我的确为你尽力了。"

奕䜣说到这里，痛苦地摇摇头："我是有口难言呀！克斋，你的家人我会替你照料的，你还有什么要求尽管提出来，我尽力为你去做。"

胜保将信将疑地抬起头："是慈禧太后让我去死，还是慈安太后让我去死？"

"两宫太后都同意了。"

胜保点点头，愣了好大一会儿，忽然哈哈大笑起来。

奕䜣被他笑得一愣，十分不解地问道："胜将军笑什么？"

胜保收住了笑，直盯着奕䜣说道："恭王爷，麻烦你回宫通报一声，就说我胜保要见慈禧太后，有重要的事要告诉她，也许她听了我的话会放过我的，饶我不死。"

奕䜣不相信地问道："你先告诉我，我这就去宫中拜见慈禧太后，请求她能否饶过你。"

胜保摇摇头："这些话我只能同慈禧太后一人直说，决不能有中间转告，恭王爷只要问一问慈禧，就说有一件十分重要的事要告诉她，太后就会明白的，估计她一定会来见我一面的。"

奕䜣见胜保说得那么肯定，就说道："好吧，让我再去试一试。"

奕䜣来到储秀宫，慈禧早已得报，知道他从刑部大堂胜保牢房赶来，不用通报，就已经传下话来，准许奕䜣拜见。

奕䜣见过慈禧，把胜保的话转述了一遍，慈禧装作十分吃惊的样子说："胜保说有重要的事情告诉我，让我到牢中见他，六爷可知胜保所说的什么重要的事？"

奕䜣摇摇头："卑职不晓，但胜保说了只要说有重要的事相告，太后就知道是什么事，一定会去见他的。太后可否想起什么事？"

此时，奕䜣也估计胜保一定掌握了一件什么重大的事或与朝廷有关的重大秘密，足以能够换回自己的命。否则他不会多次要求面见太后的。但令奕䜣感到失望的是，慈禧并没有像他所想象的那样立即同意去见胜保，而是哈哈大笑一声："六爷，胜保这样说话不过是故弄玄虚，妄图蒙骗你与本宫，目的是要让你从中为他求情，放他一条生路，此雕虫小技能蒙骗谁呢？恭王不必相信他的话。"

"太后，万一胜保在剿匪过程中得到一件与我朝有关的什么秘密呢？请太后三思，还是见他一面为好，是真是假去一趟也就明白了，太后全当去刑部大堂私防一次。"

慈禧点点头："既然六爷这么说了，本宫明日就去刑部大堂，当面查实胜保到底有没有什么重要的事？"

奕䜣一听慈禧太后同意去见胜保，对于挽救胜保一命他又生起了一线希望。

奕䜣刚一离开，慈禧就命安德海携带早已拟定好的谕旨去见荣禄，命荣禄立即将胜保赐死。

荣禄和安德海来到胜保所在的牢房。刚一打开牢狱的门，胜保一见不是慈禧太后就大惊失色，知道自己末日到了。只听安德海捏着公鸭嗓子念道：

　　　　胜保身为朝廷重臣不思为国效力，骄横跋扈，所犯
　　十大罪状，罪不可恕，当斩！念及曾有功于朝，特加恩
　　赐死，免除妻儿子女一切罪过。

　　　　　　　　　　　　　　　　钦此

胜保起初十分怕死，如今真的就要被处死了，反而冷静了许多，哈哈大笑起来，上前接过谕旨撕得粉碎，边撕边叫道："我要见太后，我要见太后！我掌握了太后的秘密，她怕我泄露出去有损自己的名声才将我处死的。"

安德海向荣禄使个眼色，两人不等他再喊下去，拿起准备好的白绫缠住胜保的脖子。

安德海喝问道："胜保，是你自己爽快一些，还是让我们来帮助你？"

胜保见安德海真的要勒死自己，破口大骂："安德海你不得好死，你助纣为虐，和那拉氏一同谋害云——"

安德海和荣禄同时用力拉紧了绳子，胜保再也发不出任何声来，双腿乱蹬着，戴木枷的双臂乱晃动着，但这种毫无意义的反抗并没维持多久就结束了。

安德海和荣禄来到储秀宫报功，安德海抢先说道："太后不必担惊受怕了，你的一块心病去掉了。"

慈禧见安德海那扬扬得意的神色，白了他一眼，不满地说道："都是你惹出的事，差点害了我，把奖给你的奖品扣除一半加在荣大人身上。"

"是，是。小的并不是来讨奖的，奴才自知有错在身，怎敢和荣大人争功呢？何况荣大人又是——"

"又是什么，嘴又痒痒了就自己掌嘴！"

安德海偷偷看慈禧一眼不再哼声，心里嘀咕道：见了旧情人就把我给扔了，真是岂有此理！

荣禄十分谨慎地上前说道："太后不必提心吊胆了，尽管放心地和慈安太后一比高低了，不必担心胜保把那秘密传给慈安太后，他只会到阎王爷那里诉说去了。"

慈禧并没有像荣禄想象的那么高兴，只是淡淡地笑一笑，忧心忡忡地说道："有许多事你们还不明白……"

"到底是何事？"荣禄急忙问道。

"唉，真是腿痛遇到了连阴雨，去了一病又一病，我怎么能与慈安太后相比呢！"

安德海和荣禄同时问道："太后可不能长他人志气灭自家威风，太后哪里不如她？"

慈禧又叹息一声："不是我在处理朝中大事的才能上不如东太后，我实在有难言之隐，先皇留下一个挟持我的密诏在慈安那里。"

第二十八章

突重围捻军学兽斗
拒良谏沃王发虎威

张禹爵不顾一切地顶撞说:"如果不是你专断,五旗人马不会分裂,众兄弟也不会死伤近半——"张乐行做梦也没想到儿子竟会揭自己的老底,气得两手发抖,指着儿子大骂道:"大逆不道,大逆不道!"

新年的爆竹稀稀落落地响了几下,整个雉河集又沉浸在一片肃杀之中。

天公也不作美,西北风呼呼刮着,铅块似的乌云聚集着,一场暴风雪就要来临。

雉河集一反往年的热闹,没有一点儿过年的气氛。

沃王张乐行在屋内来回踱着,眉头紧锁,他也为眼前的局势一筹莫展。曾国藩、李鸿章、左宗棠已经攻破江南、江北大营,天京危在旦夕,据太平军传出的消息,天王洪秀全已病了好几个月仍丝毫不见好转,可能不久将会病逝。天京一旦被攻克,天王洪秀全再病死,群龙无首,太平天国的气数也就到此为止了。其他几路兵马更难成大器,翼王石达开在四川大渡河全军覆没,英王陈玉成安庆一战也几乎全军覆没,后来侥幸逃出仍为胜保所杀。扶王陈得才、遵王赖文光在陕西扯起杆子,虽小有气候又能撑多久呢?

何去何从,张乐行实在理不出个头绪来。

"噔噔噔",一阵脚步声,张禹爵进来催促说:"父王,饭菜都凉了,你快去吃一些吧,这大年三十,你不动筷,几位将军叔叔怎肯先吃呢?"

沃王张乐行看看长得像自己一样高大结实的儿子,叹口气说:"禹爵,你已经长大成人了,遇事要多思考一下,今后也多为父王分担些军务，父王一旦有个三长两短，这个担子就由你来挑了，子承父业就是这个道理。"

"父王何必说这种不吉利的话呢！父王如此年轻，今年尚不到五十岁，寿命长着呢！父王不是常说空云大师给你看过面相，不到五十能封王，过了六十能称帝，孩儿准备随父王东征北上捣毁清廷老巢，协助父王登上帝位呢！"

张乐行叹口气："别痴人说梦了，父亲虽然被封了王，仍不过是一个捻军的盟主，受太平军的节制为他们卖命罢了。天京马上就被攻破了，洪秀全又能有什么好的结果？一代天王尚且如此，我一路反王还能如何，对于称王称帝早已失去了信心。"

"父王怎么能说这丧气话呢？几年前父王对称王称帝信心十足，怎么如今反而志气全无了呢？"

"几次北伐失败动摇了我的信心，如今这形势不能不让父亲丧志啊，也许大清的气数未尽呀。"

"父王派德顺叔去北京卧底，不就是从内部削减清朝的气数吗？咸丰已死，幼帝同治不过是个小娃娃，两宫太后又是女流之辈，她们连斩两员重臣，早已搞得上下臣工人心恐慌，听说恭亲王都不愿为朝廷卖力了，他们窝里一斗，这朝廷内部自然乱起来，那时父王再北伐也许胜利在望。由此可见，父王听信空云大师所言派德顺叔入宫还是正确的。"

张乐行听着儿子的分析，心里又生起了一丝希望，也为儿子真的长大了、人大心眼也多了感到欣慰，但对于儿子反复说到自己派张德顺进宫很不高兴，生气地训斥道："今后再也不要提张德顺这个忘恩负义的东西，我根本就没有差遣他进京，更没有指使他入宫当太监，是他贪生怕死逃出了捻子，做了一名叛徒，至于他逃到了哪里，是否进京我也一无所知。哼，也许死在兵荒马乱之中了呢！"

"可是，我曾听娇娇姑姑说过，德顺叔去京城当太监，他决不会对娇娇姑姑撒谎吧？如果他真的想逃亡异地，怎会不把娇娇姑姑一起带走呢？他们俩的关系父王也是知道的。"

张乐行仍带着气说："起初我也从娇娇那里听说张德顺为了我能当上帝王去了宫中当太监，我曾派出几人暗中到京师打探消息，都说宫中根本没有一个叫张德顺的太监，可见他根本没有进京。"

"不可能吧，德顺叔不是那样的人，父王将他抚养成人，他就是知恩不报，也决不会背叛父王的，也不会扔下娇娇姑姑不闻不问的，宫中这么大，又是禁地，怎好打听一个人呢？也许德顺叔一直为父王的帝制大业暗中活动呢！"

"今后不许再提起他这个忘恩负义的东西，如果有朝一日被我撞见，一定把他杀了！"

张乐行说完，气哼哼地走了。

张禹爵看着父亲离去的背影微微摇摇头，他知道父亲私心太重，只能让别人服服帖帖地跟着他干，为他卖命，不允许任何人对他有私心杂念，正是这样，他所领导的五旗捻军也是面和心不和，内部不团结是几次北伐惨败的根本原因。如今更是势单力孤，又有几路捻子脱离了总旗的指挥，各自为政才被清军各个击破。

对于张德顺出走的事，张禹爵并不太清楚，众人说法不一，陈大喜曾私下告诉他，说是父亲暗中派遣他潜入京城，混进皇宫当太监，以求实现空云大师的推算。陈大喜是父亲的贴身侍卫，也是父亲最信任的人，他的话应该是可靠的。可娇娇姑姑并不是这么说的，她曾告诉自己，是张德顺为了报答父亲的大恩大德主动入宫的。当然，更多人说张德顺是个叛徒，是个逃离家乡、背叛捻子兄弟的败类、贪生怕死之辈。总之，众说不一，但张禹爵并不这样认为，他始终相信张德顺不是这样的人。

从辈分上张德顺比他长一辈，从年龄上张德顺仅比他大七八岁。自小，他几乎就是张德顺带大的，对于张德顺的为人，张禹爵还是清楚的。他知道父亲派人到京城寻过德顺叔，每次都是杳无消息，寻访不到并不能说明德顺叔就当了叛徒。父亲的逻辑是宫中没有他，他既然进不了宫就应该返回家乡，如今一去多年没有回来也没有音讯，父亲估计他不是死了就是做了叛徒。捻子的规定是十分严格的，一日入捻终生为捻，脱离就是叛徒。

即使德顺叔脱离了捻子，父亲也不应该这样对待他，特别是对于娇娇的事，张禹爵始终觉得父亲做得过分。

那是在父亲第三次寻找不到德顺叔的下落时，父亲动怒了，把怒气发泄在娇娇姑姑身上，一气之下强迫她嫁给了英王陈玉成。许多将士都认为父亲把娇娇逼嫁给陈玉成是讨太平军的欢心，目的是取得太平军的支持，为自己扩大势力寻找靠山。也有人认为父亲就是为了把对张德顺的怒气报复到娇娇身上。而其中真正的原因只有极少人知道，父亲曾想让娇娇做姨太太，娇娇宁死不答应，父亲无奈才逼她嫁给陈玉成的。当然，也有讨好陈玉成的原因。

张禹爵一想到父亲的种种不够光明磊落的一面，就觉得父亲缺乏干大事的胸怀与气魄。他常想，如果让他代替父亲领导五旗捻子，他一定比父亲做得更好。至少不会像父亲那样心胸狭窄私心太重，在领导各旗人马上也一定比父亲更会处理各旗主之间的内部矛盾，可能真是初生牛犊不怕虎吧，但父亲一直认为他不成熟，是纸上谈兵，至今仍不重用他。

"唉——"

张禹爵暗自叹息一声，抬头见张宗禹走来，并向他吆喝道："禹爵，大年三十生啥闷气，大家都开吃啦。"

张禹爵和张宗禹走进屋，张乐行、陈大喜、邱远才等人正在吃着，一见他二人来到，急忙令他们坐下吃饭，饭后还有重要的任务呢。

等到几人都吃得差不多了，张乐行这才说道："根据大喜刚才巡视的情况看，咱雉河集的父老乡亲没有过好这个年，许多户人家连一顿饺子也吃不上。咱捻子拉杆子就是要为自己、为父老乡亲争口饭吃，人人都过上好日子。过年连顿饺子都吃不上，父老乡亲还不指着我张乐行的脊梁骨骂，什么沃王，没给父老乡亲办一点好事，反而连累了乡亲们。"

张乐行说到这里，看了一下其他几人："我想把营中的猪羊全宰了分给乡亲们吃怎么样？还有那些粮食也分给乡亲们吧！"

邱远才一听，急了，阻拦说："张大哥，那可是咱们的家底儿呀，就指望它与僧格林沁长期对峙呢！分给乡亲吃了咱们怎么办？这仗还打不打？"

"我考虑再三，这样长期被清兵包围着也不是办法，必须想办法突围出去，与僧格林沁周旋，不失时机地杀他一阵子才行，变被动为主动才有击败清军的可能。"

"叔叔，什么时间突围？"张宗禹问道。

"今晚是大年夜，清兵防守可能松一些，就在今天突围，你们看怎么样？"

"我赞成沃王的提议。"陈大喜率先说道。

其他几人也一一表示同意。

"突围可以，无论到哪里都要有粮草才行。"邱远才又说道。

"携带粮草突围不便反而拖累了行动，留着若被清军掠去反而更糟，不如分给乡亲们吃或藏起来，也算给雉河集的父老乡亲做件好事。留得青山在不怕没柴烧，只要人在就有粮草，请邱兄弟别担心。"张乐行分析说。

"从何处突围呢？"邱远才问道。

"我考虑再三，还是从东北方向突围，清兵在那里的防守薄弱一些。因为僧格林沁的大营扎在正北方向，他将兵力重点放在其他方向，他认为我们不可能有胆量从北方突围，我们偏要从他的大营旁边突围。为了使这次突围成功，我们选定从东北方向突围的同时，也要采用声东击西的战术，由我率领部分人马从南方攻打，把敌人的兵马吸引过去，你们集中主力从东北方向杀开一个缺口突围。"

张乐行话没说完，张宗禹就阻止说："叔叔，由你率兵在南边吸引敌人的主力，这太危险了，还是我去吧，你和禹爵他们一同率主力突围，我来掩护。"

张乐行摆摆手："不用了，就这么决定了，下午就杀猪宰羊慰劳将士和父老乡亲，同时派人把粮食分下去，天黑之前完成，让兄弟们早早吃完饭打点行李准备行动。"

"突围时间定在什么时候？"邱远才问道。

"凌晨三点，人最困的时候，也是清兵防守最容易麻痹大意的时候。"

张乐行吩咐完毕，命令手下将领立即行动起来，为今夜的突围做好一切准备。

夜，又黑又冷。不知何时，又飘起了雪花，一片又一片，不多久大地就变成白茫茫一片。

沃王张乐行悄悄来到儿子所在的营地，看他对突围的准备工作做得如何。

张禹爵一见父亲走来，急忙迎上去握住父亲的手："父王，你还没休息，突围的时间还早呢。"

张乐行紧紧攥住儿子的手："我怎么能睡得下呢？这是关系到咱雉河集一带的捻子生死存亡的大事，父王身为盟主有不可推卸的责任呀！"

"事到如今着急也没有用，父王应保重身体要紧，夜间突围必有一场血战，父王不休息好怎么应付得了。父王在自己帐中休息不便，就在孩儿这里休息好了，我给你当警卫。"

张乐行拍拍儿子的肩膀："禹爵，父亲还没有老到那种程度，父亲征战多年，经过无数场战斗，像这样的突围也不是第一次了，不会有什么问题的。我担心你年轻好胜，刚开始领兵打仗，作战经验不足，战场上别出什么差错，特来看看你，也想和你聊几句。父亲长年在外奔走，对你关心也不够，一晃你长这么大了，我总觉得和你疏远了许多，也许就是人们常说的两代人之间的差异吧。"

"父王千万不要这么说，孩儿只是觉得父王忙于军务太辛苦，一些小事就不想打扰你，你我父子之间能有什么隔阂呢！"

张乐行叹口气，欲言又止，他看了一下儿子，还是略带歉疚地说了出来："禹爵，上次战斗，父亲要是听从你的建议也许不会落到今天这个地步。唉，也许我真的是老糊涂了！"

"胜败乃兵家常事，父王何必为一次小小的过失懊悔呢！过去的事就让它过去吧，突围之后重新调整战术，再与僧格林沁一决雄雌。"

张乐行摇摇头："五旗人马如今四分五裂，重新联合起来恐怕不容易！"

"父王不必为此事担忧，车到山前必有路，即使五旗人马一时不能联合起来，至少还有邱远才、陈大喜、任化邦、宗禹哥以及孩儿所率的几支人马，纵横这中原尚绰绰有余，实在不能攻克京津，父王就在这中原称帝算了，效法洪秀全分封诸王建立帝制。"

张乐行连连摇头："封王称帝如此大事岂是随随便便任何人都可以做得的，以父王所见，洪秀全封王称帝就早了一些，如果晚封王晚称帝，也许如今坐在北京紫禁城里的不是大清的皇帝，而是洪秀全了。"

张禹爵也点点头："父王分析得十分正确，洪秀全东乡封王后到天京又大批封王，王封得太多太滥，一方面造成权力下放，大权旁落；另一方面定都天京后诸王大兴土木不思进取，各自为政，才造成后来爆发的内讧事件，杨秀清、韦昌辉先后被杀，石达开出走，太平天国的实力大大削弱，才造成如今风雨飘摇之势。"

父子两人正说着，张宗禹进来了，一见张乐行也在这里，急忙跪地拜见："侄儿拜见叔父！"

"宗禹快快请起，你我叔侄之间何必这么客气呢！我正准备从这里到你营中看看呢！你对突围的工作准备得怎样了？"

"回叔父，一切工作就绪，只待凌晨三时突围令下。"

张乐行拍拍张宗禹的肩膀："宗禹啊，你随叔叔征战多年，立下许多大功，叔叔也没有给你太多的提升，这次突围又要靠你打前锋，待突围之后一定重重奖赏你，封你为梁王。"

"叔叔这样说就见外了，一家人不说两家话，为叔叔效力也是侄儿应该做的，侄儿不求什么封王，只想随着叔叔打天下，盼着叔叔早日打进北京，自己坐上皇帝宝座，咱张家也出几代帝王。"

张乐行哈哈一笑："有宗禹这几句话，叔叔一定不负众望为咱张家祖上添添光，到北京坐一坐龙椅是啥滋味。"

张乐行笑后立即收住笑容，很严肃地说："不过，这次突围事关重大，你们一定要小心，不可蛮干，待我把清兵主力吸引到南方后你们再乘虚突围。"

张宗禹点点头："侄儿记得，只是叔父更要多加小心，如果叔父被大队清兵围住，我和禹爵弟再杀回来接应叔父。"

张乐行摆摆手："那倒没有必要，叔父会想法摆脱清军的纠缠的，待突围后我们到西阳集会合。"

张乐行说完，独自走回自己的大营。

雪越下越紧，待凌晨三时左右足有一寸多厚。

张乐行一声令下，亲率一队精兵从雉河集杀出去。

僧格林沁也估计到张乐行最近几日要突围，加强了防守。上半夜没有听到有捻子突围的奏报，估计张乐行今夜可能不会突围，再加上雪越下越大，便安心地回营睡觉了。

僧格林沁正在酣睡之中听到士兵奏报，说张乐行率领大军从正南方向突围。僧格林沁猛地坐了起来，愣了一下神，喝问道："消息可靠吗？是否真有张乐行，还是只有他的旗子？"

"回王爷，真是张乐行带领大队人马突围，绝对没有错。"

"哼，再探！张乐行诡计多端，也许从正南方向突围只是幌子，主力人马还不知准备在哪个方向突围呢。"

僧格林沁一面下令其他各部严阵以待，一面亲自率领部分人马到正南方增援。

僧格林沁亲率大军赶到南方，那里杀得正紧，由于捻子人多势众，清军渐渐不支，张乐行眼看要冲出包围。

僧格林沁知道张乐行真的是由南方突围，一面命令清军层层围住张乐行突围的人马，一面下令从其他地方调集队伍。

清军主力大部分已被张乐行吸引到南方，其他几个方位防守显然空虚了许多。张宗禹、张禹爵、邱远才等人估计突围的时机到了，急忙率大军从东北方向杀出去。

僧格林沁正在指挥将士包围张乐行，准备全歼张乐行的主力。忽然接到东北方向的告急信号，知道上当了，再折回头派兵增援东北方向守军，但为时已晚。

张乐行被清兵围得死死的，忽然发现包围自己的清兵松动了，又听到东北方向的呐喊声和厮杀声，知道张宗禹、张禹爵他们已经开始突围。从兵力对比上看，东北突围的捻军一定胜于清军几倍，估计突围一定能够成功，自己和陈大喜所率的精锐部队也必须突围，再恋战下去自己的这支人马恐怕有去无回。他让陈大喜集中兵力与他会合一处杀开一条血路，尽管两人合在一起，但人马死伤已经过半，在清军的大队人马包围下想冲出去实在困难。

此时，张乐行稍稍有点后悔，后悔自己留下做掩护，应该留下邱远才或张宗禹。但自己留下掩护主力突围也是经过再三考虑的，留下一定有危险，这是人人皆知的，但他自己不得不这样做。造成主力被围的主要原因就是张乐行没有听从儿子和张宗禹的劝告，他应当负责。如果他再随从主力突围而让其他人留下掩护必然引起众人的不服，他曾经这样做导致了五旗的分裂，如今还能重蹈覆辙吗？要么儿子与侄儿留下，要么自己留下，最后他决定自己留下。一是他比儿子作战经验丰富，他不想让唯一的儿子张禹爵冒险，那是自己唯一的希望。二是，他比儿子更能吸引住僧格林沁的注意，容易促使掩护主力突围的可能。

僧格林沁知道围攻捻军主力已经没有可能了，决定将这支掩护主力突围的精锐部队吃掉，争取活捉张乐行，便下令清军大队人马将张乐行和陈大喜团团围住，不放走一个生者，谁能捉到张乐行赏黄金万两。

重奖之下必有勇夫，张乐行和陈大喜的处境更艰难了，想杀出重围恐怕已不可能。

　　张乐行暗暗叹息一声：想不到我张乐行驰骋中原多年，本打算称王称帝，想不到竟在自己家门口毁了一世英名，死在清兵的包围之中。

　　由于张乐行一时心乱，身上连受两处重伤，胳膊腿都被砍伤了。

　　陈大喜一见张乐行受伤，十分着急，纵马上前解救，大叫道："沃王不要惊慌，我来保护你！"

　　陈大喜拼命地挥动手中的大刀将张乐行近旁的两名清兵将领劈死。

　　张乐行咬紧牙关忍住疼痛说道："大喜，别管我，我恐怕难以突围了，你快走吧，去追赶主力。"

　　"不，我跟随沃王多年，我的脾气沃王也是知道的，为情为义生死与共，肝胆相照。"

　　张乐行内心一阵激动，陈大喜几次救了自己的性命，他为了自己出生入死，身上不知留下多少伤疤，他对自己比亲儿子张禹爵对自己还忠还孝呢。

　　又一支箭射来，张乐行只觉得右手一阵疼痛，几乎要栽下马来。

　　陈大喜再英勇也难抵多人围攻，渐渐有些不支。

　　正在危机时分，猛然听到前面传来一阵厮杀声。张乐行一怔，不知清兵中发生了什么事，但他马上感觉到围困的清兵搅动起来，似乎有一支人马从外围杀过来。

　　陈大喜也来了劲，他杀到张乐行跟前，兴奋地说道："大哥，咱们有救了，有人援助咱们来了。"

　　不多久，张乐行就听到叫喊声："父王，孩儿救你来了！"

　　"叔父，侄儿救你来了，你在哪里？"

　　啊，是禹爵和宗禹，难道他们没有突围？张乐行来不及细想，张禹爵和张宗禹率领一队骑兵已和他会合在一起。

　　"父王，快走，我在前面开路，让宗禹哥与大喜叔断后，我们保护你杀出重围。"

"你们所率的大军主力呢？"

"已经突围了，由邱远才率领向东北方向行进，我和宗禹哥担心父王有危险，特意率一支骑兵前来援救。"

张禹爵边说边杀在前面为父亲开道，陈大喜和张宗禹随后掩护，他们终于杀出一条血路突围而出。但付出的代价也是惨重的，张乐行所率的精锐队伍所剩无几，张禹爵和张宗禹所率的援救骑兵也损失半数以上。

张乐行回首观望仍在拼杀的队伍，心中很不是滋味，叹气一声："他们还在拼杀，而我当了逃兵！"

"父王千万别这么说，打仗就是流血牺牲，做大事的人不注意细节，突围之后重新组织队伍，再扩充人马。"

"事到如今也只好这样了。"

张乐行十分痛心，他擦一把满身的血污，猛抽一下马屁股，和儿子与侄儿等人一起去追赶突围而出的主力部队。

张乐行终于苏醒过来。

张禹爵略带颤抖的声音喊道："父王，你终于醒了，让孩儿好担心。"

"叔父，你度过了危险期就平安无事了。"张宗禹也激动地说道。

张乐行看了一下围坐在床头的儿子和侄儿，张了张干裂的嘴唇问道："我昏睡了多久？"

"叔父，你睡了三天三夜滴水未进，让我们好担心。"

张禹爵端来一碗糖水："父王，快喝点水吧，瞧你口干得。"

张宗禹端着碗，张禹爵一勺一勺给父王喂水。

这时，任化邦进来了，一见张乐行醒来，急忙紧走几步，上前说道："沃王昏迷几日，如今终于脱离危险，就安心在这西阳集养病吧，待病痊愈后再共同商讨和清兵作战的事。"

张宗禹站了起来："任大哥，雉河集一役我们捻军虽然冲出僧格林沁的包围圈，但损失惨重，折损将近三分之一的弟兄。僧格林沁知道我们转移到西阳集，会不会乘胜追赶到这里呢？"

任化邦摇摇头："你们红旗黑旗捻军虽然吃了败仗，我们黄旗捻军主力尚在，如今我们三旗合在一起仍不下三十万人，就是僧格林沁的二十万大军都来，我们在人数上也远远超过清军，他们不会轻举妄动的。更何况雉河集一战你们虽然死伤不少，据探马奏报，僧格林沁的兵马也折损不少，估计他不会立即来我西阳集找倒霉。"

张禹爵仍不放心地说："僧格林沁暂时不会追赶到西阳集倒是事实，据我派出的人侦探所知，僧格林沁已经调集袁甲三和瑞麟的兵马向皖北一带进发，山东巡抚丁宝桢的兵马也有向南进军的迹象。如果这几支人马到来，只怕我们淮北的捻军要遭到清兵的围击，情况十分急迫，请任大哥三思。"

任化邦点点头："禹爵小弟，依你之见如何应付目前的局势呢？"

"如今陕西起事声势浩大，又有遵王赖文光、扶王陈得才所率的太平军做响应，整个陕南渭水流域与汉中地区全部活跃起来，清军主帅胜保因为入陕剿乱连吃败仗被召回北京处死，派往陕西代理军务的清兵主帅多隆阿也是败多胜少。根据这些情况分析，河南、陕西一带清军守备空虚，防卫松弛，我们不如避实击虚，放弃咱淮北的老根据地，西进河南向汉中一带进军，与那里的遵王和扶王相会合，再联合陕甘一带的义军占领中原，等到队伍进一步扩大，有足够的实力后再回师东来直捣京师，你们以为如何？"

张宗禹连连说好："禹爵的这个战略方针十分可行，汉中自古是兵家必争之地，当年刘邦就是以此为根据地招兵买马挥师东进而拥有汉家三百年天下，如今中原一带守备空虚，又有几支义军在活动，我们到达那里发展壮大自己，占据一定地区后，进可攻、退可守，时机成熟后杀回老家，再北上山东、河北，围攻京城，时机不成熟也可在汉中一带拥兵自治，称王称帝又何尝不行呢？西安是几朝古都，地势险要，夺取后完全可以作为帝都，东边只

514

要重兵扼住潼关天险，有黄河做屏障，把清兵堵在关外就可与清廷分庭抗争，形势不弱于太平军的天京。我认为这个计策可行！"

任化邦没有立即做出反应，他看看张乐行，试探着问道："沃王对这个计策有何看法？"

张乐行认认真真思考一会儿，强撑着身子要坐起来，张禹爵急忙扶起父亲，让他坐好。张乐行这才说道："领兵打仗非同儿戏，你们两兄弟还年轻，提出作战方案看似具有战略眼光，实际上都是纸上谈兵。我们不能想怎样就怎样，应该注意大局，从全局看问题。翼王石达开率军出走，从湘南入云贵到四川，准备在四川建立根据地，发展势力然后从川北进入中原夺取京津。四川有肥沃的成都平原，四周地势险要，内部良田肥沃，是聚草屯粮养兵的好地方。石达开也希望自己有三国刘备的天时，与洪秀全和清廷三分天下，结果呢？他在大渡河一役全军覆没，自己也被俘遇害。"

张乐行说到这里，十分痛苦地咳嗽几声，缓缓地叹口气："任何事情不是自己设想得那么美好，人算不如天算啊！"

"父王，你先休息一会儿吧。"张禹爵见父亲十分疲劳急忙劝说道。

张乐行摇摇头："在家千日好，出门一时难，捻军都是淮北人，谁不恋家，故土难离啊，何况许多兄弟的妻儿子女都在淮北地区，抛妻别子于异地，谁乐意呢？在家乡周围一带做事也有基础，容易招兵招人，到了异地谁听咱的，异地欺生，你行军的粮草也不容易采购。"

张禹爵知道父亲不赞成自己的做法，他又伤势太重刚刚苏醒，不想让他说得太多，便安慰父亲说："这事暂且放着，等父王伤愈后再慎重商讨吧。"

任化邦的想法和张乐行的观点差不多，他也安慰说："我们先提防着僧格林沁的动向，等到沃王伤好后再决定下一步的行动方案。"

张禹爵走了出来，张宗禹也急忙追了出来，从后面喊道："禹爵，这次你一定要拿定主意说服叔父，不能让他像上次一样再失误了，如果再被清军围住，可能更惨。经过雉河集一仗，损失惨重不说，突围出来的将士精神也大多萎靡不振，感到前途暗淡，士气不振是作战的大忌，比兵败还可怕，不能不提醒叔父。"

张禹爵点点头："我正是见士气低落才想到战略转移，暂且避开清军主力转到清军守卫空虚的地方整顿兵马，可父王听不进我们的劝说，一时又不能说服他，我实在不知怎么办！"

"我俩再同陈大喜、邱远才商量一下如何呢？把咱的想法告诉他们，看看他们的态度？"

"这样也好，只要邱远才与陈大喜同意我们的主张，父王就不得不慎重考虑我们的建议了，再加上雉河集惨败的教训，我想父王应该接受咱哥俩的主意。"

张宗禹与张禹爵找到陈大喜和邱远才，把他们的主张告诉了两人，陈大喜和邱远才都十分赞同，一致认为这是当前唯一可以挽救他们这支捻军的可行办法了。但当他俩一听沃王并不赞同时也十分失望，最后，他们在张禹爵的鼓动下，决定一起去劝说沃王张乐行，看他能否听从众人的意见。

张乐行的伤势逐渐好转，能够下床走动了。

这天，张禹爵、张宗禹、陈大喜和邱远才四人一同来见张乐行。张乐行一听陈大喜和邱远才也同意儿子的主张，挥师西进，深入陕南与那里的太平军会合，他知道这是儿子和侄儿两人暗中鼓动的结果，十分生气地训斥说："你们两人跟随我多年，对于领兵打仗还能没有一点儿长进吗？怎能听从两个娃娃的撺掇呢？他们是初生牛犊不怕虎，什么事都敢想敢做，好冲动欠考虑，你俩竟能听信他们的一派胡言，真令我失望！"

陈大喜和邱远才都垂下了头。

张乐行又批评说："你们该不会让我也学习做石达开吧？我死不足惜，这捻军十几万兄弟的生命岂是小事，他们若有个三长两短，我怎么能够对得起咱家乡的父老兄弟？"

张禹爵一听父亲仍这么顽固，再也按不住心中的火气，"腾"

地一下站了起来，不顾一切地顶撞说："众人都说你做事独断专行，我原先并不相信，从最近几件事看，你比众人说的还要专断。哼，如果不是你专断，这五旗人马也不会闹分裂，不是做事专断，雉河集怎么会遭到清兵围剿，让众兄弟死伤近半呢？还有——"

"禹爵！"

张宗禹见他在气头上说了许多不该说的话，急忙喊住了他，制止他说下去。

张乐行做梦也没想到一向对自己言听计从的儿子竟会在众人面前顶撞自己，并且揭了自己的老底，他气得面色由红变白，由白变黄，两手发抖地指着儿子骂道："大逆不道，大逆不道！"

张禹爵也感觉到自己刚才说了几句过分的话，俗话说，子不言父过。毕竟是自己的父亲，又是捻军的主帅，他身为沃王，要有尊严与威严，也要有威信与威望，自己做儿子的又是父亲手下一位干将，从哪一方面说也不应当揭父亲的短。父亲虽然有错但他也有自己的道理，他独断专行也有自己的道理，哪个称王的人不独断，哪位掌握重权的人不专行呢？王权兵权岂能容他人蔑视，没有三纲五常哪有为人之道，没有军纪法纪哪有作战领兵的规矩？

张禹爵虽然有些后悔，但已经说了出去也无法收回了，只好任凭父王处罚，他一声不响地退到旁边。

张乐行稍稍喘口粗气，厉声呵斥道："如此狂妄之徒，胎毛未退，乳臭未干，竟敢在此指手画脚，指责本王，扰乱军心，军法不容，削去一切兵权，推出去重打八十军棍！"

张宗禹与陈大喜、邱远才三人一见张乐行真的发火了，并动了真格的，急忙下跪恳求说："沃王息怒，禹爵一时冲动说了几句过分的话，让他今后当心就是，请沃王饶他这一次吧！"

"哼！他这小子没带三天兵就不知天高地厚，敢来教训我了，长期下去那还得了，最终坑害的不仅是他自己，而且是三军将士，决不能饶恕！"

张宗禹连连叩头恳求说："叔父不顾侄儿的情分，也要看在捻

517

军众兄弟的情分上，如今我大军刚败不久，正是用人之际，若把禹爵打成残废岂不令敌人痛快？叔父带兵一向纪律严明，并不会因为这点小事扰乱军纪，请叔父饶过禹爵吧！何况他虽然说话不得当，其实心是好的，也是为了咱这一旗的捻军前途着想，更是为了叔父着想呀！"

"宗禹，你再敢为他求饶我连你一同惩处，你们两人是串通一气故意气我的，想把我气死不成？好吧，我看是胳膊粗还是大腿粗！"

张乐行又喝喊道："把宗禹也给我拉出去重打四十军棍！"

众人都"唰"地一下跪倒了，共同哀求说："请沃王息怒！"

张乐行扫视一下众人，稍稍等了一会儿，叹口气说："都起来吧！"

他瞪了一眼张宗禹："不是看在众人的情分上，今天一定重惩不饶，下去吧！"

"谢叔父！也请叔父饶过禹爵吧！"

其实张乐行也并没有要打侄儿与儿子的意思，他为了个人的威信不得不这样做，只要有外人出面求情他会立即饶过他们的，但他为了不让儿子再提出西行陕南的主张，于是说道："张禹爵不懂领兵之道用兵之法，四处胡言乱语扰乱军纪，看在众人的面子可以暂不受军法责罚，但要革去其兵权，罚做一普通士兵随军听令，任何人不得求情！"

张禹爵见父亲听不进别人的劝说，十分不情愿地走上前叩头说道："谢父王不罚之恩！"

"哼！不是我不罚你，是看在众将士的情面上暂且饶过你，如果再敢胡言乱语，一定加倍惩处！还不滚出去！"

第二十九章

恋故土分兵成颓势
贪厚禄卖主做叛徒

陈大喜又急又惊,他不明白清兵是从哪里来的,又为何对他们的宿营地摸得如此准确。他拦住一个士兵问道:"到底是怎么一回事?沃王呢?"那士兵哭着说道:"任化邦当了叛徒投降了清兵,夜半突然偷袭营房,把沃王抓走了!"

张乐行的伤势终于痊愈了,他独自走出帅帐到各营房走一走,看见队伍的伤亡比自己想象得要严重,士气也不振,他有点失望了,不能不考虑眼前的处境。

僧格林沁的大军驻扎在亳州,袁甲三的大队人马从商丘向这一带行进,瑞麟和丁宝桢的部队也从山东集结南下,似乎从西北、东北几个方向包抄过来,向南撤退吧,庐州、滁州一带有李鸿章的淮军。捻军五旗人马,蓝、白两旗人马因为领导权的问题脱离他的指挥在寿州一带活动,情况也不妙。自己率领的两旗人马如今只有十几万人,再加上任化邦的队伍总共也只有三十万人,何况自己的人马受到了重创,战斗力大大削弱了,如何应付眼前的局势呢?也许儿子的建议是正确的,率军西进到汉中一带活动。

可是,让张乐行立即改变自己的主张去接受儿子的建议,他一时还不能转过弯,老脸实在丢不起。他是父亲,更是主帅,自从加入捻子活动以来他就是龙头老大,当上盟主以后就更不用说了,处处以自我为中心,事事唯我独尊,别人对他只能言听计从,很少能够接受他人的建议。不久前的雉河集被围也是他没有听从儿子等人的劝解。他尽管错了,心里知错,表面上也不愿承认,仍然坚持认为自己是正确的。

张乐行把儿子的建议认真分析了一遍认为可行,但又觉得并不是什么最佳方案。西进陕南可以，这家乡周围的地盘是自己十几年的心血更不能放弃，否则是舍本逐末、得不偿失。万一在陕南发展不利，又失去了老家这块根据地，那后果更不堪设想，自己就成了地地道道的流寇，李自成的下场不能不引以为戒。

张乐行把陈大喜、邱远才、张学禹、张禹爵、任化邦等人召集到帐中，共同协商如何应付面前的困境，让捻军渡过这一难关。

"今日召集大家到此，是想听一听大家的意见。如今清兵大队人马向这一带汇集，有将我们皖北的捻军一举歼灭的意图，是去是留请大家表个态。"

众人都知道沃王并无离去的意思，这样说不过是照顾一下众人的情绪，谁也没有开口说话。

任化邦看看其他几人，又看看张乐行，率先说道："以小弟之见，清兵几路人马共同汇集于此也不过四十万人，我们只要和蓝、白两旗的捻军会合一处，五旗人马不下五十万人，再加上我们人熟地熟，就在这江淮一带同清兵捉迷藏，他们也奈何不了我们。"

张乐行不置可否地说："当初雉河集会盟，推举我为'大汉盟主'，把十八坛三十六支的捻子兄弟分为五旗，由于五旗总目人士变动，内部闹起分裂，蓝、白两旗脱离总坛，如今再想联合起来恐怕不易。仅凭我们这些人马对付清军大队兵马实在难以取胜。"

"以沃王之见应当如何应付当前的形势呢？"任化邦又问道。

张乐行捻着下巴上的几缕胡须说道："依我所见，走也不是最佳方案，留也不是最佳方案，最佳方案是也走也留。"

"沃王的意思是留一部分走一部分，兵分两路分头行动？"

"正是这样。"张乐行频频点头。

任化邦略为有点吃惊地说："沃王这样做岂不是太危险了？本来我们的人马就不多，再兵分两路，西进一路给清兵一个孤军深入的机会，倘若清兵重兵堵截，这西进捻军就危险了。留下来的一支捻军也会由于主力分散兵力更弱，给僧格林沁造成悬殊之势，被围困在这里。不可，万万不可，以小弟之愚见，要走都走，要留都留。"

"任兄弟只知其一不知其二，只看到兵力分散变弱的一面，没有看到两支队伍互为犄角、彼此呼应相互配合的另一面。我们的兵力一分为二，清兵一分又何止是两部分呢？他们要分出更大的兵力追随在两路捻军的屁股后。同时，我们分军两路后，暂时一明一暗，西路捻军为明，东部捻军为暗，先把僧格林沁的大队人马吸引过去，让清兵以为我们的主力全部西进了。待留守本地的捻军休养一段时间，扩充了人马后再由暗而明和清军周旋，这样将清兵拖来拖去，不打也给拖垮了。你们认为兵分两路的策略可行吗？"

众人一听张乐行这么分析，都私下盘算一会儿认为可行。究竟谁愿意留守淮北，谁又愿意西进陕南呢？

张乐行看看张宗禹、张禹爵，又回头看看任化邦："愿意西进的人分兵西捻军，愿意留守的人分兵东捻军，你们不会有什么意见吧？"

张宗禹明白叔父的意思，主动说道："叔父的这一决策比我和禹爵考虑得更加全面，就依叔父的策略行事，侄儿和禹爵率一部分人马组成西捻军，不知叔父还有何指教？"

"你们俩还年轻，领兵打仗经验不丰富，让远才也随你们一同西征，不知远才有没有意见？"

"小弟听从大哥的吩咐！"

张乐行点点头："你们三人所率的西捻军人马不必太多，但一定要是精锐部队，以骑兵为主，作战机动灵活，只有这样才能摆脱几路清军的围追堵截与扶王和遵王的太平军会合。行动路线也要避开僧格林沁的主力，从太和、项城一带直插汉中，打打走走，不可恋战。"

"请叔父放心，我们一定想办法拖住僧格林沁的主力，让他跟在我们屁股后面进入河南，给留守的捻军赢得充足时间。"

张乐行很满意地说："只要你们能引走僧格林沁与瑞麟的人马，

袁甲三与丁宝桢的部队就不敢轻易南下。到那时，我和任旗主再率军东进，给山东的清军一个迎头痛击，把僧格林沁从河南引入咱安徽，给你们西捻军争得机会。一旦我们东捻军有了压力，你们再东进打击河南一带的清兵，让活动在中原一带的清军首尾不能两顾，没有喘息的机会，到那时我们捻军的势力就会遍布整个中原了。"

张乐行说到兴奋之时禁不住哈哈大笑起来，仿佛现在就已经登上九五之尊称起中原帝王来。

夜幕降临了。

西捻军整装待发。

张乐行、陈大喜、任化邦等人来到队伍前面给张宗禹、张禹爵和邱远才送行。

张乐行走上前，紧紧握住儿子和侄儿的手，似有千言万语要说，却又一时无从说起，认认真真地打量着儿子和侄儿，仿佛在审视两位从来也没有见过面的陌生人一样，从头到脚，从脚到头，足足看了好久。张乐行理一理被寒风吹乱的头发，眼泪模糊地说："宗禹，你年龄稍长几岁，也有作战经验，这西捻军就拜托给你了，禹爵也拜托给你了。"

"叔父放心，侄儿在西捻军就在，我和禹爵会尽力发展壮大西捻军的。"

张乐行又注视一下儿子："禹爵，你不要太任性，听你宗禹哥的话，事事多和他商量一下，战场上要小心。"

张禹爵点点头："父王，你苍老多了。我们不在这里，没人照顾你，你更要多当心啊！"

"你都这么大了，父王能不老吗？"

"叔父，万一这里维持不下去，你也带兵西进吧，有我和禹爵在一定会协助叔父成就大业的！"

张乐行点点头。

粗犷的军号声响起，张乐行松开两人的手。

"你们快上马吧。"

张宗禹与张禹爵扑通跪倒在地，重重叩了个响头：

"父王保重！"

"叔父保重！"

两人站起来翻身上马，向马屁股上重重抽了一鞭，两匹马"腾"地跑开了。

张乐行看着两人消失在夜幕中，两行清泪慢慢流下，也许这就是生离死别。

"沃王，外面太冷，回大营吧！"陈大喜催促说。

张乐行无声地迈动着脚步走了回去。

张乐行草草吃了点饭就上床休息了，刚躺下，就有亲兵进来报告说，陈大喜求见，他立即传令让陈大喜进来。

陈大喜既是自己的部下又是亲密战友，自从入捻以来就跟随着自己，无论走南闯北，一步也没有离去。与自己一起征战十多年，经过无数战斗，出生入死，也立下许多战功。陈大喜几次救了自己的命，没有他自己这条老命不知死了多少次了，他对大喜比对亲生儿子还亲。这次捻军分兵，他本来准备留下禹爵或宗禹，让陈大喜到西捻军中去。最后权衡再三还是把他留在自己身边，一是陈大喜与自己相处多年配合默契；二是陈大喜有丰富的作战经验。相比之下，分兵后的两路捻军，留守的东捻军处境更加危险，需要陈大喜这样忠诚可靠的人做帮手。

陈大喜进来了，张乐行披衣而坐。

"大喜，这么晚了还没休息，有事吗？"

"睡不着，特来坐坐，想和沃王谈谈心。"

张乐行一边让陈大喜坐下，一边命人献上杯茶。

"大喜，我让你留这里你该不会有什么怨言吧？"

"沃王吩咐我怎会有怨言呢？我随沃王十多年了，视沃王如父兄，就是沃王不让我留下，我也会主动请求留下来的。"

"大喜，你我私下谈话就不要客气了，还是叫我大哥吧，我喜欢你这样称呼我。"

陈大喜点点头："张大哥，你对咱东捻军的下一步活动有何打算呢？"

"我想在这西阳一带整顿兵马，再扩充一下军队，一方面静观清兵动向，一方面伺机北上，深入到濉溪、淮北一带山区活动。"

"大哥有在此长住下去的意思吗？"

"怎么？你想立即离开这里？由于我们的主力受挫，人马又分出一部分，势力大大削弱，再四处走动十分不利。这西阳集一带有任化邦的十几万人马，清兵不敢轻举妄动，我们何不借他的势力在此休整一下呢？"

陈大喜顾虑重重地说："大哥，现在不同于往日，咱人马少了许多，任化邦能否容我们还很难说呢！我担心大哥长久在这里恐怕遭人欺辱，不如趁早北上，边走边扩招人马，有大哥的声望还愁没人跟着咱们干吗？"

"任化邦还是一位忠诚厚道之人，也非常讲义气，咱住在人家地盘上万万不能胡乱猜疑，传扬出去对咱们不利呀，用人不疑，疑人不用，我与任化邦交往非一日，他不会出卖我们的。"张乐行很自信地说。

"大哥说得对，任化邦不是那样的人，但我私下打听出任化邦手下有一名得力干将叫潘贵新，此人出身占山为王的土匪，一向不服管教，做事手段毒辣，清兵剿灭无法立足才投奔了任化邦。由于他人多势众，虽在任化邦手下当一名干将，实际上过着一种半独立的日子，很少听从任化邦的调遣，任化邦几次想管教他都因人多兵强没敢下手。有人私下向我报告，说潘贵新几次向任化邦建议吞掉咱们的队伍，但任化邦都没有答应，是任化邦从捻军五旗同兄弟的情分上不愿这样做，还是任化邦自知未必能打得过我们没敢轻举妄动就不得而知了。如果是前一种情况没有什么可顾虑的，如果是后一种情况就危险了，如今咱的人马减去将近一半，实力上弱于任化邦，他若有吞并大哥之心，这后果——"

陈大喜没有直接说下去。

张乐行经陈大喜这一提醒也慎重思考起来，但他很快摇摇头："大喜不必多疑，咱捻军五旗之间虽有些疙疙瘩瘩，但这只是内部小小误会，对外还是同仇敌忾。如今大敌当前的形势逼迫着每一支捻军的安危，内讧的形势绝不会发生，这不同于洪秀全定都天京后诸王之间的不和。此种想法万万不可有，若让任化邦知道岂不以为你我兄弟以小人之心度君子之腹？本来能够和睦相处的也会反目成仇。"

陈大喜马上说道："请大哥放心，咱这只是私下说说，小弟怎会胡乱说与他人听呢？就是对于属下也决不会提半个字。小弟只是提醒大哥，害人之心不可有，防人之心不可无，怕就怕任化邦经不住潘贵新的挑唆产生二心。"

张乐行点点头："你提醒得也对，今后多提防一些，对任化邦军队的动向多了解了解，能有个暗线更好。不过，也不必太担心，咱们在这里也不会停留太久，如果没有什么特别的情况，准备四五月份就北上濉溪一带。"

"大哥对西捻军此次西行有何估计呢？他们会不会遭到僧格林沁大军的追赶和驻扎在河南的瑞麟人马的阻截？"

张乐行略一思索便说道："这一点我也考虑了。由于西捻军是由此向西南方向进发，从僧格林沁大营以南近几十里的方向西进，一定会惊动僧格林沁追赶，但由于西捻军以骑兵为主，行动迅速，僧格林沁绝不可能追上。如果宗禹他们有胆略的话再回头杀过来还会给僧格林沁一个措手不及，就是清军不败也要受到震惊，再也不敢妄动。至于瑞麟的人马恐怕来不及折回头，西捻军就过了河南地界进驻汉中，瑞麟是决不会到陕西送死的。总之，西捻军的形势比我们好过得多。"

"大哥为何不同意我们的人马都西进陕南呢？"陈大喜试探着问。

张乐行叹息一声："并不是我没有考虑到整个军队的人马同时西进陕南与那里的太平军联合，再与其他义军携起手来把陕西闹得天翻地覆。但这皖北是咱捻军的根基，都走了谁来守护这里的地盘？留下一支人马在家乡发展也是可行的，有一支人马去陕南就足够了。如果我们能够把这里搞得红火起来，将来两支人马再合并一处声势岂不更大？说真的，我对选择留守这里也是没有底，只能走一步看一步，尽最大努力扩大自己的人马。"

陈大喜明白了张乐行的心思，他是担心自己一走，五旗之中有其他旗主出来联合各旗再推出一位盟主，他的盟主地位就会受到威胁，这皖北十八坛三十六支的捻军也将被其他人所控制。

陈大喜心中暗叹一声，沃王想得很好，但如今的形势变了，十八坛三十六支捻子已是一盘散沙，想联合在一起的希望实在渺茫，沃王指望凭借这些力量登上帝位的希望只能是一场美梦。这个美梦还能做多久谁也不知道。因为太平天国已经处在危机存亡之际，清兵已经把大队人马北移指向捻军，捻军成为朝廷进攻的主要对象，这实在是不妙的动向。

今非昔比，几年前，也就是太平军封张乐行为沃王的时候，捻军势力发展到顶峰，五旗捻军在张乐行的统一指挥下所到之处无不披靡。北上山东进军京津地区，全军将士对一举攻破京津充满了信心，山东一役失败的原因表面看是僧格林沁与胜保两路大军的联合堵截造成敌我兵力众寡悬殊而遭惨败。其实，失败的真正原因是五旗旗主在交战的关键时刻闹了一场不大不小的风波。

风波的起因就是从张乐行派人寻找堂弟张德顺引起的。

那是张乐行第二次派人去京城寻找张德顺，打听他是否进得宫中。不知是谁泄的密，其他几路旗主听到一些风声，只听说张乐行派人进京和宫中联系，不知道联系什么事。那时，为了人马统一指挥的方便，有几位旗主都已换了新人，白旗旗主龚得树听信了蓝旗旗主韩奇峰的挑唆，以为张乐行明里反清，暗中与清廷讲和以换取朝廷的高官厚禄。对于张德顺出走一事也有部分人知道，经过韩奇峰的一宣扬，许多人都说张乐行让张德顺到清廷做内线，为张乐行降清做准备去了。又有人无中生有大做文章，说张乐行带领五旗人马北上不是攻克京津直捣清廷的，而是明里攻打清兵实际上暗中降清的，说他早已与朝廷联络好，朝廷特派僧格林沁与胜保前来山东接应的，如果哪位捻军旗主或将领不投降，将联合清兵一同把他的人马灭掉。

这本是无中生有的事，但经韩奇峰这么一搅和，误会大了，其他几位旗主虽然明里不说什么，暗中也把军队撤出了战场。由于各位旗主之间不和睦，没有能够及时调兵迎战，给前来堵截的僧格林沁和胜保以喘息的机会，错过了有利时机，结果被清兵打得大败。

捻军这一败，损兵折将不说，五旗之间的矛盾进一步恶化，蓝旗与白旗脱离总坛指挥退守颍上、太和、寿州一带。红、黄两旗关系一向密切，由于作战当前锋伤亡最大，两旗只好合为一旗，由张乐行统一指挥。黑旗人马伤亡较少，虽然没有明里提出脱离总坛指挥，但也是各自为政，单独行动，特别是旗主换人后，黑旗与总坛的联系更少。黑旗的一支人马因对旗主苏天福的做法看不顺眼，一气之下，在邱远才的率领下投奔总坛归张乐行统一指挥，更加大了黑旗与黄、红旗之间的矛盾。

陈大喜曾反复思考过捻军由盛而衰的问题，归根结底是利益冲突、权力争夺所造成的。

如今，沃王虽然胸怀大志，但他也是权力欲望太大，做事太专断而没有实现心中大志的德才，眼看着捻军一天天衰败下来。这次分兵行动如果再不能重振捻军的雄风，只怕捻军的命运还抵不上太平军那样持久呢！

安徽亳州僧格林沁大营。

僧格林沁本是蒙古王室后裔，因在"祺祥政变"中站在奕䜣与两宫太后一边，后来归还了一度被朝廷掠去的王位，加封科尔沁亲王。

僧格林沁正在对着他的两名副将刘松林和王正起大发雷霆："本帅命你们二人去堵截捻子，你们竟然连个人影也没见到，真是无用。养兵千日，用兵一时，吃着国家皇粮，拿着朝廷俸禄，却无功于国家社稷，玩忽职守，让捻子轻易溜了，该当何罪！"

　　刘松林哭丧着脸："请王爷明察，并非我等渎职贪杯，实在是捻子神出鬼没，刁钻投机，难以摸清他们的行踪。我们派人侦探捻子的踪迹，汇报捻子到了高公庙，可当我们赶到高公庙时听说他们望风西逃了。"

　　"哼，一派胡言！听说捻子在高公庙，他们是一堆石头吗？死在那里不动弹？你们赶到时他们当然溜了，只要你们沿着他们逃窜的方向追赶，怎会追赶不上呢？捻子在雉河集一役中虽然侥幸逃出我大军的包围圈，也是损失惨重，如今大队人马西逃，就是逃得再快又能快到哪里？定是你们贪杯拖延军务，如今又在这里狡辩，每人降职一级，戴罪立功，以功补过！"

　　"谢王爷！"

　　两人刚要离去，一名探马匆匆忙忙进帐报告说，捻子有大队人马围攻我驻扎在项城的几处帐寨，由于匪众攻势凶猛，项城人马遭到惨败。

　　僧格林沁一听，气得拍案骂道："这些亡命之徒，死到临头还敢在太岁头上动土，真是活腻了，待本帅发大军将他们斩杀，一个不留！"

　　僧格林沁说着，又指着刘松林与王正起骂道："都是你们给本帅造的孽，如果你等在泹河集一带给那帮匪徒一个迎头痛击，只怕他们逃命还来不及呢，怎敢折回来杀我项城的人马？"

　　僧格林沁冷笑一声："张乐行，你敢回来就好，本王就在这里送你上西天！起初听捻子西逃还真有点顾虑，万一他们窜到陕南，与那里的太平军纠结在一起势力大增，想剿灭他们实在太难。而如今这帮捻子折回来了，真是天助我为朝廷立功！"

　　僧格林沁又把刘松林和王正起训斥了几句，这才重新让他们带兵去项城救援："你两人只要赶到项城西北周口一带，堵住捻子西逃，我立即发大军前去剿平那帮匪徒！"

"遵命！"刘松林接过僧格林沁递来的令箭。

王正起眨巴一下眼睛："我们是否先去救援项城呢？不然，项城的人马就全完了，捻子多于项城人马十几倍。"

"少废话，让你们去堵截，谁让你们去救援了！要想剿灭捻子不牺牲些人马能行吗？"

"万一捻子不向周口一带逃窜呢？"王正起又顾虑重重地问道。

僧格林沁瞪了一下王正起："你小子害怕堵不着捻子本王治你的罪？我只命你们去那里堵截，什么时候告诉你们捻子一定从那里逃窜了？万一捻子从那里经过务必拦住！其他要道本王会另派人把守的，你小子就放心去吧。"

僧格林沁先后派出了六支人马分别前住项城周围地区，把项城一带严密封锁起来，他自以为捻军纵有三头六臂也难逃出他的包围圈。他正准备亲率大军前往项城围击，再来一个类似雉河集大捷的项城大捷，好让两宫太后赏一个黄马褂穿一穿。

这时，派出去的几路人马均有探马回来报告，说项城一带连一个捻子的影子也没见到。驻扎在项城的兵马也派来探马，说捻军袭击之后就向西逃窜了，至今仍不见任何踪影。

僧格林沁气得直蹦，只好停发大军静候消息。

僧格林沁一肚子气正无处发泄，忽然听到属下李兆元进来报告说，有一名捻军的信使要见亲王，有要事相告。

僧格林沁将信将疑，见还是不见，正在犹豫不决，李兆元悄悄说道："王爷，这人我已见过，他是我的一位旧友的亲信，是来向王爷投诚的，据说能够帮助王爷活捉匪首张乐行呢！"

僧格林沁一听李兆元这么说，马上来了精神，立即同意接见这位信使。

来人进了大帐，不待李兆元指点，紧走几步上前就拜，柔声细语说道："小的潘贵山拜见王爷！"

僧格林沁挥手让他站起来讲话："你来见本王有何事快快讲来，不得有半句假话，否则定斩不饶！"

"回王爷的话，小的奉大哥之命前来拜会王爷，这里有大哥写给王爷的信，请王爷过目。"

潘贵山从怀中掏出信，李兆元接了过来，捏一捏呈了上去。僧格林沁接过信，拆开一看，只看上面写道：

科尔沁亲王殿下：

　　氓夫潘贵新敬慕亲王神武，早有投诚之心。因错投他人，成为捻子旗主任化邦帐下一偏将，颇为后悔，每想及此事，痛恨万分。想投归亲王足下效犬马之力，无奈没有合适晋见之礼，恐亲王殿下认为愚夫心无诚心，今有一个表达心迹的机会，但需亲王费心合作。

　　捻子红、黄旗人马雉河集一役被亲王所败，侥幸突围也死伤惨重，退据西阳集和任化邦人马合为一处。近日，捻子部分人马分出，西进陕南与太平军合作，望亲王布下神兵剿灭西进捻子，擒获匪首张宗禹、张禹爵、邱远才等人。大股捻子仍在西阳集休整，尚未有离去迹象，只要亲王大军一到，潘某愿做内应，效犬马之劳，内外夹攻，定能擒住贼首张乐行、陈大喜、任化邦等人。如果亲王洞察不才一片赤诚之心，请与送信之人商定举事措施。

潘贵新顿首

僧格林沁放下手中的信十分惊喜，他扫了一眼潘贵山，将信将疑地问："潘贵新是你什么人，他果真有归服朝廷之心？"

潘贵山急忙施礼说道："回亲王，信中所言句句是实，如果亲王相信，就早早发兵与我家大哥里应外合一举歼灭捻子主力。如果亲王认为我家大哥无诚心就算了，只当在下白跑一趟，请王爷三思！"

僧格林沁看着潘贵山，又把目光投向李兆元。李兆元会意，上前说道："王爷放心好了，小的愿拿全家老少性命担保，绝对没有什么弄虚作假欺骗王爷的份儿。那前来投诚的潘贵新和我是旧相知，我们都曾是江湖上的朋友，潘贵新因为偷盗为官府捉拿在两郎山占山为王当上了头领，后来因官府派兵剿杀才到捻子任化邦那里暂且安身。他早有投降王爷的心思，暗中找我多次，我便让他寻找投诚的献礼，如今有了这大好机会才先派人同我商量，我让他捉住匪首张乐行献给王爷做晋见之礼，他担心自己人手不够起事不成反被张乐行与任化邦所害，这才写信请求王爷协助他完成晋见之礼。"

僧格林沁听罢，沉思片刻，又问道："依你所见，这事成功的可能性有多大？"

李兆元急忙说道："依卑职所见，应该马到成功，一举歼灭这股捻子的主力，并且能够活捉匪首张乐行。根据潘贵山的报告，张乐行与任化邦的人马合在一起也只有二十万人，又有潘贵新七八万人做内应，这样一算，与我们作对的匪徒也只有十二三万人。我们大军悄悄开往西阳集，双方共同协作，战果将比雉河集大捷还要辉煌。只要捉住张乐行，王爷可为朝廷立下大功，一定会受到两宫太后的嘉奖，望王爷不要错过这机会。"

僧格林沁琢磨琢磨李兆元所说的话，觉得很有道理，心花怒放地说："本王见潘将军有一片赤诚之心，愿意投降本王，并为朝廷出力，本王答应他的要求，你速回去同潘将军商量好周密计划，力争一举歼灭捻子，活捉张乐行，如果潘将军能够捉住张乐行就是头功一件。本王将上报朝廷免除以前所有罪过，并加官晋爵，具体事可与李兆元联络。"

僧格林沁打发走信使潘贵山，又对李兆元说：

"具体事宜由李将军负责，待时机成熟上报本王，如果真的能够捉住匪首张乐行，你也是大功一件。如果是捻子派来诱骗我大军的，后果怎样你应该清楚。"

"小的明白，请王爷放心吧！"李兆元恭恭敬敬地说道。

这李兆元如此自信，他当然明白潘贵新是什么样的人，和他自己一样都是捻军叛徒，参加捻军的目的根本不是为平民百姓做事，只是想找个安身的地方。如今见捻军大势已去，只好出卖朋友，做叛徒换取官府对自己的信任。

三月的西阳集，虽然露出春的笑脸，但依然春寒凛冽。特别是夜晚，料峭的寒风仍然有些刺脸。

张乐行检阅一遍营房正要回营休息，迎面见陈大喜走来，上前问道："大喜，你还没有休息？"

"是。沃王在检阅营房呀？"陈大喜边走过来边说，"我睡了一会儿却总睡不着，心里烦闷得很，总感觉好像有人要来偷营似的，就出来四下看看，再多加几班岗哨。"

张乐行笑了："大喜，自从西捻军走后你总是疑神疑鬼的，小心中了邪，得了精神分裂症。这西阳集是任旗主的老营，周围防守严密，只怕一只苍蝇也飞不进来，怎会有人来偷袭呢？快回去好好睡觉吧，明天还要操练呢！"

陈大喜点点头："沃王你也早一点休息吧。"

陈大喜目送沃王进入营房后，自己也回去睡觉了。

不知过了多久，陈大喜突然被一阵吵闹声惊醒，他猛地坐了起来，侧耳一听，果然是杀喊声。不好，真的有人偷袭营房，他心中边这么思考着边匆匆披挂整齐。

这时，两名将校冲进帐篷哭喊道："陈将军，大事不好，不知何时，我们的营房被清兵包围了，已经杀向这里来了。"

"沃王那里情况怎样？"

"不知道。"

陈大喜急了，拉过自己的战马冲出营房。

夜还是黑沉沉的，但四周都是铺天盖地的火把，人头攒动着，叫喊着，几乎分不清敌我。

陈大喜下令士兵向沃王营房那里冲去，他自己则一马当先冲在士兵前面。

哪里还有沃王的营房，到处是一片火海；哪里还有沃王的影子，士兵死伤过半。

陈大喜又急又惊，他不明白清兵是从哪里来的，又为何对他们的宿营地摸得如此准确。他拦住一个士兵问道："到底是怎么一回事？沃王呢？"

士兵哭着说道："任化邦当了叛徒投降了清兵，夜半突然偷袭营房，把沃王抓走了。"

陈大喜破口大骂，一边组织士兵整顿队伍，一边冲向杀来的清兵。突然，围攻的清兵好像背后遭到攻击，纷纷撤退，陈大喜指挥将士随后冲杀。

清兵完全败退了，天也亮了。陈大喜这才发现从清兵背后袭击敌人、救援自己的正是任化邦所率的大军。

陈大喜不顾一切地冲上去破口骂道："任化邦，你好卑鄙，当了叛徒还在此假装好人，快交出沃王！不然，我陈大喜一刀劈死你。"

任化邦急忙抱拳解释说："陈将军息怒，你误会了，我任化邦就是变成猪狗也不会做出投敌叛变的不仁不义的事来，是我有眼无珠用错了人，收留了潘贵新这个奸贼。万万没有想到，他早已投降了清廷，暗中将我们出卖了，昨晚上引清兵来偷袭我西阳集。不是几位将士救护及时，我的脑袋早已被他割下了。"

"他人现在在哪里？"

"据士兵亲眼所见，他带着他的那帮匪徒投靠清兵去了，随僧格林沁的兵马撤走了。"

"沃王呢？"

任化邦欲言又止，叹息一声说道："沃王也被清兵掠走了，恐怕凶多吉少。我对不起沃王，对不住各位捻军兄弟，请陈将军把我杀了向各位捻军兄弟谢罪吧！"

任化邦说着，泪流满面。

陈大喜欲哭无泪，仰天大叫一声："沃——王——，我对不住你！"

说着，就要拔刀自刎，几个士兵急忙上前抱住了他，一齐劝阻说："陈将军冷静些，陈将军冷静些！"

"我们先想想办法救回沃王才行！"

陈大喜摇摇头，痛哭流涕地说："一切都晚了！我对不住沃王，也对不住禹爵，我曾答应禹爵，代他保护沃王，可是……"

第三十章

责师傅归罪李鸿藻
选钦差起用左宗棠

"皇儿不想学文章，皇儿也不想当皇上，干脆让给他人好啦！"同治顶撞了几句，慈禧气得手颤抖、面色发白，她猛地甩开胳膊，重重的一巴掌打在同治白净的脸上，那白净的脸上马上留下五个红红的手指头印记……

一声催春的婉转鸟鸣把慈禧太后从深深春梦中惊醒，她伸了个懒腰向室外轻唤一声："小安子，快服侍本宫更衣。"

"来——啦——"

安德海哼喝一声小跑进屋给慈禧穿衣，边穿衣边聊天。

"太后这么早就起床去哪儿？莫不是去郊野会情人吧？"

慈禧在安德海的鼻子上狠狠刮了一下："你这个该死的，会你的头。"

"那太后起这么早干什么？"

"老娘要去上书房检查一下皇上的学习情况，不知为何，皇上这一段时间学习成绩下降，许多应该会背诵的却不会背，应该做的文章也没有做，我要看看皇上在读书时都做些什么。"

"太后对皇上要求有点太严格了，皇上毕竟才十几岁，少年贪玩贪睡也是人之常情，怎能用成人的标准要求皇上呢？奴才有时见皇上读书实在辛苦，想逗逗皇上玩耍一下，又怕太后怪罪。"

慈禧在铜镜面前转悠一下，叹口气说："我又何尝不知道皇上辛苦啊！他还是个孩子，每天要读许多的书，也够难为他的，母子连心，皇上是我的一块心头肉呀。话又说回来，不这样要求皇上能行吗？将来这大清的全部家当都要由他支撑呢，不熟读圣贤书怎么行呢？唉，要做人上人，先吃苦中苦呀！"

吃罢早点，在安德海的陪同下，慈禧来到了弘德殿上书房。

慈禧走进上书房，里面静悄悄的，没有丝毫的读书声，气便不打一处来。她四处看一看不见皇上的影儿，连几位师傅也一个都不在，慈禧更气了。

慈禧进了内室。嗬，皇上正趴在书桌上呼呼大睡呢！他张着嘴，口水流到御案上。

慈禧紧走几步上前一把揪住同治的耳朵狠狠一拧，骂道："睡死鬼变出来的，太阳一丈高了，还呼呼大睡。我叫你困，叫你困！"

慈禧边训斥边把同治的耳朵拧得老长。

同治疼得直叫喊："额娘饶过皇儿，皇儿今后一定用心读书，再也不敢偷懒了。"

慈禧瞪了一眼同治，又呵斥道："站起来，额娘考考你最近的学业如何！"

她拿过同治手中的书本，从中选几篇让同治背诵，同治一篇也不会背诵。慈禧气得把手中的书向地上一摔，呵斥道："给额娘跪下，老实交代这一段时间做什么了，为何学业毫无进展？如此下去将来怎能够胜皇上之职呢？"

"皇儿心烦，不想学那些枯燥无味的文章，皇儿也不想当上皇儿，干脆让给他人好啦！"

同治顶撞了几句，慈禧气得手颤抖、面色发白，她猛地甩开胳膊向同治的脸上打去。

"啪——"

重重的一巴掌打在同治白净的脸上，那白净的脸上马上由白变红，又由红变白，上面留下五个红红的手指头印记。一丝血迹也从同治的嘴角缓缓滴下。

同治"哇"的一声哭了起来。

"太后息怒！"

一声颤抖的声音从身后传来，慈禧转过身，见李鸿藻正慌慌张张地走进来。

李鸿藻紧走几步，上前扑通跪倒，用略带恐慌的语气说道："臣李鸿藻问圣母皇太后圣安！"

慈禧也不让他站起来，冷哼一声问道："现在什么时辰了，李大人该不会不知道吧？是否需要本宫每天派人抬轿去李大人府中请？"

李鸿藻连叩几个响头："卑职不敢，卑职不敢。卑职今日来迟实在是贱内昨晚得了急病，折腾一夜，天明时分才得以合眼，不想竟多睡了一会儿，求太后发落！"

"哼，本宫不管你是什么原因误了时辰，宫中的规矩是任何人也破不得的。来人——"

"喳——"安德海急忙从旁边蹿了出来。

"摘去李尚书三眼花翎，罚半年薪俸。"

安德海走到跪在地上的李鸿藻跟前，三下五除二摘去帽上顶戴。

李鸿藻心中的委屈只能憋在心中，眼泪在眼眶中打转也不敢让它流出来。这处罚也有点太重了，俗话说打了不罚，罚了不打，慈禧这是既打又罚。

其实，李鸿藻也并没有来晚，只是比平时稍稍来迟半个时辰，他平时总是提前来半个时辰。也是该着有事，他夫人昨晚又偏偏得了急病，搅得他一夜几乎没睡着，只在天明时分小睡了一会儿。而慈禧今天偏偏起得较往日早一些。如果同治起来后在那里大声读书也不会发生这件事，恰恰同治默读一会儿，又不知不觉睡着了，正好被慈禧撞个正着。

这时，惠亲王绵愉和他的两个伴读的儿子奕详、奕询也来了。其他几位先生祁寯藻、倭仁、翁心存也都陆续来了，一看眼前的架势，虽然没有听说缘由也都明白几分，一个个乖乖地跪在地上。

慈禧翻眼瞧瞧绵愉，不冷不热地说道："惠亲王督责皇上读书可不能有丝毫偏心，谁主谁次要分个清楚。"

按辈分，绵愉是慈禧的叔辈，让侄媳妇这么一抢白心中老大不快，但这是太后训斥，他也不敢说半句怨言。

实在太巧，奕䜣来宫中奏报军情，顺便到弘德殿走一趟，正赶上慈禧训斥惠亲王绵愉。心中道：你虽然贵为皇太后，但惠亲王毕竟是叔辈，也不能像训斥一般大臣那样没有轻重。

奕䜣心中老大不快，话一出口自然带有一丝不满："请圣母皇太后息怒，一个人的错也不能累及众人受罚吧？就是皇上偶有一次两次没有完成学业也是正常的，何必发这么大的火呢！"

慈禧一听奕䜣当着众人的面向自己说这几句不软不硬不疼不痒的话，心中很不是滋味，刚刚消下去的火苗又从心底蹿了上来，她也毫不留情地说道："六爷身为弘德殿行走，负责督察皇上课程，皇上学业荒废到这种地步为何从来也没有听过六爷的奏报呢？是六爷知而不报，还是六爷身兼多职事务繁忙，来不及督察皇上的课程？倘若是这后一种，六爷还是少兼一些职吧。不然，六爷忙里忙外会累坏了身子骨的。"

慈禧这几句话看似轻巧，实在是话中有话，责怪奕䜣犯了几大罪状。一是对督察皇上课程不尽力是严重失职；二是责怪他知而不报是欺瞒太后。暗含其中的意思还有：如果你觉得自己大权在握，对太后不恭不敬，我可以革你的职。

奕䜣当然明白慈禧话中的意思，他更了解慈禧是怎样一种人，只好把满腹委屈咽下肚中，恭恭敬敬地说道："卑职知罪，请圣母皇太后发落！"

慈禧刚要讲话，门外响起一阵轻微的环佩声，慈安太后走了进来。慈禧急忙上前施礼说道："姐姐安好！姐姐不来我正要去找呢！督学不督促，伴学不伴读，师傅不用心教，皇上学业下降，请姐姐惩处！"

慈安看看众人，微微一笑说道："妹妹何必发这么大的脾气呢！皇上不认真读书，我们姐妹多多督促就是，学习非一日之功，岂是一巴掌就能打会的？妹妹望子成龙心切，姐姐何尝不是？但这种严打重罚的教子之方实在不足取。"

慈安说着，走到同治跟前，给他擦一把泪水，又轻轻抹去嘴角的血迹，揉一揉同治红肿的脸说："瞧你把皇上打成这个样子，长这么大我还没打过皇上一次呢！是你的孩儿就不是我的皇儿啦，今后再也不许这样对待皇上，皇上如今渐已长大，再不是几岁的孩子，早已有了自尊心，应该尊重他，讲一些道理给他听。"

慈安说着，又眼泪吧嗒地把同治搂在怀里。同治也仿佛一个在外面受了委屈的孩子见到了亲人，委屈得呜呜哭了起来。

慈安一边给同治擦眼泪，一边向众人招招手："都快起来吧。"

众人这才一一站了起来。

李鸿藻跪的时间最长，两个膝盖早已跪麻木了，起了几次也没有站起来，最后还是奕䜣上前把他拉起来。

慈安怎么这时突然赶到呢？

正当慈禧训斥李鸿藻的时候，同治皇上的贴身太监李莲英恰好赶到，但他没敢进入书房就转身跑了，去钟粹宫通报慈安太后，他知道慈安太后对皇上宽容一些，也只有慈安太后才能制止住慈禧太后。

慈禧见亲生儿子和自己一天天疏远，和慈安却一天天亲密起来，心中很不是滋味。她的主张是严师出高徒，棍棒出孝子，铁不打不成器，石不雕不成玉。可是，这几年来，她的训斥不但没把儿子训服，却一天天训崩了，投入了别人的怀抱。

此时此刻，看着皇上白净的脸上留下的那几个红红的手指印，慈禧也十分后悔自己刚才太冲动，不该去打儿子。他毕竟是大清国的第十代皇帝，一国之主，应该有皇上的尊严。自己不是时常教训属下人皇权不可蔑视，祖宗留下的规矩不得废除，而自己却蔑视了皇帝的尊严。慈禧暗暗告诫自己，打儿子这是第一次也是最后一次，今后也要向慈安那样多给儿子一点关怀和慈爱，少一点威严与训斥。

奕䜣待两宫皇太后的面色都稍稍缓和下来，才上前恭敬地呈上折子："卑职给两宫太后报喜来了。"

慈安接过折子问道："喜从何来，六爷先说说吧，也让大家高兴高兴。"

"回两宫太后话，僧格林沁亲王在安徽亳州活捉了捻子的匪首张乐行，奏请皇上、皇太后如何发落呢！"

"嗯，果然是大喜，这么说捻子已经剿灭了？"慈禧问道。

"目前尚没有完全剿灭，据报，捻子主力已被消灭，只有少数几股匪众逃出了僧格林沁的包围，一路逃往河南进入陕南，一路北逃在山东南部。"

听完奕䜣解释，慈禧又说道："应该谕告僧格林沁尽快将几股残匪剿平，待平定叛乱后一同嘉奖。对于那匪首留着也无用，就地正法吧。"

慈安补充说："这些前线的爷儿们都是不见兔子不撒鹰的，喜欢听好话，也都讲实惠，还是先赏他一套黄马褂和几百两金子鼓鼓士气吧，以免伤了前线将士的心。"

"这倒也是，就按姐姐所吩咐的执行吧，也不知江浙战场上怎样，何时才能收复金陵，剿灭太平军？"

奕䜣又急忙奏道："请两宫太后放心，江浙战场也是捷报频传，曾国藩、李鸿章、左宗棠等汉臣都十分卖力，金陵周围的大小城池全部克复，我大军已经包围了金陵，估计不久就会攻破金陵擒住伪皇帝洪秀全。到那时也举行一个午门献俘仪式，请皇上和皇太后在午门上，接受满朝王公大臣和各路人马朝拜，然后再用匪首祭天告慰列祖列宗。"

奕䜣说到这里，显得十分激动，略带感伤地说："自从皇考宣宗成皇帝平定准格尔叛乱在午门举行了一次受俘仪式，那以后再也没有经历过那样令人振奋的事了。在康熙皇帝与乾隆皇帝年代，这样的受俘仪式是时常举行的。自鸦片战争以来，我朝是每况愈下，签订了一个又一个丧权辱国的条约，实在令我们这些不肖子孙汗颜。如今，两位皇太后主持朝政，能够剿平中原叛乱的匪众，这是上天赐予我朝的洪福，更是两宫太后治国有方、用人有术。等到廓清中原叛乱，擒住匪首时，两宫太后举行午门献俘仪式，将文治武功告慰祖宗，保佑我朝早日中兴，保佑大清江山社稷万代昌盛。"

慈安听罢，微笑着连连点头说："外敌和好，内匪剿平，中兴之势指日可待，这也是六爷的功劳呀，是议政王辅国尽心尽职的结果，说起功劳当推六爷第一，若只靠我们姐妹两个女人家怎能将一个支离破碎的国家治理得如此井井有条。"

慈禧一听这话心中就不高兴，心里道：你不懂治国用人方略就不要胡乱吹捧他人，大权让我掌握，巾帼不让须眉，昔有武则天，今朝也要出个那拉氏。她心里这么想嘴上却不敢这么说，只好说道："叛乱的匪徒还没有最终扫清就说起论功行赏的事为时还早，至于午门献俘的事到时再定吧。当务之急是把皇上教导成才，不能荒废了学业。"

"妹妹放心，教育皇上的责任不能全部由你一人担当，做姐姐的也有责任，等李师傅授完课我把皇上带回宫仔细询问一下，最近一段时间学业有所荒废到底是什么原因，问清后再考虑如何给皇上改进授课内容的事。"

慈禧也觉得这事不可操之过急，只好同意慈安太后的建议。

慈安太后把同治带到钟粹宫，先拿出可口的点心给他吃，边吃边聊。

"皇上，你懂得读书的重要吗？"

同治点点头："古人说：半部《论语》打天下，半部《论语》治天下。圣贤典籍中有许多经世致用的策略，只有苦读书，学会古人治国方略，把前人治世的经验熟诵于心，才能有助于儿臣将来处理国家大事，振兴咱大清基业。"

慈安不住地称赞。

"皇上如此年幼就懂得读书的重大用途，实在难为你了，那么皇上为何不用心读书呢？据说皇上这一段时间功课特别不好，师傅布置的任务不能完成，这是什么原因呢？"

同治看看慈安太后，刚把一块糕点放进嘴里又拿了出来，很为难地说："儿臣也想用心读书，不知为何，这一段日子，只要一拿起书本心里就发闷、发蒙，一点儿也不想读书。儿臣也明白将来要成为大清国的皇上没有知识怎么行，就强迫自己多学一会儿。唉，只要一强迫自己读书头就疼，有时还疼得厉害，今天早晨就是这样。儿臣起来后，按往常惯例早点后就在上书房读书，儿臣读了一会儿就感觉头有点疼，就默看昨天李师傅所教授的课，头还是疼，儿臣就在御案上趴了一会儿，谁知竟睡着了，恰巧被额娘抓住了。额娘知道儿臣近日功课不长进，故意找几篇难一些的课文提问儿臣，儿臣一句也回答不上来，额娘一气之下打了儿臣。"

同治说着，又委屈得泪水直在眼眶里打转。

慈安太后安慰说："皇上不必难过，你额娘打你也是为你好呀，她是望子成龙心切，做法有点过急，伤了皇上的心，皇上也不必放在心上。俗话说，母打子不休，也不算什么过分，你额娘也颇有点后悔，只是当着众人的面不愿承认罢了。你额娘是个敢作敢为也十分争强好胜的女人，如果她是个男人，也一定是位出色的皇帝，她这么心高气傲的人当然不希望自己的儿子是个窝囊废，让你多读书将来做一代明君，像康熙皇帝那样世代受人敬仰。"

"儿臣也明白额娘的一片苦心，儿臣也想好好读书，将来能够振兴咱大清朝的基业。先父皇在位十几年政绩平平，儿臣将来独掌大权不能再无所作为吧，只是，只是儿臣近日来头疼得厉害，一点儿也学不下去。"

慈安见同治显出十分苦恼的样子，知道他不是在撒谎，关心地问道："皇上既然头痛，龙体不适，为何不早早告诉皇额娘或者额娘，我与你额娘也让御医给你治一治。皇上如此年轻，正是长身体的时候，有什么病应该早早医治，怎么能拖呢？这就是皇上的不对了，你不说我和你额娘怎会知道呢？否则，你额娘决不会责怪你，更不至于动手打你。皇上如今一天天长大了，也要学会关心自己才行，御体有哪些不适，早早请御医探视。'病在肌肤不治将益深'啊！你皇阿玛的病就是发现太晚……"

慈安说到伤心处，不住地擦眼泪。

慈安忽然脸一绷，指着站在旁边的李莲英喝问道："李莲英，你这个狗奴才，身为皇上贴身太监，为何知道皇上龙体不适，犯有头疼病，却知情不报，该当何罪！"

李莲英吓得扑通跪倒在地，哭丧着脸哀求说："请太后明察，奴才确实不知，奴才若知道皇上龙体不适哪有不报之理？皇上也从来没有说过呀，太后可不能冤枉了奴才。"

"大胆，你敢说本宫冤枉了你！我且问你，你身为皇上贴身太监，皇上的一言一行你都应该知道。皇上头痛多日，就是皇上不说你也应该知道，先询问一下皇上龙体状况，可见你不关心皇上生活，是严重的失职。崔总管，给我掌嘴！"

崔长礼走到李莲英跟前，挽起衣袖，伸开胳膊，在李莲英脸上左右狠狠扇了四下。崔长礼这几巴掌着实不轻，李莲英的脸马上肿了起来，嘴角也打出了血，但他一句怨言也不敢说，被打之后，仍恭恭敬敬地叩个响头，说了声"谢太后"。

李莲英心中却恨透了慈安与崔长礼。

打嘴巴是对宫中犯规宫女、太监最轻的处罚。同样是打嘴巴，学问也大了，有人打得很响却一点儿也不疼，有人打得不响，却特别重特别疼。刚才崔长礼给李莲英打嘴巴就是这不响却又疼又重的一种。

崔长礼为何对李莲英这么狠心呢？这是由同治皇上的爱好引起的。

偌大的一个紫禁城只有同治皇上一个孩子，可谓真正的独生子女，是大清国的独生子女，更是皇宫大内里面的宝贝儿子。人们常说独生子女因缺少同伴容易形成孤僻怪异的性格，从同治皇上的处境可以想象出他的性格了。同治呢？只能跟这一群女人或不男不女的人一起玩耍。就是在上书房，虽然有惠亲王绵愉的两个儿子奕详与奕询做伴读，但严格的等级秩序在那里，他们当然不会平等地坐在一张桌子前听老师讲课。同治有专门的老师，他们俩有自己的老师，他们也不在同一间房子里面，说是伴读，其实只是个名，偶尔说上一句话也必须征得师傅与督察人员的允许。

可见，同治在宫中的生活是单调乏味的，除了拜见两位皇太后，随皇太后上朝听政之外就是读书、睡觉、吃饭。同治有时无聊至极，就想让李莲英带他到宫外玩一下，李莲英哪有这个胆量，整日想办法拴住皇上的心，尽量陪着皇上做一些能使他开心的游戏。

一次偶然的机会，李莲英不小心绊倒了，小皇上高兴得直拍手。恰好那时候正在教同治学骑马，他便骑在李莲英身上，两手揪住李莲英的耳朵，嘴里吆喝着："驾，驾，得得驾。"

李莲英为了取悦皇上，便真的装起马来，驮着皇上在地上爬来爬去。

自那以后，同治没有事的时候就让李莲英当马供他骑，同治也觉得这样做十分开心。

一天，李莲英又被同治当马骑，恰好被总管太监崔长礼看见，崔长礼故意戏谑说："皇上，马一般都是喜好奔跑的，皇上骑的这匹马却不会跑，这不叫骑马，只能叫骑牛，皇上应该叫李莲英跑一跑才过瘾呢！"

崔长礼这么一提醒，同治果真来了劲，一定要求骑着李莲英跑一跑。李莲英无奈，真的在地上爬得很快，同治仍不满意，一边吆喝着，一边用一根小鞭子抽李莲英的屁股，让他快跑。

李莲英趴在地上，四肢着地，身上驮着皇上，屁股还挨着揍，这本来已够惨的，皇上还让他爬着跑，崔长礼在旁边幸灾乐祸地说着风凉话。

几圈下来，李莲英汗流浃背不说，手也扎破了，膝盖也磨烂了。李莲英心中的气就不用说了，他恨透了崔长礼，暗暗下决心要报复一下崔大总管。

机会终于来了。

一天，崔长礼去乾清宫，恰逢李莲英陪同治在玩耍，李莲英悄悄对同治说："皇上不是喜欢骑马吗，今天骑不骑？"

同治一听李莲英主动要求自己骑马当然高兴，满口答应了。李莲英便说道："皇上骑马总是骑奴才一人多没劲，皇帝的妃嫔都有许多，胯下的战马就更多了，什么逍遥马、赤兔马、的卢马、麒麟马，样样都有，皇上今天何不换一个人骑？"

同治来了劲，急忙问道："骑谁呀？"

李莲英向正在走来的崔长礼指了指："骑崔总管，先皇在世时最喜欢做的游戏就是把崔总管当马骑。"

李莲英说完就躲了起来。

同治就上前拦住崔长礼，要求骑马，崔长礼不同意，想溜走，同治就是不让他走。崔长礼见四下没人，心想也没有人看见，就让皇上骑一回吧，皇上毕竟还是个孩子。

同治刚骑在崔长礼的背上，李莲英就溜了出来，也学着他的口气说："皇上的这匹马跑得快不快，皇上何不试一试？"

李莲英说着递上一条鞭子。

同治接过鞭子，一边吆喝着崔长礼快跑，一边揍他的屁股。崔长礼今年已经五十挂零了，爬都爬不动，还跑呢！他被皇上强迫着爬了几圈早已气喘吁吁，便用沾有灰尘的手擦脸上的汗，把脸上胡子上弄得一道一道的，活像戏台上的大花脸。

李莲英在旁边哼着小曲，不时地为皇上加油。

崔长礼累得实在爬不动了，哀求说："皇上，饶过奴才吧，奴才老了跑不动了，皇上还是骑李莲英吧，他年轻能跑动，一定比奴才好玩得多。"

"皇上，别上崔总管的当，越老跑得越快，皇上不是读过曹操的一首诗吗？'老骥伏枥，志在千里'，崔总管就是志在千里的老骥，皇上应让他再跑快一些。"

同治真的又要崔长礼驮他再跑一会儿。恰在这时，慈安太后经过这里，一见这个场面，马上训斥说："皇上快下来，以后不许这样，皇上身为一国之主，应有天子之德、帝王之尊，这样做成何体统，倘若传扬出去岂不辱没了皇室声誉，也毁坏了皇上的名誉和尊严，谁还会把你当成万乘之尊的皇上呢？皇上是否记住了皇额娘的话？"

同治一向十分敬重慈安太后，尽管慈安从来也没打骂过他，但慈安的话对他是说一不二的，慈安对待同治是严中有慈，慈中生严，不同于慈禧的威严并用方针。

同治知道自己做错了，但他把所有的责任一股脑儿推给了李莲英。

"皇额娘的话儿臣一定牢记在心，今后决不再玩这样的骑马游戏了。儿臣也不喜欢这种把人当马骑的游戏，是小李子教儿臣这样做的，并怂恿儿臣骑崔总管。"

李莲英心中连连叫苦，却也不敢与皇上辩驳，任凭皇上信口开河把所有的过错都推在自己头上。

崔长礼也在旁边添油加醋地说："皇上如此纯真幼稚，怎会想出这种有失皇室尊严的游戏来，一定是李莲英怂恿皇上做的。昨天，奴才还听几名宫女说，李莲英挑唆皇上把宫女当马骑呢！"

慈安对待李莲英就不那么客气了，她厉声呵斥道："李莲英，你身为皇上侍从太监，不帮助皇上克服缺点修德养性，竟敢怂恿皇上玩这种有伤宫廷声誉的游戏，该当何罪？给我拉出去重责四十大板！"

这四十板若真是打下去，李莲英不死也要残废，他哭喊着哀求道："太后饶命，太后饶命！"

李莲英边叫喊着边四下里张望，看看有没有可以说情的人，也是这小子有福，他一眼看见慈禧走来，便大声喊道："圣母皇太后救救奴才，圣母皇太后救救奴才！"

慈禧走过来，问明缘由，也不好直接说情不让慈安责罚李莲英，先训斥说："李莲英，你这个狗奴才怎么能够怂恿皇上做这样的事，打你四十大板都少了，依我之见应该重打八十大板，只因今日是戊寅日，按照风俗规定不适宜动刑，否则一定重重责罚，还不快向太后磕头求饶？"

李莲英知道这是慈禧救他，急忙扑通跪下，向慈安太后连磕三个响头，边磕边说："太后大恩大德饶过奴才这一次吧，奴才今后再也不敢了，一定好好侍奉皇上，让皇上早日成为贤明君主。"

慈安也曾听说过同治经常拿李莲英当马骑，但她一次也没有碰见，今天碰见了，却是骑在崔长礼身上。对于同治刚才说这游戏是李莲英怂恿的，慈安也似信非信，李莲英还不至于这么傻，自己甘愿当马供皇上骑。如果说今天皇上骑崔长礼是李莲英怂恿的还可信。慈禧又先把今日不能动刑的话说了出来，刻意为李莲英讲情，慈安也就顺水推舟地说："不是圣母皇太后提醒今日不能动刑，决不轻饶你！既然如此，就暂且饶过你，今后一定要小心侍候皇上，不允许再让皇上玩这样的游戏。"

"谢太后不打之恩，谢两宫皇太后，奴才一定用心服侍皇上！"李莲英又连连叩头致谢。

慈禧也瞪了一眼同治："皇上也要当心不许把任何一人当马骑，若再发现皇上做这样的游戏也要责罚皇上。"

御医沈宝田来到钟粹宫，问过皇上头疼的症状，便开始为皇上把脉。许久，他才抬起头对慈安太后说道："太后，皇上这病是由于读书太多，积劳成疾所得，只要减轻一些学习负担，多玩耍一会儿，好好休息一段时间就会好的。奴才先开几服药让皇上吃着，保养一下身体，也看看效果再做进一步诊断，不知太后意下如何？"

"就按你说的做吧，诊断要准，药要好药，若是误诊定当严惩！"

"是，太后！"

沈宝田回去后不久就差人送来所要煎服的药以及服饮方法，慈安太后便差派宫女悉心煎熬，服侍皇上饮用。中午，又留皇上在宫中吃饭。

午饭后，慈安正陪着皇上闲谈，宫女来报，慈禧太后来见，慈安与同治走出去，把慈禧迎进来。慈禧一见慈安与皇上出门相迎，急忙告罪说："真是折杀妹妹了，怎敢有劳姐姐的大驾出门相迎呢？妹妹是常来常往的人，姐姐就不用客气了，今后妹妹来这里，姐姐万万不能相迎。"

三人坐定，慈安就问道："妹妹一定是为了皇上的事放心不下吧，也是你我姐妹整日事务太多对皇上关心不够，我们只知道埋怨皇上功课退步读书不专心，却不去了解皇上学业荒疏的原因。今日一问才知道，皇上这些日子身体不适，得了一种厌学症，只要读书就心烦头疼。刚才请御医诊断了一下，并开了几服药，刚刚让皇上服下。"

慈禧一听，心中吃惊不小，急忙问道："是哪位御医给皇上诊断的？诊断皇上患的什么病症？"

"是沈宝田诊断的，也没说皇上患什么病，只说皇上是读书太累，积劳成疾引起的头疼心闷，开了几服药，刚刚命人煎熬后给皇上服下。"

慈禧一听是沈宝田给皇上诊断的，着实吃惊不小，一听沈宝田并没说什么，心里踏实了许多，她看看坐在旁边一声不响的皇上，对慈安说道："姐姐，皇上虽然龙体有所不适，也不是什么大病，书还是要读的，可以一边读书一边吃药嘛！不能荒废了学业。皇上渐渐长大，所学的知识实在太少，只怕将来不能胜任一国之君的所需呀，趁年轻多学一点还是应该的，无论干什么事不吃点苦怎么行呢！"

"妹妹说得也是，皇上的书还是要读下去，但要通知奕䜣，在皇上服药这一段时间内功课减半，待到皇上病愈后再恢复正常。不然，功课仍像原来一样重不利于皇上治病，皇上这病就是由读书引起的。"

慈禧想了想也认为有道理，她也担心皇上的病加重起来。因为几年前沈宝田就已经告诉她皇上身体内潜伏着病症，当时将信将疑，以为沈宝田是故弄玄虚取悦自己，现在看来倒是真的。

"皇上功课的安排就按姐姐所说的这样执行。功课放松，其他方面的约束是万万放松不得的，否则，娇惯成性，养成懒惰的品德后再想管教都不可能了。"

慈禧讲到这里，话锋一转："姐姐是否觉得恭亲王作为弘德殿行走对皇上功课的督察不严，有时甚至失职？"

慈安解释说："奕䜣身兼多职，每天有好多的国家大事处理，忙前忙后，忙里忙外，怎能事事俱到呢？偶尔有个别地方做得不够令人满意也是可以理解的嘛。"

慈禧频频点头："姐姐言之有理，恭亲王身兼多职实在太忙，一个人的精力毕竟有限，这已经够难为他啦。"

"妹妹能够理解恭亲王的难处就好，他为咱姐妹能够得以垂帘听政立下汗马功劳，咱姐妹可不能鸟尽弓藏、兔死狗烹，对恭亲王也客气一些，不能像训斥其他朝臣一样没有轻重，何况他又是皇上的叔叔呀！"

"姐姐说得极是，恭王为朝廷立过大功，咱姐妹也没有亏待他呀，让他当议政王，食双王俸禄。既是宗人府宗令，又是总管内务府大臣，还管理总理各国事务衙门，身为首辅军机大臣，世袭亲王罔替，集政权、财权、族权、军权与外交大权于一身，这个地位也够显赫的。这还不说，就是对于奕䜣的女儿和儿子，我们姐妹也是厚爱倍加。那年，我破例认荣荣为女儿，加封她为荣寿固伦公主还不是让恭亲王地位更显贵，能够理解咱姐妹的心，多为朝廷办点事。"

慈安点点头："妹妹厚爱恭亲王，姐姐也是对他厚爱有加，二位王子授予国公衔，赏三眼花翎顶戴，对奕䜣本人还破例准许在紫禁城内乘坐四人肩舆。咱姐妹这样做都为的一个目的，就是笼住恭王的心。"

"做到这种地步只怕都不能笼住奕䜣的心呢！"

"妹妹何出此言？恭王做事一向谨慎认真，对我们姐妹也十分敬重，事无大小一律奏报上来，从不敢独断专行，这几年来也帮助咱姐妹做了许多利国利民的大事。特别是提出了任用汉臣自办团练对付太平军的主张，更是加快了对太平军与捻子的剿抄。没有充分的证据，妹妹万万不可说出这令奕䜣失望的话，不然，传出宫外，满朝文武会说咱姐妹是鸡蛋里挑骨头。"

慈禧叹口气："男人的心可是海底的石头，看不见，更摸不透啊！也许妹妹不该说，树大风也大，多尔衮当年的例子不能不引以为戒，姐姐是否觉得奕䜣的职务多了一些？能不能给他削减几职，这样做于国家于恭王自己都有利呀。恭王兼职太多，不可能把每一件事都做得十分圆满，自己也十分劳累。减去几职，恭王专司几样，就会有更充分的精力做好应该做的事了，也不至于整日操劳太多太辛苦。如果恭王积劳成疾，对国家社稷是一大损伤啊，待到恭王累病了可能就晚了。据荣荣讲，恭王每晚到深夜才能入睡，最近一段时间身体也时常有病。"

慈安听后，一时摸不清慈禧讲这话的意思，是真的关心奕䜣的身体健康，还是想削减奕䜣的职权呢？她也很感慨地说："妹妹言之有理，只是现在立马削减奕䜣的职务，朝中大臣还以为奕䜣犯了什么过错呢！奕䜣本人也会有情绪的，何况现在正面临着消灭太平军的最后关头，待平定叛乱后再说吧。也许到了那时，我们不提出，奕䜣感到劳累会主动提出辞去几职呢！"

慈禧迟疑片刻又说道："当然，恭王能够知难而退、见好就收那实在太好。可是男人的权力欲望总是很大，只怕让恭王主动提出辞去几职不可能！"

慈禧刚说到这里，就听到门外太监高声叫道："恭亲王求见太后，见是不见？"

慈安看看慈禧，慈禧点点头，慈安便令太监传奕䜣进殿讲话。

奕䜣进殿后，看见慈禧和皇上都坐在旁边，急忙施礼说："微臣奕䜣问皇上、皇太后安！"

"六爷快起吧，六爷匆匆来此一定有什么要事吧？"慈安一面令人给奕䜣看座，一面问道。

"回皇上、皇太后，从陕西来的快马奏报，近日又有一支捻子窜入陕南，和活动在汉中的太平军余部会合一处作乱，气势凶猛，几次大规模围攻西安，临潼一役官兵死伤惨重，主帅多隆阿已身负重伤。河南巡抚李鹤年与陕西巡抚刘蓉连连告急，请求朝廷再发大军入陕剿匪。臣特来奏报皇上和两宫皇太后。"

奕䜣说完，呈上奏折。

慈安接过奏折看后又递给慈禧，慈禧看后问道："六爷以为可调哪一路大军前往陕西助剿？"

"京师已无大军可调，只有从各省调兵了。京师虽有几十万大军，还有神机营、火器营，但京津地区也是多事之地，特别是皖北的捻军还没有最后廓清，他们对京津虎视眈眈，几次北上均为我大军所败，但也不能掉以轻心，以防突发变故发生。山东巡抚丁宝桢的兵力本来薄弱，如果捻军突出山东地界，就会威胁到京师，因此，不能动用京师大军。"

"六爷认为调哪省的兵马呢？"慈安问道，"黑龙江与吉林兵马充足，目前也正清闲，可否调往陕西？"

奕䜣摇摇头："这两省兵马虽闲，但距离陕西太远，长途跋涉入陕劳民伤财。何况我东北边疆地带一直遭洋人窥视，一旦抽调大批人马必然给洋人可乘之机。如果东北边境遭侵，大军再往返折腾实在是得不偿失。以卑职所见不如调湖北左宗棠兵马入陕，令左宗棠为钦差大臣接替多隆阿的职务，全盘负责督办陕甘军务，两位太后以为如何？"

"左宗棠为汉人，授予如此重任，是否妥当？"慈禧略有顾虑地说。

"请太后放心，左宗棠虽为汉臣，对朝廷像曾国藩、胡林翼等人一样忠心耿耿。此人在剿灭太平军的几次重大战役都表现出卓越的军事天才，在任浙江巡抚时几次以少数兵马打败洪秀全的几位反王，歼灭了黄文金、杨辅清的大军。何况左宗棠正在湖北督师，距陕西较近，调兵迅速，能够给陕西敌军背后一击，打他们一个措手不及。"

慈安连连点头："就依六爷所奏，着左宗棠为钦差大臣入陕代替多隆阿督办陕甘军务。"

接下来几人又谈及了皇上的学业，奕䜣也十分明智，主动向两宫太后认了错，恳请太后惩处。慈安对奕䜣勉励几句，把她与慈禧议定的削减皇上读书内容的事告诉奕䜣，两宫太后做出的决定他还能再说什么，答应后便叩拜告辞了。

第三十一章

诧儿症载淳厌书本
痛姊疾慈禧割玉肌

慈安取出一个精致的小匣，对慈禧说道："妹妹割肉为我疗疾，如此菩萨心肠哪会谋夺皇位？看来先帝当时多虑了，这道用来防备妹妹的遗旨，留着还有何用？"慈安说着，三下两下便把那份遗诏撕得粉碎……

慈禧回到储秀宫，立即命安德海把御医沈宝田叫来。

沈宝田拜见慈禧后，不待询问率先说道："奴才从钟粹宫出来就想来告诉太后有关皇上的病情，因慈安太后急着给皇上拿药，奴才没来得及奏报太后，请太后恕罪！"

"事出有因，本宫不怪，沈御医对本宫的一片忠心可嘉，本宫定有重赏，沈御医还是先说说皇上的病情吧！"

沈宝田又一鞠躬，说道："皇上如今所患的厌学症也是由皇上龙体内所潜伏的那两种药力所致。几年前奴才曾告诉太后，皇上可能误食过什么迷性的药物，后来虽然中和了这种药力，但由于两种药力相生相克时剂量配置差异，两种药力没有完全中和，体内仍留存一定剂量，随血液浸入心脾，并在血液内运行。两种药力顺行则无碍，若逆行则引起身体不适如头疼、发热等症状。奴才诊断皇上的病状正是那两种潜伏药力逆行所致。"

"事隔多年，如今病发，对皇上龙体有无大碍？请沈御医直言勿讳。"

"回太后的话，对皇上龙体并无大碍，这也是皇上潜心读书积劳日久而诱发的，太后若不想让这病发作，就要限制皇上的学习，最好是不读书或少读书。如果用心太专，这两种药力发作的速度必将加快，病情也将加重。不过，请太后放心，奴才受太后之命对皇上龙体内这两种药力精心钻研多年，也查阅了大量典籍，《伤寒杂病论》《千金方》《本草纲目》中均无记载，但奴才在《药物宝典》中找到有关这方面的记载，若按书中所说方法配制药方也许能够治愈皇上龙体内的病，彻底消除那两种药力。"

慈禧点点头，又问道："沈御医能否按药方配制出药来？"

"奴才已配制出一服药来，今天给皇上煎服的就是，至于效果如何，只能待饮服后观察一段时间再做定论，然后进行适当调整，也许会根除皇上的病，请太后放心好了。"

"皇上龙体岂是你试验药方的所在，倘若皇上服后万一有什么不测，小心你全家老少性命！"安德海在旁边说道。

"请安总管放心，为皇上治病这等大事我怎会不小心慎重呢？就是安总管不提醒，我也决不会拿全家老小的性命开玩笑。我所配制的药方使用的草药都是对人体有益而无害的，决不会让皇上服下有什么不适，否则，我这么多年岂不白白辜负了太后对奴才的关怀照顾之情。"

"沈御医明白本宫对你的信任就好，皇上的这病就完全拜托给你了，务必尽快治好，要什么给什么，需要多少银两都不在乎，明白吗？"

"奴才明白！"

"好，你下去吧，有什么事要常来报告，不必再烦本宫着人去请了。"

"是，太后，奴才谨记太后的训导。"

沈宝田叩个响头躬身退下，刚到门口又听慈禧喊道："沈宝田，你回来。"

沈宝田又走上来叩头问道："请问太后还有什么吩咐？"

"关于本宫私下让你给皇上治病的事你不许对外透露一个字，更不能让慈安太后知道，这还需要我再提醒一遍吗？"

"不必了，不必啦，奴才请太后放心，这事仅太后和安总管还有奴才知道，绝不会有第四个人知道的。"

"嗯。"慈禧点点头，又问道，"沈御医能否配制一种药物，让人服下整日身体不适却又没有生命危险，并且还要有解药，一旦想把那服药人的病症治愈，三两服药下去便能够药到病除。沈御医能做到这些吗？"

沈宝田迟疑片刻，一时想不出慈禧问这些干什么，他想了想，问道："奴才敢问太后要这药——"

不待他问下去，慈禧就脸一绷，十分不高兴地训斥说："沈御医问得不免多了一些吧，要知道宫中的规矩是该说的才说，不该说的打死也不能说；该问的才问，不该问的万万不能问。有时，看见的也只当看不见，看不见的有时必须说看见；知道的有时也说不知道，不知道的有时也要说知道。沈御医在宫中做事多年，该不会不懂宫中的这些规矩吧？"

沈宝田见慈禧脸上露出不悦的神色，马上谢罪说："请太后恕罪，奴才决无他意，奴才只是一时好奇才多问一问。回太后话，太后所说的这种药奴才能够配制，但不知太后何时使用？"

"越快越好，不过，这药最好是无色无味，量小而劲大，沈御医能做到吗？"

"请太后放心，奴才一定做到。"

慈禧的脸色这才变过来，和颜悦色地说："沈御医，本宫从来也没有把你当成外人，刚才不告诉你配制这药的用处是觉得现在告诉你为时尚早，待你把药配好拿来你自然知道，这事也要秘密进行，不可让其他人知道。沈御医可以回去了，所需费用本宫明日派小安子送去。"

沈宝田这才悬着一颗心告退，因为他知道慈禧是一个什么样的女人，如果稍有不慎说错一句话得罪了她，就死定了。

第二天，安德海来到沈宝田家中，奉上五百两黄金和一对白玉雕制的狮子。沈宝田受宠若惊地说："安总管给在下带来这么贵重的礼物，沈某怎敢收下，请安总管收回吧，转告圣母皇太后，她吩咐的事奴才照办，这礼物就不必了，这几年来，太后对小的关心已经够多的，小的就是变牛变马也报答不了太后的大恩大德。"

安德海环视一下沈宝田的家室，"嘿嘿"奸笑一声说道："瞧你这摆设，马上就能赶上京城五品知府的府邸了，不过，请沈御医放心，只要死心塌地给慈禧太后做事，太后决不会白用的，定会让沈御医的府舍赛过三品大员府邸。这只是小意思，太后的赏钱足够你几代人花不完的，如果沈御医的子孙后代想做官，也只是太后的一句话，至少也是五品。今天给你带来的这点小意思算什么，只是太后的九牛一毛，你若嫌少，下次让太后多赐一些就是。"

"安总管万万不要这么说，奴才实在不想让太后破费，太后赏赐在下的钱财已经足够小的享用几代啦。"

安德海话锋一转："沈御医明白就好，太后是赏罚分明的。咱明白人不说暗话，太后只想让沈御医把这两件事做得滴水不漏，皇上的病一定要治好，至于太后让你配制的另一味药用在何处，沈御医到时自然明白，那时还要请你亲自去治疗呢！不知沈御医是否将那药配成？"

沈宝田捧出一个小匣，轻轻打开放在安德海面前："安总管，这就是太后所要的那种药。"

安德海一看，嗬，就那么两粒小丸药，最多只有黄豆粒大小，他不相信地问："沈御医，就是这药，你不是在同太后开玩笑吧？"

"这等大事奴才怎敢同太后开玩笑，安总管不要小瞧这药剂少，劲可大啦，安总管不相信就服下一粒试一试？太后不是说了吗，量要小，劲要大，只有这样才便于——"

沈御医没有直说下去。安德海会意地点点头，合起小匣揣在怀里，一拱手说道："我告辞了，请沈御医在府上潜心钻研医术，早日为皇上治好病，如果宫中有什么事随时来宣。"

"小的遵命！安总管走好。"沈宝田把安德海送出府外。

只要少让皇上读书，同治的头就不疼了。

皇上病愈啦，太后却又生病了。

不知从哪一天开始，慈安太后就感觉到身体不适，也许是操劳过度吧，她并没有在意，觉得稍稍休息一下就会完全恢复的。谁知这一躺下不但没有恢复过来，整个身心更加难受。

慈安太后病倒了。

慈安太后这一生病，可把整个皇宫大内忙坏了。几名御医轮换诊视却查不出病因，几服药用后，太后的病不但毫无转机，反而一天天加重，慈安太后躺下还不到一个月，整个人就瘦干了。

皇上自从病愈仍不愿意恢复往日的课程，只同意按照病中减半的要求上课。现在慈安太后生病，同治便以服侍皇额娘为由，天天待在钟粹宫不进上书房。慈安太后劝说他回去读书，他总是要求等到皇额娘身体恢复后再读书。

别的人不说，就是慈禧太后也忙坏了，几乎每天要去一次钟粹宫。

外臣也急得如热锅上的蚂蚁，纷纷献计献策为太后治病，恭亲王最忙，三天两头便入宫问安。

这天一大早，慈安太后还没有醒来，慈禧就来到榻前，她看着慈安面色发黄、眼睛凹陷、嘴唇干裂的样子，心里有一种快意，更有一种内疚感和负罪感。

慈禧轻轻给慈安掖好被，静静地坐在旁边。

许久，慈安太后终于睁开眼，她看见慈禧坐在旁边，努力挣扎着要坐起来，慈禧急忙扶住她："姐姐，你还是躺着吧，妹妹觉得这几个御医都不是太高明，想再给姐姐另换一名御医，让上次给皇上治病的沈御医沈宝田来给姐姐重新诊视一下如何？"

慈安喃喃说道："沈宝田的医术也许好一些吧，皇上的头已经不疼了。唉，死马当活马医吧，一切听妹妹安排吧。"

"姐姐万万不要灰心，姐姐如此年轻，身体也十分强健，由于疲劳过度偶感疾病也没有什么大不了的，人吃五谷杂粮哪有不生病的理。只要姐姐丢弃精神负担安心养病，姐姐这病也一定能够治好。"

"大行皇帝在世时，一次同我开玩笑说：咱们两人没有同时生，但要同时死，一旦朕宾天也要皇后陪葬，如果皇后不同意死，朕化成神鬼也会回来把皇后找走的。也许真的是大行皇帝来找我同赴黄泉了。"

"姐姐不必相信这些，如果大行皇帝只是开了一句玩笑就应验了，那这个世上的恶人就不存在了。"

"皇上是真龙天子，金口玉言呀！"

"乾隆皇帝在世时就反对大臣吹捧皇上是真龙天子，曾和大臣和珅、刘墉等人闲谈时承认自己是娘胎生的，也和一般老百姓一样死老病生，他说吹捧皇上是真龙天子、金口玉言是古代帝王将相的愚民之术。乾隆皇帝都敢于承认这一点，我们姐妹也不必相信那些欺骗人的言论。"

这时，宫女秀珍捧着一碗汤药上来，慈禧接过来说道："让我服侍太后吃药吧。"

秀珍迟疑一下说道："还是让奴婢给慈安太后喂药吧。"

慈禧挥挥手："你下去吧。"

"妹妹，这点小事怎能劳累你的大驾呢？还是让秀珍喂药吧！"

"姐姐不必客气，妹妹服侍姐姐吃药也是应该的。"

慈禧边说边把药碗端起来，一匙一匙地喂到慈安嘴里。

慈安拉住慈禧的手，十分动情地说："妹妹对我真好，这多日来妹妹事务如此繁忙仍抽出时间来看我，让姐姐怎么说好呢？"

"姐姐若说感激就见外了，一家人不说两家话，自大行皇帝宾天后，咱姐妹两人共同扶持皇上，可谓孤儿寡母。无论外界怎么对待咱姐妹，咱姐妹之间一定要拧成一股劲儿。当然，偶尔我们之间有些磕磕绊绊也是正常的，共同目的都是为皇上早日长大，为了咱大清的江山长治久安。"

慈禧说着，眼圈一红，几乎掉下泪来，她用巾帕拭了拭眼角又继续说道："这几年来，姐姐为了皇上，为了朝中宫中大小事务几乎操碎了心，才积劳成疾。妹妹虽然不说，但心中还是有数的，对姐姐感激不尽。唉，也是妹妹太懒或者是对内外事务处理不够好，许多事没能帮上姐姐的忙，让姐姐一个人操劳太多，待姐姐病愈就少过问一些鸡毛蒜皮的事，把大事抓住问好就行，也多抽些时间把身子养好。"

"妹妹，姐姐得了这一场病把什么都看透了，如果真的能够治好病，对于朝中大权再也不看得那么重了，什么功名利禄、得失荣辱，都是一场空，身体最最重要，命都没有了，还要其他有什么用。唉，只怕姐姐闯不过这一关，要随大行皇帝而去了！"

"姐姐怎么又说这丧气话呢？姐姐应该鼓起劲来，相信自己能够战胜病魔，坚持活下去，宫内宫外的许多大事等着姐姐去做呢！像皇上的大婚典礼需要姐姐主持，皇上的亲政典礼需要姐姐操办，还有午门献俘仪式也需要姐姐登场。如今南方洪氏未灭，北方捻子未除，陕甘又闹得凶，姐姐如果撒手人寰把这一切扔给妹妹，我才不同意呢！不去找阎王爷算后账才怪呢！"

慈禧的几句话把慈安给说笑了。

"好，就冲着妹妹的这几句话姐姐也挣扎着活下去，与阎王爷手下的牛头马面争个高低。"

正在姐妹两人说笑之间，传事太监来报，御医沈宝田来了。慈禧立即命他进来。

沈宝田进到内房，叩拜完毕，慈禧便说道："沈御医，慈安太后的病经宫中几名御医诊视过了，吃了一阵子乱七八糟的药也不见好转，我认为是他们医术不高明看不透症。上回你为皇上开的药方很有效，皇上吃了几服就好转了，如今头已不疼了，能够正常上课读书了。我曾派人去请你再为慈安太后看病，可一打听说你外出了！"

"回太后的话，奴才去东北长白山采药去了，刚刚回来，即听到家人说太后曾几次派人去召奴才，奴才就匆忙赶来啦。奴才耽搁了给太后治病实在是奴才不知，请太后恕罪！"

"宫中什么草药没有，还需要亲自外出采药？倘若再迟来一些日子，慈安太后有个三长两短，这个责任你担当得起吗？"

"回太后，宫中的草药尽管十分丰富，但有些药时间太久，因保管不善蛀了虫，也有些药因采集的人不懂医术，对采集的时令掌握不准，有的偏早药力达不到，有的太晚药力太旺。还有一些草药需要用当年的，陈年的药力就风化了。因此，奴才每年都要外出采草药一段时间。"

"快给太后看病吧，看得认真仔细一些，争取药到病除。如果你能够给慈安太后治好病就是我朝最大的功臣，朝廷定会加倍赏赐你的。"

"奴才只想把太后的病医好，怎敢有什么非分之想。何况，给太后看病也是奴才的分内之事。"

沈宝田来到榻前，先躬身施一个礼，然后开始诊视慈安太后的病症。首先是望，看看慈安的脸色、眼睑，检视一下舌苔，又看看手掌与手心。其次是闻，闻一闻慈安喘气的气味，和周围身边环境的气味有没有异样。接下来是问，询问发病的时间天数，发病的感觉症状，吃过哪些药，何时吃，用什么样的方式煎服，等等。最后是切，就是把脉。

沈宝田将慈安左右手上的脉搏细细地把了一遍，足足有半个时辰，这才轻轻放下，略带为难地说："回两宫太后，太后的病若是早治几天只需三服药便药到病除。时间耽搁久了，病情进一步恶化不说，由于用错了药，不但不能治病，而且加速了病情的恶化。"

"请问沈御医，慈安太后到底得的什么病？是否能够治愈？"慈禧问道。

"回太后的话，太后所患的病是阴虚，由于长期缺乏男女房事，阴阳失调，再加上长年累月操劳过度，累积日久所造成的。奴才刚才看了几位御医所开的药方，他们也都判断出太后的病是阴虚所造成的，但治疗的方法却不对症。他们认为阴虚是由阴阳失调造成的，就应该滋阴补阳，所开的药中含烈性阳性药为多。殊不知，阴虚在初期补阳能够治病，而到了中晚期，越是补阳越会使病情恶化。"

"这是什么道理呢？"慈禧又问道。

"阴阳失调造成的阴虚是因为阴多阳少，阴多到一定程度时，每增加一种阳性的药物或至刚至烈至阳的药都会与阴产生一种强烈的对抗的药力反作用，重重伤害整个肌体，越补阳对肌体的伤害越大，病情也就越重。慈安太后的玉体病到这种程度就是补阳太多所造成的。"

慈禧点点头，又问道："依沈御医所见，应该如何治疗呢？"

"阴虚病到这种程度只能以阴补阴，用阴来补阳。"沈宝田解释说。

"请沈御医解释明白一些，本宫只知道阴能补阳，却不明白阴如何补阳？"慈安太后也禁不住问道。

"对于阴补阴这是常人都能理解的，而对于阴补阳可能就是一般人所不能够理解的，不是潜心钻研过中医的人是不可能领悟其中的奥妙的。《内经》云，阴中有阳，阳中含阴，阴到极则生阳，阳到极致化为阴。当阴虚到一定程度时只有用阴来调和阳，也就是让阴中自己产生阳，随着内阳的增加，最终达到阴阳互补，从而治好病。"

"听沈御医这么说，慈安太后的病就可以药到病除了，那就请沈御医快开药方吧！"

"话也不能这么说，奴才只有尽平生之所学给太后治病了，有一线希望奴才都尽力把太后的病治好。"

沈宝田说到这里，稍稍犹豫一下又说道："奴才盘算着，在所开的药方中可能需要一味至关重要的药，而目前这一味药却不容易找到。"

"什么药？你说出来我可以令全国各省的巡抚共同协助寻找。只要能治好慈安太后的病，无论花多大的代价都值得。什么药，你尽管说来！"

"奴才回去把开出的药方交给太后，太后就明白是什么药了。"

"那你什么时候开药方呀，慈安太后的病可耽误不得，一定要尽快开出来，如果宫中药库也没有还要四处寻找更拖延时间。"

"奴才明白，奴才回去后再细细斟酌一番方可开出药方，药方一旦开好立即送给太后过目。"

"那你立即回去开药方吧。"

慈禧打发走沈宝田，又安慰慈安说：

"请姐姐放心好啦，听沈宝田这么说，姐姐的病他一定能够治好，至于缺少什么药草，妹妹一定想办法给姐姐找到。就是所需要的药在域外，我也派人立即取来。"

"人的命是上天安排的，如果真的缺少什么难以寻觅的奇药怪草，妹妹也不必太费苦心，生死有命，富贵在天，劳民伤财也不值得。"

"姐姐这是说哪里话，姐姐的命都不值得，这大清国内谁的命还值得？姐姐只管养病，这抓药的事就交给妹妹了。"

慈安点点头："多谢妹妹了。"

正在这时，同治走了进来，扑通跪下说道："儿臣问皇额娘圣安！"

"皇上快请起来吧，难得你一片孝心，每天前来探视皇额娘的病。"慈安说道。

同治站了起来，一见额娘坐在旁边，愣了一下又急忙跪下说道："儿臣拜见额娘！"

慈禧是满心不高兴，却又不能表现在脸上，心里道：真是儿大不由娘，连亲生母亲都不知道拜了，心中还有没有我这个额娘。但她却不能这么说，只招了招手："快起来吧。"

同治坐下，先看了一眼慈禧，这才小心翼翼地转过身对慈安太后说道："皇额娘今日是否按时服药了？儿臣本想早一点来服侍皇额娘服药，不想昨晚上读书久了一些，今早起晚了，请皇额娘见谅！"

"皇上每天都来陪伴皇额娘，令皇额娘十分感动，以后不必每天都来这里陪伴我，皇上还是把心思都用在功课上吧，千万不能因为皇额娘的病而耽误了功课，如果是那样，列祖列宗地下有灵也会责怪皇额娘的，请皇上以学业为上！"

"皇额娘正在病中，儿臣就是进了上书房又怎么能够读得下去书呢？依儿臣之见，还是等皇额娘的病痊愈了再去读书也不迟，何况儿臣一读书头就疼。"

　　同治说着，偷偷看一看一脸严肃的额娘。

　　"皇上的病不是好了吗？怎么又头疼了？"慈安十分关心地问道。

　　"儿臣的病是好了，头也不疼了，只是一读书就头疼，不读书头就不痛。依儿臣之见，儿臣还是不读那乏味无聊而又没有多大用途的书，古代的许多帝王将相不是没有读过书也照样成为一代名君、一代名相吗？三皇五帝哪读过什么书，汉高祖也没有什么学问，明太祖也不识什么字——"

　　同治还要说下去，猛听慈禧铁青着脸呵斥一声："住嘴！你每天能来这里向皇额娘问安叩拜服侍喂药我支持你，这体现你的孝心。你要以来陪伴皇额娘为借口偷懒不读书我是决不允许的。你如今功课已经减半，仍然不想读书，说什么一读书就头疼，分明借口托词。从明天起正式恢复功课，仍按前一段时间的规定功课减半，每天先上两个时辰的课，其余时间再到这里陪伴皇额娘。"

　　同治低下头，一声也不敢吭。

　　慈安也说道："皇上，听从你额娘的安排，你额娘的安排是正确的。皇上如此年幼，不多读些书将来如何执掌朝政批阅奏折公文呢？何况皇额娘的病也不是一天两天就能痊愈的，如果皇额娘命中注定要死，就是皇上整日陪在左右也一定会死的，皇上的孝心皇额娘领了，皇上明天还是回上书房读书吧！"

　　同治这才点点头。

　　慈安太后服下沈宝田所配制的药后，病情一天天减轻，身子一天天恢复了，服侍她的太监、宫女都十分高兴，皇上、慈安更是高兴。人逢喜事精神爽，慈安一高兴，病好得更快了。特别是皇上功课结束后来陪她说说笑笑，偶尔讲一个小故事逗她开开心，不到一个月，慈安的病几乎好透了，能够独自下床走一会儿，也能坐一会儿了。

令她奇怪的是，自从开始服用沈宝田配制的药以来，慈禧却一次也没到她榻前，而那以前，慈禧是天天来宫中看望她一次的。这些日子都是安德海每天来探望她的病情，每次来都是捎来慈禧太后的问候话，安德海只说慈禧太后公务缠身，太忙不能脱身，专派他来问候，需要什么让安德海传个话就可以啦。甚至连沈宝田也没来过，只是准时送来所服用的药。

慈安有些不高兴，但又不好直接询问。心里道：就是公务再忙，也应该亲自来探望她一次，派个小太监来了就算完事了，把我当成一般宫中下层服侍人员不成，待我病好一定问一问她西太后到底忙些什么！

正在胡思乱想之际，太监来报说，御医沈宝田来探视太后的病情。嗯，我正要感谢他呢！立即传见。

沈宝田走进殿堂，叩拜说："奴才沈宝田问太后圣安，恭喜太后玉体康复！"

"免礼请起吧，本宫能够康复全是沈御医的功劳，本宫感激不尽。请问沈御医要什么奖赏？尽管开口！"

"为太后治病是奴才的福分，也是祖上有德，何况治愈太后的病也不是奴才一个人的功劳，仅靠奴才一人只怕太后的病不会这么快就痊愈的，这是上天给大清朝的恩赐，也是太后吉人自有天相，命中注定有此一劫，今后会更加显贵。当然，也是与慈禧太后的舍己相助分不开的。"

什么？慈禧太后舍己相助？慈安一愣，急忙问道："慈禧太后去了哪里？我这段时间一直也没有见到她，连你也没有见到，我正要请教一下沈御医呢！你给本宫诊视病症时曾说有一味重要的草药难以觅到，可是后来不久就把煎制的汤药送来了，想必那一味草药已经觅得，但不知是何草药？又是从哪里寻找到的？"

"太后，实不相瞒，那一味药就是慈禧太后舍身相助才找到的。"

沈宝田见慈安太后一脸迷茫之色，又急忙补充说："这味药就是健康女人的血与肉，慈禧太后为了能够尽快治好太后的病，忍着巨大的痛苦从胳膊上割下自己的血肉为太后做药引子。"

慈安一听，大吃一惊，十分不安地问道："慈禧太后现今怎样？她的身体是否受到严重伤害？"

"请太后放心，慈禧太后的身体已经恢复得差不多了，只是很瘦，很虚弱。不过，尚无大碍。"

"为何一定要女人的血和肉做药引呢？"

"回太后的话，奴才曾经告诉过太后，太后的病是阴虚，需要以阴补阴，以阴补阳。而这女人身的血肉则是极阴的一种药物，这种药性中阴中含阳，还必须用鲜活的血肉，最好是在每次煮药的中间开始割肉放血于药剂中，这样效果最好。"

"宫中这么多的宫女不能令她们割肉放血吗？一定让慈禧太后遭受如此痛苦，本宫内心十分不安。这事你应该早早与我商量，我会另安排其他宫女的。"

沈宝田扑通跪下求饶说："请太后恕罪，奴才本来要告诉太后这件事的，只是慈禧太后坚决不同意，她怕这事让太后您知道就会让其他宫女去做，可其他宫女的血肉对治愈太后的病作用实在太小，都不如慈禧太后的血肉珍贵有效。奴才正是考虑到这一点才决定不告诉太后，而让慈禧太后甘愿献出珍贵的血肉。"

"为什么慈禧太后的血肉要比一般宫女的血肉珍贵，有利于治疗本宫的病呢？"

"即使奴才不说太后也会明白，两宫太后都是金枝玉叶，虽是肉体也决非一般寻常人所能企及。人们常说皇帝是真龙天子，是上天的龙幻化的，而皇后都是凤，龙凤呈祥就是这个道理。龙是水中之王，凤是鸟中之王，龙凤血肉自然是人间奇珍，可治百病。如今太后有病，需血肉滋补，一般人的血肉怎能与太后相比呢？所起的作用微乎其微，而慈禧太后就不同了，她和太后一样都是千金贵体，彼此相当，用慈禧太后的血肉做药引子自然见效快，所以太后的玉体会康复得如此之快。"

慈安太后将信将疑，十分内疚地说："让慈禧太后为了我的身体受了这样的苦痛我实在于心不忍，如今身体转好了，我要去储秀宫看望看望她。"

"太后千万别去，不然慈禧太后一定会责怪奴才的。慈禧太后曾再三告诫奴才决不能告诉太后这事，这一段时间不让奴才来见太后，就是担心太后问起太后说漏了嘴而影响太后治病。不想事过多日，奴才仍然说了出来，实在该打，慈禧太后知道奴才把真相告诉了太后，还不知怎么责罚奴才呢！还是请太后安心养病吧，待太后的病痊愈了再去看探慈禧太后也不迟。"

慈安太后点点头："无论如何，沈御医给本宫治病有功一定要受赏，先赏二百两银子，待本宫病好后另加补赏吧。"

"谢太后！"

沈宝田拜谢之后便退了出去。

慈安太后独自一人坐在厅内思前想后总觉得心中有愧，慈禧对她如此忠心诚挚，甚至忍受着肉体的疼痛毫无怨言，并默默为她奉献。而她呢？竟猜度怀疑慈禧，两种心境相比，她自惭形秽，认为自己太小人见识了。尽管姐妹俩有时政见不同，而共同的目的都是为了皇上的成才和大清国的兴旺，两人虽然也偶尔有过几次口角，但每一次都是慈禧主动让步，主动向自己赔礼求情。慈禧虽然做事狠了一点，如处死何桂清与胜保，但也有她的道理，外患可虑，而真正害怕的是内部廷臣不服，处死何桂清是为了严明军纪，处死胜保是为了惩处骄狂贪赃之徒。当时自己想不通，认为慈禧太狠，而现在想来，她的做法还是对的，没有她扎扎实实做了几件让满朝文武都震惊的事，也许众大臣还不会如此卖力为朝廷拼命效劳呢！今天各地平叛的节节胜利就与慈禧的敢作敢为分不开。

至于有人传说慈禧与安德海、荣禄关系暧昧，这毕竟是个人私生活，安德海是一名阉割后的太监，他不过是慈禧的心腹，暧昧又能做什么过分的事。对于荣禄，据说他是慈禧昔日的旧情人，唉，哪个男人不多情，哪个女人不怀春，偶尔做些过分的事也是难免的。一个有血有肉的女人，每天晚上独守空房，抱着一个冰凉凉的枕头入睡，这个滋味不好受呀！特别是心血来潮之际，那种渴求、寂寞、难耐的心就不用说了。自己每当这个时候不也常常产生一些邪恶的念头吗？自己都常常这样想，慈禧也和自己一样。唉，做大事的人，往往都不注重生活小节，也许慈禧就是这样的人吧！

慈安在心理上原谅了慈禧在个人生活上的不足。

只要一想到一个人的好处，往往对那些缺点和不足就忽略不计了。觉得相形之下自己太斤斤计较，不是一个做大事的女人，她要改变自己向慈禧靠拢，首先就是要放弃自己的私心杂念，坦诚地向慈禧公开自己的心里话，姐妹俩真正做到无话不谈，对任何事都统一认识。她姐妹两人再加上皇上，三人多商量一下，一定会把朝中大事做得有声有色，振兴大清江山指日可待。人心齐、泰山移，就是这个道理！

慈安终于想通了，她站了起来，准备到储秀宫看望慈禧，把心里话全部告诉她。

这时，宫女来报，说慈禧太后来见。慈安心里想道：这也许就叫心心相通，不谋而合吧，我正要去找她，不想她却主动来了。慈安立即出门迎接。

慈安走出正门来迎慈禧，慈禧急忙紧走几步，上前抓住慈安的手，娇怪道："姐姐怎么又出来迎接妹妹了，妹妹不是说过多次吗？咱姐妹之间又不是外人，这个礼节就不必啦，何况姐姐大病刚好，身子骨还没有完全恢复，怎敢有劳姐姐大驾出门相迎呢！"

慈安苍白的脸上惭笑一下："妹妹若这么说真是折杀姐姐了，妹妹为了姐姐都能割肉放血舍身相救，姐姐出门相迎有何不可呢？"

慈禧拉着慈安的手并肩走进正堂。

慈禧打量着慈安："姐姐的脸色好看多啦，再吃上几服药，注意补补身子，再过一段时间就能恢复如初了，这真是我朝的洪福。只要姐姐的病痊愈，比什么都值得高兴，我这一颗悬着的心也放下了，待姐姐身体完全康复后，妹妹破费一些，在宫内设宴，宴请王公大臣，大家在一起乐一乐！"

"妹妹，这哪能让你破费呀，如果要宴请诸位王公大臣，干脆让福晋、王子、王孙也来吧，人多热闹些，这费用就由姐姐出吧！"

慈禧笑了："这点小事还争个啥，你出我出又能远到哪里去？到时再说吧。"

慈安又打量一下慈禧的脸："妹妹说得也是，你我姐妹之间还争个啥，只是姐妹心中不安呀。瞧妹妹的脸又黄又瘦，眼也凹陷了，原先水灵灵的美人儿为了姐姐变得这么憔悴，真让做姐姐的惭愧。"

慈禧急忙阻止说："姐姐万万不要这么说，妹妹人是憔悴一些，但看着姐姐的身子一天天好起来，心里高兴啊。如今瘦了一点，补养一段时间就会康复的，不这样做，姐姐的命如何换回呢？妹妹觉得这样做太值得了，这完全出自妹妹的真心，你我虽不是同胞姐妹，若要论及远近，妹妹觉得与醇王福晋相比，亲生姐妹也不比与姐姐亲。妹妹本来多次警告沈宝田万万不可把这事告诉姐姐，谁知这个狗奴才又留不住嘴说了出来，让姐姐挂念妹妹，等回来我把他叫去掌嘴。"

慈安连连说道："不可，万万不可！沈宝田也是为了姐姐能够恢复快一些才告诉我的，当然，也是我再三逼问他才肯说的。妹妹为姐姐吃这么大的苦头，如果姐姐都不知道，传扬出去姐姐的面子往哪里放呢？不是沈宝田告诉姐姐事情的真相，姐姐还一直怪罪妹妹不来看我呢！你瞧瞧姐姐是多么小心眼，与妹妹的大仁大义相比，姐姐实在是心胸狭窄之人！"

"如果姐姐再这样自责自己，妹妹就无地自容了，为了姐姐做出的牺牲这是做妹妹应该做的，也是为了报答姐姐的救命之恩。当初在热河行在时，大行皇帝受肃顺、载垣、端华等人蒙蔽，欲置妹妹于死地，不是姐姐舍命为妹妹求情，只怕妹妹早就命归黄泉了，怎么会有今天呢？现在为姐姐做一事还值得一提吗？"

慈禧一提起在热河的事，慈安忽然想起了什么，取出一个精致的小匣，边打开边说道："姐姐有一件心事一直放心不下，如今终于可以了却啦。说来话长，还是在热河行在时，大行皇帝受肃顺等人怂恿要处死妹妹，后来，在我与醇王，还有皇上的求情下终于饶恕了妹妹。但大行皇帝仍然放心不下，认为妹妹有谋权篡位之心，为防止万一，当时留下一份遗旨，让我秘密保存，一旦妹妹有谋夺皇位之心，就让我取出遗旨联合军机大臣诛杀妹妹。有一段时间，特别是在妹妹处死胜保之后，我也认为妹妹有此心呢！几次想把遗诏拿给恭亲王看，约束一下妹妹，最终还是忍住了，想看看妹妹是否再做什么过分的事。如今想来倒是姐姐我错了，妹妹诛杀何桂清、赐死胜保都是为了朝廷大局着想，妹妹的心地如此善良侠义，一心只想教育皇上读书长大早日亲政，丝毫也没有篡位之心，是大行皇帝多虑了，也是做姐姐的太自私了。"

慈安说着，从小匣中取出那份遗诏撕得粉碎。

"姐姐，这是大行皇帝遗诏，姐姐可撕不得！"等到慈安太后已经把遗诏撕得粉碎时，慈禧急忙阻拦说。

"既然妹妹不是那种人，这份遗诏还留做何用，请妹妹不必阻拦，这也是姐姐向妹妹表明自己的心迹，对妹妹救命之恩的一种报答吧。"

慈禧扑通跪在慈安面前："姐姐能够如此坦诚对待妹妹，妹妹就是为姐姐去死也是值得的，请姐姐做证，妹妹指天发誓，如果妹妹胆敢有丝毫谋权篡位的举动，天打雷劈，死有余辜！"慈禧说着，泪流满面："姐姐请想，皇上是妹妹的亲生儿子，妹妹怎会与儿子争夺权位呢？妹妹望子成龙的心姐姐也是知道的，妹妹做梦都希望皇上能够长大成材，早日亲政呢！"

慈安上前扶起慈禧："妹妹不要说了，你的心姐姐完全明白，让姐姐看看你的伤吧！"

慈安轻轻挽起慈禧的衣袖，胳膊上面正扎着纱布，不用说里面是被割裂的伤口。慈安也禁不住流下泪来，抚摸着伤口一时不知再说些什么，千言万语化为无声的泪水簌簌落下。

第三十二章

戏皇叔慈禧美目盼
打奴才奕䜣老拳挥

慈禧瞟了奕䜣一眼，又压低声音说道："弟承兄妻，在我们风俗中也是常有的事，不说一般民间家庭，就是皇室之内不也时有发生吗？倘若恭王担心外界的舆论，你我可以暗中——"奕䜣高叫一声："请太后自尊自重！"

体和殿内热闹纷呈。

整个皇宫大内人来人往，宫女、太监一律是新衣新帽，那些太后、妃嫔就更不用说了，个个打扮得焕然一新。

一向戒备森严的宫门今天也松动了许多，始终敞开着，一顶又一顶轿子抬了进来，整齐地放了一大片，能够被两宫太后邀请进宫赴宴的都是三品以上大员，以及皇室成员——亲王、贝勒、福晋及侧福晋和王子、王孙。

众人都按照事先安排的等第次序坐到自己的位子上，各种山珍海味也一一摆上了宴桌，只等皇上、皇太后到来众人便可以开怀畅饮了。

午时许，传事太监扯着嗓子喊道："皇上、皇太后驾到！"

正在扯南唠北的人们立即停止了讲话，齐刷刷地跪倒在地。

皇上、皇太后在宫女、太监的簇拥下缓步走进大殿，慈禧扫视一下跪在地上的众人，冲着慈安点点头，平声静气地说道："免礼平身，请坐吧。"

"谢皇上、皇太后！"

众人这才站起来，坐到各自的位子上。

慈禧又说道："今天宴请众王公大臣、亲王贝勒和福晋们，一是庆祝慈安皇太后玉体康复；二是庆祝金陵克复，虽然没有抓到洪秀全举行午门献俘仪式，但也值得庆贺；三是，向各位王公大臣几年来尽心尽力效命我朝表示答谢！请大家举杯共干三杯！"

"谢皇上、皇太后赐宴，祝皇上、皇太后圣安！祝我朝吉星高照、国泰民安！"

众人高喊这几句祝福的话语之后才将杯中的酒一饮而尽。

慈安太后待众人饮完三杯酒，含笑着看看众人，也满面春风地说道："众家爱卿不必拘泥礼节，尽可开怀畅饮，一醉方休。"

皇上和皇太后坐定，众人也重新坐了下来，执事太监便高声喊道："皇上和两宫太后不胜酒力，请恭亲王代劳陪宴！"

"臣遵旨！"恭亲王站了起来。

由于皇上和皇太后坐在旁边，众人总觉得别扭，等到皇上、皇太后走后，众人才真正开怀畅饮起来，边吃边谈，从朝中大事到家庭小事，从用兵谈到与洋人经商的事，天南海北无所不谈。

奕䜣本是海量，但由于他是奉旨陪酒，要比其他人多喝，更何况他是议政王，身兼多职，又是首席军机大臣负责军机处，总是有人想和他套近乎，又主动敬他几杯，说几句好话。这样，众人酒至半酣之际，奕䜣免多喝几杯，说起话来自然把握不住分寸。

金无足赤，人无完人。奕䜣自幼天资聪慧，思维敏捷，办事果断，这是他的优点。但他也有明显的缺点，就是锋芒外露，举止高傲，喜欢听好话，这也是他没有成为王位继承人的真正原因。

户部侍郎吴廷栋端着一杯酒来到奕䜣面前说道："恭亲王，你身为议政王，当朝首辅，是皇上、皇太后之下万人之上，平定太平军过程中，若论起功劳你应该首推第一，正是六爷提出重用汉臣的重大措施才得以扭转局面反败为胜，来，我先敬六爷一杯。"

奕䜣一听吴廷栋这话，心里美滋滋的，接过酒杯一饮而尽。他也满斟一杯递过去说："吴侍郎，我也敬你一杯。"

吴廷栋急忙接过酒杯："怎敢劳恭亲王大驾给在下端酒，来，我陪六爷再饮一杯吧！"

"好，好，来，干，干！"

奕䜣刚要喝，奕譞走过来劝住了他："六哥，不能喝了，等会儿皇上和皇太后还要来谢宴，酒喝多会误事的！"

奕䜣把奕譞推到一边，对他说道："七弟，你是不是觉得众人都向我敬酒而没有人给你敬酒你嫉妒啦？告诉你这是六哥的本领，我是议政王，食双王俸禄，两宫太后都要对我奕䜣高看一眼。太后为什么让我奕䜣陪宴而不让你奕譞陪宴？"

奕譞虽然也知道他喝多了，但奕䜣当着众人的面说这几句话，确实让他下不了台。奕譞气得一跺脚走了，到旁边生闷气去了。

吴廷栋也觉得奕䜣喝多了，急忙阻止说："六爷，这酒就别喝了，我们改日再喝吧，我单独请六爷喝酒，咱们一醉方休。"

"不，现在就喝，怕个鸟，不就是太后来谢宴吗？我奕䜣不在乎这些，她们不会把我怎么样，没有我奕䜣，太后何来今天？"

奕䜣说完一饮而尽，吴廷栋也只好陪着喝干。

正在这时，执事太监高喊："皇上、皇太后谢宴——请众王公大臣、亲王贝勒、福晋及侧福晋到体和殿外听赏——"

众人急忙走出体和殿，奕䜣已经醉了，歪歪扭扭夹在众人中间走出大殿。

众人排着整齐的队垂首站在那里等着领赏，两宫太后和皇上坐在高高的台阶上目视着众人，看着这些为她们卖命臣子们一个个毕恭毕敬的样子，有一种说不出的快意感。

这时，执事太监捧着一个花名册念道："赏恭亲王奕䜣黄马褂一件。"

太监念后不见有人上来领取，以为没有听到，又放大嗓门念道："赏恭亲王奕䜣黄马褂一件。"

可是仍没有上来领，众人都四处寻找奕䜣，嗬，他站在人群中正打着呼噜呢！

有人立即推推奕䜣说道："恭王，太后让你领赏呢！"

"哦，领赏？"奕䜣一愣，半醉半醒地说，"我不要赏。"

声音虽然不大，但身边的人都听到了，立即有好事的人趁机说道："恭王爷不要赏——"

奕䜣的岳父桂良知道女婿喝多了，他不能让女婿当众出丑丢人得罪两宫太后。桂良悄悄来到奕䜣身边，推了他一把，低声说道："太后赏你黄马褂，快去谢恩！"

奕䜣又被桂良推了一把，这才晃晃悠悠地来到台阶前接过黄马褂。按理奕䜣应该先拜谢皇上、皇太后之后再领走黄马褂，可他今天醉酒失礼了，上前接过就走了。

众人都知奕䜣失礼，但谁也不敢提，慈安太后也没有说什么，慈禧却不愿意了，她冷冷地说道："恭王爷就是到街上买东西也要说一声吧，怎么连一个'谢'字也不说？"

奕䜣这才醉意蒙眬地转身一鞠躬，醉醺醺地说道："谢太后，谢太后。"

慈禧更不高兴了，刚要发火，慈安急忙劝阻说："奕䜣今日贪杯醉酒，妹妹不必与他计较，改日令他亲自来宫向妹妹谢罪。"

"姐姐，我不是为了一点小事与奕䜣计较，这是皇家尊严，奕䜣竟敢当众蔑视，这不是明显瞧不起咱孤儿寡母吗？姐姐不要说让奕䜣向我谢罪，如果姐姐都不在乎，我又何必多此一举呢？只怕如此长期下去皇家威严就扫地了。"

慈安见慈禧真的生气了，又耐心说道："妹妹，奕䜣不是奉旨陪宴醉了嘛！怎能与一个醉人计较呢？酒醒之后他会后悔的，也会入宫谢罪的。"

"哼，也不知是真醉还是假醉，我时常听人们说喝醉酒的人头脑清醒着呢，也许奕䜣是故意借酒装醉蔑视皇权。他如今是大权在握可仍不满足，我时常听外臣议论奕䜣说咱们姐妹欠他的情分太多，话语之间流露不满。"

"妹妹，传闻不可信，那是一些人在挑拨我们叔嫂关系，恭王做事一向还是十分谨慎的，今天是例外，先把封赏进行到底，改日再议论这事吧！"

慈禧不再说什么，但心里对奕䜣更加反感。

奕䜣回到恭王府，待酒醒之后听说了醉酒后的经过，十分后悔。他知道慈禧早就在寻找他的过错呢！由于自己做事谨慎才没有留下什么大的把柄让她抓住。想不到今日多喝了几杯，竟酿成了大错，如今后悔也来不及了，只好明日赴宫请罪。

第二天，奕䜣先来到钟粹宫拜见慈安太后，他知道慈安太后为人宽和，心地善良，人也随和，好讲话，先了解一下她的态度，然后再去拜见慈禧太后。

奕䜣一见到慈安就跪拜说："罪臣奕䜣向太后谢罪，请求太后发落。"

"六爷起来吧，昨日不该贪杯，当众出丑给众大臣留下不好的印象，慈禧太后也极为生气。"

"臣后悔也来不及了，只求太后给臣治罪，决无怨言，不然朝臣恐怕不服，罪臣内心也有愧呀。"

"昨日本是喜事，不想被六爷一搅和，众人不欢而散，六爷今后可一定要当心。至于治罪也谈不上，又不是犯了什么大错，不过是醉酒失礼罢了，下不为例就是。"

"谢太后宽宏大量，微臣一定谨记太后圣言，决不再贪杯误事。说心里话，微臣昨日之所以多喝几杯，也是心情太过高兴的缘故。太后大病痊愈并且玉体康复，这是举国上下可喜可贺的事，再加上南方洪氏已经平定，更是上苍对我朝的垂青。自先皇继位之初，到如今已有十几个年头，我朝曾多次派遣大军平叛，结果都是惨败。如今，两宫太后执政，能够严明法纪，整治军威，任用贤能，才得以取得平叛大捷。虽然北方捻子仍然四处活动，但已是孤掌难鸣，不成气候，等到曾国藩、李鸿章、胡林翼、左宗棠、僧格林沁等人把兵马重新部署一下，一定能够扫荡中原几股残匪，到那时国泰民安，我大清中兴可待了。"

慈安微笑着说："这也是六爷的功劳呀，六爷提出任用汉臣办团练组织地方武装的办法实在是英明之举，不是这个策略，怎会如此快就剿平洪秀全呢？当然，六爷所主张的对外政策也有利于扫平各路烟尘振兴我大清江山。对西洋列国由打而和，借师助剿实在是英明之举，难得六爷有此雄才大略。"

奕䜣本来怀着忐忑不安的心前来谢罪的，想不到竟受到太后的一番夸奖，有点沾沾自喜了，又建议说："太后，如今国势将要太平，要想真正振兴我大清江山，必须学习西洋，像洋人一样开矿山，办工厂，修铁路，造轮船、枪炮。洋人有什么咱也要有什么，不然，再打起仗来吃亏不说，与洋人通商做生意也是咱大清朝吃亏。从宣宗道光二十年与西洋英人所进行的那场鸦片战争开始，到先皇咸丰十一年与洋人所进行的几次重大战争，我朝均未取胜，最终总是以割地赔款签约而告终，究其失败的原因是因为咱们的兵器落后、装备低劣。自从总理衙门成立以来，微臣与洋人交往甚多，对西洋技术的了解也多了起来，悟出一个道理就是：落后就要挨打，要想振国兴邦必须办洋务。"

慈安太后见奕䜣越说越起劲，似懂非懂地问道："六爷说办洋务可以兴国兴邦，可这办洋务不就是要向洋人学习，以洋人为师吗？宣宗成皇帝由于在鸦片战争中被洋人打败，签订了丧权辱国的《南京条约》，因此宣宗成皇帝最痛恨洋人。就是大行皇帝在位时，每次提起洋人也是恨之入骨，如今要我等放弃国仇家恨向洋人学习，拜洋人为师，只怕众王公大臣不会同意。无怪乎我时常听到一些大臣私下议论，说六爷和洋人要好，骂六爷为'鬼子六'，六爷你可要当心，万万不可受洋人蛊惑。你这话同我讲起来并没有什么，若同慈禧谈起，她一定会说六爷忘记祖训向洋人屈膝求荣，说不定要抓住这个错治你的罪呢！昨天，慈禧太后就十分生气呢！不是我从中讲情，只怕昨天就要治你的罪。"

"太后提醒得极是，慈禧太后对臣早就不开胃了，她想治微臣的罪也是事实，但慈禧太后对办洋务却十分感兴趣。有一次谈话，微臣谈及兴办洋务可以振兴我大清江山的事，慈禧太后连连点头，让微臣收集这方面的材料呢！她想亲自过目一下。"

慈安太后有点疑惑地问道："我却从来没有听她提及这事。"

"也许慈禧太后认为这事还没有个眉目，就没有事先同太后商量。"

奕䜣又忽然想起了什么，急忙补充说道："微臣同慈禧太后谈及此事的时候，太后您正在病中，也许她怕这事让太后分心，不利于太后身体恢复，就没有告诉太后吧？"

尽管奕䜣这样解释，慈安太后仍略带不悦地说："要兴办洋务这等大事，当时不告诉我，事后也应同我商量一下，征得我的许可，她私自擅作主张，若惹出什么不良后果来谁负责任？"

"请太后放心，这仅仅是个提议，办不办洋务还在两可之间呢！慈禧太后怎敢自作主张呢？不过，这事微臣给太后透个底，太后私下也可琢磨一下，办洋务于我朝是利大弊少。据文祥等人得到的消息，日本天皇也正在着手办洋务呢！听说办得十分红火。"

慈安太后对于办洋务仍然不十分理解，奕䜣知道这事不是几句话能够解释清楚的，就告辞了，他要到慈禧太后那里再认个错。因为真正要抓他过错的人正是慈禧，为了皇上读书的事，慈禧太后已经令他难堪一次，也不知这一次又会怎样训斥他呢。

唉，究竟是自己笨呢，还是榆木脑袋固执不开窍？

慈禧太后本来是十分欣赏他的，可以说关爱有加，如果不是慈禧太后对他如此看重，他奕䜣是绝对不会有如此显赫的地位和权倾于国的大权。与七弟奕譞相比，他们两人处于同样的皇室亲王地位，在辛酉政变中所起到的作用也是伯仲之间。更进一步说，奕譞比奕䜣还多一层亲属关系，他是慈禧太后的妹夫，皇叔加姨丈的双层关系，然而，慈禧更看重他奕䜣而不是奕譞，这其中的原因也只有奕䜣自己明白。

可是，自从那件事发生后，奕䜣的政治辉煌达到了顶峰，从此虽然没有一落千丈，但在慈禧太后心目中的形象却大大打了折扣，甚至说，西太后一天天讨厌起他来了。奕䜣也知道慈禧太后再讨厌他也决不会把他赶出政治舞台，他在朝中的大权地位西太后也动摇不得。一是慈安太后主持大政，西太后不敢恣意妄为；

二是皇上还如此年幼，举国上下仍然一片混乱，仍然需要他奕䜣这根台柱子；三是奕䜣与洋人交上了友好关系，有洋人做后台，两宫太后明白其中的利害关系。

奕䜣一想起那件事心里就不舒服，多少也有几分后怕，以致后来再拜见西太后都不敢正视她那双眼睛。

那是一个闷热的午后，奕䜣去储秀宫送折子，慈禧午睡刚刚醒来，一听恭亲王求见，便略施粉黛接见了他。

奕䜣叩拜完毕，便一板一眼地奏起事来，他讲了半天仍未听见慈禧有什么反应，抬眼一看，慈禧正用火辣辣的目光盯着自己呢！他说了什么慈禧却一句也没有听见。

慈禧见奕䜣也怔怔地望着自己，更加放肆了，淡淡一笑，轻启朱唇说道："六爷看什么？"

"我——"

奕䜣脸微微一红，却说不出话来，急忙垂下头。

慈禧却十分大方地问道："六爷，我与恭王福晋相比谁美呀？"

奕䜣更加不安了，支支吾吾说不出话来。

"男人爱漂亮，女人爱潇洒的爱美之心人皆有之，六爷不妨直说！"

奕䜣低头说道："微臣福晋乃是一名普通女人，怎敢与太后金枝玉叶相比，太后是万人挑一，经过层层筛选才得以选进宫的，无论是才华还是容貌都是群芳之冠。"

慈禧笑道："六爷太过自谦了，恭王福晋是大学士桂良之女，官宦之家的千金，也是千金之体，怎是一般民女可比。"

慈禧忽然话锋一转，试探着问道："六爷身为议政王食双王俸禄，位尊职显可与当年的多尔衮相比，难道六爷就没有多尔衮当年的想法？"

奕䜣一听慈禧把他和多尔衮相比，吓得几乎变了色，扑通跪倒哀求说："请太后明鉴，微臣只想尽微薄之力协助皇上和两宫皇太后扫平内乱振兴我朝，决无其他想法，请太后不要猜疑。"

"哼，男人都是有贼心而没有贼胆，我就不相信六爷对我从来没有产生过那种想法，如果六爷愿意的话——"

慈禧瞟了奕䜣一眼，又压低声音说道："弟承兄妻，在我们风俗中这也是常有的事，不说一般民间家庭，就是皇室之内不也时有发生吗？倘若恭王担心外界的舆论，你我可以暗中——"

"请太后自尊自重！"

不待慈禧说下去，奕䜣一恼火说了一句不软不硬的话。

慈禧一听这话，又气又恼，白净的脸由红而青，半晌才呵斥一句："奕䜣，你是敬酒不吃吃罚酒，你觉得你是正人君子，背后还不知做出什么见不得人的勾当呢！"

慈禧说过这话以后，忽而又转怒为笑，十分坦然地说道："许多廷臣私下议论，都说六爷正直无私，光明磊落，有君子之风，本宫不太相信，今日故意说几句挑逗的话试探六爷，六爷果然如众人所说，有六爷这样的人做议政王，多尔衮当年的事再也不会发生了，这是我与慈安太后最放心不下的，今天看来这种担心没有必要了。请六爷继续奏事吧！"

奕䜣一颗悬着的心放了下来，急忙说道："微臣所奏之事折子上写得十分清楚，请太后仔细观看吧！"

奕䜣说完，放下折子告退了。

奕䜣何尝不知道那几句话是慈禧临时编凑出来让自己下台的，对于慈禧是什么样的人奕䜣更加清楚。有几次他单独向慈禧奏对时，慈禧都是用这种火辣辣的目光看着自己，偶尔闲谈之间话语中也有几分挑逗的语气，但他万万没有想到慈禧今天会说得这样露骨。

也就是这件事发生后不久，宫中就有人谣传慈禧与荣禄如何如何亲密，奕䜣在十分震怒之余多少也有一丝的酸楚。

奕䜣来到储秀宫。安德海正和几名太监在打弹子，他们一见恭亲王来了，都急忙向奕䜣点头致敬，唯有安德海装作什么也没看见，只顾打自己的弹子。

奕䜣一见安德海在那里怡然自乐，根本没把他放在眼里，心中很不高兴。他知道安德海这个狗奴才是看着慈禧眼色行事的，自从慈禧对他不开胃以来，安德海每次见到他总是爱理不理的，让奕䜣十分恼火。一个下等的奴才胆敢如此嚣张，不惩治一番这还得了。

奕䜣心里窝着气问道："安德海，太后在宫中吗？"

安德海装作没听见，理也不理，仍然继续打自己的弹子。

"安德海！你是个聋子还是哑巴？本王问你话你听见没有？"奕䜣提高了嗓门，十分生气地问道。

安德海这才装作刚刚听到奕䜣说话的样子，转过身来："哦，是恭王爷，奴才只顾打弹子，没有听见恭王讲话，请问王爷有何吩咐？"

奕䜣压着性子问道："太后在宫中吗？你去回报一声，就说奕䜣叩见。"

安德海一边转动着手中的弹子，一边摇头晃脑地说："太后在是在，只是恭王爷今天来得实在不凑巧，太后早晨传下话来，说今天身体不适，谁也不见，恭王爷还是请回吧！"

若是平时奕䜣转身就会离去的，可他今天是来向慈禧太后赔礼的，怎能不相见呢？他估计这是慈禧估计他会来，故意这样吩咐给下人的。倘若真是这样，他更要见一见慈禧。

奕䜣又对安德海说道："安德海，你去通报太后，就说恭亲王有要事求见太后，看她见不见？"

安德海有点不耐烦地说道："通报也没有用，太后已经说了今天任何人不见。"

奕䜣发火了，大声呵斥道："安德海，你立即给本王去通报，见与不见你先去通报，太后说不见，本王立即就走！"

安德海见奕䜣发火了，很不乐意地哼了一声："太后已经发过话，谁敢去惹她不高兴？如果恭王爷不在乎就自己亲自去问一问太后见是不见，恭王爷请吧！"

奕䜣哪里受过这种窝囊气，在外臣中，奕䜣是众臣的核心人物，众人如群星捧月一般围着他转，想不到在宫中竟受这么一个奴才的气。他紧走两步，大喝一声，抓住安德海的衣领，抡起胳膊就是一拳，随口骂道："大胆的奴才，我看你能嚣张到何种地步，你胆敢狗仗人势，我且打死你，看你的主人能怎么样？"

"咚"的一拳砸在安德海的脸上，安德海的脸马上变了形，鼻子流血，嘴也淌血，白净的脸变成一个大花脸。

安德海没有想到奕䜣会发这么大的火，否则他也不会如此放肆，如今见奕䜣动起真格的，害怕起来，哭喊着哀求说："王爷饶命，王爷饶命，大人不计小人过，王爷饶过奴才吧！奴才这就去给王爷通报。"

奕䜣仍抓住安德海的衣领不放，又呵斥道："今后再狗仗人势，不识抬举，本王要了你的命！"

"小的不敢，小的今后再也不敢了！求王爷高抬贵手饶过奴才这一回吧！"

奕䜣哼了一声，松开抓住安德海衣领的手。

安德海爬了起来，跌跌爬爬地向宫内跑，边跑边喊："太后救命，太后救命！"

刚喊两句，迎面碰上慈禧走了出来，她一见安德海那个狼狈样，气得浑身哆嗦，大声呵斥道："瞧你那个熊样，平时威风着呢！关键场合成了熊包，随我出去理会他！"

奕䜣刚开始打安德海的时候就有人跑进去报信了，慈禧听说安德海被打，这才急匆匆走出来。

慈禧来到宫门口，见奕䜣余怒未消，正气呼呼地站在那里，冷笑道："我以为谁这么厉害，有这个胆子在宫内大吵大闹还动手打人呢，原来是六爷，嘁，满朝文武也只有六爷能有这么大的权力，敢耍这么大的威风。六爷是昨天威风耍得不够，今日第二次进宫耍威风呀。安德海，你是狗眼不识泰山，挨打不亏，你也不看看是谁来了，不早一点磕头迎接，挨打不亏，应该再打。安德海，你走到六爷面前，让六爷再打几下消消气，打死你不要紧，若是让六爷气着可就了不得啦！"

慈禧几句尖酸的话说得奕䜣面红耳赤，急忙下跪说道："罪臣奕䜣叩见太后，问圣母皇太后圣安！"

"哼，恭亲王，你快起来吧，本宫不敢当，你更不必问一声'圣安'了，我'安'不了，你能不打上门就好啦。"

奕䜣再一次躬身说道："罪臣为昨天酒后失态后悔莫及，深感不安，特来恳请太后治罪，请太后发落！"

"如今六爷的权力大啦，翅膀也硬了，想打谁就打谁，这皇宫大内也似乎成了恭王府，想出就出，想进就进，至于治罪，六爷去请示东太后吧，本宫没有这个胆量，只求六爷不要到我储秀宫打这个骂那个，本宫就感激不尽了。"

随着一阵银铃般的爽朗笑声，慈安太后拉着皇上走了过来。

"不要去找了，我来啦。妹妹为何发这样大的火，谁惹妹妹生气了？"

慈禧一看见慈安和皇上走来，立刻小嘴一撇哭了起来，边哭边说道："姐姐来得正好，请姐姐做主给评评理吧，恭王明着说是来给我赔礼的，实际上是来耍威风的，他觉得昨日的威风没有耍到家，今日又专门找上门来耍威风了。姐姐，你瞧瞧安德海的脸被打成什么样子了，打狗还要看主人呢！奕䜣是瞧不起咱孤儿寡母，至少是瞧不起妹妹，请姐姐给妹妹讨个公道！"

慈禧说完，又急忙抹眼泪。

慈安看看奕䜣，又看看安德海，心中说道：奕䜣你也太鲁莽了，你昨天已经闹了一场，难道今日还要再闹一场吗？看你怎么收场？我只怕也帮不上你的忙。

慈安怎么这样巧赶来了呢？

昨天下午慈安就看出慈禧十分不高兴，有惩处奕䜣的心。今日奕䜣来宫中请罪就是给两宫太后一个面子，至于治罪也不过是客气一下。她那里好说，而慈禧这里就很难说了，弄不好两人还能争吵起来呢！倘若慈禧真的要给奕䜣治罪自己也没有办法阻拦，为防备万一，她匆匆赶来看一看，以便及时从中说说情，谁知没有踏进宫门就看到这个场面。

慈安问明事情发生的缘由，便笑着安慰慈禧说："妹妹也不必太生气，都是自家人，让六爷给妹妹赔罪吧，至于如何处罚，请妹妹自便吧。不过，妹妹还是先消消气，等过几天再和奕䜣理会。"

慈安先对安德海说道："安德海，你快去包扎一下吧，所需一切费用由六爷支付。"

"那倒不必，我还出得起这个费用。"慈禧倔强地说。

慈安又训斥奕䜣说："恭王昨日闯的祸够大了，今日怎么又对安总管大打出手呢？传扬出去恭王在内外臣工中的形象就受到了损害，引起众人非议对我们姐妹有害无益，恭王难道不知道这些吗？"

奕䜣又重新跪下，十分虔诚地说道："罪臣后悔莫及，一时动怒打了安德海，请求两宫太后降旨治罪，臣绝无怨言。"

慈安急忙对慈禧说道："恭王起来吧，妹妹也不是小心眼的人，会把鸡毛蒜皮的事记在心里。不过，你可要当心，有今天这个教训下不为例！如果不是怕传扬出去影响皇室声誉，今日务必将你治罪。"

慈安话音刚落，慈禧和奕䜣都没来得及开口，站在旁边的同治皇上先说话了："六叔无罪，小安子该打！"

众人都是一愣，只听皇上又说道："别人就不用说了，朕每次进宫拜见额娘，小安子都不愿通报，一定让朕给赏钱，少则十两八两，多则几十两，其他人更是被他敲诈得头疼，这样胆大妄为的狗奴才打一顿太便宜他了，依朕之见应该杀头。"

慈禧没想到在这节骨眼上儿子突然说出这番话来，这不是明摆着在拆她的台、让她面子上无光吗？

慈禧呵斥一声："小小年纪就这么说话不分轻重，要打这个杀那个，一旦亲政后岂不是个暴君？俗话说，'近朱者赤，近墨者黑'，再不好好管教管教你，你就学坏啦！"

慈安一听慈禧这么说不乐意了，这明明在拐弯抹角骂她嘛！慈禧哪里是训斥皇上，是指桑骂槐。

"我说妹妹，你这话是什么意思？皇上怎么'近朱者赤，近墨者黑'了？又怎么不学好？请你把话说明白些，谁朱谁墨？我看你才是黑心人呢，想杀谁就杀谁，想提拔谁就提拔谁，好像这大清的江山是你们那拉氏的，未免太专断了吧。"

慈禧见慈安话中带刺，也不示弱，反咬一口道："怎么？我说怎会这么巧呢！一个先找上门来打，我还没说上两句，你们又正好赶到了，一个说一个和，莫非事先串通好来我储秀宫找碴闹事的，我那拉氏毫不在乎，如果你们觉得我碍了你们的事，不顺眼就干脆把我废了吧，杀了更好，这个窝囊气我是受够啦！"

慈禧说着哭了起来，边哭边说："真是儿大不由娘，我十月怀胎生下你，又一把屎一把尿把你抚养大，不知吃了多少苦，受了多少罪，你几次得病，不是额娘彻夜不合眼地看护着你，只怕你早已命归黄泉，哪里还有今天。如今长大了，却如此忘恩负义，要把额娘逼死不成？还有你钮祜禄氏，在病中我为了咱姐妹的情分吃尽了苦头，如今大病才刚好就……"

慈禧不再说下去，呜呜哭了起来。

同治见额娘哭得很伤心，一声不响地站在那里，他看看奕䜣，又看看慈安皇太后，想让他们能说几句宽慰额娘的话，可自己又不便开口。

慈安一听慈禧提到她生病中的情景，也觉得十分内疚，这种场合她又不想马上认输，一转身说道："走，我们走！"

慈安拉着同治离开了储秀宫。

奕䜣知道这个祸是自己闯下来的，更不好说什么，默默地跟在慈安太后和皇上后面也走了。

静悄悄的夏夜。

慈禧端坐在宽大的藤椅上闭目养神，想着自己的心事。安德海站在藤椅背后给她按摩着，从双臂到肩膀，又从肩膀到脊背。

安德海知道太后在想心事，自从那天他被恭亲王痛打一顿后，多日来太后一直沉默少语，饮食也似乎较往日少多了。他想安慰几句，又怕话不得体惹太后生气，太后那天的难堪多少是因为他安德海引起的呀。

慈禧忽然问道："小安子，你说我能不能斗过奕䜣？"

安德海停住了按摩，愣了愣神说道："奕䜣哪里是太后的对手，俗话说得好，馒头再大也是笼蒸的，他奕䜣的议政王是太后封的呀。如果太后认为奕䜣对您老人家不恭不敬，找个借口把他拿掉不就行啦。"

安德海真正恨透了奕䜣，他一听慈禧有心想治奕䜣的罪当然十分高兴，又进一步说道："太后不能不防啊！害人之心不可有，但防人之心不可无。如果太后不提前防备奕䜣一手，只怕将来对太后不利。奕䜣大权在握，此人一向桀骜不驯，目中无人，如今又大肆拉拢朝中大臣，形成自己的势力，有朝一日定会架空两宫太后和皇上的，从此人的野心看，是想成为多尔衮第二，也许阴谋更大呢！他一直认为自己本应继承皇位，由于没竞争过先皇，心中一直耿耿于怀，先皇在世时从来也没重用他。倘若他野心不死，有攫取皇权之心，那后果不堪设想，太后应早下决心，防患未然。"

慈禧一听安德海这么说，知道他是在怂恿自己治奕䜣的罪，为他报一拳之仇。慈禧也不点破，她也确实想给奕䜣一点颜色看看，让他知道那拉氏不是好欺负的，便问道："治奕䜣的罪要有把柄，才能让群臣服气，必须先有人出面上奏折弹劾奕䜣的过错，就像杀胜保一样，先捏出他十大罪状来，也好摆在桌面上讨论定罪呀。"

"秦桧杀岳飞于风波亭都可用'莫须有'的罪名，先杀后定罪，太后为何不先将奕䜣撤职后再说理由呢？"

"万万不可，本宫不是秦桧，奕䜣更不是岳飞。奕䜣是双王头衔，总揽几大要职，在王公大臣中享有较高的威望，在洋人那里也十分得势。倘若不慎会搬起石头砸自己的脚，偷鸡不成反蚀一把米，要精心谋划才行。"

安德海急忙点头："太后说得也是。不过——人无完人，一个人的职务越高，做的事越多，他的漏洞也就越大，给人指责的地方也就更多。人们不是常说：'多干不如少干，少干不如不干。'既然奕䜣身兼那么多的职务，一定有做得不尽如人意的地方，细心搜寻一下，暗中指派一名大臣弹劾奕䜣不就成啦。"

慈禧一想也有道理，只是谁来给自己做这得罪人的事呢？

"太后不用担心，奴才保举一人定会为太后做这开路先锋的。"

"你是说荣禄？"

"不，是蔡寿祺，他如今是太后的日讲起居注官，善于察言观色，对太后也十分忠心，只要太后向他暗示一下，他会按太后的意旨去做的。"

慈禧颇有顾虑地说："蔡寿祺官职太小，只怕他的折子没有分量呀！"

"太后放心好了，蔡寿祺官虽不大，但他是内臣说话可信，也正是这样他才会为太后卖命，太后只要许他上过奏折立即给他提升就可以了。如果太后不便开口，就让奴才去同他说好了。"

慈禧点头说道："这样也好。只是上了一份参劾的折子和能否将奕䜣撤职是两码事，特别是东边处处维护着奕䜣，这是罢免奕䜣最大的障碍。"

"太后在慈安手中的那个把柄不是被毁了吗？既然太后对东边没有什么顾忌，就大胆地做自己想做的事，该争取的要争取，软的不行来硬的，必要时逼慈安让位。"

慈禧淡淡地笑一笑："你小子是不知天高地厚，慈安可不是你认为的那样窝囊。真的斗起来，我未必是她的对手，她有奕䜣这个同盟，皇上也整日围着她转，和她串通一气。"

"太后不可长她人志气灭自家威风，太后是女中豪杰，智才高于慈安与奕䜣两人，只要太后略施小计，还怕慈安与奕䜣不败在太后手中吗？就像上次令慈安自己毁去先皇遗诏一样，嘿嘿！"安德海奸笑两声。

"你也不必高兴太早，虽然骗慈安撕毁了遗诏，但这事也必须小心才是，不能再留有后患，我始终担心御医沈宝田，要防止他有朝一日把我们给出卖了，还有那名叫秀珍的宫女也要堵住她的嘴。"

"太后放心，秀珍姑娘早已被奴才收买了，决不会出卖我们的。至于沈宝田嘛，他接受太后的钱财也够多的，我想不会把那事泄露出去的，要不让他的嘴巴永远闭上？"

慈禧太后摇头："沈宝田医术高明，留下他还有作用，还有皇上的病，唉，还不知是真的痊愈了还是暂时好啦，现在还不能让沈宝田死，防备他一点就是。"

"太后的意思小的明白，那就让沈宝田多活几年，待皇上的病完全好透了再送他上西天。"

"唉——"慈禧长叹一声，"整日杀杀打打，明争暗夺，活得太累了，我真想把什么都放弃了，不再过问任何事，安安稳稳地找一片安静的地方度春秋，只是到了这个位置骑虎难下啊！"

"太后千万别说这种丧气话，太后能有今天不容易啊，不是杀杀打打怎会有今天的太后之位。如果太后把这一切拱手让给他人岂不前功尽弃？那才不值得呢！别人只会私下议论太后无用，是打败的鹌鹑斗败的鸡，没有人同情你，更没有人感激你，如今的世道就是弱肉强食，尔虞我诈。你不犯人，他却偏要犯你，人与人之间这样，国与国之间不也这样吗？我大清国关闭国门老老实实过日子，也从来没有派一兵一卒去西洋各国侵略，但西洋列强却欺负到咱家门前，把刀架在咱脖子上，逼迫着道光皇帝签订了《南京条约》，又逼迫着先皇签订了好多个条约，哪个条约不是让咱大清国割地赔款。唉，这个世道真是老实不得呀！"

慈禧想不到安德海也呱呱讲了一大堆道理，听起来也很有见地，她想了想说道："小安子，你以后做事也小心一些，不可太过放肆。更不许打着我的名义四处招摇撞骗，以免树敌太多，成了众矢之的，到那时只怕我也保不住你。皇上如此年幼都对你这样反感，一旦皇上亲政还有你的好日子吗？"

安德海一听这话真的有点害怕了，他哭丧着脸："太后，奴才并没有做出什么过分的事呀，不就是帮他们通报太后要点银子吗？这年头哪有白吃的饭？我给他们跑腿，收点费用也是理所当然的，公平交易嘛！如果太后也反对，小的不收就是了。奴才觉得这些人对我安德海不满意的真正原因不是几两银子的事，是他们嫉妒我！"

慈禧蒙了，愣愣地看着安德海："嫉妒你？嫉妒你什么？"

"嘿，他们嫉妒太后对我好，嫉妒太后信任我，更嫉妒我会讨太后欢心。皇上是见我和太后太亲密了，心里不舒服，才恨奴才的。"

慈禧被安德海逗笑了："小安子，我只是提醒你，并没让你缩起头做人，放心吧，有我慈禧太后在，没有一个人敢动你一根毫毛！"

安德海的心踏实了，诡秘一笑："有太后这句话奴才就放心了，奴才就知道太后舍不得让我去死，不然，这漫漫黑夜谁陪太后打情骂俏，太后是不是？"

安德海说笑着，放肆地伸出双臂勾住慈禧的腰肢。慈禧也乐意安德海这样做，在慈禧眼里，安德海比一般太监聪明就聪明在他能恰到好处地讨人欢心，似乎这小子生来就是懂得女人的人似的，能在女人最需要的时候给你安慰。

慈禧相信自己能够征服一切男人，只是对于奕䜣似乎有点例外。但慈禧不认为自己征服不了奕䜣，而且觉得奕䜣太虚假，处处摆出一副假道学的面孔。她相信奕䜣一定对她动过心，只是他害怕自己的名声和权位不敢接近她罢了，因为她是一朵带刺的玫瑰花，弄不好会扎破手的。

第三十三章

蔡七品弹王陈四罪
诉六爷忤后失五职

奕䜣凄惨地狂笑一声说道："两宫太后若觉得臣不堪任用，可以革我的议政王之职，削去我的各项职权，但我是宣宗成皇帝六子，你们能革我职却不能革我皇子，我亲王头衔是成皇帝所赐！"奕䜣说完，也不辞谢，转身走了。

又一轮晨曦从东方升起。

恭亲王穿戴整齐地来到养心殿外等候着上早朝，每次早朝都是他来得最早。身为议政王又是皇室至亲，身居要职，不做个榜样怎么行？

奕䜣坐下来边喝杯热茶暖暖身子边休息，这时，其他朝臣便陆续来到，都一一向先来的恭亲王打声招呼，或点点头，或微笑一下。这也许是奕䜣喜欢早来到朝房的另一个原因，享受一下众人的恭维也是心理的一个补偿。

随着御前太监一声吆喝，准备齐全的大臣们按次序走进西暖阁，毕恭毕敬地站在各自的位置上，静静地等候着皇上和皇太后的到来。又随着太监的一声喝喊，皇上、皇太后这才姗姗走来，坐到龙椅上。奕䜣带领大臣们三叩九拜之后，又重新站好。这时，听到慈禧太后一声不紧不慢的询问："谁有本奏？无本退朝。"

御前太监又高声重复一遍："谁有本奏？无本退朝——"

众人你看看我，我看看你，都没有本奏。慈禧正要说退朝，猛听最外边有人高声说道："臣有本奏！"

众人侧过头一看，嘀，是一位小得可怜的官员蔡寿祺要奏本，他这么一个日讲起居注小官能有什么大事相奏，众人正在疑虑之际，御前太监已把他的折子递到慈禧手中。慈禧看后又递给慈安，慈安看了一遍，莫名其妙地问道："妹妹以为这事怎么办？"

慈禧冲慈安点点头："姐姐放心好了，我来处理。"

慈禧看看文武大臣，大声说道："恭亲王和内阁大臣留下来，其余人退朝。"

这话一出，内阁大臣一愣，更把几位军机大臣搞糊涂了，今天太后怎么搞的，不留下军机大臣议事而让内阁大臣留下来，既然留下内阁大臣，为何又让军机处的首揆奕䜣留下呢？但是，既然是太后这样安排，一定有她的理由。

几位军机大臣磨蹭一下，偷眼看看奕䜣，见奕䜣没有反应，都默默地走了。

殿内只剩下皇上和两宫皇太后，以及奕䜣和几位内阁大臣，他们是大学士周祖培、瑞常，吏部尚书朱凤标，户部侍郎吴廷栋，刑部侍郎王发柱，内阁学士桑春荣。

慈禧这才把蔡寿祺的折子递给奕䜣。

奕䜣接过一看，气得面色铁青，只见上面写道："呈启皇上、皇太后：恭亲王奕䜣身为议政王，又是军机首揆，兼管总理衙门与内务府和宗人府，权倾朝野，皇恩浩荡。但奕䜣举止高傲，行为不检、骄奢跋扈、专横独断，甚至凌驾皇上与皇太后之上，究其罪责，犯有四大罪状：纳贿、骄盈、揽权、徇私，理应严惩，以警廷臣……"

奕䜣看到这里再也看不下去了，他把折子又递给其他人。

奕䜣十分恼火，蔡寿祺一个小小的日起居注官也敢上疏参劾他。吃了熊心豹子胆还是活得不耐烦了？他敢与我作对会有他好看的。

奕䜣转念一想不对，蔡寿祺哪有这个胆量参劾自己，一定是有慈禧太后的支持，他不过是充当一个马前卒罢了。因为慈禧早就有惩治自己的心，只不过没有找到合适的借口，如今是借蔡寿祺向自己发动攻击，不能不小心啊。胜保之死不就是蔡寿祺首先上了一个折子吗？慈禧然后抓住不放，才一步一步将胜保逼入死地。

奕䜣相信慈禧还没有将自己置于死地的能耐，但也要小心，少不得会罢官降职。事到如今只好随机应变，先摸摸两宫太后到底是何心思再说。

等到众人传看一遍，几位内阁大臣才明白太后为什么让他们留下而不让军机大臣留下的原因。这是参劾奕䜣的折子，奕䜣为军机处之首脑，众人谁不听从他的呢，对于这参劾的折子讨论起来自然也就拘束多了，是偏向奕䜣还是偏向太后呢？众人对折子背后的矛盾十分清楚，稍一不慎自己罢官是小事，小命都有可能搭进去，因为太后和恭亲王都不好惹。

慈禧放走军机大臣留下内阁大臣，这可给内阁大臣带来了烦恼。

在大清王朝，内阁大臣与军机大臣都是一品大员。自雍正帝改设军机处以后，国家的机要奏章、颁发诏旨等事都由军机大臣拟定，相对而言，内阁大臣的权限有所减弱，但毕竟是国家的"宰辅"。清朝的内阁大臣一般都是大学士加殿、阁头衔，有三殿三阁，即保和殿大学士、文华殿大学士、武英殿大学士和文渊阁大学士、东阁大学士、体仁阁大学士。协办大学士为大学士的副职，官居从一品，今天留下的官员是内阁大臣，有大学士，也有的不是大学士。

众人把折子看完，又重新递到慈禧太后手中，她拍拍折子，这才问道："恭亲王，你对这参劾的折子有什么看法？"

奕䜣在心中哼了一声，蔡寿祺是什么东西，他也配参劾我。但他却没有这么说，只淡淡地说道："蔡寿祺并不是什么好人，他原为翰林院编修，见风使舵，投机钻营，到胜保帐下做个小官，胜保所犯的几大罪状后经查实也与他有牵涉，本应将他与胜保一同治罪，念他主动参劾胜保有功才免于治罪。他这种做法实质上是出卖他人保全自己，并不是站在朝廷大局立场上弹劾胜保，这种卑鄙小人的话太后怎么也会相信呢？依臣之意应将蔡寿祺这样的无耻之徒治罪罢免出朝廷。"

奕䜣的意思是这等小人的话不可听，他自己一身缺点怎么有资格参劾别人呢？你慈禧竟任用这等小人，想借助无耻之人的手攻击我奕䜣，也不是什么光明磊落之举。他是采用釜底抽薪的办法为个人寻求解脱的。

慈禧一听这话，拍案怒斥说："奕䜣，你未免太狂妄了吧，直到现在你仍然如此嚣张，本宫是问你蔡寿祺弹劾你纳贿、骄盈、揽权、徇私，你服不服？并不是问你蔡寿祺这人怎么样！"

奕䜣一见慈禧发火，想起和慈禧发生过的几件不愉快的事，不软不硬地说道："我奕䜣自认一向为人坦诚，做事光明磊落，为国家社稷鞠躬尽瘁、尽心尽责，并没有做出什么辜负朝廷的事来，这是蔡寿祺受人指使对本王的诬蔑！"

慈禧冷冷一笑："对你的诬蔑？就凭你刚才讲话的态度不是骄盈吗？体和殿醉酒蔑视王权就不说了，那是因为你醉了，但你在紫禁城内不顾亲王身份大打出手也是醉酒吗？这是不是骄盈？本宫再问你，你身为朝廷重臣，食双王俸禄，却不思节制，私下卖官鬻爵，随便将午门提督一职允给李振安，收取他的钱财，这是不是纳贿？"

慈禧说到这里，稍稍停一下，又淡淡地说道："我与慈安太后对你厚爱有加，可你太令我们姐妹失望，如果不早早给你敲个警钟，只怕你越发专横难以任用了。"

奕䜣知道慈禧在向自己发动进攻之前已经早早准备好材料，对自己的一言一行都有所了解，如果真的要治自己的罪，辩解是没有用的。但他从内心里不服气，依然十分强硬地说："如果太后认为臣值得治罪，就照章办事治臣的罪吧！撤职、降级、查办都行。"

奕䜣看看一直沉默不语的慈安太后，心里道：你身为东宫太后主持内外大政，为何不能钳制她的为所欲为，事到如今，你应该主持公道为我奕䜣说句话。奕䜣见慈安太后依然没有反应，十分伤心，估计这是两宫太后事先串通好要将他革职的，也许自己权太重、位太高，已令两宫太后心存顾虑了。

想至此，奕䜣凄惨地狂笑一声说道："两宫太后若觉得臣不堪任用，可以革我的议政王之职，削去我的各项职权，但我是宣宗成皇帝六子，你们能革我职却不能革我皇子，我亲王头衔是成皇帝所赐！"

奕䜣说完，也不辞谢，转身走了。

慈安急忙喊道："六爷慢走，本宫有话问你——"

但奕䜣头也没回就走开了。

慈安微微叹口气："尽管有人参劾，但奕䜣毕竟为我朝立下大功，我们也不能过分，否则，众臣不骂咱姐妹鸟尽弓藏、兔死狗烹吗？"

慈禧点点头："妹妹明白，但奕䜣行为太过高傲，做事也越来越武断，不对他敲个警钟，恐怕将来更难驾驭啊！"

慈禧便对几位内阁大臣说道："蔡寿祺参劾奕䜣的折子你们已经看了，奕䜣刚才对我们姐妹的态度你们也看得一清二楚，当着众大臣的面他尚且如此，在私下奏对之时那骄横的态度可想而知了。你等计议一下，给奕䜣定个罪，重重教训教训他！"

周祖培、瑞常、朱凤标、吴廷栋等人你看看我，我看看你，谁也没有先开口讲话。几位大臣没有想到今天让他们留下来是议定这个事的，有点突如其来，他们更觉得进退两难。

这事实在棘手。就个人关系说，太后与恭亲王是叔嫂关系，皇家一姓。俗话说，清官难断家务事，这皇室内部的恩恩怨怨、是是非非岂是外人说得清、断得明的。也许他们今天吵明日就好，谁若是说了一句不适宜的话，这官还做不做？

从政治地位上说，奕䜣是议政王又是亲王，身居要职，位在皇上、皇太后之下，而在百官之上，是满朝文武大臣的首脑，在大清国中有举足轻重的作用。太后要治奕䜣的罪，究竟是要怎么处置，是训导几句，还是降级降职，或者其他什么处分。在不明真相的情况下怎么能先开口亮出自己的立场呢？

此时此刻，沉默是金。

慈禧一见这几人面面相觑，谁也不开口拿个主张，有点恼火了，十分不满地斥道：“怎么？养兵千日，用兵一时，你等吃着国家皇粮，拿着国家俸禄，在需要你们为朝廷出力办事的时候，你们一个个都成了哑巴？要你们这些大臣是干什么用的？嗬，你们怕了，怕奕䜣以权力治你们的罪，你们怕奕䜣难道就不怕太后也能治你们的罪吗？如此看来更要将奕䜣治罪！”

大学士周祖培知道再不开口就不行啦，急忙说道：“请太后息怒，并不是我等害怕奕䜣，故意推脱责任不愿担当责任，老臣是想——要想将奕䜣治罪，仅凭蔡寿祺折子上的那几句话不行，必须有确凿的实据，待臣等退下详细查实后再报与太后给奕䜣定罪，不知太后意下如何？”

周祖培是嘉庆二十四年进士，河南商城人，道光朝时就官至刑部侍郎，咸丰朝时任刑部尚书、兵部尚书、吏部尚书、协办大学士，如今是体仁阁大学士，掌管户部。

周祖培不愧为三朝老臣，深谙官场的利害关系，于是来个金蝉脱壳之计，暂且逃过太后的追问，了解两宫太后的真实态度后再做打算。

慈禧一听周祖培讲得也有道理，不好再说什么，便问慈安太后：“姐姐以为这事应该如何处理呢？”

“让倭仁会同周祖培等人与蔡寿祺当面对质，如果蔡寿祺能够举出真凭实据，再讨论给奕䜣定罪之事。”慈安说道。

慈安的意思是你暗中指使蔡寿祺参劾奕䜣，如果蔡寿祺能够说出证据来，说明奕䜣确实犯了这几大罪状，理应治罪。慈安觉得奕䜣的权势的确太大，能够分部分权力出来也好，但她并没有想到要治奕䜣的罪，她希望奕䜣能够有自知之明，主动让出部分大权来。

慈禧回到储秀宫，立即命安德海把蔡寿祺找来，她要当面训导几句。

蔡寿祺来了，一见面，慈禧就夸赞说：“蔡大人深明大义，能够不畏权势为朝廷着想，上奏参劾奕訢，这是忠臣之举，本宫与慈安太后对蔡大人的这一做法都十分赞赏，本想立即提升你为御史，又怕在这个节骨眼引起朝臣猜度，因此决定，在这件事结束后再提拔蔡大人为御史。"

蔡寿祺一听太后已经答应给他提升，十分高兴，急忙跪谢说："多谢太后提携，卑职一定不辜负太后的厚望，愿为太后效犬马之劳。"

慈禧这才说道："蔡大人，折子虽然上了，但有一件事要提醒你，早早做好思想准备，不能被人打个措手不及。"

"何事？请太后明示！"

"周祖培说你虽然在折子中说奕訢有四大罪状：纳贿、骄盈、揽权、徇私，但缺少真凭实据，无法给奕訢定罪，周祖培和倭仁将和你对质，你能够拿出那几大罪状的凭证吗？"

"这——"蔡寿祺挠挠头，"请太后指点？"

"你先回去仔细想，整理一下材料，做到心中有数，今晚我再派安德海给你送去具体的实例，只要你熟记于心、临场不忙、对答如流就足够了。"

"谢太后指点，卑职决不会让太后失望，无论他们问什么，卑职都会从容地答复。"

慈禧点点头，赞赏地说："好，本宫就欣赏蔡大人这样的人，干大事就要有胆有识，有魄力有心计才行。只要蔡大人听话，今后会让蔡大人到达满意的位置。"

蔡寿祺会心一笑，又谄媚说："卑职能有今天全靠太后栽培，卑职所到达的位置越高，给太后出的力也会越大，这点请太后放心好了。"

慈禧见蔡寿祺官不大，对官场的套数却十分精通，又叮嘱几句便放心地让蔡寿祺回府了。

体仁阁。

周祖培和倭仁等内阁大臣正在和蔡寿祺对质。

周祖培先说道："蔡大人的胆子不小啊，身为七品小官参劾当朝三人之下万人之上的议政王，勇气可敬，可敬！"

蔡寿祺有了慈禧给他撑腰，他丝毫也不畏惧地说："蔡某官不大，但是朝廷所封；职位不高，拿的却是国家俸禄。有句格言：当官不为民做主，不如回家卖红薯。那七品知县也是小小芝麻官，却敢搬动一品诰命夫人，这是公理所在。王子犯法与庶民同罪，无论他是多大的官，只要违背国家社稷利益，任何一个有大义之人都有权弹劾，也应该弹劾，我们不能置国家社稷的利益于不顾，做一名趋炎附势的小人呀！"

这话可把周祖培和倭仁气坏了，他们心里道，这话用在你蔡寿祺身上倒十分贴切，却想不到成了你指责别人的话语，实在是天大的笑话。

倭仁气哼哼地说道："蔡大人做了几年翰林院编修，又到过下面军营中锻炼几年，如今当上了日讲起居注官，口才练得不错。蔡大人如此博学多才，如今才当上这么一个小官，实在委屈蔡大人啦。"

蔡寿祺面不改色心不跳地笑笑说道："倭大人也不容易啊，如今虽然当上了文渊阁大学士，可也是脱了几层皮，有几次险些丢了脑袋，就是到了今天，这个高位也未必就坐得那么坦然吧？昨天两宫太后还同蔡某提及二位大学士呢！让蔡某向二位大学士多讨教一些，说二位大人都年事已高，新旧交替也是自然规律，自古云：'铁打的衙门纸做的官'，谁又知道自己能为官多久呢？"

蔡寿祺这几句话令周祖培和倭仁暗暗心惊。昨天他们对蔡寿祺上这道参劾折子是否受太后指使尚存疑虑，如今一听这话便什么都明白了。

倭仁看看周祖培，周祖培会意，他心里道：你倭仁刚刚当上大学士几年，年纪还稍轻一些，又深得东太后的信任，还想多干几年，怕得罪两宫太后，我周祖培虽然害怕得罪两宫太后，但和奕䜣交往多年又是好朋友，总不能对此听之任之吧，多少也要为他开脱一些罪责。奕䜣要是倒台了，我们这些人也不会有好日子过呀。

于是，周祖培问道："蔡大人，你上奏参劾恭亲王四大罪状：纳贿、骄盈、揽权、徇私，对每一罪状是否有真凭实据？倘若没有凭证，有人指责蔡大人是在诬陷恭亲王，可对蔡大人十分不利啊！"

蔡寿祺不慌不忙地说："卑职如此小官每日只能在宫廷内同皇上和皇太后随便聊聊天，哪有资格和恭亲王一起共事，对于恭亲王的所作所为只是听到种种传说，若让下官对每一罪状都拿出确凿的证据来，这实在是为难下官。二位大人请想，恭亲王所做的那些事又怎会随便让外人知道呢？只有他的近臣与家人才一清二楚，二位大人不妨询问一下他们。"

嗬！这话可把周祖培和倭仁气坏了，你蔡寿祺听风就是雨，凭空上折子，自己又无凭无据却让我们去找证据，哪有这个道理？但周祖培和倭仁又不敢说蔡寿祺是诬陷奕䜣，因为蔡寿祺的折子符合太后打击奕䜣的用意，他们敢说蔡寿祺是诬陷，太后就敢说他们是奕䜣的死党，企图打击忠诚正直的大臣，最终倒霉的是他们。

周祖培只好问道："你风闻到恭亲王做了哪些事够得上四大罪状？"

蔡寿祺这才将那些背得滚瓜烂熟的材料重复一遍："卑职听说恭亲王收受李振安的贿银才提升他为午门提督的，其他恭亲王接受贿银的事宫中也传得很多。至于说恭亲王骄盈下官就是不说二位大人也明白，体和殿封赏宴席上，恭亲王醉酒失态引起两宫太后不满，储秀宫门前殿打太监安德海，这都是人人共知的事。"

"那么揽权和徇私呢？"倭仁问道。

"恭亲王食双王俸禄，为军机处首揆，又身兼内务府总管、宗人府宗令、弘德殿行走和总理衙门大臣，集军权、政权、财权、族权和外交大权于一身，这怎不叫揽权？"

"嘿，蔡寿祺，你也不是不知道，恭亲王的这些大权都是两宫太后加封的，怎能说他是揽权呢？"

"太后加封给他，他应该有自知之明，知难而退，见好就收，难道我朝就没有一人能够担当恭亲王这五大权的其中一职吗？他为何死死抓住不放，不让更有才能之人掌管一职呢？"

周祖培和倭仁也觉得蔡寿祺言之有理，至于徇私就不用再询问下去了，他们明白，在大清朝的官场上，想找到一个不徇私的官员恐怕都很难。人们常说"三年清知府，十万雪花银"，这话一点儿也不假。乾隆朝的刘墉一向被认为是"青天"，都说他一生为官几十年，到头来两袖清风，也只是一个比喻说法。而其实，刘墉的清廉是相对于贪得无厌的和珅讲的，与和珅比起来刘墉算是两袖清风，但他的家产又何止十万雪花银呢？

恭亲王身居要职，虽食双王俸禄，但那点微薄的收入如何够恭王府开支的，收受的贿赂，利用手中大权捞取点个人小利也是可以理解的。他身居高位，亲朋好友偶尔找他行个方便开开后门也是常有的事。

周祖培和倭仁知道想在蔡寿祺身上做文章为奕訢开脱罪责是不可能的，太后的意志谁敢违抗呢？可是，让他们拿出处罚奕訢的方案来，他们也决不会干的，明哲保身是聪明之举。

等到蔡寿祺走后，周祖培同倭仁商量说："倭大人，蔡寿祺是受太后所指使上这一折子是显而易见的，咱们得罪不起太后，也得罪不起恭亲王。太后把难题交给我们，要借咱们的手处罚恭亲王，这是拿咱当枪使，咱不能同蔡寿祺一样卑鄙无耻！太后把球踢给咱，咱重新踢回去，至于太后如何惩处恭亲王就与我们不相干了。"

倭仁也认为最好的办法就是这样，两人又慎重商量一番才上了一个折子："皇上、皇太后启：蔡寿祺参劾恭亲王奕訢的四大罪状：纳贿、骄盈、揽权、徇私，对答中蔡寿祺称均系风闻，无确凿证据。蔡虽不能指出实证，恐未必尽出无因，纳贿非外人所能见到，至骄盈、揽权、徇私必于内廷召对时有所流露，难逃圣明洞鉴，黜陟大权操之于上，裁减事权以示保全懿亲之处，恭候实断。"

慈禧太后接到周祖培与倭仁的折子，气得拍案骂道："两个混蛋真是老奸巨猾！"

慈禧无奈，骂归骂，既然责任又被推了回来，自己不得不主动去做，要么不做，要做就干到底，不把奕䜣推下台决不罢休！

慈禧拿着周祖培与倭仁的折子来到钟粹宫，慈安接过折子一看，这是她早就料到的。慈安说道："妹妹，既然蔡寿祺所言均系风闻，又拿不出真实证据来也就算了，只当作给奕䜣敲个警钟吧，我等几天再召见他一次，训斥他几句，让他有则改之，无则加勉，妹妹以为如何？"

慈禧一听可不乐意，自己费了九牛二虎之力，挖空心思就是要惩治一下奕䜣，而慈安仅仅要求训斥几句就算了事，这哪行？

慈禧建议说："姐姐请三思，蔡寿祺虽是风闻也是事出有因，纳贿、徇私是私下暗中所为如何拿出证据呢？奕䜣还没有傻到接受别人的贿赂四处宣扬的程度吧？这事当然查无实证了。至于骄盈、揽权这就不必说了吧？姐姐不能不当心，奕䜣身兼五职，总揽五大权在我朝自开国以来也是罕见。与其将来出现大权旁落的局面，不如防患于未然，先将奕䜣的几大权革减一二，姐姐以为如何呢？"

"这——"慈安仍觉得为难，"妹妹，奕䜣的五大权也是咱姐妹加封的，并不是他自己夺取的，奕䜣虽拥有这几大权，但行为尚且端正，并没有做出什么过分的事来。如今南方洪氏刚刚被剿灭，北方捻子仍然猖獗，立即将有功之人裁撤，会不会令朝臣心寒，认为只能同咱姐妹同苦而不能同乐，将来谁还甘愿为咱姐妹卖命呢？依姐姐之见，暂且把这事压下，等过一段时间，天下太平后再同奕䜣商量一下，让他主动让出几项大权，总比咱们姐妹刀枪相逼要好吧。"

慈禧有点火了，不耐烦地说道："姐姐，你是太仁慈了还是一心只想袒护着奕䜣？事情到了这种地步，你仍然不愿着实将奕䜣治罪，你居心何在？是不是对奕䜣产生了爱慕之情？或者你们两人背后——"

"住嘴！"

慈安气得面色铁青，嘴唇发抖，大喝一声。

慈禧更加得意了，冷冷一笑，放肆地说道："心里无事不怕鬼敲门，为什么我一提起这事你就发火，莫非心里有鬼，背后真干了什么见不得人的勾当？现在我才明白，你口口声声为大清国着想，而实际上不过是袒护自己的心上人。"

慈安"霍"地站了起来，走上前两步，举起巴掌就朝慈禧脸上打去，巴掌举到半空又停了下来，气急败坏地喝道："那拉氏，你给我滚，滚！"

慈禧没想到慈安会发这么大的火，也站了起来，连声说道："好，我走，我走，无论你怎么袒护奕䜣我都要治他的罪。"

"随你的便，你想怎么将他治罪就怎么治，后果由你负责，倘若大清朝的江山出现什么乱子，我——"

此时此刻，慈安想起了咸丰帝留下的遗诏，十分后悔自己一时感情冲动把遗诏给撕了！

慈禧气呼呼地回到储秀宫，也不管青红皂白，随手写下一份诏书：

谕在廷众王公大臣等同看：

本月初五日，据蔡寿祺奏：恭亲王犯下四大罪状：纳贿、骄盈、揽权、徇私，多招物议，种种情形等弊，似此劣情何能办公事？查办虽无实据，但事出有因，究属暧昧，知事难以悬揣。恭亲王从议政以来，妄自尊大，诸多狂傲，倚仗爵高权重，目无君上，视朕冲龄，诸多挟制，往往暗使离间，破坏两宫太后和睦。每日召对，趾高气扬，言语之间，许多取巧，满口胡谈乱道，凡此诸种行为，以后何以能办国事？若不及早宣示，朕亲政之时，何以能用人行政？凡此种种重大情形，姑免深究，以示朕宽大之恩。着毋庸在军机处议政，革去一切差使，不准干预公事，以示朕保全之至意。

特谕

慈禧写完谕旨，从上到下又细细读了一遍，觉得很满意，这才钤上慈安放在自己这里的"御赏"印，又让安德海把皇上找来。

同治来到储秀宫，慈禧待他坐好便直接说道："蔡寿祺参劾恭亲王的事皇上也已经知道，恭亲王犯下四大罪状，不能不惩治，额娘为皇上写好了谕旨，也已经加盖了印章，请皇上在上面盖印吧。"

同治接过谕旨一看，战战兢兢地问道："额娘，这对六叔的处罚重了一些吧？额娘是否同皇额娘商量过？"

慈禧一听儿子这样问，十分生气，刚刚平静下来的心火又冒了出来，大声斥道："不同她东宫太后商量，额娘就没有下旨的权力吗？哼，额娘这样做都觉得对奕䜣的处罚太轻了，你还替他讲情？额娘这样做是为你着想啊，奕䜣如今是大权在握，如不及早将他除去，待你亲政后如何能够将他治服！只怕到那时会把皇上给架空的，额娘不想眼睁睁地看着皇上成为别人的傀儡！"

同治看看额娘，又不服气地说道："额娘，恭亲王是儿臣的六叔，他待儿臣一向挺好，也没有发现什么不妥的行为，不至于像额娘所说的那样吧？依儿臣之见，对六叔还是从轻发落吧！先革去议政王一职，其余大权暂且保留，额娘以为如何？"

慈禧一听，又气又恼，伤心地哭了起来，边哭边说道："皇上如今长大了，也快要亲政了，要额娘没有用了，再过上几年也许要把额娘赶出宫呢！额娘把皇上养大，受的罪不说，命差点搭了进去，这倒好，受他人唆使处处与额娘作对起来。皇上是额娘的亲骨肉，额娘也就你这一个儿子，额娘的后半生全指望皇上呢！母子骨肉连心，额娘不疼你疼谁呀？额娘平日里对皇上的确严了一些，但严是为皇上早日学得满腹经纶好独自执掌朝廷大权。额娘是直肠子人，做事直来直往，说话也是有一说一，有二说二，不会花言巧语骗人，谁知皇上却一点儿也不理解额娘的心情，整日里把额娘当成外人，竟和慈安太后打得火热，处处听从她的言论，把额娘的话当成耳旁风。实话告诉你，慈安太后那样做是在坑害你，她和奕䜣联起手来欺骗你。皇上如此年幼，怎能识破他们的阴谋？皇上是否听说慈安太后和奕䜣有苟且关系？如果他们将来生下皇子，这大清国的皇位还怎么会让皇上你来坐呢？"

慈禧哭着说着，见自己的眼泪并没有打动儿子的心，更加生气了，厉声问道："额娘同你说了这许多话，你是否听见了？"

同治木然地点点头："额娘的话儿臣全部听到了，只是额娘说皇额娘与六叔有什么苟且之事儿臣却从来也没有听说，不知额娘从哪里听到的？只怕是谣传，皇宫这么大，宫女、太监如此之多，什么谣传没有？儿臣也曾听到有人谣传——"

同治的话到嘴边又咽了下去，他不知当说不当说。

慈禧一怔，想知道又怕知道，紧逼一声喝问道："有人谣传什么？"

同治讷讷地说："有人谣传额娘与安德海还有荣禄有暧昧之事。"

慈禧也料到了，但她没有想到皇上竟不分青红皂白说了出来，气得脸色惨白，上前给他一巴掌，骂道："混账东西，有人背后造额娘的谣你不制止，也相信额娘干出那见不得人的事，额娘是那种不识廉耻的人吗？皇上如今大了，也该长个心眼多思考一下，安德海是个太监，这是人人皆知的，荣禄虽为御前大臣，但也很少来后宫，这是有人别有用心诬蔑额娘，实际上是侮辱皇上！"

同治脸上挨了一巴掌，虽然打得不重，但也是火辣辣的，十分恼火却也说不出口，心里道：额娘是害怕他人背后说自己，才故意这样说皇额娘与六叔有苟且之事的，我却从来也没听宫人说过这事，皇额娘不是这样的人！哼，宫中传说额娘与安德海的事已经好几年了，都说安德海是假太监呢！假不假我不曾知道，但他与额娘关系暧昧的事自己却是亲眼所见到的。

那是好几年前了，也是一个夏夜，他睡不着，偷偷出寝宫玩一会儿，便来到额娘的内室，刚要进去，猛然看见安德海正用双手揉搓着额娘呢！他当时羞得脸通红，又气又恼地溜回了寝宫。从那天起他证实了宫中的谣传，也恨起了安德海，发誓有朝一日亲政第一个杀的人，就是安德海。

至于额娘与荣禄的事，他也听到一些宫女、太监私下议论过，还听说荣禄是额娘的旧恋人。至于额娘与荣禄是否有过那种苟且之事他却从来也没见过，他也曾问过额娘，荣禄是否是她的旧情人，不想被额娘狠狠地骂了一顿。从那以后，他再也没有在额娘面前提起过荣禄。

同治捂住脸低头在那里胡思乱想一阵子，委屈的泪水也在眼眶里打转，他已经长大了，又是皇上，是一国之主，额娘怎么可以打他呢？

慈禧也是听到儿子说了自己那些不该说的话，在气极的时候才打了儿子，这是第二次打儿子。打过之后慈禧也后悔了，站起来走到儿子跟前，用巾帕给同治擦一把泪水，哄骗说："皇上如今也已渐渐长大了，对他人的话应该能分辨出是非，对那些诬蔑额娘的话，皇上听到应该制止，将他们痛打一顿，甚至杀掉，怎么能够也像那些别有用心之人一样人云亦云呢？哼！若让额娘听到有人敢乱嚼舌头，说出这不三不四的话，额娘杀他全家，灭他九族！皇上不要伤心了，今日就在这里用餐，额娘着人给皇上做几道可口的饭菜，额娘好久没有同皇上在一起吃饭了。"

慈禧一边吩咐宫女去御膳房备饭，一边又把那份写好的谕旨递过去："皇上快着人把你的'同道堂'印章取来盖上，明日还要诏告文武大臣呢！"

同治无奈，派张德顺去取印章。

第三十四章

感世事释放笼中鸟
设奇谋引诱阵上僧

张禹爵用刀扼住僧格林沁的脖子怒喝道:"你也有今天!"僧格林沁跪下求饶道:"好汉饶命,只要你放我一条生路,要什么我给你什么——""哈哈,我什么都不要,只要你的命给我爹爹报仇!""你爹爹是谁?""沃王张乐行!"

谕旨一发,满朝文武大臣和亲王贝勒都十分震惊,一时都猜不透恭亲王和两宫太后之间发生了什么重大矛盾。同时,一些见风使舵的大臣为了不惹火烧身,也都纷纷躲开奕䜣,拒绝同他往来。当然,也有一些奕䜣的得力助手纷纷为他的复职奔波。

军机大臣文祥、宝鋆、曹毓瑛把惇亲王奕誴、钟郡王奕诒、孚郡王奕譓等人找来聚集在恭亲王府,共同商量对策。

文祥先说道:"两宫大后不顾事实,暗中指使奸佞小人参劾恭亲王,这是兔死狗烹之作为,我等必须竭力抗争,为恭亲王鸣冤。"

曹毓瑛问道:"以文大人之见,如何鸣冤?"

"两宫太后不同军机处商量,私下谕旨解除恭亲王一切职权,我等停止一切军机处事务,让军机处瘫痪,就说军机事务一向由恭亲王负责,失去他,军机处无首脑,枢廷无法工作,请求太后给恭亲王复职。"

"倘若太后不买咱们的账,认为我等是恭亲王死党,一并撤职怎么办?"宝鋆提议说。

"你们放心好啦,两宫太后决不会这样做的。因为撤除恭亲王职位的谕旨是慈禧太后所为,慈安太后根本没有同意,慈安太后也正为这事和慈禧太后生闷气呢!准备规劝慈禧太后让恭王复职。"

曹毓瑛一听惇亲王奕誴这么说,更来了精神,因为奕誴和咸丰帝奕詝是同母亲兄弟，在所有的亲王中和两宫太后的关系最重，他的话对两宫太后来说是有分量的，有他开口两宫太后不会不给面子。

钟郡王奕诒问道："两宫太后早已料到军机处会偏向恭亲王，因此在召对时仅留下内阁大臣，而赶走军机大臣，从这一点看，两宫太后处罚恭亲王的决心很大。我等要想让太后同意给恭亲王复职，必须先拢住内阁大臣，让周祖培、倭仁、瑞常等人也站在恭亲王的立场上向太后施加压力，这样效果可能好一些。"

几个人一边商议，一边派人去请周祖培、倭仁、瑞常、吴廷栋等人。

时间不长，这几人也来到恭亲王府，他们明白文祥请他们到此的真相后，周祖培说道："即使文大人不请我等到此，我们也会为恭亲王的复职奔走的，但从太后与我等几次召对的语气态度看，慈禧太后惩处恭亲王的态度十分坚决，要想让恭亲王完全复职的可能性不大。"

奕诒叹口气："能恢复几职就恢复几职，我等尽力争取就是，即使不为恭亲王，也决不能眼睁睁地看着西太后如此横行吧，只怕如此长期下去她要做武则天第二呢！先皇当年就有除去那拉氏之意，只因慈安太后等人竭力求情才免她一死，谁知西太后竟然一天天把大权揽到手中，如今慈安太后也让她几分呢！"

倭仁却不这样认为，他说道："两宫太后如今突然下谕旨开去恭亲王的一切职务也在情理之中，我们不能仅仅站在恭亲王的立场上看待这件事，也应该站在太后的立场上考虑这件事。太后是觉得恭亲王的权势越来越大，担心皇上亲政后无法驾驭恭亲王才这样早早铲除后患的，多尔衮为前车之鉴，不能不令两宫太后担忧，如果恭亲王能够时刻牢记'功高震主'的古训，也许不会发生今天的事。"

正在这时，醇亲王奕𫍽走了进来，一听倭仁如此说话，略带不满地说："倭大人是两宫太后提拔上来的，自然对太后感激不尽，功高震主，难道让每一个大臣都无功于国家社稷就不震主了？"

倭仁见奕𫍽说话生硬，语气对自己不满，也冷冷地说："醇王若为恭亲王抱屈，就亲自去两宫太后那里为恭亲王鸣冤，你既是亲王又是当今皇上的姨父，说话比别人有力度，也许太后会看在醇王爷这小叔与妹夫双层亲戚的立场上饶过恭亲王的。但醇王也应该明白，恭亲王在两宫太后面前的言行也确实有骄盈失礼的方面，你不是也多次提醒过恭亲王吗？"

醇亲王奕𫍽的气消了下来，倭仁说得也有道理，太后如今借蔡寿祺参劾之际将他革去一切职务，也不是一天两天才有这种想法的，或许是积多成怨吧。奕䜣没有听从别人劝说，做事骄狂一些，偶尔在太后面前不慎失礼的事也是发生过的，比如殴打安德海一事吧，做得就不明智。还有，奕䜣也忽视了为官清廉的原则，利用职权徇私纳贿的事也不是毫无根据，仅内务府的亏空就令两宫太后怀疑。当然，如今世道，满朝文武谁人不贪，但奕䜣树大招风，有个小小举动便会被仇敌抓住把柄上报给太后。唉，事到如今也不能放手不问。

奕𫍽与奕誴带领众人刚要去面奏两宫太后，为奕䜣求情说理，奕䜣进来了，阻止众人说："各位的心意我奕䜣领了，但你们不必去向太后求情，去也没用，会更加激起两宫太后铲除我的心念呢！也许认为你们都是我的私党，是故意联合在一起向太后示威的。倘若这样就更坏了，你等前去求情只能起反作用。何况西太后对我不满也不是三天五天了，她早有除去我的心思！"

奕𫍽看看奕誴："五哥，你以为这事如何处理呢？"

惇亲王奕誴想了想，说道："如此说来六弟复职一事希望不大！不过，我等可以尽力争取一下，看看太后是否有让步的态度，然后再相机行事。"

曹毓瑛急忙说道："如果想让恭亲王全部官复原职也不太可能，太后既然下达了谕旨，这个面子也不能不给呀，不如我们联合上奏皇上、皇太后，让太后革去恭亲王的议政王头衔、内务府总管大臣一职，其他几职保留。这样，既满足太后打击恭亲王的心思，又保住恭亲王的位子，你们以为如何？"

奕谟点点头："这样也好，不做出一点让步，西太后也不会让步的，六哥不如亲自上一份《请安折》，算是对太后认错悔过，也是给太后一点面子吧，六哥以为怎样？"

奕訢摇摇头："坚决不写！官我是做够了，出力不讨好，用你的时候提你一把，不用的时候又一脚踢开，这是用人朝前不用人朝后，不如无官一身轻，在家享清闲呢！"

奕谟又劝道："六哥不为自己着想也应该为大清江山着想，皇上如此年幼尚不能亲政，西宫权力欲望太大，为人也心胸狭窄，东宫为人太心地善良，只怕长期下去西宫专权，把朝政搞得乌七八糟，大清江山就会葬送在这个女人手里，你我兄弟几人堂堂七尺男子汉抗不住一个女人，若坏了我大清江山，你我兄弟几人如何面见九泉之下的父皇？"

奕訢低下了头，满眼含泪说道："既然七弟这么说，千斤重的担子我一人担着，再大的屈辱我也忍着，这折子我写！"

奕誴说道："这几天你先在府上歇着，静养一下，让心情也平静下来，那份《请安折》也不用你写，由曹大人代劳吧！"

曹毓瑛点头同意。

奕谟又补充说："去面见两宫太后也不必去这么多人，有我和五哥两人就够啦，请曹大人尽快将《请安折》写好就可以了。"

看着众人离去的背影，奕訢心里很不是滋味，自己可谓几上几下了。当初，大行皇帝在位时，对自己也是既用又罚，处处钳制自己，让自己为他卖命却又不放给大权，以致在大行皇帝病死热河时，八名赞襄顾命大臣都没有自己，甚至不准许自己去热河叩拜，兄弟之间的猜疑到了水火不相容的地步。肃顺等人弄权朝政，皇权眼看要旁落易主，在这关键时刻，是自己冒着生死危险多方联络，才制服奸凶力挽狂澜。

不错，两宫太后给了他优越的地位，也让他大权重握，但自己掌权而不是弄权专权，事事奏请，从来也没越雷池一步。说心里话，自己何尝不明白，太后给自己权是为了让自己为她们卖命。如今倒好，眼看天下要太平了，太后用不着自己了，又一脚将自己踢开。

几声清脆的鸟鸣打断了奕䜣的沉思，他踱到廊檐下，见鸟笼中早已没有食物，几只鸟雀正饿得喳喳叫呢！

奕䜣十分生气，正要发火训斥宫人，见女儿荣荣走了过来，把一些食物放进鸟笼。他叹息一声，忍住心中的火，对于自己，这鸟不就是奕䜣吗？恰恰相反，每次想起这几只鸟都是在失意无聊时，而自己大权在握，整日宾客满庭，自己也是奔走各大部门，哪有心思顾及这几只鸟雀，更不会留心这鸟儿乞食的叫声。

"荣儿，让阿玛给鸟雀添食吧！"

奕䜣走了过去。

"阿玛，你心情不愉快就好好散散心吧，让我来做。"

奕䜣站在那里一动也不动，昂起头来眺望庭院上空的一方蓝天。

"阿玛，听说你又和皇额娘闹不和，女儿想入宫见见皇额娘，为阿玛解释一下？"

"不许去！"奕䜣生硬地说道，"没有什么要向她解释的，阿玛没有错！"

"阿——玛——"荣寿固伦公主撒娇说，"皇额娘的脾气阿玛也不是不知道，你硬她也硬，你软她也软，胳膊是拧不过大腿的。皇额娘革去阿玛的职权也许是对阿玛有所猜疑，树大招风，木秀于林风必摧焉，阿玛也应该见好就收，依女儿之见，如果阿玛提前向两宫太后提出辞请，主动辞去几职，也许就不会发生今天的事了。功高震主，这是古训了。"

奕䜣仔细想想女儿的话也有道理，可事到如今已经是亡羊补牢，后悔也晚了。自己对许多事的考虑就不如女儿那么周到，比如同慈禧太后相处，他总觉得自己在太后面前讲话总是那么生硬，也都是直来直往，有时候也想讨好几句，可总是讨好得不是地方，也就是人们常说的拍马拍到蹄子上了。而女儿就十分乖巧，同慈禧的每一次谈话都把太后哄得哈哈直笑，她的每一句话都让太后听了顺心入耳。

不知何时，福晋也走了过来，轻声安慰说："王爷，就让荣荣去宫中一趟吧！去了总比不去好，人在矮檐下不能不低头啊！"

奕䜣点点头算是答应了。

奕䜣待女儿给鸟儿加满食物，自己站到笼前，撩拨起笼中的鸟儿来，看着蹦蹦跳跳的鸟儿，听着它们的鸣叫，虽然不懂鸟语，但也可以体味到鸟儿的心情，也许鸟儿正如自己现在一样，这鸣叫是独自诉说，或许是向自己抗议。鸟儿渴望自由，渴望天空，渴望森林，正如自己渴望权势、渴望名位、渴望利禄一样，但自己只有进入朝廷的笼子才有这一切，鸟儿却与自己相反，它只有飞出自己的笼子才能获得想得到的一切。

奕䜣轻轻打开了笼子的门，一对鸟儿欢快地鸣叫着飞向天空。

福晋一看，以为奕䜣疯了，失声叫道："王爷，你——这是精心侍弄多年的宠物，你怎么把它们放啦？"

奕䜣回过头，注视一下福晋笑了。

"鸟儿应该到它应该去的地方去，我满足鸟儿的愿望，也不知太后能否满足我的愿望？"

说到这里，奕䜣脸上的笑容消失了，又浮上一层阴云。

荣寿固伦公主来到储秀宫，慈禧正和宫女一起玩踢毽子的游戏。

荣荣上前跪拜说："荣荣拜见皇额娘，祝皇额娘圣安！"

慈禧一看荣荣来了，马上放下手中的毽子，满脸堆笑说："原来是荣荣来了，我的乖女儿，快快起来，别跪坏了身子。"

"谢皇额娘！"荣荣站了起来。

"皇额娘早就想你了，几次让你阿玛传话，让你来宫中陪一陪皇额娘，也一直不见你来。"

"请皇额娘见谅，孩儿一直脱不开身，额娘身体一直虚弱，阿玛最近也病了。"

慈禧心道，你阿玛是因为我革了他的职才气病的吧。但她却不能这么问，装出十分关心的样子问道："你阿玛得的什么病？重不重？有没有请御医看过？"

"多谢皇额娘关心，阿玛患那病已经多年了，听御医说是长期操劳过度，积劳成疾，再加上阿玛饮食起居没有规律，才形成的这病。"

慈禧点点头，又装作无心的样子问道："你阿玛每天的生活是怎样安排的？"

"回皇额娘，阿玛每天起得很早，睡得却很晚，早晨起来先安排一下自己一天的事务，然后就忙着上早朝，有时早饭也来不及吃，阿玛每天都干了些什么儿臣一点儿不知，但阿玛每天很晚才休息，经常把卷宗带回府中批阅。额娘见阿玛太辛苦，劝他辞去几职，阿玛总是叹息，说等到天下太平了，皇上亲政后他就什么也不干了，安心在府中陪额娘安度晚年。"

荣荣说着，抬头看看慈禧，又问道："最近几天阿玛情绪很坏，听说阿玛惹皇额娘生气了，他正在府中懊恼呢！"

慈禧淡淡地说道："你阿玛多虑了，并非皇额娘为难他，是有人参劾你阿玛犯了四大罪状：纳贿、骄盈、揽权、徇私，这四大罪状虽然查无实据，但也事出有因，皇额娘和慈安太后商量过了，免去惩罚，开去你阿玛的一切职务，令他在府中静养几日，也反思一下自己的行为。如果不这样何以威慑朝中其他大臣呢？你阿玛身为皇室亲王，在他身上敲个警钟是给满朝文武一个警示，让他们明白恭亲王犯法都要严惩，更何况他们那些一般朝臣呢！执法必严，严应从上起，只有上行才能做到下效。回去之后告诉你阿玛也不必烦恼，等过一段时间，这件事平息后，再想法恢复他的职位。"

"荣荣代阿玛先谢过皇额娘。不过，阿玛说他不在乎职位的恢复与否，他说自己觉得委屈，是树大招风，惹人嫉妒，每天都在府中自责自悔呢！说等几天后，身体稍稍恢复就入宫向皇额娘赔礼呢！"

"那倒不必了，让你阿玛好好在府中养病，待病愈之后再说吧。"

荣荣点点头："皇额娘近些日子玉体圣安吧？"

"多谢荣儿挂念着皇额娘，皇额娘的身体还好。"

"皇额娘每天日理万机，一定要注意身子骨，平日多休息多锻炼一下，如果皇额娘乐意，孩儿今后多来宫中陪皇额娘说说话，锻炼一下身体，让皇额娘解解闷。"

慈禧笑了："还是女孩家心细，皇上可从来也没这样关心过皇额娘呢！皇额娘一直都想把你接入宫中居住呢！只怕你阿玛和额娘不同意。有荣儿在身边，皇额娘也多个说话的人，少一些寂寞。"

"只要皇额娘乐意，荣儿会时常服侍在皇额娘身边的。皇额娘刚才说皇上很少陪皇额娘，皇上渐已长大，快要亲政了，正是读书学习的大好时光，心思都用到书本上了，哪像荣荣整日只懂绣花做衣之类的小事儿。皇额娘不应责怪皇上，应该高兴才是，因为皇上长大了，能够为皇额娘分忧解难了。皇额娘，是吗？"

慈禧连连点头："荣儿说得对，应该高兴，应该高兴！"

这时，太监来报，说惇亲王与醇亲王来见。

荣儿立即说道："皇额娘有要事在身，孩儿告辞了。"

"荣儿别走，今天留在宫中吃饭，皇额娘好久没有同荣儿在一起用膳了，回头让皇上也来，咱娘儿几个好好乐一乐。"

荣荣只好点头答应。

慈禧来到乐寿堂，奕誴、奕譞已经等候多时了。

拜见完毕，慈禧径直问道："不知二位王爷到此有何公务？"

奕譞率先说道："回太后，我们二人是受朝中众大臣之托，特来启奏太后有关对奕䜣惩处的事。"

"哦，有什么话尽管说吧！"

慈禧心道：即使你们不说，我也明白你们的意思，你们这些人多日来可都没有闲着，四处活动，哼，没有我慈禧发话，谁也别想让奕䜣复职！

奕谅先把曹毓瑛代写的一份《请安折》递给慈禧说："太后，奕䜣十分后悔，他反思多日向太后认错悔过呢！恳请太后谅解。"

慈禧接过请安折一看，言辞也算恳切，仔细一看，字迹不像奕䜣所写，把折子往旁边的案子上一放，十分不满地问道："这《请安折》似乎不是出自奕䜣之手吧，字迹不像呀？"

奕谖立即附和说："太后真是好眼力，这折子的确不是奕䜣所写，是奕䜣口述，曹毓瑛代写，奕䜣这多日来身体不适，几乎不能下床，请太后见谅！"

慈禧这才"嗯"了一声。

"奕䜣本来要亲自送来，一是因为身体欠佳，二是担心太后责备，特请我们兄弟二人代劳，望太后见谅，谨望太后看在手足之情的情分上收回成命，从轻发落！"奕谅又说道。

"满朝文武大臣对此事有何议论呢？"

"回太后，满朝文武悚动，一致认为对奕䜣处分太重。"奕谅小心翼翼地说。

"依你们之见，应该如何处置奕䜣呢？""这——"奕谅一时不知从何说起，他想说最好是免去处罚，又怕这话一出惹慈禧生气，把事情办得更糟，便看看奕谖，示意奕谖先说。

奕谖会意，躬身说道："奕䜣纵然有错，也多是生活小节，太后谕旨已令他警醒，何况现在太平军余党未尽铲除，北方捻子猖獗，正是用人之际，群臣一致认为革去奕䜣所有职权实在不妥，请太后站在朝廷大局立场上——"

不待奕谖说下去，慈禧立即呵斥道："难道本宫革去奕䜣的职权是为了报私仇不成？本宫见他居功自傲，为官不检点才这样做的，一切都是从朝廷大局出发，你怎敢胡言乱语妄加猜测？"

奕谟急忙恳求说："请太后恕罪，请太后明察，卑职绝不是这个意思，微臣是希望太后站在朝廷正是用人之际的立场上对奕䜣从轻发落，革去部分职权也保留部分职权。"

"醇王爷以为革去奕䜣的哪些职权又保留哪些呢？"

"群臣一致认为皇上渐大，快到亲政的年龄了，奕䜣的议政王一职可以取消了。"

"嗯，还有呢？"

奕谟又说道："群臣也觉得奕䜣内务府总管一职也可裁去，当然——"

慈禧马上打断奕谟的话："还有呢？"

奕谟想不到慈禧真的心这么狠，裁去这两大要职还不满足，他推辞说："群臣只议论裁去奕䜣这两职，对于其他职权都主张保留，群臣说奕䜣掌管军机处多年积累了丰富经验，这许多年来，军机处也确实做出了不少成绩，特别是平定南方叛乱可谓功劳显著，如果开去此职恐军机处一时无首陷于瘫痪。对于总理衙门一职，群臣也一致认为非奕䜣莫属，如果裁去奕䜣恐怕洋人也不会同意——"

奕谟刚说到这里就被慈禧打断了："本宫明白了，此事让我再同慈安太后商议一下，如果你们没有别的事可以回去啦。"

慈禧毫不客气地下了逐客令。

奕谅和奕谟无奈，叹口气，道声安退了出来。他们回到恭王府，把递折情况详细汇报众人，都认为奕䜣恢复职位无望。

谁知几天后两宫太后发出谕旨：

　　恭亲王谊属至亲，职兼辅弼，在诸王中倚任最隆，恩眷极渥。特因其信任亲戚，不能破除情面，平日于内廷召对，多有不检之处，朝廷杜渐防微，恐因小节之不慎，致误军国重事。日前将恭亲王过失严旨宣示，冀其经此惩儆之后，自必痛自敛抑，以小惩大诚，曲为保全之意。兹览王公大学士等所奏，佥以恭亲王咎虽自取，

尚可录用，与朝廷之意正吻合。现既明白宣示，恭亲王
着即加恩仍在内廷行走，并仍管总理各国事务衙门事务。
此后唯当益矢勤慎，力图报效，用副训诲成全至意！

特谕

奕䜣接旨后，见两宫皇太后只恢复了自己"在内廷行走"、
"管理总理各国事务衙门"的职务，革去"议政王"与"军机大
臣"的实权，心里很不是滋味，却又有苦说不出。无论如何，太
后还是给自己留了点情面，在军权、政权、财权、族权、外交大
权这五权革去了军权与政权，给他保留三大权也算是给面子了。
但奕䜣知道自己不能进入枢廷参与国家机密大事，对于一个热衷
于大权的人无疑又是一次重大打击。

虽然如此，他还必须亲自去叩拜两宫太后，以示感激之情。

奕䜣在奕誴、奕譞等人的陪同下来到养心殿西暖阁，他带着万
分复杂的心情走上台阶，一步步走到墀阶前双膝跪下，认真地说道：
"罪臣奕䜣叩见皇上、皇太后圣安，谢皇上、皇太后恩！"

说到这里，不知什么原因，奕䜣竟伏在地上呜呜哭了起来，是
委屈还是悔过，或许是失望，此时此刻的心情他自己也不知道，也
许兼而有之吧！但奕䜣这一哭却哭得恰到好处。两宫皇太后有了面
子，慈禧更是心花怒放，到底是奕䜣输了，胳膊拧不过大腿啊！

奕䜣一哭，奕誴、奕譞等人也陪着掉眼泪，皇上与慈安太后也
觉得眼眶涩涩的，泪水直在眼眶里打转。

慈禧这才说道："恭王请起吧！"

奕䜣再次拜谢后才站了起来。

慈安看看诸王爷，用商量的口气对慈禧说："妹妹，恭王已经
悔过了，如今枢廷也正是用人之际——"

慈禧会意，不待她说下去，冲慈安点点头："就依姐姐所说，
命恭亲王仍在军机处上行走吧，这议政也就算啦。"

恭亲王奕䜣在失望至极之时，一听又让自己在军机处上行走，

虽然拿去议政王的头衔，心里仍热乎乎的，再次叩谢。

吃一堑，长一智。奕䜣对慈禧太后又多了一层了解。

五月的骄阳烘烤着大地，白花花的阳光刺得人睁不开眼睛，一队衣衫破旧但斗志昂扬的人马正从西往东急驰着。

随着一阵急促的马蹄声，从后面跑来一位剽悍干将，对并排走在前面的两人一拱手说道："宗禹哥、大喜哥，我们是否先下令休息一会儿再走，战士们太累啦。"

张宗禹和陈大喜同时看看越升越高的太阳，见战士们确实汗流浃背，点点头："禹爵，你去下令吧！"

"是！"

张宗禹一抖马缰绳又跑开了。

战士们都坐在树下乘凉，随便吃点干粮喝口水。张宗禹、张禹爵、陈大喜三人围坐在一个土坡上商量着这次东征的军事部署。

张禹爵十分悲愤地说："我们西捻军这次挥师东征，倘若不能打败僧格林沁的部队，击毙这个老贼为父王报仇，我死不瞑目，也无脸去见九泉之下的父亲。"

"禹爵，不用悲伤，只要我们能够在张庄寨与任化邦、赖文光的东捻军会师，就一定能够打败僧格林沁，至于能否击毙这个老贼和叛徒潘贵新只能根据军事部署的进一步周密情况而定，意外情况也要考虑。僧格林沁老奸巨猾，万一看破我的计划就难说了。"张宗禹安慰说。

张禹爵叹息一声："几年来，我一天也没忘记这父仇家恨，想不到西阳集分兵竟是和父王的永别。"

张禹爵黯然神伤，几乎流下泪来。

"禹爵，你的心情我理解，我也从来没有忘记叔父的养育之恩，是叔父把我养大成人的，为叔父报仇我也时刻牢记在心。"

陈大喜愧疚地说："我没有保护好沃王，这次回来一定手刃僧格林沁和潘贵新，如果不是为沃王报仇，我也不会忍辱活到现在。"

"陈大哥你不必内疚,这不能怪你,都是潘贵新那个叛徒的罪过。"张禹爵说道,"任化邦愿意与我们合作,一是为了给我父王报仇,二是为了抓住潘贵新这个叛徒。"

张宗禹点点头:"僧格林沁也许仍认为我们远在陕南呢!他做梦也没想到我们会突然杀回来,打他一个措手不及。因此,这次东征在与东捻军会合后,一定要秘密进行,决不能让僧格林沁有所发觉,否则,歼灭他就落空了。"

"会合以后是两军同时前进,还是分兵前进呢?"张禹爵问道。

张宗禹分析说:"僧格林沁的部队在亳州,任化邦与遵王赖文光的部队在张庄寨,我们会师以后分头前往亳州包抄僧格林沁,力争将他的人马消灭在亳州附近。我们也给他来个层层围困,正像当年他在雉河集老家围困我们一样,这叫以其人之道还治其人之身。"

张禹爵听后,沉思一会儿说:"宗禹哥,如果按照这样部署打败僧格林沁的希望不大,即使侥幸取胜也要付出惨重的代价。"

张宗禹不解地问:"何以见得?我们东西捻军人马合并一起有六十万人,而僧格林沁也只有四十万人,怎能说取胜的希望不大呢?"

张禹爵分析说:"从两军合并后的人数上我们是比僧格林沁多一些,但我们的武器装备远远抵不上清兵,何况我们是围攻僧格林沁老营,他们兵多粮足,兵器精良,如果坚守亳州不出,我们仅仅包围着,一鼓作气攻不下城,对我们十分不利,我们一贯都是流动战,打一地换一地。如果两军相持一久,我们的供给跟不上,到时被迫退出,可能会被清军随后掩杀呢!六十万人的粮草不是个小数目呀!"

张宗禹也陷入了沉思。

张禹爵又说道:"我们这几十万人会合一处也难免不被僧格林沁觉察,他一旦觉察必然四处告急求援。瑞麟、丁宝桢、李鸿章的人马都会很快赶到。即使会合之时不被发觉,我们把僧格林沁包围在亳州，他坚守不出，我们又一时攻不下城，周围几地的清军也可能闻讯救援。如果清军内外夹攻，我们必败。"

张宗禹也意识到张禹爵分析得有道理，不能贸然进军会师，必须重新调整军事部署。可又怎么调整呢？

张宗禹问道："你是怎样认为的？"

张禹爵答道："一路上我一直在思考这个问题，直到刚才才想出个眉目，也不知行不行？"

陈大喜催促说："你先说说看，咱们哥儿几个研究研究。"

"我们不如把军队开往一个秘密的地方埋伏起来，暂时不与任化邦的人马会合，让他带领队伍把僧格林沁的兵马引出亳州，引到我们埋伏的地方，然后两支人马会合一处将僧格林沁就地包围起来，一举歼灭他。"

"嘿！这倒是个好主意。"陈大喜说道，"只是我们把人马开往何处呢？"

"从这一带的清兵部署看，许昌有瑞麟的人马，济南有丁宝桢的人马，相对空虚的地方是这菏泽一带没有清军大队人马，我们不如把军队开往那里埋伏。"

张宗禹点点头："行是行，只是我们已经同任化邦和赖文光联系好，约定在张庄寨会合，他们一定在那里等待我们怎么办？"

陈大喜说："派人快马去张庄寨通知任化邦，把我们的计划告诉他，让他派兵把僧格林沁的人马引出亳州，就说在菏泽会师，你们以为怎么样？"

张宗禹犯难地说："事到如今突然改变战略，任化邦会不会怪罪呢？如果他不同意合作，我们的计划再周密也会泡汤。"

"你们放心好啦，任化邦不是那样小心眼的人，何况他也想打败僧格林沁，不打败他，任化邦的东捻军就时刻受到威胁。对于打败僧格林沁，他的心比咱们还急呢！"

"如果真是这样，就应该立即行动，我们带领大军向东北方向挺进，陈大哥你再去任化邦那里跑一趟，因为只有你去最合适，你和他关系较近，能够说动他，其他人都不合适。"张宗禹说道。

张禹爵也说道："陈大哥，又要劳累你再奔跑冒险，小弟我——"

陈大喜握住张禹爵的手："禹爵弟，你不用再说了，为了给沃王报仇，为了给咱死难的捻子兄弟报仇，也为了咱捻军发展壮大，我陈大喜死也不会摇头，跑跑腿算什么，那我现在就走了。"

陈大喜翻身上马，刚要走，张宗禹又叮嘱说："一路小心！如果任化邦不同意，你立即北上与我们会合，如果他接受我们改变战略的要求，你和他们一同行动，我们在菏泽会师。"

陈大喜一抱拳："二位兄弟，后会有期！"

说完，一甩马鞭，一溜烟消失在视野中。

张庄寨任化邦大营。

遵王赖文光、任化邦正在谈论会师南下亳州围歼僧格林沁之事，忽然接到探马来报，说西捻军将领陈大喜有急事来见，任化邦立即出营相迎。

任化邦特别敬重陈大喜，一是两人并肩战斗多年结下深厚的友谊；二是陈大喜为人坦诚忠厚、不骄不躁，追随沃王多年，没有丝毫私心杂念。由于叛徒潘贵新告密，西阳集张乐行被俘，后来被僧格林沁处死，陈大喜曾在任化邦营中领兵，也为他立下不少功劳。尽管任化邦待他如亲兄弟，但陈大喜自愧没有保护好沃王，把自己的人马全都交给任化邦，自己一人去陕南向张禹爵谢罪。

这次回师东征为沃王报仇，也是陈大喜从中活动才征得任化邦的合作。当然，对于张乐行的死，任化邦也自觉心中有愧，虽然不是他告密的，但是他的手下将领出卖的，又是在自己的地盘上被俘。经陈大喜一出面要求，他立即答应了。更主要的，他也希望消灭僧格林沁老贼，不消灭他，自己在皖北的发展时刻受到威胁。

任化邦一见陈大喜一人突然到此，估计出了什么问题，见面之后简短的几句寒暄，任化邦就直接问道："陈将军，怎么就你一人，西捻军的大队人马呢？难道遭到清兵的埋伏？”

“任大哥，进帐再详谈吧！情况有所改变。”

众人落座后，任化邦迫不及待地询问了情况，陈大喜把张禹爵的想法和新的行动向众人讲述了一遍，征求大家的意见。

任化邦沉吟不语，半晌抬起头问道：“遵王，幼沃王张禹爵的想法也有一定道理，只是按照他的计划行事能行吗？僧老贼是又奸又猾，会上我们的当吗？”

赖文光点点头说道：“张禹爵提出的作战方案比我们原先设定的方案获胜机会更大一些，可以采用，这在兵法上叫引蛇出洞，诱敌深入。如此看来，幼沃王在智谋上胜于其父张乐行。”

陈大喜也点点头：“幼沃王虽然年轻，但才思敏捷，在领兵打仗上略胜沃王当年，如果沃王当年听取他的意见也许不至于兵败被俘。西捻军短短几年能够发展壮大到今天的规模与幼沃王有着必然的关系。”

赖文光赞叹说：“捻军新一代人中能有这样的人才真是难得，从这次兵马行动的调整中，可以看出幼沃王的军事才能不弱于太平天国的英王陈玉成当年。”赖文光说到这里，十分难过地说：“只可惜英王轻信了他人，被叛徒李兆元所出卖，死于胜保之手。唉，也许是天意，是天亡我太平天国，是清廷的气数未完吧！”

任化邦立即劝慰说：“遵王不必难过，天京虽然被攻破，太平军并未灭亡，还有我们淮北的几十万捻军呢！只要大家齐心协力，照样能够与清廷干到底。这次两军合作，倘若能够打败僧老贼，咱淮北的捻军就有出头之日了。”

赖文光见任化邦把前景看得那么美好，对自己那么有信心，也不想说什么，自从扶王陈得才死后，他兵败流落至此对一切都失望了，他曾是英王陈玉成部下的杰出将领，随英王打天下立下许多战功，也因此被破格封为遵王。英王派他和扶王陈得才一同入陕发展势力，准备与英王一同从中原夹攻京津，捣毁清廷老巢，迎接洪秀全天王北上。万万没有想到，天京内讧，英王也多少受到排挤，安庆一役救兵不到，英王兵败被杀。他和陈得才在陕西刚刚拉起一支人马，又接到天京危急回师东征的求救信号，被迫挥师东进，遭到清兵夹击，陈得才遇难，自己兵败被任化邦所救。天京被攻破了，他几次想殉国都被任化邦劝阻了，如今成为任化邦的参谋。

赖文光十分清楚捻军的处境，虽然东、西捻军互相呼应驰骋在中原一带，也让清军生畏，但捻军的前途也十分渺茫。像张禹爵那样年轻有为的军事将领实在太少了，任化邦、陈大喜等人都是一些诚实可靠、有血性的男儿，但对于指挥打仗实在懂得太少，更何况捻军五旗人马人心不齐，其他几支人马已经被清军剿灭了，唯这东、西两支捻军呈现上升的势头。只可惜大势已去，如果太平军不灭，在南方钳制清军，北方再有两支这样强大的军队，能有几位能征惯战的将领，那捻军的前途就难说了。沃王张乐行有天时却无人和，幼沃王有人和却无天时，不过，从捻军这次行动部署看，打败僧格林沁还是不成问题，只是打败一个僧格林沁，将会有更多的僧格林沁一样的人马涌来，到那时……

赖文光正要细想下去，只听任化邦问道："遵王认为幼沃王的计划可行吗？西捻军已经北上菏泽一带，我们东捻军如何行动呢？"

"一部分北上，一部分去亳州引诱僧格林沁人马进入西捻军的埋伏地。"

"如何才能把僧老贼引诱出亳州呢？他会上当吗？"

赖文光认真思索片刻说："僧格林沁早就有剿灭我们的意思，即使我们不打他，他也会派兵攻打我们的！只要我们派兵去打他，他一定会出兵的，然后再想法把他引向菏泽一带。为了让僧老贼上当，可以先派骑兵扰乱他的大营，打一阵就撤，然后再回头去打，把他惹火，就会率大军追赶我们的，那时，我们的大军早已撤走，埋伏在预定地点，一旦清兵进入包围圈便四下围杀。现在必须派一名得力干将去引诱清兵，这次战役的关键在于如何引敌北上，能否达成预定计划，关键就在这一点上。"

任化邦点点头，他看着几位将领，想着派谁去最合适。

这时，陈大喜站了起来："任大哥如果相信小弟就让我去吧！"

任化邦看看赖文光，赖文光想了想，也觉得没有更合适的人选，任化邦的几员大将多是有勇无谋，让他们去引诱僧格林沁只怕会坏大事的。唯陈大喜长期跟随在张乐行身边，多少有些头脑，赖文光同意了。

赖文光又叮嘱说："你所率人马全部为骑兵，有五千人就足够了，但要记住，你的任务只是引诱清兵北上，不可恋战，打打停停，停停打打，把僧格林沁惹怒，也要把他的人马拖疲拖垮。"

陈大喜会意，立即带领五千骑兵出发了。

僧格林沁亳州大营刚刚恢复平静。

僧格林沁在帅帐里暴跳如雷，气得骂人："你们有个屁用，连个营也守不住，又让捻子给踏平了。本帅已经下令要严加防范，就是不听！"

"回大帅，捻子全部是马队，他们来无影去无踪，让我们怎么防范？何况，何况他们都是夜间行动，神出鬼没。"

"哼，任化邦这小子也是孬种，不敢和本帅面对面的对阵，竟做起偷鸡摸狗的行当来，算什么英雄好汉，真是暴徒行为！"

"僧王爷，任化邦本来就是暴徒出身，当然是如此做派！"潘贵新立即谄媚说，"也许任化邦是狗急跳墙吧，知道自己末日快到了，才敢在太岁头上动土，大帅不如发大兵到张庄寨，踏平匪徒老巢。"

僧格林沁摇摇头："任化邦太狡猾，他不敢同本帅正面交兵，我大兵一到，他的人马就逃之夭夭，白白劳累我大军往返跋涉。"

"但捻子三番五次骚扰我大营怎么办？不给他们点颜色看看，任化邦认为王爷胆怯呢！"潘贵新又说道。

僧格林沁来回踱几步："本帅判断，任化邦多日来派马队偷袭我大营是以进为退，可能要逃往他地，他是害怕我大军追杀，才故意用骑兵前来骚扰，妄图迷惑本帅。哈哈，小儿雕虫小技怎能蒙住本王爷的眼睛。"

僧格林沁立即派人侦探任化邦大军动向。

不断有探马报来，说任化邦大军从张庄寨撤走，向北逃窜。

僧格林沁听报后大喜，知道任化邦果然不出他所料在向外地窜逃，但也令僧格林沁大吃一惊，看任化邦逃跑方向，似乎是从菏泽一线北上直逼京师。而这一带远离军事重镇防守空虚，万一捻子逼近京师，造成京师危急，自己必然遭到朝廷重责，轻则降级降职，重则罢官杀头。

最近京城传来消息，恭亲王奕䜣被免去议政王一职，要不是众人求情，奕䜣还可能被罢官呢！像奕䜣这样有威望有功劳的铁帽子王都因办事不力遭到两宫太后的处罚，更何况自己呢！决不能被任化邦的花招迷惑，要阻止他的人马北上。

当初，放走一批捻子进入陕南，加大了陕西剿乱的困难，左宗棠一个折子上去奏了自己一本，幸亏当时抓住了匪首张乐行，否则那一次也够惨的。这一次更不能放走捻子，如果任化邦窜逃到了河北，后果更严重，自己的罪责也更大。

僧格林沁不敢怠慢，他立即调动全部骑兵去追赶任化邦的人马，自己率领部分大军随后增援，又安排五万步兵负责后方供给。

僧格林沁大军刚到蔡堂集，就接到前面探马报告，说先遣骑兵在定陶遭到捻军马队袭击，但伤亡不重。僧格林沁知道这是任化邦派马队阻挠自己大军追赶，估计距任化邦的大队人马不远了，他下令步兵跑步前进，一定要赶到菏泽截住捻子北上。

僧格林沁的骑兵到达菏泽时，仍没有见到捻军的大队人马，僧格林沁起了疑心，便下令就地休息，埋锅做饭，暂且停止进军，待查清敌情后再做打算。

几天的急行军，人困马乏，士兵刚休息一会儿，又遭到捻军骑兵的冲杀，虽然伤亡不重，但搅得人心惶惶。僧格林沁大怒，他下令潘贵新率骑兵随后追杀，让步兵稍稍休息半日。

潘贵新率骑兵沿着捻军马队的蹄印追去，不多久来到一个山坡，捻军的马队忽然不见了。潘贵新立即意识到有埋伏，下令撤军，他掉转马头就要跑，突然听到一声呐喊："别放走叛徒潘贵新——"

四面站满了人，有骑兵也有步兵。潘贵新知道自己被包围了，一面拼命抵抗，一面派人突围求救。

僧格林沁听说潘贵新所率的骑兵中了埋伏，被捻军大队人马包围，又惊又气。这支骑兵是他从蒙古各部中精挑细选出来的，也是封王的资本，曾跟随自己征战各地立下汗马功劳，自己这顶科尔沁亲王的头衔都是他的这支骑兵挣回来的。如果骑兵覆灭了，他也就完了。

僧格林沁立即下令步兵跑步增援，不惜一切力量解救骑兵突围。

大队人马刚到高庄寨，迎面碰到铺天盖地的捻军从正面杀来，为首一人正是张宗禹。

僧格林沁刚要下令将士冲杀。正在这时，发现后队人马乱了，又有大队捻军从后边杀来，不多久，左右也都发现有捻军冲杀过来。

此时，僧格林沁知道中了任化邦诱敌深入之计，但为时已晚，唯一的逃命办法就是杀出一条血路来突围。

僧格林沁的兵马连天加夜行军，又不断遭到捻军骑兵袭击，吃不好也睡不好，早已人困马乏，哪经得住张宗禹与张禹爵大队人马的掩杀，早已溃不成军，死伤无数。

僧格林沁知道必败无疑，刚一交战就悄悄溜了，趁着双方激战混乱场面向外逃窜。刚跑不久，猛听身后一声大喊："僧老贼，哪里逃！"

随着一声怒喝，张禹爵一箭射出，僧格林沁胯下战马中了一箭，那马受惊，腾地一跃把僧格林沁掀翻在地。

张禹爵纵马来到跟前，用刀扼住僧格林沁的脖子怒喝道："僧格林沁，你也有今天！"

僧格林沁也顾不上亲王的尊严，急忙跪下求饶道："好汉饶命，只要你放我一条生路，要什么我给你什么，我有的是银子——"

"哈哈，我什么都不要，只要你的命给我爹爹报仇！"

"你爹爹是谁？"僧格林沁战战兢兢地说。

"沃王张乐行！"

僧格林沁知道末日到来，从靴中拔出匕首猛地向张禹爵投去。张禹爵侧身让过匕首，挥剑刺去，结果了僧格林沁的性命。

张宗禹、张禹爵率领西捻军将士把僧格林沁的步兵几乎斩杀殆尽。

那边，任化邦、赖文光、陈大喜等人也把僧格林沁的骑兵部队歼灭，处死了叛徒潘贵新。

雉河集。

一座长满荒草的坟前，搭起一个祭棚，灵幡飘动，纸钱飞扬。三军将士披素戴纱，静默致哀。

供桌上，除了大碗的鱼肉酒菜，最引人注目的是两颗血淋淋的人头。张禹爵和张宗禹披麻戴孝长跪在供桌前，陈大喜、任化邦、牛洛红、任柱等将领也陪跪在旁边。

张禹爵号啕大哭，哭声在灰暗的天空中飘荡着。

陈大喜猛然想起多年前，随沃王南下与英王陈玉成会师，路经八公山的一段奇遇。他们曾去拜访过山上的空云大师，空云大师曾留一个谶语，说张大哥的劫数在天命之年，当时百思不得其解，这天命之年又是哪一年呢？如今想来，这天命之年不就是大哥五十岁这年吗？人们常说，四十不惑，五十而知天命，张大哥被俘牺牲恰恰五十岁整。

难道空云大师的预测是那样灵验？可他所说的大清王朝气数一事又如何？唉，也不知张德顺到底流落何处，为何多年杳无消息呢？也许早已死于异地他乡。

第三十五章

纵蜂虿载淳惩太监
惊太后调兵剿捻子

"再来，再来！再斗一局！"载澂不服气地叫嚷着，猛然抬起头，看见慈禧太后铁青着脸站在对面，吓得张着的大嘴也忘记了合上。同治一看载澂的表情也意识到了什么……

炙热的太阳像个火球烘烤着紫禁城上的琉璃瓦，黄色的琉璃几乎要被烤化似的，闪着耀眼的光，到处白花花的一片，令人眩目。

宫中的男男女女都不知躲到什么地方去了，林荫道旁仅有两只大黄狗在伸着舌头喘着热气。

同治躺在藤椅上闭目养神，张德顺在旁边轻轻给他扇着扇子，同治仍然感到闷热，他翻了个身，说道："热，热，扇快些。"

张德顺把扇子扇快了许多。同治仍然浑身流着大汗，同治十分不满地催促道："小德张，你是喝稀饭长大的吗，怎么没有一点儿劲，能不能再扇快一些？"

"是，皇上。"

张德顺一下连着一下挥动着扇子，双臂早已酸痛，浑身简直成了一个水驴。

同治忽地站了起来，把张德顺手中的扇子夺过来扔了，骂道："真是无用，没有一点儿风！"

"主子，让奴才给你扇吧！"李莲英不知何时拿着一把扇子走到同治面前说。

同治再也睡不下去，他随手从御案上拿起几份折子读起来，让李莲英给他在旁扇子。

自从恭亲王被罢免议政王以后，两宫太后就让皇上边读书边学着阅读奏折和批阅奏折。给同治皇上所开设的课程也主要是治国方略与用人之道，由翰林院编纂的《治平宝鉴》作为一门重要讲读内容由翁同龢负责讲授。

同治看了一会儿奏折心烦得要命，也热得浑身冒汗，他把奏折向桌上一扔，对李莲英道："你也不用扇了，风还是热风，扇也没用，让朕走一走，散散闷气就行啦。"

同治走出了乾清宫，向后面逛去，李莲英跟在旁边，同治走了一会儿，向李莲英挥一挥手："你不用跟着，朕想一个人走一走。"

李莲英回去了。同治像一只无头的苍蝇东一头西一头乱溜，也没有个目的。

同治随便走着，来到储秀宫，几个看门的太监也躲到房檐下乘凉去了，他走到内堂，见大门掩着，周围也没有一个宫女、太监，估计都在室内乘凉说笑呢！

同治走进内堂，踌躇一下，他想转回身。不知为何，他特别讨厌来到这个地方，一般情况下，没有事他不随便踏入这里，每次来这里，总是挨额娘的数落与臭骂，说他这做得不好，那做得也不对，真是鸡蛋里挑骨头。后来，除了每天例行的早安叩拜外，没有重要的事干脆不踏入这里。

同治刚要退出，听到室内有窸窸窣窣的声音，他悄悄贴近门缝向里一瞧，透明的帐子半掩着，母后和安德海躺在床上。

同治帝把脖子一缩，脸唰地红到了耳根，周身血脉顿时偾张。同治喘着粗气在门外站了片刻，急忙转过头悄悄地跑了出来，毫无目的地乱跑一气。同治一不小心，和一名宫女撞了个满怀。

那宫女一见是皇上，吓得急忙跪下，十分不安地哀求说："请皇上恕罪，奴婢不小心撞着皇上了，奴婢该死。"

同治愣愣地看着那宫女，也不知她说的是什么，仍然喘着粗气，红着脸。那宫女一看皇上不说话，直愣愣地盯着自己的脸，以为自己把皇上撞晕了，急忙磕头求饶。同治这才清醒过来，一把拉过这宫女，把她推进室内，三下两下把宫女的衣服扒了个精光。

这宫女也明白皇上想干什么，但她哪里敢喊。特别是一般宫女，说不定皇上一高兴，封个妃、嫔、贵人之类的也够光宗耀祖的。

同治对男女之事不太了解，再加上这名宫女也是个生瓜头。同治急得像头发情的小牤牛，突然只觉得心头一热，姑娘羞得满脸通红，低着头，也不敢正视皇上。

同治也觉得十分尴尬，一边帮着这宫女擦身子，一边红着脸问道："请问姑娘的芳名？在哪个宫当差？"

"回皇上，奴婢叫红艳，在长春宫当差，是负责洒扫的。"

同治点点头："你如果在空闲的时候可以到乾清宫找朕，陪朕谈谈心。"

"奴婢不敢，太后知道会打死奴婢的。"

同治拍拍她的肩膀，安慰说："不用怕，有我呢！我是皇上，太后不敢把我怎么样！何况我已经长大了，也该选秀女册封后妃了，只要你对朕有情，朕对你有意，就启奏太后，将来封你为妃。"

同治说完，穿好衣服走了，临走时再三叮嘱红艳去乾清宫找他。

同治路过储秀宫门前，正遇着安德海从宫内往外走。安德海马上嘿嘿一笑，点头哈腰地说："这大中午天这么热，皇上不在宫中歇息着，来这里有啥事呀？要不要奴才效劳？"

同治感到恶心，冷冷地回敬道："难道朕做什么事还要向你奏报不成？"

"奴才不敢，皇上误会奴才的意思了，小的是怕皇上热着累着，皇上如果有什么事吩咐手下的奴才做就可以了，不必亲自操劳。"

同治理也不理地走了，心中暗暗下决心，一旦朕亲政后，定要将你处斩！

安德海见皇上不买他的账，而周围又有几个太监在旁边掩口偷笑，他觉得十分没面子，转过身冲着嘲笑他的太监骂道："笑什么笑？皇上有什么了不起的，他也得听太后的。只要太后看重我安德海，谁也别想动我安德海一根汗毛。"

这话恰好被尚未走远的同治听到，同治冷哼一声：好，让你看看朕能否动你一根汗毛！

同治皇上回到乾清宫弘德殿上书房，无精打采的，既不想读书，又不想看奏折，傻愣愣地坐在那里发呆。

正在这时，张德顺进来报告说，贝勒载澂来见皇上，见是不见。

同治皇上正在无聊之际，一听载澂来了，马上来了兴趣，立即命他进来。

载澂是恭亲王的长子，因奕䜣为朝廷立下功勋而荫及儿子，被两宫太后加封贝勒，又授予辅国公头衔，十二岁时就赏给三眼花翎顶戴。经太后要求入宫给同治皇上做伴读，但这小子却不像他父亲那般榆木脑袋不开窍，不知从哪里学得那样乖巧，特别会讨好人，心眼儿很活，整日把皇上哄骗得围绕着他直打转。

同治特别信任他，只要和载澂在一起，他的皇上架子全没有了，像小兄弟俩一般亲热。载澂在宫外也向别人放言，他和皇上十分要好。为此，奕䜣曾狠狠地训斥过儿子，他担心儿子步自己的后尘，将来被皇上抓个错治罪，不死也要脱一层皮。

载澂刚一踏进上书房，见皇上双手托腮在望着天花板发呆，就笑嘻嘻地走上前问道："皇上今天怎么不高兴啦，谁这么大胆敢惹皇上生气，请皇上明说，我去教训教训他。"

同治晃一下脑袋："朕都教训不了的人，你又怎么能够教训他呢？"

"皇上，到底是谁呀？说出来也让我给你想个办法呀。"

"安德海，你教训得了吗？"

载澂挠挠头，他也知道安德海在宫中的位置，除了两宫太后、皇上之外，他就是第三把手了，太监总管崔长礼也要让他三分，因为父王曾打了安德海一顿，西太后一怒之下，后来找个借口差点革了父王的职，父王惹不得，皇上都受他欺负的人自己又能怎样呢？

载澂叹息一声，同治皇上却笑了："载澂，你不是常吹牛什么事也难不倒你吗？对于安德海你怎么叹息啦？"

载澂忽然眼睛一亮，拍了一下脑门说道："皇上，有了。"

"有了什么？"

"有了惩治安德海的办法了。"

同治皇上马上来了兴致："什么办法？"

载澂小声在同治耳边嘀咕几句，同治立即笑起来，连声说道："妙计，妙计，你真是朕的诸葛孔明先生，这事就交给你办了，事成之后必有重赏。"

"赏不赏倒没有什么，但我有一句话要提醒皇上，如果皇上不答应，我就不去做，就让皇上一人去做好了。"

"什么事你说吧！朕一定答应。"

"事发后太后若怪罪下来，皇上不能说是我干的，皇上只能说是你一人干的。"

"你放心好了，朕绝不是出卖朋友的小人，大丈夫一人做事一人当，怎会连累朋友呢！"

"好，击掌为誓。"

"啪——"两只白嫩的小手拍在一起。

"喂，皇上还没有告诉我为什么要惩罚安德海呢？"

"嗨，不要提他，一提他我就恶心，他是朕的眼中钉肉中刺，一旦我亲政掌权后第一个要杀的人就是安德海。咱不说这些，还是想办法让朕乐一乐吧。"

载澂又挠挠头："要么去御池游泳？"

"天天游没有意思。"

"要么去钓鱼？"

同治又摇摇头。

载澂忽然说道："玩斗鸡吧！"

"斗鸡？和斗蟋蟀相比哪个更过瘾呢？"

"嘿，当然是斗鸡了，比斗蟋蟀可热闹多啦，场地也大，观看的人也多，也刺激，这是我刚从大街上学来的。"

"可宫中哪有鸡呢？一时到何处去买？"

载澂摆摆手："不用去买，我就知道皇上一定喜欢斗鸡，几天前买了四只大公鸡养在府中呢！派人取来送给皇上就行了。"

同治一听，高兴极了，立即派张德顺去恭王府取鸡。

不多久，四只强健善战的大公鸡被带到弘德殿。载澂立即从笼中取出，教皇上如何斗鸡。先划定一个场地，四周拉上网，防止鸡斗败跑掉；其次是撩拨鸡的斗志，鼓励它知难而上，打败敌手；再次是教会鸡战前强身，舒动筋骨。

准备完备，载澂让皇上先挑选一只鸡，自己随便从中拿出一只，两人各自训导一下自己的兵便放入网中。

载澂先吹一下口哨，逗引着自己的芦花大公鸡去啄皇上的大红公鸡。同治也学着载澂的样子吹着口哨，呼唤着自己的大红公鸡迎战。初始是载澂的芦花大公鸡主动进攻，接连几口啄得同治的大红公鸡连连败退。皇上气得直蹦直叫，自己的大红公鸡还是吃了大亏，紫红的羽毛被啄掉好多。

同治气得一拍手，骂道："真是辜负了朕的一片厚爱之情，原来是个脓包，朕再换一只。"

"不成，等这一局结束皇上再另换鸡，这才是斗鸡的规矩，上至皇上，下到平民百姓，任何人都必须遵守。"载澂说道。

同治一听这话也没有办法，只能眼睁睁看着自己的大红公鸡一步步被逼得已无退路。着急也白搭，不是自己上去角斗。

忽然，大红公鸡转败为胜，"咯咯"叫几声，猛地张开双翅跃起，用嘴咬住芦花大公鸡的鸡冠，连连猛叼几口，立即把敌手的鸡冠啄出血来。芦花大公鸡疼得直叫唤，转头就逃，大红公鸡便乘胜追击，又咬掉了芦花大公鸡身上的一些鸡毛。

同治皇上高兴地哈哈大笑，连声叫喊："穷寇莫追，穷寇莫追！"

"再来，再来！再斗一局！"

载漪不服气地叫嚷着，猛然抬起头，看见慈禧太后铁青着脸站在对面，吓得张着的大嘴也忘记了合上。

同治一看载漪的表情也意识到了什么，急忙转过身，看见额娘和安德海就站在身后，也不知额娘来多久了。

他急忙垂下头，怯生生地说道："儿臣读书读累了，有点头疼就——"

"住嘴！"慈禧猛喝一声。

载漪乖乖地跪了下来，其他人一见这架势也都知趣地跪了下来。

同治皇帝稍稍迟疑片刻，也默默跪下。

慈禧足足沉默了两分钟，猛地伸出手去拧皇上的耳朵，但手到半空又缩了回来，狠狠地瞪了载漪一眼，冷冷地问道："这些馊主意都是你想出来的吧？"

载漪张了张嘴没有回答，同治皇上立即答道："是儿臣让载漪从宫外购买的，如果额娘怪罪就训斥儿臣吧！"

"放肆！我在问载漪，没有让你来回答，不许多言。"

"的确是儿臣让载漪购买的，起初他不肯，在儿臣威逼利诱下他才勉强同意，请额娘恕罪，饶过载漪。"

"嘿，皇上倒挺讲义气的。"安德海故意在旁边扇风，希望慈禧太后多训斥皇上几句。

同治火了，转身呵斥说："混账的东西，哪有你讲话的权利？"

安德海的脸微微荡起一丝红晕，立即把目光投向慈禧太后，见太后一声不响，也只好默默地站在旁边。

慈禧训斥载漪道："让你来上书房是做皇上伴读的，不是让你陪伴皇上想方设法玩耍的，你以后不必进宫当陪读了。"

慈禧说完，怒气冲冲地走了。

养心殿西暖阁，两宫皇太后闲聊着，无意中说到了皇上，慈禧叹息说："皇上实在贪玩，整日只想着吃喝玩乐，一点儿也不重视读书，前几天又不知从哪里学会了斗鸡的玩法。这真是，斗腻了蟋蟀学斗鸡，斗腻了鸡还不知又玩上什么鬼把戏呢！"

"嗨！还能跟谁学呢？一定又是载澂这个浑小子从宫外带进来的，他和皇上也真是般配，没有一个学好的，干脆通知六爷，让他把载澂带回去，省得整日给皇上出些馊主意。"

"姐姐不用再通知六爷啦，他和皇上斗鸡那天就被我赶回去了，训斥他以后不再当皇上的伴读。"

慈安点头说道："这样也好，只是让皇上一个人待在宫中也够闷的，如今皇上已长大，明年又到了选秀女的年份，倒不如趁早选定后妃，也省得我们姐妹操闲心，有皇后管着皇上也许要老实得多呢！"

慈禧一听慈安突然提出给皇上册立后妃的事，心中不免有所失落。皇上一旦大婚就意味着长大成人，也就应该亲政了，自己就要归政于朝廷退居后宫过一种安闲的日子。对于慈禧，如今才刚刚大权在握，初步体味到玩弄权术的乐趣。

慈禧略一踌躇，不愉快地说道："皇上还小，正是学知识长身体的时候，现在就给他完婚册立后妃，对皇上是有害无益，万一皇上大婚后沉湎女色，这大清的江山今后可怎么办呢？如今可是多事之秋呀！"

慈安见慈禧还要说下去，就打断她的话说："皇上哪里小啊，与列祖列宗比起来，像皇上这个年纪都有皇子了。顺治皇帝十四岁就亲政了，十五岁就举行了大婚典礼；康熙皇帝更小，十二岁大婚，十四岁就亲政啦。如今皇上可是比两位先祖大几岁呢！"

慈安的这几句话令慈禧无可辩驳，她不情愿地说道："待明年大选之期再详议这事吧。"

正在这时，恭亲王来了，看样子好像有什么急事，只见恭亲王紧走了几步，一甩马蹄袖，单膝着地，躬身奏道："启奏两宫皇太后圣安，山东巡抚丁宝桢、河南巡抚瑞麟都有十万火急的折子奏报，请太后御览！"

慈安边从太监手中接过折子边问道："中原到底出了啥大事值得他们这么风风火火的？"

"回两宫太后，科尔沁亲王僧格林沁所率领的四十万剿捻大军全部覆灭，僧格林沁阵亡沙场，人头也被匪首割走了。"

慈安一听这话，着实吃惊不小，急忙问道："不是奏报匪首被杀，几股乱军人心不合沦为流寇吗？为何会突然聚集一起打败僧王的强悍大军呢？何况僧王的大军以骑兵为主，都是精心挑选的骑射能手，奏折是否属实？"

"奏报属实，根据奏报的情况看，中原一带目前尚有两支强大的捻子武装，他们突然勾结一起，引诱僧王孤军深入，进入他们提前准备好的埋伏圈。"

"这么说是僧格林沁轻敌啦？"慈禧问道。

奕䜣点点头。

"既然南方太平军被灭，应速调南方大军北征，再谕令左宗棠、瑞麟、丁宝桢、官文等人从四面夹击中原几股捻子。"慈禧建议说。

慈安也认为必须这样，立即令奕䜣传谕旨给两江总督曾国藩、湖广总督官文带兵北上。

奕䜣又建议说："可令江苏巡抚李鸿章为钦差大臣，率领淮军做先遣部队到达皖北扼住捻子，然后再谕令河南、山东、河北、天津、安徽等省的巡抚、都督共同派兵围剿，定可踏平中原，全歼捻子。"

两宫太后接受奕䜣的建议，令他再回军机处仔细磋商，务必确保全歼捻子。

奕䜣刚要告退，忽见安德海满脸红肿，哭丧着脸进来了。慈禧一看安德海这个狼狈样，忙问道："安德海，你这是怎样啦，那脸——"

"回太后，不知哪个缺德鬼在奴才的帽子下面盖着一盘马蜂，早晨起来奴才一拿帽子，那些马蜂'嗡'的一声全落在奴才的脸上头上，这不，全肿啦，痛得要命，请太后给奴才做主。"

安德海说着，一把鼻涕一把泪，竟然委屈地哭了起来。

奕䜣和慈安一见安德海这个样子都想发笑，却又笑不出来。慈安见慈禧不发话，便问道："安德海，莫不是你得罪人了不成？否则谁会故意用恶作剧坑害你？你今后可要处处小心一点，千万别做什么伤天害理的坏事，这次用马蜂蜇你，说不定下次会用毒蛇咬你呢！若是被毒蛇咬了，可不同于马蜂蜇，说不定会要你的命呢！"

慈禧一听这话不高兴了，淡淡地说道："安德海，听见没有，有人想要你的命呢！你今后可一定要小心点，记住慈安太后的提醒，防止有人背后对你下毒手，有些人早就对你不开胃啦。"

慈安听慈禧这样说，满肚子不乐意，可话又不好明说，唉，也怪自己多嘴。

奕䜣听了慈禧的话也不是滋味，她是在给自己敲警钟呢还是在含沙射影呢？

安德海也能够悟出慈禧话中的意思，但他仍装作不知地说道："奴才每天都是老老实实待在宫里服侍太后，从来也没得罪任何人呀！太后，奴才觉得这人惩治奴才是小事，矛头是指向太后，只怕有人要在背后挑唆吧？"

安德海这话明显带有挑拨的意思，可把奕䜣与慈安气坏了，心里道：你这小子真是罪有应得，这马蜂倒蜇轻了，能蜇得你这小子说不出话才好呢！

慈安太后刚要发作，皇上走了进来，一见安德海的模样，知道载澂给自己出的计谋成功了，故意装作不知道什么原因的样子说："啊呀，安德海的这个模样好像刚从戏台上下来，莫非安德海也会唱戏不成，不然怎么搽个花脸呢？"

慈禧早就猜想这件事一定与皇上有关，其他人还真没有如此大胆，一听皇上这样讲话更证实了自己的猜想。

慈禧立即呵斥说："皇上身为一国之主，整日不思进取，每天只做些游手好闲的事，有失人君仪度。想不到今天竟然做起这种令人不齿之事，传扬出去这皇家的尊严何在？到底是谁给你出的馊主意？"

同治急忙辩解说："谁也没给我出什么馊主意。是儿臣自己觉得安德海可恶，才这样惩罚他的。"

"我且问你，皇上是从何处弄来的马蜂？是不是载澂从宫外给你送来的？"

奕䜣一听慈禧的话牵涉到自己的儿子，也紧张起来，认真听下去，只听同治说道："这完全是我自己干的，与载澂无关，那马蜂也是我从皇宫御花园中找到的。"

奕䜣一听这话，悬着的心踏实了。

慈禧也无奈，只把皇上训斥了几句。

同治挨了额娘一顿臭骂，回到弘德殿把御案上的奏折、书本和笔墨全部掀翻在地，独自一人躺在床上生闷气。

不知过了多久，同治忽然听到殿外有口哨声，急忙翻身下床跑到殿外。嗬，果然是自己的铁哥们载澂来了。同治上前拉住载澂的手说："小哥哥，你可来啦，把朕急坏了，我正有话要询问你呢！"

"什么事？惩罚安德海的事成功了吗？"

同治来了精神，点点头说道："计谋是成功了，只是后来被额娘识破了，还挨了一顿臭骂！"

"皇上把小臣给出卖了吗？"载澂很紧张地问道。

同治一拍胸脯："朕是那种出卖朋友的人吗？千斤重的担子有朕一人担着，你放心好啦。"

载澂这才放心地问道："皇上有什么事急着问小臣，快说吧！臣马上还要走呢！如果让太后知道我又来了会挨骂呢！回府后阿玛也不会放过我的。"

"快到殿内叙话吧，这是秘密的事。"

两人进入殿内，同治上了床，载澂坐在床边上。

载澂又问道："皇上，什么事你就说吧！这儿没有外人。"

同治的脸有点微红，憋了好半天才讷讷地问道："小哥哥玩过女人吗？"

载澂一听笑啦，用手在自己大腿上一拍站了起来。

"我以为是什么机密大事呢！原来是这桩事，实不相瞒，这事我常干，就是今年一年被我玩过的女人就有这个数。"

载澂说着，伸出一只手。

"五个？"同治伸长了脖子。

载澂摇摇头："不，是十个！"

"嘿，你还真行！"同治赞叹说。

"皇上已经玩了多少宫女？"

同治脸唰地红了，过了半晌才说道："朕询问你的就是这件事，朕前不久和一名宫女试了一次，不知为何却不行。"

载澂扑哧笑了："嘿，想不到皇上还是个嫩角，我还以为皇上早就——，不过皇上不用担心，让小臣来教你。"

载澂伸出头，在同治耳边嘀咕了一会儿，又指手画脚地表演了一番，两人都哈哈大笑。

同治高兴地搓搓手说："朕就按小哥哥的办法试一试，看看能否成功？如果成功，朕一定有赏！"

"皇上尽管去做吧，包你成功！"

载澂说完就要告辞。

同治再三叮咛："一定常来宫中看望朕，朕一个人待在这宫中实在闷得慌，只有小哥哥来此，朕才能有点欢笑。"

载澂走后，同治一人躺在床上，把载澂的话前前后后想了一遍，独自笑了。他又不由自主地想起了那名宫女红艳，一想起红艳那低着头十分娇羞的神态，以及她那白净的肌肤和丰满的身子，同治就心里热乎乎的。

嗯，一晃多日了，怎么不见红艳来找自己呢？同治坐不住了，他想到长春宫去找红艳。

同治刚走出门，张德顺就跟上了。同治知道这事不适合人多，就回头对张德顺说："朕又不是到外面去让你们跟着，朕就在这乾清宫内走一走，不必陪随，朕去去就回。"

同治独自一人抄近路来到长春宫，找了几个地方，不见红艳的影儿，他又不想多问，这样又找了几处仍不见红艳的影子，同治垂头丧气地回去了。

刚走出长春宫不多远，猛然听到旁边有人喊："皇上——"

这声音似乎在哪里听过，同治回转身子一看，眼睛一亮，嗬，这不就是红艳吗？

"你在哪里？让朕好找。"

"奴婢怎敢有劳皇上大驾来此，折杀奴婢了，奴婢去了膳事房。"

"红艳，自从那天以后，朕一直挂念着你，朕让你去弘德殿陪朕说会儿话，却一直也不见你的影儿，朕就来这长春宫寻找，可仍然不见你在何处，令朕很失望。"

"奴婢如此卑微，怎敢有劳皇上挂念呢？皇上是龙体贵身，奴婢不敢辱没皇上龙体，请皇上回宫吧。"

同治一把拉住红艳不放："朕的旨意你敢违抗吗？"

"奴婢不敢，但也请皇上体谅奴婢的难处，万一让太后知道会说奴婢勾引皇上，轻了要被乱棍打死的，重了要殃及家人，请皇上高抬贵手饶过奴婢吧！"红艳哀求说。

"怕什么，朕是一国之主，朕喜欢谁就是谁，朕还要封你为妃呢！就是太后知道也不会怪罪朕的，我朝二百多年来哪位皇帝爷没有十几个妃子，朕如今一个也没有呢！"

同治说着，拉着红艳就走。

红艳也怕被人看着，挣开皇上的手说："皇上先走，奴婢随后跟着，这样拉拉扯扯让别人看见多不好。"

二人来到弘德殿，刚一进入内堂，同治急忙掩上门。

同治侧眼去看红艳，只见她一脸的泪水。同治不解地问道：
"你能承受朕的雨露应该高兴才对，伤心什么，如果能生下皇子，
将来一定是大福大贵。朕的额娘不就是这样的吗？"

红艳抽泣说："只怕奴婢天生薄命，做不上皇上的妃子就命丧
黄泉呢！圣母皇太后怎会让奴婢这样一个地位低下的人辱没皇室
声誉呢？"

同治安慰说："你不用担心，慈安太后已经告诉朕，明年就给
朕册立后妃，朕也就可以亲临朝政了，只要朕大权在握，一定封
你为妃，但你必须每晚来这弘德殿侍寝。"

"这——"红艳犹豫了。

"不用担心，朕让张德顺每晚去长春宫迎接你行吗？"

红艳摇摇头："只要皇上能够真心对待奴婢，奴婢死也甘心。
如果皇上真的喜欢奴婢，以后奴婢每晚自己来就行了。"

同治也觉得这样做更好，现在还没有正式册立后妃，做得秘
密一点再合适不过。否则，让额娘知道又会骂他是昏君。

第三十六章

肆暴焉顾皇家骨血
灭口岂问天地良心

太皇太妃不忍看下去，扑通跪了下来，哀求说："不能打了，再打就打死了，她死不足惜，但她身上有皇上的骨血啊！"慈禧背过脸，只当没有看见。随着红艳的一声惨叫，太皇太妃也一头撞在殿堂的柱子上，顿时脑浆迸裂。

没有不透风的墙，何况慈禧太后早已暗中派亲信监视着同治的一言一行。

这天，李莲英去储秀宫办事，刚到宫中迎面碰到慈禧太后从内向外出，李莲英急忙躬身施礼。

慈禧太后喊住了他："小李子，你过来——"

李莲英急忙走上前，躬身问道："太后找奴才有什么事尽管吩咐，奴才一定照办！"

"皇上这一段时间没听说闹出什么出格的事来，是否都把心思全部用在读书和阅读奏折上面啦？"

"这——"

"从实说来！"慈禧威严地说道。

"回太后的话，即使太后不垂问奴才也会说的，奴才来这里就是有事要奏报太后，但奴才一时又不知如何开口，才犹豫的。"

慈禧舒缓了语气："慢慢说吧。"

李莲英凑近慈禧，在慈禧太后的耳边嘀咕了几句。

慈禧一听，花容顿失，惊问道："真有这事？"

"回太后的话，这等大事奴才岂敢信口开河，奴才讲的句句是实，若有半句虚话奴才情愿被太后处死。"

慈禧又责怪道："为何不早来奏报，事到如今仍然吞吞吐吐，本宫告诉你的话丢到脑后了吗？"

"奴才怎敢忘记太后的训导，奴才时刻牢记太后的话呢！由于皇上都是暗中进行，仅派张德顺一人值班，奴才也是刚刚得到的消息，起初奴才不信，经过几天暗中窥视，证实后才来报告太后的。"

慈禧这才点头说道："你回去吧，一定要留心皇上的一言一行，时刻来这里汇报，若有隐瞒不报被我查清的决不轻饶！"

"嗻！"李莲英小心翼翼地退走了。

等到李莲英走后，慈禧转回内堂，气冲冲地对安德海喊道："小安子，你速去长春宫，把那个叫红艳的宫女给我叫来！"

"太后，叫那样一个宫女干什么？"

"不用多嘴，让你去喊，你只管把她喊来就行！"慈禧不耐烦地斥道。

"嗻！"安德海乖乖地退了出去。

不多久，安德海又跑了进来报告说："回太后，那名叫红艳的宫女不愿来。"

"你长手干什么的，不知道把她拖来吗？"

安德海看一眼慈禧，停了片刻又说道："奴才刚想去拉那红艳，把她强行拖来，恰好被太皇太妃看见了，她阻止奴才带走红艳，还骂了奴才一顿。"

慈禧霍地站了起来："既然不让带来，那我亲自去看一看这红艳到底是什么角色，又是仗的谁的势力。"

慈禧带着安德海、韩来玉、张文亮、王成等太监怒气冲冲地直奔长春宫。

长春宫。

太皇太妃待安德海走后，问明红艳缘由，知道这事非同小可。她虽然年近八十，深居长春宫，平时也深居简出，对外事一概不问，但对于慈禧的为人也早有耳闻。这事撞在她手上，这红艳的命就危险了。

太皇太妃毕竟是经历过大事的，遇事并不慌张，她一面安慰红艳教她怎么做，一面派出三人分头去到皇上、慈安太后和恭亲王那里报信。

这三人刚刚离开，慈禧就带人赶到了。

慈禧进上殿堂，先礼节性地向太皇太妃施一个礼，然后傲慢地说道："请太皇太妃恕罪，我要把宫女红艳带走，她触犯宫规，不可不惩。"

不待太皇太妃开口，慈禧就喝令说："给我带人！"

安德海、韩来玉大步上前把坐在太皇太妃旁边的红艳拉了起来就向外走。

太皇太妃大喝一声："给我站住！你们也太目中无人了吧，没有我的许可，谁也不能把我宫中的人带走！"

太皇太妃颤巍巍地站了起来，扫一眼慈禧，十分不满地说道："那拉氏，你眼中还有没有我这个尊长，纵然你可以不把我放在眼里，你也应该说明缘由再带人。"

慈禧看一眼银发飘飘的太皇太妃，也不示弱地说："不用我来多嘴，想必太皇太妃也应该知道我将她带走的缘由。"

"你既然知道她是皇上看中的，就应该放过她，至少也应该征得皇上的同意才能惩处她。何况皇上已经长大，尚没有册立后妃，如果皇上同意，待册定后妃时可以纳为妃嘛！"

慈禧冷哼一声："她一个下贱的宫女，出身卑微，尚不配被皇上纳为妃。你是宣宗成皇帝之妃，希望自己宫中的人也像你一样做皇妃吗？也只有你的宫中才能调教出如此不知廉耻、勾引皇上的宫女来。"

太皇太妃想不到慈禧会说出如此尖酸无耻的话来，深深刺痛了她的心，这不等于揭她的短吗？

这位太皇太妃当初就是以宫女的身份被道光帝看中而封为妃的，她是宫中最年长的人了，也是辈分最高的。

慈禧的这话她哪里受得住，尽管已经年近耄耋，饱经沧桑，脸也微微发热，憋了半天一句话也说不出来。

红艳一见太皇太妃为自己受了这么大的委屈，急忙扑通跪倒哀求说："太皇太妃，让奴才去吧，奴才死不足惜，请太皇太妃保重！"

"走！"慈禧喝令道。

憋了半天的太皇太妃又大声呵斥道："谁若带走红艳，老身就死在谁面前！"

慈禧想不到太皇太妃这么犟，火了。

"我不带走她，但我就在你面前杖责她，把她打死，看你能怎样？"

慈禧转过身，对安德海等人下令说："给我家法伺候，重责四十杖！"

安德海、韩来玉、张文亮等人早已把木杖带在身边，慈禧一声令下，如狼似虎地把红艳按倒在地，举杖就打。

"不能打，不能打，她身上已怀有皇上的骨血！"太皇太妃不顾一切地喊道。

慈禧本来只准备教训一下红艳，也是在太皇太妃面前耍耍威风，并没有处死红艳的意思。但慈禧一听太皇太妃这么说，心横了下来，立即动了杀机，她自己就是因为这样邀宠而一步步登上太后之位的，也是她处心积虑一步步深谋远虑的结果，她是这样有心计的人，却恨透了这样的人，更加认定红艳是为了当皇后才勾引皇上的。

慈禧不顾太皇太妃的阻拦，继续喝令道："给我打，狠狠地打，朝死里打，打死这个贱人！"

每一杖下去都是一声惨叫。

太皇太妃不忍看下去，扑通跪了下来，哀求说："不能打了，再打就打死了，她死不足惜，但她身上有皇上的骨血，伤了龙胎会影响大清国的国运。"

慈禧背过脸去，只当作没有看见。

随着红艳的一声惨叫，太皇太妃也猛地站了起来，一头撞在殿堂的柱子上，顿时脑浆迸裂。

这是慈禧所始料不及的，她只想打死红艳，却没有想到把太皇太妃也给逼得撞死了。慈禧知道闯祸不小，但事到如今，后悔也没有用，立即命人叫太医来抢救太皇太妃。

人早已死了，命太医抢救是没有用了，慈禧这样做只是做做样子给人看的。

众人刚把太皇太妃抱到床上，慈安太后来了，一看这场面明白了八九分。事情既然发生了，吵也没有用，她问也不问，边流泪边吩咐人准备后事，只当太皇太妃是寿终正寝。

众人正忙乎着，同治皇上匆匆忙忙地跑来了，刚一进门，就看见躺在地上的红艳，周围血迹斑斑。同治不顾一切扑上去抱住红艳，拼命地喊道："红艳，红艳，你醒醒，醒醒。"

许久，红艳终于睁开了眼。看了一眼同治，吃力地说道："皇——上——"

头一歪死了，嘴角挂着凄惨的笑容。

"红——艳——"同治失声痛哭起来。

安葬太皇太妃的全部过程中谁也没有多说一句话，但心中都十分清楚。尽管慈禧知道众人是敢怒不敢言，而她也收敛了许多，尽量躲着众人，许多大事上也不再指手画脚，由着众王爷与大臣们处置，只要能够找到她的，慈禧一律点头同意，她多少有点内疚和害怕，唯恐慈安与奕䜣追究她的责任，令她无言以对。

终于把太皇太妃送入皇陵。刚一回来，奕䜣就找到了慈安，直接问道："太后受先皇遗命主持后宫与外廷，如今却闻也不闻，看也不看，任凭西太后专权恣事，如此下去只怕我朝不得安宁。那红艳宫女与皇上情意颇深，并且怀有龙胎，尽管身份不相称，只要皇上乐意，封为妃嫔还是不过分的。西太后明知红艳怀着圣上的骨血却故意将她打死，这是要受到处罚的，胎气受损会影响大清江山的气数，这点道理西太后不会不知吧？太皇太妃之所以碰死廊柱上，不仅仅为了几句侮辱性的话，更主要的是向皇室成员敲个警钟，让我们以此为借口严惩那拉氏，不知太后还有什么想法？"

慈安太后叹息一声："事到如今我也拿她没有办法，几次劝阻，她非但不听，反而说一些令我伤心的话。唉，悔不该当初听信她的一片甜言蜜语，把先皇的遗诏给毁了，谁知自那以后她就毫无顾忌，一天天骄横起来，所作所为越来越出格，竟闹到这个地步，把太皇太妃也给逼死了。"

奕䜣一听慈安太后提到先帝遗诏，急忙问道："请问太后，这先帝遗诏到底是怎么回事？臣也曾听到传闻说先帝曾私自留下一份制裁西太后的遗诏，可从来也没听太后讲过，先帝到底有没有留下遗诏呢？"

慈安太后点点头："留是留了，只可惜被毁掉了！"

慈安太后把先帝留遗诏的经过及撕碎遗诏的前后讲了一遍，奕䜣有所怀疑地问道："太后是否询问过御医，当年太后所患何疾，用什么药治愈的？"

"我也曾问过御医沈宝田，他只说是操劳过度造成的阴阳失调，至于用什么药我却不曾知道，记得当时沈宝田说需要一种特别难寻的药物做引子，没有那种药物我这病便治不好。直到我的病痊愈后才知道是慈禧割下胳膊上的肉做的药引子，那种难寻的药物便是女人身上的肉。"

"这种药尽管听着稀奇古怪，但不是什么千载难寻的东西，宫中这么多的宫女谁的肉不行，为何一定要用西太后的肉呢？虽然是她主动献肉为太后治病，我却怀疑里面有问题，也许是苦肉计诱骗太后撕毁先帝遗诏吧？"

慈安太后想了想说："不会吧，当时我也曾询问沈宝田为何不用宫女身上的肉，而让慈禧承受巨大的痛苦呢？沈宝田解释说，太后玉体非凡夫俗子可比，只有凤凰之体才能够相补，这凤凰是鸟中之王，千年难觅，而有幸能够成为皇后之人均是凤凰修炼转世，慈禧虽为贵妃，但她生有皇太子也是真正的凤凰之体，正好可以与我相补相济，而一般宫女的肉做药引子只会愈补愈差，慈禧正是听到沈宝田的这些解释后才忍痛舍身为我治病的，令我万分感动就撕碎了那遗诏。"

奕䜣听后仍然将信将疑地说："太后不可轻信他人，我始终觉得这背后似乎有什么阴谋，这种治病的药听起来有些道理，仔细揣摩一下确实匪夷所思，实在令人难以置信。太后请想，这人肉做药引子可是古今奇闻，太后尽管是千金贵体，但也是父母所生，与常人又有多少差异呢？都有生老病死吃喝拉撒。我估计这是西太后与沈宝田密谋的诡计。据我所知，沈宝田与西太后关系非同一般，仅西太后给他的赏赐就富甲京城，可与五品御史相比。"

"也许是为皇上治了头痛之病慈禧表示感激才重重赏赐他的吧！"

奕䜣摇摇头："不是这么简单，据属下有人报告，安德海经常去沈宝田的宅第，太后何不把沈宝田叫来仔细盘查一下呢？万一这是个阴谋，太后更要提防一下了，西太后的为人是宫内宫外人人皆知的。"

慈安听奕䜣这么一说也起了疑心，想起当时自己撕遗诏时慈禧虽然嘴上不让自己毁去遗诏，却坐在那里一动不动，任凭自己将它撕得粉碎。

慈安派崔长礼去把御医沈宝田叫进宫。沈宝田一听慈安太后叫他，心中七上八下，如果慈安知道那件事与他有密切关系，只怕这条小命就玩完了，不想去可又不敢不去。沈宝田想问一下崔长礼太后让他去为谁看病，崔长礼冷冷一句"太后的事我怎会知道"，把沈宝田给堵住了。沈宝田从崔长礼那不冷不热的面孔实在猜不出个所以然，只好乖乖地随他来到钟粹宫。

沈宝田刚一坐定，慈安太后就十分威严地问道："沈宝田，本宫且问你，前年本宫得的到底是何病，是什么原因引起的，需要什么药物治疗？"

　　沈宝田一听慈安太后果然问起他最担心的事来，着实吃惊不小，忙赔着笑脸说道："当初我不是给太后讲过了吗？事隔这么久让奴才一时讲起都是用了哪些药奴才也记不全面，只知道太后是因劳累过度而引起的阴阳失调，从而造成心脾不适。由于太后这阴阳失调不同于一般民间百姓的疾病，奴才采用以阴补阳的办法，所开列的药中必须有凤凰之肉作药引子方可，但何处寻找凤凰之肉？人所共知皇后都为凤体，是凤凰修炼转世，奴才把给太后治病所需的药讲给慈禧太后听。"

　　沈宝田讲到这里，抬眼看看慈安，讪讪说道："这些太后都已经知道，何必让奴才再重述呢！"

　　"我且问你，自古至今，哪本书上写过用人肉做药方的？你分明是在胡言乱语欺骗本宫和慈禧太后，是谁指使你这样做的，从实招来！"

　　慈安在没有确切的把握知道是不是慈禧与沈宝田定的苦肉计时，她也不敢妄加乱言，才故意这么说，想让沈宝田先招供，然后顺藤摸瓜查清真实情况。如果一开始把矛盾指向慈禧，倘若实际情况不是她和奕䜣猜测的那样的，这后果也会让她难堪的。因为慈禧不是个省油的灯，她不找你的事就算罢了，你主动找她的麻烦，她会善罢甘休吗？

　　沈宝田一听慈安太后并没有怀疑慈禧太后与他的密谋，也大了胆，毫不软弱地说："给太后所用的每一种药在药方中都写得明白，内务府也有所记录，太后不信尽可去查询，至于给太后治病所开的药方中用人肉做药引子，太后说古书没有记载，这并不稀奇。事事总要有人开个头，后人才会跟着去做。太后的病也不是奴才最先治疗的，太后为何不问一问那些御医怎么把太后的病越治越糟呢？太后的病被奴才治愈了，太后反而怀疑奴才在坑害两宫太后，如果太后这样质问，奴才就是跳到黄河也洗不清，只怨奴才当初给太后治病并把太后的病治愈了，假如奴才当初不把太后的病治好，也许就不会有今天的责骂与怀疑了！"

"大胆的奴才，你敢这么跟太后讲话，是活得不耐烦了？"崔长礼在旁边说道。

慈安太后也非常生气，脸微微一红，但她又不好意思责怪，如果传出去这是自己的不对。别人救了自己的命，自己不去感激，反而胡乱猜疑，怎能服人呢？

沈宝田为何如此大胆说出几句偏激的话？他也是仗着慈禧的势力，知道慈安太后怯着慈禧，即使慈安太后听了这话不高兴，也不会把他怎样，关键时刻慈禧会为他撑腰的。

慈安一听沈宝田的话讲得这么硬，一时也不知怎么办，只好装作十分生气的样子斥道："沈宝田，休要这么狂妄嘴硬，这事已经有人向本宫告密，待本宫查清实情后一定严加追究，决不饶恕，你先回去吧！"

沈宝田走出钟粹宫，左想右想不对劲，难道慈安太后真的知道了我与慈禧太后所做的事吗？要么事情已经过了许久，怎么现在突然提起来了呢？如果说慈安太后真的掌握了什么证据也不像，估计可能听到了什么风声，也不知慈禧太后是否知道，我应该去回报一声，让慈禧太后早做准备。

沈宝田见无人跟踪自己，就绕道去了储秀宫。

储秀宫内也是人心惶惶。

慈禧无意逼死太皇太妃，虽然皇室内各亲王贝勒谁也没有说什么，就是慈安太后也没有说一句责备的话，但慈禧从众人说话的态度和表情明白，众人对她十分反感。

这多日来，慈禧说话、做事的态度较先前收敛多了，唯恐自己再做出什么过分的事而引起众人不满，众怒难犯，她现在虽然大权在握，但也不想成为众矢之的。特别是慈安与奕䜣关系密切，对她不能不是一大威胁。

今天终于把太皇太妃葬入皇陵，慈禧长长出了一口气，心里轻松多了，等于把自己身上的罪责掀了过去。她好像一个刚刚获释的囚犯，重新获得了自由，又要重操旧业，把几件一直挂在心上的事料理一下。

慈禧让安德海把同治皇上的贴身太监李存宜和跟班太监张德顺等人叫到储秀宫，慈禧毫不客气地喝问道："你等知罪吗？"

这几人只是低头跪着，谁也不吭声。张德顺早就估计到慈禧太后不会轻易放过他，已经有了心理准备，一听慈禧问话，毫不畏惧地答道："请太后明示，奴才不知罪！"

慈禧一见张德顺当着众人的面顶撞自己，她心中憋了多日的火烧了起来，怒骂道："小德张，你这个没良心的狗奴才，当初是本宫见你可怜，才好心收留你，也看你对本宫一向忠诚，才把你安排到皇上身边，想不到你竟背着我怂恿皇上做出这有辱皇家声誉的事。才刚刚跟着皇上几天，就觉得翅膀硬了，也敢顶撞本宫，实话告诉你，就是皇上也是不敢如此。哼，不要以为快要亲政了就神气起来，亲政后这大权也要由我给皇上掌着，你们这些狗奴才，谁敢不和本宫一心，我宰了你们！以后皇上如果有什么出格的事，敢不报告，小心你们的狗命！小德张！你听见了没有？"

张德顺低头说道："回太后，奴才实在冤枉，皇上的事奴才哪敢过问，奴才的任务只是服侍皇上，至于皇上干什么奴才一无所知。"

"嘿，你整日服侍在皇上周围，皇上和那长春宫的宫女有苟且之事你难道不知道吗？"

"奴才知道，但皇上不让奴才说。"

"这么说你这小子还是挺忠于皇上的，难道你就不忠于太后了吗？太后曾告诉你皇上有什么过分的事应立即报告，你为何知而不报？"安德海从旁边质问道。

安德海又凑到慈禧身边，附在慈禧耳边嘀咕两句，慈禧点点头，朗声说道："本宫今天大发慈悲，饶你们这帮奴才不死，这是你们咎由自取，怂恿皇上触犯宫规所致，死罪免去，活罪不饶，每人重打二十大杖，赶出乾清宫，到杂务房干活去。"

张德顺一听，心中不免一怔，慈禧太后说得轻巧，到杂务房干活去，这等于打入冷宫做苦力，实际上与充军发配没有两样。只不过这不是到边疆，而是留在宫中罢了，但冷宫中苦力活也不容易做，吃不饱穿不暖不说，每天都是超负荷地干活。因为凡是到那里去的都是触犯宫规的人，实际上就是体力处罚。

安德海喝令韩来玉、张文亮对张德顺、李存宜等人进行杖责。

那不粗不细不长也不短的木杖正可手，每一杖下去都是一声惨叫，而每一杖落下都沾满了殷红的血。二十大杖下去，一个人高马大的男子汉也被打得皮开肉绽，只能爬着走。

正打得起劲，那边有太监来报，说御医沈宝田求见，慈禧立即命他进入殿内。

沈宝田早已成为慈禧的红人，这是储秀宫人人皆知的，慈禧对他是既拉拢又防备，既把他当作心腹，又对他留一手。只要他来见，是每求必应。

沈宝田没有进得殿来就听到一声声惨叫，不知出了什么事，本想退出去，迟疑了片刻还是进来了，上殿一看是张德顺与李存宜等人，便明白了八九分。

礼毕落座后，慈禧先问道："沈御医整日钻研医术，潜心疑难病症研究，平日里都是召宣才进宫，怎么今日不宜而至呢？莫非有什么大事不成？"

沈宝田点点头，又回头看看殿下的其他人，慈禧会意，对安德海说道："小安子，你着人把这个该罚的奴才拖进杂务房吧，本宫有事同沈御医相商。"

众人退出后，沈宝田才把今天被慈安太后召见并挨训斥的事重述了一遍。

慈禧听后先是一惊，暗暗寻思道：这一定是慈安受了奕訢的撺掇想整治我，如此说来慈安对那治病一事起了疑心，哼，只要你慈安没有真凭实据，谅你也不敢把我怎么样。

慈禧安慰说："沈御医不必惊慌，你为本宫所做的那事没有外人知道，慈安不过是在诈你，谅她不敢对你刑讯逼供，你放心好了，有本太后在，这大清朝还不会有人敢将你怎么样？"

"太后，那慈安太后会不会暗中将奴才害了呢？"

慈禧摇摇头："慈安并不是想惩治你，她是想以你为突破口寻找证据来对付本宫。哼，只要她慈安敢与我过意不去，本宫决不会让她有好日子过！"

沈宝田又惴惴不安地问道："请太后明示，奴才要不要暂且先躲一躲呢？待慈安过了一段时间忘记此事，奴才再回来。"

慈禧思考片刻说道："这样也好，你不是经常外出采集草药吗？这次你就以采草药为名到你山东老家躲一躲，待我在京城扫平一切后你再回来。但你一定要千万当心，不可向外人随便透露一个字，包括给皇上治病的事。"

"小的明白什么该讲什么不该讲，请太后尽管放心，慈安太后绝不可能从奴才这里得到一个字。"

"这样就好，这宫中的事我会安排妥当的，她慈安也休想有所收获。"

慈禧再三告诫几句才让沈宝田告退。

沈宝田刚走，安德海就来了，慈禧又把慈安太后审问沈宝田的事告诉他，安德海吃惊不小，疑惑地问道："事情已经过了两年，慈安太后怎么又重提这事呢？难道她掌握到了什么蛛丝马迹？或有人偷偷向她告密？"

"你所收买的在慈安身边的那名宫女是不是出卖了我们？"

安德海摇摇头："不可能，她出卖了我们，她的小命也就没有了，她不会这么傻。"

"那事是否被其他人看到了？"

"也不可能，如果真的被人发现了，也就早就出事了，不会拖到现在的。"

"倘若是那名叫秀珍的宫女无意中走漏了风声泄露出去了呢？"

慈禧又揣测说。

"也不可能，倘若是这样，慈安一定会审讯秀珍的，从她入手，怎会直接找到沈宝田呢？依奴才所见，一定与太后逼死太皇太妃有关。"

"这有什么关系？"

"嘿，关系可大啦，"安德海神气地说，"正因为太后用杖责死红艳，又逼死了太皇太妃，慈安等人看出太后的心太狠了点，她才后悔撕毁了先帝遗诏，从撕毁遗诏的前后经过怀疑太后与沈宝田联手哄骗她，这才召见沈宝田，想从沈宝田入手寻找证据，最终达到惩治太后的目的。"

慈禧太后一听安德海分析得头头是道，也有几分道理，便说道："按你这么说，慈安会不会暗中监视沈宝田，偷偷审讯他呢？"

"有这种可能，慈安太后不会亲自审讯沈宝田。就怕她派奕䜣去做这事，如果奕䜣去做这事就不好办了，沈宝田是贪生怕死之徒，只要一用刑，他会把一切都兜出来的。"

慈禧一听急了："这怎么办呢？幸亏刚才我同意沈宝田离开京城回山东老家暂时躲一躲，也不知他什么时候动身？你晚上去沈宝田家一趟，催一催他赶快离开京师，以防动身晚了被奕䜣知道扣住不放。"

安德海却说道："太后，吸取以前几件事的经验，做事不能拖泥带水，更不能留下后尾巴，不如来个彻底干净的，让慈安太后永无对证，太后以为如何呢？"

"你是说杀人灭口，除去沈宝田？"

"对，这样就永无后患了。"

慈禧急忙阻止道："万万不可，你这样做是此地无银三百两，更会引起慈安的怀疑。沈宝田是宫中出名的御医，名声响遍京城，如果突然死了，不引人怀疑才怪呢！"

安德海嘿嘿一笑："太后怎么聪明一世、糊涂一时，我们不能不在京师干掉他吗？太后不是同意沈宝田以采草药为名回山东老家暂住，我们催他快走，然后赶到山东半路把他杀了，只说是强盗抢劫所为，谁也没有办法。"

安德海又补充说："不仅要干掉沈宝田以防万一，也要干掉秀珍宫女，只有宰了这两个人才能确保万无一失。"

"按你刚才所说的办法倒可以除去沈宝田，只是那叫秀珍的宫女如何除去呢？她每天都待在宫内，如果把她杀死，慈安一定会严加追究的，做不好会自投罗网，露出的破绽更多。"

"请太后放心，只要太后同意除去秀珍，奴才保证处死她也让慈安太后毫无办法，查不出个子丑寅卯来。"

"什么法子，你倒说说看，我考虑考虑行不行？"

"我们来个调虎离山之计，伪造一封家书，就说秀珍宫女的父母中有一人重病，请求回家探视一下，只要她出了宫，这家就不是她当了，我再派人送她上西天。"

慈禧笑了："想不到小安子如今学得聪明了，计策是不错，但我担心你手脚不利索，弄不好又会留下什么后遗症或不妥之处。"

"请太后放心，奴才如今在太后的熏陶下不同于往年，手下又有一帮子人马，做起事一定干净利索，就让包青天转世也只能白搭。"

慈禧叹口气："好不容易才收买这么一个人，如今又要干掉，真不忍心！"

"这也是没办法呀，不这样做会坏我们的大事，请太后放心吧，宰了一个秀珍后，只要太后愿意出钱，奴才一定还会收买到更多的人呢！这叫旧的不去新的不来，有钱能使鬼推磨！"

慈禧忽然又有所顾忌地说："皇上的病全靠沈宝田给看一看呢！如果宰了沈宝田，将来谁给皇上看病呢？"

"依奴才之见，皇上的病是幼时所得，如今多方面治疗早已痊愈，不会再有什么旧病复发的。如果太后顾虑太多就不好办了，这叫舍不了孩子打不着狼！做大事不做点牺牲能行吗？世事哪有十全十美的？太后一向做事果断，怎么突然变得优柔寡断起来，看不出太后的性格了？"

"唉，不是本宫做事不果断，本宫也有难处，为了太皇太妃的事我几乎成了众矢之的，尽管谁也没说什么，但众人对我耿耿于怀，恨不得除掉我呢！我已经酿成了一个大错，决不能再出现类似的事了。"

"那太后同不同意除掉沈宝田与秀珍呢？"

"事到如今，如果你真能做得十分令人满意的话，你就大胆地去做吧！杀一个是杀，杀两个也是杀，只要对本宫有利，就算杀个十个八个也没什么。"

第三十七章

插亲信荣禄督直隶
作威福安监下苏杭

荣禄含情脉脉地看着慈禧说道："太后保重，如果有事需臣效劳，臣随叫随到！"荣禄告退了，慈禧望着他的背影也是一阵怅然若失。安德海跑了过来，说道："太后割舍不下吧？两情若是久长时，又岂在朝朝暮暮？"

为同治皇帝选秀在新年的钟声敲响之后就开始了。

按照祖制，后妃必须从秀女中选出，这选秀女分为两种，一是由户部负责主持选八旗秀女，一是由内务府主持选拔内务府属旗的秀女。为皇上选择后妃多是选八旗秀女，一定要从蒙满官员的女儿中挑选，这也是为了保证皇室血统的纯正。

应征参选的秀女一般是十三岁到十六岁之间的未婚女孩，如果有特别出类拔萃的可以适当放宽年龄。这些参选的秀女只有在落选后才能嫁人，而入选后则身价倍增，因为她们就有可能成为皇后、皇妃，或皇子、皇孙、亲王、郡王子弟的妻妾。

选秀女一般为三年举行一次，可是自从咸丰皇帝宾天以后，大清国由于年年战乱就很少再进行挑选秀女的工作。而主要原因是同治皇上太小，各亲王贝勒中也没有需要婚配的王子王孙，更何况这选秀女的事也是一项十分浩繁、劳民伤财的事，耗费无数金银不说，也牵动千万个家庭。对于"一朝选在帝王侧"，这是好事也是坏事，当然，能有幸成为后妃的值得骄傲，但这毕竟是凤毛麟角，绝大多数人只能留在后宫内独守空房，过着清心寡欲的日子。就是那些有幸"选在帝王侧"的人也整日过着提心吊胆的生活，伴君如伴虎不说，后妃之间钩心斗角，尔虞我诈，也是殊死的无声战斗。稍一不留心，轻则个人命丧黄泉，重则父母兄妹的命也会搭进去。因此，许多家庭并不希望自己的女儿应征秀女，但皇命难违，又不得不报宫应选。今年这次由户部主持的选秀女活动较往年更为隆重，其宗旨十分明确，就是为当今圣上选拔后妃，再加上这中间停止了十多年，可以说是当年的头等大事，传遍全国。

慈禧对这事更为重视，这不仅是为皇上选定一个妻子，更主要的是选择一个听命于自己的儿媳，处处和自己一条心，这才是慈禧最关心的。慈禧早已明白自己亲生的儿子不和她亲近，胳膊肘子向外拐，事事总站在慈安和奕䜣一边，这怎能不令慈禧恼火呢？为了能扭转这个局面，慈禧决定从选儿媳入手。自古男人多怕老婆，只要儿媳听话，时间一久，儿子也自然会听话的。因此，慈禧派自己的亲信荣禄直接参与选秀女的工作。那边慈安太后也不示弱，派奕䜣参与选秀女的工作，由于奕䜣是军机大臣，又是亲王，他参与这事给荣禄的活动很大限制，令慈禧十分恼火。

这天早朝，君臣礼毕。慈禧问道："如今选秀女的事进行到哪一步了？"

奕䜣急忙出班奏道："回两宫太后，经过层层筛选，如今已经选出五位最佳人选，至于如何进行下一步的筛选事宜，请两宫太后定夺。"

慈禧点点头："不知这最后的五位秀女都是哪府上的千金？"

"回太后，一位是户部尚书崇绮的女儿，一位是大学士赛尚阿的女儿，一位是知府崇龄的女儿，一位是下层官员英纶的女儿。"

不等奕䜣说下去，慈禧满脸不高兴地问道："还有呢？"

"还有侍郎凤秀的女儿。"奕䜣急忙答道。

这是慈禧最为关心的一人，侍郎凤秀是慈禧的心腹，她与凤秀早已商定好，无论如何，一定让凤秀的女儿当选，这对于慈禧本人也极为有利，只要凤秀的女儿册立为后，一定会像她的父亲一样听命于自己的。可是奕䜣偏偏对凤秀不开胃，也是恨屋及乌吧，怎么看这凤秀的女儿也不顺眼，如果不是荣禄竭力保荐，只怕凤秀的女儿早就名落孙山。

不论第几名，慈禧一听凤秀的女儿跻入了前五名，脸上稍稍缓和一下颜色说道："这选秀女册立后妃可关系到国家大事，关系着我大清朝的国运兴衰，非同儿戏，决不能有私心杂念，更不能夹杂个人喜恶。谁要是徇私办事，一经查出定要严加追究！"

奕䜣知道这是慈禧在给自己敲警钟，慈禧偏向凤秀的女儿，而自己却把凤秀的女儿排在第五名，她当然不高兴。幸亏自己同意了荣禄的保荐，让凤秀的女儿入围了，假如凤秀的女儿不入围，慈禧一定不会善罢甘休，说不定会找碴制裁自己呢！或许一怒之下取消自己所选定的秀女。

奕䜣心里道：你口口声声不准徇私，而自己却处处徇私，真是口是心非之人。

奕䜣诺诺退下。

奕譞上前说道："如今册封后妃大事即将举行，皇上也快要大婚了，应该着人去南方采办龙衣及皇上大婚的用品，这事宜早不宜迟，请两宫太后定夺。"

不待慈安开口，慈禧先说道："醇王所奏极是，这也是一件大事，容本宫回去之后慎重考虑再着人办理吧。"

奕譞退下，慈禧又问道："各位大臣还有什么事尽管奏来，无事就退朝了。"

慈禧话音未落，军机大臣李棠阶出班奏道："臣昨天接到金陵来的文书，大学士、两江总督曾国藩不幸病逝金陵，请太后定夺，择取替代之人。"

慈禧没有讲话，她一时还没有想到合适的人选，这两江总督一职非同小可，一名有名望的封疆大员才可接任，谁合适呢？当然，最好是安插自己的亲信。

这时，慈安太后开口讲了话："曾国藩虽为汉臣，但对朝廷一片忠心，多年来征战南北，在剿灭太平军与捻子的过程中立下汗马功劳，如今病逝，也是长年征战积劳成疾吧，应当加封受赏。

请礼部拟定谥号，由其子曾纪泽承袭一等男侯爵之位。至于两江总督一职可暂调直隶总督李鸿章前去金陵接任。一是李鸿章曾为曾国藩的学生，可去协助料理恩师的后事；二是李鸿章曾任职两江总督，业务娴熟，同时兼管江南洋务与通商不会造成大员更替所带来的负面影响。"

李棠阶急忙奏道："太后所言极是，就按太后之意办理，只是这直隶总督一职？"

不等李棠阶说下去，慈禧急忙说道："如今大选之事行将结束，由恭王一人负责即可，可让荣禄接任直隶总督一职。"

慈安本来想让崇原接任直隶总督一职，一听慈禧提议让荣禄担任，心中虽然不高兴，但她什么也没有说，只好同意由荣禄接任。

退朝后，慈禧刚刚回到储秀宫，荣禄就赶到了，荣禄不解地问道："如今正是册封的关键时刻，太后为何将下官调任直隶总督呢？直隶总督为朝廷二品大员，对下官固然重要，但我这一走，太后身边的人手不就缺少了吗？如何能斗得过慈安太后与奕䜣？这选定后妃的事，只怕太后所中意的那凤秀之女便无希望。"

慈禧笑道："这册封后妃之事你不必操心，你尽管去天津赴任吧。直隶总督一职虽是京外为官，但对于我们今后掌握大权十分重要，直隶总督统辖京津外围防线，是京津的门户重地，你去那里为官也是一个锻炼执掌兵权的机会，只有掌握兵权，将来才能担当大任。至于册封后妃一事，你留在京城作用也不大，你走了反而更好，这叫作欲进先退，给慈安、奕䜣一个欢喜，待他们高兴之后我再杀个回马枪，把凤秀的女儿定为皇后。"

荣禄又问道："太后对于去江南采办龙衣的事不知是否有合适人选？倘若没有，臣愿推荐一人。"

"目前尚无人选，不知荣大人所说是何人？"

"臣觉得蔡寿祺是个合适人选，此人一向对太后忠诚，如今虽然提升为御史，也是个闲职，太后可以利用这个机会让他捞点实惠，将来他会更加卖力地为太后做事。"

慈禧点头说道："你说的也有点道理，让本宫再认真思考一下。"

慈禧说着抬眼看看荣禄，眼神里多少带着无限的爱怜与关心。慈禧犹豫片刻终于有一丝不自在地问道："荣禄，你此番上任可以携带家眷，别辜负了郁瑶姑娘的一片情意，男人家虽然要以事业为重，但也不能把家给抛弃了。郁瑶姑娘是个好内助，不仅会持家，也会体贴人，否则我也不会把她许配给你。"

荣禄想不到太后会同他说起这些话，心中也是一阵酸楚。郁瑶曾是慈禧的贴身宫女，知书懂礼，也十分贤惠，就是慈禧这么刻薄刁钻的人对她也挑不出毛病来，慈禧把她当作妹妹一样看待。

也许慈禧有一种负疚感吧，她把郁瑶姑娘许配给了荣禄，荣禄何尝不知慈禧的心，虽然对慈禧仍有一番割舍不下的心，但他也清醒地知道那只能是水中月、镜中花，可望而不可即，最后也同意和郁瑶结成婚配。但他的那一颗心却如泼出去的水永远收不回来，怎会像当年一样挚爱郁瑶呢？他不过把郁瑶当作一个女人罢了，从来也没有真正地对她动情过，也不把心中的话儿讲给她听，虽是夫妻却同床异梦。

郁瑶是一个十分聪明的姑娘，何尝不了解丈夫与太后曾经的情缘，又怎能不明白荣禄的心思呢？但她什么也不能说，只能把泪水往心里流，一个人独处的时候经常偷偷哭泣。后来，她干脆把全部的爱和心思都投入到对儿女的照料之中。

慈禧也经常召郁瑶入宫谈心，尽管郁瑶极力掩饰她与荣禄之间的不和，但又怎能瞒住慈禧的眼睛呢？同样是女人，慈禧又何尝不理解郁瑶的心，有时也觉得自己有一丝愧疚之情，所以渐渐在爱情上远离荣禄，把整个身心投入到对权力的攫取上。

荣禄也觉察到慈禧对自己态度的变化，今天又听了慈禧的这番话，心中当然如打碎的五味瓶，各种滋味一起涌上心头。

荣禄谨慎地说道："谢太后关心，奴才一定照办，把妻儿眷属一并带往天津就是。"

荣禄又抬起头，含情脉脉地看着慈禧说道："也请太后多保重身体，臣会常来看望太后的，太后如果有什么事需要臣效劳，只管去一封诏书即可。"

荣禄告退了，慈禧望着他的背影也是一阵怅然若失。

安德海跑了过来，嘻嘻一笑，指着荣禄的背影说道："太后有点割舍不下吧？两情若是久长时，又岂在朝朝暮暮？"

慈禧正在心烦之际，一见安德海嬉皮笑脸，马上严肃地斥道："你的皮又痒痒了吧，来人——"

安德海一见慈禧真的发起火来，马上告饶道："请太后息怒，奴才只是见太后不高兴才同太后开个小小的玩笑，想让太后高兴高兴，奴才正有要事报告太后呢！"

"什么事快说吧。"慈禧仍然面无喜色地说道。

"回太后，奴才已经打听出沈宝田全家所居住的地方，只要太后下令，奴才立即派人去取沈宝田全家的首级。"

慈禧点点头："这事你去做吧，一定要干净利索，不能留下蛛丝马迹，一定要做得像抢掠财物的盗贼所做的那样是抢掠杀人。"

"奴才明白，不过奴才还有一事想问。"

"何事，你说吧！"慈禧的面色缓和了许多。

"奴才听说太后要派人去江南采办龙衣，这事和奴才所做之事正好同路，如果太后放心，就让奴才带人去办龙衣吧。暗中携带大内高手，路过山东时将沈宝田干掉，然后再去江南采办龙衣，即使有人怀疑，也不会想到是我们干的，这叫一举两得，太后以为如何？"

慈禧摇摇头："绝对不行！我朝祖制规定太监不准擅自出城，顺治皇帝在位时曾命工部在宫内设十三衙门铁牌，明文规定，太监有敢过此门者斩！你不能拿自己的性命开玩笑，我可以不杀你，但若被慈安和奕䜣知道，难免他们不以此为借口斩你，他们早就对你有些看法，特别是奕䜣对你更是恨之入骨，平时想整治你都没有借口呢！你总不能自己送上门去呀？不是我不想让你去，而是担心你的性命安危。"

安德海不以为然地说："有太后你在，谁敢动奴才的一根汗毛？只要这事太后不说，别人就不会知道，奴才暗中外出就是微服出宫，一能杀掉沈宝田，二能防止风声走漏，只要办好龙衣，奴才立即就回京，不会被人知道的，太后放心好啦。更何况祖制也是人定的嘛，能定也能改，太后听政在我朝不是也没有先例吗？太后不照样听政，谁敢说半个'不'字，只要太后不追究奴才的责任，慈安太后与恭亲王也不敢把奴才怎么样，不然就是蔑视太后权威，故意和太后作对！"

"好啦，你别给本宫戴高帽啦，这事不同一般，让我慎重考虑一下再说。我这次派出去的人任务重大，也不仅仅是采办龙衣的事，还有其他重要的事，只怕你去办不了。"

"太后尽管放心，请太后相信奴才的能力，无论是公事还是私事，奴才都一定做得到。太后就让奴才去吧，奴才在京师待了这么多年，实在乏味了，想出去散散心解解闷。如果太后再不放心，奴才微服外出，隐姓埋名，谁也不会知道奴才就是太监的。"

这时，传事太监来报，说大学士瑞麟求见，慈禧立即命他进殿。

瑞麟上殿，叩拜之后问道："太后传话叫微臣来此，不知太后有何吩咐？"

"瑞学士请坐吧，本宫请你来见有点私事相托，不知瑞大人能否为本宫辛苦一趟？"

"太后只管吩咐，微臣万死不辞！"

慈禧叹口气："也不是什么太大的事，说起来瑞大人是知道的，我能有今天还应该感激瑞大人呢！本宫说的也就是这桩事。"

"区区小事何足挂齿，太后就明说吧！"

"瑞大人一定记得二十多年前，我们全家孤儿寡母携带父亲灵柩被大雪所阻流落凤凰寺的事吧？"

瑞麟见慈禧太后提及往事，只好点点头，那是太后落魄之时的事，如果不是太后主动提及，他是万万不敢说的。因为当权者最怕别人了解自己的过去，特别是自己不光彩的往事，虽然瑞麟有恩于慈禧，但瑞麟也不敢主动提及，他怕慈禧以为自己是向她邀恩而犯忌杀了他。如今是慈禧太后主动提及往事，瑞麟只好点头承认。

慈禧又说道："父亲尸骨本来准备运往京师，因大雪封河，水路不通被迫葬在凤凰寺后，由于当时发生了雪崩，我们匆匆离寺下山回京了，也没在坟上留下什么标记。自那以后，我们兄妹再也没有去凤凰山祭扫过一次。起初是因为家贫无资可去，后来又因为服侍先皇左右无暇前往。我们兄妹几人也多次商定想将家父灵柩起运京师，无奈这多年来太平军作乱江南，一直没能够如愿。如今南方太平军被平，北方捻子也剿灭殆尽，天下太平，道路畅通了，本宫想把家父灵柩起运回京。这事知道的人不多，唯瑞大人是在场之人，本宫想有劳瑞大人辛劳一趟，能否凭借着当年的记忆找到家父棺木，起出来运回京师重新安葬呢？"

瑞麟急忙说道："微臣以为是什么事呢！原来是这件事，臣愿为太后效劳。不过臣也有几句话想提醒太后，不知当讲不当讲？"

"瑞大人对本宫一向忠诚，但说无妨。"

"谢太后信任微臣，臣就直说了。太后当年携老太师灵柩路过凤凰山时，因大雪阻碍被迫将老太师灵柩葬在凤凰寺后。当时曾听凤凰寺主持空云大师谈论凤凰山与凤凰寺的来历，说凤凰山有一千年不遇的风水宝地，就在凤凰寺附近，曾经有许多人到那里寻找都失望而回。空云大师说风水地只能让有缘人寻得，可遇而不可求。谁也没有料到那凤凰山上的风水地竟被老太师所拥有了，这真是天赐机缘。那雪崩正是灵柩击中风水穴地所产生的天地威力，才因此山崩寺塌。听空云大师说，那是天缘，也是太后的造化。恕微臣斗胆说一句不恭的话，如果不是当年那次天缘，只怕太后不会有今天呢！"

慈禧一愣，细细回味瑞麟的话，又回想一下当时避难凤凰寺的情景，瑞麟的话也不无道理，自那以后，自己的家运果然一天天好了起来。

慈禧又问道："以瑞大人之见，家父的灵柩就不必搬运京师了？"

瑞麟点点头："古语说埋骨何须桑梓地，更何况老太师的灵柩有那种天赐良缘埋到千年不遇的风水之中呢！听一些风水先生说，葬入风水穴中的棺木不能轻易移动的，一经搬移，那风水的灵验就消失了。"

"瑞大人可否听空云大师所说那处风水宝地到底有何灵验，对后人有什么影响呢？"

瑞麟急忙摇摇头："空云大师不曾说过，他只说天机不可泄露，从空云大师的神情中约略可以看出他对那处风水宝地极为赞赏，要么他怎会连说是千年难寻呢？那山叫凤凰山，那寺叫凤凰寺，也许那风水与龙凤有关吧？人们不是经常说龙凤呈祥吗？自古人们多把皇后比作飞凤，把皇帝称为真龙天子，太后当然就是凤凰转世，而当今皇上不正是真龙天子，只有真凤凰才会有真龙天子，依微臣估计，那风水地的妙用可能还不止于此呢！"

瑞麟几句话把慈禧说得心花怒放，慈禧也的确信以为真，笑着说道："本宫就接受瑞大人的建议，今后不再提出搬迁家父灵柩之事。不过也请瑞大人对此事守口如瓶，万万不可对外人谈起，你知我知即可。"

"请太后放心，臣怎会不知轻重到处乱嚼舌头呢？多年来太后对微臣关怀备至，屡次提升微臣，令微臣感激涕零，日夜思念能报答太后对下官的提携之恩，却一直没能够如愿。今日本想为太后效命却不料这事实在做不得，干系着家族的兴旺发达，望太后体察微臣的忠心，不要以为微臣偷懒了。"

慈禧又笑道："瑞大人忠心可嘉，本宫岂能不知，本宫对瑞大人的屡屡提升也是报答当年的慷慨相助。只可惜本宫不知道那空云大师现在流落何处？空云大师也有恩于我家人，并且为了安葬家父所造成的雪崩把凤凰寺也给毁了。如果本宫知道空云大师流落何处，一定加倍报答当年的收留之恩，为他建造一个比当年大十倍的寺院。"

瑞麟见慈禧面色中流露出几分失望之情，急忙安慰说："太后不必为此伤感，当年空云大师能够收留太后，并为老太师指点风水宝穴，也许是前世的因缘，上天所安排的，或许空云大师——"

瑞麟说到这里猛然停住了，面部的表情也僵住了，他突然想起了一件事，就是几个月前发生的一件事。

慈禧正听瑞麟讲着，猛然见他话说了一半停住了，脸上也露出古怪的神色，便问道："瑞大人正讲着话怎么突然不讲了，想起了什么？"

瑞麟这才醒过神来，急忙答道："回太后的话，奴才听太后提及空云大师，突然想起几个月前发生的一件事，当时却怎么也想不起来，现在经太后一提醒，突然想起那人就是空云大师，一定是他，虽然过了二十多年，空云大师苍老了许多，但依稀还是当年的风貌，面容清癯，仙风道骨。"

慈禧一听瑞麟说他几个月前曾见过空云大师，也是一惊，急忙问道："在哪里相见的？现在能否找到他？"

瑞麟这才回忆起那天与空云大师相见的情景来，事情的经过是这样的：

自从东、西捻军在山东菏泽西北高楼寨设伏击毙科尔沁亲王僧格林沁，并全歼僧格林沁的几十万大军后，震动了朝野，大清朝看到了捻军对他们统治的威胁，也认识到捻军不可忽视，立即调各路大军对捻军进行围攻堵截，准备一举歼灭东、西捻军。为此，大清朝也付出了血的代价，伤兵损将不说，就是几位赫赫有名的带兵大师也都受过几次降级降职甚至革职的处分，如曾国藩、李鸿章、左宗棠、丁宝桢、官文、刘铭传、郭松林等。瑞麟的处境也不妙，但他有慈禧太后为后盾，才免于降职的处分。

在朝廷的威逼利诱下，这些奉命剿捻的带兵大员知道再不剿灭捻军，自己的职位难保，真的拿出了看家本领。京师以奕䜣为总指挥，节制陕甘总督左宗棠、湖广总督曾国藩、两江总督李鸿章和直隶总督官文，这四位总督又节制山东巡抚丁宝桢、河南巡抚李鹤年、安徽巡抚英翰、陕西巡抚刘蓉以及各省提督。此外，又派瑞麟率领火器营、神机营、马炮营前往助战。这才将两路捻军分割包围，一一击败。东捻军首领任化邦在江苏北部赣榆一战被杀，赖文光率领余部南撤扬州又遭到李鸿章大军围歼也被俘死难，东捻军至此全部覆灭。

自从东捻军覆灭后，西捻军也孤掌难鸣，处境艰难，一步步走向灭亡。直隶饶阳一战，陈大喜与邱远才殉难，幼沃王张禹爵受了重伤，被迫和张宗禹南下山东，在徒骇河一带又遭到瑞麟与丁宝桢的围攻，瑞麟就是在这里见到空云大师的。

那天，瑞麟率大军从聊城北上，与丁宝桢的大军会合把捻军的残部围困在大运河、黄河和徒骇河之间的一个狭长地带。捻军经过几次大的惨败仅剩下五千多人，也多是伤兵，主帅张宗禹受了轻伤，幼沃王张禹爵受了重伤。他们希望能突破山东防线打回皖北老家重新招兵买马再战，但等待他们的却是灭顶之灾。人马刚到茌平就被包围了，尽管张宗禹多次率军冲杀都没有能够突围。

捻军的伤亡人数在一点点增加，清军的包围圈也在逐渐缩小。张宗禹知道今日必败无疑，下令解散捻军各自逃命，自己保护着张禹爵也寻找逃命的出路。几万大军层层包围着，想活命的希望几乎等于零。

张宗禹和张禹爵刚逃到山坡的一片树林边，迎面碰到瑞麟率领的一队人马，张宗禹一把推开张禹爵，大叫一声："禹爵，快逃命吧，记住报仇！"

自己纵马挥刀向瑞麟杀来，瑞麟举起短铳扣动了扳机，张宗禹应声倒下。张禹爵刚要扑上去和瑞麟拼命，突然被一个人用手挡住了，只听那人低声呵斥道："不可鲁莽，留得青山在，不怕没柴烧，君子报仇十年不晚，快随我来。"

那老者拉起张禹爵就走。

瑞麟大喝一声："站住，再走我就开枪了。"

只见老者转回头，是一位白须飘飘的出家人，瑞麟眼睛一亮，觉得这人好面熟，似乎在哪里见过，可怎么也想不起来在哪里见过，不待他细想下去，只听那出家人又大声呵斥一声："瑞麟将军请回吧，天意不可违！"

瑞麟一愣，在这山野之中怎会有人认识自己，这位出家人到底是谁？就在瑞麟发愣之际，那老人和张禹爵消失了。瑞麟立即带人向树丛中寻找，边找边射击，最后既没有找到人也没有找到尸体。直到天黑，瑞麟才下令收兵，此时，所有捻军残兵全部被消灭，至此，捻军彻底覆灭。

慈禧听完瑞麟的讲述，疑惑地问道："你是否能确定救走匪首的老人就是当年的空云大师呢？"

瑞麟点点头："当时我只觉得这人十分面熟，就是一时记不起来，后来也就把这事给忘记了，今天经太后提醒，微臣才突然想起那人就是空云大师，虽然他较二十年前老了许多，但言行举止、容颜也没有太多变化。"

"你后来带兵没有找到匪首和空云大师吗？"

瑞麟略带惭愧地摇摇头："我带兵搜遍整个山坡也没有找到他们，估计从山崖中溜走了。据说那匪首张禹爵是张乐行的儿子，他受了重伤，部下又全歼灭了，即使逃走也成不了气候，请太后放心吧。"

"本宫不是担心那匪首再次聚众闹事，本宫是想那空云大师为何要救走匪首呢？是有意相救还是碰巧相救？他们现在又在哪里呢？能否找到空云大师？"

瑞麟急忙劝慰说："太后不必多虑，无论空云大师是有意相救还是碰巧相救都不必放在心上，也许空云大师后来流落成捻子呢，不然怎会救走匪首？就是他们逃得了活命也不足惧，估计他们也是为了活命罢了，想聚众闹事也不可能了。"

"无论如何，能够找到空云大师我还会感谢他的，只可惜不知他的下落？”

“太后心肠仁慈实在是我朝洪福，请太后不必把此事放在心上，空云大师能够为太后服务是他的造化，也是他佛门有幸，他应该感激太后才对呢！太后何必耿耿于怀呢？”

慈禧点点头：“瑞大人将来再有机会碰到空云大师，一定查清他的住址，本宫当面重谢于他。”

瑞麟这才告辞离去。

瑞麟也算朝中众臣中最幸运的一个，他因偶然的奇遇认识了当今太后，从一名镇江知州如今升迁到大学士，真是始料未及。朝中众臣能够和瑞麟相比的，也许只有荣禄了，当然荣禄是靠个人的心灵痛苦换来的今日荣幸，不同于瑞麟的一次巧遇才有今天的辉煌。

慈禧本来打算让瑞麟去江南负责采办龙衣，同时负责去凤凰山搬迁父亲的尸骨，今日一听瑞麟的劝告也有理，就不愿再搬迁父亲的尸骨，也就不想让瑞麟去江南采办龙衣。让谁去呢？慈禧想接受荣禄的建议让蔡寿祺去，但她又觉得蔡寿祺写写说说还行，去做这些活儿不太合适。

慈禧正在思考，安德海又凑上来说道：“太后可否考虑好了，奴才是否可以去为皇上采办龙衣？”

慈禧叹口气：“如果你实在想去就去吧，本宫真拿你没有办法！不过，你千万要微服出京，一定不能让慈安太后和奕䜣等朝中大臣知道，可多带几名心腹侍卫，以防万一。在刺杀沈宝田时务必小心，以干净利索为上，还要让人认为是抢劫杀人，不是为了杀人灭口。”慈禧又再三叮嘱安德海。

安德海一听慈禧同意他出京去江南采办龙衣，真是心花怒放，十分高兴地谄媚道：“请太后放心吧，奴才这次出京为太后办事一定让太后满意，不仅要为皇上采办龙衣，也要为太后采办一些树木石料，让太后重修圆明园，将来好让太后在里面颐养天年。”

嗬，安德海这一句话还真提醒了慈禧，她立即来了精神：“小安子提醒得也是，圆明园是历经明清两朝皇上所修建起来的皇家园林，共有四十八景，号称万园之园，不想被西洋人给毁坏了，如今只剩下一片凄惨的景象，实在令人不忍目睹，看之伤心落泪，理应修复。洋人能毁，咱大清朝就能修，不能令洋人小瞧于我们！小安子此次去江南，采办龙衣后可向当地官员多征订一些优特树木、石料，并责令各地官员尽快送来，我们马上就责令大臣修复圆明园。"

"只要太后吩咐，奴才一定不会令太后失望，太后放心在宫内静候佳音吧，奴才回京之时，一定给太后征够修复圆明园的材料。"

慈禧见安德海那得意忘形的样子，又叮咛说："路上万万不可贪玩，以办事要紧，皇上等着举行大婚呢！"

"嗻！"

安德海向慈禧太后道一声安便哼着小曲走了出去，准备打点行装去江南采办龙衣。这小子做梦也不会想到，他这一去就再也没有回来。

古老的大运河犹如一条长龙自南向北蜿蜒流淌着。

正值夏天，河水暴涨，水流急促，船也行得特别快。湍急的河面上三艘大号太平船快速地行驶着，安德海走出船舱，站在船头，看着两旁飞逝而去的景物怡然自得。

安德海边用牙签剔着牙缝中的残物，边哼着小曲欣赏着周围的美景。哼小曲唱京戏是他的拿手本领，也正是靠这些玩意儿才取得慈禧太后的欢心，再加上他会见风使舵看慈禧脸色做事说话，很快成为太后的贴心人。自从为太后出了几个馊主意帮助慈禧打败她的对手，安德海又成为太后的心腹。太监私自出京在大清朝尚属首例，如果不是慈禧太后对他宠爱有加，他怎会有今天的荣耀呢？

安德海正在胡思乱想，侍卫刘霸走了过来，招呼说："安总管发什么愣，才出京几天就想太后了吗？"

"狗嘴里吐不出象牙，让太后知道不撕破你的嘴才怪呢！"安德海回头骂道。

刘霸立即笑着赔礼道："安总管不要生气，小弟不过是开一个小小的玩笑，如果安总管真的想找女孩陪一陪，到了沧州小弟给你弄上三五个，沧州是小弟的老家。"

"哦，刘霸，你原来是沧州人，这么说咱们还是老乡呢！"

"安总管老家在——嗬，你瞧我这人多能忘事，安总管是南皮人，沧州向南一站路不就是吗？安总管多时没有回家了吧？这次有机会路过家乡是否回家看一看？"

"不瞒刘老弟，自从二十多年前离开家乡到京师做起这行当就再也没有回过家乡，本来家里也没有什么亲人了。这次出京恰好经过南皮，应该回家看一看，也风光风光，可我是微服出京，没有经皇上谕旨许可，太后再三叮嘱不可声张，办完事立即回京。倘若回家乡这一张扬，岂不暴露了身份，传扬出去不好呀。"安德海顾虑重重地说。

"嘿，安总管做事一向敢作敢为，被弟兄们推崇为'安大胆'，如今离了京城怎么倒胆小起来，人们不是说'将在外，君命有所不受'吗？太后也只是说说，这远离京师，你打着太后的旗号，谁敢不服，谁又敢质问你有没有皇上的谕旨呢？安总管在朝中都是个人物，官吏不论大小对安总管高看一眼，如今路过家乡却不去看望父老乡亲，谁又知道是安总管来了呢？依小弟之见，安总管应该在船头插满龙凤彩旗，多置些鼓手乐队，一路上风风火火、热热闹闹，让各地官员列队迎接，酒宴敬献，那样安总管才风光，小弟也跟着安总管风光一次。"

安德海一想，刘霸讲得也有点道理，人生不就是乐他一乐吗？今朝有酒今朝醉，该出人头地时要出人头地，不能那么窝窝囊囊出京一趟，只要我不说，谁又知道我没有谕旨呢？哪个不知天高地厚的官员敢向我安大爷讨要圣旨呢？可是太后已经再三叮嘱了，这事让太后知道会不会骂自己呢？

安德海正在犹豫，猛然接到前面船上人的报告，说大船被沧州码头的稽查官员扣住，说我们是贩卖私盐的，要扣押船上所有人质。

安德海一听可气坏了，骂道："真是人善被人欺、马善被人骑，大爷没有在船头插上旗号，这些人就狗眼看人低了，传我的话，让沧州知府程绳武来见我安大爷，他要是敢不来，问他是人活腻了，还是官当腻了！"

沧州码头的稽查官马方正一听这船上的人口气不小，不买他的账，反而点名道姓让沧州知府程绳武来见，心中也吃惊不小。说是官船吧没有旗号，看不出官职级别，如果说是民船吧又怎么会有如此气派呢？三只大号太平船，每一只船上都有许多穿着华丽，却又分辨不出身份的人。马方正也不敢轻举妄动，一方面扣住这三条船不放，一方面快马通知沧州知府程绳武。

程绳武接到报告，寻思道：如今国家太平，会不会是朝廷派往各地微服私访的钦差大臣呢！若是这样，自己可得罪不起，宁可信其有不可信其无，立即备轿到码头上看个究竟。

程绳武来到码头。

安德海已经下了船，正在那里大骂马方正有眼不识泰山，马方正一边挨骂，一边低着头赔礼。

程绳武一听是安德海来了，哪敢怠慢，急忙上前说道："原来是安总管到达下官所在地，安总管为何不提前打个招呼，也好让下官早做准备，列队相迎。"

安德海一见程绳武来了，又转过脸毫不客气地说道："我奉太后之命赴江南为皇上采办龙衣，本不想打扰程知府，悄悄过去就算了，谁知你的属下都瞎了眼，拦住我的船不放，我无奈才令人去请程知府，程知府放不放行呀？"

程绳武当然知道安德海的来头，也知他是此地人，立即赔笑道："安总管不必生气，都是属下有眼不识泰山，得罪了安总管，还请安总管多多海涵。既然安总管路过此地，理应下船小住，也让下官尽一尽地主之谊，何况安总管就是这南皮人，从家乡路过，也要回乡探望一下乡亲。如果安总管路过家乡不下船走一走，让乡亲们知道不说安总管官当大了，连家乡也不要了，这不太好吧。以下官之意，安总管到下官衙门小住几天，休息一下，也让下官给你准备点礼物，然后送安总管回家乡看一看，安总管意下如何？"

安德海见程绳武如此客气，话也说得有道理，就点头同意了。

安德海带上几名随从去沧州府衙门赴宴，留下刘霸等人照看船只，并叮嘱刘霸改变出京时的装饰，一律在船头插满龙凤彩旗，配备鼓手、号手，要边行船边奏乐饮酒。并在自己所乘坐的中间太平船上竖立一个高大的旗杆，上插绣有三足乌的杏黄旗。

相传三足乌鸦是西天王母娘娘座前的宠鸟，专门负责为王母娘娘采集果食等用品。安德海在自己的船上插有三足乌的杏黄旗，就是向各地官员、百姓表明自己是奉西太后慈禧之命到全国各地为皇上采办宫中用品，好让各地官员向他孝敬纳贿。

果然，安德海在沧州休息了几天，带着程绳武赠送的礼物乘船南下，再也不同于先前无人问津，还可免去各地的询查。如今，风光多了，大船缓缓而行，一路载歌载舞，热闹异常，又有许多童男童女服侍左右。每到一地，地方官早早列队相迎，敬献酒肉礼品，并亲自上船向安德海行叩拜礼。那运河两岸看热闹的百姓更不用说了，站得密密麻麻，好似人墙一般。

安德海没有到南皮，南皮的地方官就得到了消息，把迎接安德海的各种设施准备齐全，等候安德海到来。

安德海来到自己的家乡南皮，他下令把龙凤彩旗插满船帮，锣鼓也擂得更响，船头站满锦衣铠甲的卫士，服侍自己的童男童女在船头来回不断。

安德海也一反往日的装束，身穿绣有凤凰的三品官蟒袍补服，头戴正蓝顶花翎帽，脚蹬官靴。安德海下了船，在南皮县令郭德贵的陪同下乘上八抬大轿去乡里走一趟。

轿前先有马队，接下来是步兵，然后是县衙的跟班衙役扛着

"肃静""威武"两块大招牌与各种彩旗。安德海的轿后又跟着南皮县令、县丞与团练使等人。

安德海回到故居,说是故居,可哪有什么房子?仅是几间快要倒塌的破茅草棚子。安德海内心一阵辛酸,这就是自己的家,睹物思人,父母双亡,自己一人流浪街头,几乎饿死他乡,无可奈何之下经人介绍到宫里当了太监。一晃二十多年过去了,如今回来,怎能不悲喜交加呢?

安德海又到父母坟前举行祭拜之礼,由于自己多年与家乡没有来往,父母坟上早已荒草遍地。他祭拜之后,令随从拨款重修故居,也把父母坟墓周围的土地买下十几亩,准备重修祖坟。地方哪敢要他的银两,都答应照办,一定修建得比他所要求的还好。

安德海接受乡亲们的跪拜之后,为了施恩乡人,把从沧州得到的银两等物品全部赏赐给亲朋近支。这样,安德海在南皮停留了几天,又乘船南下。

安德海回乡省亲的消息不胫而走,一时间成为人们谈论的话题,南皮的百姓更是议论不休,谁也没有想到当年人人瞧不起的小安子如今竟然这么风光,真是"人不可貌相,海水不可斗量",当太监也能发迹。

离开南皮之后。安德海站在船头,回首眺望岸边列队相送的地方官吏和数以千计的老百姓,安德海得意地狂笑起来,他为自己得到众人的仰慕和朝拜而踌躇满志。

安德海正陶醉在自己欲望的满足中,侍卫刘霸拍拍他的肩膀说:"安总管,小弟给你的建议不错吧,如果不搞得大张旗鼓、风风火火,怎会有今天的荣耀呢?这个年头就是这样,人人都是脸朝上的,谁不趋炎附势呢?只要打着慈禧太后的旗号,别说是小小知府,就是各省的巡抚、总督也要对安总管另眼相看,他们不向安总管进贡朝拜,还要想想自己的官还做不做?"

刘霸见安德海高兴得直咧嘴,又怂恿说:"安总管,下一站就是德州了,过了德州就到了山东境内,听说山东巡抚丁宝桢是东太后的人，安总管可要小心，如果他不向咱进贡，待回京一定在太后面前诋毁这小子，不让他有好日子过，最好能拿去他的巡抚一职。"

"听说丁宝桢这人很硬，在剿灭捻子过程中也立过大功，好大喜功，不把一般官员放在眼里。"

刘霸笑了："丁宝桢再硬还能硬过安总管，他不把一般官员放在眼中，总不会也不把慈禧太后放在眼中吧？"

安德海一想也对，什么丁宝桢、铁宝桢，他不在乎我安德海，总在乎太后吧，我且为太后办事，他敢不进献修建圆明园的钱财？

安德海决定在山东一地多敲诈一些钱财，一为太后修建圆明园用，另一方面也为自己修建故居和父母坟墓所用。

安德海刚到德州，见不像其他地方那样有地方官列队相迎，心中很不高兴，以为德州知府赵新不知道自己的到来，就派人去德州知府衙门通知。

其实，赵新早就接到报告，知道安德海的到来，他对安德海的所作所为早有耳闻，十分反感，故作不知，不去列队相迎。

赵新接到安德海的来人报告，知道自己不去不行了，被迫无奈带着几名随从去迎接。

安德海见赵新姗姗来迟，也只带着几名随从人员前来迎接，没有大队人马，也没有备上酒肉赠礼，心中更是不高兴，一见面就冷冷地问道："赵知府公务挺繁忙啊，每天日理万机比太后还忙啊？"

赵新一听安德海的语气带着不满，也不示弱地回敬道："卑职一个小小知府怎敢与太后相提并论，但卑职身为地方父母官，应为当地老百姓的死活操心，每天也少不得有许多地方小事缠身。今日恰好有两个案子处理，迎接安总管来迟，请安总管多多谅解。"

安德海见赵新话中有话，对他不软不硬，有心找他的碴却又一时抓不住什么把柄，也只好作罢。

安德海只好再次抬出太后压他："我奉慈禧太后之命前往江南采办龙衣，顺便为朝廷修建圆明园搜集材料，赵知府所在德州财富充足，要多多贡献，不可推诿不献，以免太后生气，让我不好交差呀！太后的脾气赵知府虽然没有亲身领教，想必也已经听说过，假如太后动怒，赵知府担待不起呀！"

赵新一听安德海满嘴无赖之词，又一口一个太后，以势压人，心中不服，却又不敢发作，只略带不满地问道："不知安总管搜集何物用来修复圆明园？"

"什么财物都行，上等木材，优质石料，金银钱财更好，有多少贡献多少。"

赵新一听十分生气地说："朝廷修复圆明园固然重要，但也要顾及百姓的死活，我德州遭受捻子连年战乱，今年又因干旱而歉收，对百姓的赈济都没有钱财，哪有钱财供奉修复圆明园呢？请安总管到别处索取吧！"

安德海火了。这个赵新真是不识时务，看他的官也是干够了，不但对自己态度冷淡，不请吃饭不纳贿，连太后所要的供奉也敢违抗不交。

安德海呵斥道："赵新，你不识好歹，敢违抗太后懿旨，是不想做这德州知府的官了。那好，待我回京后立即奏明太后，将你撤职查办！"

安德海向随从一挥手："走，我们走！与我安大爷过意不去，有他好看的。"

安德海气呼呼回到船上，下令开船。

安德海刚走，赵新立即亲自带人快马给山东巡抚丁宝桢送信报告。

第三十八章

丁巡抚密报夹单奏
同治帝闲上销魂楼

"自从那年发生一次头痛后，朕就懒得读书，后来虽然被御医给治愈了，这么多年来也没再犯过病，但自那以后就再也不喜欢读书了，一拿起书本就头痛，也因此一天天厌学。朕觉得读书就是这样，越读越有趣也越能读进去，越是读不下去也就越厌读。"

山东济南巡抚大堂。

面对着这多日来送上的公文，丁宝桢大怒，几乎各府县送来的公文都提到安德海勒逼官府供奉，骚扰百姓，所带随从无故打骂差役抢掠财物。

丁宝桢知道安德海是西太后慈禧的心腹太监，在京城就倚仗太后的势力勒索官员，凡是要到储秀宫拜会太后的，一定要给安德海一些跑腿费，不然坚决不给通报，以致京城官员都对安德海恨之入骨。但众人也只是敢怒不敢言，谁能得罪得起西太后呢？恭亲王奕䜣因不满安德海的骄横跋扈曾打了他一巴掌，被慈禧又哭又闹骂了一场，据说后来奕䜣被革去议政王一职也与他殴打安德海一事有关。

丁宝桢不满安德海的所作所为，对慈禧太后的一些做法也十分反感。

那是在扫平中原捻子以后，丁宝桢和李鸿章、左宗棠、瑞麟等人回京领赏。

一天，慈禧太后单独接见了丁宝桢，正在谈话之间，有传事太监来报，说有一太监昨天晚上不小心把一只玉壶打碎了，请求太后裁决。

慈禧随口说道：如此粗心的奴才留之何用，拉出去乱棍打死。

丁宝桢一听，当时心里就咯噔一下，过去传闻西太后心狠手毒，如今亲眼所见才知道西太后果然毒辣，今后一定要小心行事，不能被她抓到什么不是，何桂清、胜保都是自己的例子。

丁宝桢面对这些控诉安德海的文书正在思考对策，衙役进来报告，说德州知府赵新求见，丁宝桢估计也一定是与安德海的事有关，便立即传他进来。

赵新进来说道："卑职参见丁大人，有要事相告。丁大人一定听到奏报有关安德海高悬三足乌杏黄旗勒索财物的事了吧？"

丁宝桢一指案上的一堆文书说："我正为这事苦恼呢！各地控告书如雪片般飞来，而安德海却倚仗西太后的势力到处招摇撞骗，一点儿也不把各地方官放在眼里，人们都是敢怒而不敢言。"

"哼，昨天安德海在德州时向我勒索财物，下官给他一个闭门羹，气得安德海在德州也没停留就灰溜溜地开船走了，说要报告慈禧太后将下官革职问罪呢！请丁大人为下官想想办法！"

丁宝桢一拍桌子道："做得好，就应该这样，本官支持你，如果太后怪罪下来，本官给你顶着，要革职问罪把我丁宝桢也一同算进去！唉，可惜有些地方官太趋炎附势，不能都像赵知府这样敢于顶撞安德海，倘若人人都不向他低首屈服，安德海也就乖乖地溜走了。"

"丁大人准备怎么办呢？是下令山东全省各处官员不闻不问任他嚣张，还是下令将他捕获正法？丁大人应该明白我大清朝的祖制，太监出都门半步，人人都有权诛杀，难道我们这些拿着朝廷俸禄、吃着皇粮的朝廷命官，就眼睁睁看着一个阉人如此为非作歹吗？"

丁宝桢叹息一声："赵知府不畏权势，敢于顶撞奸佞的精神可嘉，但赵知府也不能意气用事，要注意策略。安德海打着太后的旗号，又以为皇上采办龙衣、搜集修复圆明园材料的名义敛财，我等在没有弄清楚确实情况以前，万万不可轻易动手。倘若安德海有皇上、皇太后的特谕呢？我等随便把安德海抓住了，岂不冒犯了朝廷的圣谕，这个罪责可担当不起啊。"

丁宝桢毕竟比赵新在官场混的时间长，做事考虑得多一点儿。

赵新却说道："我朝自顺治年间就有限制太监参政弄权的十三块铁牌，康熙朝时再次规定限制太监干预政事，当今皇上、皇太后对祖制不会不知吧，怎会主动违背祖制让安德海私自出京呢？下官以为，一定是安德海经过慈禧太后的默许私自出京的，绝没有皇上谕旨。只要安德海没有圣旨，无论是经过谁的默许都没有用，我们有权将他捉拿处死，就是报到西太后那里也没有办法，只能怪安德海命短自己找死。"

丁宝桢听赵新分析得有理，但他仍然有所顾虑地说："尽管我朝有不许太监私自出京的规矩，但规矩是人定的，人可以立规矩也可以废规矩。我朝不是也没有太后听政的先例吗？两宫太后不照样听政？"

赵新有点失望地说："这么说我们无法制裁安德海，任他横行下去啦？"

丁宝桢思考一会儿说道："本官有一个万全之计，一方面我们派人通知沿途各府县密切注意安德海的行踪，派人盯住安德海不让他跑出山东，必要时以好酒好菜招待，也馈赠些财物，拖住他缓行；另一方面采用夹单密奏的形式，八百里文书飞递进京，先奏请恭亲王与慈安太后，请示东太后旨意，如果东太后让我们拘捕安德海，我们就立即动手，如果东太后也不同意我们对安德海采取行动，这事也只好不了了之，我们也拿他没有办法。"

赵新见丁宝桢如此小心谨慎，不敢随便得罪安德海，何况自己一个小小的知府呢！只好同意丁宝桢的决定，静候消息。

丁宝桢派出几拨人马送口信给东昌府、济宁府、泰安府的知府，令他们再传信各知县密切注意安德海的行动，及时上报。布置停当，丁宝桢便写了一份有关安德海私自出京征求慈安太后意见的条子夹在文书里，派人八百里快递送往京师。

这"夹单密奏"就是在正式奏折里夹上一个条子，既不存卷，也不会被别人知道。如果东太后不同意惩处安德海，只要毁去条子就可，避免事情办不成遭到安德海与慈禧太后的报复。如果直接正式参奏，出现什么不良后果可就要由丁宝桢一人承担了。

乾清宫弘德殿。

同治正在埋头写着文章，脑袋上的皮蹙成一把，费了九牛二虎之力才写那么几句。同治实在写不下去了，索性把笔一扔冲着守候在门外的梁吉庆吆喝道："梁吉庆，快服侍朕休息去，朕今日就写到这里，明日再写吧。"

梁吉庆进来了："皇上，有人要见你，在殿外等候多时了，奴才知道皇上在写李师傅布置的文章，就没给他通报，皇上见是不见？"

"谁？"

"贝勒载澂——"

梁吉庆话没说完，同治"啪"的一巴掌打在梁吉庆的脸上，骂道："狗奴才，载澂来了为何不早报告给朕，害得他久等，快去把他请进来！"

梁吉庆捂着红肿的脸出去了。

载澂进来了，先向同治躬身施个礼："皇上好，臣给皇上行礼啦。"

"快起来吧，好个屁，烦死了。李鸿藻那个臭老头让朕写一篇文章，朕费了半天的工夫才写上那几句，真没劲！"

载澂拿起御案上的纸一看，文题是"任贤图治"，只见下面写道：

　　治天下之道，莫大于用人，然人不同，有君子焉，有
　　小人焉，必辨其贤否，而后能择贤而用之，则天下治矣！

"嗬，皇上写得不错嘛！真是三日不见当刮目相看，皇上进步多啦！"

"小哥哥，别提这扫兴的事，咱说点快乐的事吧，你这许久也

不来看望朕，都忙乎什么来着？有逗趣的事吗？快说给朕听听。"

"嗬！皇上若说逗趣的事可多啦，小臣每天吃罢饭没有事，就偷偷溜上街转悠一圈。只要上街，新鲜事可是太多啦，什么挑担的、卖菜的、耍把式的、玩猴的，还有斗鸡、斗羊、驯虎的，说上三天也说不完。"

载澂看看皇上听得入神，碰碰他问道："皇上这多日来也一定高兴呗，听说给皇上选了五个漂亮的大美人，皇上相中哪个做皇后呢？"

"嗨，还是别提这事，一提就气死人，五个女娃子朕都看了，长得也还马马虎虎，可选谁做皇后的事正放在那里呢！也不知能放多久？两宫太后各执己见，一个要定富察氏，一个要定阿鲁特氏，谁也不相让。"

"那么皇上乐意让谁当皇后呢？"

"当然是阿鲁特氏啦，这人是户部尚书崇绮的女儿，雍容端雅，天生丽质，有德有才正适合当皇后。"

"既然皇上喜欢，这不就得啦？立那阿鲁特氏为后就是。"

同治十分苦恼地说："慈安太后也同意朕的选择，和朕的看法一样，偏向于阿鲁特氏，可额娘却说凤秀的女儿富察氏美艳绝伦，有母仪天下之姿。"

同治说到这里连连摆手："咱们不说这些令人扫兴的事，说点别的事吧。"

"好，说点其他的吧。"载澂忽然又问道，"怎么皇上的贴身太监又换了，小臣刚才来让他给通报一声，他只说皇上在做文章不允许我进来，害得我久等，如果皇上以后再不允许小臣进来，小臣就不来啦。"

同治立即解释说："小哥哥不要生气，朕不知道小哥哥在殿外久等，否则早就让你进殿了，怎会让你久等呢？什么写文章，朕高兴就写，不高兴就不写。也怪新来的太监梁吉庆，他不晓得朕与小哥哥的关系，所以不让你进来。若是李莲英、张德顺、李存宜他们几人，早就让小哥哥来陪陪朕解闷了。"

"李莲英、张德顺、李存宜他们几个呢？"

"安德海这小子近日不知什么原因突然不见了，额娘让李莲英去她身边啦。至于张德顺和李存宜几人，还不是因为那事受到牵连打入冷宫做苦力了。"

"为着啥事？"载澂不解地问。

"还不是为了长春宫的红艳，额娘说他们知而不报，怂恿朕做有辱皇室尊严的事，把他们重责二十大板打入冷宫做苦力。嗯，别提这些伤心的事，你还是说说你在外面遇到的新鲜事儿让朕听一听，也乐一乐。朕可不像你这么快乐，整日无忧无虑的，想去哪儿去哪儿，想干什么就干什么，自由自在，像一只长了翅膀的小鸟。而朕却是锁在深宫大内里面的一只小羊，也是井中的一只青蛙。不是有一个典故叫坐井观天吗？朕就是这样，每天待在宫里看头顶上一方蓝天，别人说什么朕就听什么，是好是坏朕一无所知，不是一只青蛙是什么？"

载澂见同治情绪低落，急忙安慰说："皇上不必难过，皇上是一国之主，受万民敬仰，乃是真龙天子，怎么会是一只小羊呢？皇上如今事事不顺，这正如孟子所说：天将降大任于斯人矣，必先苦其心志，饿其体肤，劳其筋骨……增益其所不能。皇上现在就是这样，阿玛常说大清江山的中兴全靠皇上呢？皇上现在虽然被人掣肘，皇上是水中的蛟龙，一旦亲政后一定会做出轰轰烈烈的伟业来，像康熙皇帝当年，这就叫潜龙腾渊嘛！而小臣是游手好闲之徒，干不出什么大事的，打趣逗乐还可以。"

同治急忙阻止了他："小哥哥不要再恭维朕了，朕怎样我自己清楚。唉，在很小的时候，接受父皇的遗托，那时雄心勃勃，希望自己将来重振大清江山，做一番惊天动地的大事来，能像康熙皇帝与乾隆皇帝一样永远受人敬仰。可是后来，渐渐长大却一点点消磨掉儿时的豪气与锐气，再也不想下苦功夫读书，只想及时行乐，什么江山社稷、祖宗千秋大业似乎与朕无关。朕有时冷静下来，回想一下自己的所作所为也觉得心中有愧，想痛下决心多读书，将来做一位明君贤主，可书拿在手中时又发自内心地烦起来。"

"如果皇上不喜读书就不读书，那些龟孙五经四书都是骗人的鬼把戏，读不读也没有什么太多的用途，自古至今，不是有许多帝王根本没有读过书，照样当上了皇帝，还留名青史呢！"

同治摇摇头："也不是这样。人们常说，半部《论语》打天下，半部《论语》治天下。古人许多治国齐家平天下的言论还是有用的，多读书可以明智，增长处理问题的能力。读史也可以借鉴，从古人的经验教训中明白自己应该做什么，不应该做什么，司马光编撰《资治通鉴》的目的就是'资于往事，鉴于今朝'，让后人从古人那里得到好与坏的借鉴。"

载澂不解地问："既然皇上如此明白读书的重要性，怎么会厌学呢？"

同治无可奈何地叹口气："我也一直把读书看得很重，对倭仁、翁同龢，特别是李鸿藻等人所教授的课，朕总以为他们讲得太死板，不能与当时的朝政联系起来，只是就事论事，缺少深度。"

载澂见皇上大谈读书的作用与心得，又问道："皇上从何时才产生厌学的心理呢！"

"自从那年发生一次头痛后，朕就懒得读书，后来虽然被御医给治愈了，这么多年来也没再犯过病，但自那以后就再也不喜欢读书了，一拿起书本就头痛，也因此一天天厌学。朕觉得读书就是这样，越读越有趣也越能读进去，越是读不下去也就越厌读。"

载澂忽然想起了什么，问道："皇上读过许多书，不知皇上可否学过洋文？"

"什么洋文？朕不曾读过，小哥哥可否写几个字让朕看一看？"

"洋文就是西洋人说话写文章使用的文字。阿玛说他在总理衙门任职，经常和洋人交往，不懂一些洋文实在不方便，就请了一位洋先生在府中教他学洋文，那洋文先生叫包尔登，经常在府中走动，教了我一些字词。后来阿玛又让那包尔登专门教习我说洋话，嗨，我的汉话说得都不精通，哪有工夫学说洋话，这边学那边忘，如今只记得一句洋话叫'狗逮猫'，据说是'早晨好'的意思，也不知对不对。"

同治来了兴趣，问道："教你洋文的那位包尔登先生呢？现在还留在王府吗？"

"早就不在了。在阿玛的主持下，我们大清朝成立了同文馆，专门教习洋文，组织一批人翻译搜集整理洋人的书籍资料，为我朝办洋务使用。那洋文先生包尔登就去了同文馆当先生。"

同治点点头："这办同文馆的事朕也曾听说过，如今我朝大兴洋务，学习西洋人办工厂造枪炮，也购买西洋火轮创办水师训练新军。听李师傅和翁师傅讲，这是把林则徐、魏源当年提出的'师夷长技以制夷'的主张落到实处，通过创办洋务振兴我大清江山。等到咱大清朝的各项洋务轰轰烈烈搞了起来，洋人有什么咱们有什么，咱大清朝就不必惧怕洋人了。一旦洋人入侵我朝，我朝就可以奋起抗击，把西洋人打个落花流水。"

载澂翻动一下小眼睛，疑惑地问道："洋人会这么笨吗？把能够制服我大清朝的看家本领毫无保留地传授给我们？这不合情理呀，自古至今，哪有师傅不对徒弟留一手的？猫传授老虎技艺时还留一手爬树的本领呢！我估计洋人也和猫一样狡猾，一定会留一手绝技的。不然，他们还害怕咱大清朝强盛起来去攻打他们西洋列国呢！"

"我大清朝是礼仪之邦、仁义之师，怎会像西洋人那样缺少教养，四处攻占抢掠呢？至于洋人会不会像猫一样狡猾对咱大清朝留一手实在难说，但办起了洋务总比不办的要好，能多学一点就会少挨洋人打。"

同治忽然又转脸问道："听说近日将派一批幼童到那美利坚地方留洋学习，你可曾听到这个消息？"

载澂点点头："小臣确实听阿玛讲过此事，命两江总督李鸿章负责管理的，说从上海乘船出海。阿玛曾问我愿不愿漂洋过海学习洋务呢！哼！我才懒得到洋人地界那里受人歧视呢！洋人一向不近人情，一旦翻脸也许会扣人做人质或杀掉咱们派去的人呢。"

同治也说道："小哥哥不去那洋人国度是对的，你走了谁来陪朕开心呢？洋人不讲信誉反复无常，如今平安相处没有什么，如果两国一旦打起了仗，只怕会把小哥哥当作奸细杀掉，那才是我皇室的耻辱呢！"

两人正谈得热火朝天，梁吉庆又进来报告说恭亲王求见皇上。

载澂一听阿玛来了，急忙说道："皇上见是不见我阿玛，如果要见，先找个地方让小臣躲一躲，以防止阿玛看见我在这里又会骂小臣来引诱皇上学坏。"

同治让载澂躲到内堂，这才让梁吉庆传唤恭亲王上殿。

恭亲王上了弘德殿参拜完毕，见没有他人，便奏道："启禀皇上，今有山东巡抚丁宝桢八百里文书夹单密奏，说安德海私自出京，并打着慈禧太后的旗号招摇撞骗，横征暴敛，有损太后声誉，请皇上定夺。"

按理说皇上尚未亲政，此事可以不奏请同治知道直接上奏太后，但奕䜣多了个心眼，皇上虽然没有亲政，但今年将举行大典，明年也就亲政了，所以许多事也都让他知道，两宫太后也要求让同治学着批阅奏章，早早熟悉政务，为亲政做准备。

当然，今天奕䜣来向同治奏请这事是别有目的，他知道安德海私自出京的消息后便有除去此人的心思，但必须征得两宫太后同意。不用说，西太后坚决不会同意的，只要告诉西太后就杀不成安德海，而东太后为人心慈手软，是否同意杀安德海还难说。但奕䜣知道同治对安德海十分痛恨，可以撺掇皇上赞同杀安德海，由皇上和他一道再去请示慈安太后，估计慈安太后也就会同意铲除安德海的。

同治听完恭亲王的汇报，也不知怎么办，他还没有学会如何处理朝事。同治眨巴一下眼睛问道："六叔以为这事如何处理？"

奕䜣试探着问道："如果皇上想杀安德海这是一个最好的机会。

按照我朝祖制，太监非经皇上允许不能私自离京，若私自出京，越都门半步当斩！更何况安德海出京后胡作非为，用三足乌旗子诽谤太后声誉，愚弄百姓！倘若皇上无心杀安德海也就算了，如果这次放弃杀安德海的机会，只怕以后不会再有了，请皇上三思。"

奕䜣话音未落，同治就迫不及待地说："杀！朕恨不得现在就杀小安子，这个狗奴才倚仗额娘给他撑腰谁也不放在眼里，早就该杀了，只不过没有机会罢了。如今他私自出京就是瞧不起祖宗留下的规矩，也是不把朕放在眼里，不杀安德海对不住列祖列宗，朕心中这口气也出不来！"

奕䜣见皇上同意杀安德海，又叮嘱说："安德海再大的胆子也不敢私自出京，一定是取得了慈禧太后的许可。如果皇上想杀小安子，暂时不要把这事告诉慈禧太后，以免她从中阻挠，把责任都揽了过去。若让慈禧太后知道是绝对杀不了安德海，皇上也一定明白其中的道理。"

同治点点头："请皇叔放心，朕决不会向额娘走漏风声的。"

奕䜣又说道："如今皇上尚未亲政，仅皇上一人同意斩杀小安子还不行，还要征得慈安太后许可，请皇上与臣一同去面见慈安太后。"

同治向内堂瞧一瞧，然后对奕䜣说："请皇叔先行，朕随后就到。"

奕䜣认为皇上是担心他们一同去钟粹宫被慈禧的眼线发现了引起怀疑，就先走了。

待奕䜣走后，同治立即喊出载澂，叮咛说："小哥哥先在这里等着，待朕去面见皇额娘回来陪朕玩一玩，你也好久没有来了，今天就留在宫中多玩一会儿，中午陪朕用膳。"

载澂答应了。

奕䜣来到钟粹宫，说明来意，并取出丁宝桢八百里公文夹单密奏呈上去。

慈安太后接过密奏一看，只见上面写道：

臣丁宝桢启奏皇上、皇太后：今有官监安德海率众出京已到山东地界，安德海自称钦差，以太后名义敛财纳贿。船头遍插龙凤彩旗，高挂三足乌杏黄旗。安德海一行所作所为激起地方官员众怒，因骚扰百姓也引起民愤。谨以此奏报，请皇上、皇太后定夺。

慈安看罢密奏，也知道丁宝桢心意，虽然写得十分客观，也没有提出什么请求，但夹单密奏本身就曲折地表明了心迹。

慈安问道："慈禧太后是否看过这份密奏？"

奕䜣微微摇摇头："不曾看过。太后请想，丁宝桢此番所作就有回避西太后之意，故意没有正本参奏而采取夹单密奏的方法。安德海纵有天胆也不敢私自离京，他是取得西太后许可后才出京的，船上高挂三足乌杏黄旗更说明了这一点。臣之所以没有给西太后看，就怕被西太后看了，会大事化小，小事化了，把一切责任揽了过去，要么就转移到他人身上，势必给惩治安德海带来麻烦。"

"这么说恭亲王同意严惩安德海了？"

"不仅臣同意严惩安德海，皇上也同意严惩他。"

这时，同治来到钟粹宫，也恳求说："请皇额娘同意斩杀小安子，这是按祖制办事，严明法纪，整肃后宫的大好时机。安德海在内飞扬跋扈、贪婪霸道，倚仗在西太后面前得宠而胡作非为；在外则私自出京，蔑视宫规、毁坏皇室声誉，又扰乱地方百姓安居。凭哪一条都罪不可恕，当斩不饶。"

慈安太后仍顾虑重重地说："不是皇额娘偏袒安德海不想杀他，就是杀了十个安德海也不过分。只是杀安德海一事不与你额娘商量一下，只怕她知道后会怪罪于我，又要和我闹个翻天覆地。"

奕䜣说道："太后也应该明白，这事若同西太后商量，一定杀不了安德海。这一次再不将安德海正法，只怕将来再也没有机会，安德海犯了如此死罪得不到惩处，将来如何惩处他人？宫规不严，祸起萧墙，其中的利弊太后一定十分清楚，请太后三思。"

同治也说道："西太后一向主张严明法纪，重整法制，振兴朝纲，她都能杀了何桂清与胜保，太后杀一个安德海又有何妨？斩杀之后，就是西太后不同意，生米做成煮饭她也不会说什么，只能怪安德海自己找死！"

慈安太后又思索一会儿，叹口气说道："那好吧，先瞒住西太后下道密旨给丁宝桢，待处死安德海之后再通知她。唉，为了选皇后的事，我与她又闹了不愉快，至今尚未决定究竟立谁为后，再为了安德海的事只怕又免不了一场争吵。"

奕䜣见慈安太后同意处死安德海，事不宜迟，以免夜长梦多，再出了什么岔子就杀不了安德海了，于是催促慈安太后快下谕旨。

慈安令奕䜣拟定密旨，加盖"同道堂"印与"御赏"印，然后以八百里飞递传送济南。

同治从钟粹宫回到弘德殿，载澂早等得不耐烦了，一见面就唠叨着："皇上一走让小臣一个人留在这里闷死啦，如果皇上再不来，小臣就准备溜啦。"

同治立即解释说："小哥哥不要走，朕同皇额娘商量大事去了。"

"嘀，什么大事，是不是选定哪位小姑娘为皇后的事？"

"告诉你，你千万不能泄露出消息，否则就杀不了小安子啦。"

"噢，原来是杀小安子的事，果然是大事，请皇上放心好了，小臣决不会泄露这个秘密的。既然皇上有大事要做，小臣就先告辞了，改日再来吧。"

同治拦住了载澂："小哥哥不要走，杀小安子的事已经安排停当，只待山东巡抚丁宝桢将小安子就地正法。朕如今去了一块心病，十分痛快，午饭后小哥哥能不能带朕到宫外走一走，也见一见宫外的世面。朕整日关在深宫大内里面，偶尔出去一趟不是祭拜皇陵就是圆丘祭天，前呼后拥，朕根本没有机会四处瞧一瞧。朕对宫外大事一无所知，将来如何临朝执政呢？"

载澂犯难了，皇上外出需要许多大内侍卫保护，才能确保皇上安全，如果自己把皇上引出宫外，不出事倒还罢了，倘若出事，那要满门抄斩。

载澂劝阻说："皇上还是在宫中待着吧，万一皇上有个三长两短，小臣可吃罪不起。"

同治又央求说："小哥哥放心好啦，朕出了什么事决不让你担当责任，这行了吧？"

"皇上虽然这么说，万一出了事，皇上不追究，两宫太后也不会饶过小臣的，就是我阿玛也会打断我的腿。"

同治忽然灵机一动说道："康熙皇帝、乾隆皇帝几下江南，行程万里都不会有事，更何况朕仅仅到街上走一走，怎会有事呢？"

"康熙皇帝、乾隆皇帝是微服私访，穿着便衣——"

同治笑了："朕也可微服外出嘛！只要朕不说自己是皇上，小哥哥不点破，别人谁又识得朕呢？朕头上又没有写字。何况咱们外出溜一溜，又不走远，决不会出事的，求小哥哥帮这次忙，一旦朕亲政后，定重重加封小哥哥。"

载澂见拗不过皇上，就答应了。

吃罢饭，载澂找来一身自己平日里的衣服给同治换上，再三警告梁吉庆不许外传，如果有人问起，只说皇上身体不适，早早休息了。

同治与载澂躲过值班太监与侍卫，从小门溜出了皇宫，沿着西直门大街向西逛去。

同治如开笼放鸟一般，好不自在。他初次这样出宫遛街，感到什么都十分新鲜，见到什么都觉得稀奇，总要询问一番，让载澂给他解释一遍。有时同治的问话让周围的人都十分吃惊，以为这位花花公子是从哪个山林里刚走出来的呢，怎么什么也不懂。

两人正走着，忽然看见前面围了许多人，同治好奇地围了上去。载澂也紧跟着挤进去一看，哦，原来是位摆摊算卦看相的。载澂拉着同治就要走，那看相的老先生一看面前站着两位花花公子，心里道给我送钱的人来了，他不待两人离开，急忙说道："两位公子天生富贵相，只可惜——"

"可惜什么？"载澂眉毛一竖呵斥道。

"好，好，我不说，只怪老夫多嘴，两位公子请走吧。"

同治一把拦住载澂："小哥哥，不用急着走，就让他算上一算，看上一看，听他说一说可惜什么？"

"好吧。"载澂一指老人说，"你且给我这弟弟看看相，看准了给你十两银子，不准揍你十拳，快说！"

老人让同治蹲下，先打量一下他的相貌、身材、衣着，又拿过他的手仔细瞧一瞧，这才说道："这位小公子生在富贵人家，温柔华贵府第，一生享不尽的荣华，受不尽的富贵，未生就娇贵，生后主天地，乃封王封侯之相，只可惜出生时辰不好，命中注定子母相克，水火不容，公子的命受其母所制，是短命相，恐怕不能达而立之年就会早亡。"

同治一听，立即脸色惨白。

载澂一听这算命老家伙说皇上是短命相，哪还让他说下去，大吼一声就向那人打去。

"打死你这胡说八道的老混蛋。"

同治急忙抓住载澂的胳膊："小哥哥息怒，人生死有命，富贵在天，哪是他一个凡夫俗子说生就生说死就死的，只当他没说，咱们到别的地方看热闹去吧。"

那算命老人自知这两公子是大户人家子弟，怎敢得罪，急忙收拾自己的摊子溜了。

载澂走出了老远还气呼呼骂个不停，同治几次劝说才算消了他的气。

载澂余怒未消地说："好端端出来散散闷气，寻寻热闹，不想全被这老家伙给搅浑了，不是皇上劝阻今天准打烂他的臭嘴巴。"

同治立即推推载澂："小哥哥又称呼错了，幸亏刚才没有人，不然今天可就玩不成啦，要记住称我'老弟'。"

载澂拍拍脑袋："唉，瞧我这记性，都是那看相的老家伙气的。"

"其他什么地方有没有更热闹的玩处呢？"同治问道。

"要么去赌场？那里可热闹啦，什么人都有，男的女的，老的少的，有钱的没钱的，谁不到那里赌一把，碰碰运气。"

"好，就去那里，咱们也赌他一把。"同治说着，摸摸身上分文没有，忙转身问道："小哥哥可有银两暂且先借来用一用，待回去之后加倍还你。"载澂摸摸身上："就这五十两银子，我们去碰碰运气，赢了多赌几把，输了就算晦气，咱们立即回去。"

两人找了一家赌场。同治却不懂赌场规矩，先让载澂赌给他看，载澂走上前押了二十两银子，嗨，竟赢回了二十银。第二把载澂即押上五十两银子，谁知又赢了五十两。同治知道如何赌了，心道：我以为多么难学呢！原来这么简单，这个生意可真好做，送一得二，待我也试一试。

同治让载澂退下，他亲自赌一赌。载澂退到旁边指点同治如何下赌，如何看骰子又如何收赌。同治一一记在心中。

那开赌的人见是一个从来也没赌过的年轻后生，便有心将同治的银两赢光，在第一把中故意让同治先赢二十两银子。那开赌老板嘀咕道："今日晦气，不赌啦，你们走吧。"

同治刚刚尝到赌博的甜头，哪能不赌下去，立即说道："你开赌场就是让人来赌的，输光也要赌，不赌不行，不然的话，朕——"

同治说到这里，猛然意识到自己说走了嘴，急忙改口说："不然的话，小爷真的带人来砸你的店。"

"嘿，你敢砸我家老爷的场子，你也问一问，访一访，这西门口谁不知道我家老爷麻八的，在这天子脚下，敢开赌场的，谁没有几下子，就凭你也敢——"

不待那人说下去，载澂挤了过来，威胁说："怎么？你家老爷不是他妈的大清国的臣民，他在京城再横比皇上还厉害吗？我弟弟今天说啦，要赌还罢了，不赌明天就让你们的场子关闭。"

载澂一嚷嚷围了许多人，见是开赌的和两个公子哥模样的人斗嘴，说什么的都有。同治哪见过这个架势，有点胆怯了，对载澂说："小哥哥，咱回去罢，你记住这个地方，等回去我派兵来抓。"

"好！咱兄弟还从来没受过这窝囊气呢！走，回头不铲平这个赌场才怪呢！"

两人刚要走，赌场老板麻八拦住了他们，忙赔笑道："两位爷慢走，刚才只是跟爷开个玩笑，我是这里的老板麻八，开赌场就是让人来赌的，岂有不赌之理？请两位爷息怒，继续赌，玩个痛快。"

麻八又转脸向刚才那个伙计斥道："不懂规矩的东西，还不快向两位爷赔罪！"

载澂看看同治，同治心道：这还差不多。

两人回到赌桌上。

麻八在这天子脚下混了这么多年，什么人没有见过，他虽然不了解同治与载澂的身份，但知道必是大户人家子弟。京城可是藏龙卧虎之地，稍一不慎得罪了哪位达官贵人都吃罪不起。特别是同治的那几句话更让麻八觉得两人必有来头。

同治与载澂第二次回到赌桌上可不同于刚才，不到一袋烟的工夫，连本加利输个精光。

同治输恼了，知道载澂再也没有银子。但赌瘾却上来了，对载澂说："小哥哥帮我去取银子，我在这里等着。"

载澂怕让同治一人留在这里出事，急忙劝阻道："咱一起回去吧，改日多带些银两再来。"

同治怏怏不想离去，在身上摸了半天也没摸到一文钱，忽然碰到了手中的玉镯子，他迟疑一下从手中取下来放到桌上："你们看看这副镯子值多少钱，我就赌多少钱。"

麻八接过镯子看了看，心道：这是货真价实的蓝田玉，还是上上品呢！至于它的价值少说也值个万儿八千的。

麻八掂掂镯子，看看同治与载澂说："最多值五百两银子。"

载澂一听不愿意了，嚷道："你不能睁眼说瞎话，这可是上等玉镯，少说也值一千两银子。"

麻八见两人不识货，心中一喜，不动声色地说道："好吧，就依这位爷说的按一千两银子计算，你们赌就赌，不赌就收回镯子。"

"好，赌！"同治一拍桌子说道。

结果这一对镯子又输光了。

同治看看载澂，载澂看看同治，载澂劝慰道："今天就到此为止吧，改日多带些银两来赌一赌，顺便赎回镯子。"

同治点点头，两人这才无精打采地走出赌场。

载澂见同治闷闷不乐的样子，同他开玩笑说："俗话说赌场失意情场得意，如果小弟有兴趣我带你去一个地方，保证让你玩得快乐，决不会像刚才那样扫兴。"

同治又来了精神："去什么地方，该不会也像刚才在赌场里一样输个精光吧？"

载澂笑而不答："到时候你自然会明白的。"

载澂带着同治来到城南，这时天已近黑，街上亮起了灯，同治见那高大的门楼上横着一个大招牌，上面写着几个遒劲的大字——天地一家春。

载澂这时才意识到天色已晚，急忙小声劝阻说："皇上，咱们回去吧，改日再来，如果家里人找不到皇上会着急的。"

同治抬头看看天，天色已黑，街上早已亮起了灯。同治也是第一次出宫，多少还有点顾虑，刚要转身离去，从楼内涌出一群姑娘们将两人团团围住。

"两位公子刚到楼下也不进去坐坐，就要走，实在让我们姐妹们脸上无光。请两位公子赏脸，到楼上喝杯茶再走。"

"哟，莫非两位公子嫌我们姐妹们长得不漂亮，否则怎么楼也不进就要走呢？"

几位姑娘不由分说，拉拉扯扯把同治和载澂拥上了楼。敬茶的敬茶，献烟的献烟，一声声软绵绵肉酥酥的话语把同治和载澂撩拨得浑身痒痒糊糊的，这样的地方，只要上去哪还有下来的。

载澂毕竟是经常出入这些地方的，经得风月场多了，知道他们已经身无分文，只怕进得来出不去，惹更大的麻烦，先把丑话说在头里："各位姑娘们，今天我们哥俩本来带了两千多两银子的，不想运气不好全输光了，如果姑娘们不怕大爷赖账，下次加倍赏钱。"

几位姑娘见两位公子都不像是地痞无赖之人，知道必定是富贵人家子弟，做她们这生意也不是靠一次二次挣钱，只要能拢住多情公子的心，还怕他以后不常来？那大把大把的银子还不滚滚而来？

一位姑娘带头说道："这位小哥哥说这话可就无情无义了，虽然我们姐妹是做这个生意的，却也是有血有肉之人，只要两位公子是性情中人，我们姐妹也不在乎多少银子，只望两位哥哥能记住我们姐妹，常来看望就是。"

"对，我一看这两位爷就不像那些无情无义之人，那就来吧。"

一位姑娘边说边用胳膊勾住同治的脖子，载澂也被人拉走了。

那位姑娘把同治拉到一间屋里。同治是初次到这种地方，对一切不太习惯，也不敢造次，拘谨地坐在床边上，瞅瞅这看看那。如今正值夏天，这位姑娘只穿了一件薄得透明的裙子。

这女子一见同治的神情，觉得十分开心，故意同他眉目传情，卖弄风骚。同治早已心猿意马，此时此刻他想起了红艳，不免一阵心酸。

同治正在胡思乱想，只听这位姑娘娇笑一声说道："这位小哥哥一定还没吃饭吧？"

她这么一提醒，同治才觉得有点饿了，从中午吃过饭出来，到如今已经半天多了，又走了这么多地方，怎能不饿呢！

同治"哦哦"两声又不好意思说，姑娘却冲门外招呼一声："快给这位小哥哥送些酒菜来。"

不多久，酒菜摆了上来，虽然不是十分丰盛却也可口，他们边吃边聊。

姑娘先自我介绍说："我叫章玉婵，十三岁就被卖到这里了，如今已三个年头，在这'天地一家春'也小有名气，大家给我送了个绰号叫玉娘，如果小哥哥不见外也叫我玉娘好了。敢问公子尊姓大名，家住何处？"

同治一阵紧张，支吾了半晌也没说出自己的姓名来。

玉娘急忙说道："如果公子觉得不方便也就算啦，按理说做我们这行的不应该打听客人姓名，我只是觉得公子不同于一般客人，像位官宦人家的读书人，才斗胆相问。"

同治渐渐放松了许多，几杯酒下肚胆子也大了，这才说道："我姓黄，叫黄爱新，就住在这京城里面，因承继祖上留下的一大片家业，整日坐在家中守候着，平日里读点书，很少外出，今天是应本家那位小哥哥之约出来走一走，散散心。"

玉娘一听同治的这番话真是心花怒放，果然是条大鱼。

同治为何这样报姓名呢！他是把"黄"与"皇"取谐音，这"爱新"二字是他们爱新觉罗家族姓氏的前两字。

两人又饮了几杯，话也多了起来，同治的胆子更大了起来。玉娘为了拢住这条大鱼，以为同治端酒为名，故意把酒泼洒在同治的身上，她一面不住地赔礼道歉，一面给同治擦泼湿的衣服。

同治哪里经得住她这么撩拨，浑身燥热起来。玉娘是何等风月场上的老手，顺势依偎在同治怀里，双手勾住同治的脖子撒起娇来。同治再也控制不住自己，猛地把玉娘压到床上。

突然听到有人敲门，接着传来载澂的声音："弟弟快起来吧，天亮啦，咱一夜没回家，家里的人会着急的。"

同治毕竟是初次出宫，心中多少有几分顾虑，恋恋不舍地把玉娘那玉雕冰琢般的臂膀从脖子上拿下，轻轻下了床，又回味无穷地向玉娘投去怜香惜玉的目光，心中很不是滋味。

这时，玉娘醒了，见同治要走，一块到嘴的肥肉要丢了，她哪里愿意，急忙翻身坐起，伸手拉着同治的手，娇滴滴地说道："狠心的人，还没把这枕头焐热就要走，多伤奴婢的心，俺不图你的钱财、不图你的人品，只图你待俺一片真情实意。"

玉娘说道，竟不由自主擦起了眼泪。

男人最怕看见女人泪，玉娘这一哭，同治的心又软了，他急忙坐在床边安慰说："玉娘不要伤心，你对我是一片赤诚，我对你也是诚心诚意，只是我今日有急事不能久留，改日一定再来，即使玉娘忘了我，我还舍不得玉娘呢！"

载澂见同治半晌不开门，又在门外喊道："弟弟快起来吧，改日再来。"

同治这才十分不情愿地同玉娘告别。

第三十九章

巧抗旨怒斩清宫宦
空遗恨同赴鬼门关

"德顺哥，你听那边又吹奏起来，是为咱夫妻俩送行吧？""对，是为咱两口子送行。从哪里上路呢？"娇娇指指身旁的一口深井："就从这里吧，这不是井，这是从地狱通往天堂的出口。德顺哥，咱下去吧！"

同治和载澂刚到西角门就被出来寻找的太监看见了，赶紧把他们迎进宫中。一打听太后并不知道他们外出的事，两人才放下心来，同治给几名值班太监每人奖赏五十两银子，再三告诫他们："朕今后外出你等不许向太后走漏半点风声，如若谁敢向太后汇报，朕一定将你们乱棍打死。"

这几位太监连连称是，他们也不想让慈禧太后知道皇上私自外出的事，皇上挨骂，他们也有责任，太后一发怒，他们少不得挨一顿毒打，重则会被处死。只要给皇上瞒着，不但大家平安无事，反可以得到皇上的嘉奖，何乐而不为呢？

载澂奉同治之命从内务府支出一千两银子到昨天那家赌场去兑换皇上的玉镯子，起初赌场老板麻八不愿给，载澂一亮出恭亲王府的牌子，麻八害怕了，知道眼前这位公子定是恭亲王家的王子，哪敢不给。

载澂到弘德殿给皇上送玉镯子，刚踏进殿门，迎面碰上慈禧太后，他想转身躲开已经来不及了。

慈禧一看见载澂手中拿着皇上的玉镯，便喝住了他："载澂，你为何拿着皇上手上的玉镯？"

"我，我——"

"快说，是不是趁皇上不在偷的？"

"不，不，回皇太后，有人说皇上这副玉镯是假的，皇上也拿不准，让奴才到街上请人检查一下，奴才刚刚去请人验证一下，说这副玉镯是真的，价值四五千两银子呢！"

这时，皇上也闻声走出殿来。

载澂一见同治站在慈禧背后，急忙说道："皇上，这镯子奴才刚才到街上请人验证了，是真的，请皇上戴着吧。"

同治立即明白载澂的意思，忙说道："是真的就好，朕还以为是假的呢！"

梁吉庆从载澂手中接过镯子给皇上戴好。

慈禧看看同治又看看载澂，将信将疑，她抓不住载澂什么错，忽然又想起了什么，便呵斥道："载澂，本宫曾经再三告诫你不许来弘德殿打扰皇上读书，你今日怎么又来了，该当何罪？"

同治急忙说道："回母后，这事不怪载澂，是儿臣派人请他进宫的。"

"皇上请他来这里干什么，是不是又想搞什么恶作剧？"慈禧不满地说。

"儿臣让载澂到此，就是让他代儿臣验证一下这副玉镯子的真伪，有几位小太监说这镯子是假的，不是真玉制成。"

"谁如此放肆，敢信口雌黄，皇上的用品岂能有假的！"

慈禧是来打探皇上对册立后妃之事是什么态度，到底垂青哪位姑娘，她当然希望皇上与她的心思一致，册立凤秀的女儿为后，共同反对慈安太后坚持立崇绮的女儿为后的主张，可刚才几句旁敲侧击皇上就是不表露心迹，她担心皇上或者另有中意人选，或者与慈安太后的主张一致。

慈禧知道同治与载澂关系要好，也许已经向他吐露了心迹，决定盘问一下载澂。

慈禧对同治说道："皇上快进殿读书吧，母后有事询问载澂。"

同治不知母后想问载澂什么事，担心她询问昨天私自出宫的事，快快不想离去，慈禧又训斥了皇上几句，这才把载澂带回储秀宫。

载漪更是忐忑不安，不知慈禧到底要审问他什么，唯恐问及昨日之事，那他可要受到责罚。

谁知到了储秀宫，慈禧却一反常态，和颜悦色地问道："载漪，你和皇上关系密切，皇上一定向你谈及册立后妃之事，你可知道皇上准备立谁为后？"

这次载漪多了个心眼，他知道慈禧是从皇上那里没有打听出头绪，才故意哄自己讲实话的，哼，我是不会上当的。

于是，载漪故意装作不知地说道："回太后的话，皇上不曾向小臣提及此事，皇上只是让小臣给验证一下那副玉镯，其他什么话也没说。"

慈禧一听载漪这话，知道他在耍滑头，恼了，这小子比他老子还滑，不给他点颜色看看不行，立即变了一个面孔，冷笑一声斥道："载漪，你小子不说实话今天本宫打断你的腿，让你永远也不能走路！你只当我不知道，你哪里是为皇上验证玉镯，是你们偷偷上街胡闹没有钱了把玉镯押在街上的当铺里，今日才赎来是不是？不老实交代，一定砸断你的腿，让奕诉来带人。"

慈禧本是唬他一下，谁知载漪毕竟年龄小，被慈禧这一诈，害怕了，真的以为慈禧知道了一切，急忙跪地求饶说："请太后饶过奴才，奴才告诉太后一个秘密。"

"什么秘密？快说！"

"听皇上说，皇上和慈安太后正密谋杀小安子呢！派一个叫什么丁宝桢的人负责捉拿小安子就地正法。"

载漪一紧张，为了给自己开脱罪责，把这个秘密兜了出去。

慈禧一听这话，知道载漪所言不假，因为安德海去江南采办龙衣一定经过山东，慈安派山东巡抚丁宝桢截拿安德海极有可能。

慈禧也顾不得处罚载漪，急忙带着李莲英等人直奔钟粹宫。

慈安太后正在午睡，听说慈禧来了急忙起身迎接，刚刚走出内堂，就见慈禧带着一帮宫女、太监气势汹汹地闯了进来。

慈安太后一怔，还没来得及讲话，就听慈禧质问道："钮祜禄氏，我那拉氏做事哪点对不起你，你竟如此狠心要杀我的下人？打狗还要看主人呢！你要杀安德海为何不同我打个招呼？他是我宫中的太监，至少也要让我知道吧？这总不算过分的要求吧？如果你慈安太后想独揽大权，嫌我碍事，就向众王公大臣宣布将我那拉氏赐死吧。你慈安太后原是正宫出身，是先皇从乾清门抬进宫的，有权有势，而俺是婢子出身，名不正言不顺，虽当了太后也是个窝囊角色，谁想欺就欺，还不如死了呢！"

慈禧说完号啕大哭，装作不想活下去的样子一头向慈安旁边的案子撞去。

慈安急忙扶住了她，见慈禧呼天抢地哭个不停，也觉得有点理亏，叹口气劝慰道："妹妹不要如此伤心，安德海不过是一个下等佣人，为他哭坏了身子不值得。"

慈禧一听这话，也怕慈安怀疑她与安德海有暧昧关系，急忙止住哭泣说："我不是可怜一个太监，一个下等人死他十个八个也没有什么稀罕，只是你慈安太后这事做得太让人伤心，你分明是瞧不起我那拉氏，在你慈安太后眼中根本就没有我这个太后。实话说吧，安德海私自出京是我允许的，我让他去江南为皇上置办龙衣，以备皇上大婚所用，太后要杀安德海就先把我杀了吧！你慈安太后明着是杀安德海，实际上是杀鸡给猴看，要治我那拉氏的罪，请太后治罪吧。"

慈禧说完又哭了起来。

这时，皇上得到载澂的报告也赶到了钟粹宫。

慈禧一见皇上来了，闹得更凶了，她走到同治面前扑通跪倒，哭着说道："载淳哪，你如今长大了，也快要大婚亲政了，可以不要额娘了，快下令把额娘杀了吧，额娘活着被人瞧不起，也给皇上丢人现眼。额娘知道皇上从来也没有把我当作自己的额娘，连自己的儿子都不与我一条心，我活着还有什么意思，儿啊，快把额娘赐死吧！"

同治急忙拉起慈禧，十分为难地看看慈安太后，也眼泪吧嗒地不知说什么好。

慈禧被人架到椅子上坐着，她一把鼻涕一把泪，边哭边说："额娘生来命苦，从来也不求什么大富大贵，不想被先皇宠爱怀了龙胎生下皇上，自从生下皇上就遭人嫉妒，多次被人陷害，如果不是额娘心细一些，哪有皇上今天，早就被人害死了。大行皇帝宾天之后，额娘忍辱负重将你抚养成人，眼巴巴望着你早日长大，只等着你大婚之后举行亲政大典，额娘的责任也就到头了，额娘从此不再操心，找个偏僻的宫殿颐养天年，老死宫中也就心满意足了，想不到这几天的光景你们都容不下我。额娘不是处处为皇上着想，怎会匆匆忙忙派安德海离京为皇上置办新婚的龙衣呢？只可惜一片疼爱心被当作驴肝肺啦！"

慈禧边哭边数落还真奏效，慈安太后的心软了，皇上也后悔起来。

同治迟疑片刻对慈安太后说："皇额娘，谕旨虽然发出了，丁宝桢也许还不能收到，可否再发一道谕旨追回那先发的谕旨，把安德海押解回京治罪？"

慈安点点头："就按皇上所说，快拟定一道谕旨，免去将安德海就地正法，先押解回京再说，用八百里飞递送出去。"

同治立即拟定谕旨，着人送走。

慈禧这才止住哭泣，带着宫女、太监余怒未消地走出钟粹宫。

山东济南巡抚大堂。

丁宝桢坐立不安，这几天又接到几个县的报告，说安德海所作所为更加猖狂，每到一地，下令让各地方官亲自迎接不说，还要送上一些漂亮的姑娘去陪酒侍宴，至于敲诈勒索的财物尚在其次。今天早晨，丁宝桢又接到泰安知府孙成海的报告，说安德海昨天晚上曾暗中派两名侍从出去办事，直到天色微明那两人方才归来，据监视安德海的人说，两人身上都有星星点点的血迹，今天早晨就接到报告，说泰安城北有一富裕人家五口被杀，估计是安德海派人所为，但尚无证据，至于为何刺杀那户人家也不得而知。只从办案的人那里了解到，这户人家是近日才从京师搬迁到这里的，被杀者姓什么叫什么不得而知，从家中的摆设看，可能是位郎中。

丁宝桢越想越糊涂，安德海初到泰安怎会有此仇家呢？一定是在京中结下来的，那人为了躲避安德海才逃到泰安来隐居的，不想仍被他查到踪迹给杀掉。如此说来，安德海此番出京还有另一个目的，就是来此杀人。

丁宝桢对安德海已经恨之入骨，但他只是派人密切监视着，焦急地等待着京城的消息。时间已过了多日，眼看安德海就要出山东，仍然不见谕旨到来，怎能不让丁宝桢着急呢？万一杀不成安德海，自己夹单密奏的消息再让慈禧太后知道，自己这官也就危险了。对于慈禧太后的为人丁宝桢是清楚的。

忽然，丁宝桢接到衙役报告，京城八百里文书飞递送到，请他接旨。丁宝桢走出大堂，跪着接过谕旨，打开一看，只见谕旨上写道：

> 太监安德海私自出京，触犯我朝宫规，罪不可恕。又闻安姓太监捏称钦差，所乘大船遍插龙凤彩旗，悬挂日形三足乌杏黄旗，招摇撞骗，有损皇室体统。着令山东巡抚丁宝桢等人派员查拿，有犯必惩，纲纪至严，毋庸审讯，就地正法。
>
> 钦此

丁宝桢看罢谕旨，再次叩拜站了起来，欣喜若狂地走上大堂，对总兵王正起喊道："王正起何在？"

"末将在！"王正起走出班列躬身说道。

"你和马新铁、张之万三人率五百精兵快速赶到泰安，配合泰安知府孙成海将安德海一行人马全部拿获，有违令抵抗者格杀勿论。"

"遵命！"

王正起领命而去。

泰安一家最大的酒楼得天园，安德海正由四名美娇娃陪着饮酒作乐呢，旁边站着四名大内侍卫，猛然看见旁边的客人纷纷离去，安德海还没弄清怎么回事，就见王正起、马新铁、张之万带兵闯了进来。

安德海并没在意，微微一笑："三位将军是来陪安大爷喝酒的吧？那就请坐呀。"

"我等是奉命来抓你的！"王正起呵斥道。

"嗬，你们来抓我，奉谁的命，是孙成海还是丁宝桢？他们有这个胆子来抓我安德海吗？问一问他们长几个脑袋，这官还做不做了？"安德海毫不在乎地说。

王正起上前一步："我等奉巡抚丁大人之命特来捉拿你，死到临头还敢嘴硬，给我把安德海拿下。"

马新铁与张之万上前就要拿安德海，安德海一见他们动真格的，急忙喝令四个侍卫："有谁敢动我一根汗毛，你们给我格杀勿论，天大的事有我安德海一人顶着。"

王正起见安德海想反抗，挥刀向旁边一名侍卫砍去，几人立即混战起来，整个酒楼变成了战场。大内侍卫虽然功力高强，但抵不上王正起人多势众，不多久，四名侍卫两死一伤，另一人也乖乖地束手就擒。安德海自然也被捆了起来。

这边安德海被抓，那边孙成海也带人将安德海乘坐的三艘大船封了起来。

安德海虽然被捆绑得结结实实，他仍然不服气，被押上囚车，尚破口大骂："你们算什么东西，也配抓我安大爷，就是你们巡抚大人丁宝桢也没有权力抓我，他见到我安德海也会向我毕恭毕敬

709

的，我是西太后的宠信之人，太后对我言听计从，只要我一句话你们就可以荣宗耀祖，我一句话你们也同样可以脑袋搬家，你们快放了我，放了我，我要找你们丁大人说理。"

"不用找，马上就见到丁大人了。只怕见了丁大人你就死到临头了。"王正起回敬道。

安德海被押到巡抚大堂，刚被解下囚车就冲着丁宝桢叫道："丁大人，快来救我，你的手下对我如此不敬，你给我严加惩处！"

丁宝桢冷笑一声："安德海，要严加惩处的应该是你，你身为太监，私自出京，敲诈勒索，杀人越货，无恶不作，该当何罪？"

"嘿，丁宝桢，你不要狂妄，你只不过是一省的巡抚，也敢治我的罪？我是奉西太后之命为皇上置办大婚所用的龙衣，你敢违抗太后之命将我拘押，贻误朝廷大事，这个罪名你担当得起吗？"

"安德海，你不要拿西太后之名欺压本官，本官也是奉旨行事，这里有当今皇上和慈安太后共同发出的谕旨，令本官将你拿获，就地正法。"

丁宝桢说着，从桌上取过谕旨抖动一下。安德海一见丁宝桢手中的谕旨开始害怕起来，一反刚才的骄横之态，扑通跪下哀求说："丁大人饶命，请丁大人放过奴才，那谕旨一定是未经西太后知道，皇上和东太后私自发出的。如果西太后知道是绝对不会同意将奴才就地正法的，求丁大人饶过奴才，奴才回京后一定在太后面前保举丁大人，让丁大人步步高升。如果丁大人想要银子的话，要多少都行，只求丁大人高抬贵手，饶小的一命不死。"

"本人只要你的命，其余什么也不要！"

安德海见软的不行又来硬的，立即威胁说："丁宝桢，你敢杀我，慈禧太后决不会放过你的，一定会杀你为我报仇，也让你不得好死。"

"安德海，我且问你，你私自派人到泰安城北刺杀那一家五口意图何在？"

安德海一惊，知道丁宝桢早就派人监视自己了，冷笑一声说道："丁宝桢，你既然知道这事，我也不再瞒你，刺杀那一家五口也是本人这次出京的另一项任务，这也是奉西太后之命行事，至于为什么，你只要同我一起回京面见太后，自然明白其中缘由。丁宝桢，你既然明白这些，该知道我不是私自离京了，应该将我放了，以免西太后谕旨一到，你吃罪不起。"

正在这时，又有快马飞奔而到，边跑边喊："请丁宝桢接旨——"

丁宝桢一时也被搞蒙了，昨天刚接到一份圣旨，怎么又来一份圣旨。丁宝桢不容细想，急忙上前跪迎圣旨。

丁宝桢接过谕旨一看，只见上面写道：

着令山东巡抚丁宝桢暂且将安德海查拿缉押，且缓正法，押京师候审是问。

钦此

丁宝桢看罢圣旨，心中十分难过，不用说，这查拿安德海的事西太后一定知道了，杀安德海得罪西太后，不杀安德海也同样得罪西太后。如今把安德海押解进京，有西太后在一定不会将他处死，如果安德海不死，在西太后面前定会将自己添油加醋地诽谤一顿，那对自己更加不利。是杀是留，丁宝桢一时拿不定主意。

安德海正在绝望之际，猛然听说又有圣旨到，心中大喜，估计是慈禧太后知道自己被查拿后才特意下谕旨释放自己的。他一见丁宝桢的神色，更坚信自己的判断，不待丁宝桢开口，安德海强硬地说道："丁宝桢，是慈禧太后下谕旨释放我的吧？还不快给我安大爷松绑，向我赔礼道歉，不然的话，本大爷回京后一定令太后拿你是问。"

丁宝桢见安德海太猖狂了，真是死有余辜，不杀安德海不足平息民愤。反正先有谕旨令我将他正法，我先把安德海杀了，上奏朝廷就说谕旨到时已经杀过。对，就这么办！

丁宝桢扫一眼得意忘形的安德海，对王正起喊道："把安德海推出去正法！"

安德海一听这话傻了眼，急忙跪下求饶："丁大人饶命，丁大人饶命！"

王正起等人上前拉起安德海就走。

安德海知道自己要命归黄泉，又破口大骂起来："丁宝桢你不得好死，丁宝桢……"

不等安德海骂下去，刀斧手挥刀砍了下来，一股鲜血蹿出丈余高，接着人头落地。

接着，丁宝桢下令将安德海暴尸三日。

丁宝桢冷静思考片刻，立即写了一份奏折快马送往京师。

谕旨虽然发出去了，慈禧一直坐卧不安，她担心这第二份谕旨到达济南时安德海已被正法，自己的心思可就白费啦。这几日来，慈禧每天都派李莲英到军机处查问有没有山东来的奏折。

这天，慈禧正在宫内养神，李莲英慌慌张张地跑了进来，捧着一份折子对慈禧说道："太、太后，大事不好，安德海被杀啦。"

慈禧接过折子一看：

启奏皇上、皇太后：

　　臣接到本月初三日谕旨后即将安德海缉查拿获，待本月初五日谕旨到时，已将安德海正法，并暴尸街头。查抄安德海所带东西，得骏马五十余匹，黄金一千二百两，元宝一百五十八枚，巨珠十五颗，玛瑙八枚，翡翠碧霞朝珠两挂，玉如意一双，其他银两计五千。不日将解送内务府，请查收。

丁宝桢奏

慈禧看罢丁宝桢的折子，一把扔到地上，又忍不住哭了起来。慈禧也知道丁宝桢将安德海暴尸街头是故意做给众人看，为她澄

712

清名声，消除传言她与安德海有暧昧关系。

慈禧在对丁宝桢感激的同时，更多的是痛恨，咬牙切齿地对李莲英说："丁宝桢杀了我一个人，有朝一日本太后定要杀他全家给小安子报仇！"

不知是慈禧失去了一个心上人伤心太重，还是其他什么原因，总之，慈禧在接到丁宝桢折子的第二天就病了，而且病得十分厉害。

李莲英趁机讨好西太后，每天都服侍在左右，端茶倒水，喂饭喂药，他要加倍讨好太后，进一步取得太后的信任，以便取代安德海的位置。

慈禧太后患病不能临朝执政，可乐坏了同治皇上，他急忙同慈安太后和恭亲王商量，立即举行后妃册立大事。这样，同治帝便顺利地将自己中意的姑娘，户部尚书崇绮的女儿阿鲁特氏册封为皇后。为了防止额娘病愈后取闹，把侍郎凤秀的女儿富察氏封为皇贵妃，仅次皇后一个等级，宫里的人都称为慧妃娘娘。其余三位秀女，大学士赛尚阿的女儿阿鲁特氏封为珣嫔；知府崇龄的女儿赫舍里氏封为瑜嫔；四川工部主事英纶的女儿西林觉罗氏封为贵人。

等到慈禧病愈后了解详情，册封大事已定。慈禧知道木已成舟，无法更改，好歹自己所中意的凤秀的女儿封为皇贵妃，还算儿子有点良心，她也不再说什么不满意的话，但在心中却对儿子极为恼火。她也明白这与慈安太后从中作梗有关，此时，已萌生铲除东太后之心。

后妃册封大典之后，便择定吉日为皇上举行龙凤大婚。

诗曰：

昭阳仪仗午门开，

夹路官灯对马催。

713

队队官监齐拍手，
后边知是凤舆来。

皇上结婚自然不同于一般平民百姓，就是达官贵人、亲王贝勒也无法相比。

整个紫禁城重新粉刷一新，从午门到神武门，每一道门都披红挂绿、张灯结彩，大红宫灯上贴着烫金的"囍"字，地上铺满红毡，从午门一直铺到顺贞门。

大婚的程序完全按照宫规进行。

第一步是行纳彩礼：由户部侍郎与礼部尚书携带内务府置办的各种聘礼到户部尚书崇绮府第行聘礼，举行纳彩礼仪，举办纳彩宴。类似于平民百姓家的子弟结婚向女方赠送的上头礼。

第二步是行大证礼：就是在迎娶皇后前向皇后娘家所给的各种礼品，类同于我们现在姑娘出嫁上车前所要的一份上车礼吧。由于是皇帝家庭，这个上车礼可不是千把块钱，一般要给黄金千两，白银万两，其他什么马匹、绸缎更是无数。

第三步叫迎凤礼：皇上为真龙天子，皇后为人间飞凤，迎接皇后的礼仪当然取名叫迎凤礼喽。这是所有礼仪中最隆重的一项，举国同乐，万民共庆，人人都要穿红着绿，家家都要张灯结彩，这是国家的庆典。这一天，上至达官显贵，下到平民百姓，一律不准办丧事举哀仪，违禁者一经查出定当严加治罪。

迎凤礼就是一般百姓结婚时的迎亲礼仪，皇上的迎亲礼仪十分隆重，从紫禁城到皇后娘家阿鲁特氏的府上，这一段距离一律净水清街，红毡铺道。两旁准允穿红着绿的百姓列队观赏。

迎亲队伍实在浩大。

礼炮齐鸣，凤歌凰曲高奏，迎亲的正副使节穿着崭新的礼服手持符节当向导，随后排列的是宫娥彩女们手捧着皇后志书和印信，也就相当于我们今天的结婚证吧。接着是各种册亭、宝亭、喜轿、凤舆和皇后的仪驾队。最后才是迎接皇后的内务府大臣、锦衣侍卫等人。

迎亲队伍到达崇绮府时，男方先放炮向女方家打个招呼，女方家接着放炮回应，表示准备就绪，双方乐队合奏。先举行授册仪式，再请皇后升凤舆，开始起驾回宫。

我们百姓儿女结婚都撒喜糖发喜烟，皇上结婚更不用说啦，专门有人一路遍撒喜果喜糖，还有喜礼呢！

第四步叫行龙凤大礼：就是人们通常说的拜堂或者叫作拜天地。

穿戴一新的同治帝站在乾清宫门前等待皇后凤舆的到来，一旦凤舆落定，同治帝立即向凤舆连射三支桃木神箭，给皇后驱走鬼怪。这时，同治走上前接过十全命妇递上的金钥匙打开凤舆上的金锁，把蒙着红盖头的皇后阿鲁特氏引进坤宁宫。

又一阵礼炮响后，黄钟大吕齐鸣，奏出一支龙凤合欢曲。在皇上与皇后按规定的位置站好后，又有唢呐奏起百鸟朝凤的曲子，司仪太监高喊：一拜天地；二拜寿星；三拜灶君；四拜祖宗。接下来是慈安和慈禧两位太后端坐中央接受一对新人朝拜。慈安太后红光满面，乐呵呵地坐在那里等着接受大礼，她当然高兴，阿鲁特氏是她中意的候选人，现如愿以偿登上皇后宝座。慈禧太后嘴角虽然也挂着一丝笑意，但明显有几分做作，是故意挤出来的，其实内心是一千个不乐意，她所中意的凤秀的女儿没能登上皇后之位，表明她与慈安太后的斗争中她又一次失败了。

婚礼的最后一步是行交欢礼。就是入洞房与喝交杯酒。

在一片祥和而又喜庆的龙凤呈祥的乐曲中，同治挽着阿鲁特氏走入洞房，在命妇的催促下，同治掀开新娘的红盖头。看着光彩照人、雍容典雅而又娇羞可餐的阿鲁特氏，同治十分动情，这是他满意的皇后。

"皇上，快喝交杯酒吧！"有人催促说。

同治与皇后同时举起了酒杯，四目相视，频频传情，都会心一笑。同治将杯中的酒一饮而尽，皇后仅仅饮了一半，便把酒杯递了过来。

"臣妾不胜酒力，请皇上代臣妾把这剩下的酒饮干吧！"

阿鲁特氏那莺声燕语般的话语令同治心里喜滋滋的，同治接过酒杯，微笑着说："好吧，朕就代皇后饮这第一杯酒。"

说完，又一饮而尽。

"皇上与皇后快吃汤圆与子孙饺吧！"又有人在旁边提示说。

吃过子孙饺后便是交欢宴。王公大臣、亲王贝勒、命妇、福晋等人在太和殿接受皇上赐请的宴席，皇上与皇后在坤宁宫举行交欢宴。

交欢宴结束了，一切礼仪也到此为止，众人退下，其余的事就由皇上与皇后两人完成了。

一对红红的龙凤蜡烛照耀下，坤宁宫东暖阁内的气氛似乎更热烈，这里几乎都是红的，红色雕龙画凤的龙凤床，大红彩帐，地上是红毡，墙上贴满红囍字，连门和窗户也都挂上红纱。

在这样的热烈气氛中，同治按捺不住内心的冲动，把皇后抱上了龙凤榻。

人们常说女人就是一瓶酒，同治觉得玉娘是标准女儿红，喝起来有滋有味，酒尽之后味更浓；而红艳只能是二锅头，虽然不名贵，却喝起来实惠，也不厌烦，标准的家常酒，让人心暖想喝；那么皇后呢，就是这皇宫御酒，名字好听，中看不中喝，令人乏味。

一觉醒来，天已大亮。同治看看身边，皇后不知何时已经起来，他也想起个早，忽然觉得自己的头有点蒙蒙的，就像几年前所得的那头疼病一样，浑身无力，四肢发软。是昨天太累，还是自己夜间没有注意着了凉，总之浑身不适。

莫非那多年前的病又复发了？同治暗暗问自己。

就在举国同庆、万民同乐、同治帝大婚之际，紫禁城的一个偏僻角落里却传出一阵悲婉凄绝的哀鸣，虽然哭声并不大，却撕人心肺，与黄钟大吕所奏出的凤歌与凰曲形成强烈反差，显得那么不谐调，这不能说不是对皇家尊严的蔑视，也许更是冥冥之中的一种安排，究竟暗示着什么，只有苍天才能回答。

后宫东北角景祺阁。

这里静悄悄的。

今天是皇上大婚之日，从事杂务劳动的太监，都穿着崭新的衣服到前面帮忙去了。原先到这里的人就特别少，因为这里是冷宫，专门用来关押受到处罚的宫女、太监。今天人就更少了，有几位较轻的受罚者也沾了皇上大婚的光，因为人手不够放了出去，现在只剩下张德顺一人了。

张德顺劈完最后一堆柴，已经累得气喘吁吁，自从被打入冷宫，他心灰意冷，人一下子苍老了许多，身体也一天不如一天。当太监本是一件奇耻大辱的事，如今更是辱上加辱，他后悔自己太任性没有同张大哥商量一下，也后悔自己没有听从娇娇的劝阻，一时心血来潮听信那空云大师的一派胡言，入宫当了太监。自己这样做的目的是为报答张大哥的养育之恩，但这样做的后果报答了没有？张德顺十分清楚自己的处境。自从入宫以来，他一直牢记空云大师的话，接近皇后，力争取得皇后的赏识，后来发现皇后并不是空云大师所说的那个人，而慈禧太后才是，他又极力去讨好慈禧太后，也为她奔走卖命，力争取得她的信任，但他绝望了。无论自己怎样努力都不能讨慈禧的欢心，不会成为慈禧的贴心人，自己的话在慈禧心中也就没有分量。张德顺曾经不止一次地思考过这个问题，与安德海相比，自己究竟缺少点什么，自己为什么学不来安德海的那一套呢？甚至与李莲英相比，张德顺也自愧弗如。

后来，张德顺听到捻军被剿灭的消息，他一个人偷偷地躲在屋内哭了一天，几次想到自杀，但传闻捻军首领逃脱了，他相信张大哥没有死，大哥足智多谋，又那么勇敢，怎会死呢？他放弃了死的念头，决心苟活下去，逃出这人间地狱，重返江湖寻找大哥，支持大哥重新拉起杆子，再与清廷干。这多少年的宫廷生活，张德顺就学会了一个字，那就是"忍"，这多少年都忍了过来，再忍上一段时间，寻找逃出去的机会吧。就在张德顺做好逃跑的一切准备时，同治皇上与红艳宫女的事把张德顺牵连进去，慈禧太后盛怒之下，把一切责任都推到他们这些侍从身上，张德顺被打进了冷宫，逃出去的机会几乎等于零。

曾几何时，张德顺也曾想用刺杀皇上与太后的办法帮助张大哥推翻大清王朝，但他后来渐渐发现皇上不过是个摆设，就是把太后都杀死了也丝毫不能动摇大清朝的江山社稷，无论谁登上皇帝宝座都一样，杀死一个人两个人是没有用的，必须拉起杆子真枪真刀地与清军干，彻底打败清廷，把他们赶到关外才行。

张德顺放弃了刺杀的念头，却又没有来得及逃出去，是他最后悔的。

张德顺歇了一会儿，站了起来，在这静悄悄的小院里走一走。平日里有人看管着，想走出这东小院的机会都没有，今天小院的人都走光了，张德顺大着胆走出东小院，想到西小院看一看，听说西小院关押的都是宫女。

张德顺刚跨进西小院，就听到里面有洗搓衣服的声音。张德顺又向前走几步，拐一个弯，见水井旁有位衣衫不整的宫女在埋头洗衣。

这个背影好熟悉呀，张德顺不由自主地向前迈出了两步。

张德顺的脚步声惊动了那洗衣服的宫女，她转过身，愣愣地盯着张德顺。

张德顺也怔住了，盯着那宫女失声问道：

"大妹妹，快告诉我你叫什么名字？哪里人氏？"

那宫女仔细打量着张德顺，认真搜寻着，似乎要从他脸上找到什么丢失的东西似的，忘记了张德顺的问话，半晌一言不发。

"快告诉我你是不是叫娇娇？"张德顺冲上前急促地问道。

"我、我是娇娇，你、你是德顺哥？"娇娇也失声地说道。

"对，我是德顺，张德顺，你真的是娇娇，我的娇娇！"

两人抱头痛哭。

许久，许久，两人才抽泣着抬起头。

"德顺哥，别哭了，应该高兴才对，一别二十年，我们能够相聚，这是上天安排的，命中注定的，应该高兴才行。"

"对，应该高兴，应该高兴。"张德顺边擦眼泪边说。

"德顺哥，你真的到宫中当了太监？"

张德顺点点头，眼睛里闪着泪花，目光中充满了委屈与愧疚。

娇娇绝望地看着苍老的德顺哥，这就是她多少年来日夜思念的德顺哥吗？她有点不相信，又不能不相信这是真的，梦破灭了，这不是她心中的德顺哥。

娇娇又失声哭了起来。

"娇娇，别哭了，会哭坏身子的，你不是说应该高兴吗？快告诉我你是怎样来到这个地方的？"

娇娇一听张德顺问起自己的经历，哭得更伤心了。又过了许久才抬起头，揉一揉红肿的眼睛，讲起自己的往事。

原来，娇娇在张乐行的逼迫下嫁给了太平天国的将领英王陈玉成。在陈玉成被俘后落到清朝都统胜保手中，成为胜保的玩物。在胜保被赐死，其家眷解回京城后，胜保的家被安德海带人抄了，娇娇又被安德海占为己有。安德海在西直门外买下一个大宅院，强迫娇娇同他成婚，让娇娇做他的挂名夫人。谁知安德海又出了事，被丁宝桢所杀，家也被恭亲王派人抄了，所有财物送交内务府，家中的女佣押解到宫中做苦役，娇娇被打入冷宫，每天给太监、宫女洗衣服。

张德顺曾知道安德海在宫外买宅娶妻的事，他做梦也想不到竟是娇娇。娇娇的命运比自己更悲惨，一定程度上都是他给娇娇造成的，张德顺如万箭攒心，搅痛着，也在流着血，他对不起娇娇，就是来世为她做牛做马也还不清欠娇娇的情和债。

此时，张德顺彻底绝望了，身心也崩溃了，他既不想报仇，也不想逃出去寻找他的张大哥，一切对于他都毫无意义了。

娇娇看见张德顺悲痛欲绝的神情，她反而冷静了，转过来劝慰说："德顺哥，别伤心啦，这是命，命！上天就是这样安排的，不是为了寻找你，不是为了今生今世能再见你一面，我早就应该死了，就是有十条命也死光了。我之所以忍辱活到现在，就是为了寻找你，为了找到你，要和你结婚，德顺哥，咱俩结婚吧！这婚礼已经推迟了二十年，就让我们回到二十年前，实现当年的对天盟誓吧！"

"娇娇，我在二十年前已经对不起你，如今更不能再做对不起你的事了，我不能和你结婚。"

"为什么？为什么！你嫌弃我？嫌我脏是不是？既然如此，我也不硬求你，我已经见上你一面，我的愿望实现了，死也无悔了。"

娇娇说着，向井里投去。

张德顺不顾一切地抱住娇娇，哀求说："娇娇，原谅我吧！我不是不想和你结婚，我已不是二十年前的张德顺，我早已不是一个男人，甚至连一个正常人也算不上，和你结婚是害你。你还年轻，还有可能出去，而我，就是能够出去又能怎么样？"

娇娇惨笑一声："德顺哥，我已是快四十的人了，还年轻吗？你都不愿意娶我，谁还会要这样一个下贱的女人呢？"

张德顺捂住她的嘴："娇娇，如果你不嫌弃我，咱们就结婚吧！"

两人在井旁撮土为炉，插草为香，指天为媒，让这简陋的矮房为见证人，两人叩拜了天地，结为夫妻。

此时此刻，从坤宁宫中正传出高亢激昂的百鸟朝凤的旋律。

张德顺与娇娇开心地笑了，这是他们人生第一次开心地微笑。那优美的曲子不像是为同治皇上吹奏的，而像是专门为他们两人吹奏的。

娇娇偎依在张德顺的怀里，张德顺紧紧地搂住娇娇，唯恐被人抢走似的。

娇娇问："德顺哥，你幸福吗？"

张德顺点点头："幸福。我们已经分离了二十年，今后永远不再分离，你到哪里我就随你到哪里。"

"德顺哥，我觉得这个世界太凄冷，没有我们立足的地方，我想到另一个世界去，你愿意去吗？"

张德顺明白了娇娇的意思，又点点头说道："我愿意去，我刚才不是已经说过了吗？你到哪里我就到哪里，永不分离，只要和你在一起我就觉得幸福。"

"那好吧，德顺哥，咱们就上路吧。你听那边又吹奏起欢乐的曲子来，可能是为咱夫妻俩送行的吧。"

"对，是为咱两口子送行。从哪里上路呢。"

娇娇指指身旁的一口深井："就从这里吧，我已经在这里观察几个月了，时常对着井口想，后来终于想明白了，这不是井，这是从地狱通往天堂的出口。德顺哥，咱下去吧！"

"好！让我先给你开路吧。"

两声清脆的水鸣，一股水柱从井中射出，接着又泛起了一阵水花。片刻之后，周围恢复了平静。

这时，坤宁宫里各种器乐正在齐鸣，演奏到了高潮，气氛也更热闹了。

第四十章

初亲政笑朝令夕改
重沉沦终梦死醉生

奕䜣负气说话，让人听来觉得生硬，似乎带着责备与不满。同治一听奕䜣这个口气，也不示弱地吼道："奕䜣，你有完没完！朕做事自有主张，用不着你来教训朕！"同治说着，把折子"啪"地扔到地上，厉声呵斥道："都滚出去！"

同治十二年正月二十六日（1873年2月23日）。

同治帝在养心殿举行亲政大典。

养心殿外披红挂彩，殿两旁的廊檐下摆满了象征皇权的斧、钺、爪、戟，插满了各种伞盖、旗帜。更远的地方，放置着各种乐器，有编钟、编磬、琴、箫、笙、瑟、鼓、锣等。

养心殿内，亲王、郡王、贝勒、内廷行走、御前大臣、军机大臣、大学士、总管内务府大臣、六部尚书、三殿三阁大臣等文武百官都穿戴一新，等候在两旁。

漏壶漏到寅时整，执事太监扯着尖细的嗓门高喊一声：

"奏——乐——"

一时间，各种乐器齐鸣，中和韶乐与丹陛大乐交相齐鸣，由轻缓低沉渐渐变得高亢激昂，透露出皇权的威严尊贵和至高无上。

那些铜炉、铜兔、铜鹤、铜龟中也飘起袅袅香烟，由远而近，由近而远，由低而高，由高而低，缥缥缈缈，弥漫着，升腾着。

同治皇上特别有精神，身着杏黄色团龙朝袍，头戴缀有红色朝珠的皇冠。同治坐在宽大的龙椅上，两宫太后陪坐在身后。其实，今天上朝与往昔并没有什么特别的地方，但同治的感觉就不同了，仿佛这是有生以来第一次坐龙椅似的。

亲政大典到了高潮，文武百官高呼"万岁！万万岁"三叩九拜。同治看着脚下跪了一片戴着红缨顶子的官员，感到特别舒服，不停地用手抚摸着龙椅光滑的扶手，真正感到皇权的可贵。

朝拜完毕便是训话，由执事太监宣读事先写好的谕旨，让王公大臣尽心匡弼、毋避嫌怨，尽职尽责。两宫皇太后当然也要讲几句告诫的话，无非是勉励皇上敬天法祖，勤政爱民，发扬光大大清江山社稷一类的话。

最后是英、法、德、美、意、日等国的公使上殿免冠鞠躬觐见，表示祝贺。

礼仪完毕，同治散朝回来，独自在乾清宫想着自己亲政后要做的头等大事应该是什么。同治寻思道：人们常说"新官上任三把火"，自己初掌大权也要烧上三把火，办几件令人刮目相看的事才行。第一，要提拔一批官员，作为自己的左膀右臂，一朝天子一朝臣，没有自己的一批人怎么行？提拔哪些人？同治把自己所熟悉的官员一一揣摩着，首先要提拔李师傅，李鸿藻这个糟老头子虽然糟一点，对自己还是挺不错的，认认真真教授自己许多年，没有功劳应该有苦劳吧？翁同龢也不错，人虽然犟了一些，但为人挺正派的，也较有水平，可以任用。还有谁呢？崇绮，他是自己的岳父大人，当然胳膊肘子不会向外弯，一定会和自己一心的。至于慧妃的父亲凤秀，同治考虑再三还是把他给否定了，虽然也是自己的岳父，但他是西太后的人，处处听额娘的支派，决不能重用。再者就是载澂，他是自己的铁哥们，可以提为御前大臣，既能给自己出谋划策，又能陪自己开心找乐趣。恭亲王、醇亲王、惇亲王等几位皇叔和那一班老臣先看他们对自己怎么样？是什么态度？好了就用，不好全部赶回府中颐养天年去。

第二件大事做什么呢？他想起了几日前看到的一份折子，那是江苏布政使丁日昌所奏，提出创办海洋水师的建议很有价值。折子说，可以把福建船政局扩建成南洋水师，如果再创办一个北洋水师，两个水师把守南北海防可以抵抗洋人舰队入侵，对于振兴大清基业很有帮助，朕可以派人筹办海洋水师。

这第三件大事呢?

同治刚想到这里,有太监来报,说慈禧太后有事请皇上商量,让皇上速到储秀宫觐见。

同治不知何事,但不能不去,这是母后之请,岂有违抗之理。

同治刚到储秀宫门口,李莲英就点头哈腰迎了上来:"奴才拜见皇上,太后等候皇上多时啦。"

同治进得殿来:"儿臣叩见母后,祝母后圣安!"

"皇上就起来吧。"

"母后请儿臣到此有何吩咐?请母后明示!"

慈禧看看同治,叹口气道:"皇上如今亲政了,母后也该有个归宿吧,乾清宫是皇上、皇后居住的地方,也是听政受贺及平日召对臣子、引见庶僚、接见外国使臣的地方。慈宁宫虽是皇太后尊养东朝之地,可还有慈安太后呢!母后不能与她相争吧?何况母后也想离皇宫远一些,找个僻静的地方,度过后半生也就算了。有慈安太后在此早晚训导几句就可以啦,母后也懒得操这些闲心喽。人越老嘴越贱也越肯说,必然招人厌烦,母后能到宫外居住就是整日唠唠叨叨皇上也听不见,免得生一些闲气。"

同治听母后说了半天,究竟母后想干什么还拿不准,他试探着问道:

"母后到底要到何处颐养天年不妨明示,儿臣一定尽力为母后去办。"

慈禧这才说道:"母后想到圆明园那边清静度晚年。"

"圆明园遭受洋人洗劫焚烧如今成为一片瓦砾,儿臣怎能让母后到那冷落凄凉的地方颐养天年呢?母后能留在宫内早晚之间儿臣也可叩拜问安,端茶端水服侍左右。倘若母后到那残破不堪的地方居住,传扬出去,天下人不唾骂儿臣是大清不肖子孙吗?请母后三思,万万使不得!"

慈禧淡淡一笑:"难得皇上有如此孝心,皇上如果真的为母后着想,让母后能有一个安享天年的地方,为何不能重修圆明园呢?"

"重修圆明园？"同治微微一怔，这是他没有想到的，"这需要一笔相当大的开支啊！我朝多年来为平定南方洪氏叛乱与北方捻子叛乱，耗资甚大，国库亏空，儿臣还想从洋人那里购置火轮创办海洋水师……"

不待同治说下去，慈禧火了，不耐烦地训斥道："今天才头一天亲政，就在母后面前托大，说什么耗资甚大，国库亏空，置办水师的话来，好像这大清国只有皇上一人关心国事似的，母后能不了解这些吗？国库亏空也要做事！从洋人那里购买火轮难道就不需要花费吗？如今天下太平，正是休养生息之际，你创办水师岂不引起洋人猜忌、引火烧身吗？我看还是早早打消这个念头。"

同治急忙解释说："请母后明察，创办水师是我朝中兴的当务之急。拥有南北两大水师，可以拒敌于海上，令洋人不敢小瞧我大清。母后一定得到奏报，东洋人很早就对我大清领土虎视眈眈，如今又派兵船进犯厦门等地，东洋人之心如虎狼毒蛇，不能不早早提防，没有水师如何抗拒倭人侵袭？"

慈禧不再言语，拉长了脸静听同治解释。

同治见母后愠怒不说话，便缓和一下语气说：

"母后所提出重修圆明园一事也不是不可能，容儿臣回去后认真思考一下，再同大臣们商讨商讨才能决定，这事也不是说修就马上能修成的，需从长计议才行。"

慈禧的脸色这才恢复过来，幽幽地说道：

"母后想重修圆明园，并非只为母后安享晚年着想，圆明园是我朝康熙皇帝在位时就开始创建的巨大园林，没有料想到竟毁坏在你父皇手里。尽管你父皇已宾天多年，但母后一想起此事就觉得心中歉疚点什么，你父皇宾天之际曾给母后说起他一生的憾事，就是圆明园毁在他的手中，他觉得对不起列祖列宗。如今天下太平，母后想起修复圆明园的事，就是为了完成你父皇的遗愿，尽管目前国库短缺一些，但多方面紧缩一些也不是没有能力修复。"

慈禧说着，用巾帕擦一擦眼圈，表现出忧伤的样子。

同治为了尽快摆脱太后对朝政的干涉，决定重修圆明园。

圆明园三园共有一百二十处风景之多，仅圆明园一园就有四十景：正大光明、勤政亲贤、九洲清晏、镂月开云、天然图画、碧桐书院、慈云普护、上下天光、杏花春馆、坦坦荡荡、茹古涵今、长春仙馆、万方安和、武陵春色、山高水长、月地云居、鸿慈永祜、汇芳书院、日天琳宇、澹泊宁静、映水兰香、水木明瑟、濂溪乐处、多稼如云、鱼跃鸢飞、北远山村、西峰秀色、四宜书屋、方壶胜境、澡身浴德、平湖秋月、蓬岛瑶台、接秀山房、别有洞天、夹镜鸣琴、涵虚朗鉴、廓然大公、坐石临流、曲院风荷、洞天深处。

这些山水名胜、阁榭亭台都是巧夺天工之作，早已毁于战火。如今的圆明园是断瓦残垣，荆棘遍野，芜草萋萋，水咽呜呜，若要重新恢复往昔的盛况谈何容易。

同治先派人到四代承办圆明园工程的雷氏家族处找来三园全图，拟定修复的范围与规模，请来雷家的子孙雷思起做监工，负责施工任务。接下来就是准备修复圆明园的经费问题。

同治不想动用国库，他准备用国库的钱创办海洋水师，便把修复圆明园的经费责令给内务府来解决。

一天，同治帝在养心殿东暖阁召见了恭亲王、醇亲王与惇亲王等人，共同商讨筹集经费的问题。

内务府总管大臣奕𫍯一听皇上把经费推在内务府的头上，十分为难地说道：

"皇上明鉴，内务府的经费主要是户部拨款，通常每年的费用也就六十万两，这两年为了皇上选秀女与举办婚礼亏空太大，现在已经亏空户部四十万两以上。而修复圆明园的一半工程至少也要上百万两，如此巨大开支，内务府如何承担得起呢？别说内务府，就是户部恐怕也负担不起。"

同治一听这话傻眼了，怎么办呢？

"诸位皇叔、大臣也给朕想想办法，如何才能解决这笔巨大的开支呢？"

众人你看看我，我看看你，都是干瞪眼，谁也没有开口。不是众人推脱责任不想讲话，钱这东西是硬通货，不能弄虚作假，也不是凭空想造多少就造多少的，要有物质基础做保障。同治见没人发话，有点火了，一拍御案生气地斥道：

"养兵千日用兵一时，平日里不让你等说的时候，一个个会讲着呢，真正让你等拿智谋出主意的时候都成了哑巴，岂有此理！"

皇上虽然年轻，发起火来脾气可不小。几位王爷都是皇叔，却也被皇上臭骂一顿而不敢出声。

奕䜣站起来了，他向皇上建议道：

"皇上息怒，如此浩大的工程，开支又如此之大，确实不容易解决经费，让哪一个部门单独支付恐怕都不可能。依臣之见采用捐款集资的办法也许可行？"

"请六叔把捐款集资的详细方案讲讲，让朕思考思考是否可行。"

"臣以为，皇上可下令让众人共同捐资修复圆明园。各亲王、郡王、贝勒捐助一些，王公大臣捐助一些，皇上及后妃也适当节省一些开支，由内务府捐献一些，让各省、府、县再资助一些，有钱捐钱，有物献物，多方面共同捐助，这重修圆明园的费用也就差不多了。皇上以为如何呢？"

同治乐了。

"皇叔言之有理，还是六叔有办法。就按照六叔所说的办，朕立即下朱谕令各省及亲王大臣们捐助。"

惇亲王奕誴一听，不高兴了，心里道：你奕䜣总管几大要职，这许多年来贪污纳贿许多，拿出几万两银子是九牛一毛。奕譞虽然没有奕䜣贪污那么多，这几年总管内务府也没少捞银子，也能拿出几万两来，而我们几人呢？都是闲职，哪能与你等相比，拿多了没有，拿少了皇上会怪罪。惇亲王想到这里，转回头向奕䜣道：

"这捐资的主意是恭亲王想出来的，恭亲王理所当然要带个头，做个表率，但不知恭亲王能捐助多少银两？"

奕䜣当然明白奕谅的意思，说多了，奕谅会攻击他贪赃纳贿；说少了，奕谅不仅会说他不诚心为修建工程出力，而且会以他捐助的数目计算，最后提出这样的捐助是杯水车薪无济于事，从而否定自己向皇上的建议。

奕䜣装作慎重核算许久的样子说："我大约要捐两万两银子。"

"那么醇亲王呢？能否超过这个数目？"奕谅又回头询问奕谡。

"我跟着六哥走，尽最大努力为修复圆明园尽微薄之力，也捐两万两。"

奕谅微微一笑，向同治说道："皇上，恭亲王与醇亲王都是京城有名的富裕王爷，臣却不能与他们相比，请皇上原谅。"

同治也明白奕谅的意图，故意不点破："五叔只要有这个心意就行了，朕也没有强迫五叔拿多少呢？修复圆明园名义上为两宫太后颐养天年，其实也为我大清国雪洗洋人在我大清土地上留下的耻辱，更是告慰列祖列宗在天之灵。倘若不能修复圆明园，几位皇叔将来有何脸面去见列祖列宗呢？这是朕父皇的耻辱，不也是几位皇叔的奇耻大辱吗？"

奕谅一听皇上这么说，他怎么再好意思说其他话呢？也咬着牙说："臣少喝几杯酒，也出两千两。"

同治高兴了。

"有几位皇叔慷慨做表率，文武百官也一定会解囊捐资的，一旦费用备齐，立即开工修建。"

同治帝说干就干，立即命人拟定朱谕：

朕念两宫皇太后垂帘听政十一年，朝乾夕惕，信极勤劳，励精以综万机，虚怀以纳舆论，圣德聪明，光被四表，遂致海宇升平之盛也。自本年正月二十六日朕亲理朝政以来，无日不以感戴慈恩为念。朕尝观养心殿书籍之中，有世宗宪皇帝御制《圆明园四十景诗集》一部，因念及圆明园本为列祖列宗临事驻跸听政之地，自御极以来，未奉两宫皇太后在园居住，于心实有未安，日以回复旧制为念。但现当库款克绌之时，若遽照旧修理，动用部储之款，诚恐不敷。朕再四思维，唯有将安祐宫供奉列圣圣容之所，及两宫皇太后所居之殿，并朕驻跸听政之处，择要兴修，其余游观之所，概不修复。即着王公以下京内外大小官员量力报效指修，着总管内务府于收捐后，随时请奖，并着该大臣等核实办理，庶可上娱两宫皇太后之圣心，下可尽朕心之微忱也。

特谕

同治皇上谕旨下达后，举国哗然，满朝文武议论纷纷。说归说，议归议，这钱还是要捐助的。不到两个月，陆续筹集资金近四十八万两。

这种广泛发动众人筹措资金的事，有利也有弊。利的一面是众人筹资面积广，摊点多，分散负担；这弊的一方面是层层收集，经办人多，每个基层每一个经办人都想从中牟取一些私利，势必造成众多的集资款落入个人腰包，并没有上报到内务府，必然造成广大集资者怨愤不平。

这次为重修圆明园的集资就出现了这个问题。

自从谕旨发下之日起，每天都有折子奏报各地官员私自吞没捐资款，甚至内务府大臣也参与徇私舞弊之事。同治接到奏报后十分恼怒，责令恭亲王认真查处，严加惩办。结果内务府大臣桂宝、文喜被斩，总管内务府大臣崇纶、明善、春佑等人也都受到牵连而被降职、革职。

与此同时，文武大臣也不断上疏皇上，要求停止捐资，停止动工，取消修复圆明园的意旨。尽管奏报如雪片般递到皇上手里，同治装作不知，理也不理。

众王公大臣见皇上不听众人劝告，一意孤行，都极力推荐恭亲王奕䜣，醇亲王奕譞，惇亲王奕誴，孚郡王奕譓，额驸景寿、奕劻、大学士文祥、宝鋆，军机大臣沈桂芬、李鸿藻十大臣联名上疏皇上，阻止重修圆明园。

同治正在养心殿内批阅奏折，忽闻太监奏报，有十名亲贵重臣求见，同治立即命他们进殿。

礼毕，同治一见这十位大臣不是亲王就是驸马，要么就是一品重臣，知道他们一定是为阻止修复圆明园的事而来，却故意装作不知地问道："各位王公大臣相约到此有何事相奏，就直说吧！如果无事朕可要回宫了。"奕䜣上前说道："多日来皇上一定收到许多奏请停止修建圆明园的折子吧？不知皇上御旨如何？"

同治冷冷地说道："是停是修朕心中有数，不劳六叔劝谏，六叔及众王大臣请回吧！"

奕䜣一见皇上如此年幼，刚刚登上皇位就骄纵施威，对许多老大臣不敬，心中十分气愤，心里道：就是两宫皇太后也没有你这么托大，现在就对众人这个态度，将来还不知如何惩治众人呢！

奕䜣心中带着点火，说起话自然也就有几分不客气："臣等并非仅奏这一个问题，我等十人联名上疏，奏请八大问题，对皇上进行劝谏，请皇上接纳。"

同治一边从太监手中接过折子，一边问道："所奏哪八大问题，请皇叔直说，朕洗耳恭听。"

"第一，停园工；第二，戒微行；第三，远宦寺；第四，绝小人；第五，警宴朝；第六，开言路；第七，惩洋患；第八，去玩好。"

奕䜣由于是负气说话，在陈述这八个问题时，声音洪亮，语气短粗，让人听来觉得生硬，似乎带着责备与不满。

同治一听奕䜣这个口气，也不示弱地吼道："奕䜣，你有完没完！朕拿你当皇叔待你是皇叔，朕不拿你当皇叔待，你和一般廷臣没有什么区别。朕做事自有主张，用不着你来教训朕！"

同治说着，把手中的折子"啪"地扔到地上，厉声呵斥道：

731

"都滚出去！"

奕䜣见皇上这样一点不懂为君之道，也震怒了，不客气地训斥道："皇上有失君德，应到列祖列宗灵位前谢罪悔过！"

同治猛地站了起来，胡乱把御案上的一摞奏疏猛地打落地上，对御前太监吼道："周增寿，快给朕拟定诏书，奕䜣以下犯上，无人臣之礼，定当重处，革去亲王世袭罔替，降为不入八分辅国公，撤去军机大臣之职，开去一切差使，交宗人府严议！"

同治余怒未消，忽然又想起了什么，又对周增寿吼道："把奕䜣之子载澂的贝勒郡王衔也给革去，免除他在御前行走。"

周增寿以为皇上只是在气头上随便说说，未必真的要给恭亲王这么重的处分，并未动手拟定诏书。

同治一见周增寿站在旁边不动，心中更火了，上前给他一脚，骂道："你也敢对朕不恭不敬，朕说了半天都是白说！"

同治说着，又给了周增寿一巴掌："快去拟定诏书！"

周增寿也顾不得痛，跌跌爬爬地跑去拟定诏书去了。

大学士文祥见皇上果真要把恭亲王治罪，急忙跪下哭道："请皇上息怒，请皇上息怒！求皇上暂缓将恭亲王治罪，恭亲王纵然对皇上不敬，也是为皇上着想。"

文祥说着，一口痰上涌，几乎喘不过气来，猛地扑倒在地。

奕譞立即派人将文祥送走，他也跪下向同治哀求说："请皇上冷静一下，奕䜣冒犯皇上，纵然有错，也不当受这么重的处罚，请皇上快快收回圣谕。"

接着，惇亲王奕誴等人也都一一跪下为恭亲王奕䜣求情。

同治扫一眼下跪的几人，一拍御案呵斥道："你等快快滚出去，谁若再给奕䜣求情，一并革职！"

奕譞、奕誴等人仍然长跪不起，不停地叩头为奕䜣求情。

同治狠狠地说道："好，好！你等十人是串通一气，朋比为奸，逼迫朕让位给奕䜣老混蛋的，朕将你十人一同革职拿问！"

众人离去不久，朱谕发下：

恭亲王骄奢跋扈，营私结党，专权误国，离间母子，欺朕年幼，目无君上，着革去一切差使，降为庶人，交宗人府严加管束。

特谕

紧接着又有第二道朱谕发出：

恭亲王奕䜣、惇亲王奕誴、醇亲王奕譞、孚郡王奕譓、额驸景寿、奕劻、大学士文祥、宝鋆、军机大臣沈桂芬、李鸿藻十人结党营私，朋比为奸，以下犯上，图谋不轨，恶迹昭著，天良何在，着革去十人一切职务。

钦此

储秀宫。

慈禧太后正对着亲手绘制的重修圆明园图样发怔，无奈儿子长大了，亲政了，她不得不退居后宫寻找一个颐养天年的地方。说心里话，掌握了十多年大权的慈禧如今突然放权他人在宫中闲吃闲喝，她还真有点不习惯。这一年多的心情比当初咸丰文宗显皇帝宾天之后的心情还难受呢！

慈禧心里有一种被掏空的感觉，这是一种失去大权而无所事事的空虚感与孤独感。一个渴望权力胜过一切的人，突然失去了这个特权，就好像一个酒鬼刚刚喝上几口上等酒才品出味来，酒瓶就被人夺去的感觉。

这十多年来，可以说大清的家慈禧当了一大半，因为慈安是一个优柔寡断而又心地善良、宽厚仁慈的女人，缺少女强人的手腕与心计，许多大事由慈禧做决断拿主意，小事上慈安又以姐姐的身份让着她，这也是促使慈禧权力欲一天天膨胀的原因。当然，在几次大的争斗中也不是慈禧每次都全胜，比如杀安德海、为皇上册立后妃就是慈禧的失败，而且败得十分惨。

733

慈禧之所以要求皇上尽快给她修复圆明园，早一天到那远离皇宫大内的地方安享天年，并不是真的心无二念，寄情山水，纵情园林。她是不想待在一个权力中心却眼睁睁看着别人施权，而自己只能站在宫门口望梅止渴，尽管这个施权者是她的亲生儿子，她也觉得是大权旁落，自己一无所有。

眼不见心不烦吧，这才是慈禧想离开皇宫去圆明园的真正原因。到了那远离权力中心的地方，圆明园又成为一个小小的独立王国，她就是那里的主人，那里的一切都会围绕着她转的，她又可作威作福了。

有时，慈禧也一个人望着蓝天白云出神，幻想着上天出现奇迹，能让她重新回到权力的宝座上，比如儿子主动找到她说，他年纪还小，书读得还少，让母后再帮他执掌几年大权，或类似什么事发生，只要能回到权力的位置上，哪怕做出点牺牲也是值得的，只有付出才有收获嘛。

慈禧正在胡思乱想，李莲英慌慌张张跑了进来，上气不接下气地说："太后，大事不好啦，皇上要闹出格喽！"

慈禧一怔，斥道："几十岁的人了，遇事咋这么没头没脑，再大的事也要慢慢说，慌什么！"

这一骂果然奏效，李莲英不再慌张，一板一眼奏道："回太后，皇上刚刚下了两道谕旨，除去恭亲王一切职务，降为庶人，并交宗人府管束。又下了一道谕旨将恭亲王、醇亲王、惇亲王、孚郡王、额驸，还有大学士、军机大臣等人也开去一切职务。"

慈禧一听皇上下谕旨惩处奕䜣十分高兴，说明儿子还是同母亲一条心的，并没有和慈安、奕䜣他们一同对付自己。但一听说皇上开去奕䜣所有职务并降为庶人，慈禧愣住了，奕䜣到底犯了啥错能给他这么大的处分，太过分了吧。奕䜣毕竟是亲王，为朝廷立过汗马功勋，就是为修复圆明园也是积极奔走，慷慨解囊。特别是慈禧听到皇上解除十位亲贵重臣的职务的报告，更是惊诧，这简直是胡闹！

慈禧立即问道："你知道是什么原因吗？"

"回太后，听说是恭亲王等十位亲贵重臣联名上疏皇上，阻止皇上修复圆明园，并向皇上提出八大问题：停园工、戒微行、远宦寺、绝小人、警宴朝、开言路、惩洋患，去玩好。"

李莲英见自己奏报之后慈禧并没做出什么反应，只是在沉思着，马上又挑拨说："太后，恭亲王带头抵制皇上为太后修复圆明园，这是把矛头指向你老人家，奕訢伙同其他亲贵重臣向皇上提出八大问题意在要挟皇上，是图谋不轨，有越权夺位之心，欺凌皇上年幼，理当开去一切差使，太后你说对吗？"

慈禧白了李莲英一眼，呵斥道："少插嘴，你懂个屁！至于该做什么不该做什么本宫自有主张。"

李莲英见慈禧发火，知道自己拍马屁拍到蹄子上了，虽然心中窝火却只能忍着，怪只能怪自己火候欠缺，没有猜透主子心思。究竟太后的心思是什么呢？李莲英百思不得其解。正在这时，猛听慈禧说道："小李子，随本太后去钟粹宫。"

"嗻！"李莲英急忙应道。

慈禧到达钟粹宫，慈安也刚刚得到皇上解除十大臣职务的消息。

慈禧叹息道："既然姐姐也听到了这消息，妹妹也不想再多说什么，咱姐妹不能不闻不问？皇上才执政一年多就这样胡作非为，随心所欲，想干啥就干啥，长期下去会闹出格的。"

慈安心道：皇上这样胡闹也是你逼他修建圆明园引起的，如果你不催促他早一天修建圆明园，怎会引起满朝文武非议，到处捐资敛财引出许多乱子，才使得十大臣联名上疏皇上停工。慈安心里这么想，嘴上却不好这么说，她也叹口气说："皇上还年幼，不懂用权的分寸和谋略，我们姐妹虽然退居后宫，也不能放手不问，偶尔也要指点一二，多给皇上出谋划策。"

慈安这话正合慈禧心意，她心中欢喜却不动声色地说："姐姐言之有理，以妹妹之见，皇上虽然亲政，毕竟还是不满二十岁的孩子，各个方面尚未成熟，处理事务未免偏激，仍需要加强读书，可令皇上每天散朝后去弘德殿继续听翁同龢讲读。我们姐妹再为皇上训政几年。"

"如何训政，妹妹不妨说得明确一些？"

"这训政，也是妹妹刚琢磨出的词儿，不同于当初的垂帘听政，皇上仍然坚持上朝亲政，一般小事由皇上裁决，折子也由皇上批阅。但一些重大的事儿不能由皇上一人做主，以免闹出格来让天下人嘲笑皇家有失体统，有失为君之道和皇室尊严。以妹妹之见，像与洋人通商交往、五品以上官员任免、出兵与缔结条约等大事需我们姐妹给皇上拿主意。这训政期间，皇上批阅的奏折也需报给我们姐妹审阅，及时给皇上指出不当之处。只有这样，才能有利于我朝江山社稷中兴，姐姐以为如何呢？"

慈安一听，也觉得慈禧言之有理，如今剿平了乱匪，天下太平，洋人不欺，国人不乱，中兴之势可待，万一因为皇上年幼无知、用人不当闹什么大乱子来，岂不前功尽弃，愧对先皇与祖宗。

慈安问道："以妹妹之见，这训政之期多久最合适呢？"

慈禧沉吟一下："暂定三到五年吧，根据皇上训政期间的表现而定。倘若皇上很快学会了为君之道、用人之方，能够娴熟地处理政事，三年即可；倘若皇上不思进取，贪玩心盛，纵情逸乐，就多延长几年也未尝不可。"

慈安点点头："就依妹妹之言，我们姐妹再训政三年，只是姐姐这一年多来身体不适，精力也不济，妹妹可要多操些心啊！"

慈禧更高兴了，连连点头说道："姐姐说哪里话了，咱姐妹俩都是为皇上早日成熟，也都是为了咱大清江山早日中兴，恢复先祖的荣耀，谁多累一点还不是理所当然。只要姐姐相信妹妹，我就是再苦再累也心甘，这么多年的苦都吃过了，眼看熬到尽头，再苦几年又有何妨！"

"姐姐还有一事请教妹妹。"慈安又说道。

"姐姐怎么说起客气话来，这'请教'二字可让妹妹吃罪不起，有什么话姐姐不妨直说，妹妹知无不言，言无不尽。"

"妹妹对于重新修复圆明园的事还有什么看法？"

慈禧会意，心里想道：如今能够重新掌握大权，赶我走我还不走呢！这修复圆明园本来是为了补偿大权失落后的空虚之心，既然重新执掌了大权，修不修也无关紧要。于是说道："妹妹当初提出重修圆明园，只是想在这天下太平之际补偿先皇的遗憾，既然众朝臣一致反对，也就算了吧，让皇上下令停工，取消这个决定就是。"

慈安原以为慈禧会不同意停工呢，谁知她说得如此干脆，也十分高兴。

姐妹两人来到养心殿。

同治正为自己处置了一批对自己不恭不敬的老大臣而暗自高兴呢！猛然听到梁吉庆奏报，两宫太后来到，他急忙出殿迎接。

礼毕，同治装作不知地问道："两位母后不在后宫颐养天年，今日怎么突然到此，不知两位母后有何指教？莫非儿臣有什么地方做得不妥吗？"

慈禧一听这话，气得猛然站起来说道："皇上也太不知天高地厚了，刚刚亲政不到一年，就如此骄妄，随心所欲，想提升谁就提升谁，想把谁治罪就把谁治罪，未免太过分了吧？有失君王之道！行为偏狭，做事欠思考，不合帝德，理应加强帝德潜修，须重新回弘德殿上书房接受师傅教诲。"

慈安见慈禧话说得太重，怕同治一时承受不了，急忙打圆场说："皇上如此年幼，刚开始独立执政，一定要和德高望重的老大臣处理好君臣关系，万万不可意气用事。虽然皇上有生杀予夺之大权，也不可随便滥用，处罚、提升臣工必须讲究一个'理'字，无功不赏，无过不罚，这才叫赏罚分明，群臣才会臣服。如果皇上事事不能主持公道，完全按照自己的一己私念办事，要军机、六部、三殿三阁做什么？众臣叛离，皇上岂不成为真正的孤家寡人啦。奕䜣、奕谟等人都是你皇叔，曾为大清江山立过大功之人，他们都是你皇祖封定的王衔，岂是你一个小辈一句话就革除的。文祥、李鸿藻、宝鋆都是三朝元老，怎能说免职就免职呢？特别是李鸿藻，还是你十多年的师傅，应该尊重。"

慈安见皇上脸红了，也低下了头，知道他认错了，也不再说什么。

同治听完慈安太后这一番话，确实认识到自己做事太冲动了，他抬起头看着慈安太后问道："儿臣已经发出两道朱谕，两位母后也一定听说了，不知这事如何挽回，请母后明示。"

慈安说道："人非圣贤，孰能无过，知错能改则为君子也。皇上能够很快认识到自己的过错已经是难得了，这事也没有酿成什么大错，再发一道圣谕撤销先前发出的两道圣谕就是。"

慈禧为了达到惩治奕䜣取悦儿子的目的，又急忙说道："皇上既然发了两道圣谕，如果完全撤除也有失皇上的体面。这事是由恭亲王顶撞皇上所引起的，理当给皇上一个面子，警惩一下恭亲王也是应该的。"

"以妹妹之见如何警惩恭亲王呢？"慈安问道。

"加恩改为革去亲王世袭罔替降为郡王，仍在军机行走，并裁其子载澂贝勒郡王衔，等过两个月再为恭王与载澂恢复王衔，姐姐以为如何？"

慈安不好再说什么，点点头说道："就依妹妹之意办吧。"

同治皇上重新发布朱谕：

> 传谕在廷诸王大臣等，撤销八月初一日晨所发两道圣谕，恢复十位王大臣所裁职务。唯恭亲王每逢召对时，语言之间，诸多失礼，着加恩改为革去亲王世袭罔替，降为郡王，仍在军机大臣上行走，并将载澂革去贝勒郡王衔，以示惩儆。
>
> 特谕

发过谕旨之后，两宫太后又传旨召集各亲王、郡王、贝勒、军机大臣、大学士、六部、九卿等文武大臣到养心殿商定训政之事。众人知道这是两宫太后意旨，谁也不说一句反对话，更何况皇上亲政一年多的所作所为确实暴露出许多不足之处，特别是一日之内连发两道谕旨裁撤十位亲贵重臣的做法，更令满朝文武觉得皇上年幼无知，独立执政的时机尚未成熟。

同治皇上见文武大臣一致赞同太后训政，也不好再说什么反对的话，只好表示同意。于是，又一道朱谕发出：

> 朕自去岁正月二十六日亲政以来，察纳雅言，以振朝纲，勤于奏对，欲扬国威。唯觉年幼，体不量力，恐思之偏狭而负众望。恭请两宫太后训政，辅朕中兴大统。朕谨遵太后训诲，倍勤励精，早成圣德。
>
> 特谕

谕旨一下发，训政开始，乐的是慈禧，恼的是同治。同治满心欢喜亲临朝政执掌大权，摆脱两宫太后干涉，想自己实实在在地做几件轰轰烈烈的大事，从而振兴朝纲，恢复到康乾盛世的荣耀。谁知这满怀的希望化为乌有，名义上是训政，而实际上是做太上皇，大大小小的事没有太后点头一律做不成。慈安太后还好一点，偶尔垂问一下也不放在心上，而慈禧太后就不同了，牢牢把儿子控制在自己权力的掌心中，甚至对儿子所宠幸哪位妃嫔也横加干涉。

同治在权力上得不到满足，虽为人君却不能施展兼济天下的理想抱负，转回来投入到个人的感情生活之中，希望从后妃们的天伦之乐中寻找到人生的慰藉。可是，同治的几位后妃并没有给同治带来他所渴望的那种欢乐，他最钟情的皇后阿鲁特氏处处以后妃之德为金科玉律，力争做一位合格国母，忽视了做一名合格妻子的标准，从而忽略了对皇帝丈夫的爱。同治在皇室大家庭寻找不到的东西却在烟花柳巷中寻找到了，这不能不说是一种天大的讽刺。

也许同治帝在新婚的龙凤榻上就与后妃们同床异梦了。同治在失去权力后很快成为"天地一家春"的座上客，玉娘成为他的红颜知己。

　　同治帝身上本来就潜伏着一种病，御医沈宝田还没来得及给他治除根，就因为知道得太多而命丧黄泉。

　　同治醉心风花雪月，流连秦楼楚馆，在眉挑目逗、浅透轻響的温柔乡里没有多久，就因纵情过度触发了那孩提时潜伏的病症，再加上沈宝田一死，无人能看透病因，同治帝终于躺在病榻上，一天不如一天。

　　此时，慈禧太后有说不出的后悔与怨恨，是后悔自己当初听信桑巴特的欺骗，还是后悔自己派安德海杀了沈宝田？只有慈禧自己知道。慈禧后悔之余表现出的是恼怒，她把所有的责任都推到同治的几位侍从太监和皇后阿鲁特氏身上，一怒之下杀了几十个太监，重惩了几位内务府大臣，把皇后阿鲁特氏也打入冷宫。

　　可是，无论慈禧怎样重惩他人，都无法挽救儿子的命。

　　同治十三年十二月初五（1875年1月12日），同治帝在一声撕心裂肺的嚎叫声中，于紫禁城养心殿东暖阁驾崩。几位看护同治皇上的御医对同治的病众说不一，有的说是天花，有的说是梅毒，也有的说是疥疮，只有慈禧太后最清楚儿子得的什么病。可她是哑巴吃黄连，有苦说不出口。

　　是年，同治帝载淳终年十九岁，在位十三年，庙号清穆宗。谥号"继天开运受中居正保大定功圣智诚孝信敏恭宽毅皇帝"，葬于惠陵。

　　就在同治帝溘然辞世的那天晚上，山东茌平一座庙宇里，空云大师和他的弟子心诚和尚（张禹爵）召集一帮青年男女举起反清的大旗，女人称为"红灯照"，男人叫作"义和团"。